MARÉS SOMBRIAS

OBRAS DA AUTORA PUBLICADAS PELA EDITORA RECORD

Tudors
A irmã de Ana Bolena
O amante da virgem
A princesa leal
A herança de Ana Bolena
O bobo da rainha
A outra rainha
A rainha domada
Três irmãs, três rainhas
A última Tudor

Guerra dos Primos
A rainha branca
A rainha vermelha
A senhora das águas
A filha do Fazedor de Reis
A princesa branca
A maldição do rei

Fairmile
Terra das marés
Marés sombrias

Terra virgem

PHILIPPA GREGORY

MARÉS SOMBRIAS

Tradução
José Roberto O'Shea

1ª edição

EDITORA RECORD
RIO DE JANEIRO • SÃO PAULO
2023

CIP-BRASIL. CATALOGAÇÃO NA PUBLICAÇÃO
SINDICATO NACIONAL DOS EDITORES DE LIVROS, RJ

G833   Philippa, Gregory

        Marés sombrias / Philippa Gregory ; tradução José Roberto O'Shea. - 1. ed. - Rio de Janeiro : Record, 2023.

        Tradução de: Dark tides
        Sequência de: Terra das marés
        Continua com: Dawnlands
        ISBN 978-65-5587-668-0

        1. Ficção inglesa. I. O'Shea, José Roberto. II. Título.

23-83638   CDD: 823
                    CDU: 82-3(410.1)

Meri Gleice Rodrigues de Souza – Bibliotecária – CRB-7/6439

Copyright © 2020 by Levon Publishing Ltd.

Copyright da tradução © 2023 by Editora Record

Publicado mediante acordo com a editora original, Atria Books, uma divisão da Simon & Schuster, Inc.

Texto revisado segundo o Acordo Ortográfico da Língua Portuguesa de 1990.

Todos os direitos reservados. Proibida a reprodução, no todo ou em parte, através de quaisquer meios. Os direitos morais da autora foram assegurados.

Direitos exclusivos de publicação em língua portuguesa somente para o Brasil adquiridos pela
EDITORA RECORD LTDA.
Rua Argentina, 171 – Rio de Janeiro, RJ – 20921-380 – Tel.: (21) 2585-2000, que se reserva a propriedade literária desta tradução.

Impresso no Brasil

ISBN 978-65-5587-668-0

Seja um leitor preferencial Record.
Cadastre-se no site www.record.com.br
e receba informações sobre nossos
lançamentos e nossas promoções.

Atendimento e venda direta ao leitor:
sac@record.com.br

Embarcadouro Reekie, Southwark, Londres, véspera do solstício de verão

Caro Ned, meu irmão querido,
 Eu preciso lhe contar que recebemos uma carta ~~da esposa de Rob~~ de Veneza.
 É notícia ruim. ~~É a pior notícia.~~ Ela escreve que Rob ~~morreu afogado~~ se afogou. A esposa viúva de Rob diz que está vindo para a Inglaterra com o filhinho dele. Escrevo-lhe agora ~~porque não acredito nisso~~ porque sei que você gostaria de saber disso o quanto antes. Mas não sei o que escrever.
 Ned, você sabe que eu teria um pressentimento se meu filho morresse.
 Eu sei que ele não morreu.
 Eu lhe juro, por minha alma, que ele não morreu.
 Vou lhe escrever de novo, depois que ela chegar e nos contar mais. ~~Você vai dizer~~ Acho que você vai dizer que estou me iludindo, que não consigo suportar a notícia e estou imaginando que todo mundo está enganado, menos eu.
 ~~Eu não sei. Não tenho como saber. Mas acho que sei.~~
 Peço desculpa por esta carta com uma notícia tão ~~ruim~~ triste. É impossível ele estar morto e eu não saber. ~~Eu teria sentido não é possível que ele tenha se afogado.~~
 Como eu poderia ter escapado das profundezas das águas e vinte e um anos depois as águas o levarem?

A irmã que te ama, Alinor.
 É certo que rezo para que você esteja bem. Escreva para mim.

VÉSPERA DO SOLSTÍCIO DE VERÃO, 1670, LONDRES

O armazém em ruínas ficava na margem errada do rio, a margem direita, onde as construções disputavam espaço e barquinhos descarregavam pequenas cargas por lucros irrisórios. A riqueza de Londres passava direto por essas construções, navegando rio acima até o novo prédio inacabado da alfândega, com sua fachada de pedra bege diante do rio que corria rápido, como se a instituição fosse tributar cada gota da água suja, turva. Os navios maiores, rebocados por barcaças ávidas, passavam direto pelos pequenos embarcadouros, como se os cais fossem só destroços, gravetos e paralelepípedos largados para apodrecer. Duas vezes por dia, até a maré os abandonava, deixando bancos de lama fétida, e pilares de docas cobertos de mato se projetavam da água feito ossos caquéticos.

Aquele armazém, e todos os demais a ele adjacentes, como livros dispostos sem o menor cuidado em prateleiras, trêmulos ao longo da margem diante do canal escuro, ansiava pela riqueza que havia singrado com o novo rei a bordo do navio outrora pertencente a Oliver Cromwell, entrando no país outrora livre. Aqueles pobres mercadores, que mal conseguiam se sustentar com o comércio fluvial, ouviram falar do novo rei e de sua gloriosa corte em Whitehall, mas nada ganharam com seu retorno. Viram-no apenas uma vez, quando passou por ali velejando, com as flâmulas reais desfraldadas à proa e à popa, uma vez e nunca mais — não lá, na margem direita do rio, na zona leste da cidade. Aquele não era o tipo de lugar que as pessoas visitavam, era o tipo de lugar que as pessoas abandonavam; não era o tipo de lugar onde se tinha o vislumbre de uma grande carruagem ou de um belo cavalo. O rei reinstituído permanecia na zona oeste da cidade, cercado por aristocratas oportunistas e prostitutas com títulos, todos ávidos por prazeres promíscuos, salvos de seu desespero pela sorte no jogo — nenhum deles fazia por merecer sua sorte.

Mas aquela pequena edificação se agarrava aos velhos princípios puritanos de trabalho e frugalidade, assim como as construções se agarravam ao cais — e assim pensava o homem diante dela, olhando para as janelas como se esperasse avistar alguém lá dentro. Seu traje marrom era bem confeccionado, a renda branca na gola e nos punhos era discreta naqueles tempos em que o excesso estava em voga. Seu cavalo aguardava pacientemente atrás dele, enquanto ele examinava a fachada sem graça do armazém — a polia na parede e as portas duplas escancaradas — e depois se virava para o rio escuro e observava os trabalhadores portuários lançando pesadas sacas de grãos um para o outro descarregadas da barcaça de fundo chato atracada, grunhindo um canto monótono que mantinha o ritmo no trabalho.

O cavalheiro no cais se sentia tão estranho ali quanto em suas raras visitas à corte. Parecia não haver mesmo lugar para ele naquela nova Inglaterra. Nos palácios barulhentos e cintilantes, ele era uma lembrança obsoleta de uma época passada e difícil, propenso a receber um tapinha nas costas e uma promessa logo esquecida. Mas ali, no cais de Bermondsey, ele se destacava como um estranho: um rico ocioso entre trabalhadores, uma presença silenciosa em meio ao chiado constante da polia do guindaste, ao ronco dos barris rolando, às ordens gritadas e aos trabalhadores suados. Na corte, ele atrapalhava o livre trânsito de irrefletidos círculos de prazer, era demasiado entediante para os cortesãos. Aqui, ele atrapalhava o livre trânsito do trabalho, onde homens não eram indivíduos, mas uma unidade, cada um o dente de uma engrenagem, a ponto de o trabalho não ser mais trabalho, mas algo pulverizado numa máquina nova e rigorosa. Ele julgava que o mundo já não era uno, mas dividido em campo e corte, vencedores e vencidos, protestantes e hereges, monarquistas e cabeças redondas, os injustamente abençoados e os injustamente condenados.

Sentia-se muito distante do seu próprio mundo de pequenos luxos que antes eram só rotina — água quente numa jarra de porcelana no quarto, roupas limpas providenciadas diariamente, criadagem para cuidar de tudo —, mas precisava adentrar aquele mundo do trabalho se quisesse corrigir o mal que havia perpetrado, propiciar felicidade a uma boa mulher, curar as feridas do próprio fracasso. Tanto quanto o rei, ele tinha vindo para levar a termo uma restauração.

Atrelou o cavalo a uma argola fixada numa estaca, foi até a beira do embarcadouro e olhou para a barcaça de fundo chato fundeada com firmeza na rampa ao lado do cais.

— De onde vieram? — gritou ele, dirigindo-se ao homem que imaginou que fosse o capitão do navio, que acompanhava o descarregamento e marcava as sacas num livro-caixa.

— Da ilha de Sealsea, em Sussex — respondeu o homem no velho sotaque arrastado com o qual estava familiarizado. — O melhor trigo da Inglaterra, o trigo de Sussex. — Ele semicerrou os olhos e ergueu a cabeça. — O senhor veio para comprar? Ou vai querer cerveja de Sussex? E peixe salgado? Temos tudo isso também.

— Não vim para comprar — respondeu o estranho, o coração batendo forte no peito ao ouvir o nome da ilha que foi seu lar: o lar dela.

— Não, o senhor deve ter vindo para o baile no grande salão das damas, não é? — brincou o capitão, e um dos trabalhadores deu uma gargalhada quando o cavalheiro se afastou da impertinência deles para olhar o armazém novamente.

Ficava na esquina de uma série de armazéns de três andares caindo aos pedaços, construídos com pranchas e madeira retirada de navios velhos, o mais próspero de uma fileira pobre. Mais adiante no cais, onde o rio Neckinger se juntava ao Tâmisa formando um redemoinho de água suja, havia um cadafalso com uma gaiola suspensa onde tempos atrás tinha sido pendurado um sujeito cujos ossos descorados remanescentes eram contidos por farrapos. Um pirata cujo castigo foi ser exposto na gaiola, pendurado como aviso para os demais. O cavalheiro estremeceu. Não conseguia imaginar como a mulher que havia conhecido suportaria viver onde era possível ouvir o rangido daquela corrente.

Ele sabia que ela não havia tido escolha e fizera o melhor que pudera quanto àquele embarcadouro. Era evidente que o armazém tinha sido incrementado e reconstruído. Alguém tinha assumido a despesa e o trabalho de construir uma pequena torre no canto próximo ao rio, com vista para o Tâmisa e para o Neckinger. Ela podia sair pela porta envidraçada e ficar numa pequena sacada se quisesse olhar para o leste, rio abaixo em direção ao mar; ou para o oeste, rio acima até a City de Londres; ou para o interior ao longo da Doca de São Salvador. Podia abrir a janela para ouvir os guinchos das gaivotas e ver a maré subir e descer e as mercadorias entrarem pelo embarcadouro abaixo. Talvez isso a lembrasse de sua terra natal, talvez passasse algumas noites ali sentada, enquanto a névoa vinha pelo rio, tornando o céu tão cinzento quanto a água, e pensasse em outras noites e no trovejar da roda do moinho de maré girando. Talvez olhasse para além do rio turbulento, ao norte, para além da rua estreita ocupada por vendedores de velas e taverneiros, para além dos pântanos onde aves marinhas circulavam e grasnavam; talvez pensasse nas colinas do norte e no céu aberto acima da casa de um homem que ela um dia amou.

O cavalheiro foi até a porta da frente do armazém que decerto servia ao mesmo tempo como domicílio e estabelecimento comercial, ergueu o cabo de marfim do chicote de montaria e deu uma batida barulhenta. Esperou, ouvindo passos se aproximarem, ecoando por um corredor de madeira, então a porta foi aberta e uma criada surgiu diante dele, usando um avental manchado, e encarou espantada a pele lustrosa de seu chapéu francês e as botas belissimamente engraxadas.

— Eu gostaria de falar com... — Agora que tinha chegado até ali, percebeu que não sabia que nome ela estaria usando, tampouco sabia o nome do proprietário do armazém. — Eu gostaria de falar com a dona da casa.

— Com qual delas? — indagou a criada, limpando a mão suja no avental de aniagem. — A Sra. Reekie ou a Sra. Stoney?

Ele prendeu a respiração ao ouvir o sobrenome do marido dela e a menção à filha, e pensou, se já estava abalado assim ao ouvir isso, o que sentiria quando a visse?

— A Sra. Reekie. — Ele se recompôs. — É com ela que gostaria de falar. A Sra. Reekie está em casa?

Ela abriu um pouco mais a porta; não o fez educadamente, para deixá-lo entrar, era como se jamais tivesse recebido uma visita.

— Se tem a ver com alguma carga, o senhor tem de ir até a porta do pátio e falar com a Sra. Stoney.

— Não tem a ver com carga. Eu vim visitar a Sra. Reekie.

— Por quê?

— Pode lhe dizer que um velho amigo está aqui para falar com ela? — respondeu ele pacientemente. Não se atreveu a dar seu nome. Uma moeda de prata de seis pence passou da luva de montaria dele para a mão da jovem, suja por causa do trabalho. — Por favor, peça a ela que me receba — insistiu ele. — E mande o cavalariço para recolher o meu cavalo ao seu estábulo.

— A gente não tem cavalariço — respondeu ela, embolsando a moeda no avental, olhando-o de cima a baixo. — Só carroceiro, e aqui só tem estábulo para a nossa parelha de cavalos e um pátio onde a gente armazena os barris.

— Então diga ao carroceiro que deixe o meu cavalo no pátio — instruiu ele.

Ela abriu a porta apenas o suficiente para ele entrar, deixando-a aberta para que os homens no cais pudessem vê-lo, de pé sem jeito no corredor, com o chapéu numa das mãos, o chicote e as luvas na outra. Ela passou por ele sem dizer uma palavra e foi até uma porta nos fundos, e ele pôde ouvi-la gritando de lá para alguém abrir o portão do pátio, embora não houvesse entrega, apenas um homem com um cavalo que não queria ficar no cais. Profundamente encabulado, ele passou os olhos pelo corredor, pelas portas com painéis de madeira e soleira de pedra alta para conter inundações, pela estreita escada de madeira, por uma cadeira isolada e desejou de coração jamais ter vindo.

Pensava que a mulher que estava visitando seria ainda mais pobre. Imaginou-a vendendo medicamentos no cais por uma janela, fazendo partos de esposas de marinheiros e prostitutas de capitães. Pensou tantas vezes nela passando dificuldade, remendando as roupas do rebento, sacrificando-se para lhe servir uma tigela de mingau, fazendo de tudo para ganhar a vida. Pensou nela como a conhecia antes, uma mulher pobre, mas orgulhosa, que arrumava dinheiro onde fosse possível e jamais mendigava. Imaginou que aquele local seria uma espécie de pensão no cais e esperava que ela trabalhasse ali como senhoria; rezou para que não tivesse sido forçada a fazer nada pior. Todo ano lhe enviava uma carta desejando tudo de bom, dizendo que ainda pensava nela, com uma moeda de ouro sob o lacre; mas ela jamais acusou o recebimento. Ele jamais soube se ela as recebia. Nunca se permitiu localizar o pequeno armazém à beira-rio, nunca se permitiu nem mesmo pegar um barco rio abaixo para procurar a porta da casa dela. Receava o que iria encontrar. Mas naquele ano, naquele ano em particular, naquele mês e naquele dia, ele veio.

A criada atravessou o corredor com passos pesados e bateu a porta da frente, isolando a barulheira e a luminosidade do cais; então ele sentiu que enfim tinha sido recebido na casa, e não apenas deixado no corredor qual um fardo de mercadorias.

— Ela vai me receber? A Sra. Reekie? — perguntou ele, tropeçando no nome.

Antes que a empregada pudesse responder, uma porta do outro lado do corredor se abriu e uma mulher de trinta e poucos anos se aproximou. Usava o vestido escuro e recatado que convinha à esposa de um comerciante e um avental simples, amarrado com firmeza na curva da cintura. A gola era discretamente alta, lisa e branca, fora de moda naqueles dias extravagantes. O cabelo castanho-dourado estava penteado para trás e quase totalmente escondido embaixo de uma touca branca. Tinha ruguinhas nos cantos dos olhos e um sulco profundo na testa de tanto franzir o cenho. Não baixava os olhos, feito uma puritana, nem se exibia, feito uma cortesã. Mais uma vez, com uma sensação de temor, James se deparou com o olhar hostil e direto de Alys Stoney.

— O senhor — disse ela sem demonstrar surpresa. — Depois de todo esse tempo.

— Eu — concordou ele e se curvou diante dela. — Depois de vinte e um anos.

— Não chega em boa hora — disse ela sem rodeios.

— Não pude vir antes. Posso falar com você?

Ela mal inclinou a cabeça em resposta.

— Suponho que queira entrar — disse ela sem cerimônia e o conduziu até uma sala ao lado, indicando que ele passasse por cima da soleira elevada. Uma janelinha dava para a margem oposta do rio, escondida por mastros e velas amarradas, e para o cais barulhento diante da casa, onde trabalhadores portuários ainda carregavam a carroça e rolavam barris para o interior do armazém. Ela baixou a cortina da janela, para que os homens que trabalhavam no cais não a vissem conduzi-lo até uma cadeira simples de madeira. Ele se sentou enquanto ela fazia uma pausa, com uma das mãos no console da lareira, olhando para a grelha vazia como se fosse uma juíza, de pé diante dele, refletindo sobre a sentença.

— Eu enviei dinheiro todo ano — disse ele, sem jeito.

— Eu sei — disse ela. — O senhor enviava um Louis d'Or. Eu recebia.

— Ela nunca respondeu às minhas cartas.

— Ela nunca viu as suas cartas.

Ele se sentiu arfar como se ela o tivesse privado de ar.

— Minhas cartas foram endereçadas a ela.

Ela deu de ombros, como se não se importasse com nada.

— Por uma questão de dignidade, deveria ter entregado as cartas a ela. Eram particulares.

Ela parecia de todo indiferente.

— Por lei, pelas leis deste país, as cartas pertencem a ela, ou deveriam ter sido devolvidas a mim — protestou ele.

Ela olhou de relance para ele.

— Acho que a lei não diz muito a nenhum de nós dois.

— Na verdade, sou juiz de paz em meu condado — disse ele com severidade. — E membro da Câmara dos Comuns. Eu defendo a lei.

Quando ela baixou a cabeça em uma reverência, ele notou o brilho sarcástico em seus olhos.

— Me perdoe, Vossa Excelência! Mas não posso devolver as cartas, porque as queimei.

— Você leu as cartas?

Ela fez que não com a cabeça.

— Não. Depois que retirava a moeda presa embaixo do lacre, eu não tinha mais interesse nas cartas — disse ela. — Nem no senhor.

Ele se sentiu sufocar, como se estivesse se afogando sob um grande volume de água. Precisava se lembrar de que era um cavalheiro; e ela havia sido criada numa fazenda e agora se passava pela esposa do proprietário de um armazém miserável. Precisava se lembrar de que era pai de uma criança que morava ali, naquele local de trabalho nada atraente, e que tinha direitos. Precisava se lembrar de que ela era uma ladra, e a mãe dela, acusada de coisa pior, ao passo que ele era um cavalheiro com títulos que possuía terras herdadas por gerações. Descia de uma posição elevada para visitá-las, disposto a realizar um ato extremo de caridade para ajudar aquela família pobretona.

— Eu poderia ter escrito qualquer coisa — disse ele bruscamente. — Você não tinha o direito de...

— O senhor poderia ter escrito qualquer coisa — admitiu ela. — E, mesmo assim, eu não teria interesse.

— E ela...

Ela deu de ombros.

— Não sei o que ela pensa do senhor — disse ela. — Isso também não é do meu interesse.

— Ela deve ter falado de mim!

O rosto que ela virou para ele era insolente e frio.

— Ah, será mesmo?

A ideia de Alinor jamais ter falado dele em todos aqueles anos o atingiu feito uma pancada no peito, derrubando-o de volta na cadeira dura. Mesmo que ela tivesse morrido em seus braços vinte e um anos atrás, não poderia tê-lo assombrado mais. Ele pensou nela todo dia, mencionou o nome dela em suas preces toda noite; sonhou com ela, ansiou por ela. Não era possível que ela não pensasse nele.

— Se não tem nenhum interesse em mim, então não está curiosa para saber por que vim agora? — desafiou ele.

Ela não mordeu a isca.

— Sim — confirmou ela. — O senhor está certo. Nenhuma curiosidade.

Ele sentiu que estava em desvantagem, sentado; então se levantou, passou por ela, foi até a janela e puxou a ponta da cortina para espiar. Tentava se conter e, ao mesmo tempo, superar a sensação de que a obstinação dela contra ele era tão implacável quanto o influxo da maré. Ouvia o roçar dos anteparos da barcaça quando a água a erguia na rampa e o estalido das lonas nos mastros de madeira. Para ele, esses sons eram os eternos ecos do exílio, a música de sua vida como espião, um estranho no próprio país; não suportava a sensação de estar mais uma vez sozinho e em perigo. Voltou-se para o interior do cômodo.

— Em suma, vim falar com sua mãe, não com você. Prefiro não falar com você. E gostaria de ver a criança: a minha criança.

Ela balançou a cabeça.

— Nem ela nem a criança podem falar com o senhor.

— Você não pode falar por nenhum deles. Ela é sua mãe, e a criança... a minha criança... atingiu a maioridade.

Ela não disse nada, apenas virou a cabeça, desviando-se da expressão obstinada no semblante dele, para contemplar outra vez a grelha vazia. Ele precisou se esforçar para se conter, mas não pôde deixar de observar que ela havia amadurecido e adquirido uma beleza vigorosa com seu maxilar quadrado. Parecia uma mulher com autoridade que pouco se importava com a própria aparência e muito com o que fazia.

— A criança tem 21 anos e já pode fazer suas próprias escolhas — insistiu ele.

Mais uma vez, ela não disse nada.

— É um rapaz? — perguntou ele, hesitante. — É um rapaz? Eu tenho um filho?

— Vinte e uma moedas de ouro, à razão de uma por ano, não compram um filho — disse ela. — Nem compram um momento sequer do tempo dela. Suponho que o senhor seja hoje um homem rico, não? O senhor recuperou o seu casarão e as suas terras, o seu rei foi reinstituído e o senhor ficou famoso como um dos que o trouxeram de volta à Inglaterra e à boa fortuna? E foi bem recompensado? Ele se lembrou do senhor, embora tenha se esquecido de tantos outros? O senhor abriu caminho até a frente da fila quando ele estava distribuindo favores e garantiu que não fosse esquecido?

Ele inclinou a cabeça, para que ela não visse a amargura estampada em seu semblante, porque o sacrifício que ele fez e o perigo que enfrentou serviram tão somente para levar um depravado ao trono de um tolo.

— Recuperei todas as propriedades e a fortuna de minha família — confirmou ele serenamente. — Nunca me curvei para bajular. O que sugere está... abaixo de mim. Recebi o que me era devido. Minha família foi arruinada por servir o rei. Fomos indenizados. Nem mais nem menos.

— Então, vinte e um dobrões não significam nada para o senhor — disse ela, triunfal. — O senhor nem dá falta. Mas, se o senhor fizer questão, eu posso devolver tudo. Devo enviar o dinheiro para o seu agente fundiário, em seu casarão em Yorkshire? Eu não tenho esse valor em espécie agora. Não guardamos tal montante em casa; não ganhamos tal montante em um mês; mas posso pedir emprestado e reembolsar o senhor até a semana que vem.

— Eu não quero as suas moedas. Eu quero...

Mais uma vez o olhar frio dela o congelou e o fez se calar.

— Sra. Stoney. — Com toda a cautela, ele empregou o sobrenome de casada, e ela não o contradisse. — Sra. Stoney, tenho minhas terras, mas não tenho filho. Meu título vai morrer comigo. Trago a esse garoto... e me obriga a falar francamente com a senhora, não com a mãe dele, nem com o meu filho, como seria de minha vontade... trago a ele um milagre; vou transformá-lo num cavalheiro, vou torná-lo rico, ele é meu herdeiro. E ela também há de ser reinstituída. Eu disse uma vez que ela seria a senhora de uma casa ilustre. Repito isso agora. Insisto em repetir isso diante da pessoa dela, para ter certeza de que ela saiba, de que ela saiba muito bem da grande proposta que lhe faço. E insisto em repetir isso diante dele, para que ele saiba da oportunidade que se apresenta. Estou pronto para dar a ela meu nome e meu título. Ele terá um pai e terras ancestrais. Vou reconhecê-lo... — Ele prendeu a respiração devido à enormidade da oferta.

— Vou dar a ele o meu nome, o meu nome honrado. Estou disposto a me casar com ela.

Quando terminou de falar, estava ofegante, mas não houve resposta, apenas mais um silêncio vazio. Ele achou que ela estivesse atônita por conta da fortuna e da boa sorte que os havia atingido feito um trovão. Pensou que o impacto a tivesse emudecido. Mas então Alys Stoney falou.

— Ah, não, ela não vai receber o senhor — respondeu Alys casualmente, como se dispensasse um mascate que batesse à porta. — E nesta casa não tem nenhuma criança com o nome do senhor. Nem que tenha ouvido falar do senhor.

— Tem um rapaz. Eu sei que tem um rapaz. Não minta para mim. Eu sei...

— É meu filho — disse ela calmamente. — Não do senhor.

— Eu tenho uma filha?

Isso tornava tudo muito mais confuso. Durante tanto tempo ele pensou em seu menino, crescendo no embarcadouro, um menino que seria criado na agitação das ruas, mas que iria — ele tinha certeza — receber uma boa educação, que seria formado com zelo. A mulher que ele amou jamais teria um menino sem fazer dele um homem. Ele conheceu o filho dela, Rob; ela criaria um rapaz bom e lhe incutiria noções de diligência e esperança, bem como entusiasmo. Mas, de qualquer maneira — seus pensamentos agora giravam —, uma menina poderia também herdar as terras; ele poderia adotá-la e lhe dar seu sobrenome, garantir que conseguisse um bom casamento, e então ele teria um neto na Mansão de Northside. Poderia vincular as terras ao filho dela e insistir para que a nova família tomasse o sobrenome dele. Na geração seguinte haveria um menino que manteria vivo o sobrenome Avery, e ele não seria o último, alcançaria a posteridade.

— É minha filha — corrigiu ela novamente. — Não do senhor.

Ela o deixou atordoado. Ele a olhou com ar de súplica, tão pálido que ela pensou que ele fosse desmaiar. Mas não lhe ofereceu nem mesmo uma gota de água, embora os lábios dele estivessem cinzentos e ele levasse a mão ao pescoço e afrouxasse o colarinho.

— O senhor quer ir lá fora tomar um pouco de ar? — perguntou ela com indiferença. — Ou simplesmente ir embora?

— Você ficou com a minha criança? — sussurrou ele.

Ela inclinou a cabeça para o lado, mas não respondeu.

— Você ficou com a minha criança? Um sequestro?

Ela quase sorriu.

— Dificilmente seria o caso, considerando que nem estava lá para que eu pudesse roubá-la do senhor. O senhor estava longe. Acho que não dava nem para ver a poeira atrás da sua baita carruagem.

— É menino? Ou menina?

— Tanto a menina quanto o menino são meus.

— Mas qual é meu? — Ele estava agonizando.

Ela deu de ombros.

— Nenhum deles agora.

— Alys, tenha piedade. Devolva a minha criança. Para que ela possa tomar posse de sua vasta propriedade. Para que herde a minha fortuna.

— Não.

— O quê?

— Não, obrigada — disse ela, com insolência.

Houve um longo silêncio no cômodo, embora ouvissem lá de fora os gritos dos homens que retiravam a última saca de grãos da barcaça e começavam a recarregá-la com mercadorias para a viagem de volta. Ouviram barris de vinho francês e açúcar sendo rolados pelo cais. Ele permaneceu calado, mas com a mão arrancou a gola de renda sofisticada que lhe enfeitava o pescoço. Ela permaneceu calada, mas manteve a cabeça desviada, como se não tivesse interesse na aflição dele.

O estrépito de rodas nas pedras do calçamento lá fora fez com que ela se virasse, surpresa.

— É uma carruagem? Aqui? — perguntou ele.

Ela não disse nada, mas ficou ouvindo, inexpressiva, enquanto uma carruagem percorria ruidosamente as pedras do cais até o armazém e parava diante da porta que dava para a rua.

— A carruagem de um cavalheiro? — perguntou ele, incrédulo. — Aqui?

Ouviram o barulho dos cascos quando os cavalos pararam, e, então, o lacaio pulou do estribo traseiro, abriu a porta da carruagem e se virou para bater à porta do armazém.

Depressa, Alys passou por James, atravessou o recinto e levantou a barra da cortina para espiar o cais. Só conseguia ver a porta aberta da carruagem, uma saia de seda escura e bufante, um sapatinho de seda com uma rosa preta presa na ponta. Então, ouviram a criada, os passos pesados no corredor para abrir a porta da frente, que estava caindo aos pedaços, e recuar diante da magnificência do lacaio.

— A *nobildonna* — anunciou ele, e Alys observou a barra do vestido descer os degraus da carruagem, atravessar as pedras do calçamento e entrar no corredor. Logo atrás do vestido suntuoso vinha outra barra, simples, de alguma criada, e Alys se virou para James Avery.

— O senhor precisa ir embora — disse ela às pressas. — Eu não esperava... O senhor precisa...

— Não vou embora sem uma resposta.

— O senhor precisa ir! — Ela partiu para cima dele, como se fosse empurrá-lo pela porta estreita, mas era demasiado tarde. A criada, perplexa, já havia aberto a porta da sala, houve um farfalhar de seda, e a estranha, cujo rosto estava coberto por um véu, tinha entrado no cômodo, parando na soleira, observando de relance o cavalheiro abastado e a mulher vestida com simplicidade. Ela atravessou a sala, tomou Alys nos braços e lhe beijou as faces.

— Me permite? Me perdoa? Mas eu não tinha para onde ir! — disse ela rapidamente numa torrente de palavras com sotaque italiano.

James viu Alys, tão furiosa e fria um segundo antes, corar intensamente, com o rubor manchando o pescoço e as faces, e viu seus olhos se encherem de lágrimas quando ela disse:

— Claro que a senhora deveria ter vindo! Eu não pensei...

— E este é meu bebê — disse a senhora simplesmente, acenando para a criada que estava atrás dela e que carregava um bebê adormecido, envolto nas mais finas rendas venezianas. — É o filho dele. Este é seu sobrinho. Demos a ele o nome de Matteo.

Alys deu um gritinho e, com lágrimas vertendo dos olhos, estendeu os braços para o bebê, olhando para aquele rosto perfeito.

— Seu sobrinho? — disse James Avery, dando um passo à frente para ver o rostinho emoldurado em renda enfeitada com fitas. — Então esse é o filho de Rob?

O olhar furioso de Alys não impediu que a senhora dirigisse a James uma reverência e jogasse o véu escuro para trás, deixando à mostra um rosto expressivo e belo, os lábios rosados com batom, realçados com um sinal escuro ao lado da boca.

— Estou honrado, Lady...?

Alys não informou o nome da senhora nem mencionou o dele. Ficou parada, constrangida e zangada, olhando para os dois, como se pudesse lhes negar a cortesia de uma apresentação e garantir que jamais se conhecessem.

— Eu sou Sir James Avery, da Mansão de Northside, em Northallerton, Yorkshire.

James se curvou sobre a mão da dama.

— *Nobildonna* da Ricci — respondeu ela. E então se virou para Alys. — É assim que se diz? Da Ricci? Falei corretamente?

— Acho que sim — disse Alys. — Mas a senhora deve estar muito cansada. — Ela olhou pela janela. — Que carruagem é essa?

— Ah, é alugada. Eles vão descarregar os meus baús; pode arcar com o pagamento?

Alys parecia apavorada.

— Não sei se tenho...

— Por favor, permita-me — interrompeu Sir James com polidez. — Na condição de amigo da família.

— Eu faço o pagamento! — insistiu Alys. — Tenho condições. — Ela abriu a porta, gritou uma ordem para a empregada e se virou para a viúva, que tinha prestado atenção a cada palavra do diálogo. — A senhora deve querer descansar. Deixe-me levá-la até lá em cima, e vou servir chá para a senhora.

— *Allora!* É sempre chá com os ingleses! — exclamou ela, erguendo as mãos. — Mas não estou cansada e não quero chá. E receio estar interrompendo-os. O senhor veio aqui a negócios, Sir James? Por favor, fique! Por favor, prossiga!

— A senhora não está interrompendo nada, e ele já está de saída — disse Alys com firmeza.

— Voltarei amanhã, depois que tiver tempo para pensar — disse Sir James apressadamente. Virou-se para a dama. — Robert está com a senhora, Lady da Ricci? Gostaria de revê-lo. Ele foi meu aluno e...

O olhar escandalizado visível na fisionomia de ambas revelava que ele tinha dito algo terrível. Alys balançou a cabeça, como se preferisse não ter ouvido tais palavras, e algo em seu semblante disse a James que o ostentoso traje de luto da dama italiana era por conta de Rob, o pequeno Rob Reekie, que, vinte e um anos antes, era um menino de 12 anos, brilhante, e que agora estava morto.

A boca da viúva estremeceu; ela desabou num assento e cobriu o rosto com as mãos enluvadas de preto.

— Sinto muito, sinto muitíssimo. — Ele ficou horrorizado com seu próprio erro. Curvou-se diante da senhora. Virou-se para Alys. — Sinto muito por sua perda. Eu não fazia ideia. Se tivesse me dito, eu não teria sido tão desajeitado. Sinto muitíssimo, Alys, Sra. Stoney.

Ela segurou o bebê, o menino órfão, nos braços.

— Por que eu haveria de lhe dizer? — indagou ela com ferocidade. — Agora, vá! E não volte.

Mas a dama, com o rosto ainda escondido, estendeu às cegas a mão para ele, como se quisesse consolá-lo. Ele não pôde deixar de pegar aquela mão morna envolta pela luva de renda preta e justa.

— Mas ele falou do senhor! — sussurrou ela. — Eu me lembro agora. Eu sei quem é o senhor. O senhor foi tutor de Rob, e ele disse que o senhor deu aula de latim e foi paciente com ele, quando ele era menino. Ele era grato ao senhor por isso. Foi o que ele me falou.

James deu um tapinha na mão dela.

— Sinto muitíssimo por sua perda — disse ele. — Perdoe minha falta de tato.

Com ar vago, ela sorriu para ele, piscando para afastar as lágrimas dos olhos castanho-escuros.

— Está perdoado — disse ela. — E esquecido, prontamente. Como o senhor poderia adivinhar uma tragédia dessas? Mas me procure, quando vier de novo, e me conte como ele era quando menino. O senhor precisa me contar tudo sobre a infância dele. O senhor me promete?

— Farei isso — disse James rapidamente, antes que Alys pudesse interferir no convite. — Virei amanhã, depois da refeição matinal. E agora deixarei as senhoras.

James fez uma reverência para as duas mulheres, acenou com a cabeça para a ama de leite e saiu depressa da sala, antes que Alys pudesse dizer qualquer coisa. Elas o ouviram pedir o cavalo à criada e, em seguida, a porta da rua bateu. Ficaram em silêncio, enquanto ouviam o cavalo se aproximar do pátio e parar, para que ele pudesse montar, então o animal se foi com os cascos estalando no calçamento.

— Achei que o nome dele fosse outro — observou a viúva.

— Era mesmo, naquela época.

— Eu não sabia que ele era nobre.

— Não era, naquela época.

— E rico?

— Agora, suponho que sim.

— Ah! — A dama avaliou a cunhada. — Está tudo bem eu ter vindo? Roberto me disse que procurasse as senhoras, se alguma coisa... se alguma coisa... se alguma coisa acontecesse com ele. — O rosto dela estava marcado de lágrimas e ruborizado. Ela pegou um lencinho enfeitado com fita preta e o levou aos olhos.

— Claro — disse Alys. — É claro. E esta casa é sua, enquanto a senhora quiser ficar.

O bebê adormecido murmurou baixinho, e Alys o tirou do ombro para segurá-lo nos braços, a fim de contemplar o rostinho franzido, em busca de qualquer traço de Rob.

— Eu acho ele muito parecido com o seu irmão — disse a viúva baixinho. — Isso é um grande consolo para mim. Logo que perdi o meu amor, meu querido Roberto, achei que fosse morrer de dor. Foi apenas este pequeno... este anjinho... que me manteve viva.

Alys colocou os lábios na cabeça morna, onde a pulsação vigorosa podia ser sentida.

— O cheirinho dele é uma delícia — disse ela, admirada.

A dama anuiu.

— Meu salvador. Posso mostrá-lo à avó?

— Vou levar a senhora até ela — disse Alys. — O choque foi terrível para ela, para todos nós. Só recebemos sua carta, informando a morte dele, na semana passada, e depois sua outra carta, postada de Greenwich, três dias atrás. Ainda nem estamos de luto. Sinto muitíssimo.

A jovem viúva ergueu o olhar, com os cílios encharcados de lágrimas.

— Não tem importância, não tem importância. O que importa é o sentimento.

— A senhora sabe que ela está inválida? Mas vai querer recebê-la aqui imediatamente. Vou subir e dizer a ela que a senhora veio ao nosso encontro. Posso pedir que lhe sirvam alguma coisa? Se não chá, então talvez um chocolate quente? Ou uma taça de vinho?

— Só uma taça de vinho e água — disse a senhora. — E, por favor, diga à senhora sua mãe que não quero ser um problema para ela. Posso vê-la amanhã, se ela estiver descansando agora.

— Vou perguntar.

Alys entregou o bebê à ama de leite, saiu da sala, seguiu pelo corredor e subiu a escada estreita.

Alinor estava curvada sobre a carta, sentada diante de uma mesa redonda na pequena torre com janelas de vidro, esforçando-se para escrever ao irmão e lhe dar aquela notícia ruim na qual não conseguia crer. A brisa morna que chegava com a maré afastava uma mecha de cabelo branco de seu semblante taciturno. Estava cercada pelas ferramentas de seu ofício, herbalismo: ramalhetes de ervas secando em barbantes acima de sua cabeça, oscilando no ar que entrava pela janela; pequenos frascos de óleos e essências enfileirados nas prateleiras do outro lado da sala; e no piso, abaixo dos frascos, garrafas de óleos fechadas com rolha. Ela ainda não tinha 50 anos; seu rosto extremamente belo, marcado por sofrimento e perdas, seus olhos um cinza mais escuro que o modesto vestido, um avental branco em torno da cintura esbelta, um colarinho branco no pescoço.

— Era ela? Tão cedo?

— A senhora viu a carruagem?

— Vi, sim, eu estava escrevendo para Ned. Para dar a notícia.

— Mamãe... é a... é a...

— A viúva de Rob? — perguntou Alinor sem hesitar. — Pensei que fosse mesmo, quando vi a ama de leite com o bebê. É o menino de Rob?

— É, sim. Ele é tão miudinho para viajar de tão longe! Posso trazê-la aqui para cima?

— Ela veio para ficar? Vi baús na carruagem.

— Não sei quanto tempo...

— Duvido que nossa casa esteja à altura dela.

— Vou preparar o quarto de Sarah para a ama de leite e o bebê e vou oferecer a ela o quarto de Johnnie no sótão. Eu deveria ter feito isso antes, mas jamais imaginei que ela fosse chegar tão cedo. Ela alugou uma carruagem em Greenwich.

— Rob escreveu que ela era uma viúva rica. Pobrezinha, deve estar sentindo que a vida que ela conhecia se foi.

— Igual a nós — comentou Alys. — Sem-teto e com os bebês.

— Só que a gente não tinha carruagem alugada nem criada — ressaltou Alinor. — Quem era aquele cavalheiro? Não consegui ver mais que a copa do chapéu.

Alys hesitou, sem saber o que dizer.

— Ninguém — mentiu ela. — Um comerciante. Estava vendendo parte de um navio negreiro com destino à costa da Guiné. Prometeu lucro de cem vezes o investimento, mas o risco é demais para nós.

— Ned não ia gostar disso. — Alinor olhou para sua carta mal traçada destinada ao irmão, distante na Nova Inglaterra, fugido da pátria, que havia optado por servir a um rei. — Ned jamais negociaria escravos.

— Mamãe... — Alys hesitou, sem saber como falar com a mãe. — A senhora sabe que não há dúvida?

— Quanto à morte do meu filho? — Alinor verbalizou a perda na qual não conseguia crer.

— A viúva dele está aqui agora. Ela mesma pode confirmar tudo para a senhora.

— Eu sei. Vou acreditar quando ela me contar, tenho certeza.

— A senhora quer se deitar no sofá quando eu a trouxer aqui para cima? Não vai ser cansativo demais para a senhora?

Alinor se levantou e deu meia dúzia de passos até o sofá, então se sentou, enquanto Alys lhe suspendia as pernas e ajeitava o vestido ao redor dos tornozelos.

— Está bem assim? A senhora está respirando bem, mãe?

— Sim, estou relativamente bem. Ela pode subir agora.

JUNHO DE 1670, HADLEY, NOVA INGLATERRA

Ned estava numa terra desprovida de reis, mas não de autoridades. Um membro do Conselho Municipal de Hadley atravessou o portão norte do vilarejo, subiu pelo barranco do rio e desceu do outro lado, até o frágil píer de madeira, onde fez soar a velha ferradura pendurada numa barra de ferro enferrujada no intuito de chamar o balseiro, onde quer que ele estivesse. Saindo do quintal da casinha de dois cômodos, Ned subiu pela margem, batendo as mãos sujas de terra, e se deteve no alto para de lá contemplar o sujeito.

— Não precisa acordar os mortos. Eu estava na horta.

— Edward Ferryman?

— Sim. Como o senhor bem sabe. Vai querer a balsa?

— Não, pensei que você estivesse na mata; então, toquei como se fosse para a balsa, a fim de chamá-lo.

Ned ergueu as sobrancelhas em silêncio, como se quisesse dizer que o homem podia chamar a balsa, mas não o balseiro.

O homem apontou para o papel que levava na mão.

— Isto aqui é oficial. Você está sendo convocado no vilarejo.

— Bem, eu não posso me afastar do Quinnehtukqut. — Ned apontou para o rio lento, mais raso no verão.

— O quê?

— O rio. É o nome dele. Como é que o senhor não sabe disso?

— Nós chamamos esse rio de Connecticut.

— É a mesma coisa. Significa rio longo, rio longo com marés. Não posso sair de perto da balsa durante o dia sem alguém para operá-la. O senhor deveria saber disso. O regulamento é do próprio vilarejo.

— É francês? — perguntou ele, curioso. — O Quin... seja lá como você o chamou. Você usou o nome do rio em francês?

— Na língua nativa. Do povo da Terra da Alvorada.

— Nós não os chamamos assim.

Ned deu de ombros.

— Podem chamar ou não, mas é o nome deles. Porque eles são os primeiros a ver o sol nascer. Toda esta terra é conhecida como Terra da Alvorada.

— Nova Inglaterra — corrigiu o homem.

— O senhor veio até aqui só para me ensinar a falar?

— Disseram lá no vilarejo que você fala a língua nativa. Os mais velhos o estão convocando para explicar uma tratativa a um dos nativos.

Ned suspirou.

— Eu só falo um pouco, não o suficiente para ser útil.

— Precisamos de um intérprete. Queremos comprar um pouco mais de terra, ao longo do rio, mais ao norte, ali. — Ele acenou para as árvores frondosas que baixavam seus galhos curvados para a água vítrea. — Você mesmo ia gostar de possuir terra por lá, suponho; você não gostaria de possuir terra ao redor do píer de sua balsa?

— Quanta terra? — perguntou Ned, curioso.

— Não muita, mais uns oitenta hectares, por aí.

Ned fez que não e bateu a terra das mãos, feito um homem que varre o pecado.

— Não sou o homem certo para os senhores. Deixei o meu velho país para me afastar do afã de fazer dinheiro e arrancar dinheiro. Quando o rei voltou, foi que nem um bando de ratos soltos numa maltaria. Não quero começar tudo de novo aqui. — Ele se virou para retornar à horta atrás da casa.

O homem olhou para ele sem entender.

— Você fala como um nivelador!

Ele subiu o pequeno barranco para ficar ao lado de Ned.

Ned se retraiu um pouco com a lembrança de antigas batalhas, perdidas havia muito tempo.

— Talvez, sim. Mas prefiro ficar em paz, em minha própria plantação, a fazer fortuna.

— Mas por quê? — indagou o membro do conselho. — Todo mundo veio para cá para fazer fortuna. Deus recompensa Seus discípulos. Eu vim para viver melhor do que vivia no meu velho país. Assim como todo mundo. Isto aqui é um mundo novo. Cada vez chega mais gente, cada vez nasce mais gente. Nós queremos uma vida melhor! Para nós e para nossas famílias. É a vontade de Deus que prosperemos aqui, é a vontade d'Ele virmos para cá e vivermos de acordo com Suas leis.

— Sim, mas algumas pessoas esperavam um novo mundo onde não houvesse ganância — assinalou Ned. — Eu entre elas. Talvez seja a vontade de Deus construirmos uma terra sem senhores e vassalos, compartilhando o jardim como se fosse o Éden. — Ele se virou e desceu os degraus toscos, voltando à horta.

— Estamos compartilhando! — insistiu o homem. — Compartilhando com os fiéis. Você tem direito à sua parte aqui graças à boa vontade do pastor.

— É melhor os anciãos pedirem ajuda a um dos nativos. — Ned desfez o nó que amarrava o portão da horta e entrou. — Dezenas deles falam inglês muito bem. Alguns são cristãos. E John Sassamon? O professor? Aquele que prega para o rei Philip? Ele está no vilarejo; eu fiz a travessia com ele hoje de manhã. Ele pode traduzir para o senhor, como faz para o conselho. Ele tem estudo, fez Harvard! Eu não saberia nem por onde começar.

Ned fechou o portãozinho feito a mão e ordenou que seu cão se sentasse.

— Não chegue perto — disse ele com firmeza para o visitante indesejado. — Eu tenho mudas aqui, e não quero que o senhor pise nelas.

— Nós não queremos um nativo. Verdade seja dita: não confiamos em ninguém para traduzir uma tratativa sobre compra de terras. Não queremos descobrir daqui a dez anos que eles entenderam que se tratava de um empréstimo em vez de uma venda. Queremos um dos nossos.

— Ele é um dos nossos — insistiu Ned. — Educado como um inglês, numa universidade com ingleses. Fez a travessia na minha balsa, hoje de manhã, de botas e calções e chapéu na cabeça.

O homem se inclinou sobre a cerca da horta, como se temesse ser ouvido pelo rio profundo ou pelas extensas margens relvadas.

— Não, não confiamos em nenhum deles — disse ele. — As coisas não são como eram. Eles já não são como eram. Azedaram. Não são como eram no tempo do velho rei, nos acolhendo e querendo comerciar, quando eram simples selvagens.

— Simples? Tudo era de fato tão tranquilo naquele tempo?

— Meu pai falava que era bem assim — disse o homem. — Eles nos davam terras, queriam negociar conosco. Nos acolhiam, queriam ajuda contra os inimigos... contra os moicanos. Todo mundo sabe que eles nos convidaram. Então aqui estamos! Eles nos deram terra naquela época, e agora têm de nos dar mais. E vamos pagar um preço justo.

— Com o quê? — perguntou Ned, cético.

— Como?

— Com o que os senhores pagariam o preço justo?

— Ah! Com o que eles pedirem. Contas feitas de conchas de moluscos, os tais *wampum*. Ou chapéus, ou casacos, o que eles quisessem.

Ned balançou a cabeça diante da troca de hectares de terra por miçangas.

— Os *wampum* perderam valor — ressaltou ele. — E casacos? Os senhores ofereceriam alguns casacos por uns cinquenta hectares de terrenos que eles desmataram e plantaram e pela mata que eles preservaram para ali poderem caçar e chamam isso de justo? — Ele pigarreou e cuspiu no chão, como se quisesse se livrar do gosto de trapaça na boca.

— Eles gostam de casacos — disse o homem, mal-humorado.

Ned se virou de costas para o portão, querendo dar fim à discussão, ajoelhou-se e pegou uma enxadinha para capinar em torno dos pés de curgete.

— Que coisa fedorenta é essa que você está espalhando aí?

— Tripa de peixe — disse Ned, ignorando o cheiro. — É de savelha. Eu enterro um pouco em cada encosta.

— Os nativos fazem isso!

— Ã-hã, foi um deles que me ensinou.

— E o que é isso que está usando?

Ned olhou para o velho cabo da enxadinha, que tinha sido esfregado com banha e aquecido nas cinzas até ficar rígido, resistente, como se fosse ferro forjado.

— Isto? O que há de errado com isto?

— Coisa de nativo — disse o homem com desdém.

— Foi trocada por um valor justo, e funciona bem. Não importa quem tenha feito, desde que faça um bom trabalho.

— Você usa truques e ferramentas dos nativos; vai acabar ficando como eles. — Ele falou como se fosse uma maldição. — Tome cuidado, ou vai se transformar num selvagem, e vai ter de responder por isso. Você sabe o que aconteceu com Edward Ashley?

— Já faz quarenta anos — disse Ned, entediado.

— Foi mandado de volta para a Inglaterra, porque estava vivendo que nem um nativo — disse o membro do conselho em tom triunfal. — Você começa assim, com essa enxada, e depois vai usar mocassim, e aí vai se danar.

— Sou inglês, nascido e criado, e hei de morrer inglês. — Ned conteve a indignação. — Mas não preciso menosprezar ninguém. — Ele se agachou. — Não vim até aqui para agir como um rei que despreza os súditos, um rei que impõe à custa de sangue um modo de viver. Vim para cá para viver em paz com os meus vizinhos. Todos os meus vizinhos: ingleses e indígenas.

O homem olhou para o leste, rio acima, onde os charcos do outro lado do rio se transformavam num matagal denso e profundo.

— Até mesmo aqueles que você não vê? Aqueles que de noite uivam feito lobos e o vigiam, lá do brejo, o dia todo?

— Eles também — disse Ned com serenidade. — Os fiéis e os infiéis, e aqueles cujos deuses desconheço. — Ele se inclinou sobre as plantas para demonstrar que a conversa tinha acabado, mas ainda assim o mensageiro não foi embora.

— Mandaremos buscá-lo novamente, você sabe disso. — O homem se afastou do portão da horta de Ned para voltar ao vilarejo. — Todo mundo tem de servir. Mesmo que não venha agora, terá de vir para o treinamento da milícia. Não dá para ser inglês e ficar sentado à beira do rio. Você tem de provar que é inglês. Tem de ser inglês contra os nossos inimigos. É assim que vamos saber que é inglês. É assim que você próprio vai saber. Vamos ter de dar uma lição neles!

— Acho que já demos uma lição neles — observou Ned, voltando-se para a terra sob seus joelhos. — Que é melhor não nos convidar para entrar, que é melhor não nos acolher.

JUNHO DE 1670, LONDRES

A italiana precisou tirar o chapéu e o véu escuro, bem como as luvas de renda preta, e lavar o rosto e as mãos no quartinho do sótão antes de ir ao encontro da sogra. O bebê ainda dormia, mas ela o pegou nos braços e entrou no quarto, incrivelmente bela, qual uma Madona pesarosa. Alinor percebeu o vestido escuro e decotado, realçando os seios, a pele alva e coberta pela renda preta, os cachos do cabelo sob a touca adornada com fita preta e os olhos grandes e trágicos, mas sua atenção se concentrou no bebê adormecido.

— O menino de Rob — foi tudo o que ela disse.

— Seu neto — sussurrou Lady da Ricci e colocou o bebê nos braços de Alinor. — Ele não se parece com Roberto?

Alinor recebeu o bebê com a confiança de uma parteira que realizou centenas de partos, mas não o abraçou. Segurou-o no colo para que pudesse olhar o rosto adormecido, redondo qual uma lua, com lábios vermelhos que exibiam uma pequena bolha rosada por conta da sucção. Não exclamou com amor imediato; por mais estranho que parecesse, não disse nada por um bom tempo, como se estivesse interrogando os cílios escuros nas faces alvas e o narizinho arrebitado, e, quando olhou para a viúva ajoelhada ao lado do sofá, o fez com o semblante lívido e grave.

— Qual é a idade dele?

— Ah, ele tem só 5 meses, que Deus o abençoe... Ter perdido o pai quando ainda era recém-nascido.

— E os olhos dele?

— Escuros, azul-escuros; a senhora vai ver quando ele acordar. Escuros feito o mar profundo.

A dama italiana sentiu, mais do que viu, o leve tremor que Alinor foi incapaz de conter.

— Ele é tão parecido com o pai! — afirmou ela mais alto. — A cada dia vejo mais isso.

— Você vê? — perguntou Alinor, neutra.

— O nome dele é Matteo Roberto, mas podem chamá-lo de Matthew, é claro. E Robert, em homenagem ao pai. Matthew Robert da Ricci.

— Da Ricci?

— Meu título e sobrenome de casada.

A viúva percebeu que a mão da sogra pressionava o belo acabamento de renda da bata branca.

— Vou chamá-lo de Matteo, como você — foi tudo o que a mulher mais velha disse.

— Espero que sirva de consolo que, embora a senhora tenha perdido um filho, eu tenha lhe trazido seu neto.

— Não acho...

— A senhora não acha...? — repetiu a italiana, quase como se desafiasse Alinor a concluir o pensamento. — O que a senhora não acha, *nonna*? Vou chamá-la de avó querida; a senhora é a única avó que ele tem!

— Não acho que uma criança possa ocupar o lugar de outra. Nem desejaria que isso acontecesse.

— Ah! Mas poder vê-lo crescer! Um menino inglês no país do pai? Essa alegria não vai acabar com a dor de sua perda? De nossa perda?

Alinor não disse nada, e a viúva sentiu que sua voz cantante estava, de certo modo, fora do tom.

— Não devo cansar a senhora com o meu bebê e as minhas tristezas.

— Não está me cansando — disse Alinor gentilmente, devolvendo o bebê. — E estou feliz que tenha vindo e trazido seu filho. Lamento não estarmos preparadas para sua chegada. Acabamos de receber suas cartas. Mas terá um lar aqui enquanto quiser. Rob escreveu dizendo que você não tem família, não é mesmo?

— Ninguém — apressou-se ela em dizer. — Não tenho ninguém. Sou órfã. Não tenho ninguém além de vocês!

— Então, pode ficar o tempo que quiser, só lamento não termos mais para lhe oferecer.

A viúva evitou correr o olhar pelo recinto, que obviamente servia a um só tempo como local de trabalho, sala de estar e quarto.

— Eu só quero estar com vocês. Esta é a sua única casa? E quanto à casa de campo?

— Isso é tudo que possuímos.

— Tudo que quero está aqui — suspirou ela. — Tudo que quero é viver com a senhora e com a minha irmã, Alys.

Alinor fez que sim, mas não disse nada.

— A senhora me abençoa? — pediu a nora. — E me chama de Livia? E posso chamar a senhora de *mamma*? Posso chamá-la de *mia suocera*, minha sogra?

Alinor empalideceu no momento em que cerrou os lábios, prestes a recusar.

— Sim — disse ela. — É claro. Deus a abençoe, filha.

As duas jovens fizeram as refeições sozinhas na sala, enquanto a criada levou uma bandeja pela escada estreita para Alinor. A ama de leite fez a refeição na cozinha, resmungando que não havia copa para os empregados. Com o bebê em um dos braços e uma vela na mão, ela subiu os degraus da escada de madeira até o quarto do primeiro andar, em frente ao quarto maior, de onde era raro Alinor sair.

— Sua mãe está doente? — perguntou Livia a Alys. — Roberto nunca me falou que ela estava tão doente.

— Ela sofreu um acidente — respondeu Alys.

Livia balançou a cabeça.

— Ai, que triste. Foi recente?

— Não, foi há muitos anos.

— Mas ela vai se recuperar?

— Ela pode sair de casa, se o tempo estiver bom, mas fica muito cansada. Ela prefere ficar no quarto, descansando.

— Ai, é tão triste! E ela deve ter sido uma mulher linda! Imagine, levar um baque desses!

— Pois é — disse Alys, concisa.

— Roberto nunca me contou! Ele deveria ter me contado!

— Foi... — Alys parou. Concluiu que não poderia responder pelo irmão, diante da esposa exótica por ele escolhida. — Foi um grande baque para todos nós. A gente nunca falou sobre isso. A gente nunca fala sobre isso.

A *nobildonna* considerou a questão por um instante.

— Um acidente demasiado terrível para ser comentado?

— Exatamente.

— Você guarda o segredo?

— Guardo.

A bela jovem considerou a informação.

— Foi culpa sua? — perguntou ela descaradamente. — Tendo em vista que você guarda o segredo sobre o acidente.

O rosto de Alys foi atingido pela luz da vela.

— Isso, exatamente. Foi culpa minha. E eu nunca toco no assunto, nem a mamãe.

A mulher mais jovem fez que sim com a cabeça, como se segredos fossem naturais para ela.

— Muito bem. Eu também não vou tocar no assunto. Então, me fale sobre o restante de sua família. Você tem um tio, não tem? O tio de Rob, Ned.

— Tenho, mas ele não está em Londres. Ele não viveria aqui, governado por um rei. Ele nos escreve o ano inteiro da Nova Inglaterra e nos envia mercadorias, principalmente ervas; ele nos envia ervas raras, que vendemos aos boticários...

— Ele abandonou a própria casa porque não gosta do novo rei? Mas por que ele deveria se incomodar com isso? — Ela riu. — Até parece que eles haveriam de se encontrar!

— Ele é muito severo — tentou explicar Alys. — Acreditava no Parlamento, lutou no Novo Exército Modelo, odeia ser governado por reis. Quando o líder dele, Oliver Cromwell, morreu e o príncipe Carlos foi reinstituído, o meu tio deixou o país, acompanhado de outros que pensam como ele... homens honrados, alguns deles. Jamais viveriam sob o jugo de um rei, e o rei os teria executado.

— Ele é rico, lá no Novo Mundo? — perguntou ela. — Tem uma fazenda? Tem muitos escravos? Está acumulando fortuna?

— Não, ele tem metade de um terreno e o direito de operar uma balsa. Nada de escravos. Ele jamais teria um escravo. Foi embora com quase nada; foi obrigado a abandonar a nossa casa.

— Mas a casa ainda pertence à família?

— Não, a gente perdeu a casa. Éramos só inquilinos.

— Achei que fosse um casarão, com criados e capela própria, não? — inquiriu ela.

— Aquilo era o Priorado, onde Rob morou, como companheiro do filho do lorde. Meu tio Ned tinha só a casa da balsa, e a mamãe, Rob e eu morávamos num casebre de pescador ali perto.

A bela boca de Livia se contraiu.

— Pensei que sua família fosse mais importante! — exclamou ela em tom de queixa.

Alys trincou os dentes, encabulada.

— Receio que não.

Mas Livia seguiu investigando a história da família.

— Ah, mas você tem filhos! Eles vão bem? Quero muito conhecê-los! Onde eles estão?

— São gêmeos. Meu filho, John, está trabalhando como aprendiz de um comerciante na City de Londres. Minha filha, Sarah, trabalha como aprendiz de chapeleira; está quase terminando seu período de aprendizagem na loja. É muito habilidosa; puxou à avó... não a mim. Eles voltam para casa aos sábados depois do trabalho.

— Céus! Você permitiu que ela morasse longe de casa? Em Veneza nós jamais daríamos tanta liberdade a uma jovem.

Alys deu de ombros.

— Ela precisa ganhar o próprio sustento; precisa ter um ofício. É uma moça sensata, e confio nela.

A risada de Livia irritou Alys.

— *Allora!* É nos rapazes que não confio!

Alys esboçou um sorriso, mas não disse nada.

— Não planeja para ela um casamento com algum cavalheiro rico?

Alys meneou a cabeça.

— Não. É melhor que ela tenha o próprio ofício, nós achamos. E não conhecemos nenhum cavalheiro rico.

— Mas e aquele seu visitante? Ele não é rico?

— A gente não o conhece direito. — Alys pôs um ponto-final no interrogatório. — A senhora deve estar bastante cansada da viagem, não? Mas gostaria que amanhã me contasse de sua vida com Rob. E... E... de como ele morreu.

— Vocês receberam as nossas cartas, não?

— Recebemos cartas dele logo que assumiu o posto em Veneza, e então ele escreveu que se casariam. Ele nos falou do nascimento do pequeno Matteo e da felicidade de vocês. Mas depois não tivemos mais nenhuma notícia, até a senhora escrever que ele tinha se afogado. Só recebemos essa carta na semana passada. E, então, três dias atrás, recebemos a sua carta de Greenwich, falando de sua chegada.

— Ah, sinto muito! Sinto muitíssimo! Escrevi de Veneza imediatamente, depois da minha perda, e enviei a carta em seguida. Nunca pensei que fosse demorar tanto tempo! Escrevi de novo, logo que desembarquei. Como são bondosas, acolhendo-me quando trago notícias tão ruins!

A criada entrou no cômodo e retirou os pratos. *Nobildonna* da Ricci olhou em volta, como se esperasse mais que o único prato de frutas e folhados.

— Posso chamar você de Livia? — perguntou-lhe Alys. — A senhora pode me chamar de irmã Alys, se quiser.

— Roberto costumava me chamar de Lizzie, o que me fazia rir. Ele dizia que ia fazer de mim uma autêntica inglesa.

— Você fala um belo inglês.

— Ah, a minha mãe era inglesa.

— Sério? E o seu título?

— É o título da minha família — disse ela. — Um sobrenome antigo. Então, quando me casei, eu o acrescentei a Ricci. É o certo a ser feito, não é?

— Eu não saberia — disse Alys. — A gente não tem título, nada disso. Somos só uma família pequena, que nada possui além deste armazém, dois cavalos e uma carroça.

— Mas Roberto me falou que Sir William Peachey era o patrono dele e que James Summer era seu grande amigo e tutor. Ele prometeu que, quando a gente voltasse para a Inglaterra, teria um casarão em Londres e que ele seria um médico ilustre.

— Rob sempre foi ambicioso — admitiu Alys, sem jeito. — Mas não há casarão nenhum. Só isto aqui. — Ela correu os olhos pela salinha e pela grelha fria. — Isto já é uma conquista para a gente... quando penso de onde viemos...

— De onde vocês vieram? — Livia estava curiosa. — Pois Roberto me falou de uma região parecida com a lagoa de Veneza... metade terra e metade água, mudando a cada maré, com aves cantando entre o céu e o mar.

— Era assim mesmo — concordou Alys. — A gente sempre viveu no limite entre a pobreza e a subsistência, entre amigos e inimigos, na terra das marés, entre a água e os campos. Vivíamos no limite de tudo. Pelo menos, aqui estamos num mundo de solo firme. Pelo menos, o tio Ned está construindo uma nova vida numa nova terra, como ele quer.

— Mas eu não quero nada além disso. — Livia apertou as mãos de Alys, como se fizesse uma promessa. — Nada além de entrar no mundo de solo firme. Nada além de construir uma nova vida, uma vida melhor. E vamos nos chamar de irmãs e vamos nos amar como irmãs devem se amar.

JUNHO DE 1670, LONDRES

Na manhã seguinte à chegada de Livia, Alinor a convidou para o desjejum e Alys ajudou a criada a subir a escada sinuosa com as bandejas pesadas. Uma mesinha redonda foi posta com talheres simples diante da janela da torre, e Alinor sentou-se de costas para o rio, com a porta envidraçada aberta pela metade atrás dela, o que fazia as fitas da touca se agitarem levemente com a brisa. Ela ouvia os guinchos das gaivotas. Era o momento de intervalo entre as marés, e botes subiam rapidamente a correnteza, a luz do sol brilhava na água, e o teto da sala parecia salpicado com o reflexo das ondas de luz.

— Me conte de sua vida em Veneza — pediu ela a Livia. — Quando foi que conheceu o meu filho?

— A gente se conheceu em Veneza. As famílias italianas são muito severas, a senhora sabe? Eu me casei muito jovem com um homem bem mais velho, amigo de meu avô. Quando o conde, meu marido, adoeceu, precisei chamar um médico; e todos diziam que um jovem médico inglês era o melhor do mundo para tratar da condição de meu marido.

— Ele estudou na universidade em Pádua — disse Alinor, com orgulho.

— Ele vinha todos os dias; era muito gentil. Meu marido sempre foi... — Ela parou e olhou para a mulher mais velha, como se confiasse que ela compreenderia a situação. — Meu marido era muito... ríspido comigo. Para dizer a verdade, era cruel, e Roberto era muito gentil. Eu me apaixonei por ele. — Ela olhou da mulher mais velha para a mais nova. — Eu bem que tentei não me apaixonar. Sabia que era errado, mas não pude evitar.

Mãe e filha nem sequer trocaram um olhar. Alys manteve os olhos fixos na mesa, enquanto sua mãe observava Livia.

— Às vezes mulheres se veem em situações difíceis — concordou Alinor serenamente. — Rob te amava?

— Não no começo — disse ela. — Ele era sempre muito cuidadoso, muito correto. Muito inglês! Sabem o que quero dizer? — Ela contemplou os dois semblantes graves. — Não, eu acho que não! Ele costumava vir à nossa casa calçando — ela mesma se interrompeu com uma risadinha — botas lindas! Para caminhar pelos charcos, sabem? Ele costumava andar pelos baixios e pelas ilhas na maré baixa, onde não havia trilhas nem picadas; tinha o hábito de sair para colher ervas e junco. Pegava um barco, atravessava a lagoa e, em seguida, percorria as ilhotas. Sabia se orientar tão bem quanto os pescadores que vivem na lagoa. Quando ele entrava no nosso velho palácio, fechado e sempre tão escuro e frio, eu sentia o cheiro da maresia, do ar livre na jaqueta dele, no cabelo dele... — Ela olhou de uma mulher para a outra. — Era como se ele fosse livre, livre feito as aves da lagoa e das marismas.

Alys olhou de relance para a mãe, que estava inclinada para a frente, absorvendo as notícias sobre o filho.

— Faz lembrar a nossa antiga terra — disse ela.

— Ele estava caminhando pelas terras das marés — concordou a mãe. — Como no Lodo Catingoso. Estava caminhando por trilhas entre o mar e a terra.

— Estava mesmo! — concordou Livia. — Lá estava ele, morando na cidade mais rica do mundo, mas todas as tardes dava as costas para a cidade e saía a pé, lagoa afora, ouvindo o canto dos pássaros. Ele gostava das nossas aves brancas, as garças, sabem? Gostava de observá-las. Gostava mais dos caminhos à beira-mar do que dos mercados onde se vendia ouro e das ruas! Era tão engraçado! Diferente de qualquer outra pessoa. Pescava o próprio peixe, imaginem! E não tinha vergonha de ser do campo; dizia às pessoas que se sentia em casa na água e andando por baixios e ilhas. E, quando a saúde do meu velho marido piorou de vez, Roberto veio ficar em nossa casa, para ajudar a cuidar dele, e, quando ele morreu, Roberto foi um grande conforto.

Alys examinou os pãezinhos sem olhar para a mãe.

— Eu recorri a ele em minha dor, e foi então que lhe disse que o amava — sussurrou Livia. — Não deveria ter dito nada, eu sei. Mas eu estava tão sozinha e tão assustada naquele grande palácio à beira do canal. Era tão frio e tão silencioso e, quando a família dele veio para o enterro, eu sabia que me expulsariam e colocariam o herdeiro na minha casa. Sabia que eles me odiavam: meu marido tinha se casado comigo porque eu era jovem e bonita. — Ela deu uma risadinha. — Fui muito bonita quando jovem.

Nenhuma das ouvintes comentou que ela ainda era bonita; então, Livia prosseguiu:

— Eu só tinha um amigo no mundo. — Ela olhou para Alinor com ar de súplica e estendeu o braço para apertar sua mão. — Seu filho, Roberto.

Alys viu a mãe afastar a própria mão do toque da jovem e se surpreendeu com sua impaciência.

— A senhora está cansada, mamãe? — perguntou ela bem baixinho.

— Não, não — respondeu Alinor. Ela juntou as mãos no colo, fora de alcance. — Peço que me perdoe — disse ela a Livia. — Estou inválida. E Alys se preocupa comigo. Prossiga. Rob sabia que você estava apaixonada por ele?

— A princípio, não — disse Livia com um sorrisinho pesaroso. — Não foi mesmo como deveria ser. Eu sei que na Inglaterra é o cavalheiro quem fala primeiro. Não é assim?

Nenhuma das mulheres respondeu.

— Eu realmente acho que ele só estava com pena de mim. Ele é... Ele era tão sensível, não era?

— Era — disse Alys quando sua mãe não disse nada. — Sim, ele era.

— Quando eu tive de sair de Veneza e voltar para a casa de minha família nos morros perto de Florença, pensei que nunca mais o veria. Mas ele me seguiu. — Ela levou a mão ao coração. — Foi até a casa da minha família e disse ao meu primo, o *signor*, o chefe da minha família, uma grande família, que me amava. Foi o momento mais feliz da minha vida. O mais feliz de todos.

— Ele nos escreveu dizendo que a havia conhecido e que a admirava — confirmou Alys.

— É, foi o que ele fez — disse Alinor. — E, quando ele nos escreveu, dizendo que ia se casar, enviamos renda para enfeitar o seu vestido. Você recebeu?

— Ah, sim, era lindíssima! E eu respondi agradecendo. Vocês receberam a carta?

Alys fez que não.

— Sinto muito! Eu não gostaria que pensassem que não fiquei grata e feliz com os seus votos de felicidade. Escrevi uma longa carta para vocês. Foi enviada aos cuidados de um comerciante. Mas quem sabe o que acontece com esses navios! Uma viagem tão longa, e mares tão perigosos!

— Eu sei — concordou Alinor. — Sempre vivemos no limite de águas profundas.

— Então tivemos um casamento discreto em Veneza e precisamos nos defender da família do meu primeiro marido.

— Por quê? — perguntou Alys.

— Ah, eles ficaram enciumados! E falaram todo tipo de coisa contra a minha pessoa. Então, descobri que estava grávida e ficamos muito felizes. Quando o pequeno Matteo nasceu, a gente sabia que tinha encontrado a verdadeira felicidade. Então... Ah, mas vocês já sabem o resto...

— Não, eu não — interrompeu Alinor. — Você não me contou nada!

— Você só escreveu que ele tinha se afogado — lembrou Alys.

Livia respirou fundo. Evidentemente, era uma provação para a viúva falar sobre o assunto.

— Roberto foi chamado a uma das ilhas numa noite de tempestade. Eu o acompanhei, muitas vezes o acompanhava. Houve um vendaval terrível, e o nosso barco virou. Eles me tiraram da água quando amanheceu; foi um milagre eu ter sobrevivido. — Ela desviou o rosto da claridade da janela e o escondeu no lencinho debruado de preto. — Eu desejei não ter sobrevivido — sussurrou ela. — Quando me disseram que ele estava morto... eu pedi que me atirassem de volta às águas.

Alys olhou para a mãe, esperando que ela falasse com sua habitual compaixão, mas a mulher mais velha não disse nada, apenas observou, com seus olhos cinzentos semicerrados, como se estivesse esperando ouvir algo mais.

— Que coisa terrível — sussurrou Alys.

Livia fez que sim, secou os olhos e esboçou um sorriso trêmulo.

— Eu escrevi para vocês sobre a morte dele... Tenho certeza de que não disse coisa com coisa; eu estava tão infeliz! Sabia que deveria procurá-las; sabia que era essa a vontade de Roberto. Então, embora estivesse completamente sozinha no mundo, juntei o que restava em nossa casinha, gastei todas as nossas economias na passagem de navio e aqui estamos. Escrevi para vocês assim que desembarcamos, e então contratei a carruagem e vim. Eu trouxe o meu menino inglês para a casa dele.

Houve silêncio.

— E estamos muito contentes que tenham vindo — disse Alys num tom de voz um tanto elevado naquele cômodo silencioso. — Não estamos? Não estamos? Mamãe?

— Estamos — disse Alinor. — Eles encontraram o corpo?

A pergunta foi tão insensível e brusca que as duas jovens olharam para ela.

— O corpo? — repetiu Livia.

— Isso. O corpo afogado de Rob. Encontraram? Tiraram-no da água, enterraram com os ritos adequados? Como um protestante?

— Mamãe! — exclamou Alys.

— Não — disse Livia, as lágrimas brotando novamente. — Não encontraram. Lá é muito profundo e há correntes. Não esperavam encontrá-lo... não depois que ele... afundou.

— Afundou — repetiu Alinor lentamente. — Está me dizendo que o meu filho... afundou?

Alys estendeu a mão, como se quisesse impedir o avanço das palavras, mas nenhuma das mulheres notou o gesto.

— Realizamos um culto no local onde ele desapareceu — disse Livia com sua voz melodiosa soando baixa. — Quando o mar acalmou, saí num bote a remo; o local ficava na metade do caminho entre Veneza e a ilha de Torcello. Joguei flores na água, em nome de vocês: lírios brancos nas marés turvas.

— Ah, não me diga — disse Alinor com indiferença. Ela virou a cabeça e olhou para o cais. — Lá está o tal comerciante de novo.

Livia se inclinou para a janela e vislumbrou James Avery à porta, esperando ser recebido na casa.

— Ah, esse sujeito não é comerciante — disse ela. — É Sir James Avery, tutor e amigo de Roberto. Eu o conheci ontem.

A sala congelou. Ninguém falou. Alys ouviu a subida lenta da criada pela escada do corredor e, em seguida, o rangido quando ela abriu a porta.

— Posso levar a louça? — perguntou ela em meio ao silêncio constrangedor.

— Sim, sim — disse Livia, quando ninguém respondeu. Seu olhar foi do rosto lívido de Alinor para a cara feia de Alys. — Eu disse algo errado? O que houve?

— James Avery está aqui? Aquele visitante era James Avery? — indagou Alinor.

— Era — disse Alys com firmeza. — Eu nem sabia que a senhora conhecia o sobrenome verdadeiro dele.

— Sim. Era para ser o meu sobrenome. Claro que conheço.

— Ele é Sir James. Acontece que ele tem um título. A senhora achou que o título haveria de ser seu? — inquiriu Alys.

— Achei. Ele veio aqui para falar comigo?

Alys anuiu em silêncio.

Mãe e filha se entreolharam, como se não enxergassem a criada, que fazia ruídos ao redor da mesa, e o semblante ansioso de Livia.

— Alys, quando pretendia me contar?

— Eu nunca ia contar para a senhora.

A criada pegou a bandeja pesada, cheia de louça, e saiu do recinto, deixando a porta aberta. Elas ouviram seus passos lentos escada abaixo e depois a batida do cabo do chicote na porta da frente. Ouviram a criada suspirar e o tilintar da louça, quando ela deixou a bandeja na mesa do corredor. Ouviram-na abrir a porta da frente e dizer com impaciência "Entre! Entre!", encaminhando Sir James para a sala vazia, enquanto ela pegava novamente a bandeja e atravessava o corredor até a cozinha, onde gritou da porta dos fundos para que o carroceiro recolhesse, mais uma vez, a montaria do cavalheiro.

— Ele esteve aqui antes?
— Até ontem, não. Juro que não.
— Ele escreveu?

O silêncio de Alys era uma confissão.

— Ele escreveu para mim? Escreveu?

A filha não disse nada.

— Você achou que o estava escondendo de mim, para o meu próprio bem? — perguntou Alinor com ternura.

— Não. — Alys foi impelida à franqueza, as palavras transbordando junto às lágrimas abruptas. — Foi por mim. Eu mal suportava tocar nas cartas dele. Eu nunca o teria deixado entrar ontem se soubesse quem era; eu teria batido a porta na cara dele. Mas falei para não voltar. Não por causa da senhora, porque não sei o que a senhora sente... agora, depois de todo esse tempo. Foi por mim. Porque eu nunca vou perdoá-lo.

— Depois de todo esse tempo? Como assim? Depois de todo esse tempo?

— Cada vez mais. A cada ano que passa e a senhora fica mais doente.

— Mas ele foi tão bom para Roberto! — interrompeu Livia. — E um cavalheiro tão encantador! Não entendo! Está zangada, irmã Alys? Está aborrecida? E a senhora... *mia suocera*?

Ambas a ignoraram.

— Ele escreveu para mim? — A voz de Alinor soou fraca.

— Eu joguei a primeira carta dele no fogo e, quando a cera do lacre derreteu, uma moeda de ouro caiu no meio das cinzas, através das barras da grelha. Eu nem sabia direito o que era, só que era ouro. Era um dobrão francês. Fiquei com a moeda. Serviu para pagar a medicação da senhora; a gente nunca poderia pagar o médico sem aquela moeda. No ano seguinte, ele enviou outra. Dessa vez eu soltei o lacre, peguei a moeda e queimei a carta. Nem quis saber o que ele escreveu. Nem quis ver a letra dele. Nem quis vê-lo de novo.

— Mas Roberto disse que ele era tão bom... — comentou Livia. — E é tão cavalheiro! As roupas dele...

— Ele não foi bom para nós — disse Alys com uma amargura contida. — Não foi nada cavalheiro naquela época.

Tais palavras fizeram Alinor se levantar, inclinando-se sobre a mesa da refeição matinal para se apoiar. Imediatamente, Alys deu um pulo para ajudá-la.

— Não, eu consigo andar. Só vou até a minha cadeira. — Ela deu os três passos, apoiando-se na mesa e depois no encosto da cadeira, e ao sentar-se, estava sem fôlego, com o rosto pálido.

— A senhora permite que eu o mande embora? — perguntou Alys. — Mamãe? Por favor, posso mandá-lo embora?

— Mandá-lo embora?

— Para que só volte daqui a mais vinte e um anos?

Alinor balançou a cabeça e abanou o rosto com a mão, como se precisasse de ar.

— Não posso recebê-lo agora.

— Ah, por que não? — O rosto de Livia brilhava de curiosidade. — Já que ele veio duas vezes para falar com a senhora. E, antes disso, mandou dinheiro.

— A senhora não tem de recebê-lo nunca — disse Alys, com raiva.

— Peça a ele que volte amanhã — falou Alinor com esforço. — Eu posso recebê-lo amanhã à tarde.

— Eu não quero que ele volte aqui.

Alinor assentiu.

— Eu sei, minha querida, eu sei. Só desta vez.

Os olhos escuros e penetrantes de Livia correram de uma para a outra.

— Mas por que não?

— Não no sábado à tarde nem no domingo — especificou Alys.

Alinor respirou fundo, trêmula.

— Ah? São as crianças que ele quer? Ele não veio por mim, mas por elas?

— Eu não sei o que ele quer — disse Alys, obstinada. — Mas não vai conseguir.

A mãe olhou para ela com um olhar tristonho, sincero.

— Suponho que já saiba — disse ela em voz baixa. — Suponho que ele tenha lhe falado.

— Eu odeio ele.

— Eu sei. — Alinor respirou fundo e fechou os olhos, recostando a cabeça no espaldar alto da cadeira. — É melhor dizer a ele que volte esta tarde, então. Não amanhã, para que ele não encontre as crianças.

— Posso falar com ele? — ofereceu-se Livia prestativamente. — Posso descer e dizer a ele que volte esta tarde?

Alys anuiu, e a jovem saiu às pressas do quarto. As duas ouviram os saltos dos sapatos estalando na escada e seguindo até a sala, e, então, ouviram a porta se fechar atrás dela. No quarto iluminado pelo sol, Alinor, em silêncio, estendeu o braço para a filha, e Alys segurou com firmeza a mão da mãe.

James Avery estava olhando pela janela para o cais movimentado; o ranger das polias e o rolar dos barris produziam um barulho contínuo e irritante.

— Sir James. — Livia entrou e fez uma profunda mesura.

Ele se virou e fez uma reverência.

— *Nobildonna* da Ricci.

— A Sra. Ricci vai recebê-lo esta tarde — disse ela, simplesmente. — Ainda é cedo. Ela não está bem, o senhor entende. E, claro, pessoas idosas não gostam de receber amigos na parte da manhã.

Ele hesitou, como se não compreendesse o que ela dizia.

Ela lhe ofereceu um sorriso malicioso.

— O senhor não deve surpreender a nós, damas, pela manhã! — disse ela. — Quanto mais idosa se é, mais há para ser feito!

James enrubesceu e ficou um tanto sem graça.

— Não imaginei que... Voltarei hoje à tarde, então. — Ele pegou o chapéu e o chicote da mesa. — Às três horas seria um horário oportuno?

— Por que não às quatro, então o senhor pode ficar para comer — ofereceu ela.

— Ela me convidou para comer? — disse ele, surpreso.

O sorriso alegre da interlocutora revelou a verdade.

— Não! O convite é meu, mas espero que elas concordem.

— A senhora é gentil comigo, *nobildonna* da Ricci — disse ele, disfarçando cuidadosamente sua decepção. — Mas acho melhor esperar por um convite da Sra. Stoney.

— Da irmã Alys? Ela nunca vai lhe dar boas-vindas! Por que ela não gosta do senhor?

— Eu não sabia que ela não gostava de mim.

Livia deu uma risada descontrolada, então colocou a mão sobre os lábios rosados e os dentinhos brancos.

— Ai, esta casa! Ninguém ri por aqui!

— Não riem?

— Não, é uma casa muito séria. Roberto era um rapaz muito feliz. Pensei que todos fossem alegres.

Ele começou a falar, mas então se conteve, como se houvesse demais a ser dito.

— Tudo aconteceu há muito tempo.

— Quando os gêmeos nasceram?

— Gêmeos?

Ela arregalou os olhos escuros.

— O senhor não sabia? Mas o senhor não veio para vê-los?

— Eu não sabia da existência de gêmeos — disse ele, escolhendo cuidadosamente as palavras. — Preciso falar com a Sra. Reekie. Talvez eu possa... Eu poderia ajudar o menino. Fui abençoado em minha boa sorte e gostaria de prestar assistência a ela, se possível.

— O senhor não tem a sua própria família?

— Minha esposa e eu não tivemos filhos. Foi motivo de grande tristeza para nós.

— Mas é claro. É uma tristeza para qualquer marido e esposa. Sobretudo se houver propriedade envolvida.

Ele sorriu diante da franqueza dela.

— A senhora é uma autêntica cidadã de Veneza. Sim, é uma grande lástima, sobretudo se houver propriedade envolvida.

— Não sou de Veneza — corrigiu ela. — A casa de minha família fica nos morros dos arredores de Florença. Somos uma família muito antiga, uma família nobre. Por isso reconheço a importância de um filho e herdeiro. E agora sou uma lady inglesa. Com um filho inglês. O senhor tornaria Roberto seu herdeiro, se ele ainda estivesse vivo?

Ela notou que ele ficou inquieto e pareceu constrangido.

— Eu tenho um interesse especial pelo menino... pelos gêmeos.

— Mas Roberto é tio deles. Então o meu bebê deve ser primo deles.

— Sim, claro.

— Então, o senhor vai gostar de meu menino também — insistiu ela. — Deixe-me mostrá-lo para o senhor.

— Talvez seja melhor eu me retirar agora e voltar hoje à tarde, não? — sugeriu ele, mas ela já havia aberto a porta da sala e gritado, antes que ele pudesse falar; então, a ama de leite veio da cozinha com o bebê nos braços.

Prontamente, Livia pegou o bebê que estava nos braços da ama e se virou para James com a face colada na cabecinha morena. O bebê estava acordado, e, quando ela o estendeu para James, ele encarou o rosto do homem com um olhar azul-escuro, surpreso.

— Ele não é lindo? — indagou ela, ainda tocando o bebê enquanto o colocava nos braços de James, de maneira que o segurassem juntos.

— É, sim — disse James com sinceridade, tomado de ternura ao pensar naquela criança, outra criança, crescendo sem pai naquela casa pobre.

— Veja como ele gosta do senhor — comentou ela, afastando-se, para que James segurasse o bebê sozinho, e percebeu que ele apertava o bebê com ansiedade.

— Não tenho experiência com bebês — disse ele, segurando-o por apenas um momento e, em seguida, tentando devolvê-lo. — Não sei lidar com eles. Não sei do que eles... gostam.

Ela achou graça, pegou a criança e a segurou junto ao ombro, virando-se de lado para que James pudesse ver o belo rosto do bebê contrastando com o cabelo preto e brilhante da mãe, de perfil, como se fosse uma pinturazinha.

— Ah, o senhor logo aprenderia — garantiu ela. — O senhor seria um pai maravilhoso. Sei que seria. Todo homem deve criar seu filho. É seu legado. De que outra forma ele pode deixar um sobrenome no mundo?

A porta foi aberta atrás dela e Alys parou na soleira. Ela olhou, em silêncio, da cunhada para James e vice-versa. James corou, encabulado.

— Minha mãe receberá o senhor hoje à tarde — disse Alys com frieza. — Não agora. Lady da Ricci veio lhe dizer que o senhor já pode ir.

— Na verdade, sim — disse a senhora, com os olhos escuros arregalados. — Me perdoe, eu me distraí.

James fez uma reverência.

— A que horas devo vir? — perguntou ele, pegando o chapéu e o chicote de montaria.

— Às quatro? — sugeriu Livia alegremente. — E ficar para fazer uma refeição conosco?

— Às três — decidiu Alys. — Por uma hora.

JUNHO DE 1670, HADLEY, NOVA INGLATERRA

Ned havia puxado a balsa para o lado direito do rio e a deixara atracada onde a praia de seixos propiciava um local de desembarque seco para os passageiros, mesmo quando o rio estava cheio. Ele pegou sua cesta e subiu a trilha estreita até a aldeia de Norwottuck, com seu cão, Ruivo — cujo nome homenageava seu antigo cão inglês —, seguindo-o de perto.

Deteve-se quando ainda estava a pouco menos de um quilômetro e, conscientemente, levou as mãos em formato de concha à boca, fez o chamado "urr urr wuu ruu" da coruja nativa e esperou até ouvir o piado em resposta. Era a autorização de que precisava para entrar na aldeia. Começou a descer pela trilha e viu uma idosa andando tranquilamente em sua direção. Ela devia ter mais de 60 anos, mas o cabelo, comprido de um lado, ainda era preto e as passadas eram confiantes. Apenas as rugas profundas no rosto e no pescoço indicavam que se tratava de uma anciã da aldeia, pessoa dotada de sabedoria e experiência.

— Esquilo Manso — disse Ned, oferecendo-lhe um leve aceno de cabeça. — Amiga.

— *Nippe Sannup* — disse ela com satisfação na própria língua. — *Netop*.

Ned se esforçou para responder na língua nativa.

— *Netop*, Esquilo Manso. Quero ocotillo para queimar, quero sassafrás — disse ele. — Posso procurar?

Ela teve de disfarçar um sorriso diante daquele homenzarrão falando feito criança.

— Leve o que precisar da mata — disse ela com generosidade. — E tenho uma coisa para mostrar a você. Será que vocês, encasacados, gostam disso?

Ela desabotoou uma sacola que carregava e exibiu um fragmento de pedra. Ned o pegou de suas mãos, virou-o para examiná-lo e viu que o seixo havia sido quebrado em dois, e cada metade era oca, mas que no interior um pequeno orifício cintilava com cristais roxos e azuis.

Ele olhou das gemas pontiagudas para o rosto de Esquilo Manso.

— O que é isso? — perguntou ele.

— Pedra-do-trovão — disse ela. — Protege contra raio.

Quando ele franziu o cenho, sem entender, ela ergueu as mãos para o céu, fez um barulho ribombante na garganta e depois um ruído parecido com um estalo. Em seguida, baixou as mãos, fazendo um gesto de um risco.

— Raio — disse ela. Então colocou a pedra acima da cabeça e sorriu. — Segurança. Isso é uma pedra-do-trovão: protege de tempestade.

Ned assentiu.

— Raio! Segurança... entendi.

Ele pensou imediatamente que aquilo seria algo que sua irmã, em Londres, poderia vender para comerciantes cujas edificações, com elevados telhados de madeira, deixavam-nos vulneráveis a raios, que tinham pavor de incêndio e jurado que sua cidade jamais voltaria a arder em chamas. Ela poderia vender aquilo aos novos construtores, em Londres, que erguiam pináculos de igreja com cata-ventos de latão e torres com sinos de bronze.

— Vocês têm muito? — perguntou ele. — Muito? Muito?

Ela riu dele, exibindo dentes um tanto gastos por conta de uma dieta à base de vegetais duros e grãos.

— Encasacado! — exclamou ela. — Você sempre quer mais. A gente mostra uma coisa, você quer cem.

Com pesar, ele estendeu as mãos.

— Mas eu posso vender isso — admitiu ele em inglês, então tentou de novo se expressar na língua nativa: — Comércio. Bom comércio. Quer *wampum*?

Ela balançou a cabeça.

— Não quero *wampum*, não entre mim e você, não entre amigos. — Ela pegou a mão dele para tentar explicar. — *Wampum* é sagrado, *Nippe*

Sannup. A gente dá de presente para alguém que a gente ama, para mostrar que valoriza a pessoa. Não é moeda. A gente nunca devia ter deixado o seu povo usar como moeda. Não é para vender. Mostra amor e respeito. Respeito não é para vender.

Ned entendeu uma palavra em dez do que ela disse, mas sabia que, de alguma forma, tinha sido desrespeitoso.

— Desculpe — disse ele. — Desculpe. Pés grandes. — Ele fez movimentos como se estivesse pisando nos sentimentos dela. — Desculpe. Pés grandes.

— Que raios está fazendo agora? — perguntou ela enquanto ele pisava pesado pela clareira, tentando expressar a ideia de falta de jeito. — Vocês, encasacados, são todos malucos.

Ned voltou para perto dela.

— Desculpe. A senhora tem mais? Disso? Preço justo? — Ele baixou a cabeça. — Não *wampum*... não da senhora para mim *wampum*. Somos amigos.

Ela inclinou a cabeça de lado, como se estivesse fazendo cálculos.

— Posso conseguir mais — disse ela. — Mas você vai me pagar em peças de mosquete e pequenas barras de ferro.

Ned reconheceu a palavra "mosquete".

— Não, armas, não — objetou ele. — Nada de armas. Nada de pau do trovão. Não para o povo da Terra da Alvorada. Muito mau!

— Não, armas, não — concordou ela de bom grado. — Mas pederneira, rodete, caçoleta. — Ela conhecia as palavras empregadas para designar peças de um mosquete e, gesticulando com os dedos, demonstrou que se referia a pequenas peças de armas.

— Por quê? — perguntou Ned, apreensivo. — Por que quer? Por que quer peças de armas?

Ela sorriu diante do semblante dele, preocupado e sincero.

— Para caçar, é claro — mentiu ela. — Para caçar cervo, *Nippe Sannup*. Para que mais?

Ele ficou apreensivo. Não tinha vocabulário para perguntar por que ela queria peças para manutenção de mosquetes e se o seu povo estaria se armando, talvez para um ataque a alguma outra nação indígena, o que abalaria o equilíbrio de toda a região — tanto no que dizia respeito aos assentamentos ingleses quanto aos tratados de paz firmados com os nativos.

— Mas todo povo feliz? — perguntou ele, sentindo-se tolo diante do olhar firme e taciturno da idosa. — Todos bons amigos? *Netop*, sim? Vocês gostam dos encasacados? — Não foi capaz de disfarçar o tom de súplica na voz. — Amigos nossos? Dos ingleses? Amigos meus?

JUNHO DE 1670, LONDRES

A porta da frente se fechou atrás de James, e as duas jovens permaneceram em silêncio, ouvindo o barulho das ferraduras nas pedras do calçamento enquanto ele cavalgava pelo cais.

— E para onde ele vai? Sir James? Ele tem casa na cidade? — perguntou Livia.

— Não faço a menor ideia.

— Você não perguntou? Não sabe se ele se hospeda numa estalagem, ou se é tão rico que tem casa própria em Londres?

— Não.

— Eu perguntaria — afirmou a mulher mais jovem.

— Prefiro que não faça isso — disse Alys com o constrangimento acentuando seu sotaque de Sussex. — Ele não é amigo da família, nunca foi. Você não precisa ser mais que...

— Educada? — sugeriu Livia com um leve fulgor. — Educada e fria? Que nem você?

— Isso.

— Claro, serei sempre educada com os seus convidados.

Houve um breve silêncio na sala pequena e abafada.

— E o que você faz agora? — perguntou Livia. — Pelo resto do dia? Costuma sair para dar uma olhada nas lojas? Vamos sair para visitar amigos?

— Não! — exclamou Alys. — Eu trabalho. Vai chegar mercadoria nos navios mercantes costeiros e preciso estocar tudo no armazém. Separo os itens em cargas menores e envio para mercados, lojas e estalagens de Londres.

Encomendo a carga de retorno, empacoto as mercadorias e despacho para a viagem de volta. A gente faz comércio ao longo da costa, em Kent, Sussex e Hampshire.

— Sem frequentar a sociedade? — perguntou Livia.

— Neste cais a gente trabalha — explicou Alys. — No comércio costeiro. Não temos tempo para frequentar a sociedade.

— Mas por que apenas barcos pequenos?

— Às vezes recebemos navios grandes. Mas a maioria deles precisa ir até os ancoradouros oficiais para pagar impostos. Só as cargas não tributadas podem vir para cá. Às vezes, quando a espera pelos fiscais é muito demorada, os grandes navios vêm aqui para declarar os impostos e descarregar. Somos um embarcadouro secundário, e estamos autorizados a absorver o excedente dos ancoradouros oficiais. Em algumas manhãs vou até os cafés para me encontrar com capitães e armadores e fazer propostas comerciais.

— São locais agradáveis? Para senhoras? Posso acompanhá-la?

Alys riu ao pensar a respeito.

— Não. Você não iria gostar. São locais de negócios.

A mulher mais jovem arregalou os olhos escuros e encostou os lábios na cabeça do bebê.

— Você é uma trabalhadora... Qual é a sua função? Armazenadora?

— Sou dona do embarcadouro.

— Você faz de tudo?

Alys enrubesceu.

— É o nosso ganha-pão.

— Roberto me falou que foi criado no campo, junto a charcos que se estendiam até o mar, e que nunca se sabia onde estavam as trilhas secas, e que só as pessoas que viviam lá conseguiam encontrar o caminho pelas águas.

— Isso foi há mais de vinte anos — disse Alys a contragosto. — Rob estava falando da nossa terra na infância. Mas, depois do acidente, tivemos de deixar o Lodo Catingoso e vir para cá. No início, trabalhamos para a dona deste cais, fazendo entregas com a nossa carroça e o nosso cavalo, e depois conseguimos comprar o negócio. Mamãe trabalhava como parteira para os nossos vizinhos e preparava chás de ervas e poções à base de leite quente talhado. Ela ainda tem um bom comércio com os boticários, e o tio Ned nos envia mercadorias da Nova Inglaterra, principalmente ervas.

— Vocês não têm um armazém na cidade? Não são donos de um navio?

— Só temos isso aqui — confirmou Alys.

— Mas por que o seu marido não faz todo esse trabalho para você? Cadê o Sr. Stoney?

Alys corou profundamente.

— Com certeza, Rob lhe falou, não? Eu não tenho marido. Tive de dar à luz os gêmeos e criar os dois sozinha.

— Ah, sinto muito. Não, ele não me falou. Me faz pensar que ele não foi sincero comigo. Ele me levou a crer que sua família era bem maior, aparentada dos Peachey, e que ele foi criado com o filho do lorde, amigo da família.

Mais uma vez, Alys meneou a cabeça, mantendo a boca cerrada numa linha rígida.

— Não — disse ela. — Não temos mais nenhuma família. Rob foi companheiro do filho do Sir William Peachey, mas só durante um verão. Walter Peachey morreu anos atrás, e o pai dele também. Sir James Avery era tutor deles. Não somos parentes de nenhum lorde nem somos amigos de Sir James. E nunca vamos ser. — Ela hesitou com o rosto ruborizado. — Talvez Rob tenha tido vergonha de lhe contar. Talvez sentisse vergonha da gente.

— Mas Sir James não vem visitar a sua mãe hoje à tarde? — insistiu Livia. — Deve haver alguma amizade, algum tipo de relacionamento, não?

— Não — disse Alys categoricamente. — Ele vem só desta vez, e isso não vai fazer diferença nenhuma.

Enquanto Alys entrava na sala de contagem, no canto do armazém, e Alinor descansava no andar de cima, Livia deixou o bebê com a ama de leite, colocou o chapéu e saiu andando pelo cais, onde a maré alta fluía rapidamente, batendo nas muretas e arrastando o lixo rio acima. Homens que ali trabalhavam abriam caminho para ela, com um respeito exagerado, marujos na hora da folga tiravam a boina para saudá-la e assobiavam depois que ela passava. Ela a todos ignorou, passando no meio deles como se fosse surda às insinuações e aos chamados. Não virou a cabeça nem corou, encabulada. Só se deteve uma vez, quando um sujeito alto e forte bloqueou o caminho e a agarrou pelas mãos.

— Me dá uma beijoca — disse ele, curvando-se e exalando um bafo quente de cerveja no rosto dela. Para surpresa do homem, em vez de recuar, ela o agarrou com firmeza e o puxou para mais perto, a fim de lhe dar um chute violento abaixo da rótula com seu sapato pontudo. Ele deixou escapar um berro de surpresa e dor e saltou para trás.

— *Vaffanculo!* — cuspiu ela nele. — Se encostar um dedo em mim, vai se arrepender.

Ele se curvou e esfregou o joelho.

— Por Deus, senhorita... eu só...

Ela virou a cabeça e se afastou antes que ele pudesse responder.

— Ei! Ei! — veio a algazarra dos companheiros. — Falta de sorte, Jonas?

O sujeito se ajeitou e fez um gesto obsceno, vendo Livia seguir em frente, rio acima. Ela tomou a direção oposta à margem, deixando o cais, entrando na pequena via esburacada e lamacenta atrás dos armazéns. Virou novamente, seguindo uma trilha de carroça que levava ao sul, ladeada de casebres providos de hortas. Atrás dos casebres havia campos verdes, e, atrás destes, um leve aclive de morros verdes emoldurados por sebes mais escuras, coroados com os bosques ondulantes em pleno verão. Livia protegeu os olhos com as mãos e contemplou o horizonte: nada.

Nada.

Livia, que tinha passado a maior parte da vida nas praças lotadas e nos mercados movimentados de Veneza, não vislumbrou nada além de um vazio: uma campina verde, algumas vacas, uma criança que as vigiava à sombra de um freixo e, ao longe, a fumaça da chaminé de uma casa de fazenda. Nada.

— *Dio!* — disse ela, horrorizada. — Que lugar!

Ela deu um leve muxoxo de desaprovação diante da falta de movimento, de lojas ou diversão; suspirou irritada diante do silêncio interrompido apenas pelos guinchos das gaivotas que sobrevoavam o rio e pelo trinar ascendente, bem acima dela, de uma cotovia. Não havia nada ali que lhe agradasse, e ela virou as costas para os campos e retornou pelo caminho que tinha vindo. Pássaros trinavam nas sebes enquanto andava; ela não os ouviu.

— Cadê ela? — perguntou Alinor à criada que lhe trouxe um pouco de caldo quente.

— Foi caminhar.

— Onde é que ela foi caminhar? — perguntou a Alys, que entrou, ainda com o avental de trabalho, vindo da sala de contagem, com uma mancha de tinta no dedo.

— Não sei. Eu nem sabia que ela estava fora — disse Alys, indiferente.

— Vai ver foi caminhar por Horsleydown.

— Ela não teria levado a ama de leite? Não teria levado o bebê para tomar ar fresco?

— Não sei — repetiu Alys. — Mamãe, hoje à tarde...

— Sim?

— A senhora tem certeza de que vai querer falar com ele? A senhora não precisa falar com ele, de jeito nenhum, é claro. Eu posso muito bem dizer que...

— Por que ele veio?

— Não sei.

— Por causa do filho dele?

— Ele não tem filho nenhum — respondeu a mulher mais jovem, obstinada. — Ele nunca vai saber, se depender de mim.

— De mim também não — prometeu Alinor, e, quando a filha a encarou, ela sorriu com sua antiga autoconfiança. — É sério.

— Ele sabia que a senhora estava grávida naquela época?

Alinor virou a cabeça.

— Mamãe, a senhora contou para ele?

— Ele sabia que eu estava carregando seu filho; mas não me assumiu nem se responsabilizou.

— Talvez queira assumir a senhora agora — advertiu Alys e, quando ergueu a cabeça, foi surpreendida pela luminosidade do sorriso da mãe.

— Então ele está um pouco atrasado.

Livia voltou da caminhada quando Sir James desembarcava de um barco a remo nos Degraus de Horsleydown. Sir James pagou a passagem e subiu os degraus escorregadios, enquanto ela esperava no topo da escada. Ela sorriu, como se estivesse surpresa com o encontro, e lhe ofereceu a mão. Ele se curvou e lhe beijou os dedos.

— A senhora saiu a passear? — perguntou ele, olhando para o embarcadouro e para os ociosos que os encaravam descaradamente.

— Preciso caminhar, pelo bem da minha saúde — explicou ela. — Atrás dessas casas e desses armazéns há belos campos, tão verdes! Rob sempre me falava que a Inglaterra é verde o ano inteiro.

— A senhora não deveria andar sozinha — disse ele.

— Quem haveria de me acompanhar? — perguntou ela. — Minha cunhada trabalha o dia todo; não tem tempo para mim! E minha sogra tem a saúde delicada.

— Sua criada — sugeriu ele. — Ou a criada delas.

Ela deu uma risadinha.

— O senhor já viu a criada delas?

Ela deixou o silêncio se prolongar, até que ocorreu a ele a ideia de que poderia caminhar com ela.

— Vamos entrar? — perguntou ele.

— Claro! — disse ela. — Perdoe-me, esqueci meus bons modos italianos neste lugar rústico! Por favor, entre.

Ela o precedeu no pequeno corredor e retirou o chapéu, mantendo na cabeça uma touquinha delicadamente enfeitada com fitinhas pretas. Conduziu-o até a sala que dava para o cais e baixou a cortina, isolando o barulho e o calor, com um suspiro, como se ambos fossem insuportáveis. Na sala às sombras, virou-se para ele.

— Aceita um chá? Suponho que queira um chá. Ou será que na Inglaterra os cavalheiros tomam vinho à tarde?

— Nada, obrigado — disse ele. — Estou aqui para visitar a Sra. Reekie. A senhora faria a gentileza de pedir à criada que diga a ela que estou aqui?

— Eu mesma direi a ela — disse Livia amavelmente. — A criada não é do tipo que sabe anunciar visitantes. É melhor eu fazer isso. Que assunto devo mencionar?

Ele apertou com mais força o chapéu que segurava.

— Nada... Nada... Apenas... Ela vai saber.

— Um assunto pessoal? — sugeriu ela, prestativa.

— Exatamente.

— Direi a ela prontamente. Posso pleitear algo em seu nome? Haverá algo que eu possa dizer para ajudá-lo?

Ele afrouxou o colarinho sob os olhos escuros e compreensivos dela.

— Não. Prefiro... Creio que ela vá... Em todo caso. É sobre a criança. Mas ela sabe disso; ela vai saber que é sobre isso.

— Os netos dela? Posso ajudá-lo de algum modo?

Ele soltou uma exclamação e se afastou dela.

— Receio que a senhora não possa me ajudar — disse ele. — Receio que ninguém possa. São problemas antigos e, no meu caso, tristezas antigas.

— O menino é seu? — perguntou ela, falando baixo, aproximando-se, com o semblante cheio de compaixão pelo sofrimento dele. — O senhor acha que ele é seu filho?

Ele se virou, e ela viu sua boca tremer.

— Acho — disse ele. — Creio que sim. Acho que é meu. Acho que tenho um filho.

— Então, ele precisa conhecer o pai — sussurrou ela, em tom grave. — E o senhor precisa conhecê-lo.

Livia conduziu Sir James pela escada estreita, bateu à porta e a abriu. Ele precisou se espremer para passar por ela e entrar no quarto, mas não percebeu o perfume ou o farfalhar das saias de seda, enquanto ela as recolhia; não enxergava nada além de Alinor, apoiando-se em sua cadeira de espaldar alto, esperando por ele, como havia esperado no prado, como havia esperado no píer roto.

— Estávamos quase sempre ao ar livre — deixou escapar ele e fechou a porta.

— Estávamos — concordou ela. — Nunca houve um local seguro aonde pudéssemos ir.

Ficaram em silêncio olhando um para o outro. Ele notou que a reconheceria em qualquer lugar, aqueles olhos cinzentos eram os mesmos, o olhar direto e a suave elevação dos lábios. O cabelo, arrumado embaixo da touca, já não era o dourado intenso que ele havia amado, mas esmaecera numa beleza pálida. O rosto estava lívido, até os lábios estavam embranquecidos, mas era a mesma mulher que ele havia amado e traído; o porte dos ombros e a forma de virar a cabeça eram imediatamente reconhecíveis como pertencentes à mulher que viveu corajosamente à beira do alagadiço e desafiou a má sorte e a maré alta a arrastá-la.

Alinor o contemplou com atenção, olhando para além do brilho de sua prosperidade, das roupas finas, do corpo fortalecido, enxergando o jovem angustiado que ela havia amado com um desejo tão incontido.

— Você está doente — disse ele com a voz repleta de compaixão.

Ela fez uma leve careta, reagindo ao tom de suas palavras.

— Nunca me recuperei.

— É tísica?

— É como um afogamento — disse ela. — Eu me afoguei então e continuo me afogando. A água se mantém nos meus pulmões.

Ele fechou os olhos diante da lembrança da água esverdeada que vertia da boca de Alinor quando viraram de lado seu corpo flácido.

— Eu falhei com você. — James percebeu que estava de joelhos diante dela, com a cabeça baixa. — Falhei terrivelmente. Nunca me perdoei.

— Sim — disse ela com indiferença. — Mas eu o perdoei quase de imediato. Não havia necessidade de fazer penitência.

— Eu paguei uma penitência pesada. — Ele ergueu o olhar, ansioso, querendo que ela soubesse que ele também havia sofrido. — Recuperei minha casa, as terras que eu amava, e me casei, mas minha mulher não se contentava com nossa vida e nunca concebeu um filho. Agora sou viúvo. Estou sozinho, sem ninguém para dar continuidade ao meu sobrenome.

— E, então, agora vem me procurar? — Ela sentou-se e fez um gesto para que ele se pusesse de pé e também se sentasse.

— Agora estou livre para fazer o que deveria ter feito naquele dia. Estou livre para assumi-la como minha esposa, minha amada esposa, e reconhecer seu filho como meu filho, e oferecer a ambos a casa que deveria ter sido de vocês e o futuro que deveria ter sido de vocês.

Ela não disse nada por um bom tempo, e o silêncio o fez se dar conta, pela primeira vez, de quão arrogante parecia. Lá fora as gaivotas rodopiavam e guinchavam. Ele ouviu o barulho das lonas das velas batendo nos mastros, e esse som, que para ele sempre significava partidas e perdas, fez seu coração pesar, então soube que ela o recusaria.

— Sinto muito, James, mas chegou tarde demais — disse ela calmamente. — Esta é a minha casa, e não há nenhum filho seu aqui.

— Não cheguei tarde demais. Não cheguei tarde demais, Alinor. Nunca deixei de te amar; lhe escrevi todos esses anos, na véspera do solstício de verão; nunca a esqueci. Nem mesmo quando estava casado me esqueci de você. Jurei que viria buscá-la assim que ficasse livre.

Os olhos cinzentos e escuros brilharam com uma risada interna.

— Então, não pode ser surpresa que a sua esposa não se contentava com a vida de vocês — observou ela.

Ele suspirou diante da perspicácia dela.

— Pois é, falhei com ela também — admitiu ele. — Sou um fracasso: como amante para você e como marido para ela. Errei desde o dia em que a reneguei. Fui como são Pedro: eu a reneguei, quando deveria ter reconhecido. O galo cantou, e eu não ouvi.

Ela deixou escapar um leve muxoxo.

— Não estávamos no Jardim de Getsêmani! Não fui crucificada! Meu coração se partiu, mas agora está curado. Vai viver sua vida, James. Você não me deve nada.

— Mas o rei foi restaurado — tentou explicar ele. — Eu também quero ser restaurado! Quero a nossa vitória. Não será uma vitória para mim enquanto não estiver de volta à minha casa com você ao meu lado.

Ela fez que não.

— Não é uma vitória para nós, não sabe? Não para gente como nós. Ned deixou a Inglaterra em vez de se sujeitar a este rei. Foi embora de casa em vez de viver com a minha vergonha. E Rob foi embora, também, e agora a viúva dele vem bater à minha porta para me dizer que ele morreu afogado, e nem consigo acreditar nela. Não posso voltar para minha terra. Meu irmão não pode voltar, meu filho nunca vai voltar.

Ele hesitou, então acabou sendo franco.

— Alinor... eu preciso do meu filho. Não tenho ninguém para dar continuidade ao meu sobrenome, não tenho ninguém para herdar minha casa, minha terra. Não vou suportar ter um filho que é criado na pobreza, se posso prover para ele.

— Não somos pobres — retrucou ela.

— Eu possuo centenas de hectares.

Ela ficou em silêncio.

— Pertencem a ele, por direito.

Ela suspirou como se estivesse exausta.

— O menino é fruto da sua imaginação — disse ela docilmente. — Todos esses anos. Você não tem filho nenhum, nem eu tenho mais. Não há ninguém aqui para herdar sua fortuna nem dar continuidade ao seu sobrenome. Você não quis o bebê quando ele estava no útero, renegou-o. Você o perdeu no dia em que disse que não o queria. Aquelas palavras não podem ser apagadas. Você não o quis naquela época, e agora não o tem. Está como queria ficar: sem filhos. — Ela levou a mão ao pescoço. — Não consigo falar mais.

Ele se levantou de pronto e estendeu a mão para ela.

— Posso ajudar? Devo chamar alguém?

Ela se recostou no estofamento de couro duro da cadeira de espaldar alto com o rosto branco feito neve. Em seguida, balançou a cabeça e fechou os olhos.

— Apenas vá embora.

Ele se colocou de joelhos ao lado da cadeira, pegou sua mão inerte e levou aos lábios os dedos frios, mas, quando ela não abriu os olhos nem se mexeu, ele constatou que não havia nada que pudesse dizer ou fazer além de obedecer.

— Já vou — sussurrou ele. — Por favor, não se aborreça. Me perdoe, meu amor. Vou falar com Alys na saída. Me perdoe... me perdoe.

Ele olhou para trás, para o rosto pálido dela, enquanto dava dois passos a caminho da porta; então, fechou-a ao sair e quase tropeçou escada abaixo. Tabs, a criada, estava subindo com dificuldade, trazendo uma bandeja contendo cerveja de mesa.

— O senhor não vai querer? — indagou ela com um suspiro.

James passou por ela sem responder. Alys estava esperando ao pé da escada, qual uma estátua, seu rosto como pedra. A porta da sala estava entreaberta; ele deduziu que Livia estivesse lá dentro, bisbilhotando.

— Ela está doente! — exclamou ele.

Alys fez que sim.

— Eu sei disso.

— Ela me recusou — disse ele.

— E daí?

— Eu voltarei — disse ele. — Não posso deixar as coisas desse jeito.

Alys não disse nada, apenas indicou a porta da rua, e tudo o que ele pôde fazer foi uma reverência para ela, com o semblante enrubescido e contrariado. Teve de abrir a porta ele mesmo, saindo para o embarcadouro, ignorando os trabalhadores portuários que carregavam um barco que ondulava no intervalo entre as marés, e andando à margem do rio até os Degraus de Horsleydown, onde chamaria um barco para levá-lo de volta para o lado esquerdo do rio, para sua bela casa londrina, situada na Strand.

Num momento de desespero, pensou que seria conveniente se atirar na maré lamacenta e se afogar diante da casa dela, que nada mais lavaria sua honra, que nada mais haveria de livrá-lo daquele sofrimento. Ouviu o tilintar das correntes nos ossos que pendiam da gaiola à margem do rio Neckinger e pensou em quão odioso era aquele local. Odiou Alys com uma fúria assassina e, por um momento, odiou Alinor. Ela era inferior a ele em todos os sentidos, estivera ao seu inteiro dispor, mas de alguma forma havia escapulido, feito uma sereia nas marés turvas, e o filho dele também se foi, qual um bebê roubado por fadas. Ele se virou e olhou para a casa. A portinha precária estava completamente fechada.

Olhou para a janela do quarto de Alinor e pensou ter visto o contorno pálido do vestido, enquanto ela olhava para ele. Imediatamente, levou a mão ao chapéu, retirou-o e ficou olhando para ela, com a cabeça descoberta.

— Alinor! — sussurrou ele, como se ela fosse abrir a janela e chamá-lo.

Fez uma reverência com o que lhe restava de dignidade, colocou o chapéu na cabeça e se virou para ir até a escadaria chamar um barqueiro, mas não havia embarcações na maré enchente, e ele precisou aguardar uma eternidade, observando o brilho da luz do sol nas marolas dançantes, perguntando-se se não poderia ter falado qualquer outra coisa que a convencesse. O dia estava quente e exaustivo, e ele sentiu-se velho e derrotado, abandonado em meio aos pobres, na margem pobre do rio.

— Sir James?

Era a viúva, com um xale de renda preta na cabeça, como se tivesse corrido escada abaixo para lhe trazer um recado. Imediatamente, ele deu as costas para a orla do cais e foi até ela.

— Amanhã é sábado — disse ela sucintamente. — As crianças voltam para casa à tarde, depois que terminam o trabalho. Se o senhor vier e me levar para caminhar, digamos, às quatro horas, poderíamos voltar às cinco. O senhor veria os netos. E talvez eles o convidem para uma refeição.

— Ela não quer me ver nunca mais.

— Mas o senhor verá seu menino, mesmo contra a vontade delas, se me encontrar às quatro.

— É o meu menino? — perguntou ele com uma onda de ansiedade. — É ele?

Ela estendeu as mãos.

— Só ela tem como saber. Mas o senhor pode ao menos vê-lo.

— A senhora é bondosa comigo... — disse ele, desconcertado.

— Não tenho nenhum amigo na Inglaterra além delas... — Ela indicou o armazém insignificante. — E talvez do senhor.

JUNHO DE 1670, HADLEY, NOVA INGLATERRA

Ned atravessava a alameda larga utilizada como área de pastagem que cruzava o centro do vilarejo de Hadley carregando num braço uma cesta cheia de morangos graúdos cultivados em sua horta e, no outro, uma cesta com alho-poró e cogumelos silvestres por ele colhidos na mata. Cavalos, vacas, ovelhas e até porcos pastavam na via larga que atravessava o centro da cidadezinha. No verão, as vacas seriam soltas para pastar sob a vigilância de um vaqueiro, os porcos correriam livremente pela mata, fuçando o solo em busca de nozes e cogumelos, rasgando a terra com seus cascos afiados e suas presas, e os cavalos correriam à vontade, sendo recolhidos apenas na hora de trabalhar.

O trançado da cesta que Ned carregava era uma espécie de assinatura da artesã, uma mulher pocumtuc que morava alguns quilômetros rio acima do local onde ficava a balsa de Ned e que havia lhe oferecido a cesta em troca de travessias gratuitas. Ele tinha ensinado a ela algumas palavras em inglês no início da primavera, quando estava arando o terreno, e as mulheres costumavam chamar a balsa à margem direita para irem até o vilarejo. Ela entrou na horta dele certa vez ao anoitecer, mostrou-lhe a constelação das Sete Irmãs, visível apenas no entardecer, e lhe disse que a presença daquelas estrelas sinalizava que era hora de plantar ali.

— Meu nome — disse ela. — Estrela da Hora de Plantar.

— Meu nome Ned — respondeu ele.

Estrela da Hora de Plantar o ensinou a preparar a terra em montículos, a plantar as sementes com um peixe para alimentá-las e a cultivar três sementes — curgete, feijão e milho — juntas para nutrir a terra e comê-las juntas para nutrir o corpo.

— As três irmãs — disse ela, como se houvesse algo sagrado no ato de plantar. — Dadas para nós: o Povo.

Ele pensou que ela voltaria para ver como tinha ficado a colheita, mas não a via desde uma discussão sobre armadilhas de pesca deixadas no rio. Alguém que descia o rio até a serraria, em Northampton, conduzindo uma balsa cheia de troncos cortados, tinha abalroado meia dúzia de armadilhas de vime primorosamente confeccionadas. As mulheres reclamaram junto aos anciãos de Hadley, que retrucaram, com bastante razão, que nenhum residente do vilarejo era responsável pelas armadilhas e que elas deveriam levar a queixa à serraria ou ao próprio madeireiro — quem quer que fosse. As mulheres, então, passaram a cruzar o rio em suas próprias canoas, como se não confiassem na balsa, nem na alameda verde que corria ao longo do centro do vilarejo, onde todas as casas as encaravam quando elas passavam.

Ned sentia falta da conversa alegre e das pequenas mercadorias com as quais as mulheres pagavam pelo uso da balsa. Até intercedeu por elas na reunião do Conselho Municipal, mas não houve consenso quanto ao tempo gasto para se confeccionar uma armadilha de pesca nem quanto ao valor unitário das armadilhas. Nenhum inglês sabia a manha de como fabricá-las, de modo que ninguém era capaz de estabelecer o valor, e muitos declararam que, em todo caso, o tempo dos nativos era um valor inútil e que as armadilhas eram feitas de galhos igualmente inúteis.

Sem as comerciantes nativas para andar com ele, Ned seguia sozinho, batendo de casa em casa, rua abaixo, trocando suas mercadorias por um pequeno pote de manteiga numa casa, por um chicote de macieira em outra, e acrescentando alguns ovos frescos na conta de uma terceira. Ele vendia para famílias cujas hortas não eram tão produtivas quanto a dele e para aquelas que não se dispunham a ficar na mata procurando alimento. As dívidas que ele pagava com seus produtos faziam parte do escambo constante que ocorria no vilarejo. Logo que chegou, ele contratou outros colonos para ajudá-lo a construir sua casa, cobri-la e armar a cerca à prova da passagem de animais.

— Não me atrevo a entrar na mata — disse uma mulher de pé à porta da rua, olhando para a cesta de cogumelos. — Tenho medo de me perder.

— Nenhum peixe hoje, Sr. Ferryman? — chamou uma mulher por cima da cerca, irritada com a escassez.

— Hoje não — disse ele. — Provavelmente, na semana que vem.

Ele não comentou que tinha colocado as armadilhas de pesca, como de costume, mas alguém havia arrancado as estacas que as prendiam ao leito do rio e soltado todos os peixes, menos uns dois ou três, como se tivesse deixado o suficiente para Ned comer, mas não para vender.

— O senhor vai deixar de ser meu fornecedor, se começar a falhar — disse ela severamente.

— Ora! De quem mais a senhora vai comprar?

Ela correu os olhos pela alameda vazia. As mulheres que costumavam trazer peixe e alimentos para vender passavam caladas, com os cestos vazios balançando nas mãos, a fisionomia fechada e hostil.

— Eu não quero comprar delas — disse ela, afastando-se, com uma expressão amarga.

— Pelo jeito, elas é que não querem vender para a senhora — disse Ned à meia voz.

Ned foi até a casa dos ferreiros, onde Samuel e Philip Smith trabalhavam na forja no terreno duplo nos fundos de suas casas feitas de tábuas. Ali, ele trocou um pouco de alho-poró por um saco de pregos novos que utilizaria no reparo do forro externo das paredes da casa, como proteção contra o inverno que se aproximava.

— Ouvi dizer que se recusou a atender ao chamado do vilarejo — disse Samuel Smith, exibindo um sorrisinho. — Achei estranho.

— Eu não me recusei! — exclamou Ned. — Eu venho quando precisam de mim. Mas não posso deixar a balsa de uma hora para outra. Preciso arranjar alguém para operá-la. Como agora, por exemplo, o menino do Joel está cuidando dela para mim. Eu venho quando tenho alguma coisa para vender ou comprar, ou quando posso servir aos meus vizinhos ou ao Senhor. Não porque algum conselheiro eleito, no cargo há apenas cinco minutos, vem me dizer que devo obedecer às ordens dele.

— Todos vocês, velhos cabeças redondas, só aceitam ordens de vocês mesmos — brincou Philip e viu o sorrisinho de Ned.

— Acontece — interveio Sam — que, como você mora fora do vilarejo e transporta os selvagens desse seu jeito, sempre muito amigável, não sabe dos boatos de que os franceses estão enviando mensagens para eles, incitando-os a arrumarem problemas com a gente. Falando para eles que não somos confiáveis.

Ned lhe dirigiu um olhar pesaroso.

— Ah, e nós somos confiáveis? — perguntou ele. — Pois ouvi dizer que o massasoit, o chefe deles, jurou que não ia mais vender a terra do seu povo, e nós juramos que ele poderia preservar a terra deles; e ainda assim continuamos comprando. Ouvi dizer que foi o próprio filho do governador de Plymouth: Josiah Winslow em pessoa! Hipotecando as terras indígenas e obrigando-os a vender quando ficam endividados.

— Mas por que não? O Sr. Pynchon está comprando terras em Woronoco e Norwottuck. Aquelas terras estão desocupadas! — protestou Philip. — A peste acabou com eles antes da nossa chegada. É a própria vontade de Deus que tomemos a terra.

— Londres ficou desocupada depois que a grande peste matou uma família em cada rua? — indagou Ned.

O homem hesitou, operando o fole de maneira que a forja cintilasse e ficasse rubra com o ar sibilante.

— O que quer dizer?

— Seria correto que famílias francesas se mudassem para casas em Londres que tivessem uma grande cruz vermelha pintada na porta, e os donos mortos lá dentro?

— Não, claro que não.

— Então, por que chamar de desocupadas as terras, quando se constata que foram cultivadas e trabalhadas anos a fio? Quando se utilizam trilhas e picadas por eles abertas através da mata e se pode ver os campos bem plantados e a vegetação rasteira da floresta capinada para facilitar a caça? Só porque eles estavam doentes, não significa que deixaram de ser os donos daqueles campos.

Os dois homens olharam para Ned como se estivessem decepcionados com ele. O vilarejo de Hadley se unia em torno de um objetivo comum, sobrevivia graças a uma vontade comum. Dissidência em qualquer tópico — da religião à política — não era bem-vinda.

— Não, Ned, não fale bobagem — aconselhou o sujeito mais velho. — Você não vai ter amigos aqui falando desse jeito. A gente precisa se unir. Você não quer ser dono de mais terras?

— Não — disse Ned sem rodeios. — Já tive de lidar com donos demais no velho país; não quero que novos donos de terras surjam aqui. Tampouco quero ser dono. Eu vim porque pensei que seríamos todos iguais, homens simples, juntos, começando uma nova vida junto a outros homens simples, sem donos. Tudo que eu quero é uma horta para cultivar e para me alimentar.

Philip Smith riu e deu um tapinha no ombro de Ned.

— Você é uma raridade, Ned Ferryman! — disse ele, menosprezando a simplicidade do interlocutor. — O último dos niveladores.

JUNHO DE 1670, LONDRES

James estava esperando na ponta do cais, ao lado de uma pilha de barris, onde não seria avistado das janelas vazias da casa onde todas as cortinas estavam fechadas, exceto as da torre — o ninho de Alinor. A porta da frente foi aberta e a viúva italiana saiu, abriu uma sombrinha de seda preta para se proteger da claridade e andou delicadamente com seus sapatinhos de seda sobre as pedras do calçamento em direção a ele.

— Vamos andar na direção da City — foi a primeira coisa que ela disse.

— Não na direção dos campos?

— Não.

Ele lhe ofereceu o braço, e ela o aceitou, descansando a mão na dobra do cotovelo.

— Isso é muito escandaloso? — perguntou ela, erguendo os olhos. — Deveríamos ter uma dama de companhia?

— Não, porque sou amigo da família — respondeu ele com seriedade. — A senhora disse a elas que se encontraria comigo?

— Devo garantir que o senhor e as senhoras mantenham sempre um relacionamento amigável! — disse ela, esquivando-se da pergunta. — Pois quero que me leve a Londres; até mesmo, quem sabe, para conhecer os seus amigos na corte.

— A corte não é lugar para uma dama — corrigiu ele. — Ninguém vai à corte, a não ser em busca de jogos de azar e vícios. Eu só compareço para indispensáveis reuniões de negócios.

— Mas tenho negócios lá. — Ela o surpreendeu.

— A senhora?

As fitas pretas do chapéu da viúva tremeram com seu movimento de cabeça obstinado.

— Tenho — confirmou ela. — Não sou exatamente uma pobretona. Meu primeiro marido me deixou antiguidades, algumas belas esculturas, muito antigas. Fui informada, em Veneza, de que os melhores preços são pagos em Londres. Não é verdade?

— Eu não saberia dizer — afirmou ele, desolado. — É certo que eles adoram gastar.

— O senhor não coleciona arte, como o rei? Não aprecia o belo?

— Acho que aprecio os novos prédios, o gosto clássico...

— Exatamente — concordou ela. — E foi por isso que vim para cá. Tenho uma pequena coleção de peças raras, antigas esculturas gregas e romanas, para venda. Providenciarei para que sejam despachadas para cá. Talvez Alys envie um navio para buscar meus pertences. Meu primeiro marido era um grande colecionador, um homem com interesses artísticos. O mordomo dele guardou a coleção para mim. Espero poder usar o armazém da minha sogra como local de venda dos meus bens. Mas vejo que ninguém vem aqui... ninguém viria. Então, como vou conhecer os nobres que adoram coisas belas, se o senhor não me apresentar a eles?

— Não na corte. Aquilo não é lugar para uma dama — repetiu ele.

— Vou acreditar na sua palavra — afirmou ela. — Mas talvez o senhor possa me encaminhar aos colecionadores, aos cavalheiros de bom gosto e fortuna; talvez possa me apresentar a eles, não?

— Na verdade, eu não saberia por onde começar.

— Ah! — disse ela. — O começo é sempre o mais difícil. Mas veja! Aqui estamos... eu e o senhor... começando.

Andaram em silêncio pelo cais tranquilo.

— É bem diferente quando não há descarregamento — comentou ela.

— Pior ainda.

— Sempre tem movimento na City — disse ele. — Mesmo num sábado à noite, mesmo num domingo. Rio acima.

— Sim — disse ela. — Já percebi que é lá onde o armazém deveria estar. Bom seria se elas não tivessem se contentado com um negócio tão pequeno. E tão sujo, e tão longe de tudo que interessa. A casa do senhor fica na City, Sir James?

— Não no centro comercial.

Ela apreciou o desdém contido na voz dele.

— A Casa Avery fica mais a oeste, na Strand. Escapou do incêndio, graças a Deus. Tudo ocorreu a leste de nós. Tempos terríveis. Escapamos, mas todas as nossas tapeçarias e cortinas ficaram danificadas pela fumaça e tiveram de ser lavadas e algumas jogadas fora.

Aparentemente, ela não estava muito interessada em tapeçarias e cortinas; olhou para a outra margem do rio, onde campos e fileiras de pequenos prédios ribeirinhos cediam espaço a grandes embarcadouros e armazéns.

— Alguns belos brocados. — Ele relembrou o tempo em que as peças eram novas e o falecido rei ocupava o trono. — Escolhidos pela minha mãe, alguns confeccionados para ela, com estamparias exclusivas. Lembro-me de que ela mesma os desenhava, era dotada de extremo bom gosto...

— Sim, sim — disse ela. — Muito triste. — Adiante, ela via o contorno brusco da Torre Branca e as muralhas elevadas ao redor. — Então, aquela é a famosa Torre de Londres?

— É — respondeu ele. — Talvez, um dia, a Sra. Stoney leve a senhora para ver os animais.

— Duvido! Ela não trabalha nos feriados?

— Não sei — disse ele, pensando na jovem que ela havia sido e em seu gosto por dança e folguedos, lembrando-se do verão em que ela foi rainha da colheita e correu, mais rápido que todas as outras jovens, para os braços do rapaz amado. — A família sempre foi muito trabalhadora.

— Roberto também — comentou Livia com um leve suspiro. — Muitas vezes implorei a ele que ficasse em casa e descansasse. Mas ele sempre saía para ajudar os doentes mais pobres, ou partia em seu barco, ou andava pelos charcos. Uma boa esposa deve fazer do lar um refúgio para o marido, o senhor não acha? É questão de honra, para uma esposa, fazer o marido feliz.

— Suponho que sim.

— E o senhor tem uma casa no norte da Inglaterra, também?

— Uma casa de campo — disse ele. — Com terras.

— Faz muito frio lá? — perguntou ela, interessada. — O senhor acha que eu suportaria?

— Não faz mais frio do que no norte da Itália, acredito. Temos neve no inverno e os ventos são bem frios. Mas é muito bonito e muito tranquilo.

— Adoro uma região campestre e tranquila — garantiu ela. — Muito mais que uma cidade! Mas acho que a proposta do senhor não foi aceita, não é? Acho que a casa não terá uma dona, não é? *La suocera* não aceitou?

— *La suocera*?

— A sogra, a Sra. Reekie. Ela não aceitou sua proposta tão generosa?

— Não, ela ainda não aceitou, mas acho que vai se dar conta de que tenho muito a oferecer a ela e aos jovens.

Ela deu uma risadinha.

— E agora o senhor quer os dois jovens? A menina Sarah e o menino Johnnie?

O sofrimento ficou evidente no rosto dele.

— Eu não sei o que quero — admitiu ele. — Eu gostaria que ela viesse comigo e trouxesse o filho.

Livia não conseguia esconder a ávida curiosidade.

— Mas por que o senhor diz isso? O menino é filho de Alys! Não é possível que o senhor queira Alys! Ela é tão ríspida com todo mundo!

Ele recuou diante do ímpeto dela.

— Não cabe a mim falar sobre isso.

Ela fez uma pausa na caminhada e se virou para ele.

— Eu sou da família; os segredos delas são meus segredos.

Ele inclinou a cabeça.

— Mas os segredos não me pertencem, e não me cabe revelá-los — disse ele, com cautela. — Rob não lhe falou nada sobre isso?

Ela fechou a cara.

— Ele me enganou. Achei que fosse uma casa maior e uma família nobre. Ele não me disse que era um pequeno armazém, duas mulheres pobres lutando para ganhar seu sustento e dois jovens que precisavam trabalhar.

— Um dos jovens é meu; tenho certeza disso — foi levado a dizer.

Ela parou de andar, agarrou as mãos dele e o encarou com seus olhos escuros e decididos, através do véu preto rendado.

— Mas o senhor não foi desonroso, milorde. Tenho certeza de que jamais seria desonroso.

— Não — apressou-se em dizer. — Não, não fui. Eu era jovem e tolo e errei. Errei muito. Errei pecaminosamente. Mas agora quero corrigir meu erro.

— O senhor fez um filho com Alys? — sussurrou ela. — O senhor a engravidou?

O modo como ele balançou a cabeça em negação bastou para o raciocínio rápido de Livia.

— *Dio!* Com *mamma* Reekie?

O silêncio dele valeu como confissão. Ela se recompôs imediatamente.

— Vou ajudá-lo — garantiu ela. — E o senhor vai me ajudar.

Ele respirou fundo.

— Não me cabe revelar o segredo.

— Eu vou ajudá-lo — repetiu ela. — E então, o senhor vai me ajudar.

Ele estava prestes a dizer que não tinha como ajudá-la, quando ela se virou e apontou para a ponte.

— Ah! Que bela visão! Ainda maior que a Rialto, em Veneza, mas igualmente movimentada.

A ponte imensa, cheia de casas e lojas, apinhada de gente atravessando-a naquele momento, projetava uma sombra profunda ao longo do cais.

— Pode demorar horas para se atravessar — disse ele. — É a única ponte, a única travessia. Na verdade, outra deveria ser construída, mas os barqueiros não deixam...

— Tantas lojas! — disse ela avidamente. — E aquilo ali no meio é uma igreja?

— É a capela de são Tomás Becket. Era costume dizer que a pessoa deveria entrar e dar graças a Deus só por ter chegado ao meio da ponte, porque vencer a multidão leva muito tempo. Mas a capela está fechada agora.

— E a sua casa fica logo do outro lado?

— Ah, não! Aquelas casas todas pertencem a mercadores e artesãos. Minha casa fica mais a oeste.

— Ora! A que distância? Podemos andar até lá?

— É uma caminhada de uma hora — disse ele, desanimando-a. — E nenhuma dama atravessaria a ponte a pé. A senhora precisaria pegar um barco.

Advertida pelas centenas de sinos que anunciavam os três quartos de hora, ela interrompeu a caminhada.

— Eu gostaria de conhecer a City. Iremos mais adiante qualquer outro dia.

— O cais não é um local adequado para uma dama — disse ele. — Não desacompanhada. E não durante o horário de trabalho.

— Mas como é que eu vou chegar a algum lugar? — Impaciente, ela apontou para a ponte grandiosa. — Como é que eu vou chegar a Londres, se esse é o único acesso à cidade?

Em silêncio, voltaram rapidamente pelo cais, pelo caminho que tinham percorrido.

— Não é o que eu esperava, de jeito nenhum — disse Livia, enquanto andavam pela fileira de armazéns precários. À frente, seguiam um rapazote e uma mocinha de braços dados.

Livia avançou, apressada, toda sorrisos.

— Ora! Vocês devem ser Johnnie e Sarah! — exclamou ela, removendo o véu e estendendo as mãos para a jovem. — Mas que imenso prazer! E que sorte nos encontrarmos aqui! Eu sou sua tia! Não é absurdo? Terem uma tia como eu? Mas, na verdade, sou a viúva de meu querido Roberto, e ele é tio de vocês; então, sou sua tia, e vim até a Inglaterra para morar com a mãe e a avó de vocês.

A jovem, de cabelos e olhos castanho-escuros, usando um belo barrete azul-marinho com um véu azul-escuro, acolheu as mãos estendidas e beijou a viúva, em sinal de boas-vindas.

— Mamãe escreveu dizendo que a senhora viria; é uma honra conhecê-la, *nobildonna*. E este é meu irmão, Johnnie.

O irmão arrancou o chapéu da cabeça loura e fez uma reverência profunda.

— Ah, mas pode beijar minha mão. — A viúva italiana ficou radiante ao vê-lo. — Afinal, sou sua tia! Acho que pode até beijar minha face.

Timidamente, ele pegou a mão dela, curvou-se e a beijou; então se virou e contemplou o olhar atento de James Avery.

— Senhor?

— E este senhor é um grande amigo meu e velho amigo de sua família — disse a *nobildonna* com alegria. — Foi tutor de Roberto, quando Roberto era menino. É amigo da família Peachey. Veio visitar a mãe e a avó de vocês.

O jovem hesitou, enquanto a irmã dava um passo à frente e fazia uma mesura.

— Nós nunca temos visitas — foi só o que ele disse.

James sentiu um nó na garganta enquanto olhava para o jovem. Ele e o rapaz tinham a mesma estatura, sendo que o menino havia herdado o cabelo claro de Alinor e os olhos cinza-escuros, mas havia algo em sua testa e sobrancelha que ecoava a família Avery, que podia ser visto numa dúzia de retratos escuros, a óleo, pendurados na Mansão de Northside. O olhar honesto e direto era o de um nativo de Yorkshire; James se viu diante do seu próprio sorriso enviesado e autodepreciativo.

— Meu filho — afirmou James silenciosamente para si mesmo. — Este é o meu filho. Finalmente o encontrei.

Em voz alta, não foi capaz de dizer nada além de "Bom dia", dirigindo-se à linda jovem à sua frente, e ofereceu a mão para cumprimentar o rapaz.

Johnnie Stoney era um jovem educado; trocou o aperto de mão com uma leve inclinação de cabeça diante daquele estranho bem-vestido e ofereceu o braço à tia recém-chegada. Seguido por Sarah e James Avery, ele abriu a porta da rua e os conduziu casa adentro.

Alys saiu da sala de contagem e viu os quatro juntos. De imediato, o sorriso de boas-vindas congelou em seu rosto lívido.

— Veja só quem eu encontrei em minha caminhada! — exclamou Livia, exultante. — Seus belos filhos e milorde Avery! Trouxe todos para casa comigo. Veja só como sou sortuda! Já em minha segunda saída, estou cercada de amigos.

Alys se recompôs.

— Eu não esperava...

Sarah deu um abraço na mãe.

— São cinco horas. A senhora não ouviu os sinos?

Johnnie se inclinou para beijar a face da mãe.

— A gente se encontrou aqui na porta.

— Vamos nos sentar! Entrem! Entrem! — disse a *nobildonna* alegremente. — Vou tirar meu chapéu. Devo pedir a Tabs que traga chá? — Ela dirigiu a todos um olhar risonho. — Suponho que todos queiram chá. Ingleses sempre querem chá.

Johnnie desviou o olhar da mãe silenciosa para o estranho.

— A gente costuma tomar uma caneca de cerveja de mesa — disse ele, sem jeito.

— Ah! Muito melhor! Já volto.

Mesmo depois que Livia deixou o recinto, sua presença permaneceu, como se fosse a insinuação de um perfume. Ficaram em silêncio e sentaram-se, exceto James, que permaneceu de pé, passando o chapéu de uma das mãos para a outra. Johnnie ficou intrigado e olhou para a mãe, percebendo sua hostilidade; Sarah observava James.

— Mamãe vai descer para a refeição — disse Alys incisivamente.

— Eu não vou ficar — tentou tranquilizá-la James. — Mas posso falar com ela antes de ir embora?

Diante dos filhos, Alys não podia recusá-lo sumariamente.

— Acho que ela está muito cansada.

Um passo leve no corredor, a porta se abriu e Livia entrou, seguida pela criada com uma bandeja com as canecas e uma jarra de cerveja.

— Você ainda fabrica sua própria cerveja? — perguntou James a Alys.

Ela nem sequer olhou para ele, muito menos respondeu. Johnnie observava a mãe, intrigado com sua rispidez para com o convidado.

— O senhor já bebeu nossa cerveja antes? Em Sussex? — perguntou Sarah. — O senhor nos conhecia naquela época?

— Sim. Muito tempo atrás. Antes de você nascer — disse ele, tomando um gole da cerveja. — Foi a melhor que provei até então, e continua tão boa quanto naquela época.

— Temos nossa própria maltaria no pátio — disse Johnnie. — A fabricação segue a receita de minha avó. Ela escolhe as ervas adequadas e cuida do malte sendo tostado. Às vezes ela própria faz a mistura.

James anuiu.

— Eu seria capaz de identificar essa cerveja em qualquer lugar.

— Fiz um passeio tão agradável! — comentou Livia. — E foi um imenso prazer encontrá-los bem ali no cais. — Sorridente, ela se virou para Alys. — Coloquei a cabeça na fresta da porta de *mia suocera*, quando subi para tirar o chapéu, e ela disse que falaria com milorde. Posso acompanhá-lo até lá em cima?

Antes que Alys pudesse recusar, James se levantou e seguiu Livia, saindo da sala.

— Não demore! — exclamou Alys. — Ela não pode se cansar demais. Eu não...

Johnnie também se levantou.

— Está tudo bem, mãe? — perguntou ele em voz baixa, quando os dois saíram da sala. — Aconteceu alguma coisa?

A mãe olhou para ele, como se fosse implorar por ajuda, mas não encontrou as palavras.

— Ela não percebe — foi tudo o que disse. — Ela não entende que a avó de vocês não pode receber visitas.

— Mas a vovó não disse que eles podiam subir? — indagou Sarah. — E, se ela está em condições de descer e comer conosco, por que não poderia receber um visitante dos velhos tempos?

Alinor estava sentada à mesa no quarto arejado com a porta envidraçada aberta para o pequeno balcão. Diante dela, em cima da mesa, havia um buquê de alfazema fresca; ela estava removendo dos talos as sementes cor de violeta. Ergueu o olhar quando os dois entraram; Livia fechou a porta e se posicionou com as mãos à frente, como se fosse uma dama de companhia.

— Você pretende ficar? — perguntou Alinor a ela diretamente.

— Como acompanhante — respondeu a jovem em tom grave. — Em se tratando de questão de honra.

Alinor voltou a atenção para Sir James.

— Você voltou de novo?

— Eu tenho de voltar várias vezes até me dizer como posso ser útil. Até que eu possa falar abertamente... — Ele olhou para Livia e ficou em silêncio.

— Eu não preciso de nada — disse Alinor com firmeza. — Você não pode me ser útil.

— Um médico?

— Já consultei médicos.

— Um médico especialista, formado na Itália...

— Meu filho era um médico especialista formado na Itália — ressaltou ela.

— Mas eu não posso procurar alguém para consultá-la?

— Estou afogada — limitou-se a dizer ela. — Eles me tiraram, mas a água continua no meu corpo. Sou uma mulher afogada, James. Você está perdendo o seu tempo com uma mulher afogada.

— Eu não sabia — disse ele com amargura.

— Você estava lá! — exclamou ela bruscamente. — Foi você que me puxou para fora! Sabe muito bem.

— Alinor, venha para minha casa, onde pode respirar ar puro — instou ele. — Fica no alto, perto da charneca, tem um belo jardim; sempre pensei em você no meu jardim de ervas. Ele será como quiser. Será minha convidada de honra, mesmo que não aceite mais nada.

Diante da porta, Livia ficou paralisada, esperando a resposta de Alinor.

— Agora sou um homem rico, e minha bela casa ficaria sob o seu comando. E uma carruagem e uma sala só suas. Seus filhos podem vir também. Eu jamais a incomodaria. Tudo seria como você desejasse.

— Eu vivo como desejo aqui — respondeu ela com firmeza.

Se estivessem a sós, James ficaria de joelhos e pressionaria o rosto quente no colo dela; porém, nas atuais circunstâncias, agarrou o chapéu e lutou para encontrar coragem.

— Alinor, eu tenho tanto para lhe oferecer — sussurrou ele. — Minha fortuna, minhas casas... serão um fardo para mim se não forem suas. E eu quero tanto... o meu filho.

— Eu já falei — disse ela. — Eu sei que você é homem e está acostumado a prevalecer, e vocês, monarquistas, venceram, em tudo mais você triunfou! Mas nesta questão sairá perdendo. Não quis a criança naquela época, não quis a mim naquela época; foi essa a sua decisão então... É tarde demais para mudar isso agora.

Diante da porta, Livia juntou as mãos, tal e qual a imagem da Madona em prece, e se manteve absolutamente imóvel.

— Devo ser punido para sempre por causa de um erro?

— Devo eu?

— Nós dois já fomos punidos o suficiente! — exclamou ele. — Mas agora estou reinstituído e posso reinstituir você.

Ela fez que não.

— Eu não preciso ser reinstituída por você. Não sou como o seu rei. Não fui expulsa de minha casa. Apenas me mudei, de um alagadiço isolado para um rio imundo. Fiz aqui minha própria vida, como se a peneirasse da lama do porto e a construísse com destroços recolhidos do mar. Não pensei que fosse sobreviver, mas, quando voltei a respirar, perdi o medo da morte... o medo de qualquer coisa. Não posso ser destruída, apenas me transformo. A água não me afogou; flui através de mim. Eu sou minha própria terra das marés; carrego a água em meus pulmões. — Ela parou para respirar, levando a mão ao pescoço. — Vá procurar a sua própria vida, James. Posso garantir: não está aqui.

— Não existe vida para mim sem você e sem o meu filho!

Ela fez que sim sem que seus olhos se desviassem do rosto dele.

— A escolha foi sua — disse ela. — Feita livremente, e feita conscientemente. Você não quis um filho, e agora não tem um filho. É como um feitiço. Foi o seu desejo. Não pode voltar atrás, e o que falou não pode ser anulado.

— Esta é a sua palavra final?

Cansada, ela desviou a cabeça e captou o olhar incisivo e sombrio de Livia. Os olhos da jovem estavam cheios de lágrimas; Livia acompanhava cada palavra, movida por profunda emoção.

— Ela já falou — disse Livia, com gentileza, diante da porta. — Ela já lhe deu a palavra final. O senhor não pode pedir mais nada.

Ele olhou para Alinor enquanto Livia abria a porta, em silêncio; não restava nada que ele pudesse fazer, a não ser se retirar. Livia o seguiu e fechou a porta suavemente depois que passaram.

No patamar estreito, James a pegou pela manga, e ela virou seu belo rosto para ele.

— Você não entende — disse ele. — Eu a amo, e temos um filho. Prometi casamento a ela, e agora preciso de uma esposa, e preciso do meu filho herdeiro.

Delicadamente, ela colocou a mão morna sobre a dele.

— Mas eu entendo — disse ela, surpreendendo-o. — E vou ajudá-lo. Venha amanhã para caminhar comigo.

— Em pleno domingo? — perguntou ele.

Livia tinha sido criada como católica e jamais observou o domingo, como os puritanos. Ela deu de ombros.

— Venha me encontrar depois do almoço e podemos decidir o que é melhor fazer.

JUNHO DE 1670, HADLEY, NOVA INGLATERRA

Ned, planejando enviar uma barrica de mercadorias e ervas para a Inglaterra no fim do verão, ofereceu ao tanoeiro um salmão fresco em troca de duas barricas. A criada do pastor estava lá, encomendando uma barrica para a casa paroquial.

— Bom dia, Sr. Ferryman, vou levar um peixe fresco para o pastor, se o senhor tiver alguma coisa boa — disse ela.

— Claro — disse Ned. — Armei as minhas armadilhas de novo, e tenho algumas trutas, bonitas e gordas. A senhora quer que eu leve à sua porta?

— Eu ficaria grata.

— Posso carregar a sua cesta? A senhora já acabou o que ia fazer aqui, Sra. Rose?

Ela registrou as iniciais no livro do tanoeiro para confirmar a encomenda do pastor, então entregou a cesta a Ned e juntos contornaram a casa do tanoeiro, saíram pelo portão, voltaram à rua larga, passaram pela igreja e chegaram à casa do pastor, localizada num entroncamento. A alameda larga e verdejante usada para pastagem se estendia de norte a sul, passando pela porta da frente, e ao longo da casa ficava a via oeste-leste, conhecida como Middle Highway, que saía do vilarejo e seguia para a floresta. A cerca do vilarejo impedia que o terreno e a casa fossem invadidos por animais que por ali pastassem; o portão da casa dava acesso a uma trilha até a porta da rua, fechada com uma peça de ferro ornamental — um belo trinco.

— O tempo está bom — comentou Ned timidamente, puxando conversa, sabendo que o vilarejo inteiro veria os dois andando juntos pela rua. Todos esperavam que eles se casassem. Solteiros não eram bem-vistos naqueles assentamentos fronteiriços, onde um homem só poderia sobreviver graças ao trabalho da esposa e dos filhos, e uma mulher necessitava da proteção de um homem. Havia apenas dois outros solteiros no vilarejo, e cada um foi agraciado com um lote, em troca do exercício de sua profissão, de seus ofícios; a expectativa era de que ambos os solteiros se casassem. O pastor John Russell tinha convidado Ned para se juntar à comunidade e lhe oferecera um terreno ribeirinho, fora das cercas do vilarejo, bem como a balsa, por conta dos serviços leais por ele prestados ao Exército de Oliver Cromwell. O Sr. Russell queria um homem confiável para vigiar a estrada na margem direita e proteger seus hóspedes secretos. Se Ned pretendia se estabelecer em Hadley e receber mais terras, e uma casa maior, precisava se casar. A Sra. Rose era viúva e contratada para trabalhar na casa paroquial. Quando terminasse o contrato, ela precisaria encontrar outro emprego e trabalhar para outra família, ou se casar com um dos colonos e assim obter uma casa e um lote.

— Está bom agora, mas em breve vai estar quente demais — previu ela. — Os verões aqui são tão cruéis quanto os invernos. Sinto saudade de um dia de verão inglês!

— Todos nós sentimos, eu acho. Mas gosto desse clima quente.

O pastor residia numa casa bem sólida, com belos degraus de madeira que davam acesso à porta dupla da frente. A criada conduziu Ned pelos fundos da casa, onde o solo coberto de relva se estendia a leste, até o início da mata. Perto da casa, um homem negro escravizado cortava a madeira de uma árvore para servir de lenha e outro empilhava as achas. A Sra. Rose foi na frente de Ned nos dois degraus da porta da cozinha. Entraram juntos, e Ned colocou as cestas na mesa limpa.

— Pode descer lá — disse a Sra. Rose em voz baixa. — Eles resolveram ficar meio reclusos hoje, longe do calor, enquanto houver mensageiros indo e vindo.

Ela indicou com um aceno de cabeça a parte principal da casa. Ned abriu a porta e entrou no corredor com assoalho de madeira. Um relógio de chão tiquetaqueava bem alto, como se proclamasse a afluência do dono da moradia. Ned olhou para o escritório vazio, onde o pastor escrevia seus sermões inflamados. Não havia ninguém ali; então, ele enrolou o tapete que cobria o alçapão que dava para o subsolo. Em seguida, bateu no alçapão, o conhecido ta-ta-ta-tata-tata-ta, e o abriu. Uma escada se estendia diante dele na escuridão. Ned desceu pelo vão escuro feito breu e, só depois que o alçapão bateu ao ser fechado e ele ouviu a Sra. Rose desenrolando o tapete, houve o estalo agudo de uma pederneira, uma faísca e o clarão de uma chama.

Ned se guiou pelo tato até a base da escada, e lá, com o rosto iluminado pela chama brilhante de velas, estavam seus ex-comandantes, ambos na faixa dos 60 anos, exilados da Guerra Civil Inglesa que no fim se voltara contra eles: Edward Whalley e o genro William Goffe, regicidas, homens que assinaram a sentença de morte de seu próprio rei e agora se escondiam por causa de um mandado de prisão expedido pelo rei reinstituído, filho do monarca executado. Os três trocaram um silencioso aperto de mãos e foram do pé da escada até os fundos do porão, onde uma janela no alto da parede de pedra deixava entrar uma luz esverdeada e ar fresco.

— Algum estranho na cidade? Alguém perguntando por nós? — indagou Edward, dirigindo-se a Ned, que os havia servido e protegido ao longo dos cinco anos e meio em que os dois viviam escondidos em Hadley.

— Ninguém que eu tenha visto, ninguém que tenha chegado pela minha balsa — disse Ned. — Mas os senhores fazem bem em ficar aqui embaixo; vai haver outra reunião do Conselho Municipal hoje à tarde, e mensageiros de Boston são esperados. Estão enviando alertas sobre os pokanoket... Estariam planejando algo? As pessoas que moram fora do vilarejo estão fortificando suas casas. Um conselheiro eleito veio até a minha casa para pedir que eu fosse atuar como intérprete para o Conselho Municipal e dizendo que em breve eu seria recrutado.

— Claro que você vai ser recrutado — disse William. — Ninguém daqui sequer viu uma guerra. Metade é incapaz de acender um fósforo. O vilarejo precisa de você.

— Não dá para confiar em ninguém daqui com uma arma na mão — disse Ned, fulminante.

— Pois é, mas são a nossa gente. — Edward concordou com o genro. — E podem ser treinados. Você não se lembra dos primórdios do Novo Exército Modelo? É possível fazer um grande exército com homens comuns, se a causa for justa e houver tempo para treinamento.

— Servi com orgulho naquela época — disse Ned em voz baixa. — Mas aquela foi a minha primeira e última causa. Servi a um grande general, com o propósito de libertar o meu povo de um tirano. Foi uma honra servir ao lorde protetor contra o tirano rei Carlos. E, quando vencemos, e os senhores participaram do julgamento dele, eu estava lá! Compareci ao tribunal todos os dias do julgamento e sabia que a justiça estava sendo feita. Testemunhei o momento em que ele saiu da Casa Banqueting, naquela manhã, e colocou a cabeça no cepo. Jurei então que minha vida de soldado tinha terminado. Eu nunca mais pegaria em armas. Jurei que viveria em paz até o fim dos meus dias. Jamais faria guerra contra pessoas inocentes.

— Pois é, mas os selvagens não são pessoas inocentes, Ned! Não são companheiros, como nós, do Novo Exército Modelo. Não são cristãos; metade deles é pagã. Eles não pensam como a gente. E pode escrever o que vou dizer: você vai ter de escolher um lado, mais cedo ou mais tarde. O próprio Josiah Winslow me disse que vai chegar o momento em que seremos nós contra eles.

— O pai dele nunca teria dito isso — assinalou Ned. — Todo mundo diz que o pai dele e o massasoit eram amigos de verdade.

— Isso foi naquela época — disse Edward. — Quando a gente chegou, havia amizade de verdade, eu sei. Agora, mudou. Eles mudaram.

— Os selvagens não vão poupar você, se houver uma luta entre ingleses e nativos — disse William. — Eles são inimigos cruéis, Ned.

Ned fez que sim, relutante em discutir com homens que foram seus oficiais e serviram no mais alto conselho da Inglaterra.

— Eu acho de verdade que nós é que fomos cruéis — sugeriu ele com serenidade. — Em Mystic Fort, ateamos fogo numa aldeia com velhos, mulheres e crianças e atiramos em quem conseguiu correr. Até os indígenas que eram nossos aliados, os narragansett, gritaram dizendo que aquilo foi demais! Demais... essa foi a palavra que eles usaram. Não acreditavam que fôssemos capazes de tacar fogo em mulheres e crianças.

— Isso tem trinta anos — pontuou William. — História antiga. E coisa pior aconteceu na Irlanda.

— E, de qualquer forma, eles agora também fazem guerra assim — disse Edward energicamente. — Aprenderam depressa, e agora incendeiam e escalpelam também.

Ned jogou as mãos para o alto.

— Senhores, não vou discutir. Vim até aqui para ver se estão bem e para saudá-los.

William deu um tapinha nas costas de Ned.

— E seríamos tolos se nos indispuséssemos com você — disse ele. — Não me esqueço de que foi você que nos trouxe para cá, depois de dois dias de caminhada por uma trilha pela floresta e rio acima em que não demos um passo em falso sequer. Naquela ocasião, ficamos aliviados por você ser amigo dos selvagens e conhecer as picadas. Jamais teríamos chegado aqui sem eles para nos guiar e você para comandá-los. Você é um bom amigo, Ned, não nos esquecemos disso.

— Agradeço, senhor.

— Mas o líder deles é um rei, não é? — Edward jamais abandonava uma discussão. — Os pokanoket não o chamam de rei Philip? Não me diga que serviria a um rei em vez de aos seus irmãos, Ned!

Ned sorriu.

— Ele não é um rei como Carlos Stuart: um tirano. Ele é o líder, mas os nativos consentem com sua liderança. Não o chamam de rei; nós é que o chamamos assim. Eles o chamam de Massasoit. O nome verdadeiro dele é Po Metacom. Eles não o chamam de Philip. Nós é que o chamamos de Philip, e de rei, por respeito ao pai dele, que de fato foi o nosso salvador no nosso primeiro inverno aqui.

— Aquela história antiga? — indagou Edward.

— Eles nunca vão esquecer. Todos os ingleses teriam morrido naquele primeiro inverno, mas os pokanoket construíram abrigos e ofereceram comida para eles. Quando os ingleses roubaram as reservas de grãos dos nativos, os pokanoket ofereceram mais, por livre e espontânea vontade. Isso faz parte da religião deles, doar a quem não tem. Mas os senhores sabem: nós chegamos a revirar os túmulos deles, em busca das preciosidades que costumam enterrar com seus mortos, não foi?

Edward fez cara feia.

— Eu não sabia disso.

— Isso não é muito bom para a nossa imagem, por isso não é relatado com frequência — disse Ned ironicamente. — Mas nós parecíamos feras vorazes naquele primeiro inverno, e eles foram compreensivos. Naquela época, a gente prometeu que só viria para negociar, ao longo da costa, sem querer nada além de entrepostos comerciais, e jurou que o restante da terra seria sempre deles. Era assim que as pessoas achavam que haveria de ser. Os senhores não lembram que, antes da nossa guerra, quando o rei Carlos ainda estava no trono, ninguém pensava que um dia viveríamos aqui? Todo mundo achava que o Novo Mundo seria apenas para pesca e algumas feitorias, não?

— É verdade — afirmou William Goffe. — Nunca pareceu uma terra para se assentar, era mais como a África ou o Oriente. Um lugar para se visitar e fazer fortuna e depois se sentir grato por voltar vivo para casa. Todos os primeiros assentamentos sucumbiram ou foram abandonados.

— Pois é, isso mesmo. Mas agora aquele puxa-saco vem até a porta da minha casa me dizer que a terra está desocupada... desocupada! E que os ingleses têm direito a tudo, e que ele quer ser proprietário. Ele nem sabe a extensão de terra que existe. Não conhece nada para lá de Hatfield, nunca sobe o rio, com medo de não conseguir voltar antes de escurecer. Não sabe nem quantos nativos existem. Acha que é um herói por se aventurar pelo norte até Hadley. Acha que já se embrenhou na mata quando sai pelo portão do vilarejo e vem até o meu lote. Não sabe de nada!

William Goffe riu da indignação de Ned e lhe serviu uma caneca de cerveja de um jarro que estava na mesa.

— Ele deixou você irritado — observou William e esperou pelo alento do sorriso relutante de Ned.

— É o tipo de homem que só decide de que lado está quando vê quem está ganhando — advertiu Ned. — O tipo que recebeu os senhores como heróis, como fizeram em Boston, quando os senhores chegaram, mas, assim que ouviram a sentença de morte expedida pelos tribunais ingleses, optaram por devolver os senhores à Inglaterra para serem julgados. Sem princípios, nem de um lado nem do outro. Sem princípios.

— Acho que é isso mesmo — concordou William. Houve uma pausa, enquanto ele servia mais cerveja. — Quem é como nós? — perguntou ele, fazendo o brinde inspirado na Batalha de Dunbar, quando derrotaram os escoceses monarquistas e conquistaram a vitória para os homens comuns da Inglaterra e para a Comunidade.

— Uns poucos desgraçados, e estão todos mortos — respondeu Ned.

Eles brindaram, então ficaram em silêncio por um instante.

— Nenhum inglês nascido livre nos mandaria de volta — disse Edward. — Eu sei que eles não ousaram desafiar abertamente a proclamação do rei, mas nos passaram de mão em mão, em segredo, até que estivéssemos seguros aqui.

— Não sei como conseguem tolerar um rei na Inglaterra — disse William. — Depois de viverem em liberdade! Depois de um governo fiel!

— Os senhores voltariam para lutar contra Carlos II? — perguntou Ned, curioso.

— Eu zarparia amanhã. Você não faria o mesmo? Estou esperando o chamado, esperando a qualquer momento.

William deu uma risada breve.

— Bem, a luta já está acontecendo! Fui declarado imperdoável, colocaram a minha cabeça a prêmio, estão me caçando no Velho e no Novo Mundo, espionam a minha esposa e a minha filha! Executam os meus companheiros de armas! Nunca vou esquecer que tive de me esconder dos espiões deles dentro de uma caverna. Não vou perdoá-los por ter de viver aqui, escondido por amigos, me enfiando no porão ao primeiro sinal da presença de estranhos, colocando todos vocês em risco, além de a mim mesmo.

Os homens ficaram calados, pensando nas velhas batalhas vencidas e na batalha final perdida, que os levou ao exílio.

— Acho que luto contra ele, se for preciso — disse Ned lentamente. — Se for convocado. Mas eu tinha esperança de deixar a velha pátria e as guerras da velha pátria e viver em paz. Não posso dizer que a Inglaterra foi essa mãe gentil para mim e para os meus.

— Nada de esposa? — perguntou Edward, sentindo falta de sua própria mulher, Mary, na longínqua Inglaterra.

— Nada de esposa — confirmou Ned.

— Nenhuma família?

— Tenho uma irmã e os filhos dela. Maltratada e mal alojada. Uma pecadora, como todos nós, mas Deus sabe que foi mais vítima do pecado do que pecadora.

Os homens permaneceram calados.

— Em todo caso — disse Ned mais alegremente —, os senhores estão a salvo agora. O pastor é um homem confiável; o Sr. Russell jamais vai trair os senhores.

— Ele é um bom homem — confirmou William. — Mas acho que nós vamos para a floresta durante o verão; é exaustivo ficar escondido, vivendo num povoado, mas sem fazer parte dele. Ouvir os homens treinando defesa contra eventuais ataques e saber que eles não têm a menor ideia do que estão fazendo. Nem sequer construíram paliçadas! Uma tropa inimiga poderia entrar aqui marchando.

— Os senhores podem se esconder na floresta, perto da minha casa, e eu posso mantê-los abastecidos — ofereceu Ned.

— Perto da sua casa, ou mais fundo, mata adentro — disse William. — Talvez até mesmo de volta ao litoral. Em qualquer lugar onde o rei Carlos não possa enviar seus homens para nos procurar.

— Já faz mais de vinte anos desde que decapitamos o pai dele — disse Ned. — Com certeza, há de chegar o momento de o rei oferecer indultos.

— Não esse rei! — exclamou Edward. — Esse é um homem que desenterrou seus inimigos mortos e enforcou os cadáveres. Fez isso com o próprio Cromwell! Com o nosso comandante e com os melhores homens que já serviram ao reino! Removidos da cova e executados por ódio. Que benefício ele acha que isso traz? Ressuscitar os mortos para humilhá-los? É superstição tola, é quase feitiçaria.

— Imbecilidade — respondeu Ned, cuja irmã tinha sido acusada de ser bruxa e por isso afogada. — Não posso tolerar esse tipo de pensamento.

JUNHO DE 1670, LONDRES

Assim que James saiu, Sarah correu escada acima e trouxe a avó até a sala. Tabs pôs a mesa e trouxe a refeição — uma torta de carne de cervo assada numa padaria próxima e uma travessa de ostras.

A família baixou a cabeça enquanto Alinor orava, agradecendo pela comida.

— E que o meu irmão tenha uma refeição tão boa e que esteja tão livre de preocupações quanto nós esta noite, na nova terra que é o seu lar.

— Amém — disseram todos.

Alys olhou de relance para a mãe. Sempre invocavam Rob, quando davam graças, mas agora Rob havia falecido e sua viúva segurava o garfo e esperava ser servida.

— Estão fazendo você passar fome lá na casa do Sr. Watson? — perguntou Alys ao filho, enquanto ele cortava a torta e se servia de um belo pedaço, do qual escorria um molho escuro e espesso.

— Não, a mesa deles é bem farta, e nós, rapazes da casa de contagem, comemos com a família, mas não há nada no mundo como a sua cerveja e o seu pão, mamãe.

— A madame Piercy não come nada além de chá e pão com manteiga — comentou Sarah. — Ela diz que damas de verdade não têm apetite. Nós, as garotas, vamos todo dia à loja de tortas.

— Então, como é que vai economizar o dinheiro do seu pagamento? — indagou a mãe.

— Mamãe, não dá. Entre fitas e refeições, não consigo fazer o pagamento durar.

— Quando eu tinha a sua idade, só comprava fitas na feira de Chichester, e só uma vez a cada três meses.

Sarah revirou os olhos.

— Mas estou cercada de lojas, mamãe! É como era a caça ilegal para as senhoras. Para onde quer que eu me vire, há algo para pegar.

Alinor sorriu.

— Não acredite nela! Sua mãe seria capaz de vender a alma por fitas bordadas com cerejinhas — disse ela. — E sem dúvida você vai ganhar mais quando for uma chapeleira experiente, não é, Sarah?

— Vou, sim — confirmou a jovem. — E vou trazer para casa o meu ganho, prometo.

Alinor se dirigiu a Johnnie.

— E o Sr. Watson está satisfeito com você?

— Ele não fica satisfeito com nada — respondeu Johnnie. — Com a corte tão endividada e o rei tão esbanjador, ele só enxerga, todos só enxergam, mais impostos pela frente. Impostos, para que os comerciantes da cidade possam pagar pelos luxos da corte. — Ele se virou para a mãe. — A senhora vai querer a minha ajuda para dar uma olhada nos livros amanhã?

— Eu ficaria grata. Se não estiver muito cansado. Você parece pálido, meu rapaz.

— Ah, não se preocupe — disse ele, sorrindo. — Eu saí para beber com os outros rapazes ontem à noite e estou com dor de cabeça por causa do vinho ruim.

— Então, ele não leva bronca por gastar o pagamento em bebida? — indagou Sarah. — Fitas são proibidas, mas bebida está liberada?

— Ele é um rapaz — brincou a avó. — Pode fazer o que bem entender.

— Você nunca vai arrumar um marido se for tão megera assim — provocou Johnnie, dando uma piscadela para a irmã.

Sarah chutou a cadeira dele por baixo da mesa.

— Eu não quero marido!

— Parem, vocês dois — disse Alys em voz baixa. — O que a tia de vocês vai pensar?

— Eu penso que eles são adoráveis! — disse Livia com afeto. — Mas, me digam... estou invadindo o quarto de alguém? Estou no sótão, ao lado de Tabs.

— É o meu quarto — disse Johnnie.

— Achei que fosse mesmo, por causa dos livros e das tabelas. A ama de leite e o meu bebê ocuparam o quarto do andar de baixo.

— Era o meu — disse Sarah.

— A senhora pode dormir com o seu bebê e a ama de leite esta noite? — perguntou Alys a Livia.

A jovem espalmou as mãos em um pedido de desculpas.

— Infelizmente, não posso! Se durmo perto de Matteo, ele chora, querendo a minha companhia, e daí eu acordo e não consigo mais dormir. Ele parece saber que estou no quarto e fica me chamando! É uma gracinha! Mas, se a Srta. Sarah concordar em dormir com a ama de leite, Carlotta, e com o bebê, eu sei que ele ficaria bem quietinho. A senhorita concordaria? Não se opõe?

— Tudo bem — disse Sarah. — A cama é minha mesmo. Mas onde é que Johnnie vai dormir?

— Posso dormir aqui embaixo — sugeriu ele.

— Nem sonhando! Ele vai ficar no quarto dele, e eu divido o quarto com a mãe de vocês, se ela permitir.

— Comigo? — indagou Alys.

Livia sorriu.

— Claro — disse ela com delicadeza. — Não há outro lugar. Você não se opõe a dividir o quarto comigo, não é? Eu não ronco, de jeito nenhum.

— Não — disse Alys. — Claro que não.

Alinor subiu cedo para o quarto, mas o restante da pequena família continuou à mesa, divertindo-se com um jogo de tabuleiro e conversando sobre a semana. Os olhos inteligentes e observadores de Livia corriam de um rosto jovem para outro, buscando qualquer semelhança com Sir James, especulando se haveria alguma chance de o rapaz bem-apessoado e a bela jovem não serem gêmeos. Criados juntos, eles sabiam o que o outro estava pensando, e muitas vezes concluíam as frases um do outro, com expressões que se espelhavam. Livia pensou que poderiam muito bem ser gêmeos — somente a mãe saberia a verdade. Somente um pai à procura de um herdeiro sonharia em separá-los, haveria de se contentar com um sem o outro.

À meia-noite Alys disse aos filhos:

— Venham, vocês têm de acordar cedo para ir à igreja. Hora de dormir.

No corredor, as velas noturnas estavam em seus respectivos castiçais. Alys foi até a cozinha para verificar se a porta dos fundos estava trancada e se o fogo estava abrandado e preparado para a noite.

— Tudo em segurança? — perguntou Johnnie com o pé no primeiro degrau e a vela acesa.

— Tudo em segurança — confirmou ela.

— A senhora ainda desenha runas nas cinzas, para proteger a casa de incêndios? — perguntou Sarah.

Alys sorriu.

— Claro! Imaginem o que sua avó diria se eu deixasse a casa pegar fogo por falta de uma runa capaz de manter o fogo na lareira!

— Boa noite. — Sarah deu um beijo na mãe, e então, quando Livia abriu os braços, deu um beijo na tia também.

— Boa noite — disse Johnnie, já no patamar estreito.

— Você não vai me dar um beijo de boa-noite? — brincou Livia e riu ao vê-lo enrubescer e subir depressa para seu quarto no sótão.

Alys entrou no quarto da mãe para lhe desejar boa-noite, enquanto Livia entrava no quarto da cunhada. Livia colocou a vela sobre uma cômoda e correu os olhos pelo recinto. Era parcamente mobiliado, com um grande baú de madeira ao pé da cama. Levantou a tampa e viu jaquetas grossas e casacos de inverno; então, tateando os cantos, encontrou uma caixa de metal na qual talvez houvesse dinheiro, ou, quem sabe, joias. Abriu o trinco e ergueu a tampa da caixa. Em cima havia papel de carta e um velho bastão de lacre de cera; por baixo havia fitas brancas, encardidas pelo tempo, e um pequeno buquê de ervas secas amarradas com frutinhas vermelhas ressequidas. Livia olhou para aquilo: um buquê nupcial — um buquê nupcial de inverno —, mas quem o teria usado? E onde estaria o noivo agora?

Ela retirou a touca debruada de preto e a colocou ao lado de um pequeno espelho prateado que estava em cima de uma mesinha. Desatou a veste longa e a deixou com cuidado em cima do baú. Por baixo, ela usava uma combinação de seda, que pendurou para arejar atrás da porta. Quando Alys entrou, Livia, com a escova de cabelo na mão, já trajava sua linda camisola de linho enfeitada com renda fina.

— Poderia me ajudar? — perguntou ela com intimidade; então, sentou-se na ponta da cama e soltou as madeixas de cabelo preto e brilhante sobre os ombros.

— Você gosta dele trançado para dormir? — perguntou Alys, hesitante.
— Por favor. Costumo pedir a Carlotta, mas não quero incomodá-la.
— Claro.

Delicadamente, e depois com mais confiança, Alys passou a escova pelo cabelo preto volumoso.

— É lindo — disse ela.
— Roberto costumava escovar para mim. Ele dizia que os cabelos da mãe eram como um campo de trigo, que os seus eram da cor da cevada, e que os meus eram da cor da noite.

Alys amarrou a trança com um belo laço de fita branca e se virou para se despir enquanto Livia ia para a cama.

— Que lado prefere?

Alys manteve o rosto virado.

— Nunca dormi na mesma cama que o meu marido. Não tenho um lado preferido. Não sei qual seria.

— Ah — disse Livia baixinho. — Eu vou ficar deste lado, então, perto da porta, caso tenha de atender o pequeno Matteo durante a noite; pode dormir junto à janela, mas será que a luz do sol vai ser forte demais para você ao amanhecer?

— Não, não — disse Alys. — A cortina está fechada e, de qualquer forma, sou madrugadora.

Ela enrolou o cabelo, formando um coque frouxo, amarrou a touca, enfiou a camisola por cima da roupa e depois apagou a vela. No escuro, despiu o vestido e as anáguas por baixo da camisola e os sacudiu, colocou-os em cima do baú e foi para a cama. Ocorreu-lhe pela primeira vez que, embora tivesse se deitado com um homem que havia amado de paixão, eles não passaram juntos uma noite sequer, separando-se no dia do casamento.

Ficou rígida, imóvel feito uma pedra, com a cabeça no travesseiro apontada para o sul, os pés para o norte, qual um compasso fechado. Não se atreveu a se espreguiçar nem a se encolher.

— Está com frio? — Um sussurro saiu da escuridão.

— Um pouco.

Ela não sabia o que sentia.

A mão morna de Livia se enfiou sob os ombros de Alys e a puxou para perto.

— Encoste a cabeça aqui — convidou Livia. — Nós duas somos solitárias, nós duas estamos sozinhas. Encoste a cabeça aqui, e podemos dormir juntas.

Através da camisola fina, Alys pôde sentir o calor da jovem, pôde sentir seu perfume de rosas. Aos poucos, ela relaxou, e adormeceram embaladas pelas marolas tranquilas da maré baixa.

JUNHO DE 1670, LONDRES

De manhã, Livia ainda dormia, os cílios escuros baixados sobre a curva suave das faces, quando Alys se levantou, vestiu-se em silêncio e saiu do quarto, na ponta dos pés, receando acordar a jovem que, a despeito do barulho da casa que despertava, seguia adormecida como se fosse a princesa de um conto de fadas, que só acordaria com o beijo de um príncipe.

Alys trançou o cabelo e colocou a touca na sala de contagem antes de ir até a cozinha, onde Tabs soprava as brasas para atiçar o fogo.

— Pode me servir uma cerveja de mesa, por favor? — disse ela.

— Com sede? — indagou Tabs alegremente. — Eu estou com sede. Está tão quente lá no meu sótão; ninguém imagina.

— Estou — disse Alys, contida. — Pode pôr a mesa para o desjejum, Tabs? Seremos apenas nós quatro. A Sra. Alinor não vai descer. Levarei uma bandeja para ela.

— Vou fazer isso agora mesmo — garantiu a jovem. — A senhora pode levar cerveja para ela agora?

Alys pegou uma caneca e subiu a escada, mas não virou à direita, para a porta do quarto da mãe, e foi até o próprio quarto.

Livia estava sentada, recostada nos travesseiros simples, com uma touca bordada emoldurando o belo rosto moreno e a camisola puxada para baixo, expondo os ombros cor de bronze. Ela sorriu quando Alys entrou.

— Ah, aí está você! — disse ela. — Me senti sozinha quando acordei e vi que tinha saído.

— Eis-me aqui — disse Alys, incerta, oferecendo a bebida. — Trouxe para você.

A família foi à Igreja de Santo Olavo, e houve preces especiais para Rob. Voltaram acompanhados pelo pastor, que veio rezar com Alinor. Ele usava uma veste escura e elegante, mas sem paramentos nem sinais externos do ofício. Alinor criou Alys no período puritano da Comunidade, e elas ainda preferiam uma religião simples, sem ritos eclesiásticos, embora os tempos tivessem mudado. O novo rei estava reinstituindo sobrepelizes e cerimônias em todos os altares, ornando-os com ouro e prata. A esposa dele, papista, tinha a própria capela, e metade de Londres se ajoelhava atrás dela e inalava o incenso inebriante durante a missa. Alys e todos os antigos reformadores tinham agora de aceitar as novas regras, antes consideradas heresia. Quem não suportasse aquilo não tinha escolha a não ser abandonar o reino, conforme fizera o irmão de Alinor, Ned.

— O senhor ficará para a refeição, Sr. Forth? — perguntou Alys educadamente, enquanto ele descia a escada estreita, depois da visita ao quarto de Alinor.

— Tenho de fazer outras visitas — respondeu ele. — Não posso ser visto descumprindo meus deveres, nem por um instante. O pastor que me precedeu quer de volta a paróquia, a casa paroquial e, principalmente, os dízimos. A congregação o expulsou por ser monarquista e meio papista, e agora a monarquia e o papismo estão em voga novamente. Ele voltará, e todo o meu trabalho aqui será desfeito.

— O que o senhor vai fazer? — perguntou Sarah.

— Se for forçado a partir, hei de zarpar para as Américas — disse ele. — Se não puder servir ao Senhor aqui, irei aonde os fiéis quiserem ouvir minha palavra.

— Meu tio Ned está no vilarejo de Hadley, na Nova Inglaterra — comentou Alys. — É um assentamento novo, construído dentro da floresta por um pastor; então, é um povoado fiel, com muita pregação. Ele pensa igual ao senhor.

— Ele negocia com peles? — perguntou o pastor. — Pode fazer fortuna.

— Ele quer ter o suficiente para si sem causar a ruína de ninguém.

— Oro para que um homem fiel seja capaz de fazer isso — desejou ele.

— Mas receio que o ganho de um homem seja sempre o prejuízo de outro.

— Aqui, sim, mas quem sabe não no Novo Mundo — disse Alys. — Onde a terra é gratuita? Ele tinha a esperança de poder viver por conta própria, sem prejudicar ninguém.

— Oro para que não seja necessário, no meu caso, mas, se for obrigado a partir, virei aqui me informar sobre o paradeiro dele.

— Ele ficaria feliz em conhecer o senhor.

Alys fez uma reverência e Johnnie abriu a porta da rua, permitindo a saída do pastor para a luminosidade ofuscante do cais. Sarah ficou sozinha com a mãe na sala.

— O tio Ned conhecia aquele homem... Sir James?

— Não! — mentiu Alys imediatamente. — Por que pergunta?

— Então, como é que Sir James conhecia a senhora e a vovó nos tempos do Lodo Catingoso? Como ele pode não ter conhecido o tio Ned?

— Eu quis dizer que eles não eram amigos — corrigiu-se Alys. — Seu tio Ned era o balseiro; é claro que ele conhecia todo mundo.

— Isso foi antes de nós nascermos.

— Sim, como bem sabe.

— Então, nós todos fomos embora de uma vez? Meu tio-avô Ned, Sir James, a vovó e a senhora? Fomos embora todos na mesma carroça?

— Não, fomos só eu e a sua avó — disse Alys, contrariada. — Acho que já lhe contei uma dúzia de vezes. Vocês dois, ainda bebês, a vovó e eu... depois de um desentendimento com os Miller, no moinho de maré, sobre o meu pagamento. Ned só veio muito depois. E então, quando o rei foi reinstaurado, ele partiu para as Américas. Você deve se lembrar! Agora, preciso ver o que Tabs está fazendo. Sinto cheiro de queimado.

— Mas por que eles foram embora? O tio Ned e Sir James. — Johnnie fez coro à irmã, chegando no final da conversa. — Juntos? Mas não com a gente? Não pode ter sido por causa do pagamento da senhora, não é mesmo?

— Ora, vamos! — disse Alys e se apressou para a cozinha. — O que importa? Já faz tanto tempo! Nós fomos embora porque queríamos uma vida melhor para vocês do que teríamos no alagadiço, o seu tio Ned partiu por uma questão de consciência, quando o rei chegou; e Sir James só estava mesmo de passagem. Não éramos amigos; a gente mal o conhecia.

— Então, por que ele vem aqui todo dia para visitar a vovó? — Johnnie se uniu à irmã.

— Ele não vem todo dia. Ele só esteve com ela duas vezes — disse Alys, irritada.

— Mas por quê? — perguntou Johnnie.

— O quê?

— Por que ele vem?

— Sei lá eu! — vociferou Alys, afastando-se dos dois e abrindo a porta da cozinha. Uma nuvem de fumaça gordurosa rolou sala adentro. — Tabs! O que você está fazendo aí dentro?

— A senhora sabe, com certeza — disse Johnnie, sendo razoável.

— Eu sei que não é da minha conta nem da conta de vocês. E não quero ver nenhum dos dois falando com ele. Ouviram bem?

Alys fechou a porta da cozinha na cara deles. Sarah e Johnnie trocaram breves olhares que deixavam claro que entendiam um ao outro.

— Tem alguma coisa errada — disse Sarah.

— Eu sei. Eu sinto.

— A gente vai descobrir — decidiu ela.

Depois da refeição, Sarah sentou-se ao lado da avó no quarto dela no andar de cima, costurando fitas pretas nas toucas de luto para Alinor e Alys.

— Não para mim, eu não vou usar — disse Alinor.

A jovem hesitou.

— Por que não, vovó?

— Sarah, eu não acredito, não consigo sentir que ele está morto. Não vestirei preto por ele.

A jovem largou o trabalho.

— Vovó, a senhora não vai querer ser desrespeitosa, não é?

— Eu não vou é mentir.

— O que a mamãe diz?

— Nada. Eu não falei nada para ela.

Sarah examinou a avó.

— A senhora não pode duvidar da palavra da viúva dele. Não é apenas uma carta agora; ela fez uma longa viagem com o filho dela, e agora a senhora já sabe o que aconteceu, não é?

Alinor olhou pela janela, vendo uma névoa se instalar na maré enchente. Sarah sentiu um ar frio correr pelo quarto, deixando os pelos da nuca arrepiados, um por um. Ela estremeceu.

Alinor olhou de relance para ela.

— Sei — disse ela como se fosse uma constatação banal. — Tem alguma coisa errada. Você também está sentindo.

Sarah se levantou para fechar a meia-porta que dava para a sacada.

— Não é a névoa — disse Alinor à neta. — Você sabe tão bem quanto eu que é a visão.

— Eu não estou vendo nada — protestou a jovem. — Só senti um calafrio.

— É isso mesmo que a gente sente — confirmou Alinor. — Eu sinto alguma coisa, mas não sei o que é. Senti isso quando ela disse que aquele pobre bebê seria um consolo para mim. Que ele substituiria o Rob!

— Ninguém pode substituir Rob.

— Não é isso... É porque...

— O quê? — perguntou a jovem.

— Não sei. — Alinor balançou a cabeça. — Não estou conseguindo enxergar com clareza. Mas só sei que algo não corresponde à verdade.

— A senhora sabe o que é verdade, vovó?

— Sei — apressou-se em dizer. — Sempre. Como se a verdade tivesse cheiro. Eu identifico a verdade. E se você e eu sentimos o frio da névoa na nuca... então, é um aviso.

— Um aviso para quem?

— Não tenho certeza. — Alinor sorriu para a jovem e deixou o momento encantado escapar. — Mas eis uma lição passada ao longo dos anos de minha avó para minha mãe, dela para mim e de mim para você: preste atenção quando sentir esse calafrio... tem algo de errado.

— A gente tem como corrigir o erro? — sussurrou a garota.

Alinor olhou para a neta, para a coragem cintilante em seus olhos escuros, para a força em seu semblante.

— Talvez você possa — disse ela.

— Como? Como eu posso corrigir? Eu nem sei o que está errado!

— Também não sei. Mas acredito que você é quem vai descobrir a verdade. E, enquanto isso, não vou usar preto.

Sarah não disse mais nada, mas pegou a touca da avó e começou a remover as fitas pretas.

— O que a senhora vai dizer? — perguntou ela.

Alinor deu um sorriso melancólico.

— Não tenho que dizer nada — disse ela. — Todo mundo simplesmente vai achar que sou uma velha idiota incapaz de aceitar a verdade.

— A senhora não liga se as pessoas falarem isso?

Ela sorriu.

— Já fui chamada de coisa pior.

No andar de baixo, Johnnie se juntava à mãe na sala de contagem, onde examinaram os registros das transações realizadas na semana anterior, somando os valores recebidos e gastos e aferindo o estoque remanescente. Precisaram protocolar licenças que comprovavam que navios com mercadorias estrangeiras destinados ao cais oficial foram autorizados a descarregar no embarcadouro secundário. Precisaram protocolar guias carimbadas duas vezes que demonstravam que o imposto havia sido pago. Johnnie era meticuloso quanto à documentação: a menor dúvida que pesasse sobre qualquer embarcadouro secundário resultava em suspensão da permissão de desembarque de cargas e recolhimento de impostos.

Livia esticou a cabeça pela fresta da porta e, vendo os dois entretidos no trabalho, riu da dedicação deles e disse que, já que estava sendo ignorada, levaria o bebê e a ama de leite em sua caminhada naquela tarde. Saíram juntos de casa e, na esquina da Shad Thames, a criada ficou surpresa ao ver que Sir James estava à espera.

— Trouxe Matteo para que ele respirasse o ar puro do campo — explicou Lívia, enquanto se aproximava. — Não é bom para ele ficar dentro de casa o tempo todo. Um bebê precisa de ar livre, de contato com o campo. Quem dera pudéssemos visitar uma casa de campo! — Ela chamou Carlotta e levantou o xale de renda branca que cobria o rosto do bebê. — Vê como ele sorri? Ele reconhece o senhor!

— Ele é tão pequeno — disse Sir James, observando o corpinho minúsculo dentro da longa bata branca.

— Ah, sim, é porque é muito novinho! Mas o senhor vai ver. Ele vai crescer. Vai crescer e se tornar um garotinho inglês, um garotinho inglês forte e corajoso.

Ela se afastou do filho e pegou o braço de Sir James.

— Podemos andar juntos até o campo? Eu adoro o campo.

— Claro, como a senhora quiser.

Ele permitiu que ela pegasse seu braço e ficou aliviado quando a ama de leite os seguiu, com o bebê, igual a uma acompanhante, enquanto seguiam para os Campos de Horsleydown.

— Agora entendo o seu interesse pelo armazém — disse ela com um sussurro íntimo.

Sir James não gostou da maneira como ela disse "pelo armazém", como se fosse uma mercadoria que ele pudesse encomendar no embarcadouro, e não a mulher e o filho dela, por ele amados.

— Mas a Sra. Reekie é uma rocha! E ela está muito doente; o senhor não sabe como é grave o estado dela. Houve um acidente terrível. Acho que no mar. E então o filho dela, Roberto, também se afogou!

Ele pôde sentir na boca o gosto da covardia, feito salmoura.

— Uma... coincidência... muito... trágica.

— Mas eis aqui outra coincidência — disse ela, falando depressa, com o sotaque ficando mais forte graças ao entusiasmo. — O senhor vem até o armazém querendo uma esposa e um filho... e eu venho até o armazém: uma viúva com um filho!

— Os dois casos dificilmente...

— O senhor não vê? — indagou ela. — Eu tenho aqui exatamente do que o senhor precisa. O senhor tinha esperança de que a Sra. Reekie, uma viúva, tivesse o seu filho e se casasse com o senhor. Mas *ecco*! Ela o recusa. Mas eu tenho o filho do filho dela e sou viúva. O senhor vê?

Ele teve a impressão de que não via nada além da covinha encantadora perto da boca de Livia, onde um sinal preto, tão na moda, ressaltava o tom rosado da face.

— Eu devo ser um bobalhão...

Ela riu.

— Não! Não! O senhor é muito modesto. Um italiano entenderia logo o que quero dizer. Mas não ligo para italianos; não pense isso de mim! Se quisesse me casar com um italiano, bastaria ter ficado em Veneza, onde era muito admirada. Mas preciso de um amigo na Inglaterra, um homem de posses, alguém que me apresente às pessoas que vão comprar minhas antiguidades. Preciso de um protetor na Inglaterra, alguém para cuidar de mim e do meu filho. E meu filho precisa de um pai, alguém que nos sustente e que possa educá-lo, criá-lo como um menino inglês. — Ela olhou para ele interrogativamente. — Agora, o senhor vê?

— A senhora está propondo que eu deveria ajudá-la? E ser um pai para o seu menino? — perguntou ele, sentindo um calor no rosto em consequência da falta de modéstia por parte dela.

— É claro! — disse ela sem rodeios, como se fosse a mais óbvia das soluções. — O senhor não quer um filho?

— Eu quero o meu próprio filho! — disse ele, como se as palavras lhe fossem arrancadas.

Ela acenou para a ama de leite, que voltou a dar um passo à frente e exibiu a carinha do bebê, as mãos parecendo duas rosinhas, o rosto qual uma flor na touca rendada.

— Fique com esse! — instou ela. — E se case comigo.

JUNHO DE 1670, HADLEY, NOVA INGLATERRA

Ned participou do encontro municipal sobre a defesa da região, realizado após o culto de domingo à tarde, permanecendo de pé, nos fundos do recinto, junto aos demais solteiros do vilarejo. Havia apenas três deles; os outros dois eram comerciantes: um vidraceiro e um carpinteiro, convidados pelo pastor e pelos anciãos a contribuir com seus ofícios e ganhar a vida num meio lote. Ned não foi convocado a falar, embora conhecesse o povo nativo melhor que qualquer um ali, encontrando-os diariamente no rio e nas florestas e transportando-os quando entravam e saíam do povoado. Mas a amizade com os povos nativos já não era vista como algo vantajoso; ela colocava um ponto de interrogação quanto à lealdade de qualquer indivíduo; e o conhecimento da língua nativa de nada adiantava, a menos que fosse colocado a serviço dos colonos.

O Sr. John Pynchon, filho do fundador de Springfield, comandante da milícia, representante junto ao Conselho Geral e o homem mais ilustre do vale, enviou um mensageiro que trouxe um alerta grave: todas as milícias municipais precisavam ser recrutadas, treinadas, armadas e preparadas para defender suas respectivas áreas. Cada povoado precisava relatar as atividades dos selvagens nas redondezas, informando se eram cordatos ou se estavam insatisfeitos, se estavam negociando ou recusando-se a prestar serviços aos colonos. Havia relatos de que o líder da nação pokanoket, o chamado rei Philip, tinha convidado o rei do povo niantic a comparecer ao seu forte, em Mount Hope. Ned se limitou a ouvir, enquanto um orador atrás do outro alertava para o perigo que adviria caso chegasse ao fim a antiga rivalidade entre os niantic e os pokanoket, caso os niantic se aliassem aos desleais pokanoket, caso se recusassem a vender terras aos colonos, caso se negassem a comercializar, caso negassem seus préstimos. Uma ou duas vezes, um dos anciãos olhou para Ned, um dos poucos homens de Hadley que utilizavam as diversas trilhas que se entrecruzavam na Nova Inglaterra e que interagiam com o povo niantic, no rio e na floresta. Ned manteve a cabeça baixa e não disse nada.

Quando a reunião do conselho estava chegando ao fim, o pastor John Russell orou, rogando por deliberações serenas e cautelosas, e foi até os fundos da igreja, acompanhado dos anciãos, para se despedir de cada vizinho. Ned foi um dos últimos a sair e esperou junto ao pastor, enquanto este trancava a porta e guardava a chave no bolso; em seguida, foram juntos até a casa paroquial. A esposa e os filhos do pastor, bem como a Sra. Rose, a criada, seguiram-nos.

— Você não esteve presente às preces hoje cedo, Ned Ferryman?

— Não, pastor, muita gente de Hatfield gosta de ouvir o seu sermão, e eu fiz a travessia das pessoas na vinda e na volta para casa.

— Quem está cuidando da balsa para você agora?

— John Sassamon. Ele falou que o senhor tinha dado permissão.

— Sim. Ele é um homem bom, formado em Harvard, como eu. Foi ele que trouxe a mensagem do Sr. Pynchon.

— Ã-hã.

— Tudo calmo no vilarejo, Ferryman? Nenhum nativo para lá e para cá na balsa? Nada de canoas no rio, não mais que o normal?

— Nada fora do comum — disse Ned. — Eles ainda estão descontentes por conta das armadilhas de pesca.

O pastor Russell anuiu.

— Diga a eles que, se voltarem a nos trazer peixes, nós pagamos um pouco mais — disse ele. — Vamos fazer as coisas voltarem ao normal. Sem ressentimentos, sem boatos.

— Vai ser difícil o senhor conseguir calar o vilarejo; eles vão ficar preocupados com essa notícia sobre os pokanoket. Estou surpreso que o Sr. Pynchon tenha divulgado a mensagem publicamente; com certeza vai assustar as pessoas.

— É, eu sei. Mas ele precisava nos prevenir. Eu gostaria que as pessoas percebessem que os pokanoket, todos selvagens, nos são dados como alunos. Devemos guiá-los... e não temê-los. Deveríamos estar orando com eles, ensinando-lhes a Palavra. Esse é o trabalho de devoção que John Sassamon faz com o rei Philip. Esta terra nos foi dada por Deus, para que possamos guiar Seus filhos para longe das trevas do paganismo, para a salvação. Devemos ser uma luz para todas as nações. É uma missão, Ned. Somos chamados para fazer o trabalho de Deus aqui.

— Amém — disse Ned. John Russell era um pastor puritano fervoroso, dotado de tamanha convicção no congregacionalismo que levou sua igreja a uma terra inexplorada; tão leal à velha causa do Parlamento que escondeu dois generais de Cromwell em seu porão e ofereceu a Ned o trabalho de balseiro e vigia do portão. — Eu sei que é a vontade de Deus estarmos aqui. É só que alguns de nós são desastrados. As armadilhas de pesca...

John Russell riu.

— Não me venha com essas armadilhas de pesca de novo! — exclamou ele. — Como falei... diga às mulheres que vamos pagar mais pelo peixe nas próximas duas semanas. Eles não podem nos culpar pelo trânsito no rio; limpar a mata e produzir madeira é bom para todos nós. Eles deveriam ser gratos!

Os dois homens chegaram ao belo portão e subiram pelo caminho até a porta da frente.

— Eu conduzi o povo a este local inóspito para construir uma nova cidade de santos — disse John Russell com sinceridade. — Deus me chamou para buscar novas terras para novas casas, para libertar os filhos de Deus da servidão. Foi a vontade d'Ele que nos trouxe aqui, para construir uma cidade na colina. Nenhum selvagem obstruirá nosso caminho por conta de meia dúzia de armadilhas de pesca. Nenhum selvagem nos ameaçará por conta de meia dúzia de hectares.

— Concordo.

Ned tirou o chapéu para se despedir, mas o pastor o chamou antes que ele se virasse para voltar para casa.

— Venha até a cozinha e fale com a Sra. Rose — pediu o Sr. Russell, abrindo a porta e cumprimentando a criada. — Ela quer acertar com você. Acho que estamos lhe devendo.

— Não é nada — disse Ned, mas seguiu a criada pelo corredor até a cozinha, localizada nos fundos da casa.

— Quanto o senhor vai querer pelas trutas? — perguntou a criada, tirando o chapéu preto de copa alta, colocando-o cuidadosamente num armário e ajeitando as abas da touca branca.

Ned pensou nos homens escondidos no porão e nas despesas impostas à família, assumidas em sigilo havia quase seis anos.

— Pode ficar com as trutas, com os meus cumprimentos — disse ele. — E vou trazer mais aspargos, quando estiverem prontos para a colheita.

Ela fez que sim.

— O senhor aceita uma caneca de cerveja de sassafrás antes de ir?

— Obrigado.

Ficou parado meio sem jeito enquanto ela entrava na despensa e servia duas pequenas canecas. Quando voltou, ela apontou para duas cadeiras duras, uma de cada lado da grelha fria.

— O senhor pode sentar-se — disse ela.

Ele ergueu a caneca para ela e bebeu.

— Assim que beber esta cerveja, preciso ir — disse ele. — Tenho de voltar para a balsa antes de escurecer.

Ela hesitou.

— Espero que o senhor esteja seguro lá fora, na beira do rio, Sr. Ferryman. Fora do cercado do vilarejo.

— Estou bastante seguro. E o cercado é só para o gado. Não estou mais vulnerável que o restante do povoado. Sabe, eu não moro muito longe, mata adentro, Sra. Rose. Talvez um dia a senhora queira ir até lá para me visitar. Eu gostaria de mostrar a minha horta e os canteiros de aspargos.

Ela lhe lançou o olhar rápido e furtivo de uma mulher desabituada a sorrir.

— Talvez eu vá — prometeu ela com pouca intenção. — Mas não enquanto as pessoas disserem que os selvagens não são confiáveis.

— Os pokanoket estão no litoral a quilômetros de distância — afirmou ele —, e duvido que representem algum perigo para nós. Eu moro logo no fim da alameda. É provável que a senhora consiga avistar o meu telhado da sua janela do andar de cima.

— Eu consigo avistar o rio — concordou ela.

— Então, a senhora quase consegue avistar a minha casa. Estou bem no limite entre a terra e a água.

— Mas para além da sua casa fica o rio, e depois a floresta... — Ela estremeceu. — E aquele povo é da água e das árvores. É impossível enxergá-los nas matas, e eles ficam calados no rio. Eu não me atreveria a ir até saber que pararam de circular por aí e de reclamar da gente. Eles têm de se submeter às nossas regras.

— Depois da colheita, toda essa conversa vai acabar — garantiu ele. — Não há necessidade de eles se submeterem a nada. Todos nós juramos cumprir os tratados. É provável que não seja nada além de nações indígenas se reunindo para alguma celebração; não há o que temer.

— Sendo assim, vou mais tarde, ainda no verão — disse a mulher. Ela permitiu-se um olhar de relance, a fim de ver se ele ainda a observava. — Eu gostaria de visitar o senhor.

JUNHO DE 1670, LONDRES

Tabs tinha arrumado tudo depois da refeição e saído para aproveitar a folga na tarde de domingo; então, a família se reuniu na cozinha. Alinor sentou-se numa cadeira diante da lareira, onde as brasas do carvão de Newcastle ainda irradiavam calor. Sarah subiu numa banqueta para pendurar ervas frescas para secagem.

— Por quanto tempo a senhora vai deixar estas aqui secando, vovó?

— Você mesma pode verificar como elas estão no domingo que vem. Elas precisam secar bem para não apodrecerem, mas não podem perder toda a essência. Você mesma pode decidir quando elas vão estar prontas.

Johnnie entrou pela porta do pátio trazendo uma cesta de hortelã recém-cortada.

— Tem espaço para mais?

A irmã abriu espaço na grande mesa da cozinha.

— Vou pendurar mais um pouco. Esta é a última?

— Cortei bastante; estava grande demais, sufocando a eufrásia.

— Preciso de um jardim maior — disse Alinor. — Mas não tem espaço no pátio. Que tal a gente usar algum terreninho na estrada?

— Quem iria preparar a terra? — indagou Sarah. — Johnnie e eu somos urbanos. Temos mãos macias! E só estamos aqui aos domingos. A mamãe é muito ocupada, e Tabs não vai ficar feliz com mais esse trabalho.

— É uma pena abrir mão das nossas habilidades. Nossa família tem sido de herbalistas e parteiras há várias gerações. E com o seu tio Ned nos enviando ervas do exterior... Quem sabe as novidades que ele pode descobrir, e as propriedades que essas ervas podem ter? Seu tio Rob começou como aprendiz de boticário.

— E nós éramos pescadores — ressaltou Johnnie. — E lavradores — acrescentou, pensando no próprio pai desaparecido, um lavrador de Sussex que abandonou a esposa grávida no dia do casamento. — E pilantras — adicionou.

— Há coisas que é melhor esquecer — afirmou Alinor. — Não demos muita sorte com pais.

— Então, o que Sir James queria com a senhora? — perguntou Sarah casualmente, torcendo hastes de hortelã e formando um ramalhete. — O que ele queria com a gente?

— Ele foi nosso amigo muitos anos atrás — disse Alinor, escolhendo as palavras com cautela. — Queria nos oferecer abrigo na casa dele.

— Abrigo? — indagou Sarah com ceticismo. — Que tipo de abrigo?

— Não poderíamos ir — falou Johnnie imediatamente, dirigindo-se à irmã.

— Não, claro que não — concordou Alinor. — Fica no extremo norte; nunca estive lá, embora um dia tenha sonhado com isso...

— Ele amava a senhora? — Um pensamento ocorreu a Sarah e ela se virou para a avó. — Antes do seu acidente, ele queria se casar com a senhora?

Alinor respondeu de imediato, sem fazer nenhuma pausa.

— Ah, não, minha querida! Além disso, eu estava casada com o pai de Alys! Já faz tanto tempo... Ele era tutor de Rob e muito bondoso com ele. E agora quer ser bondoso conosco. Mas jamais poderíamos ir para o norte. Como haveríamos de cuidar do nosso negócio? E eu jamais deixaria vocês dois. E os contratos de aprendiz de vocês ainda não terminaram. Não devemos nem pensar nisso.

— Ele está pensando nisso — comentou Johnnie.

— Mas vai parar de pensar — disse Alinor com uma dignidade contida.

— Ele está muito interessado em Johnnie — observou Sarah. — Não parava de olhar para ele.

— Deve ser por causa da semelhança com o seu tio Rob — respondeu Alinor sem hesitar.

— Pensei que eu fosse a mais parecida com o tio Rob, não? — questionou Sarah.

Alys entrou na cozinha carregando uma bandeja com coisas da sala. Colocou os itens no aparador, por falta de espaço na mesa, que estava cheia de folhas aromáticas, enquanto Alinor arrancava dos talos as folhas inferiores e Sarah as amarrava em ramalhetes.

— Sussurros e segredinhos? — perguntou ela, alegre.

— Nada de segredinhos — disse Alinor com tranquilidade. — Mas Johnnie vai ter de arrancar um pouco de hortelã. Temos hortelã demais.

Em Horsleydown, as casas pobres davam espaço a pequenos campos, e adiante o espaço era cedido a morros vastos e verdejantes, com faias coroando o topo dos aclives em ambos os lados da estrada. Carlotta, a ama de leite, seguia lentamente o casal que andava de braços dados, com as cabeças próximas. Ao lado de uma árvore tombada, Livia hesitou.

— Posso me sentar aqui?

— É claro, é claro!

James limpou o tronco com o par de luvas que segurava e estendeu um lenço de seda que trazia no bolso. Ajudou-a a sentar-se e permaneceu de pé diante dela. Carlotta se deixou cair na relva e deitou o bebê sobre o xale, para que ele pudesse contemplar o céu e os pássaros que voavam de um lado para o outro.

— O senhor não me responde? — falou Livia casualmente, como se estivesse fazendo um comentário acerca da vista atrás deles, o rio prateado serpenteando em direção ao coração da cidade, turva com a fumaça de mil lareiras. — Poucos homens hesitariam.

— Claro — apressou-se em dizer. — Mas é que as minhas circunstâncias são singulares. Minha afeição de longa data por sua família, meu relacionamento com Rob... E eu quero o meu próprio filho. Se dizem que ele não está aqui, será que o enviaram para longe? Se Johnnie é de fato filho da Sra. Stoney, o que terá acontecido com o meu menino?

— Mas, se o senhor encontrar o seu filho, quantos anos ele teria agora? — perguntou ela, olhando para ele.

— Vinte e um — disse ele, respondendo prontamente, sem precisar calcular. — Vinte e um neste verão. Jurei que o encontraria quando ele tivesse 21 anos, caso elas não entrassem em contato comigo antes.

— *Allora!* — disse ela, desdenhando o anseio expresso na voz dele. — Essa história é muito antiga! Digamos que o senhor o encontre, e ele não queira a sua companhia. Talvez ele tenha fugido do armazém. Eu bem que fugiria! Talvez ele tenha sido um mau filho, e por isso elas tenham se esquecido dele. Talvez ele tenha construído uma vida própria, se casado com uma mulher que o senhor não consiga tolerar, de uma família desagradável. Talvez estejam passando necessidade; talvez ele tenha uma dúzia de bastardos feiosos. Há muitas razões para o senhor não querer assumi-lo. Muitas boas razões para não querer encontrá-lo.

— Nunca pensei que...

— Claro que não! Por que pensaria? O senhor confiava que elas protegeriam e criariam o seu filho! Mas não fizeram isso! Ele não é o jovem com quem sonhou, assim como *la suocera* não é a mãe afetuosa que eu imaginei, e o próspero embarcadouro com uma bela casa não existe. Estaremos encurralados pelos nossos próprios planos? Não! Eu pensei que elas fossem ricas e morassem numa bela casa em Londres. Pensei que seria acolhida por uma família ilustre e que poderia vender as minhas antiguidades e fazer fortuna. Mas não! Não é como Rob me falou, de jeito nenhum, e preciso mudar os meus planos. Assim como o senhor.

— A senhora é muito... — Ele não conseguia encontrar palavra para a obstinação dela, algo ao mesmo tempo tão pouco feminino que era irritante e tão ousado que era encantador.

— Sim, sou mesmo! — Ela tomou a palavra não dita como elogio. — E o senhor também precisa entender que as coisas não são como sonhou, mas que é possível tirar proveito da situação. Não é assim que esta cidade funciona? Reconstruindo ruínas? Como é com o novo rei? Um equívoco reinstaurado? Não é como o senhor pensou, mas é possível se beneficiar da presença dele. Não é isso que chamam de espírito do tempo?

— A senhora acha que o espírito do tempo é se beneficiar de tudo que existe, mesmo que não condiga com a nossa visão? — perguntou ele amargamente. — Desistir de um ideal, pensando no que se pode ganhar?

Ela se levantou e apontou para a paisagem atrás dela, para Londres, onde sabia que havia riqueza e oportunidade, além de decadência.

— Ora, sim! — declarou ela. — Se foi exilado, que seja trazido de volta. Se foi incendiado, que seja reconstruído. Se foi roubado, que seja resgatado. Se estiver disponível... não deixemos passar. Hei de ser uma dama inglesa num belo casarão com um próspero comércio de antiguidades, um armazém em Veneza e uma galeria em Londres, porque estou decidida... custe o que custar... Por que não? O senhor precisa de uma esposa e de um filho bebê, porque é isso que deseja. Por que não haveria de se deixar restaurar? Por que não deveria recuperar a sua posição? Por que não devemos agarrar o que quisermos e ir aonde não somos convidados? Por que não devemos ser felizes?

Andaram juntos de volta para casa, sem que ele lhe desse uma resposta, mas ela ficou satisfeita de ter colocado um turbilhão de ideias na cabeça dele. Diante da porta, ela colocou a mão no trinco e falou, casualmente, para trás:

— Venha ao meu encontro amanhã e terei descoberto o paradeiro do seu filho. E vou lhe dizer.

— Sou grato. — Ele tropeçou nas palavras. — Não quero que a senhora os espione... mas preciso saber...

Ela deu de ombros.

— Claro que precisa. — Ela sorriu. — Boa tarde.

Ela abriu a porta, acenou para a ama de leite entrar com o bebê e ofereceu a mão a Sir James. Ele se curvou sobre a mão, e ela inclinou o corpo para perto dele.

— Mas pense em mim — cochichou ela. — Por que não?

Ele não tinha resposta, mas ela não ficou à espera. No instante seguinte, desapareceu, e apenas seu perfume de pétalas de rosa restou no ar abafado de verão.

Sarah e Johnnie comeram na cozinha com a mãe, depois seguiram pelo cais até a Ponte de Londres e atravessaram para a margem esquerda do rio. Foram juntos, de braços dados, com as passadas combinando, até a oficina da chapelaria onde ela trabalhava.

— Foi estranho aquele Sir James — comentou Johnnie. — O que você acha que ele queria? O que acha que ele realmente falou para a vovó?

— Eu nunca vi a mamãe tão nervosa — concordou Sarah.

— Mas por que ele apareceu por aqui? E por que falar com a vovó sobre um abrigo? Como assim, um abrigo?

— Talvez ele tenha algo a ver com a senhora nossa tia, não? — sugeriu Sarah.

— Que estranho eles terem se encontrado bem enquanto ela passeava, não?

— Você acha que eles estão agindo juntos? Vou perguntar na chapelaria se alguém já ouviu falar dele.

— Na chapelaria? — perguntou Johnnie, cético.

— Se ele algum dia comprou um chapéu para qualquer mulher nesta cidade, eles vão saber.

— Suponho que sim. Vou perguntar na casa do Sr. Watson se sabem quem ele é, se ele tem crédito na praça.

— Ele parece um homem rico. Só aquele colarinho vale dez xelins.

Pararam diante de uma vitrine saliente, a fachada da loja onde ficava a oficina de trabalho de Sarah.

— Este aí é um dos meus. — Sarah apontou para um tufo de rede dourada e algumas flores feitas com contas de vidro.

— Quanto custa? — O irmão se esforçou para enxergar. — Duas libras por isso aí? Algumas contas e alguns fios?

— Não tem a ver com as contas e o arame, tem a ver com a arte da criação — disse ela com uma dignidade assumida, então riu. — Tem a ver com o nome na caixa do chapéu, para dizer a verdade — admitiu ela. —

Eu daria tudo para poder abrir a minha própria loja e ter o meu nome na caixa do chapéu e não precisar trabalhar para ninguém.

— Quando o navio do tio Ned chegar — respondeu o irmão. — Da América. Abarrotado de ouro indígena.

No armazém, na hora de dormir, Livia parou na escada e perguntou a Alys:

— Posso ficar no seu quarto de novo? O sótão é muito abafado e quente.

— Claro — respondeu Alys, um pouco sem jeito. — Eu ia perguntar se você... mas depois pensei...

— Durmo bem melhor quando tem alguém na cama comigo — confidenciou Livia. — Sinto tanto a falta do seu irmão quando durmo! Acordo e me pergunto onde ele está. Mas, ao seu lado, fico em paz.

As duas mulheres entraram no quarto de Alys.

— Não se dispa por baixo do vestido desse jeito — disse Livia. — Somos duas mulheres, somos iguais. Não precisa ter vergonha. Aqui... deixe-me ajudá-la. — Delicadamente, com as mãos nos ombros de Alys, virou-a, soltou os fechos na parte de trás do vestido e o abaixou para que ela saísse dele. — E você pode fingir que é a minha criada, em troca.

— Tudo bem — disse Alys, enrubescendo violentamente em sua roupa íntima, soltando os fechos do vestido de Livia e ajudando-a a descê-lo pelos ombros e pelos quadris estreitos até formar uma poça de seda preta aos seus pés. Livia se afastou do vestido e deixou Alys pegá-lo e estendê-lo zelosamente sobre o baú.

— Tão linda! — exclamou Alys quando se virou e viu Livia em seu camisolão de seda enfeitado com renda preta.

— Roberto sempre fez questão de que eu tivesse tudo do bom e do melhor. — Livia pegou o camisolão pela bainha e o removeu pela cabeça. Ficou completamente nua diante da cunhada. Alys recolheu o camisolão, sacudiu-o e o estendeu em cima do baú, com as mãos trêmulas. Quando se voltou, Livia estava vestindo a camisola de dormir; então se virou e sentou-se na beira da cama. — Você pode pentear o meu cabelo?

Alys retirou os grampos de marfim, e o cabelo preto e volumoso caiu sobre os ombros nus de Livia.

— É uma pena trançar um cabelo como esse — observou ela.

— Quem sabe amanhã você me ajuda a lavá-lo? — perguntou Livia. — Roberto costumava me ajudar a lavar e secar o cabelo.

— Claro — disse Alys. — Se você quiser.

Ela virou as costas, tirou o camisolão e vestiu a camisola de dormir o mais depressa que pôde. Mas, quando se voltou para a cama, não havia por que se acanhar, pois Livia não a estava observando. Ela havia se deitado na cama grande e macia e estava recostada nos travesseiros. Então, estendeu os braços.

— Venha e me abrace! Me abrace e me deixe dormir feito uma menininha nos seus braços.

Timidamente, Alys entrou debaixo das cobertas, ao lado dela, e sentiu o corpo esguio e morno da cunhada escorregar pelo seu.

— Isso não é melhor que ficar sozinha? — perguntou Livia, encostando a cabeça no ombro de Alys. — Eu detesto dormir sozinha.

JUNHO DE 1670, HADLEY, NOVA INGLATERRA

Na manhã seguinte à reunião do Conselho Municipal, a barra de ferro ressoou do outro lado da margem do rio, e Ned interrompeu a refeição matinal para subir o barranco e dar uma olhada no outro lado. Esquilo Manso estava lá, com a cesta de pesca nas mãos, ao lado da filha e de outras duas mulheres.

Ned ergueu a mão para elas, embarcou na balsa e a deslocou para fazer a travessia, alternando as mãos enquanto puxava a corda úmida. Conduziu a balsa até a margem de seixos, e as mulheres norwottuck subiram a bordo, dizendo — *Netop, Netop* —, uma após a outra. A última a bordo foi Esquilo Manso.

— *Netop, Nippe Sannup* — disse ela.

— *Netop*, Esquilo Manso, tem peixe para vender hoje?

— É verdade que eles vão pagar mais?

— Como você sabe? — perguntou Ned, sorrindo. — Esperta!

— A gente ouviu da janela da igreja — disse ela com naturalidade. — A gente não é tola ao ponto de ficar surda para os nossos vizinhos. Ainda mais quando eles falam da gente... e em voz alta.

Ned entendeu apenas parte do que ela falou. Mas sorriu.

— Fico feliz em ver vocês. Queremos amizade com os norwottuck.

O sorriso dela fez enrugar a pele em volta dos olhos escuros.

— Não é o que parece — disse ela, cínica. Mas, quando percebeu pela expressão confiante no rosto de Ned que ele não a compreendia, falou mais devagar. — Vocês, encasacados, querem terra — afirmou categoricamente. — Vocês querem servos. Querem gente para alimentar vocês e caçar para vocês. Não acho que vocês querem amizade.

Ned entendeu grande parte do que ela disse e estendeu as mãos.

— Eu sou amigo — disse ele. — Tenho esperança. Todos somos boas pessoas. Vamos tentar. Por que não?

— Por que não? — concordou ela. — Você pode ter esperança.

JUNHO DE 1670, LONDRES

As três mulheres fizeram juntas o desjejum no quarto de Alinor, o barulho do cais de uma segunda-feira de manhã logo abaixo delas, o brilho do sol suavizado pelas cortinas de linho, os pássaros marinhos do lado de fora piando acima da maré alta e mergulhando na água para pescar.

— Posso falar sobre uma pequena questão de negócios? — perguntou Livia, quando Tabs retirou os pratos e a jarra de cerveja de mesa.

— Negócios? — perguntou Alinor.

— Pois é, sim — respondeu ela. — Espero ser útil para vocês aqui, e não um fardo. Se soubesse que era uma casa tão pequena e um negócio tão limitado, eu não teria imposto a minha presença à bondade de vocês, mas Roberto não me contou.

— Lamento que seja esse o caso — disse Alinor com certa rigidez. — Nunca fingimos ser mais do que somos.

— Não, sou eu que lamento não ter fortuna para lhes trazer! Mas tenho perspectivas. É sobre isso que quero falar.

Alys olhou para a mãe e abriu a cortina até a metade para poder observar o cais abaixo.

— Estou esperando uma carga — comentou ela. — Vou precisar sair, quando o navio chegar.

— Claro — disse Livia educadamente. — Eu sei que esses barquinhos são mais importantes que qualquer outra coisa! Serei breve. É o seguinte: meu primeiro marido era um homem rico e nobre. A família dele possuía uma grande coleção de antiguidades... bustos de mármore, esculturas, colunas e frisos... coisas lindas, dos velhos tempos da Grécia e de Roma. Vocês sabem do que estou falando?

As duas mulheres fizeram que sim.

— Ele me ensinou a identificar coisas belas; vocês sabem que isso está na moda agora? Ele me ensinou o valor desses objetos e como discernir entre uma antiguidade autêntica e algo recém-fabricado e vendido, embora falsificado.

— As pessoas fazem isso? — perguntou Alys, curiosa.

— Fazem. É crime, claro. Mas a nossa coleção é toda autêntica. Ele me fez guardiã, e eu adquiri peças, e vendi algumas que não combinavam com o nosso gosto, principalmente para visitantes franceses e alemães. Eles adoram coisas antigas e belas, mas os maiores colecionadores, e aqueles com mais dinheiro para gastar, são os ingleses. — Ela fez uma pausa, olhando de um rosto para o outro. — Dá para ver aonde quero chegar? — perguntou ela com um sorriso encantador.

Evidentemente, elas não viam.

— Quando o meu marido morreu, a família dele reivindicou o nosso *palazzo*... o nosso palacete, a nossa bela casa no Grande Canal. O palacete e tudo que ele continha, as tapeçarias nas paredes e até mesmo os lindos pisos; foi feita uma avaliação, e arrancaram tudo de mim. Reviraram os meus baús de roupas quando eu estava de saída, para se certificarem de que eu não levava nada comigo, como se eu fosse uma ladra! Examinaram até o menor camafeu, a menor moeda. Até as coisas que ele me deu quando eu era esposa me foram tiradas quando fiquei viúva. As joias da família, o linho fino da família... Roberto ficou escandalizado.

— Robert estava lá? — perguntou Alinor.

— É claro! Como médico do meu marido, ele esteve presente durante toda a fase terminal da doença e no momento final. Mas o que eles não sabiam, e eu não revelei, era que nem todas as antiguidades estavam na casa. Muitas estavam no meu depósito, guardadas pelo mordomo do meu marido, sendo restauradas e limpas. Eu não disse nada sobre aquelas peças à família cruel do meu falecido marido! O tesouro era meu, pensei, não deles. Então, eu as guardei a salvo; Roberto e eu tínhamos planos de enviá-las para vocês, de navio, aqui para o armazém, e vendê-las para os seus amigos na cidade.

— Rob pensou nisso? — perguntou Alinor, inexpressiva.

— Ah, sim! — respondeu Livia. — Foi tudo ideia dele. Lordes ingleses pagam o melhor preço por antiguidades quando constroem suas casas e adquirem suas coleções. Não é verdade?

— Pode até ser verdade — admitiu Alys. — Mas nós não frequentamos esses círculos.

— Agora eu sei disso! — afirmou Livia com uma pitada de impaciência. — Mas ainda tenho esperança de trazer a minha coleção de Veneza e vender aqui. Sir James conhece essa gente, e acho que ele vai me apresentar, para que eu possa vender as minhas preciosidades. As preciosidades de Roberto, a herança dele para o filho. E será que vocês podem mandar buscar as antiguidades e armazená-las aqui, para que eu possa vendê-las com a ajuda do Sir James?

— Não com Sir James — disse Alinor, de imediato.

— Vocês conhecem algum outro nobre?

— Nós não o conhecemos — corrigiu Alinor.

— Me desculpe — disse Livia de pronto. — Claro, eu sei que a senhora o recusou, mas pensei que tivesse por ele... alguma estima, não?

Alinor levou a mão até a base do pescoço e gesticulou para Alys, pedindo que abrisse a metade superior da porta do alpendre. O vento soprava do leste, e o fedor de sebo e gordura derretida nos curtumes à beira do Neckinger se espalhava feito uma nuvem de banha.

— Se vendêssemos as antiguidades, poderíamos comprar um armazém melhor, rio acima, onde o ar é mais puro — observou Livia.

Alinor se recostou na cadeira.

— Me perdoe — disse, pigarreando e tossindo.

— A senhora está aborrecida por causa da ajuda que Sir James pode me prestar? — perguntou Livia. — Não posso pedir ajuda a ele? Mesmo quando se trata do legado de Roberto para o filho? Por que a senhora se opõe, quando ele lhe oferece tanto, tão espontaneamente? De que maneira ele a ofendeu?

Alys fechou a janela, como se quisesse impedir que até as gaivotas, rodopiando no ar acima da maré alta, ouvissem o que sua mãe tinha a dizer.

— Eu estava grávida da criança dele quando houve um acidente — admitiu Alinor.

Livia fez que sim com gravidade, alerta a cada palavra pronunciada em voz baixa.

— Minha mãe quase se afogou.

— E perdi o bebê.

— Ela mesma quase morreu — disse Alys com discrição. — Viemos embora... Não podíamos continuar vivendo lá depois do que aconteceu. A família do meu marido não quis mais me aceitar em casa, e encontramos um refúgio aqui. Dei à luz os gêmeos aqui. Meu tio Ned também foi embora de casa, e Rob foi estudar em Pádua assim que concluiu o período de aprendiz, em Chichester. Nenhum de nós voltou para lá.

— Como vocês devem ter sofrido! — exclamou Livia.

— No começo, sim. Agora, não.

Livia franziu o cenho, como se estivesse confusa.

— Vocês duas estavam grávidas? Ambas ao mesmo tempo? Mas você teve gêmeos, Alys? E a minha cara *suocera* sofreu um aborto?

— Isso.

— Que infelicidade!

— Pois é — confirmou Alinor sem pestanejar.

— Mas vocês ganharam a vida com o que tinham?

— Isso. Foi o que fizemos.

— Mas isso é tudo o que eu quero fazer — disse ela simplesmente. — A herança do meu filho e o meu dote estão em mármore e bronze esculpido, no meu depósito, em Veneza. Quero vender as peças em Londres. Quero ganhar a vida com o que tenho. Vocês, de todas as pessoas, não podem dizer que isso é errado.

— Não — concordou Alinor. — Se as peças são suas, tenho certeza de que você está certa.

— O plano foi do próprio Roberto. Ele disse que vocês enviariam um navio para buscar as antiguidades e venderiam as peças para nós.

— A gente pode tentar — disse Alys. — Acho que poderíamos anunciar que temos essas mercadorias, não? Mas as pessoas não viriam até aqui para vê-las; teríamos de encontrar um agente que as vendesse. — Ela hesitou. — Você tem dinheiro para alugar uma galeria, ou um salão para vendas?

Livia espalmou as mãozinhas.

— Eu não tenho nada. Roberto só trabalhava com pacientes pobres, que não tinham condições de pagar. Ele me deixou e ao seu filho sem um tostão.

— Isso não condiz com ele — observou Alinor discretamente.

— Ah, não! Pois tenho as minhas preciosidades — garantiu a viúva. — Mas preciso vendê-las! Com certeza, posso pedir a Sir James que mostre as peças em meu nome às pessoas que ele conhece. Basta vocês permitirem que eu recorra a ele, para o nosso bem, não? Vocês nem vão precisar encontrá-lo de novo. Eu lido com ele. Jamais o traria aqui.

Alys olhou para a mãe, esperando uma recusa.

— Podemos fazer isso sem ele — disse ela com obstinação. — Não precisamos dele.

— Ele vai continuar vindo aqui, de novo e de novo, até descobrir o que aconteceu com o filho — advertiu Livia. — Então, por que eu não vou ao encontro dele, em nome de vocês, e conto tudo? Vocês não devem nada a ele! Deixem que eu diga a ele que não existe filho nenhum e nenhuma esperança, mas que vou recorrer a ele.

— Acho que você já decidiu fazer isso, não? — perguntou Alinor e foi recompensada com o brilho do sorrisinho impertinente de Livia.

— Ah, a senhora me entende — admitiu ela. — A senhora reconhece o tipo de mulher que sou... como a senhora, como vocês duas. Estou decidida a sobreviver a essa perda terrível, e espero ser tão corajosa como vocês foram. Sim, de fato, estou decidida, mas ainda não falei com ele. Se permitirem que eu faça negócios com ele, nunca mais haverão de encontrá-lo, mas ele pode ser útil para mim e para o filho de Roberto.

Mais uma vez, Alys olhou para a mãe, esperando uma recusa.

— Muito bem. — Alinor se virou para a filha. — Ela está certa; Sir James conhece essa gente e esse é o mundo dele. — Um leve movimento dos lábios revelou o que ela pensava do mundo de Sir James. — Vamos deixar que ele a apresente... nós não temos condições.

— Você permite? — Livia se virou para Alys. — Você vai permitir que compartilhemos esse negócio? Vai enviar um navio em busca das minhas preciosidades e permitir que eu mantenha Sir James longe de você, da sua mãe e dos seus queridos filhos?

A cara feia que Alys fez brevemente disse a Livia que ela havia adivinhado que, mais que tudo, Alys queria o nobre abastado distante do seu filho.

— Vou mantê-lo longe dos seus filhos e da sua mãe — prometeu Livia. — Vou dizer que o filho dele morreu no acidente e que os dois filhos são seus. Vou convencê-lo disso. Ele vai acreditar em mim; vou convencê-lo. Sou boa em convencer as pessoas.

— É mesmo? — perguntou Alinor.

— Quando se trata do que é certo.

— É um gasto muito grande — disse Alys, sem jeito. — Não é o tipo de coisa que costumamos fazer. Não somos comerciantes, Livia. Apenas carregamos e descarregamos para comerciantes e capitães.

Livia arregalou os olhos.

— Vocês não dispõem do montante necessário? — perguntou ela. — Nem mesmo para uma viagem só de vinda?

Alys enrubesceu.

— Eu poderia arrumar o dinheiro, suponho. Poderia pedir uma parte emprestada. Mas nunca pedimos empréstimo. Nunca colocamos todo o nosso dinheiro num único empreendimento.

— Devo perguntar a Sir James se ele pode pagar o frete? — perguntou Livia. — Tenho certeza de que ele pagaria.

— Não! — disse Alys abruptamente. — Não faça isso.

— Então, o que vamos fazer? — perguntou Livia, impotente.

Alys trocou um olhar com a mãe.

— Vou arrumar o dinheiro — disse ela. — Só desta vez.

JUNHO DE 1670, LONDRES

Naquela tarde, Sir James, esperando na ponte sobre o canal, viu Livia sair pela porta da frente do armazém, abrir uma sombrinha debruada de preto para se proteger do sol forte e depois chamar a ama de leite para segui-la com o bebê. Ficou aliviado por terem uma acompanhante, mas temia que a simples presença da criada não impedisse Livia de dizer o que bem quisesse.

— A senhora não tem uma sombrinha para o bebê? — perguntou ele.

— Ele é italiano — respondeu ela. — O sol faz bem a ele.

— Metade italiano — corrigiu ele.

— Claro, metade italiano, metade inglês, e talvez se torne um... como é que vocês dizem?... um homem de Yorkshire.

O assunto era demasiado sério para ele retribuir o sorriso.

— Milady, não creio que isso seja possível. Devo dizer que...

— Não, não, não diga uma palavra! — interrompeu ela. — Vamos caminhar pelos belos campos e lhe direi algo que o senhor precisa saber. Tenho permissão de *la suocera* para lhe falar, e da filha dela também. Acho que a filha é a mais severa das duas, o senhor não acha? Mas uma mulher que é mãe de gêmeos precisa ser obedecida.

— Alys? A senhora disse gêmeos? Ambos são filhos de Alys? A senhora tem certeza disso?

Ela andava ao lado dele com a mão pousada levemente em seu braço.

— Vou lhe contar tudo — prometeu ela. — Quando estiver sentada no meu lugarzinho.

Ele se forçou a falar sobre o tempo e sobre o rebanho de ovelhas ao longe. Ela perguntou a que distância da casa dele ficava o armazém e quanto tempo ele levava, de barco ou a cavalo, para completar o trajeto.

— Cerca de meia hora de barco. Se a maré estiver a favor — disse ele.

— E se o senhor quisesse enviar algo do armazém para a City? — perguntou ela. — Coisas grandes e volumosas? Enviaria de barco ou de carroça?

Ele deduziu que ela estava se referindo às antiguidades.

— Acho que teriam de ir para a alfândega, perto de Queenhithe — disse ele. — Para pagar os impostos.

— Eu tenho de pagar impostos antes de vender as peças? — perguntou ela. — Eu pago impostos sobre o valor das peças antes de vendê-las? Eles acham que posso pagar impostos antes de ganhar o dinheiro?

— Não sei. — Ele se sentia um tanto cansado. — Nunca lidei com esse tipo de coisa.

Como se pressentisse seu estado de espírito, ela olhou para ele e sorriu.

— Ah, negócios! — disse ela, dando um aceno com a mão enluvada. — Não vamos falar sobre negócios. Está abaixo de nós.

Alcançaram a árvore tombada onde ela sentara-se antes. Novamente, ele estendeu um lenço impecável, de seda, e ela se empoleirou no tronco da árvore, diante dele, enquanto a ama de leite estendia um xale na relva e deitava o bebê, curvando-se para ver seu sorriso. Ela deu uma folha ao bebê e a tomou quando ele a pôs na boca. Então, mostrou-lhe um graveto. Fez cócegas nas bochechas redondas, com um ranúnculo amarelo, sorrindo em resposta à risadinha graciosa.

Livia segurou a sombrinha acima da cabeça e olhou para Sir James.

— Descobri o que aconteceu com o seu filho — disse ela. — Conforme prometido.

Agora que estava prestes a saber, ele percebeu que quase preferia continuar na ignorância.

— Fale-me — disse ele, relutante.

— Elas me confiaram a verdade, para que eu pudesse lhe contar.

— Sim — disse ele. — E então?

— O senhor sabia que a Sra. Reekie estava grávida do seu filho, antes do acidente?

A maneira como a cabeça dele pendeu disse a ela que ele sabia e que mesmo assim deixou de salvá-la.

— Depois do acidente, ela quase morreu.

— A criança? O que aconteceu com a criança? — sussurrou ele.

— Ela sofreu um aborto. O bebê morreu. Não há criança nenhuma. O senhor não tem filho nenhum.

Ele cambaleou ligeiramente, como se tivesse sido atingido por um golpe.

— A senhora tem certeza? Não resta dúvida? Não há nenhum... ardil?

— Tenho certeza. Elas não mentiriam sobre um assunto tão sagrado.

— Mas e Johnnie? Eu tinha tanta certeza de que ele...

— Ele é filho de Alys. Sarah também é dela. Alys estava grávida de gêmeos quando deixou o marido. — Ela fez uma pausa. — Não sei nada sobre o marido — disse ela. — Posso perguntar se quiser.

— Não, não importa. Era o dia do casamento deles. Não estou interessado nele.

Ela ficou abismada.

— O dia do casamento deles? Céus! O que aconteceu?

— Era o dia do casamento deles... o dia em que... tudo aconteceu.

— Um casamento no inverno? — perguntou ela, lembrando-se da fita e das frutinhas vermelhas secas no baú de Alys. — Que triste. Muito triste e trágico.

— A senhora tem certeza disso? — perguntou ele. — Não é uma mentira que elas inventaram, mancomunadas?

— Por que elas mentiriam a respeito de algo assim, contra os próprios interesses? Elas poderiam perfeitamente dizer que Johnnie é seu filho e reivindicar a sua fortuna!

Ele tentou falar; depois, desviou o olhar.

— Então, eu não tenho filho — disse ele, quase para si mesmo. — Todos esses anos alimentei esperanças... e enviei dinheiro. Mas não havia criança. Nunca houve.

Ela lhe deu um tempo para andar de um lado para o outro; ele passou por Matteo, que fez um barulhinho ao vê-lo e acenou com uma folha de relva, mas James estava totalmente cego. Voltou e ficou diante de Livia.

— Perdoe-me — disse ele. — É um baque.

— Mas, agora, talvez o senhor esteja livre, não? De sua tristeza? — Ela ergueu a sombrinha para que ele pudesse ver seu sorriso encorajador. — O senhor está livre para refazer a sua vida.

— Eu não a culparia se ela tivesse dado a criança, ou a escondido de mim — falou ele, meio consigo mesmo. — Eu não a culparia se ela tivesse encontrado uma família para acolhê-lo, e ele tivesse sido adotado. Eu a perdoaria, mesmo que nunca mais pudesse vê-lo.

— Pois é, mas ela não fez isso. — Livia precisou morder o lábio inferior carnudo para conter a irritação. — Ela me contou. Alys a ouviu me contando. Foi como eu disse. Ele morreu, e ela o enterrou.

— Posso ver o túmulo dele?

— Foi no mar — disse ela com serenidade. — Ele não poderia ser enterrado no cemitério da igreja. Um bastardo abortado.

Isso o silenciou. Ele baixou a cabeça.

— Que Deus me perdoe.

— Juro pela vida do meu próprio filho — disse ela com sinceridade. — O senhor não tem filho. Ele morreu. O senhor está livre.

Ele deu um pequeno passo, afastando-se da bela jovem ali sentada, como se posasse para um retrato, na árvore caída, cercada pelo prado verdejante no auge do verão, com um rebanho de ovelhas a meia distância. Ela se virou e chamou a ama de leite, que pegou Matteo e o entregou à mãe. Quando Sir James se virou, ela sorria para o filho. Ergueu o olhar e, quando percebeu que ele a observava, beijou a cabecinha de Matteo.

— E então eu contei para ele — disse Livia a Alys, sentada na cama, enquanto Alys escovava seu cabelo preto naquela noite. — Ele aceitou com muita calma.

— Ele vai nos deixar em paz agora?

— Preciso da ajuda dele para vender as antiguidades, mas ele nunca mais vai incomodar você ou *mia suocera*. Ele pode até vir me visitar, mas vai embora sem ver nenhuma de vocês.

Alys terminou de trançar o cabelo de Livia e foi para a cama, disposta a insistir que Sir James jamais deveria vir ao armazém, pois era esse o acordo entre elas firmado. Lentamente, Livia afrouxou o vestido e se despiu; em seguida, puxou o camisolão por cima e estendeu os dois sobre o baú. Nua, parou diante da cama, enquanto a luz das velas brincava em sua pele morena, formava sombras entre os seios, entre as pernas, tão bela quanto uma escultura e tão sedutora quanto uma ninfa. Desdobrou a camisola de dormir e a lançou no ar; então, por um momento, ficou de pé, com os braços levantados, a cabeça erguida, até pegar a camisola acima da cabeça e puxá-la para baixo.

— Concorda?

Alys, atordoada com a beleza desinibida de Livia, não conseguia falar.

Livia suspendeu os lençóis e escorregou para os braços de Alys. E repetiu as palavras que tinha dito a Sir James.

— Foi muito triste e, com certeza, muito trágico. Mas, agora, podemos ser felizes. Sir James foi perdoado e não vai incomodar a sua mãe; você e os seus filhos estão a salvo, e eu... — Ela deixou escapar um leve suspiro de expectativa. — E eu vou construir a fortuna do meu filho. O filho de Roberto há de ser criado como um cavalheiro.

Alys não conseguia falar, não conseguia sequer pensar por causa da imagem da camisola lançada no ar e do corpo moreno e alongado, sentindo o calor da bela jovem envolvendo-a lentamente.

— Você não fala nada? — cochichou Livia, sua respiração roçando o pescoço de Alys. — Acho que todos seremos felizes.

JUNHO DE 1670, HADLEY, NOVA INGLATERRA

Quando anoiteceu, Ned trancou as galinhas no pequeno galinheiro, uma meia-água ao lado da casa, levou a vaca e o bezerro até o curral e fechou o portão, trouxe as duas ovelhas para o pequeno cercado, junto às vacas, e lhes jogou uma braçada de feno. O rio parecia gargalhar com a correnteza forte na escuridão, e um grande bando de pombos selvagens voou acima da cabeça de Ned, indo empoleirar-se na floresta, milhares deles escurecendo o céu, qual uma nuvem de tempestade.

Amarrou o cachorro com uma corda comprida no canil, entre a porta de casa e o abrigo dos animais, para que Ruivo alertasse caso surgissem raposas à noite ou qualquer outro predador — os colonos não sabiam ao certo que tipos de animais se escondiam na mata e poderiam representar uma ameaça para seu rebanho. O cachorro rosnou baixinho, e Ned sentiu o tufo morno que surgiu no pescoço do animal quando seus pelos ficaram eriçados.

— O que foi, Ruivo? Tem alguma coisa lá fora? — perguntou Ned baixinho.

Mais que depressa, ele entrou em casa, pegou a arma que ficava suspensa em ganchos acima da porta da frente e enfiou uma pequena medida de pólvora na caçoleta, para que estivesse pronta para o disparo. Ned foi soldado de infantaria, lutando ao lado de Oliver Cromwell no Novo Exército Modelo; eles desprezavam o mosquetão antiquado, que dependia de o mosqueteiro soprar um pavio aceso até ficar incandescente para depois aproximá-lo da caçoleta e disparar a arma. Ned tinha comprado uma pederneira nova, capaz de produzir faísca e ser acionada imediatamente. En-

tão, ele escancarou a porta com a arma em riste e apontou para a escuridão silenciosa dos campos com o cachorro ao lado, perguntando em voz baixa:
— Quem está aí?

Se fosse alguém do povo da Terra da Alvorada ou de qualquer nação indígena, ele sabia que poderiam não responder; talvez estivessem nos fundos da casa, subindo silenciosamente pela margem do rio, enquanto ele espiava, cego feito uma toupeira, diante da porta da frente. Talvez estivessem no telhado, e só o cachorro os perceberia. Mas Ned havia negociado com muitos daqueles homens e mulheres, conversava com eles, dividia o pão, compartilhava o sal e confiava que ninguém investiria contra ele sem aviso prévio.

— Quem está aí? — repetiu ele.

O barulho de sapatos na trilha revelou que eram homens brancos.

— Parem! Quem vem lá? — berrou Ned. — Estou armado. — Ele segurou a arma com a mão direita e com a esquerda tocou o couro resistente da coleira do cão, já soltando-o da corrente.

— *Pax quaeritur bello* — veio o sussurro.

Ned guardou a arma e voltou a prender o cachorro na corrente. Era o lema de Oliver Cromwell: "A paz vem através da guerra."

— Podem vir — disse ele. — Estou sozinho.

William Goffe e Edward Whalley saíram da escuridão e, sem dizer uma palavra, Ned baixou o cano da arma, empurrou a porta da frente e os três entraram.

— Nenhum espião? — foi tudo o que ele perguntou. — Ninguém viu vocês passarem?

Os dois homens balançaram a cabeça.

— Vieram pelo caminho de sempre?

— Pelo caminho mais longo: a leste até a mata, e depois viemos pela margem do rio.

Ned abriu mais a porta e escutou com atenção. Ouviu o cachorro acomodando-se, girando e girando no canil antes de se deitar, o pio das corujas caçadoras e os sons noturnos da floresta, conhecidos dele agora, depois de tantas noites sozinho. Lá fora, a voz do rio soava mansa na escuridão, e não se ouviam respingos de remos. Qualquer homem branco que estivesse seguindo os dois exilados nas cercanias do vilarejo teria esbarrado em arbustos e galhos baixos, teria assustado pássaros empoleirados, quebrado gravetos, espalhado pedras na trilha sob o impacto de botas pesadas. Apenas um indígena era capaz de se mover em silêncio pela relva, pelas moitas, pelo brejo. Ned fechou a porta e as persianas, impedindo qualquer fresta que favorecesse eventuais espiões.

— Não vamos ficar — disse William.

— Os senhores podem...

— Não, decidimos tirar da terra o nosso sustento no verão. Estamos cansados de ser um fardo para nossos velhos camaradas.

— Não é um fardo — objetou Ned. — É o que qualquer um de nós faria pelo outro.

— Sim, eu sei — concordou William. — Mas no verão podemos viver do nosso próprio esforço, ao ar livre, como homens livres, não como ratos hibernando.

— Para onde os senhores vão? — perguntou Ned. — Fiquem por perto, e eu posso fornecer mantas, cerveja e coisas assim. Há uma aldeia norwottuck perto daqui, rio acima; eu conheço o povo... eles abrigariam os senhores.

— Eu não me sentiria seguro no meio deles — afirmou Edward. — Nós vamos para o sul, até a costa, perto de onde estávamos antes. Você pode nos levar até lá, para passarmos o verão? E pode nos trazer de volta aqui, quando o inverno chegar?

— Posso — disse Ned. — Só preciso arranjar alguém para cuidar da balsa.

— As pessoas não vão perguntar para onde você foi? — indagou William.

— Pode ser que algumas delas até tentem adivinhar — disse Ned. — Mas, se alguém continuar operando a balsa e eu disser que vou caçar e colher ervas por alguns dias, ninguém vai falar nada. Vou acompanhar os senhores durante um dia de marcha, e depois os entrego a um guia nativo, que pode mostrar o restante do caminho.

Edward e William se entreolharam.

— Não cheguei tão longe para ser decapitado por um selvagem e ter o meu couro cabeludo enviado à Inglaterra em troca de um prêmio em dinheiro — disse Edward, amargo.

— Ã-ã, os senhores estarão seguros com o guia. Os nativos não têm nada contra aqueles de nós que levam uma vida modesta e cultivam um lote de terra. Foram os outros que azedaram a relação: aqueles que não se satisfazem com umas dezenas de hectares, aqueles que sujam os rios, aqueles que tocam porcos pelo meio dos campos de grãos. Aqueles que os insultam e os endividam, e depois dizem que a dívida tem de ser paga com terras. Mas o guia não vai fazer mal a dois homens viajando em paz.

Nenhum dos dois parecia totalmente confiante.

— Mas eles sabem que há um prêmio pelas nossas cabeças? — perguntou Edward.

— Eles sabem de tudo! Mas acham desonroso trair alguém sob sua proteção por dinheiro — garantiu Ned. — Mas os senhores... em troca... — Ele interrompeu o que dizia, procurando palavras para explicar. — Quando os senhores os encontrarem, precisam tratá-los como iguais — disse, sem jeito. — Não como servos. Eles são orgulhosos... tão orgulhosos quanto um lorde... ao modo deles... Eles têm ideias próprias de como as coisas devem ser, têm os seus próprios chefes e líderes religiosos. Têm o seu próprio Deus e as suas próprias orações. E, mais que tudo, odeiam ser desrespeitados.

William lhe deu um tapinha nas costas.

— Você é um homem bom, Ned! Você tem uma palavra amiga para todo mundo, até mesmo para os selvagens. Partimos de manhã cedo, então?

Ned fez que sim.

— Assim que eu conseguir alguém para operar a balsa. Os senhores podem dormir na minha cama — ofereceu ele. — Vai demorar um pouco até poderem contar novamente com um leito. Vou me aconchegar perto do fogo.

Antes de dormir, Ned pegou uma folha de papel áspera e, com uma pena e um pequeno pote de tinta feita de fuligem macerada com gema de ovo curtida, escreveu um bilhete para a irmã, Alinor; depois, prendeu-o com um de seus pregos novos no tampo da mesa tosca, para que qualquer um pudesse encontrá-lo, caso ele não retornasse da caçada.

Se encontrar esta carta e eu, Ned Ferryman, não tiver voltado da floresta, por favor, envie para a Sra. Alinor Reekie / Embarcadouro Reekie / Doca de São Salvador / Southwark / Londres.

Irmã Alinor,

Que Deus a abençoe. Escrevo esta carta em caso de infortúnio, antes de sair para caçar com meu cachorro. Se algo de errado me acontecer, alguém terá encontrado a carta e a enviado para você. Isto é uma despedida, e que Deus a abençoe, irmã.

Pode ficar com meus bens. Tenho alguns animais que devem ser vendidos, e a quantia deve ser enviada para você. Estimo que o valor seja cerca de £ 10. Minha terra e minha cabana valem em torno de £ 40. Pode pedir ao pastor, em Hadley, o Sr. John Russell, que envie o montante. Diga a ele que se trata de peles e mercadorias, não de wampum.

Ou você pode ficar com a casa e a balsa, e Johnnie talvez não se arrependa, caso resolva vir para cá, isso se ele não se achar importante demais para trabalhar numa balsa. Não é mais árduo do que ganhar a vida no Lodo Catingoso e, às vezes, quando a névoa vem do rio e os pássaros voam baixo, penso que aqui é bastante parecido com a nossa antiga terra. Às vezes, o rio transborda e invade o brejo, e o único caminho são as pequenas picadas que os selvagens conhecem — com as quais estou me familiarizando. Em todo alvorecer, vejo o Lodo Catingoso de novo aqui.

Não me arrependo de ter vindo para cá, embora tenha sido forçado por sua vergonha e pela derrota de minha causa. Ainda acho que o milorde não estava apto para julgá-la e que nenhum homem esteja apto para me governar. Gosto desta terra sem reis ou governantes, mas com homens que andam em silêncio por trilhas ocultas.

Que Deus a abençoe, irmã — e, se eu não voltar, saiba que sempre foi amada por seu irmão.

Ned Ferryman

JUNHO DE 1670, LONDRES

No intuito de falar com a irmã antes do início do trabalho, Johnnie foi até a oficina de Sarah de manhã cedo, quebrando o jejum com um pãozinho quente comprado na rua de um menino que trabalhava para um padeiro.

— Nada de admiradores — disse a cozinheira, quando ele bateu à porta da cozinha. — Nada de visitas masculinas. E quem vem fazer a corte ao amanhecer?

— Sou irmão de Sarah — disse Johnnie humildemente. — Posso falar com ela um instantinho?

A cozinheira abriu a porta, e as atendentes da chapelaria, bem como as moças mais experientes, sentadas para a refeição matinal em volta da grande mesa da cozinha, viraram-se e olharam para o rapagão bonito na soleira da porta; então, feito um bando de pombinhas assustadas numa plantação de grãos, voaram para fora do recinto, abandonando seus pratos de comida.

— Não quis atrapalhar... — disse Johnnie debilmente.

Apenas Sarah permaneceu, então se dirigiu à porta dos fundos.

— Elas são loucas por homem — disse ela. — Saíram correndo para tirar os papelotes do cabelo e se vestir direito. Se ficar mais um pouco, vai ver todas elas de volta.

— Mas sou só eu, por que elas haveriam de se incomodar? — perguntou ele, quando ela saiu e fechou a porta da cozinha.

Os dois sentaram-se amistosamente na soleira de pedra, olhando para o pátio todo arrumadinho, onde o cavalo usado para fazer entregas balançava a cabeça acima da meia-porta e o cavalariço enchia um balde na bomba de água.

— Três moedas por dia para uma principiante, dez moedas por dia para uma veterana — disse ela. — A única esperança para qualquer uma de nós é que um homem nos veja, nos proponha casamento e nos tire daqui. Não há como ganhar a vida com plumas, miçangas e palha, a menos que se seja a dona da loja.

— Você quer aprender algum outro ofício? — indagou ele, um tanto ansioso. — Você sabe que a mamãe não tem condições de assumir o custo de outro contrato de aprendiz.

— Não — disse ela. — Embora eu preferisse trabalhar com um negócio de verdade, e não com ofício de mulher. Por alguma razão, as mulheres sempre são mal pagas. Mas não vou ficar presa aqui, esperando um homem me resgatar. Vou encontrar um jeito de estabelecer o meu próprio negócio, ou encontrar uma cliente e fazer adereços e chapéus somente para ela. A corte está cheia de mulheres que querem modelos exclusivos. Todas as novas atrizes querem se destacar. Não tenho de me casar com um bobalhão para me salvar disto aqui. — Ela refletiu por um momento. — Se pudesse fazer exatamente o que tenho vontade, eu comprava as sedas e as rendas direto de onde são fabricadas, assim que saíssem do tear. Imagine uma coisa dessas!

Ele ficou preocupado.

— Mas onde é isso? Constantinopla? Índia?

Ela deu de ombros.

— É só um sonho, um sonho de chapeleira. Então, por que você veio aqui tão cedo?

— Vim ver se descobriu mais alguma coisa sobre Sir James. O crédito dele é bom, eu perguntei ao Sr. Watson ontem à noite. Sir James é conhecido como um homem de recursos; é investidor da Companhia das Índias Orientais, e não se pode fazer isso sem uma fortuna, e o crédito dele é sólido. É dono de metade de Yorkshire e de uma bela propriedade em Londres, e tem dinheiro com o ourives também.

— Ele esteve no exílio com o rei? Era monarquista?

— Ã-hã, deve ter pago uma baita multa para acertar as contas com os comissários do Parlamento e não perder as terras. Então, quando o rei foi reinstaurado, deve ter recebido tudo de volta, recompensado pela lealdade. É um homem rico: inteligente o bastante para ficar do lado certo na hora certa. Foi monarquista até o último minuto, virou a casaca, e depois virou de novo.

— Então, como é que ele conhece a mamãe? — perguntou ela. — E o que ele teve a ver com a vovó?

— Foi tutor do tio Rob — lembrou ele. — Mas isso não explica por que é tão próximo da viúva. Saindo para caminhar com ela num sábado à tarde? Pareciam estar namorando quando a gente os encontrou no cais.

— Não, ele só estava meio sem graça — disse Sarah, esperta. — Aposto que ela dá a entender que está namorando todo homem que conhece; ela agiria daquele jeito até com um barqueiro. É uma dessas mulheres que sempre agem como se todos fossem apaixonados por ela. Não acho que ele esteja correndo atrás dela; acho que a coisa é bem ao contrário: ela é que está de olho nele.

— Não tem como você saber isso! O que acha que ela quer?

— Não sei. Ela é tão educada o tempo todo; não dá para saber até que ponto está sendo sincera.

— Ela é muito... — Johnnie não tinha palavras para qualificar o fascínio implacável de Livia. — Ela me faz sentir... Ela tem certo ar.

— Certo ar de quem adora gastar.

— Ela me dá calafrios — confessou ele. — Quando me olha, não sei o que dizer.

— Ela me dá raiva — respondeu Sarah com azedume. — Eu sei exatamente o que gostaria de dizer.

Ele riu.

— E eu gostaria de ouvir!

— Você acha que ela veio para cá por quê, se não para se casar com algum ricaço? — indagou Sarah.

— Bem, ela vai conseguir uma belo partido se fisgar Sir James. Os chapeleiros sabem alguma coisa sobre ele?

Ela fez que não.

— Nenhuma amante. Isso ficaria evidente no ateliê de costura no instante em que ele encomendasse uma gola de renda. Quer saber de uma coisa? Talvez ele seja mesmo o que diz ser: um velho amigo do tio Rob e um cavalheiro do interior.

— Então, o que ele quer com a gente? — perguntou Johnnie. — Pois não somos nem uma coisa nem outra.

— A gente não pode perguntar à mamãe?

Johnnie pareceu constrangido.

— Acho que sim... mas eu sempre sinto que, quando a gente pergunta alguma coisa para ela, é como se a gente sentisse falta de um pai — disse ele. — Como se a gente dissesse que ela não basta. Como se a gente a estivesse culpando pelo que aconteceu. Como se quiséssemos um pai em vez dela.

— Já estamos com 21 anos! — exclamou a irmã. — Será que ainda não temos idade suficiente para fazer perguntas?

Ficaram em silêncio por um momento ao perceberem que ainda não tinham idade suficiente para questionar a mãe.

— Não posso magoá-la só por curiosidade — disse Johnnie, e Sarah meneou a cabeça, fazendo que sim.

— A gente se vê no sábado que vem? — perguntou ele, e ela se levantou para entrar pela porta da cozinha.

— Amanhã eu tenho a tarde de folga — disse ela. — E você?

— Não nesta semana — disse ele. — Mas, se você passar pelo armazém às seis, posso levá-la para comer uma costeleta de cordeiro.

— Uma refeição por sua conta? Estarei lá.

Ele a pegou pelos ombros e roçaram as faces em vez de se beijarem, com a intimidade fácil de irmãos afetuosos; então, ele a viu saltitar pelos degraus até a porta e ouviu as risadas que a saudaram das jovens da chapelaria que perguntavam por que ela não tinha trazido o belo irmão para compartilhar do desjejum.

JUNHO DE 1670, HADLEY, NOVA INGLATERRA

Assim que o dia clareou, Ned puxou a balsa, alternando as mãos na corda, até alcançar a margem oeste do rio, e emitiu o pio indagador de uma coruja em direção à mata ainda escura. Então, sentou-se ao pé de uma árvore e esperou, mantendo os olhos voltados para a floresta sombria, a fim de que permanecessem focados e não ofuscados pelo brilho cinzento do rio que fluía em silêncio. Pouco depois, uma coruja-fêmea respondeu: uuu-uuu.

— Pode vir — sussurrou Ned e, sem fazer barulho, uma mulher saiu do abrigo formado pelas árvores.

— *Nippe Sannup?* — disse ela. — Você chegou cedo? Esta hora é nossa: nós é que somos chamados o povo da alvorada.

— Esquilo Manso, obrigado por ter vindo — disse Ned formalmente em inglês. Ela se agachou ao lado dele, e Ned contemplou aquele rosto enrugado, a pele rachada e surrada daquelas mãos. Sentiu o cheiro dela: cedro vermelho, sassafrás e o odor suave e limpo da capa de camurça.

— O que você quer, *Netop*?

— Pode cuidar balsa? — perguntou ele, tentando se expressar na linguagem dela. — Mim anda com amigos para o mar.

Ela sorriu diante da tentativa dele.

— Eles estão cansados de viver no escuro?

Ele franziu a testa, tentando entender.

— Querer ir. Querer andar.

— Eles andam na mata e seguem pelo rio ao entardecer, pensando que estão escondidos pelas sombras. — Ela sorriu. — Claro que os vemos.

— Eles são homens bons. Seguros? Seguros com o povo da alvorada?

— Eles estão seguros conosco. São os seus governantes que dizem onde as pessoas podem e não podem ir. Para nós, um homem pode andar em qualquer lugar. Mas é melhor seus amigos não voltarem para onde tinham se escondido antes. Seu rei não vai enviar homens para procurar por eles lá?

Ele franziu a testa diante da onda de palavras.

— Outro lugar?

Ela fez que sim.

— Um lugar melhor. Vou pedir para alguém levar vocês. Ele conhece as terras aqui e no litoral. Ele vai saber de um bom lugar.

— Ele vem agora? Logo, logo?

Ela achava que os homens brancos pareciam crianças, não apenas na fala mas no pensamento, na impaciência das solicitações.

— Vocês podem começar a jornada; ele vai encontrar vocês no caminho — disse ela. — Ele precisa cuidar dos interesses dele antes de viajar.

Ned se agitou, um tanto desajeitado, sentindo os joelhos enrijecerem.

— O que fazendo...? O que ele fazendo?

Nenhum nativo do povo seria tão rude assim a ponto de fazer uma pergunta direta. Principalmente ao pedir um favor.

— Ele tem os interesses dele, Ferryman. Nós não respondemos para você.

— Sem problema? — perguntou Ned, consciente de sua falta de fluência e, por isso, um tanto sem graça. — Ele amigável?

— Não sei dos interesses dele. Não pergunto a ele. Posso ficar com ganhos da balsa?

— Fica com ganhos, dou pregos também.

Ned sabia que ela teria pouco lucro com a balsa; ela não cobraria pela travessia de nenhum indivíduo de seu povo nem dos povos vizinhos. Viviam num mundo de oferendas e favores para demonstrar poder e fortalecer laços familiares. Jamais exigiam dinheiro por um favor, como os colonos faziam; julgavam ser algo desprezível, auferir pequenos lucros, uns às custas dos outros. E não tinha o menor sentido lhe pagar em comida: ela era melhor lavradora, pescadora e coletora do que ele jamais seria. Mas todos os povos nativos eram grandes apreciadores de qualquer objeto de metal que pudesse ser martelado ao seu gosto. Ele sabia que ficaria contente com os pregos.

— E hastes de ferro — especificou ela.

Ele sabia que os artesãos indígenas eram capazes de consertar mosquetes, caso dispusessem de metal. Mas não teve escolha a não ser pagar o que ela pedia.

— Pregos e hastes.

— Muito bem.

Ela se levantou com um movimento fluido enquanto Ned se erguia com um leve grunhido por causa do esforço.

— São seus sapatos — disse ela. — Esses sapatos fazem seus ossos doerem.

— É a idade. Tenho mais de 50.

Ela riu, e seus olhos escuros brilharam para ele.

— Sou muito mais velha — disse ela. — Muitos invernos mais velha, e ainda consigo correr mais depressa que você. São esses sapatos que você usa. — Ela deu um tapinha no ombro dele. — E seu chapéu ridículo — falou afetuosamente, sabendo que ele não entenderia suas palavras.

Ned ainda sorria da crítica feita por ela aos seus sapatos enquanto puxava os dois pelo rio, na balsa. A luz pálida do céu naquele amanhecer de verão refletia na água calma.

— Vou esperar aqui — disse ela, segurando a corda da balsa. — Você vai trazer os encasacados agora?

— Vou — disse ele. — Vir rápido.

Ela sorriu para ele, sabendo que os ingleses despendiam muito tempo antes de iniciar uma viagem; sempre se preocupavam com mil detalhes e sempre carregavam mais do que o necessário.

Na casa, William e Edward estavam de pé e vestidos, comendo broas de milho.

— Aonde você foi? — perguntou Edward.

— Consegui um guia para nós — disse Ned. — Ele vai nos encontrar no caminho.

Ele encheu um cantil feito com casca de bétula, despejando água de uma jarra de barro, e passou óleo de sassafrás no rosto e no pescoço.

— Querem um pouco? — disse ele, oferecendo o óleo.

— O que é isso? — perguntou Edward.

— Óleo de sassafrás, para afastar moscas.

— Nada afasta moscas — disse Edward com pessimismo, e William riu.

Ned não colocou a jaqueta que usava para ir ao vilarejo; em vez disso, jogou uma capa feita de juncos sobre a camisa.

— Você parece um selvagem — comentou Edward. — Vai usar uma pena no cabelo?

— Afasta moscas — afirmou Ned.

— Nada afasta moscas — repetiu Edward.

Os três homens saíram em silêncio da casa, subiram a margem do rio e olharam para trás, em direção ao pasto largo que dava acesso ao vilarejo adormecido; então, voltaram-se para o rio.

— Quem é aquela ali na balsa? — indagou William.

— Uma mulher norwottuck — disse Ned. — Minha vizinha. Ela cuida da balsa quando eu vou para a floresta.

— Uma velha? — perguntou Edward.

— É a anciã da aldeia. Sabe de tudo que acontece daquele lado do rio e tudo que acontece em Hadley também.

— É de confiança? — perguntou William. — Ela sabe de nós?

— Ã-hã — respondeu Ned. — Eu já disse. Ela sabe de tudo que se passa num raio de oitenta quilômetros. Ela cuida da balsa para mim; me vende sassafrás e todo tipo de coisa que existe na mata. Coisas que eu nem conhecia quando cheguei aqui.

Ned estalou os dedos e seu cachorro, Ruivo, saltitou ao longo da margem e pulou habilmente na balsa. Ned e os homens o seguiram e embarcaram, e Esquilo Manso puxou a corda sem dizer uma palavra, para transportá-los até a margem oposta. A balsa parou na praia de seixos, William e Edward pegaram seus sacos e foram imediatamente para o refúgio da floresta. Ned se virou para dizer adeus a Esquilo Manso.

— Amanhã à noite eu volto — disse ele e ergueu uma das mãos.

— Amanhã à noite, Ned.

— Guia encontra nós?

Ela sorriu para ele.

— Logo! Logo! — disse ela, zombando. — Ele vai encontrar vocês. Vocês começam... se conseguirem andar com esses sapatos.

Ned riu do deboche, fez uma saudação e se virou, o cachorro seguindo-o de perto e o mosquete pendurado nas costas, pronto para liderar o caminho rumo ao sul.

JUNHO DE 1670, LONDRES

— É ridículo nos encontrarmos desse jeito — disse Livia abruptamente a Sir James na tarde seguinte. — Como uma criada rastejando para se encontrar com um lacaio! O senhor precisa anotar para mim o endereço da sua casa em Londres, e então poderei escrever e sugerir horário e local para nos encontrarmos quando precisarmos conversar.

Ele ficou acuado diante da franqueza dela.

— Claro, será uma honra — disse ele em voz baixa.

— Isso porque temos muita coisa para fazer juntos.

— Temos mesmo?

Seguiam pelo caminho de sempre, ao longo da Doca do Santo Fedor, como a Doca de São Salvador era ironicamente conhecida pela vizinhança, enojada por causa da fedentina das indústrias que despejavam resíduos no rio. Viraram à direita na Five Foot Lane, ignorando os assobios dos moleques de rua e o assédio ocasional dos vendedores ambulantes, e se embrenharam pela fileira de casebres, até chegarem aos campos, onde ovelhas pastavam ao longe e ela podia sentar-se na árvore tombada que ele agora considerava "deles".

— Temos, sim — confirmou ela, astuta. — E este não é um local para tratar de negócios.

— Não sou um homem de negócios — disse ele gentilmente. — Não disponho de um local para tratar de negócios.

Ela olhou para ele com seu jeito encantador.

— Eu sei — concordou ela. — O senhor está acima desse tipo de coisa. Mas eu tenho de trabalhar, semear e colher para o meu filho, o senhor sabe. Pela herança dele. E a família dele, essa família na qual hoje me encontro, é de gente trabalhadora, e não posso ficar à toa. Elas precisam da minha ajuda, e eu vou ajudá-las.

— Mas eu... — começou ele.

— O senhor pode simplesmente ir embora, é claro — sugeriu ela. — Não precisa ver ninguém de novo, nunca mais. Foi perdoado pelas suas faltas, e não duvido que tenha perdoado as faltas delas. O senhor tentou voltar para a vida delas, e não foi aceito. Não há nada mais para o senhor aqui. Pode ir embora agora e nunca mais voltar; pode arranjar outro casamento e ter a esperança de um filho seu.

Ele pestanejou.

— Eu poderia ir embora — disse ele, com cautela.

— Ou poderia me ajudar a salvá-las — disse ela com a voz um pouco mais baixa, sedutora. — Poderia ajudar esta pobre família a ganhar a vida, a melhorar sua condição atual. O senhor as abandonou na pobreza, e elas não vão conseguir subir na vida sem a nossa ajuda. O senhor não pode ter contato com a Sra. Reekie, sabe disso, mas o neto dela precisa crescer como um próspero jovem inglês. Pode me dizer qual escola ele deve frequentar? Com certeza, ele deve frequentar a mesma escola que o senhor frequentou, não? Com que idade ele deve começar? Não cabe ao senhor apresentá-lo?

Ele corou de constrangimento.

— Não frequentei uma escola inglesa — disse ele. — Recebi aulas particulares, em casa, e depois fui para o seminário. Estava destinado ao sacerdócio.

— *Dio!* — exclamou ela. — O senhor? Um milorde inglês?

— Muitos ingleses são católicos — disse ele, sem jeito. — Mas perdi a vocação, eu tive... tive uma crise de fé... e, assim como muitos outros, me converti à Igreja Protestante e assumi o meu título e as minhas terras.

Ela não estava interessada na religião dele.

— Ah! Então! Qual é a escola que Matteo deve frequentar?

— Talvez Westminster? — Ele se recompôs. — Eu poderia ajudá-la nessa questão.

Ela juntou as mãos espalmadas.

— Não quero nada do senhor além de uma ajudazinha. Fui impulsiva, mas sabe que sou italiana, não? Vislumbro um resultado feliz e anseio pela coisa imediatamente. Deve me considerar exagerada! Mas me perdoe. Nunca mais vou incomodá-lo com os meus sonhos. Pensei que pudesse ser sua esposa e lhe dar um filho... pensei que fosse um milagre nos encontrarmos, sendo eu exatamente aquilo que o senhor quer. Mas vejo que fui ávida demais para o senhor! A partir de agora não seremos nada além de amigos e parceiros.

Ele enrubesceu de vergonha diante da franqueza dela, mas foi tocado pelas palavras.

— Não posso me comprometer a fazer mais pela senhora do que apresentá-la a cavalheiros que compram antiguidades e seus agentes — disse ele em tom severo.

— Nada mais que isso — concordou ela. — Alys vai providenciar o carregamento; vou solicitar o envio das antiguidades, o senhor não fará nada além de convidar as pessoas à sua casa e fazer as apresentações, e eu vendo as peças.

— Na minha casa?

A recusa foi imediata, mas ela riu alegremente e colocou as mãos sobre as dele.

— Não na sua linda casa de campo — garantiu ela. — Não estou pedindo isso. Não, não, tudo que eu quero é permissão para expor algumas das minhas melhores e mais belas peças na sua casa de Londres, de modo que os seus amigos e conhecidos possam vir admirá-las no seu salão. É assim que elas devem ser vistas. — Ela fez uma pausa, quando um pensamento lhe ocorreu. — Ah, mas o senhor dispõe de um salão, não é? Não estamos falando de dois cômodos em cima de um café, não é mesmo? Em alguma esquina qualquer? O senhor possui uma casa adequada, não?

Ele foi atingido em seu brio.

— Estamos falando da Casa Avery, senhora, na Strand.

Ela deu um pulo de alegria e o beijou em ambas as faces.

— Será mais do que adequada! — exclamou ela, como se ele tivesse concordado. — Irei até lá amanhã mesmo.

JUNHO DE 1670, HADLEY, NOVA INGLATERRA

Os três homens andaram horas a fio na trilha que serpenteava pela floresta de árvores frondosas, com as folhas caídas do ano anterior farfalhando sob seus pés. Ned manteve um ritmo acelerado, mas tanto William quanto Edward eram homens na faixa dos 60 anos, isolados dentro de casa fazia meses, andando apenas ao amanhecer e ao anoitecer, na esperança de não serem vistos. O sol quente maltratava, as moscas subiam da água salobra feito uma névoa espessa em ambos os lados do caminho estreito e esvoaçavam em torno de seus rostos, picando constantemente. Ned parou, e todos beberam de seu cantil.

— Como é que você sabe o caminho? — perguntou Edward, ofegante, tomando um gole de água. — Esta mata não tem fim, e tudo parece igual.

— Já passei por aqui algumas vezes — disse Ned. — E fui criado num alagadiço; aprendi ainda menino a encontrar pequenos pontos de referência e guardá-los na memória.

— Você caça por aqui?

— Não. Nós não temos direito a terras aqui, e o povo indígena gosta de proteger o território; eles não querem pegadas de botas nas suas picadas, nem armas de fogo espocando na mata e afugentando os animais. Esta terra pertence a eles, não a nós. Embora alguns moradores do povoado estejam tentando comprar terras por aqui.

— Você não vem aqui em busca de pele de castor?

Ned fez que não.

— Caçaram tantos, que não há mais castores — disse ele. — Muito antes da minha chegada. Dizem que, quando os primeiros de nós chegaram aqui, havia uma barragem em cada riacho: milhares de castores. Agora todos se foram. As barragens estão se rompendo; os lagos antes represados estão se desfazendo. Quando a gente caça os castores, perde a barragem, perde o lago, e isso altera os rios, e assim não se tem mais castores. É por isso que os indígenas nos chamam de tolos.

— É preciso cultivar a terra — insistiu William. — Terra ociosa é terra desperdiçada.

— Talvez alguma terra deva permanecer ociosa, não? — sugeriu Ned. — Será que Deus não criou terras assim por alguma razão?

— "Tenham muitos e muitos filhos; espalhem-se por toda a terra e a dominem. E tenham poder sobre os peixes do mar, sobre as aves que voam no ar e sobre os animais que se arrastam pelo chão." — William citou Gênesis.

— Amém — disse Edward.

Ned anuiu.

— Amém. Estamos prontos para continuar?

— Quando vamos encontrar os selvagens? — perguntou Edward.

— Quando eles quiserem — disse Ned com um sorriso. — Estão nos observando desde que partimos nesta trilha.

Edward deu de ombros.

— Como é que eles conseguem? — perguntou ele. — A gente tem avançado em silêncio.

Ned deu uma risadinha.

— Não para eles — disse Ned. — Para eles, somos como uma banda de pífaros e tambores marchando pela floresta.

— A gente mal tem conversado — protestou William.

— Os cervos sabem da nossa presença, não sabem? — disse Ned. — Os cervos não nos ouviram desde o primeiro passo? O povo indígena conhece a mata tão bem quanto os cervos.

— Você não pode ordenar que eles apareçam? — perguntou Edward, irritado.

— Não, eles são pessoas livres em suas próprias terras.

Não falaram mais nada, enquanto Ned os guiava por uma picada que não era mais larga do que seus ombros, colocando um pé diante do outro, com suas botas inglesas deixando claras marcas na lama em que mocassins não deixariam vestígio.

Passaram ao lado de um buraco profundo que parecia feito para a fixação de uma estaca; Ned parou por um instante, removeu uma trepadeira que o encobria e se virou para prosseguir.

— Só me dê um momento para recuperar o fôlego — disse William.

Enquanto esperavam, Edward inadvertidamente enfiou um pedaço de pau na lateral do buraco; o solo cinza e arenoso escorreu para dentro.

— Não faça isso — advertiu Ned. — É importante para eles. Eles mantêm isso limpo e aberto. Você me viu remover a trepadeira.

— O que é isso? Um buraco de estaca? Neste fim de mundo?

— É um buraco-lendário — respondeu Ned. — E um ponto de sinalização.

— Qual dos dois?

— Ambos. Algo aconteceu aqui; alguém foi ferido durante uma caçada, ou um homem pediu uma mulher em casamento, ou uma mulher deu à luz, ou houve um acidente, um encontro ou algo assim. Então, eles cavam este buraco à margem da trilha, para que todos se lembrem do que aconteceu aqui. Daí, quando estão instruindo alguém aonde ir, qual trilha seguir, eles dizem à pessoa para se guiar pela referida história.

William ficou intrigado.

— Então, é como um ponto de referência mas também um registro?

— Isso. É fácil lembrar e ensinar às crianças: suas vidas estão mapeadas no território, remontando a centenas de anos. Só Deus sabe há quanto tempo eles andam por estas trilhas. A história de suas vidas está registrada na terra. A história deles é a geografia deles.

Edward balançou a cabeça.

— É uma gente esquisita.

— Esquisita para nós — disse Ned. — Mas eu me oriento por aqui melhor com os buracos-lendários do que com os marcos fixados pelas estradas na Inglaterra.

— Que história esse buraco tem para contar? — perguntou William. Ned hesitou, estranhamente relutante em revelar.

— Que importa, no fim das contas? — indagou Edward, cansado e dolorido, o rosto inchado das picadas das moscas.

Ned continuou a guiá-los, com passadas firmes, pela trilha extensa, longa e tortuosa; pelo solo encharcado, onde o musgo sugava suas botas; pelo terreno mais elevado, onde o solo mais leve abaixo dos pinheiros cedia sob seus pés e exigia esforço a cada passo; seguindo sempre para o sul, e, sempre atrás de si, Ned ouvia a respiração ofegante dos dois homens.

Andaram até o sol ardente se pôr atrás dos morros, à direita, e lentamente o céu se tornou leitoso, e depois cinzento, e depois azul-anil, escuro. Ned distribuiu broas de milho e nacos de carne-seca e lhes indicou um terreno elevado, protegido por alguns pedregulhos, de modo que o solo estava seco sob seus cobertores, e ali se aconchegaram.

— Quando ele vai nos encontrar? — perguntou William novamente. — O guia selvagem.

Ned deu de ombros.

— Quando ele quiser.

— Estou todo picado — disse Edward, enfiando o rosto embaixo do cobertor. — Os insetos não o incomodam, Ned?

— Tome. — Ned lhe ofereceu um pequeno frasco feito de casca de sassafrás e arrolhado com um pedaço da raiz. — Experimente. Funciona. A indígena que está cuidando da minha balsa me deu o frasco e o óleo em troca de um pouco de açúcar.

— Isso impede mesmo as picadas?

— Bem, eu tenho experiência — disse Ned, olhando, através do dossel de árvores, para as estrelas acima, pungentemente prateadas na escuridão total do céu noturno. — Cresci com febre palustre. Passei a infância num alagadiço em Sussex.

— Você possuía terras na Inglaterra? — perguntou William, curioso.

Ned achou que carecia de palavras para descrever o Lodo Catingoso para um estranho: o luar sobre as trilhas ocultas, o ranger e o trovejar do moinho de maré, a beleza inóspita e erma do mar, fluindo e invadindo a terra por quilômetros, em todas as direções, o guincho dos ostraceiros em seu voo rodopiante, e o sol poente batendo nas suas asas brancas e arqueadas.

— Não, a gente nunca teve muita coisa — disse ele. — Eu tinha o direito de operar a balsa, e a minha irmã era a parteira do povoado. Ninguém nos incomodava, desde que ficássemos sempre à beira-mar, pobres feito ratos--d'água. Não há o que lucrar na terra das marés; não há interesse naquilo.

O cachorro ergueu a cabeça e rosnou, olhando para a escuridão.

— Quieto — disse Ned, dirigindo-se em parte ao cão, em parte às sombras das rochas.

Então, uma das sombras se moveu. Ned se levantou e pegou a arma num instante, enquanto William e Edward se levantaram com dificuldade e olhavam ao redor.

— *Nippe Sannup?* — veio de uma voz saída das sombras.

— Sim, sou eu — respondeu Ned em inglês, baixando a arma e chamando Ruivo para junto dele.

— O que foi que ele falou? Quem está aí? — indagou William, pegando sua machadinha.

— Quieto. Ele perguntou se era eu. Eu o conheço.

— Como foi que ele chamou você?

— *Nippe Sannup*. Significa algo parecido com "barqueiro".

A sombra escura de uma árvore se moveu e se materializou num homem de cerca de 50 anos. Era um pokanoket, alto, trajando um avental de couro de cervo, com vários fios de contas, algumas eram *wampum* roxos, portando um feixe de flechas pendurado no ombro e o arco na mão. Ele deu um passo à frente e cumprimentou Ned baixando a cabeça morena. O cabelo comprido estava amarrado de lado, o semblante sério. Ele examinou os outros dois homens e então se dirigiu a Ned com uma pergunta em voz baixa formulada em pokanoket. Ned respondeu, e, aparentemente satisfeito, o homem deu um tapinha na cabeça do cão e se sentou numa pedra.

— O que ele quer? — perguntou William. — Contas?

Ned disfarçou um sorriso.

— Nada. Não temos nada que ele queira. Ele veio para nos guiar.

— Pergunte se ele conhece algum lugar onde a gente não vá ser encontrado.

— Vou perguntar. Ele vai conhecer. Ele conhece suas próprias terras por aqui e as nossas.

Uma troca de perguntas hesitantes e respostas fluentes deixou William e Edward esperando pela tradução. Então, Ned se virou para eles.

— Ele falou que muita gente sabe onde os senhores se esconderam da última vez: em West Rock Ridge; e que é melhor ir para algum lugar diferente. Ele conhece algumas cavernas, perto do mar. Ninguém, a não ser Po Metacom, o novo massasoit, e seus conselheiros vão saber que os senhores estão lá. A terra é dos pokanoket e não pode ser vendida; então, os colonos nunca vão lá. Ele falou que o mar é rico em marisco, lagosta, caranguejo e peixe; os senhores vão comer bem. Tem fruta na mata, morango silvestre e videiras. Além disso, há muitos pássaros por lá, e os senhores podem catar os ovos. Ele disse que é para pegar só dois de cada ninho. Um pokanoket vai visitá-los de tempos em tempos para saber se os senhores estão bem, e este homem vai trazê-los de volta no fim do verão.

— Ele vai fazer isso por nós?

Ned fez que sim.

— Se ele disse que vai, é porque vai.

William pegou Ned pelo cotovelo e o afastou do guia, agora calado, para poder murmurar:

— Po Metacom? O novo massasoit? Então ele é o filho do velho que primeiro acolheu os colonos?

— Ele mesmo.

— Mas não é ele que está reclamando porque nós compramos terras? Que tem feito queixa de nós para os outros, para os franceses? Em Rhode Island?

— Isso. Ele mesmo — repetiu Ned.

— Mas por quê? — murmurou Edward. — Se ele é um encrenqueiro, por que nos ajudaria? Ele não está se queixando de nós? Se queixando sobre Plymouth?

Ned hesitou.

— Eles têm a tradição de ajudar pessoas necessitadas; é uma demonstração de poder... então, esse é um dos motivos. Ele pensa que, se guiá-los até um local seguro e os trouxer de volta, os senhores terão uma dívida com ele. Eles esperam que fiquem gratos e se lembrem deles no futuro. Sabem que conhecem homens importantes em Plymouth e Boston e esperam que defendam os interesses deles diante da comissão. — Ned fez uma pausa. — A atitude deles conosco, com todos os colonos, franceses, holandeses, todos os recém-chegados, é fazer alianças e esperar que possamos protegê-los uns dos outros. Na verdade, ele está oferecendo aos senhores uma aliança.

— Não podemos ficar em dívida! — objetou Edward.

— Já estamos endividados — apontou Ned. — Não teríamos sobrevivido se o pai dele não tivesse nos dado terras e nos alimentado quando estávamos famintos.

William se inclinou para perto de Ned.

— Ele não vai nos entregar para os homens do rei Carlos? É isso o que realmente importa.

— Não vai, não; este homem trabalha para o massasoit Po Metacom; é um intermediário entre o massasoit e as Colônias Unidas. Ele espera que os senhores defendam os interesses deles perante a comissão. Ele não está interessado no novo rei da Inglaterra.

— Só temos como saber se ele é pacífico se virmos com os nossos próprios olhos — argumentou Edward. — Ele teria de provar para nós que eles não estão se armando nem recrutando.

— Os senhores só vão ver o que ele quiser que vejam — alertou Ned. — Ele não é tolo. E não creio que possam barganhar com ele, se ele está lhes oferecendo um refúgio, não?

— E ele não vai simplesmente... — Diante do olhar sombrio e carrancudo do pokanoket, Edward não se atreveu a mencionar o medo de assassinato.

— Os senhores estão bastante seguros — garantiu Ned. — Se ele der sua palavra... é como um juramento para ele. — Ned hesitou. — Eu conheço este homem e confio nele. O próprio Josiah Winslow se vale dos serviços dele, e, para ser sincero, não temos opção. Podemos continuar sem ele, mas não podemos cruzar as terras dos pokanoket sem um guia.

Houve um silêncio; então, os dois homens mais velhos fizeram que sim.

— Temos poucas opções — disse Edward.

— Nenhuma — decretou Ned. — Somos todos estranhos aqui; estas terras pertencem a eles, estamos aqui com a permissão deles.

William estendeu a mão, que não estava muito firme.

— Estamos de acordo? — perguntou ele timidamente ao nativo.

— É um prazer conhecer o senhor — disse ele num inglês perfeito.

JUNHO DE 1670, LONDRES

Livia deixou o bebê com Alys para poder levar Carlotta, na condição de dama de companhia, em sua visita à Casa Avery. Ela usou suas últimas moedas para alugar um barco a remo e cruzar o rio, partindo dos Degraus de Horsleydown, e depois uma carruagem até os imponentes portões da casa que davam para a Strand. Desejava muito ter um lacaio para acompanhá-la até os degraus e fazer soar a grande aldrava de bronze. Mas o próprio Sir James abriu a porta para ela, o que a fez se sentir acolhida, até que lhe ocorreu um pensamento negativo.

— O senhor não quer que eu seja vista pela sua criadagem?

— Não, não é isso! — disse ele, sinceramente surpreso. — Achei que a senhora iria preferir que eu mesmo a recebesse.

Ele gostou de como o rosto dela, antes um tanto contraído de ansiedade, relaxou diante da gentileza.

— Eu prefiro. Foi gentileza sua — disse ela. — Gostaria de ter vindo até aqui na minha própria carruagem.

— Quem sabe, depois que tiver vendido suas antiguidades — disse ele e foi recompensado com um sorriso repentino. — Eu pago o cocheiro — falou ao ver que o condutor estava esperando e ela não tinha retirado nada do bolso. Ele deu ao homem algumas moedas e voltou a subir os degraus a fim de levá-la para dentro de casa.

— O senhor não tem carruagem? — perguntou ela.

— Não preciso de carruagem em Londres. E venho aqui muito raramente.

— Então, terei de comprar a minha, quando fizer fortuna. Agora... — Ela pegou o braço dele. — As minhas antiguidades! Onde o senhor acha que devemos exibi-las? Elas precisam de boa iluminação e de um local espaçoso.

Ele mal percebeu que sua ajuda agora era parte dos planos, enquanto a ama de leite sentava-se no corredor e ele conduzia Livia escada acima.

— E onde está o seu bebê? — perguntou ele.

— Está com Alys. Ela o adora. Não quis que ele me atrapalhasse enquanto visito o senhor — disse ela, oferecendo-lhe um sorriso repentino e promissor. — O senhor terá toda a minha atenção!

Ele não disse nada quando chegaram ao topo da escada, apenas fez um gesto em direção à galeria que corria por toda a extensão da casa, ao longo da fachada, onde os retratos de seus ancestrais ocupavam apenas metade das paredes.

— Aqui — disse ele.

— Há espaço para bustos, cabeças e colunas — comentou ela, encantada. — E estes janelões maravilhosos propiciam luz. Por que o senhor tem tão poucas peças?

— Algumas foram vendidas — explicou ele. — A casa foi ocupada durante os anos de Cromwell, e alguns itens desapareceram. Roubados por soldados comuns. Eles nem sabiam o que estavam levando. É provável que agora estejam pendurados na parede de algum comerciante. Duvido que consiga recuperá-los um dia.

— Por que o senhor não consegue recuperá-los? — indagou ela.

— Seria difícil comprovar a posse.

— Por que não os rouba de volta?

Ele deu uma risada, abismado.

— Não posso fazer isso! Claro que não!

Mais que depressa, ela concordou com ele.

— Não, claro que não. Então, precisa comprar peças novas. Posso lhe oferecer um preço excelente por alguns césares. São originais, em ordem cronológica, cada um na sua própria coluna de mármore. Ficariam perfeitos aqui.

Ele riu.

— A senhora os ofereceria a mim por um bom preço?

— A dez por cento abaixo do preço de mercado, se os mantiver aqui, nesta galeria, e mostrá-los aos seus amigos.

— Eu estava brincando... — comentou ele.

— Eu jamais brinco quando se trata de dinheiro — disse ela com seriedade. — O senhor pode comprar por um valor dez por cento abaixo do preço de mercado quaisquer peças que quiser, desde que as exiba. Agora, haverá algum outro local onde as minhas antiguidades possam ser mostradas? O senhor dispõe de algum espaço do lado de fora para grandes esculturas?

— O jardim fica ali — indicou ele a contragosto, pois o jardim era seu refúgio em Londres, uma área comprida, de amplo espaço verde, até o rio, com macieiras e ameixeiras que bailavam com flores no início do verão, que vibravam com folhas vermelhas e amarronzadas no outono, quando os galhos estavam carregados de frutas. Era o lugar favorito de sua mãe, onde ela realizava bailes no verão quando o velho rei estava no trono e todos pensavam que nada jamais mudaria.

— Me mostre! — exigiu Livia; ele lhe ofereceu a mão e a conduziu através das grandes portas envidraçadas até o terraço nos fundos da casa, depois desceu os degraus até o jardim que dava para o rio.

— Isto é o que eu esperava de Londres — disse ela, suspirando. — Não um pequeno armazém sujo, administrado por duas mulheres tristonhas, mas isto aqui! Um espaçoso jardim inglês e um rio prateado.

— Elas estão tristonhas? A senhora diria que são tristonhas?

— Não, elas estão onde querem estar, aquilo combina com elas... mas isto aqui parece outro mundo! Maré alta sem embarcadouro e descarga barulhenta, apenas pássaros cantando nas árvores, frutos crescendo nos galhos e a grama sob meus pés! Esta é a Inglaterra com que sonhei!

A alegria dela em seu jardim o deixou exultante.

— A senhora gosta? Eu adoro este lugar... mas precisa ver as minhas terras em Northallerton.

— Eu adoraria! — aceitou ela de pronto, como se fosse um convite direto. — Pois isto aqui é um paraíso!

— Isto aqui é um belo jardim ornamental, mas na Mansão de Northside eu tenho pomares, canteiros de ervas e hortas, uma leiteria, uma padaria e... a propriedade é autossuficiente. Pode alimentar, abrigar e gerir a si mesma. Posso prover a minha subsistência.

— Quando eu era menina, era assim que vivíamos — disse ela. — Nos vinhedos, nos arredores de Florença. Criávamos galinhas, vacas, patos e abelhas. Eu cuidava das galinhas; recolhíamos vinte ovos por dia. Sempre quis voltar a viver no campo. Matteo deveria crescer no campo.

— E, no entanto, sua casa ficava em Veneza — observou ele.

Os cílios escuros de Livia velavam seus olhos brilhantes.

— O senhor sabe que uma jovem não tem escolha — disse ela calmamente. — Os meus pais me casaram com o *signor* Fiori. Ele me afastou da casa e do campo que eu amava. Cheguei a Veneza feito uma criança exilada. Consegue imaginar o sentimento que isso causa?

— Consigo — disse ele, uma criança exilada cuja casa havia sido confiscada pelos parlamentares antes que pudesse herdá-la do pai monarquista. — Eu sei como é o sentimento de perda.

Ela tocou a mão dele com pronta solidariedade.

— Ah, vamos fazer um ao outro feliz novamente? Estou sendo ousada porque entendo muito bem os seus sentimentos. Somos iguais.

Ele enrubesceu, mas não largou a mão dela.

— Não posso iludi-la; a senhora sabe que faz pouco tempo que enviuvei. Não estou pronto para outro casamento.

Ela baixou a cabeça.

— Vou esperar até que esteja — prometeu ela. Então, ergueu o olhar; ele notou que seus lábios pareciam tão mornos e vermelhos que ela devia pintá-los. — Pode levar o tempo que for preciso. Vou esperar até que o senhor diga as palavras que desejo ouvir.

JUNHO DE 1670, HADLEY, NOVA INGLATERRA

Ned andou um pouco, acompanhado pelos dois ingleses e o nativo, até chegarem a um buraco-lendário ao lado da picada, onde ele parou.

— Aqui me despeço dos senhores — disse ele. — Foi neste local que uma mulher do povo pequot, longe de casa, pegou um filhote de rato-do--mato e fez dele um animal de estimação. Ela o lavou, para que ele não cheirasse mal, e ele a seguiu feito um cachorro. — Ned viu que os ingleses estavam atônitos. — Os pequot acreditam que o mundo foi criado quando uma mulher caiu do céu e um rato-do-mato trouxe para ela areia do fundo do mar. Ela criou o primeiro pedaço de terra com areia do fundo do mar e deu à luz o povo. Por isso, os ratos-do-mato são animais importantes para eles. A mulher pequot estava honrando as suas lendas, enquanto convivia com um povo estranho.

William e Edward se entreolharam.

— Paganismo — condenou William com uma só palavra.

Ned deu de ombros.

— Não é como nós, quando falamos do Evangelho para os indígenas? Que repetimos as nossas histórias porque fazem parte da nossa essência?

Edward deu um tapinha nas costas dele.

— Soldado Ned, primeiro você mencionou paganismo... Isso agora é heresia! Só está piorando, não melhorando. Nós vamos ter de queimar você como herege!

Ned riu de si mesmo.

— Bem, esta é a lenda desse buraco — disse ele. — Então, convém que os senhores se lembrem dela, pois é importante. Ela marca o ponto onde o caminho da baía, uma trilha indígena, cruza o caminho de Connecticut, utilizado pelos colonos. Nós transportamos carne por este caminho até Boston; estão vendo como está esburacado e enlameado? E como é largo? É movimentado demais para os senhores, pois os colonos têm medo da mata e viajam em grandes grupos; os senhores serão vistos se caminharem por aqui. Então, devem cruzar o caminho dos tropeiros, aqui, e Wussausmon vai lhes mostrar os caminhos secretos até o litoral; vai levar os senhores pelas aldeias, pelas casas dos nipmuc e dos narragansett. E aqui me despeço. Ele vai trazer os senhores de volta para Hadley no fim do verão.

William pegou Ned pelo braço e o puxou para o lado.

— Quem é ele? E como é que pode um selvagem falar inglês como se tivesse estudado na Universidade de Oxford? — cochichou ele.

— Porque ele foi aluno de Harvard! — exclamou Ned. — É pastor numa das aldeias convertidas, foi criado por uma família inglesa, e o nome dele, em inglês, é John Sassamon. E assessora o governador e o Conselho de Plymouth sobre assuntos indígenas.

— Bem, ele não parece inglês — disse William sem rodeios.

— Agora, não... está vestido a caráter, com o traje de camurça, e atende pelo nome tribal Wussausmon — explicou Ned. — Ele serve Po Metacom, o massasoit dos pokanoket. Atua como intermediário junto ao governador em Plymouth. Presta assistência a Josiah Winslow. É uma espécie de embaixador.

— Nunca vi embaixador assim — insistiu William.

— É um dos muitos que têm trabalhado para manter a paz entre os pokanoket e os colonos — explicou Ned. — Durante cinquenta anos, vivemos lado a lado... com queixas, mas sem guerras. Agora, com mais ingleses chegando e o povo sentindo a pressão, ficou mais difícil para os líderes manterem a paz. Po Metacom, aquele que chamamos de rei Philip, depende de conselheiros que falem os dois idiomas, que possam viver nos dois mundos. O governador Prence também confia nele.

— Você confia nele?

— Ele é cristão e nos entende. É pokanoket e os entende. Vou dizer a ele que guie os senhores com segurança e os traga de volta no fim do verão e sei que estarão seguros.

Ned se virou para Wussausmon e falou, em voz baixa.

— Eles não conseguem andar depressa — disse ele.

— Eram soldados e ainda assim são lentos? — perguntou o homem, incrédulo.

— Não são como os seus valentes. — Ned balançou a cabeça. — Foram homens valorosos no Exército inglês contra o rei inglês. Nas batalhas montavam cavalos. Não corriam e guerreavam a pé, como vocês. E agora estão velhos. Então, pode levá-los em marcha lenta e trazê-los de volta a Hadley no fim do verão?

O homem fez que sim em silêncio.

— Esquilo Manso enviou você para nos seguir desde Hadley? — perguntou Ned, curioso. — Você nos seguiu o tempo todo?

Wussausmon sorriu.

— Não foi difícil. Vocês passam pelas árvores tão silenciosamente quanto uma junta de bois arando um campo.

— Esquilo Manso diz que a culpa é dos meus sapatos — admitiu Ned.

— A mim ela disse que era por causa desse chapéu ridículo.

Ned riu alto.

— Ela não tem respeito por mim — disse ele.

Wussausmon riu também.

— Somos homens. Ela não tem grande consideração por nenhum de nós.

— Ela falou que Hadley está recrutando?

— Já sabíamos.

— Você já informou a Po Metacom?

Wussausmon baixou a cabeça e não disse nada. Ned sentiu-se repreendido pela indiscrição.

— É que os encasacados estão preocupados — explicou Ned. — Sabemos que o seu rei está enviando mensagens. Ouvimos que está até se comunicando com os franceses, ao norte, inclusive no Canadá... e eles são nossos inimigos declarados. Seria como se estivéssemos nos comunicando com os seus inimigos... os moicanos. Você se sentiria traído.

— Mas vocês se comunicam com os moicanos — apontou Wussausmon.

Ned ignorou a verdade.

— Isso deixa os ingleses preocupados.

— Vocês devem mesmo estar preocupados, pois criam leis, impõem leis sobre nós, e depois as desobedecem — disse Wussausmon.

Ned suspirou e desistiu do interrogatório.

— Vou dizer ao pastor Russell que hoje você foi um bom amigo para nós. Pretende voltar a Hadley ainda nesta estação?

— Vou subir o rio.

Não havia assentamentos ingleses ao norte de Hadley; se Wussausmon estava indo mais ao norte, devia ser para se reunir com outras nações e convocá-las a participar de um boicote à venda de terras aos colonos ou coisa pior.

Ned não conseguiu esconder a apreensão.

— Se o massasoit está descontente com o governador e com o Conselho de Plymouth, ou com o governador do Conselho da Colônia da Baía de Massachusetts, em Boston, ele deveria falar com eles. É melhor lidar com eles diretamente. Não gostamos de ver vocês falando uns com os outros... unindo forças.

— É claro que não gostam! — disse Wussausmon, sorrindo. — E eu falo frequentemente com os governadores ingleses. O massasoit está tentando fazer com que todos concordem em desistir de vender terras. Ele quer que trabalhemos como uma força única. Como vocês fazem.

— Mas ele não tem poder para obrigá-los, não é?

— Não — disse Wussausmon. — Não tem. Ele não faria isso. É por isso que eu vou até o norte e o oeste, em nome dele, para firmar um acordo com as nações situadas nas suas fronteiras. Os nossos líderes têm de obter a concordância dos seus povos; não são tiranos como o seu rei.

— Bem, eu diria que isso faz dele um homem melhor. — Ned estava ciente da própria lealdade dividida. — Mas não vai ser bom para vocês brigar com a gente.

— Eu não brigo com ninguém — disse Wussausmon calmamente. — Vivo sob as suas leis, na sua cidade; mas, quando estou na mata, vivo sob as leis do meu povo. Tenho de servir a Po Metacom; sou aliado dele.

— Mas convertido — observou Ned. — Você jurou fidelidade a Deus. Você assessora Po Metacom a nosso pedido: como seu tutor, como nosso embaixador. Foi criado numa casa inglesa. É nosso aliado também.

Ele concordou.

— Pertenço a dois mundos — disse ele.

— Não deve ser fácil — disse Ned, pensando na própria lealdade dividida, no sentimento de não pertencer àquele lugar, ao mundo que julgava que seria seu.

— Não é.

JUNHO DE 1670, LONDRES

Alinor sentia-se com disposição o bastante para comer com Alys e Livia na sala e estava curiosa para saber onde Livia tinha passado o dia inteiro.

— As coisas estão avançando — disse Livia alegremente. — Já vi a galeria e o jardim onde podemos exibir as antiguidades. São locais adequados. Então, vocês já podem enviar um navio para buscar as minhas peças em Veneza.

— Mas quem vai se responsabilizar pelo embarque? — perguntou Alinor.

Livia se dirigiu a Alys.

— O mordomo do meu primeiro marido ainda administra a oficina em Veneza como fazia quando meu marido estava vivo. Ele ainda cuida dos nossos pertences, por lealdade. Não tenho dinheiro para pagá-lo desde que o meu querido Roberto morreu. Mas ele fará o que eu pedir. Vou escrever para ele e dizer que embale as peças que estão guardadas.

— Pelo jeito, você confia nele — comentou Alinor.

— Ah, sim! Ele foi muito bom para mim quando o meu marido morreu e a família tentou levar tudo embora.

— Ele a ajudou a esconder as preciosidades? — indagou Alinor.

— Ele sabia que era tudo meu. As peças eram limpas e restauradas na oficina. Ele sabe que vou recompensá-lo quando forem vendidas.

— Ele era mordomo do seu marido, mas servia a você? — perguntou Alinor. — E ficou do seu lado contra a família do amo?

Livia exibiu um sorriso trêmulo.

— Acho que ele ficou com pena de mim quando tentaram me roubar.

— E Rob não se opôs a essa parceria? A essa parceria de confiança?

Livia dirigiu à sogra um olhar risonho.

— Ah! Agora entendo o que a senhora está querendo dizer. Devo informar que o *maestro* Russo é um homem idoso, com uma neta da minha idade e uma esposa bem velhinha. O cabelo dele é branco, e ele anda curvado e usa bengala. Foi um pai e um avô para mim. Amava Roberto e o considerava um neto. E Roberto sabia que ele faria qualquer coisa por nós.

— Você é muito abençoada pelos amigos que tem — foi tudo o que Alinor respondeu.

— De quanto tempo ele vai precisar para embalar e carregar tudo? — perguntou Alys. — Nós até podemos encontrar um navio com destino a Veneza e escrever para ele. Mas quanto tempo ele precisa para aprontar as mercadorias?

— Ele sabe que eu vim para cá para vender as minhas peças e que só terei dinheiro depois que vendê-las — respondeu Livia. — Ele não vai levar mais que alguns dias para embalar tudo e obter as permissões para que as peças saiam do país.

— Se ele consegue embalar tudo tão depressa assim, posso contratar um capitão aqui, para levar as instruções e trazer as mercadorias.

Livia bateu palmas.

— Como você é esperta! Isto é que é uma mulher de negócios!

Alinor sorriu e olhou de uma jovem para a outra.

— Você consegue levantar a quantia necessária? — perguntou ela a Alys.

Alys fez que sim.

— Quanto espaço as peças vão ocupar no nosso armazém? — perguntou ela.

— Elas vão estar acolchoadas e encaixotadas; acho que vão ocupar todo o térreo. Mas não ficarão lá por muito tempo, se você as despachar na sua carroça para a casa de Sir James.

Alys exibiu um de seus raros sorrisos.

— Você está animada.

— Isso vai fazer a nossa fortuna! — exclamou Livia. — E o embarcadouro de vocês vai ficar conhecido como um local para receber belas obras de arte e artigos de luxo. Vocês não vão mais precisar embarcar carvão. — Ela pegou as mãos de Alys e fez uma dancinha, ali mesmo; seu contentamento era contagiante.

— A gente nunca embarcou carvão — disse Alinor.

Naquela noite, as duas jovens conversaram enquanto se despiam e escovavam o cabelo uma da outra.

— Obrigada por cuidar do meu querido Matteo hoje — disse Livia. — Ele foi bonzinho com você?

— Eu tinha esquecido como era passar o tempo com um bebezinho — disse Alys. — Ele se comportou muito bem. Tomou o leite que Carlotta deixou e dormiu a maior parte do tempo. Trabalhei na sala de contagem com ele no berço, ao meu lado, e ele e eu passamos a maior parte da tarde com a mamãe. Quando ele acordou e chorou, eu andei com ele pelo cais, e ele ficou vendo os barcos e as gaivotas; tenho certeza de que estava prestando atenção. Ele sorria e acenava com as mãozinhas, todo empolgado, e, quando viu...

— É, ele é muito inteligente — disse Livia, um tanto absorta.

— E você? Ficou satisfeita com as instalações que encontrou? A casa dele é adequada?

Livia notou que, aparentemente, o nome de Sir James não deveria ser mencionado.

— É, sim — respondeu ela. — Há um salão, uma galeria aberta e um jardim. Posso exibir cerca de vinte peças, acho. Posso usá-las como amostras e aceitar pedidos.

— Você vai ter mais de uma carga?

— Peças antigas eram a grande paixão do meu marido — disse Livia. — Eu pretendia estabelecer um negócio, comprando, enviando e vendendo antiguidades.

— Estou surpresa que haja tantos objetos e com tanta gente disposta a comprar.

Livia alisou o travesseiro e se deitou.

— As pessoas passaram centenas de anos criando aquilo — disse ela. — Então, os objetos estão lá, por toda parte; basta saber onde procurar e pegar.

— Pegar? De graça?

— Meu primeiro marido começou uma coleção se valendo das próprias terras. A pedreira dele vinha sendo explorada havia muitos anos, e algumas peças ficavam espalhadas e abandonadas, e ali perto ficavam as ruínas de uma casa, com algumas belas ânforas... vasos. Então, todos os pequenos fazendeiros que tinham casas antigas em suas terras, ou templos soterrados em seus campos, aprenderam que as pessoas pagam mais por peças de pedra que por safras de azeitona! Então, agora eles cavam os terrenos e vendem as peças que encontram para colecionadores e agentes de colecionadores. É possível ir ao mercado de Veneza e comprar peças de mármore ou joias antigas e anéis de ouro nas mesmas barracas que vendem azeite.

— Deve haver preciosidades na Inglaterra também — comentou Alys. — Quando a minha mãe era menina, ela colecionava moedas antigas... não de ouro ou prata, mas aquelas velhas moedas cunhadas com metal comum, meras lascas.

— Qual seria a utilidade disso? — perguntou Livia. — Ninguém vai comprar lascas de cobre. Não é como ouro. Não dá lucro.

Alys sentiu um calafrio agourento.

— Não, não teria utilidade nenhuma — concordou ela, deitando-se ao lado de Livia. — Ela simplesmente gostava das moedas. Tinha uma bolsinha cheia delas. Era...

— O quê?

— Só uma bolsinha, cheia de troço velho.

— Sem a menor utilidade — disse a jovem taxativamente; então, inclinou-se e apagou a vela, e o quarto mergulhou na escuridão.

JULHO DE 1670, LONDRES

Alys seguiu para oeste ao longo do cais, até o café dos comerciantes, onde costumava tratar de negócios no período da manhã. Como mulher responsável por um embarcadouro, era um tipo raro naquele ponto de encontro lotado. A maioria das outras mulheres comerciantes, proprietárias de navios, taifeiras e viúvas de carroceiros enviava um aprendiz ou um filho aos cafés para se encontrarem com fregueses e clientes. Mas Alys frequentava dois ou três cafés havia anos e sabia que o Paton's, na Harp Lane, era o melhor lugar para se encontrar proprietários de navios que comerciavam no Mediterrâneo e no Adriático.

Ela procurou o capitão Shore, comandante do *Sweet Hope*, que havia transportado Rob para a Itália quando ele fora estudar em Pádua. O capitão costumava receber os clientes a uma mesa que ficava numa sala nos fundos de uma construção que parecia um labirinto, e Alys olhou por cima dos bancos de espaldar alto, onde dois capitães recebiam instruções e cartas a serem transportadas aos seus respectivos destinos. Ela se aproximou de uma mesa onde um homem corpulento, de cabelo louro e ralo e rosto castigado pelas intempéries dobrava alguns papéis e os enfiava num porta-notas.

— Capitão Shore — disse ela com amabilidade.

De imediato, ele se levantou e estendeu a mão.

— Bom dia, Sra. Stoney. É uma satisfação vê-la.

Com polidez, ele aguardou que ela se sentasse na cadeira à sua frente, antes de desabar de volta no banco.

— Lamento saber da perda do seu irmão — disse ele sem rodeios. — Um bom rapaz... Eu o conheci na viagem a Veneza... Deus do céu! Já deve fazer dez anos. Mas me lembro dele.

— Obrigada — disse Alys. — Preciso enviar uma carta de instruções a um armazém em Veneza sobre mercadorias que lá se encontram. Pertencem à viúva de Rob; são itens do mobiliário dela. Um mordomo vai embalar as peças e supervisionar o carregamento no seu navio. O senhor pode fazer a entrega no nosso cais.

— A carga não vai para o cais oficial, para pagamento do imposto? — quis confirmar o capitão. — Vai direto para a senhora... Não precisamos informar?

— Isso, são itens pessoais dela.

— Não posso me responsabilizar pelo estado das peças — advertiu ele. — Mobília nunca viaja bem.

— Entendido — concordou Alys.

— Nada perigoso? — especificou o capitão. — Nada de veneno, ou armas ou canhões, ou qualquer coisa indesejável a bordo do meu navio. Nada de animais silvestres — acrescentou ele. — Nada que precise de cuidados especiais. Nada de animais de estimação. Nada de escravos. Nada de vegetais ou plantas. Apenas mercadorias.

— É principalmente pedra — garantiu Alys. — Esculturas e coisas assim.

— Carga pesada, então — disse ele com pessimismo.

— O senhor pode fazer o transporte?

— Ã-hã.

— Nós pagamos metade agora e metade na entrega.

Ele pensou por um instante.

— Cinco libras por tonelada — disse ele. — A senhora sabe o peso dos móveis?

Alys fez cara feia.

— Não tenho certeza. Mas não deve ser mais do que seis toneladas. Pago quinze libras agora e o restante, a depender do peso, quando o senhor descarregar.

— De acordo.

— Este é o armazém. — Alys empurrou sobre o tampo da mesa a carta de instruções escrita por Livia e destinada ao mordomo.

— Russo! — exclamou o capitão, olhando para o endereço. — Ah, conheço. Já transportei mercadorias para ele. Mais de uma vez. — Então, dirigiu a Alys um olhar por baixo de sobrancelhas louro-escuras. — Nunca soube que ele era mordomo de alguém. Achei que fosse o proprietário do negócio... e um belo negócio.

— Minha cunhada confia nele — respondeu Alys. — Era mordomo dela.

— Se ele lhe presta um bom serviço... — anuiu o capitão. — A senhora tem certeza, Sra. Stoney? Não é o seu tipo de negócio e ele não é o tipo de homem com quem a senhora costuma lidar, sabe?

— Ele é mordomo da minha cunhada — repetiu Alys. — Os bens dela estão armazenados com ele. Ela confia nele.

— A senhora é quem sabe — concordou ele. — Mas, se algo der errado em Veneza e eu tiver de sair de lá de mãos abanando, vou procurar a senhora e cobrar um guinéu pelo meu tempo.

— De acordo — disse Alys. — Mas a minha expectativa é que o senhor entregue os caixotes. Serão cerca de vinte.

— Tenho espaço — disse ele. — Vou carregar café.

— Quanto tempo? — Alys fez a pergunta que os comerciantes sempre faziam, sabendo que nunca obteria uma resposta.

— O tempo que for preciso — disse ele. — Em que mês estamos agora? Julho? Vou zarpar esta semana; chego lá no início de agosto, faço o carregamento e retorno. Vou parar em Lisboa na ida e em Cádis na volta. Devo chegar aqui no fim de setembro. — Ele bateu na mesa com os nós dos dedos para dar sorte. — Se Deus quiser.

Alys se levantou, cuspiu na palma da mão e a estendeu; o capitão fez o mesmo. Ela sentiu, sem asco, a gosma morna da saliva e a palma da mão áspera e rachada do capitão.

— Boa sorte — disse ela.

— Ã-hã — disse ele, taciturno, e enfiou o pedido no porta-notas e deu um gole na cerveja.

AGOSTO DE 1670, HADLEY, NOVA INGLATERRA

A Sra. Rose, a criada do pastor, levou até a casa da balsa uma carta endereçada a Ned enquanto o sol escaldante esfriava no fim do dia e havia enfim algum alívio do calor.

— Agradeço à senhora por se dar o trabalho de vir até aqui — disse Ned, surpreso ao vê-la.

— O Sr. Russell ia enviar um dos escravos, mas resolvi dar uma caminhada — explicou ela, olhando para o cachorro, para a horta, para qualquer coisa, exceto para o rosto de Ned. — Agora que o sol está se pondo e o tempo refrescou um pouco. É da sua irmã?

— É — confirmou ele, verificando a caligrafia. — Fora de época. Geralmente, ela responde às minhas cartas na primavera e no outono.

— O senhor escreve de acordo com as marés? — perguntou ela. — Mesmo estando tão longe da costa?

— Na lua cheia — disse ele. — Quando a vejo, ela me lembra de escrever.

— Bem, vou deixar o senhor ler — avisou ela, dando meia-volta para retornar ao vilarejo.

— Não! Não precisa ir agora — disse ele. — Estou muito contente que a senhora tenha vindo.

— Bem, achei que seria bom vir.

— Aceita algo para beber? — Ned indicou o caminho através da horta em direção ao rio. — A senhora gostaria de sentar-se e tomar uma bebida? Sumagre? Ou leite? Tenho leite.

Ela hesitou, como se quisesse ficar.

— Por favor — pediu Ned. — Sente-se, contemple o rio; a senhora não precisa voltar para o vilarejo imediatamente, não é?

— Posso ficar um pouco — disse ela, comedida, e sentou-se.

Ned entrou em casa e voltou com duas canecas de madeira, belamente entalhadas, e um jarro de água com bagas de sumagre.

— Pronto — disse ele e lhe serviu uma caneca.

Ela tomou um gole.

— Muito bom — disse ela. — Quanto tempo o senhor deixa as bagas de molho?

— Da noite para o dia — respondeu Ned.

— O senhor não se sente sozinho aqui? — perguntou ela, observando o cintilar turquesa de um martim-pescador, pouco acima da superfície da água, brilhante feito uma libélula.

— Tem sempre alguém precisando da balsa — disse ele. — Ou trazendo algo para negociar. E as canoas passam por aqui, e muitas vezes eles param para conversar, ou para me mostrar alguma coisa, ou para vender, ou para me pedir para dar um recado a alguém que vai chegar mais tarde.

Ela estremeceu de um jeito um tanto exagerado.

— O senhor se refere aos nativos? Não sei como se atreve a falar com eles — disse ela. — Que recados o senhor pode dar em nome deles? Eu teria medo.

Ned se surpreendeu, um tanto indignado diante do espanto por ela demonstrado. Mas se conteve.

— Nós somos vizinhos — disse ele. — É correto ser um bom vizinho.

— Não quando se trata deles — rebateu ela. — Eu vim até aqui para construir uma nova Inglaterra; não para viver feito uma selvagem.

— Eu também tinha esperança de uma nova Inglaterra — disse ele. Ned se viu buscando um denominador comum com aquela mulher cujas opiniões eram tão contundentes, embora ela jamais as houvesse expressado. — Uma sem patrões ou lordes, nem mesmo um rei.

Então, ela olhou para ele com um sorriso.

— O senhor e eu sabemos que é possível se livrar de um rei, mas sempre haverá amos e servos — disse ela. — E, embora tenhamos nos livrado muito bem de um rei, o filho voltou.

— Oremos para que ele não venha para cá — disse Ned, esperando um sorriso.

— Podemos confiar no governador para nos manter livres dele e das heresias dele. A lei de Deus é maior que a do homem... até mesmo que a de um rei... e temos a nossa carta patente.

— Amém — disse Ned com polidez, mais que ciente de que a Nova Inglaterra era uma região virtuosa e devota e que a criada do pastor era mais devota que a maioria das pessoas.

— Mas como é que o senhor cozinha aqui? — indagou ela.

— Como qualquer pessoa, com fogo. Deixei o fogo apagar por causa desse clima quente. Talvez eu acenda uma fogueirinha lá fora, mais tarde, para assar um peixe no espeto. Posso pegar mais um, se a senhora quiser ficar.

Ela hesitou.

— Preciso voltar para preparar a refeição. Talvez outra hora.

Ned fez que sim.

— E como é que o senhor lava a sua roupa?

— Agora a senhora me pegou! — admitiu Ned. — Pago uma mulher para vir aqui lavar a minha roupa.

— Uma selvagem? — perguntou ela, um tanto escandalizada, e, quando ele anuiu, ela balançou a cabeça. — Mulheres selvagens não vão saber alvejar linho. O senhor pode levar os seus colarinhos até a casa do pastor, e eu cuido deles na nossa lavação semanal.

— Sou grato à senhora — disse Ned educadamente. — Mas seria abuso. Ainda mais neste momento em que a senhora tem uma pequena folga, pois os seus hóspedes se ausentaram durante o verão.

— Eles não dão trabalho — comentou ela. — São homens de Deus, ambos, e exilados por uma causa nobre.

— A senhora sempre trabalhou em casas de família? — perguntou Ned timidamente.

— Desde quando era menina, em Devon. Mais tarde, o meu amo foi chamado por Deus para vir para cá e nos trouxe, seus criados domésticos. Ele morreu na viagem, o meu marido também, e nós tivemos de procurar novas casas. Não foi difícil... todo mundo quer ter um criado aqui, e escolhi trabalhar para o pastor porque ele me prometeu um lote de terra no novo assentamento, se eu encontrar um marido até o término do meu contrato com ele.

— A senhora quer ter a sua própria terra? — perguntou Ned.

— Claro — disse ela simplesmente. — Todo mundo quer.

— A senhora mesma cultivaria a terra?

Ela arriscou olhar para o rosto dele.

— Espero me casar com um homem bom, e vamos cultivar a terra juntos — disse ela categoricamente.

Ned hesitou, sem saber o que responder, e logo em seguida ela esvaziou a caneca e se levantou.

— Vou deixar o senhor ler a sua carta.

— Eu gostaria de acompanhar a senhora de volta até o vilarejo...

— Sei que o senhor não pode se afastar da balsa — disse ela. Então, hesitou, mas revelou o que vinha pensando desde o dia em que tinha visto a casa da balsa sendo construída e Ned espalhando talos de junco para cobrir o telhado. — O senhor poderia ter um bom negócio aqui. Poderia construir uma casa maior e abrir uma estalagem para viajantes que seguem para o norte; poderia contratar homens para cultivar o seu terreno e criadas para servir. Se o senhor tivesse uma esposa que soubesse cozinhar, esta poderia ser a melhor casa do rio.

Ned não argumentou, não disse que não tinha disposição para ter um bom negócio, nem vontade de ser dono de estalagem. E sorriu para ela.

— A senhora tem muita iniciativa — foi tudo o que ele falou.

— Foi por isso que eu vim para cá — concordou ela. — Recebi um chamado de Deus para construir uma vida nova, neste mundo novo, e penso que pode ser uma vida melhor que a anterior. — Ela hesitou. — Não há nada de errado nisso, não é? Querer uma vida melhor?

— Não — apressou-se em dizer Ned. — E é isso que eu queria. Eu também queria uma vida melhor. Só que não... não à custa de alguém.

Ela estendeu a mão para cumprimentá-lo, como se fosse um homem.

— Adeus.

Ele tomou aquela mão calejada de trabalho na sua e colocou sua outra mão por cima.

— Vou procurar a senhora depois de amanhã — prometeu ele. — Vou sair para colher frutas amanhã. Posso guardar algumas para a senhora? Vou colher mirtilos e as primeiras uvas silvestres.

— Vou querer um quilo e meio de mirtilo, para fazer conserva. — Ela hesitou, mas não retirou a mão do aperto morno das mãos dele. — Terei satisfação em revê-lo, Sr. Ferryman. O pastor não faz nenhuma objeção à presença do senhor na casa para me visitar.

Ned tinha certeza de que John Russell não fazia objeção a uma visita nem a um casamento. Todo o vilarejo de Hadley era fruto do trabalho do pastor; ele tinha transferido a congregação para aquele local, deslocando-a dos assentamentos ribeirinhos de Connecticut; ele mesmo tinha realizado a medição dos lotes e convidado os colonos. Ned foi agraciado com a balsa, ao norte, e um lote de terra em troca da escolta e da proteção de William Goffe e Edward Whalley; mas mesmo Ned tinha de se submeter às regras do vilarejo, o que significava frequentar a igreja, contrair um matrimônio abençoado e constituir uma família para povoar seu terreno. A Sra. Rose era uma criada contratada, viúva, também precisava se fixar e se casar no fim do contrato.

Ned seguiu sua convidada até o portão do vilarejo e o abriu; ela passou pelo portão com um leve sorriso.

— Até breve, Sr. Ferryman — disse ela e seguiu pela ampla pastagem verde de uso comum.

Ocorreu a Ned que aquela não era a liberdade que ele esperava quando cruzou o oceano. Tinha sonhado com uma vida que havia imaginado com fervor nos sermões noturnos do exército de Cromwell — uma terra onde todo homem teria seu próprio chão, sua própria fé e seus próprios direitos. Todo homem teria um momento radiante, de iluminação religiosa, que o guiaria pelo resto da vida; todo homem teria voz própria no governo e todo homem, de todo tom de pele, seria livre e igual. Mas ali, naquela terra onde ele pensava que seria livre, ainda havia leis que colocavam cada um em seu lugar, ainda havia amos e criados, donos de terras e servos.

Ned ainda estava operando uma balsa e sua esposa seria uma criada, uma serva contratada cuja maior ambição era um dia ser servida.

Ele achou que deveria ter dito algo mais afetuoso, algo mais agradável, em resposta ao plano dela quanto a ter um marido, mas não conseguiu encontrar as palavras. Concluiu que sempre agia como um tolo perante as mulheres. Sua esposa tinha morrido jovem, e a única mulher que ele entendia era a própria irmã, que havia traído tudo no que ele acreditava e quase morreu em consequência de sua dissimulação. Portanto, ele deixou a Sra. Rose partir, e ela foi em frente, com seu barrete branco visível por todo o caminho.

Ned entrou com o propósito de abrir a carta de Alinor e, ao ver a primeira linha, puxou a banqueta até a mesa tosca para ler e reler as palavras, segurando o papel diante da luz que entrava pela porta aberta para assim decifrar as frases rabiscadas. Tão logo entendeu que o sobrinho havia se afogado, ele baixou a cabeça, envolveu-a com as mãos e rezou pela alma de Rob, o menino inteligente que tinha sido a esperança mais luminosa da família e que se perdera em águas profundas. Com um leve gemido, Ned escorregou da banqueta e se ajoelhou para orar pela mãe do menino, Alinor, rogando para que sobrevivesse a mais esse golpe e aprendesse a aceitar mais uma perda trágica.

— Amém — disse ele em voz baixa. — Senhor, sabeis da dor que esta família tem sofrido. Poupai-nos de mais sofrimento. Fazei com que a minha irmã entenda que o seu filho está perdido para este mundo e foi para outro. Fazei com que ela encontre a paz em seu lar, e eu no meu.

AGOSTO DE 1670, LONDRES

Com o clima mais ameno, a navegação no Tâmisa atingia o auge; grandes galeões, provenientes das Índias Orientais e contando com os primeiros ventos de monção, passavam pelo pequeno embarcadouro como se o desprezassem, dirigindo-se às suas próprias atracações, mais profundas, e aos seus próprios armazéns, de grande porte. Alys manteve as reuniões com mercadores, angariando negócios para seu embarcadouro, acompanhando o embarque e o desembarque de mercadorias e providenciando os pagamentos das taxas aduaneiras.

O Embarcadouro Reekie era o cais predileto de um pequeno veleiro proveniente de Kent, que trazia peças de lã no inverno e trigo e frutas na época da colheita. O capitão — um velho camarada de Ned — atracou em agosto, e Alys subiu a escada até o quarto da mãe, que atava raminhos de ervas próprias para combater febre, e colocou uma tigela com ameixas frescas no colo dela.

— Ameixas de Sussex — disse ela. — O capitão Billen trouxe.

Alinor fechou os olhos para saboreá-las, como se pudesse ver a árvore e o muro ao redor do jardim da casa da balsa, bem como o casebre à margem do alagadiço.

— Deve ter sido um bom verão no Lodo Catingoso, para estas ameixas estarem tão doces — foi tudo o que ela disse.

A única pessoa ociosa no armazém era Livia, que não conseguia pensar em nada além do retorno do navio de Veneza transportando suas mercadorias e que nada podia fazer para antecipar a chegada da carga. Ela fazia as bainhas das suas roupas íntimas, confeccionadas com linho requintado, brincava com seu bebê por um tempo e depois o deixava com Alys ou Alinor, durante tardes inteiras, enquanto ela própria adentrava os campos e os pomares ao sul. Reclamava do tédio e do calor, da rotina enfadonha do armazém, da probabilidade de todos adoecerem em consequência da fedentina no rio Neckinger, que desaguava no Tâmisa, ao lado do armazém. Interessou-se tão somente por desenho e pela encomenda de alguns cartões refinados, similares aos usados por comerciantes, mas em papel de melhor qualidade. Os cartões estampavam o desenho de uma escultura clássica de uma cabeça e, abaixo, o endereço da Casa Avery.

— Mas estes cartões dão a impressão de que você é dona do local — objetou Alys quando Livia lhe mostrou os cartões dentro da caixa.

— Não posso dar o meu endereço como Embarcadouro Reekie, Doca do Santo Fedor, posso? — respondeu Livia bruscamente. — As antiguidades têm grande valor. Nenhum homem abastado e de bom gosto ficaria interessado nelas se soubesse que provinham daqui.

— Você tem vergonha da gente? — perguntou Alys, com calma.

— De jeito nenhum! Isso é uma questão de negócio. Não importa o que as coisas são, mas o que aparentam ser.

— E ele não se opõe? Ao que as coisas aparentam ser? Ao fato de você usar a casa dele, o nome dele? — Como sempre, na conversa, ela não mencionou o nome de James.

— Ele não fará nenhuma objeção — declarou Livia.

Alys ficou boquiaberta diante da mulher mais jovem.

— Não fará? Você disse: ele não fará? Ele não sabe?

— Ele sabe que vou expor as minhas antiguidades na casa dele. É claro que preciso informar o endereço. De que outra forma as pessoas saberão aonde ir?

— Pensei que seriam amigos dele; não saberiam onde ele mora?

— Os cartões vão fazer com que se lembrem de voltar.

— Como você pagou pelos cartões?

Livia virou a cabeça no intuito de esconder uma torrente de lágrimas.

— Não foram muito caros e eu precisava deles, Alys.

Alys sentiu pavor por um instante.

— Não me diga que pediu dinheiro emprestado a ele?

— Não! Eu não faria isso!

— Então, como foi?

Livia baixou a cabeça.

— Vendi os meus brincos.

— Ah! Minha querida! — Alys ficou impactada. — Você não deveria ter feito isso. Eu poderia ter emprestado o dinheiro.

— Não tive coragem de pedir — disse Livia, levando aos olhos o lenço debruado com preto. — Como eu poderia? Ainda mais depois de você ter providenciado o transporte das peças. Não suporto ser um fardo para vocês...

— Você penhorou os brincos? A gente pode recuperá-los?

— Me deram três xelins por eles.

Alys foi imediatamente até a sala de contagem, abriu a caixa e voltou com o dinheiro na mão.

— Pronto! — disse ela. — O dinheiro é pouco, mas é sempre pouco, e eu nunca vou deixar você penhorar as suas joias. Vá resgatá-las e nunca mais faça isso. Venha falar comigo para o que precisar. Rob não ia querer que você vendesse as suas coisinhas.

— Mas ele não está aqui! — exclamou Livia, lágrimas escorrendo pelo rosto e o lábio inferior tremendo. — Preciso seguir a vida sem ele e simplesmente não consigo! Não sei como!

— Eu estou aqui! — exclamou Alys. — Eu estou aqui! Vou cuidar de você e do pequeno Matteo. Sempre cuidarei.

Livia se atirou nos braços de Alys.

— Você é uma irmã tão boa! — sussurrou ela. — Vou falar com você se precisar de alguma coisa; não vou mais fazer o que fiz. Roberto me deu os brincos no nosso noivado; vendê-los partiu o meu coração.

Alys a manteve bem próxima no abraço.

— Óbvio que deve falar comigo sobre qualquer coisa que precisar. Você é da família; o nosso negócio é da família, o nosso ganho é seu.

Livia se afastou, secou as lágrimas e enfiou as moedas no bolso. Alys esfregou o rosto com as mãos, alisou o avental, e seu olhar voltou aos cartões.

— Mas eu preferia que você não tivesse feito os cartões assim.

— Posso mandar refazer, mas não vai custar mais três xelins? Não vou permitir tal extravagância.

— Parece que você mora lá.

— Não parece que moro lá — declarou Livia. — O que parece é que a pessoa pode visitar a Casa Avery para ver as minhas antiguidades e pode contatar a Casa Avery por carta se quiser comprar algo. A casa é a minha vitrine, assim como Sarah tem uma vitrine para os chapéus. Ninguém pensa que ela mora na vitrine.

AGOSTO DE 1670, LONDRES

Sir James, ao ver o cartão de visita relativo às antiguidades de Livia indicando o endereço da Casa Avery, apenas ergueu as sobrancelhas.

— A senhora é muito organizada — foi tudo o que ele disse. — A senhora espera que eu distribua esses cartões em seu nome? Como se fôssemos vendedores e a Casa Avery a nossa barraca? As pessoas devem encomendar antiguidades de mim, como se eu fosse um quitandeiro?

— Não, não — disse ela. — Isso não seria correto. Eu jamais pediria tal coisa a você! Eu tampouco vou me rebaixar à atividade comercial! Veja, o seu nome não consta aqui, nem o meu. Apenas o endereço. Estes cartões são para eu entregar às pessoas interessadas. Tudo o que quero é que o senhor convide pessoas para uma recepçãozinha, para ver as nossas antiguidades. Eu mostro as peças, então entrego os cartões; vou anotar no cartão a peça de preferência e o preço. Para que as pessoas se lembrem de que as antiguidades estão à venda e podem ser compradas de mim.

— A senhora quer que eu convide pessoas?

— Cavalheiros e damas das suas relações. — Ela deu uma leve sacudida no vestido, como se estivesse dispensando todo o restante da população de Londres. — Nada de comerciantes. Não queremos intermediários nem vendedores ou gente desse tipo.

— De acordo — disse ele prontamente. — Mas não disponho de um círculo muito grande de amigos. Eu morava em Yorkshire com minha esposa e minha tia, na Mansão de Northside, e raramente vínhamos a Londres. Depois que a minha esposa morreu, fechei a Casa Avery. Só a reabri este ano por... — Ele se interrompeu.

Ela sentiu uma pontada de ciúme quando percebeu que a reabertura tinha sido por conta de Alinor, mas tomou cuidado para que seu sorriso não vacilasse.

— O senhor deve ter amigos da família — insistiu ela. — E parentes.

— Claro que tenho.

— E pessoas que eram amigas dos seus pais.

— Naturalmente. Embora nem todos tenham voltado do exílio. — Ele balançou a cabeça, pensando naqueles que jamais regressaram.

— Mas deve haver pessoas que estavam do seu lado, defendendo o rei que voltou, e que lhe devem favores — prosseguiu Livia. — Muita gente. Gente cujos segredos o senhor guardou. O senhor não era monarquista? Não foram os vencedores?

Ele deu de ombros, um pouco resignado.

— Muito bem. Vou enviar os cartões convidando para um desjejum.

— Se damas serão convidadas, vai precisar de uma anfitriã — lembrou ela.

Ele hesitou.

— Acho que posso perguntar à minha tia se ela pode vir de Northallerton até o sul...

— Eu posso ser a anfitriã — sugeriu Livia. — Não é problema nenhum, e tenho de estar aqui, de qualquer maneira, para falar das antiguidades. O senhor pode me apresentar às pessoas como viúva do seu ex-aluno, Walter Peachey. Pensarão que somos amigos há anos.

Ele ficou escandalizado.

— Não posso dar à senhora o nome de outro homem!

Ela sorriu para ele.

— Não tem importância, não é mesmo, meu caro Sir James? Isso confere ao senhor e a mim a proveniência de que precisamos. Não podemos dizer que nos conhecemos num armazenzinho sujo e que o senhor estava lá para pedir à pobre arrendatária de um embarcadouro que lhe entregasse seu filho bastardo, podemos?

— Não, claro que não podemos dizer isso; seria desonroso! — Ele estava abismado.

— Então, temos de explicar como nos conhecemos — apontou ela. — E por que o senhor haveria de me disponibilizar uma galeria para exibir a minha primeira coleção? Só estou dizendo que precisamos de certo polimento.

— Polimento? — Ele avaliou a palavra.

— Um pouco de brilho para enganar os olhos. — Ela sorriu. — Conforme fazemos na oficina. Para aumentar o esplendor. Um pouco de polimento. Vou me apresentar como *nobildonna* da Picci, percebe? Nenhuma mudança, apenas uma letrinha, e ninguém vai duvidar que a nossa amizade se restringe ao fato de o senhor, gentilmente, ajudar a viúva do seu falecido aluno, Walter Robert Peachey, meu finado marido. De qualquer maneira, é um nome mais elegante, eu acho. Assim, evitamos que a minha reputação seja alvo de comentários e poupamos o senhor de qualquer conexão com o embarcadouro. Não quer me expor a fuxicos, não é?

AGOSTO DE 1670, LONDRES

Sarah, em casa no sábado à noite como de costume, ajudou a avó na hora de dormir, ajeitando a roupa de cama, alisando o travesseiro e fechando as cortinas para o céu noturno. A lua cheia estava baixa sobre o rio, e Alinor pediu a Sarah que deixasse as cortinas abertas para que ela pudesse ver a luz amarelada e morna.

— A senhora não tem medo de que isso lhe dê pesadelos? — perguntou a jovem, brincando.

— Gosto de sonhar. Às vezes, sonho que voltei a ser menina no Lodo Catingoso e que o barulho das gaivotas são os guinchos dos pássaros no alagadiço. Às vezes, sonho que são os pássaros que Rob amava, na lagoa de Veneza, e que ele os está ouvindo agora.

— A senhora sonha com ele, como se fosse um desejo? — perguntou a moça com uma simpatia espontânea.

— Não — disse Alinor, firme. — Sonho com ele como se fosse uma certeza.

Sarah puxou a banqueta e sentou-se ao lado da cama.

— Uma certeza? O que a senhora quer dizer?

— Ele tinha uma passada firme, o meu filho: isso é certo. Nadava bem: isso é certo. O que ela nos contou...

— O que Livia falou?

— Isso. O que ela nos contou não pode ser verdade: isso é certo. Ela nos contou que ele sempre saía de barco na lagoa e andava pelos baixios e pelas ilhas. Então, ele não poderia ter se afogado lá. Não o meu Rob, não em água que vai e vem, onde às vezes é terra e às vezes é mar.

Sarah ouviu de olhos arregalados.

— Se ela tivesse falado que ele foi morto numa briga, ou que caiu doente, eu poderia ter acreditado. Algo repentino, sem tempo para ele pensar em mim. Se ela tivesse dito que ele havia sido enterrado, talvez eu acreditasse. Mas não consigo aceitar que ele tenha se afogado e que não haja uma lápide com seu nome. Além disso, se ele se afogasse, eu saberia. Eu saberia no exato momento em que acontecesse. Não é possível Rob ter morrido afogado enquanto eu estivesse no quintal, num dia de sol, desfolhando alfazema, colhendo tomilho, cantando... isso, simplesmente, não poderia acontecer.

Sarah fez que sim.

— Vejo você sentada aí, pensando que estou perdendo o juízo. — Alinor sorriu para a neta. — Mas eu mesma quase me afoguei uma vez. Será que o meu filho poderia afundar na água sem que eu sentisse? Na água que ainda está nos meus pulmões?

Sarah se levantou e abriu a cortina um pouco mais, para que ambas pudessem ver o rastro do luar no rio.

— Continuo procurando por ele — confessou Alinor. — Olho para as velas e penso que um desses navios vai trazê-lo para casa. Penso que ele vai chegar com as esculturas de Livia. — Ela se virou e sorriu para a neta. — Para algumas pessoas, este mundo não é totalmente... impermeável. O outro mundo vaza para cá... às vezes, é possível tocá-lo. É como o Lodo Catingoso... às vezes é terra e às vezes é água. Às vezes, eu conheço este mundo; às vezes, vislumbro o outro. Você não?

— Ai, vovó, sei que a senhora espera que sim; eu gostaria de achar que sim — disse ela, baixinho. — Mas não sou vidente.

— Eu sei que você é — desafiou Alinor.

— Bem, não está claro para mim...

— Quase nunca é claro — admitiu Alinor. — E eu não tenho prova de nada. Nada para dizer à sua mãe. Nada para perguntar a Livia.

— O que a senhora perguntaria a ela, se pudesse?

— Eu perguntaria por que ela veste preto, mas passa todo dia na companhia de outro homem? Será que o coraçãozinho dela se partiu, mas está se recuperando depressa? E, se ela não é viúva, então cadê o meu menino?

SETEMBRO DE 1670, LONDRES

A maré estava na vazante e as andorinhas-do-mar pairavam acima da superfície, mergulhavam nas marolas, espalhando água, e depois emergiam com peixinhos prateados nos bicos afiados. Livia hesitou diante da porta do quarto de Alinor, com Matteo nos braços, e se dirigiu a Alys, que retirava da mesa em que a mãe trabalhava saquinhos contendo leite talhado e os colocava numa bandeja.

— Você pode ficar com ele essa manhã? — perguntou ela. — Preciso de Carlotta para me acompanhar na travessia da Ponte de Londres.

— Agora não posso — respondeu Alys. — Estou esperando um navio.

— Ele pode passar a manhã comigo — ofereceu-se Alinor. — Ele não dá trabalho nenhum.

— Posso levá-lo para passear depois que descarregarem o navio — prometeu Alys. — Estarei livre ao meio-dia, mas devo ter outra carga hoje à tarde...

Houve um grito logo abaixo no cais, onde havia um barqueiro de pé em seu barco oscilante.

— Entrega para o Armazém Reekie — bradou ele.

Alys abriu a porta e foi para o balcão.

— Embarcadouro Reekie! Do que se trata? — gritou ela.

O homem indicou o caixote que estava na proa do barco.

— Da Nova Inglaterra — disse ele. Apontou para um navio, logo atrás, parado, recolhendo cabos de uma barcaça para ser rebocado rio acima.

— Espere aí! Já vou descer. — Alys saiu correndo do quarto.

Livia ergueu as sobrancelhas arqueadas, olhando para Alinor.

— Como ela corre quando alguém grita por ela!

— Ela tem de pagar pelo tempo deles — disse Alinor. — Claro que ela corre. Também vou descer para ver. Deve ser algo de Ned.

— Mais ervas? — sugeriu Livia, com lucidez, enquanto seguia Alinor escada abaixo, com Matteo colado ao ombro.

O barqueiro e dois trabalhadores do porto carregaram o caixote até o armazém. Alys pagou o frete e depois pegou o martelo, pendurado na parede, para abrir a tampa.

— Tabs pode fazer isso — disse Livia.

— Eu posso fazer isso. — Alys removeu os pregos da tampa do caixote até que estivesse pronto para ser aberto. Então, sorriu para a mãe. — Eu sei que a senhora vai querer abrir. — Habilmente, ela desprendeu a tampa, mas a deixou sobre o caixote.

Alinor levantou a tampa com todo o cuidado e imediatamente o aroma intenso e penetrante de sassafrás se espalhou pela sala.

— Deve ter mais alguma coisa aí dentro — disse Alys. — Está pesado.

Alinor afastou algumas folhas secas e se deparou com uma esfera de pedra fria.

— Parece que são seixos.

— Será que é minério? — perguntou Livia, logo interessada. Entregou o bebê para Alys e deu um passo à frente para ver. — Minério com ouro?

— Ele não enviaria ouro dentro de um caixote. — Alinor retirou o seixo e sentiu o peso na mão. Era uma pedra grande, do tamanho de um paralelepípedo, cinzenta e desinteressante por fora, e estava rachada; a pedra abriu em suas mãos e ela deixou escapar um leve suspiro de espanto.

Era um tesouro, uma caverna de gemas cintilantes, com dentes afiados, roxas e escuras como anil, translúcidas.

— Vejam isso!

— São diamantes? — Livia suspirou. — Ele encontrou diamantes? Diamantes roxos?

— Ele escreveu.

Alys tirou uma folha de papel de dentro do caixote.

— *Queridas irmã e sobrinha Alys* — leu ela em voz alta. — *Eis um caixote de folhas de sassafrás, que eu sei que vocês sempre têm como aproveitar, e uma pedra que o povo norwottuck chama de "pedra-do-trovão". Eles dizem que uma pedra como essa atrai relâmpagos, com segurança, para o solo. Ainda não vi tal coisa, mas pensei que poderia ser útil nas torres e nos telhados de Londres. Se vocês conseguirem vender isso com lucro, posso obter mais. Custou-me 6 moedas em mercadorias trocadas; então, digam-me se vale a pena. Correndo para pegar o barco, seu amado irmão, Ned.*

— Ele não diz nada sobre mim? Nem sobre o sobrinho? — perguntou Livia.

— Este caixote deve ter cruzado com a minha carta — disse Alinor. — Leva bastante tempo para as notícias chegarem até ele... um mês e meio... às vezes mais, sabe? — Ela juntou as metades da pedra-do-trovão, depois a abriu novamente. — Isto é lindo. — E se virou para Alys. — Pode levar esta pedra até o boticário e perguntar se ele tem como vendê-la? — pediu ela. — E pode falar para ele que temos um novo carregamento de sassafrás também. Vou ficar com uma parte para fazer bolsas e tisanas, mas você pode perguntar quanto ele pagaria por cada libra?

— Vou, sim, hoje à tarde — disse Alys, mas então estalou a língua, contrariada. — Não, não posso, estou esperando um carregamento de frutas de Kent. — Dirigiu-se a Livia. — Você não pode ir? Poderia ir até lá depois de passar na Strand com Carlotta.

— Eu? — perguntou Livia, olhando de uma mulher para a outra, como se fosse um pedido extraordinário que ela mal conseguia entender.

— Por que não? — perguntou Alinor com serenidade.

Livia apenas olhou para Alys, que respondeu por ela.

— Ah! Não, mamãe, é claro que ela não pode.

— Por que não? — Alinor dirigiu a pergunta à filha.

Alys enrubesceu.

— Ela é uma dama, não pode sair vendendo coisas para uma loja. Não é correto. Ela não pode entrar numa loja para pechinchar... em inglês... com o Sr. Jenikins, que é sempre tão... Não é a língua dela, não é o lugar dela.

— Isso é verdade? — perguntou Alinor a Livia, como se estivesse curiosa. — Nosso trabalho está aquém de você?

— Não! Não! Claro que eu vou — disse Livia de boa vontade. — Se a senhora me pedir, eu vou, *mia suocera*. É claro. Não vou me sair tão bem quanto a querida Alys, mas posso tentar. Se a senhora quiser, faço uma tentativa. Quero ajudar; farei qualquer coisa que a senhora me pedir.

Alinor se virou para a filha.

— Você vai, quando puder. Veja se ele quer mais dessas pedras-do-trovão e quanto está disposto a pagar.

— Mas eu vou, se a senhora quiser, está bem? — interpôs Livia.

Alinor nem sequer olhou para aquele rosto inquiridor.

— Não, nem pense mais nisso — disse ela.

SETEMBRO DE 1670, HADLEY, NOVA INGLATERRA

A horta de Ned se espraiava com ervas daninhas verdes no fim do verão quente e úmido, o rio ficava largo e de um verde límpido, a mata do outro lado era uma parede verde, os prados mais acima exibiam um verde amarelado, e os pinheiros, ainda mais acima, um tom de verde profundo e arroxeado. Até as roupas de Ned, guardadas no baú, ficavam verdes por causa do mofo, e em cada buraco abaixo do beiral da casa e em cada canto do porão nascia um tufo de brotos verdes. Ele passava horas, todos os dias, capinando a plantação, com sua enxadinha manual, e debulhando as espigas de milho maduras, para que secassem até ficarem amarronzadas. Conforme a plantação de feijão crescia, subindo em torno dos talos de milho, e os pés de abóbora se arrastavam pelo solo, mais e mais animais vinham da mata, em ambos os lados do terreno, para atacar a plantação. Bandos de corvos escureciam o céu e teriam destruído a plantação se Ruivo não avançasse neles, saltando e latindo. Esquilos surgiam correndo pelos galhos das árvores, codornas conduziam seus filhotes gorduchos, passando por baixo da cerca, para bicar e ciscar os preciosos canteiros. Ned consertou a cerca, fincando varetas de salgueiro na terra molhada, trançando-as para demarcar seu meio lote de um hectare e meio na tentativa de cultivar uma pequena sebe inglesa que mantivesse longe a vastidão de árvores que se estendia por quilômetros, mais extensa que toda a Inglaterra, talvez mais extensa que a cristandade. Ninguém sabia até onde a terra se estendia; talvez fosse até as Índias, pelo que se julgava.

Certa noite, Wussausmon, andando pelo largo trecho de pastagem comum, vindo do sul, estava irreconhecível, vestido como um inglês, de calções, sapatos, camisa e paletó. Ele abriu o portão norte do vilarejo, foi até o portão da horta de Ned e comentou:

— Vocês, ingleses, não conseguem deixar as coisas em paz.

Ned ergueu os olhos para a voz amigável e fixou o olhar ao reconhecer o pokanoket com seu chapéu inglês.

— Quase não o reconheci!

— Estas são as roupas do meu outro mundo — disse ele. — E neste momento o meu nome é John Sassamon.

Ned se levantou.

— Entre, seja qual for o seu nome — convidou ele, retirando o laço de barbante que mantinha fechado o pequeno portão.

— Não vou interromper o seu trabalho.

— Vou continuar trabalhando. Sente-se aqui. Já vou terminar. — Ned cavou o solo da horta, abrindo um sulco de lama ao redor de um talo de salgueiro e empoçando água. — Todo bicho da mata acha que pode invadir a horta e devorar a minha plantação — reclamou ele. — Eu gostaria de construir um muro contra eles! Ou cavar um fosso junto ao rio.

O homem riu.

— Por que não fazer a mata recuar?

— Os holandeses, no país deles, retêm o mar — disse Ned.

— Ouvi falar disso. O mar não resiste? Os rios não se importam?

— Na verdade, o mar resiste — admitiu Ned. — E talvez o rio se importe. Nunca pensei no que eles poderiam sentir... os rios e o mar... quando a gente os subjuga.

— É claro que eles se importam... não somos todos criaturas? O sangue nas minhas veias, a água do rio? Todos fluímos. Todos nos movemos conforme a lua.

Ned se acocorou.

— Quando eu era menino, achava que a maré empurrava a lua para cima e transformava o dia em noite. — Ele terminou de empoçar a água em silêncio e manteve o dedo na parte superior da jarra de barro, regulando o fluxo que escorria do buraco no fundo. — Minha irmã acredita que o estado de espírito e os fluxos das mulheres acompanham os movimentos da lua e das marés.

— É claro que acompanham — disse John simplesmente. — Você pulou aquele ali. — Ele apontou para um talo de salgueiro. — E isso é trabalho de mulher. Você precisa se casar para uma mulher fazer esse trabalho.

— Você acha que lavrar e capinar está aquém de um homem?

John riu.

— Não! Não! Está além de nós! É uma habilidade que nós, homens, não temos. Só as mulheres são capazes de alimentar a todos. Elas aprendem com as mães, e as mães com as avós, voltando no tempo, até o dia em que a Mãe Terra ensinou às mulheres. Nós, homens, só cultivamos tabaco. Um homem branco, como você, nunca vai ser capaz de alimentar uma família com seu plantio. Você não sabe cuidar da terra como uma mulher.

— Eu posso me valer de um arado — observou Ned. — Uma junta de bois e um homem. Então, você ia ver uma plantação de trigo que nenhuma mulher seria capaz de produzir.

— Seria um deserto ao cabo de quatro estações. E a poeira ia soprar ao seu redor, feito neve. Essa terra aqui não é para ser arada, tem de descansar; mas vocês, ingleses, nunca deixam nada descansar. Vocês escravizam tudo.

— Eu não — objetou Ned. — Eu alimento a terra, do jeito que Esquilo Manso me mandou fazer. Ora! Eu já sou meio norwottuck — alegou ele, fazendo o homem rir. — As pessoas em Hadley me acusam de ter virado nativo. Dizem que já não sei o que sou.

— Entre dois mundos, e incerto em ambos — sugeriu John.

Ned olhou para o rosto moreno e largo embaixo do chapéu inglês feioso.

— Incerto. — Ned repetiu a palavra e mexeu os pés nos sapatos desconfortáveis. — De qualquer forma, nenhuma mulher iria viver comigo aqui. Ela diria que é muito longe do vilarejo e muito perto da mata.

— E aquela com quem costuma caminhar? — sugeriu John. — A Sra. Rose? Você carregou a cesta dela.

— Você me viu? Onde estava? Eu não o vi!

John deu de ombros.

— Eu não estava com este chapéu — disse ele, como se o traje nativo o tornasse invisível.

Ned ficou perturbado.

— Eu não sabia que você estava me observando.

— Nós observamos todos vocês.

Os dois homens foram até um banco tosco que havia nos fundos da casa de Ned, de frente para o rio. Dali, avistavam as estacas do cais, a balsa atracada balançando, as cordas enroladas na margem oposta, submergindo e emergindo conforme o fluxo da água.

— Vocês nos observam porque não confiam mais em nós? — perguntou Ned com pesar.

John deu uma risadinha, distraído, olhando para o rio.

— Você prendeu o meu primo na corda da sua balsa algumas noites atrás. Ele não viu a corda atravessada no rio; esqueceu que a corda estava lá. A canoa dele quase virou. Ele xingou você e o seu caminhante da água.

— Eu achava que vocês todos simplesmente passassem por baixo das cordas, ou remassem por cima delas, não?

— Estava escuro, ele esqueceu.

— E aonde ele estava indo rio abaixo no escuro? — perguntou Ned.

John desviou o olhar, contemplou os morros, deu de ombros.

— Estava levando uma mensagem... sei lá.

— O massasoit ainda está descontente com o conselho em Plymouth? — perguntou Ned. — Está se comunicando com outras nações? Falei com o pastor, e ele disse que ia prevenir o conselho.

— Seu conselho fala com ele como se ele fosse um servo. Eu traduzo as palavras; eles falam como se nós estivéssemos sob seu comando. Dão ordens como se fôssemos escravos, como se esta terra não fosse nossa, embora saibam que são eles os recém-chegados. Esta terra é nossa desde o nascer do primeiro sol, que brilhou primeiro sobre nós, muito antes de os ingleses chegarem.

Ned serviu duas canecas de chá de raízes. John lhe ofereceu uma pitada de tabaco, retirada da bolsinha que levava presa ao cinto, e ambos encheram os cachimbos e pitaram em silêncio. A nuvem aromática mantinha os insetos longe do rosto, e ambos estavam cientes de que a fumaça era sagrada na religião que nenhum dos dois praticava. Juntos, assistiram ao pôr do sol à esquerda, por trás dos barrancos elevados do rio, enquanto o céu se transformava, lentamente, de um tom leitoso em breu.

— Os seus amigos vão voltar na próxima lua — disse John. — Não foi um bom verão para eles.

— O que houve?

John deu de ombros.

— Vai saber. Eles têm o descontentamento no sangue.

— Você vai trazê-los?

— Como prometi.

— Obrigado. — Ned hesitou. — Eles não estão felizes?

John deu de ombros.

— Eles comem bem e se mantêm aquecidos e secos. As mulheres levam comida extra para eles, às vezes. Mas eles sentem saudade da terra natal. E dizem que nunca voltarão para a Inglaterra, não enquanto este rei estiver no trono.

Ned fez que sim.

— Eles foram dois dos juízes que executaram o pai do atual rei. Ele perdoou os que lutaram... eu mesmo estive naquele exército... mas falou que os juízes têm de morrer.

John fez que sim; era parte de sua lei que a perda de uma vida deveria ser paga com a perda de outra vida; portanto, essa parte da história não o surpreendeu. Mas uma rebelião contra um líder era algo desconhecido.

— Você pegou em armas contra o seu próprio rei? E mataram o rei?

— Ele era um tirano — tentou explicar Ned. — No meu país, temos um acordo sobre o que os reis podem fazer. Mesmo sendo reis. Tínhamos um Parlamento... como o Tribunal Geral aqui. Mas ele não respeitava o Parlamento, então nós entramos em guerra com ele e o prendemos e o executamos.

— Já ouvi falar nisso. Os seus amigos racharam a cabeça dele? Com um tacape?

Ned engasgou sob o impacto da cena imaginada por John e riu um tanto sem graça.

— Não, não — disse ele. — Nós o decapitamos. Com um machado. — Ainda soava bárbaro. Ned se espantou por jamais ter refletido sobre a questão. — Construímos um cadafalso do lado de fora do palácio — acrescentou ele, pensando que tudo que dissesse faria a execução parecer cada vez pior. — Houve um julgamento legal. Perante juízes, muitos juízes.

John se mostrava incrédulo.

— A gente nunca mataria um rei. — Ele balançou a cabeça, mal conseguindo acreditar. — Vocês são um povo muito violento.

— Eu não estou sabendo explicar bem — disse Ned. — Não comente isso com outras pessoas... é complicado demais, e não sei explicar muito bem.

— Mas vocês também crucificaram seu Deus?

Ned tentou rir.

— Não fomos nós! Isso aconteceu há muitos anos!

John meneou a cabeça.

— Vocês são um povo estranho para nós — disse ele. — Fui criado numa família inglesa e estudei em Harvard, mas acho que nunca vou entender vocês. Sirvo como tradutor entre o meu povo e o povo que me criou... os ingleses... e identifico as palavras, mas o significado! — Ele mesmo se interrompeu.

— A palavra de um inglês vale tanto quanto um juramento — disse Ned com severidade.

John balançou a cabeça.

— Nós dois sabemos que isso não é verdade — contestou ele.

Ned sentiu a raiva aumentar, então deu um tapinha no ombro do convidado.

— Que Deus nos perdoe. Você tem razão. Que Deus nos ajude. Somos falsos com vocês, e uns com os outros também. Somos pecadores, de fato. — Ele se levantou e foi buscar a jarra de cerveja de mesa, mas parou antes de servir uma caneca. — Estou proibido de lhe oferecer bebida — disse ele —, para não correr o risco de enganá-lo, quando você estiver bêbado. Estamos tentando ser bons vizinhos, você sabe disso.

— Ah, me embebede e compre a minha terra. — John estendeu a caneca. — Eu tenho um terreno de três hectares numa aldeia convertida; só é meu se eu obedecer às leis de vocês e negar a fé do meu povo. Fico entre o meu líder zangado e o seu. Me embriague, roube as minhas terras e me atire nas ruas de Plymouth.

Ned serviu a cerveja.

— Eles não querem os seus três hectares em Natick. Você sabe o que eles querem: as grandes extensões de terra, perto de Boston, para que a cidade possa crescer e se espalhar.

John fez que sim.

— Eu sei disso. Todos nós sabemos. Mas esta terra pertence a nós desde sempre, foi trilhada pelos nossos pés; os animais que caçamos são parentes dos animais que os nossos ancestrais caçavam. São parentes nossos. Nós pertencemos a este lugar. Não podemos vender.

— Vocês estão todos de acordo? — perguntou Ned, curioso. — Vocês estão se unindo, como as pessoas dizem? Para nos enfrentar?

John ergueu a caneca, um brinde ao rio silencioso.

— Você sabe que não posso falar. Você não é obrigado a passar as minhas palavras para os anciãos? Será que eles não informariam o governador? E então, eles não convocariam o massasoit, como se ele fosse um servo, não o repreenderiam e multariam e não tomariam mais terras nossas, alegando ser um castigo justo e não ganância? Estou prevenindo... quero preveni-lo, mas não vou trair o massasoit.

— Ele não deve reunir as nações — disse Ned sem rodeios. — Quero preveni-lo, em retribuição: seria o fim de todas as nossas esperanças de vivermos livres e em paz aqui.

— Mas nós não somos livres — apontou John. — Não estamos em paz. Quando o seu rei abusou dos direitos dele, vocês o mataram. O que deveríamos fazer quando vocês abusam dos seus direitos? Os pokanoket estão cansados de vocês e das promessas que não cumprem. Eu só traduzo insultos. Os pokanoket estão cansados de mim também.

— Estão mesmo? O massasoit está cansado de você? É perigoso ficar entre dois mundos? É melhor você ficar na aldeia convertida e ser um inglês, onde podemos garantir a sua segurança?

— Vocês não podem garantir a minha segurança; não podem garantir a segurança de vocês mesmos. Seu vilarejo está cercado com madeira que não intercepta nem cervos. Vocês sabem que podemos tacar fogo na mata e comandar a direção das chamas! Se mandarmos o fogo em direção a Hadley, os telhados de vocês arderão num instante; nós poderíamos andar sobre as cinzas. Se todos nos unirmos e nos rebelarmos, vocês não serão capazes de resistir.

— Seremos, sim — disse Ned com firmeza. — Não diga a ninguém que não seremos.

— Então, agora você é todo inglês? Achei que fosse meio norwottuck.

Ned suspirou.

— Sou um homem de paz numa região pacífica — disse ele. — Nem indígena nem inglês.

— Todos nós teremos de escolher um lado quando a paz acabar.

— Deus nos livre — disse Ned amargamente. — Nenhum integrante da milícia sabe marchar. — Então, lembrou-se de que estava falando com um pokanoket. — Não conte isso a ninguém, também.

SETEMBRO DE 1670, LONDRES

Alinor, Livia e Alys estavam fazendo o desjejum no quarto de Alinor. A porta envidraçada estava aberta, e o ar morno invadia o quarto. Para variar, a atmosfera cheirava apenas a sal e mar, o cheiro ruim do rio foi levado pela maré alta. Livia, aguardando a chegada do navio que trazia sua carga, estava tão nervosa que não conseguia comer; bebeu o chocolate e mordiscou a ponta de um pãozinho. Alys olhou para ela.

— Não quer comer uns docinhos? — perguntou ela. — Quer que eu mande Tabs comprar algo doce?

— Não! Não, estou comendo isso aqui. — Ela quebrou uma casquinha do pão.

— O que foi que o boticário disse sobre a pedra-do-trovão? — perguntou Alinor à filha.

— Ele pagou bem. Nunca tinha visto nada como aquilo. Três xelins por cada meio quilo, e à pedra pesava quase um quilo. Quando a senhora escrever para o tio Ned, diga que podemos vender mais. E qualquer outra novidade... ele disse que os cavalheiros da ciência têm demonstrado interesse nesse tipo de coisa, especialmente se vier da Nova Inglaterra.

— E o sassafrás?

— Ele vende a quatro xelins cada meio quilo e se ofereceu para comprar de mim a dois xelins cada meio quilo. Acho que poderia conseguir mais, mas aceitei, porque... — Alys parou.

— Porque precisamos do dinheiro agora — terminou a frase a mãe. Livia comeu uma migalha de pão com os olhos fixos no rio.

— O cofre está mais vazio do que eu gostaria — admitiu Alys. — Mas o dinheiro vai entrar. — Ela sorriu. — Talvez hoje! Com o navio de Livia!

Livia tomou um golezinho de chocolate e não disse nada.

— Bem, vou começar o meu dia — disse Alys e se levantou, beijou a mãe nas faces e saiu do quarto. Elas ouviram suas passadas firmes na escada, bem como a porta sendo fechada na sala de contagem.

— Estou tão ansiosa — confessou Livia.

— Está mesmo?

— A senhora está vendo? Não consigo comer; não consigo dormir. Chego a sonhar com o navio à noite. Quero muito isso para todas nós. Sinto que devo isso a Roberto, dar ao filho dele o meu dote como herança, já que o pai amoroso não pôde fazer nada por ele.

— Você sonha com isso? — perguntou Alinor.

— Sim! Sim!

— Já sonhou que Rob vinha no navio?

Livia se recompôs rapidamente do impacto causado pela pergunta.

— Infelizmente, não — disse ela. — Não. Isso não é possível, *mia suocera*. Não sonho com isso.

Alinor fez que sim.

— Deve chegar esta semana, não é?

— Deve, sim. Mas suponho que navios costumem atrasar, não?

— Podem atrasar muitos dias — confirmou Alinor. — Muitas coisas podem causar o atraso.

— Como o quê? — indagou Livia, fingindo se assustar.

— Ventos contrários, ou alguma demora na saída do porto — mencionou Alinor. — Ou... o que é pior... pode até chegar no prazo previsto, mas a carga pode ter estragado numa tempestade, ou pode ter sido roubada.

Livia deu um leve gemido fingido, levando as mãos à boca, então ergueu o rosto risonho para a sogra.

— Ah, agora a senhora está de brincadeira comigo! A senhora está me assustando! — disse ela. — As minhas antiguidades pesam demais para serem roubadas em alto-mar e não estragam com água salgada. Desde que não afundem, sou uma viúva rica.

— Só depois que forem vendidas — lembrou Alinor. — Tudo o que o navio trouxer é seu bônus e seu ônus.

Livia largou a xícara na mesa, olhando pela janela e levando uma das mãos à renda que lhe enfeitava o pescoço.

— Veja! Não é ele? Olha lá o galeão. Aquele é o nosso galeão? O galeão do capitão fulano de tal? Aquele navio ancorando no canal? Aquele não é o nosso navio?

Alinor se inclinou para a frente, a fim de olhar melhor.

— Não estou conseguindo ver o nome daqui. Mas parece que é o seu.

Livia estava a meio caminho da porta.

— Posso?

— Vá! — disse Alinor com um sorriso. — Vá! Ficarei olhando daqui.

A jovem saiu correndo do quarto. Alinor ouviu os passos rápidos na escada e a ouviu chamando:

— Alys! Alys! Venha! Venha! Acho que é o meu navio.

Alys saiu depressa da sala de contagem, deixando a porta bater, e Livia arrastou-a até o embarcadouro, onde viram o galeão baixar as velas e lançar a âncora, enquanto a jovem se agitava, impaciente, na margem. Alys teve de segurar Livia pela cintura para mantê-la longe da borda do embarcadouro. Juntas, avistaram os barqueiros em seus barcos a remo de fundo chato, amontoando-se em volta do galeão, em busca de trabalho. O capitão gritou, informando que subiria o rio para entrar na fila do cais oficial e descarregar as mercadorias. Ali, ele tinha tão somente alguns caixotes para entregar a uma senhora: o mobiliário dela, proveniente de Veneza.

— Mas é pesado! — avisou ele aos homens.

Três barqueiros combinaram a tarifa e a divisão do trabalho, e a preciosa carga foi baixada, peça por peça, nas embarcações oscilantes.

— Mal consigo olhar — choramingou Livia.

— Eles não vão deixar nada cair — garantiu Alys. — Ganham a vida na água.

De braços dados, as duas mulheres ficaram observando, enquanto os barqueiros traziam seus barcos até o embarcadouro e os atracavam, e os trabalhadores portuários manuseavam a corda da polia do Embarcadouro Reekie e içavam um caixote pesado atrás do outro, dos barcos oscilantes ao cais.

— Não deixem bater no cais, não deixem esbarrar! — instruiu Livia, nervosíssima.

Mais uma vez, Alys a conteve.

— Deixe-os trabalhar em paz — aconselhou ela.

Atrás, o capitão desceu do navio, embarcou no escaler e foi levado até os degraus de pedra diante da casa.

— O senhor embarcou tudo? O senhor trouxe tudo? — indagou Livia antes que ele colocasse os pés nas pedras do calçamento.

O olhar dele passou direto por ela e se fixou em Alys, que o cumprimentou.

— Bom dia, senhor. Foi boa a viagem, capitão Shore? — perguntou ela com uma cortesia diplomática.

— Razoável, Sra. Stoney. Foi razoável.

— O senhor embarcou todas as minhas antiguidades? — repetiu Livia com a voz um pouco mais estridente.

Agora que tinha sido cumprimentado, ele se virou para ela.

— Nos caixotes pesados? Sim.

— Nada foi derrubado, nada foi sacudido. Tudo está seguro?

Os olhos semicerrados do capitão no rosto cheio de cicatrizes passaram de Livia para Alys.

— Sim, tudo seguro — disse ele, sereno.

— Vamos colocar os caixotes no armazém inferior — decretou Alys.

— Os senhores precisam tomar muito cuidado! — disse Livia. — Os caixotes não podem ser derrubados nem empurrados.

— A senhora vai me pagar um adicional por cuidados extras? — perguntou ele.

— Não! — disse Livia imediatamente. — Só o valor que ela combinou! E é ela que vai pagar, não eu!

Os lábios rachados do capitão se abriram num sorriso sombrio.

— Era o que eu imaginava — disse. Ele virou a cabeça e gritou uma ordem. Para Alys, ele entregou a guia de desembarque, a licença de exportação de Veneza e a conta. — Passou um pouco de seis toneladas — disse ele. — Mas só vou cobrar por seis: a senhora me deve quinze libras.

Alys trincou os dentes.

— Já tenho o dinheiro; pagarei amanhã de manhã.

— E eu vou enviar uma mensagem para o senhor, se precisar de outra carga — disse Livia alegremente.

— A senhora tem mais mobiliário? — perguntou ele, surpreso.

— É uma coleção bem grande — respondeu Livia.

— Bem, a senhora sabe onde me encontrar — disse o capitão, dirigindo-se a Alys. — Estarei no Paton's toda manhã até zarpar, provavelmente no mês que vem. Será um prazer receber a senhora lá, Sra. Stoney. Tenha um bom dia.

— Vou acertar com o senhor amanhã, então — prometeu Alys.

Inconscientemente, ela encostou nos xelins do boticário no bolso enquanto acompanhava o capitão até os Degraus de Horsleydown, onde o escaler aguardava para levá-lo de volta ao navio.

— Procure se informar para saber quanto tempo o senhor vai ter de esperar no cais oficial com a carga — aconselhou ela. — Ouvi dizer, hoje de manhã, que está demorando semanas. A fila para entrar vai longe rio abaixo. O senhor pode trazer o navio de volta para cá e a gente descarrega aqui mesmo.

— Agradeço, mas estou transportando café e tenho de descarregar sob a supervisão do rei. Caso contrário, eu viria até a senhora. Sei que as taxas que a senhora cobra são justas e que o seu armazém é honesto. — Ele inclinou a cabeça. — É sempre um prazer fazer negócios com a senhora, madame.

— Fica para a próxima — disse Alys com amabilidade e ficou observando-o descer os degraus e embarcar no escaler.

Ele levantou a mão em sinal de despedida, e Alys voltou para o armazém. Ela parou, por um momento, e olhou para a pequena torre onde ficava o quarto da mãe. Alinor estava no balcão, debruçada na balaustrada para ver o navio. Com uma das mãos protegia os olhos do sol, o vestido ondulava um pouco na brisa do rio; estava imóvel, estranhamente atenta, como se esperasse por alguém.

— Mamãe? — chamou Alys do cais. — Está tudo bem com a senhora? Alinor olhou para a filha.

— Está, sim — disse ela. — Não havia passageiros?

— Nenhum que pretendesse desembarcar aqui — constatou o óbvio Alys.

— Não — disse Alinor baixinho, então voltou para o quarto, cruzando a porta envidraçada.

— Alys, venha! — veio o grito impaciente de Livia de dentro do armazém, e Alys entrou e passou o ferrolho nas portas duplas.

Livia ainda estava de pé diante das mercadorias encaixotadas, uma das mãos sobre um caixote, como se pudesse sentir um batimento cardíaco.

— Mal posso acreditar que estão aqui — disse ela, ofegante.

— Quando vai levar as peças para a casa dele? — perguntou Alys.

— Assim que você puder me emprestar a carroça.

Alys anuiu, sabendo que o empréstimo seria gratuito e que a carroça perderia um dia inteiro de trabalho.

— Assim que as peças estiverem lá, confirmarei a data da exposição. Quero que elas estejam no melhor estado. — Ela se virou para Alys. — Você vai me ajudar, não vai? Vai me emprestar a carroça e dois homens e me deixar usar a carroça para lá e para cá? Sabe que só estou fazendo isso por Matteo, pelo filho de Roberto, não é? Para que ele possa ter uma herança em ouro no ourives em vez de receber blocos de mármore largados em Veneza. Sabe que quero ajudar nas coisas aqui, não? Quero ganhar algum dinheiro para que vocês possam se mudar para uma área mais limpa da cidade, não?

— E então você vai nos deixar? — observou Alys com a voz deliberadamente neutra.

Houve uma pausa enquanto Livia assimilava o que a cunhada estava perguntando.

— Deixar vocês?

— Depois da venda.

— Não pensei nisso — disse ela com calma. — Vocês querem que eu vá embora? Sei que é muita gente. Sei que Matteo significa trabalho extra para todos...

— Não. — Alys titubeou. — De jeito nenhum... mas pensei... Eu gostaria que você ficasse! Eu gostaria que você... — Não pôde dizer do que gostaria; não sabia do que gostaria.

Mas Livia foi rápida. Segurou firme as mãos da cunhada.

— Não! Minha querida! Caríssima! Não pense que vou embora! Você tem pensado nisso? Nem sonhe com isso. O que estou fazendo é para todos nós, para todos que Roberto amou, até os seus filhos vão se beneficiar! Se eu enriquecer, vamos todos comprar uma casa nova e morar juntos. Você providencia o transporte das minhas mercadorias, e a gente vai ter uma casa com uma galeria de antiguidades. Nunca vamos nos separar. Você é minha irmã, não é? *Mia suocera* é minha sogra! Somos uma família; não quero mais ninguém! Vamos viver sempre juntas. Jamais nos separaremos!

Alys, com as mãos apertadas com força, sentiu os olhos se encherem de lágrimas.

— Ai! Estou tão feliz. Pensei que você iria... Eu não queria...

Livia puxou a cunhada para perto e abraçou-a, de modo que sua touquinha de renda roçou nas tranças douradas e macias de Alys.

— Jamais vamos nos separar — falou Livia. — Vocês são a família que me resta, e eu e o bebê somos tudo o que resta do seu irmão. Claro que ficaremos sempre juntas, e as nossas fortunas serão uma só. Você me ajuda, e eu a ajudo.

SETEMBRO DE 1670, HADLEY, NOVA INGLATERRA

Era fácil para Ned, um homem nascido e criado na costa saxã, na faixa pantanosa entre mares profundos e campos inundados, lembrar-se das épocas do ano em que deveria escrever para Alinor. Escrevia no equinócio de outono, quando as águas nos brejos subiam sob uma lua imensa, que pairava tão perto no céu perolado que ele podia até escrever sob sua luminosidade amarelada.

Maré de outono

Minha querida irmã,

Estou enviando 1 barrica com ervas secas e algumas sementes rotuladas que pode cultivar. Elas gostam de solo leve (como lodo de rio) e rico (qualquer adubo. Aqui usamos peixes). 1 caixa com folhas secas de sassafrás. 2 caixas com cascas e raízes secas de sassafrás e 1 barrica com frutas e raízes secas. Coloquei uma folha de bordo entre cada maço, para que possa verificar se os maços foram manuseados ou subtraídos.

Obrigado pela sua carta, que logrou chegar às minhas mãos, embora tenha trazido más notícias. Sem dúvida, Rob alcançou a Vida Eterna, e nós que vamos segui-lo não devemos lamentar. Os caminhos d'Ele são realmente misteriosos. Por que temos de perder justamente Rob, e não outros, não sei. Dou graças a Deus que você, Alys e os seus filhos estejam bem, e que a viúva e o bebê de Rob tenham ido até vocês.

As coisas vão bem para mim. Fiz um estoque de milho nesta estação. Uma das mulheres do povo me ensinou a cavar um grande buraco num banco de areia, forrar e calafetar tudo com barro e embrulhar as espigas de milho secas para não estra-

garem. Sequei feijão, estoquei curgete, e defumei peixe. Meus amigos que moram no vilarejo vão me levar para caçar cervo, cuja carne vai me servir no inverno. Guardei sementes da horta para plantar na primavera e colhi nozes e sementes na mata. Eles têm aqui plantas que eram estranhas para mim no início, mas agora eu as cultivo e colho. As curgetes são parecidas com as nossas abobrinhas, só que têm formas e cores estranhas. As nativas plantam sementes de curgete ao lado do feijão e do milho e as chamam de as três irmãs e dizem que a gente deve cultivar e cozinhar tudo junto. O talo de macieira que você me enviou no ano passado pegou, deu três maçãzinhas e guardei as sementes para plantar na primavera. As matas estão cheias de frutas vermelhas nesta estação. Uma delas, chamada amora, cresce nos brejos, no solo mais pobre. É ainda mais ácida do que groselha, mas dá uma geleia muito boa. Quando estiverem bem maduras, vou encher os potes de vidro que possuo, que não são muitos, pois todos têm de vir da Inglaterra. Costumo usar panelas de barro feitas pelas nativas, e as panelas são tão resistentes que podem ser colocadas nas brasas, como uma chaleira de ferro. Eu as embrulho com pergaminho, barbante e cera de abelha quando esfriam. Sim! Finalmente, consegui, por meio de uma troca, um enxame de abelhas inglesas. Muito ferozes — quem me dera você estivesse aqui para domesticá-las.

Não preciso de velas! Uso um arbusto daqui que tem lascas que queimam como se fossem velas e vertem terebintina. Estou estocando lenha para o inverno e vedando as rachaduras da casa com argila misturada com seiva de árvore. Forrei uma das paredes externas com lascas de cascalho para barrar o frio. Se der tempo, vou acrescentar ao telhado uma camada de palha, que os nativos trazem rio acima, desde o litoral. Os nativos dizem que é preciso dobrar a espessura do telhado a cada ano, pois os talos de junco ressecam e cedem, e os invernos aqui são intensos, com neve durante meses a fio. Estou mais bem preparado a cada ano.

Não terei visitas no inverno até o degelo, exceto dos povos nativos, que andam sob neve e sol. Um ou dois deles virão até mim com carne-seca e milho para compartilhar, e darei a eles *um ovo ou dois, se as galinhas produzirem no tempo frio. Tenho de trazer as galinhas para dentro, assim como você fazia na sua antiga casa. Caso contrário, morrem de frio. Elas acham por bem se empoleirar nos meus pés quando estou na cama, e, quando mudo de posição à noite, elas cacarejam, reclamando da perturbação.*

O novo rei não está se tornando papista ou tirano? Espero que não. Recebemos poucas notícias aqui, e a maioria dos colonos é indiferente a ele — desde que fique longe e não tente nos governar! Aqui estamos livres de tudo, menos do governo dos anciãos, mas quem não gosta deles pode pegar mosquete e coberta e ir embora — há uma vastidão por onde andar livremente. Eles bem que tentam, mas ninguém pode me recrutar nem me dar ordens, e era isso que eu queria naqueles anos atrás, quando os meus camaradas do Exército diziam que nós, homens, podemos nos governar, ser donos da nossa própria terra e não chamar nenhum homem de senhor.

Penso em você na lua cheia. Que Deus abençoe todos vocês.

Seu irmão amoroso,
Ned.

SETEMBRO DE 1670, LONDRES

No sábado, quando Johnnie e Sarah voltaram para casa, exigiram ver os caixotes, e imploraram tanto para que pelo menos um deles fosse aberto que Livia disse que não pôde resistir.

— Mas foram embalados com tanto cuidado! — protestou ela, rindo.

— A gente embala de novo, tia Livia — garantiu Sarah.

— É uma embalagem especial para navegação, para que os caixotes possam ser transportados, desembarcados, carregados na carroça e levados até a nova casa deles!

— Eu sei, eu sei! — respondeu Johnnie. — E nós sabemos embalar! Nascemos e crescemos num embarcadouro! Vamos reembalar tudo, se a senhora nos deixar ver um caixote! Só um!

— Mas vocês já sabem como é! Já viram essas coisas no Palácio de Whitehall. Já conhecem a coleção do rei. São apenas bustos e colunas de mármore.

— A gente não frequenta a corte! — disse Sarah com desdém. — E, de qualquer forma, estes bustos e estas colunas de mármore são seus! São os que a senhora tanto esperava, sobre os quais a senhora falou todo sábado, pelos quais a senhora orou todo domingo. Quero ver!

— Deixe a gente ver o que a senhora tem aí — insistiu Johnnie. — Eu embalo tudo de novo. E prego as tampas dos caixotes.

— Ah! Eu não posso lhe negar nada, Johnnie! Eu mimo você, essa é a verdade.

— Muito bem, abra os caixotes! Estou mandando! A gente tem de ver!

— Se você manda com este sorriso, eu tenho de obedecer!

Johnnie catou um martelo de unha no meio das ferramentas penduradas na parede do armazém e removeu os pregos que fixavam a tampa de madeira do caixote. Com todo o cuidado, colocou de lado uma tábua após a outra, até que só restou diante da plateia atônita uma lona acolchoada com tufos de lã, demasiado rasgada e suja para ser vendida.

Sarah e Livia ficaram atrás enquanto Johnnie e sua mãe desenrolavam a lona e a jogavam no chão. Os dois tiraram do caminho os tufos de lã e expuseram a coluna que se erguia em meio aos destroços da embalagem. Um odor de lanolina exalou da lã e pairou pelo armazém, e em seguida surgiu um cheiro estranho: exótico, empoeirado e pungente.

— Veneza. — Livia suspirou. — Este é o perfume da minha casa.

— Só isso? — perguntou Johnnie. — Só uma coluna? Uma coluna de pedra?

— Mas esculpida — assinalou a mãe dele.

— É mármore — Livia defendeu sua antiguidade —, e muito antigo.

— Achei que seria a cabeça de um césar!

— Eu tenho cabeças de césares. Mas você não vai abrir todos os caixotes até encontrá-las — rebateu Livia.

Só Sarah não tinha falado. Então se virou para Livia.

— Posso tocar?

Livia riu.

— Pode. Foi derrubada e enterrada, e depois escavada por um grupo de camponeses, antes de ser esfregada e polida. Claro que você pode tocar.

Perplexa, Sarah se aproximou da lona e dos tufos de lã e encostou um dedo na ranhura da coluna.

— É lisa — disse ela. — Lisa feito seda.

— O melhor mármore de Carrara — confirmou Livia. — O mais valioso. Veja a cor, parece neve.

Sarah correu os dedos pelas ranhuras, como se fosse cega e só pudesse perceber a forma com o tato. Esticou-se, alcançou um rendilhado de folhagem e parou.

— Isto aqui é madressilva — disse ela. — É madressilva, vejam a flor!

— Isso mesmo — concordou Livia.

— É como uma flor congelada, como se congelasse em pedra. Parece que está viva. Quantos anos?

Livia deu de ombros.

— Mil anos?

— Havia madressilvas na Itália mil anos atrás? E um artesão olhou com toda a atenção para a flor e a esculpiu nesta pedra? Para que eu, mil anos depois, pudesse ver uma madressilva?

— Até que enfim, um de vocês admira o meu tesouro! — disse Livia, olhando de relance para Johnnie. — Você queria tanto ver, mas não sabe apreciar como eu e Sarah.

— Se a gente pudesse ver tudo... — insinuou Sarah.

— Não, não, não. — Livia riu. — Quando eu desembalar para expor na casa, vocês podem ver tudo lá. Não você — ela piscou para Johnnie —, não você, porque não sabe apreciar as minhas preciosidades. Mas, Sarah, você pode vir quando eu estiver desembalando, e nós vamos ver tudo sozinhas. Não na hora da recepção — acrescentou ela com um meneio de cabeça dirigido a Alys.

— Não quero ir à recepção — disse Sarah para a surpresa de todos. — Não são as pessoas que quero ver, mas as esculturas. Quando posso ir? Minha próxima tarde de folga é quarta-feira.

— Pode ir na quarta-feira — garantiu Livia. — E vou lhe mostrar tudo.

— Eu adorei — disse Sarah, mantendo a mão na coluna. — É como um chapéu, só que maior.

— Um chapéu, só que maior?! — exclamou Johnnie, e todos riram da jovem.

Ela corou, mas não negou seus sentimentos.

— Um chapéu, um belo chapéu, é bem-feito e com um acabamento impecável, e se pode olhar para ele de qualquer ângulo que é uma coisa linda — disse ela. — Não se pode avaliar o trabalho que deu; parece fácil, não parece trabalhoso. E o mesmo acontece com esta pedra.

— É uma obra de artesanato e de arte — concordou Livia. — E... para a nossa sorte, assim como os chapéus... está na moda. Mas fico feliz que perceba isso, Sarah. Você é mesmo minha sobrinha. — Sarah ficou radiante com o elogio, mas a tia estava olhando para além dela, para Johnnie. — Mas você — exclamou com todo o seu charme —, você não passa de um bárbaro!

Mais tarde, Alys foi ao quarto da mãe para lhe desejar boa-noite e a encontrou sentada no escuro, em sua cadeira, olhando por cima da superfície reluzente do rio, para a lua baixa no horizonte, uma lua cheia, uma lua dourada, com um reflexo amarelo e cintilante na água.

— Mamãe? — disse ela, incerta. — A senhora está bem?

— Estou — disse a mulher mais velha com calma. — Apenas olhando. Apenas sonhando.

— A senhora já está pronta para se deitar? — perguntou a filha. — Já é tarde.

Ternamente, Alys ajudou a mãe a se deitar, fechou as cortinas da janela e se voltou para o rosto belo e pálido no travesseiro branco.

— E então ela já está com as preciosidades dela seguras no nosso armazém — disse Alinor, em voz baixa, no escuro.

— Conforme o combinado.

— E ela vai levar as peças até ele e expor na casa dele como se fossem sócios?

— Isso. Mas ela nunca toca no nome dele comigo, e acredito que nunca fale de nós para ele. Ela sabe que não queremos recebê-lo nem falar nele.

— Você acha que ele permanece aqui por causa dela? Se a terra dele é no norte. Por que ele não volta para lá?

— A gente não se importa, não é? — retrucou Alys, incomodada com a voz sonhadora da mãe. — Nós falamos que era para ele ir embora, que nunca mais queríamos vê-lo. A senhora não quer que ele volte, quer?

— Não. Mas não posso deixar de me perguntar o que ela pensa dele, e ele dela.

Alys ficou abalada.

— Ela não pensa nada dele! Ela nunca vai se recuperar da perda de Rob. Ainda chora por ele à noite. O consolo dela é estar conosco, estar comigo. Ela diz que vai ficar conosco para sempre. Nós somos a família dela agora. Ela não pensa nada... dele.

— Fico feliz com isso — disse Alinor, serena. — Se é isso o que ela diz. Fico feliz, se a consolamos por sua perda... se é que a consolamos.

— Não serve de consolo para a senhora? — sussurrou Alys. — Ter a esposa e o bebê de Rob sob o nosso teto?

Em meio ao silêncio, Alinor fez que não.

— Por que não? — indagou Alys. — Por que ela não consola a senhora, mamãe?

— Ah — disse Alinor. — Isso eu não sei dizer. Ainda não tenho certeza para falar.

SETEMBRO DE 1670, HADLEY, NOVA INGLATERRA

Ned foi chamado à balsa de manhã pela batida metálica da ferradura na outra margem, e, quando chegou ao píer e olhou para o outro lado, viu Esquilo Manso e algumas mulheres de sua aldeia. Uma delas vinha com uma garotinha de cerca de 6 anos, segurando sua saia de camurça.

— Já vou! — gritou Ned, então embarcou na balsa e a puxou através do rio largo.

Conversando entre si, as mulheres desceram a praia de cascalho e subiram a bordo da balsa atracada. Esquilo Manso foi a última, pegando uma das mãos da garotinha enquanto a mãe segurava a outra.

— *Netop* — disse Ned à criança, e todas as mulheres na balsa responderam:

— *Netop, Nippe Sannup!* Olá, Ferryman.

A garotinha ergueu o olhar para o inglês alto enquanto seus olhos escuros absorviam o sorriso amigável e franco, a camisa de linho branca, a calça de tecido grosso. Os olhos escuros da menina o examinaram, do chapéu preto de copa alta até os sapatos pesados. Ela se dirigiu à mãe.

— Ele tem um cheiro muito estranho — disse ela na língua deles. — E por que ele está me encarando?

— Ele entende um pouco da nossa fala, você sabe — disse Esquilo Manso. — É melhor não dizer nada do cheiro dele. Além disso, ele não tem como evitar esse cheiro, pois eles passam o tempo todo embrulhados em roupas grossas, como se fosse inverno.

— Achar você estranha — respondeu Ned à criança. Ele desconhecia a palavra para "cheiro".

A garotinha riu.

— Por que ele fala que nem bebê?

— Ele fala que nem criança, mas é um homem feito — respondeu Esquilo Manso.

Ned segurou a corda, sacudiu a balsa levemente para soltá-la da atracação na praia e puxou a embarcação com firmeza até o outro lado do rio.

— Podemos pagar com carne-seca? — perguntou Esquilo Manso. — Você vai precisar de carne-seca para as suas provisões de inverno, Ferryman.

— Sim, sim — admitiu Ned. Ele sorriu para a garotinha. — Ela muito pesada! Pagar duas vezes!

Houve um coro de risadas das mulheres.

— Pagar por peso! — exclamaram elas. — Esquilo Manso não paga nada!

A garotinha se contorceu junto à mãe e escondeu o rosto em suas saias; ela ria a valer.

— Você muito gorda! — disse Ned a ela. — Você afundar minha balsa.

A criança precisou sentar-se nas tábuas quando suas pernas cederam de tanto que ria.

— *Nippe Sannup*, você é muito engraçado — disse Esquilo Manso. — Esta aqui é a minha netinha, Framboesa na Chuva.

— Netinha, não — disse a criança com os olhos fixos no semblante sorridente de Ned.

— Netona — disse Ned na língua dela. — Casada?

A criança caiu na gargalhada.

— Vou casar com você!

As mulheres gritaram e riram juntas.

— Não! Não! *Sannup!* Você tem de casar comigo! — gritou uma das mais ousadas, ensejando um coro de propostas. — Case comigo! Case comigo!

— Você não vai se casar com a magricela que não tem casa? Aquela que sempre pede desconto? — perguntou Esquilo Manso.

— Você sabe de tudo? — indagou Ned, reconhecendo facilmente a Sra. Rose pela descrição.

— Quase tudo — disse Esquilo Manso com satisfação.

— Talvez, sim — disse Ned. — Talvez, não. O que acha?

A balsa chegou ao outro lado e esbarrou no píer. Oscilou enquanto as mulheres desembarcavam, e Esquilo Manso e a filha continuaram segurando, com ternura, a garotinha pela mão.

— Acho que você seria um bom marido — disse ela, falando sério. — Mas, se você se casar e tiver uma família, vai se tornar um fazendeiro ganancioso, igual a todos os outros. E vai deixar de ser independente. E acho que você quer ser independente, assim como nós queremos ser independentes.

Ela falou depressa, empregando muitas palavras estranhas para Ned, e, sem tentar explicar, entregou-lhe alguns pedaços de carne-seca de cervo, embrulhados em folhas de tifa trançadas.

— Guarde bem embrulhado e mantenha seco — orientou ela, dando-lhe um tapinha no ombro. — E não se case.

SETEMBRO DE 1670, LONDRES

Sarah desceu os degraus recém-lavados da porta da cozinha da Casa Avery e bateu.

— Quem é agora? — partiu lá de dentro o grito irritado.

— Sarah Stoney — disse ela bem baixo. Em seguida, levantou a voz e repetiu: — Sarah Stoney.

— Nunca ouvi falar — foi a resposta desanimadora.

Sarah se aproximou e espiou por cima da meia-porta.

— Sarah Stoney, da parte de *nobildonna* da Ricci — disse ela. — Eu vim para ver as antiguidades. Ela disse que eu podia.

— Entre, entre — gritaram. — Não posso largar isso agora.

Sarah abriu a porta, entrou na cozinha e viu uma mulher musculosa, de rosto corado, enfarinhada até os cotovelos, sovando uma montanha de massa sobre uma mesa com tampo de pedra no meio da cozinha. Panelas de cobre brilhavam acima do fogão fechado na lareira escancarada, água gelada vertia de uma bomba de água acima da pia, um cachorro no canto rosnou para a estranha e voltou a se acomodar.

— Entre. Da parte de Lady Peachey, não é?

Sarah, confusa diante do sobrenome estranho, respondeu:

— Para ver as esculturas.

— Glib leva você. — A mulher fez que sim. — Grite ali daquela porta. É a escada dos fundos. Grite para chamar Glib.

Sarah, mais que encabulada, atravessou a cozinha e abriu a porta que a cozinheira indicou.

— Glib! — chamou ela.

Um barulho de sapatos na escada de madeira precedeu Glib, um rapazinho desengonçado.

— Leve esta jovem até Lady Peachey; ela está na galeria — mandou a cozinheira. — E depois volte direto para cá. Vou precisar de você para buscar as frutas no depósito. — Então, virou-se para Sarah. — Siga ele — ordenou ela. — Mas você não deveria ter entrado por esta porta, a não ser que fosse do comércio. O que, claro, você pode ser. Assim como pode ser Sua Senhoria, Sua Alteza. Vai saber.

Sarah seguiu os ombros magros de Glib, perdidos numa libré grande demais, subindo o pequeno lance de escada da cozinha no porão, atravessando a porta forrada de baeta verde e chegando a um salão surpreendentemente alto e iluminado. Glib cruzou o piso de lajotas de mármore preto e branco e subiu uma escada de pedra, até a galeria, no topo. A galeria ocupava, de ponta a ponta, a fachada da casa e, ao fundo, diante de uma coluna de mármore totalmente branco, Sarah reconheceu a silhueta morena da viúva italiana.

— Tia Livia!

— Ah, Sarah — disse ela, virando-se e oferecendo a face fria para um beijo. — Você encontrou o caminho, então.

— É grandioso — cochichou Sarah, virando-se para ter certeza de que Glib estava indo embora, descendo a escada. — Eu não esperava que fosse tão...

— Sim, estou satisfeita — interrompeu-a Livia. — Veja, esta é a coluna de que você gostou tanto, ficou muito bonita aqui. Coloquei a coluna aqui, e de cada lado da galeria tenho seis, seis de cada lado, cabeças de césares. Isso é tudo o que estou exibindo aqui em cima... Não quero que fique entulhado. Não quero que pareça...

Mas ela já havia perdido a atenção da jovem. Sarah tinha recuado e agora esticava a cabeça para ver as esculturas. Duas vezes o tamanho natural, olhos vazados contemplavam a galeria, sem enxergar. Cada cabeça de pedra ficava sobre uma coluna canelada, de mármore leitoso, cada uma coroada com folhas de louro, cintilantes, de bronze. Os rostos, arredondados ou compridos, amáveis ou severos, pareciam retribuir o olhar da jovem que os contemplava, extasiada, avançando de rosto em rosto e estendendo a mão para tocar a coluna fria.

— São extraordinários — sussurrou a jovem. — São reproduções fiéis?

A viúva olhou de relance para trás, como se temesse que Glib tivesse ouvido.

— O que você quer dizer? — indagou ela num tom ríspido. — O que está dizendo? Se são reproduções? Que pergunta?!

— Eles eram assim mesmo? Este aqui era mesmo tão gordo em vida? Não se importava de ser representado com uma boquinha tão carnuda?

— Ah! Eu não tinha entendido a sua pergunta. Bem, eu não sei. Acho que as esculturas foram feitas mais tarde, não no tempo que eles viviam. Talvez com base nas moedas, ou em algum desenho? Devem ter sido esculpidas na mesma época, pois faziam parte de um conjunto.

— Quem as fez?

— Ah, faz tanto tempo que não temos como saber. Mas foram encontradas todas juntas, num local onde havia um grande salão; então, talvez algum sujeito rico nos tempos antigos quisesse fazer suas refeições com todos os césares. E agora, espero, outro sujeito rico vai vê-los e querer viver a mesma experiência.

— Eles não são muito bonitos... — A jovem se esforçava para entender o próprio espanto.

— Isso pouco importa — comentou Livia, dando um passo atrás e olhando não para os césares, mas para o rosto da sobrinha, voltado para cima. — Isso pouco importa.

— Beleza não importa?

Livia ficou perplexa.

— Você não entendeu nada? O que importa é que sejam vendidos! Você não entende nada, mesmo trabalhando numa loja?

— Mas o seu marido, o seu primeiro marido...

— O que tem ele?

— Ele não os colecionou por conta da beleza?

Livia balançou a cabeça e logo se recompôs.

— É nele que estou pensando — disse ela com plena sobriedade. — Ele não ia querer que eu tivesse uma queda social e acabasse num pequeno embarcadouro no Tâmisa. Ele não ia querer que eu morasse num lugar como este. Ele ia querer que sua coleção fosse meu dote... para eu viver como deveria, como a *nobildonna* da Picci.

— Reekie — corrigiu Sarah.

A viúva deu de ombros envoltos em cetim preto e deu uma bela risada tilintante.

— Não consigo pronunciar esse nome, por mais que tente. Roberto sempre ria de mim. Tenho de falar Picci. É um belo elogio à família de Sussex. Agora, você gostaria de ver as esculturas no jardim?

— Mas Peachey não era o nome do lorde do Lodo Catingoso? O patrono do tio Rob?

— Sim, como eu disse, um belo elogio a ele, não acha? E não é engraçado que, quando mudo meu nome, de italiano para inglês, soa como o nome dele?

— Sei lá...

— Você quer ver as esculturas no jardim? Não posso perder tempo.

— Sim, sim, eu quero, por favor.

Descendo pela grande escadaria até o salão de piso preto e branco, a viúva a conduziu com as saias pretas roçando no mármore. Sarah pensou como a tia combinava com a beleza clássica daquela casa; no armazém ela sempre parecia demasiado exótica, o tom de sua tez demasiado intenso.

— A senhora adora vir aqui, não? — perguntou Sarah, enquanto passavam pelas grandes portas envidraçadas que davam acesso ao terraço, então se espantou ao ver o jardim, mais abaixo, cravejado de esculturas e o prateado do rio ao fundo. — Ah! Que beleza!

Livia desceu correndo os degraus e levou Sarah, de escultura em escultura, uma delas sendo apenas o fragmento de uma peça maior: uma jarra, uma ânfora outrora segurada, milhares de anos antes, por mãos de mármore cujos dedos e unhas de pedra ainda estavam presos à alça.

— Ah! — suspirou Sarah. — Veja!

Livia sorriu e apontou mais adiante no jardim, onde parte de um friso tinha sido colocada no solo para que os visitantes pudessem vislumbrar a história dos cavalos trotando para a batalha, os cavaleiros sérios e imponentes agarrando-se às crinas ondulantes.

A moça se ajoelhou ao lado do friso como se estivesse rezando.

— Posso tocar? — perguntou ela. Livia concordou, e Sarah se inclinou sobre as figuras, delineando narinas e narizes, orelhas empinadas, pescoços arqueados e os torsos fortes e musculosos dos cavaleiros.

— Pode ver todas as esculturas — disse Livia. — Vou esperá-la no terraço.

Ela se virou e subiu os degraus, indo sentar-se num banco de pedra junto à parede aquecida pelo sol. Sir James cruzou a porta de vidro a caminho do gabinete e a encontrou ali. Lá do jardim, abaixo, Sarah viu a reverência educada feita por Sir James, bem como a reação de Livia, que se levantou de imediato e se aproximou tanto que ele recuou. Livia olhou de relance, disfarçadamente, para o jardim, como se não quisesse que Sarah os visse. Passou a mão no braço dele e o puxou para dentro de casa, para não serem vistos, como se fossem amantes secretos.

— Algum cliente? — perguntou Sir James enquanto ela fechava a porta do terraço atrás dos dois.

— Apenas a mocinha do armazém. Prefiro que ela não o veja. Ou melhor, a mãe dela prefere, e não posso contrariá-la.

— Não quero nada com ela — disse ele amavelmente. — Sei que não é minha filha. Não vejo nenhuma semelhança. É uma jovem bonita, com cabelo e olhos castanho-escuros, mas nem sonho que seja minha.

— Não é tão bonita — corrigiu ela. — Ambos são uns pobrezinhos. Ela é aprendiz de chapeleira, sem educação formal. Mas sabe apreciar o belo, algo que aprendeu com rendas e pingentes e que eu poderia desenvolver.

— Gostaria de desenvolver esse talento dela? — perguntou ele, curioso.

Ela olhou para ele, com sua pele clara ligeiramente corada pelo sol.

— Não — disse ela. — Não tenho tempo a perder com uma jovem estranha, de origem comum, saída de um armazém. Por que eu haveria de querer uma mocinha assim, quando posso gerar e criar uma criança nobre?

Ele se curvou, disfarçando sua anuência.

— Obtive algumas respostas aos convites.

— As pessoas confirmaram presença? — perguntou ela, ansiosa.

Ele fez que sim.

— Cerca de dez pessoas me disseram que comparecerão, e aqui... — Ele indicou a escrivaninha. — Há mais respostas a serem abertas.

— Ah, deixe-me abrir! — implorou ela. — Ninguém escreve para mim hoje em dia; nunca rompo o lacre de um papel de qualidade. Deixe-me abrir!

Ele riu, enternecendo-se.

— Venha, então. — Ele afastou a cadeira para que ela pudesse sentar-se diante da escrivaninha.

Sarah, ao sair do jardim e subir os degraus até o terraço, viu Livia roçar em Sir James enquanto se sentava na cadeira dele, diante da escrivaninha dele, e pegava a espátula de prata como se fosse a senhora da casa e sua esposa.

— Sarah ficou maravilhada com as suas esculturas — comentou Alys com Livia no momento em que se deitavam na noite de domingo. — Ela não falava de outra coisa hoje de manhã.

— Ela sabe apreciar o belo — admitiu Livia, amarrando as fitas na frente da camisola.

— Ela falou que o viu.

— Ele estava lá, mas o despachei para o gabinete — disse Livia. — Sabia que você não queria que ela falasse com ele.

— Agradeço. Você vai me achar uma bobalhona, mas...

Livia deslizou o braço por Alys para envolvê-la e a puxou para perto.

— Eu não acho você uma bobalhona — disse ela, afastando uma mecha de cabelo do rosto apreensivo de Alys. — Sei que ele era seu inimigo. E não vou fazer amizade com ele. Estou me aproveitando dele para fazer nossa fortuna. Deixei de ser amiga dele a partir do momento em que entendi como você se sente. Seus amigos são meus amigos; seus inimigos são meus. Os seus sentimentos são os meus.

Alys sentia o calor do corpo de Livia através da camisola de seda.

— Espero que esteja segura ao lado ele. Não é um homem em quem eu confiaria. Ele nos arruinou.

— Vai correr tudo bem — disse a mulher mais jovem, confiante. — Ele é quem deveria estar ansioso. Serei a única a lucrar com isso. — Ela se aproximou e colocou a cabeça no ombro de Alys. — Não estou pesada? Adoro quando você me abraça e adormeço em seus braços. Me sinto novamente amada. Preciso me sentir amada.

— Você não me pesa — disse Alys baixinho, deixando Livia pressionar a face em seu pescoço e se aconchegar. — Vai passar o dia todo na casa dele amanhã também?

— É claro! Tenho muito a fazer!

OUTUBRO DE 1670, HADLEY, NOVA INGLATERRA

À medida que o tempo começou a esfriar e as árvores perderam as folhas, quais chamas de ouro, bronze e vermelho, girando numa tormenta de cores, Ned refez o telhado da casa com talos de junco, ciente de que as noites seriam mais longas e mais frias, até que a neve chegasse e tornasse tudo branco e silencioso. Estava escarranchado na cumeeira, atando os feixes negociados com os nipmuc, que traziam rio acima grandes balsas com junco rebocadas atrás de suas canoas, desde os banhados costeiros, quando ouviu o retinir da ferradura do outro lado do rio. Contemplando a outra margem, e protegendo os olhos do sol baixo e vermelho do outono, pôde enxergar a figura de um indígena, o perfil inconfundível de uma calça de camurça e o peito nu, parcialmente coberto com uma capa de couro. Ned resmungou, irritado por precisar interromper o trabalho, mas desceu a escada que usava para transitar pelo telhado e depois a escada de madeira tosca encostada na parede.

Saiu pelo portão da horta, subiu os degraus precários do barranco junto à margem e seguiu pelo píer congelado e embranquecido à beira-rio. A água estava mais fria a cada dia. Esfregou as mãos ásperas quando entrou na balsa; então, desatracou-a, puxou a corda úmida e fria, e viu, enquanto a balsa oscilava e avançava pelo rio, que o indígena era Wussausmon, e atrás dele, protegidos pelas árvores da mata, estavam os senhores puritanos: William Goffe e Edward Whalley.

Ned saltou para terra com sincera satisfação, cumprimentou Wussausmon e se voltou para os companheiros.

— Que bom ver os senhores! Estão bem? Seguros? Tudo bem?

Os três homens se abraçaram.

— Deus o abençoe, Ned, aqui estamos de volta contigo — disse William.

— Tudo calmo por aqui? — indagou Edward, olhando para a casa de Ned do outro lado do rio.

— Tudo calmo, tudo seguro — garantiu Ned. — Posso fazer a travessia agora; os senhores podem aguardar na minha casa até o fim da tarde, e depois, no crepúsculo, seguimos pela trilha da mata até a casa do pastor.

— Posso avisar a ele que os senhores estão chegando — ofereceu Wussausmon. — Estou a caminho do vilarejo.

— Vestido assim? — Ned apontou para a calça de camurça e a capa.

— Vestido assim — confirmou ele. — Ninguém repara em mim, vestido desse jeito.

— Ótimo — concordou William, atravessando a praia e embarcando na balsa atracada, seguido por Edward e Wussausmon.

Ned soltou a balsa e a impulsionou para adentrar a corrente fluvial e puxá-los até o outro lado.

— Os senhores estão com boa aparência — observou ele.

Estavam mesmo. O verão no litoral havia bronzeado sua pele e acrescentado carne em seus ossos. Eles caminharam e caçaram, repousaram e coletaram alimentos. Pescaram e nadaram. Seus vizinhos pokanoket haviam lhes emprestado uma canoa, e eles remaram para cima e para baixo pela costa e subiram o rio Kittacuck. Oraram com a população local, que tinha ouvido o Evangelho com cordialidade, mas não se convertera, e não viram nenhum inglês: nenhum colono, apenas uma vela branca, distante no horizonte.

— Estávamos ansiosos por notícias — disse William. — Alguma notícia da Inglaterra, Ned?

— Dizem que haverá outra guerra com os holandeses — informou Ned. — Não estão permitindo que nenhum navio holandês transporte as nossas mercadorias.

Os dois homens imediatamente pareceram desaprovar.

— Uma guerra contra homens fiéis? — perguntou William.

— É provável que o rei se alie aos franceses contra eles — sugeriu Ned.

— É o que estão comentando.

A balsa esbarrou no píer, e Ned a atracou.

— Que Deus ajude o nosso país na luta contra um reino fiel, em aliança com papistas, com um rei casado com uma herege. Que Deus lhes ensine um modo melhor de agir. — William fechou os olhos brevemente em oração. — E o que isso vai significar, para nós, aqui? Nós, colonos, também vamos ter de lutar na guerra? Diante dos selvagens do Novo Mundo? É a pior coisa que poderíamos fazer.

— Que o Senhor o faça agir com bom senso. — Edward se juntou à prece.

Wussausmon olhou de um homem para o outro.

— Os senhores rezam censurando o seu rei? — perguntou ele.

— Já fizemos coisa muito pior que isso. — William abriu os olhos e sorriu.

OUTUBRO DE 1670, LONDRES

Livia estava sentada numa cadeira de espaldar alto no salão de piso quadriculado preto e branco da Casa Avery às nove e meia da manhã no dia do desjejum oferecido aos convidados da exposição. Na cozinha do porão, a criadagem preparava bandejas de prata com biscoitos, doces e frutas. Garrafas de vinho gelavam em baldes de água fria de poço. Grandes jarras de limonada recém-preparada eram resfriadas na pia. Estava tudo pronto.

Sir James estava na porta do gabinete, admirando Livia, sentada no salão. Parecia miúda diante dos braços grossos de madeira e do encosto alto da cadeira, mas irradiava autocontrole e uma bela dignidade própria. Ele sabia que estava nervosa, mas ela não o demonstrava nem ficava correndo da cozinha para o jardim no intuito de verificar se estava tudo a contento. Controlava os nervos por trás de um sorriso calmo, e apenas o subir e o descer do corpete de renda preta revelavam que seu coração batia acelerado.

— Eles virão. — Ele entrou no salão para tranquilizá-la. — Mas virão ao longo do dia. Não podemos esperar que alguém apareça ao soar das badaladas das dez horas.

O rosto que ela ergueu para ele estava sereno.

— Eu sei — disse ela. — Além disso, o senhor tem uma bela casa que qualquer um teria prazer em visitar, e eu estou expondo antiguidades genuínas e raras. Sei que, juntos, estamos oferecendo o que há de melhor. As pessoas não podem deixar de vir; e, se vierem, haverão de apreciar.

Ele concluiu que Livia demonstrava plena virtude em seu autocontrole. Que era, assim como ela própria dizia sobre suas antiguidades, algo raro e belo. Sentia-se feliz por ter-lhe aberto a casa, pelo fato de suas lembranças dos silêncios constrangedores da esposa serem sobrepostas por aquela mulher pequenina e delicada, e feliz também pela ocasião por ela criada por iniciativa própria. O sino da Igreja de São Clemente dos Dinamarqueses bateu, e por toda a casa carrilhões metálicos marcaram dez horas, reverberados por relógios no gabinete e na sala de estar e pelo badalar sonoro de todas as igrejas do bairro.

— Aceita um copo de limonada? — disse ele. — Não podemos esperar que as pessoas cheguem pontualmente às...

Ouviu-se uma batida à porta e o barulho de uma carruagem lá fora. Dirigindo-lhe um sorriso triunfante, ela fez sinal para que Glib abrisse a porta e a criada previamente designada ficasse pronta para recolher chapéus e bengalas. Quando a porta foi aberta, ela se levantou e esperou, igual a uma rainha, pelo primeiro convidado.

Sir James reconheceu Lady Barton e a filha, velhas amigas de sua mãe, e, dando um passo à frente, fez as apresentações. Livia fez uma mesura perfeita ao ser apresentada, estendeu a mão para a milady e conduziu ambas escada acima. Não olhou de relance para trás e sorriu para ele, como receava que fizesse. Manteve-se plenamente digna. Enquanto ela subia a escada, com a saia de seda preta roçando o corrimão de ferro forjado, ouviu-se outra batida à porta, e um conhecido proprietário de terras, famoso por seu parque e seus jardins, estava lá, de chapéu e bengala na mão, chegando para ver as antiguidades. Sir James percebeu que era ele próprio quem sorria, feito um colegial, para Livia.

As portas da frente foram fechadas após a saída do último convidado, às três da tarde.

— Venha até a sala — disse Sir James. — Deve estar exausta.

Livia desabou numa cadeira.

— Quantas pessoas? — foi tudo o que ela perguntou. — Perdi a conta.

— Cerca de uma centena — confirmou ele, sentando-se diante dela. — Chegaram a fazer encomendas?

Ela mostrou uma caderneta que pendia de sua cintura por uma corrente de prata.

— Três, com certeza, e mais dois que vão medir a sala de jantar, para se certificarem de que dispõem de espaço suficiente. A maioria das pessoas disse que escreveria dentro de alguns dias. Mas três prometeram comprar.

Ele balançou a cabeça.

— Você esteve magnífica! — disse ele. — E tão tranquila!

— Porque você estava lá — afirmou ela. — E porque eu estava na Casa Avery. Como eu poderia não ficar tranquila com esta casa tão linda e com a memória de tantas mulheres maravilhosas que aqui me precederam? Pensei no que o senhor me contou sobre a sua mãe e queria que ela se orgulhasse da casa... e até de mim — acrescentou Livia.

— Ela se orgulharia — disse ele. — Ela teria constatado, como eu constatei, como a senhora trabalha com dedicação e como faz parecer fácil.

Livia exultou de satisfação e atravessou a sala até a cadeira dele. Inclinou-se rapidamente e tocou-lhe a face com os lábios.

— Obrigada por dizer isso — disse ela. — Esse é o ponto alto do dia. Foi um dia maravilhoso, mas esse é o ponto alto.

Ele sentiu o perfume dela, rosas aquecidas pelo sol, e por um instante pensou em colocar as mãos em sua cintura fina e puxá-la para sentar-se em seu colo e em lhe beijar os lábios. Hesitou, com receio do próprio desejo, ciente de estar diante de uma mulher desprotegida, sob seu teto, e que se tratava da nora da mulher que ele amou por toda a sua vida.

— Me perdoe... — começou ele, mas ela já havia escapado para a porta.

— Vou deixá-lo fazer a refeição em paz — disse ela, como se não quisesse de jeito nenhum a companhia dele. — Preciso voltar ao armazém e contar como nos saímos bem. Vou poder ajudá-las a adquirir novas instalações e ter uma vida melhor e estou feliz por isso. Ai, quando elas souberem!

— A senhora pode dizer que envio os meus melhores votos, que estou feliz com o seu sucesso em benefício delas e feliz por ter ajudado?

Ela voltou até ele e colocou a mão em seu braço.

— Não — disse ela ternamente. — Infelizmente, elas não querem ouvir o seu nome. Até me advertiram a não confiar no senhor. — Ela fez uma pausa, encarando-o com seu belo rostinho. — Espero não magoá--lo se disser que o senhor foi excluído da vida delas. Deve se considerar livre delas.

— Fui esquecido?

Ela exibiu um sorriso hesitante.

— Não é melhor assim? Considerando que não há nada que ligue o senhor a elas?

Ele sabia que era.

— Então, posso esquecer também? — perguntou ele.

— Pode esquecer também — garantiu ela com sutileza. — É o passado. Já faz muito tempo. Foi o erro de um rapazinho. Nada do passado haverá de nos assombrar. O senhor está construindo aqui uma nova Inglaterra; pode se livrar dos fantasmas e das tristezas do passado! A guerra acabou, a peste foi extinta, o incêndio se apagou. Todas as velhas mágoas estão curadas. Não há necessidade de padecer velhas dores.

Ele sabia que ela estava certa; ela o estava convidando para entrar num novo mundo, que ali estivera o tempo todo, mas no qual ele não percebera que poderia ingressar. Ele levou a mão dela aos lábios e a beijou.

— Finalmente, acabou.

Ele mandou Glib, o lacaio, acompanhá-la até a balsa, pagar a tarifa, atravessar o rio com ela e escoltá-la até a porta do armazém. O rapaz aguardou, na expectativa de receber gorjeta, mas ela entrou sem dizer uma palavra, fechou a porta e ali se recostou, saboreando o sucesso do dia — com as antiguidades, com os compradores e com o próprio Sir James.

Alys saiu da sala de contagem de testa franzida.

— Você demorou — foi tudo o que ela disse em seu tom firme. — Mamãe e eu já comemos, mas guardei um pouco de sopa para você.

A frustração de Livia diante de quão enfadonha era aquela mulher em seu corredorzinho pobre, com sua oferta de sopa aferventada e sua queixa de demora de repente explodiu.

— Não quero sopa. Tive um dia maravilhoso; não quero voltar para casa e tomar sopa!

O sorriso acolhedor de Alys desapareceu de seu semblante.

— Você quer alguma outra coisa? Talvez haja...

— Nada! Comi do bom e do melhor, um começo maravilhoso. Foi um dia maravilhoso!

— As suas coisas venderam bem?

— Mais do que eu sonhava! James disse... — Ela parou ao mencionar o nome dele. — Foi um triunfo. Cem pessoas compareceram!

— Quer me dar o dinheiro para eu colocar no cofre? — Alys estendeu a mão. — Posso levar o dinheiro para o ourives de manhã.

A raiva de Livia diante da pobreza daquele lar e o contraste daquilo com seu triunfo na Casa Avery transbordaram numa torrente de palavras.

— Lá vem você com a mão estendida! Parece uma mendiga! É claro que eu não tenho o dinheiro agora! Acha que estou trabalhando numa banca de mercado? Acha que eu pechincho, negocio, cuspo na mão e cumprimento as pessoas? Não é assim que faço negócio.

Alys corou profundamente enquanto baixava a mão mais do que acanhada.

— Que outro jeito existe? A gente vende uma coisa e recebe o dinheiro. De que outra forma se faz negócio? Você não recebeu nada?

— Claro, você não tem a menor ideia! Eu crio um interesse, crio uma moda, todo mundo em Londres está falando das minhas antiguidades. Não vendi nada! Eu seria louca, se fizesse isso! Mas falei com todos. De agora até o mês que vem, os pedidos vão jorrar e competir entre si. É claro que nenhum dinheiro circulou hoje! Você acha que sou uma lojista desmazelada? Uma reles trabalhadora?

Alys ficou estarrecida e muda. Livia tirou o barrete e lhe entregou, como se ela fosse uma criada.

— Ah, fale para Tabs trazer a minha sopa, se só tem isso, não é? — ordenou ela. — E um pouco de pão. E uma taça de vinho.

— Claro — disse Alys com a voz mais desanimada do que nunca. Então, seguiu pelo corredor até a cozinha, colocou a cabeça no vão da porta e deu a ordem para Tabs. Parou fora da sala; não conseguia entrar, magoada com as palavras de Livia, mas zangada com a injustiça. Abriu a porta, disposta a falar, mas logo percebeu que o estado de espírito de Livia havia mudado. Ela estava esticada na cadeira, com a cabeça jogada para trás, as pálpebras fechadas, um sorriso nos lábios.

— Você precisa de uma sineta para chamar Tabs — comentou ela. — É absurdo ter de ir até a cozinha para tudo que quer. — Quando Alys não respondeu, ela abriu os olhos. — Foi o dia mais maravilhoso — repetiu num tom sonhador.

— Não vejo por quê, se voltou para casa tão pobre quanto estava quando saiu — retrucou Alys.

Os olhos castanho-escuros de Livia cintilaram.

— Sei que você não percebe, minha querida — disse ela. — É por isso que uma mulher como você dirige um embarcadouro de segunda categoria... com um comércio de segunda categoria e leva uma vida de segunda categoria... enquanto eu, esta noite, já sou conhecida por fornecer as melhores e mais belas antiguidades arquitetônicas em Londres.

— É de fato um embarcadouro de segunda categoria — admitiu Alys, e o ressentimento acentuou seu sotaque de Sussex. — Administrado honestamente, com um comércio estável. Você tem razão; levamos uma vida de segunda categoria. Minha mãe não pôde ser ela mesma; foi bastante perseguida e castigada. A família do meu marido não tolerou a minha presença e fui expulsa da minha casa. Não a culpo por nos desprezar, mas Rob jamais nos desprezaria. Ele jamais permitiu que alguém dissesse uma palavra contra a mãe dele ou contra mim. Rob tinha orgulho de nós, orgulho de como sobrevivíamos, orgulho das mulheres pobres que somos, das mulheres interioranas que somos!

Ela se virou e subiu a escada em silêncio enquanto Tabs trazia a sopa, o pão fresco e a taça de vinho.

Muito tempo depois, Livia entrou no quarto escuro.

— Alys — disse ela, dirigindo a voz à cama sombria.

Não houve resposta.

No escuro, ela tirou o belo vestido e a combinação de seda. Alys ouviu o farfalhar do tecido, mas permaneceu imóvel e fechou os olhos, fingindo dormir. Livia não tateou a base do travesseiro em busca da camisola, mas levantou os lençóis e se deitou nua na cama. As cordas do estrado rangeram sob seu peso. Alys estava distante, no lado da cama que costumava ocupar, e havia um espaço frio entre as duas.

Livia deslizou até as costas indiferentes de Alys. Encostou a mão, com ternura, no ombro curvado de Alys.

— Me perdoe, Alys. Minha irmã, meu amor. Me perdoe. Eu disse algo cruel. Não tenho culpa de não ser como você, nem como a sua mãe ou a sua filha. Sou uma mulher como vocês jamais conheceram. Não posso ser rebaixada, Alys. Eu morreria se fosse rebaixada.

Alys não disse uma palavra, mas Livia notou que ela prendia a respiração para ouvir.

— Eu não suportaria ser como você, uma mulher obrigada a trabalhar, expulsa da própria casa. Eu não me rebaixaria a isso. Prefiro morrer a ser pobre, Alys.

Ainda assim, Alys não disse nada.

— Não sou uma mulher honesta nem correta, não como você e sua mãe são. E sei que sou arrogante e volúvel. — A voz de Livia tremeu de emoção. — Fui arrogante esta noite. Fui cruel com você. Sou uma grande mentirosa, pode dizer. Sou só reviravoltas e artimanhas. Você não pode confiar em mim. Recomendo que não confie em mim. Não sou propriamente má, mas não sou correta. Não sou simplória.

Alys respirou fundo, e Livia continuou.

— Você acha que uma mulher deve ser honrada. Eu a vi falar com os capitães, com os homens do armazém, até com os trabalhadores portuários. Você fala com eles com respeito e exige que a respeitem: uma comerciante correta. Você acha que uma mulher pode ser bem-sucedida agindo como homem. Acha que, se agir como um homem bom e honesto, vai prosperar no mundo dos homens. Acha que vai vencer por mérito próprio. Acha que o trabalho árduo e a bênção de Deus serão recompensados.

— Eu sou honesta — foi levada a falar. — Aprendi isso... a duras penas.

— Eu não — respondeu Livia prontamente. — Sou bem mais interessante que honesta. Sou muito mais bem-sucedida do que a honestidade poderia ser. Sou honesta apenas comigo mesma. Meu rosto, no espelho, é o único ao qual confio os meus segredos. Nunca minto para mim mesma, Alys; sei o que estou fazendo, mesmo quando ninguém mais sabe. E não faço nada por acaso. Nunca faço algo sem saber o porquê, nunca sou movida por um desejo desconhecido, nunca avanço numa direção enquanto anseio por outra. Sempre sei quem sou e o que quero, e dou uma volta para alcançar o meu objetivo, de modo que ninguém me impeça. A única palavra honesta que pronuncio é para mim mesma. — Ela fez uma pausa. — Isso é admirável, de certa forma. À sua própria forma. Eu sou admirável, à minha própria forma.

— Mas o que você quer aqui? — gritou Alys, sentando-se e virando-se para que a cunhada pudesse ver, mesmo na penumbra do quarto, seus olhos vermelhos de chorar e seu rosto retorcido de sofrimento. — O que você quer aqui, se nos despreza tanto? Por que você fica na nossa casa, que é tão pobre? Por que está usando o nosso armazém e ganha dinheiro com o nosso inimigo? Por que você veio para cá nos perturbar? Por que está trabalhando com ele? O que você quer? Qual era o seu plano, quando você chegou aqui, toda humilde, sofrida e enlutada? Quando chegou aqui tão linda que seria capaz de partir qualquer coração que a contemplasse? E a primeira coisa que você fez foi estender a mão para ele? Você levou um lencinho aos olhos e estendeu a mão para ele! Como pode se gabar do seu orgulho, se você se atirou para cima dele?

Livia se lançou nos braços de Alys, beijou seu rosto morno, molhado de lágrimas, colou-se ao seu corpo esguio.

— Eu quero você — sussurrou ela ao ouvido de Alys. — É isso o que eu quero. Sei disso agora, e soube desde o instante que a conheci. Quero ser como você: simplória, honrada e corajosa. Quero que você me ame como sou: estranha e dúbia como sou. Quero pertencer a este lugar, com você.

Quero ser sua: de corpo e alma. Quero que me tenha como irmã, quero ser o grande amor da sua vida. Quero que você enxergue através da minha bela superfície, através do meu fulgor, e me aceite como sou.

— Fulgor — repetiu Alys a palavra incomum.

— O brilho de um belo mármore, o brilho de uma pele bronzeada. O resplendor da minha pele perfeita. — Ela deu uma risadinha.

— Eu não tolero mentiras — sussurrou Alys em resposta. — Você não sabe o que mentiras já me custaram, o que já custaram à minha mãe. Não sabe como nós duas falamos tantas mentiras, e o emaranhado do engodo foi tamanho, que acabamos sucumbindo. Não fomos punidas pelo nosso crime, pelo meu crime. Foram as mentiras que nos destruíram. Não posso viver com um monte de mentiras. Não tolero.

— Você precisa, você precisa me tolerar — instou Livia, pressionando os seios mornos na camisola fria de Alys. — Porque você é a única pessoa no mundo com quem posso falar a verdade. A única no mundo que amo e confio. Preciso estar ao seu lado. Você tem de me amar também. Por favor, Alys. Sem você eu não tenho ninguém! Não tenho onde morar, não tenho amigos. Sou uma órfã, sozinha no mundo. Sou uma viúva. Como é possível você não me amar? Como é possível não ter pena de mim? Você é minha irmã: seja uma irmã para mim!

Alys não mergulhou nos braços de Livia e hesitou, examinando aquele belo rosto sob os reflexos do luar.

— Posso confiar que não vai mentir para mim? — indagou ela. — Mesmo que minta para todo mundo? Pode ser sincera comigo, aqui, quando estivermos sozinhas, juntas, neste quarto? Mesmo que minta o dia todo para todo mundo?

Duas lágrimas, feito pérolas, rolaram pelas faces de Livia, e seus lábios tremeram.

— Sim — disse ela. — Juro que serei verdadeira com você; se me amar.

As duas mulheres se entreolharam, imóveis, por um longo tempo; então, Alys abriu os braços e elas se beijaram, beijaram-se apaixonadamente, e adormeceram abraçadas, Alys com o rosto enterrado nos cabelos castanho-escuros de Livia, Livia com as mãos entrelaçadas nas costas de Alys, puxando-a para perto e abraçando-a a noite toda.

OUTUBRO DE 1670, LONDRES

Sarah e Johnnie voltaram da igreja juntos, enquanto Sarah descrevia a Casa Avery e a presença de Livia na condição de dona da casa, sendo chamada de Lady Peachey.

— Você acha que ela vai conseguir fisgá-lo? — murmurou Johnnie, de olho na mãe, que andava diante dele de braços dados com Livia.

— Ela já deu a volta nele direitinho — disse Sarah. — E entra e sai da casa como se fosse a dona.

— Então, vai ser uma mulher rica e vai poder pagar o que nos deve.

— Tem muito dinheiro ali — confirmou Sarah.

Seguiram Livia e Alys pela porta da frente e se separaram no corredorzinho. Sarah subiu para costurar com Alinor, enquanto Johnnie acompanhava a mãe até a sala de contagem.

Tão logo examinou os livros, ele constatou que o armazém tinha arcado com o custo do carregamento, do transporte e do descarregamento, que Livia não tinha pago pelo armazenamento das mercadorias no depósito e tampouco pelas entregas realizadas na Casa Avery pela carroça Reekie, que havia atravessado o rio, várias vezes, na balsa cara movida a cavalos. Os livros do armazém nunca exibiram tamanha dívida, e o cofre estava quase vazio.

— Ela prometeu pagar quando vendesse as peças? — perguntou ele. Então, considerou o desembolso e indagou, com mais esperança: — Ou vai nos pagar com uma parte dos lucros? Somos sócios dela?

Alys balançou a cabeça.

— Não pedi sociedade — disse ela. — Só paguei pelo frete e depois cedi a carroça, é claro. Ela sabe que não podemos aguentar isso por muito tempo. Vai nos pagar assim que fizer a venda.

— Pensei que ela já tivesse feito algumas vendas.

— Aquilo foi a exposição. Ela conseguiu encomendas, mas ainda não recebeu dinheiro.

— Eles não pagam quando fazem a encomenda? — perguntou ele.

Alys deu de ombros, um tanto constrangida.

— A gente não conhece esse tipo de negócio, Johnnie. A gente tem de confiar que ela sabe como a coisa é feita.

O jovem ficou apreensivo.

— Entendo, mamãe, mas nunca tivemos custos tão elevados. E cadê a certidão de quitação do imposto pago pelas mercadorias? Ela mesma pagou e guardou a certidão?

— Ela não precisa pagar imposto, porque são seus móveis particulares, entregues em casa, aqui.

O jovem olhou para a mãe.

— Na verdade, não são móveis particulares — pontuou ele. — E, embora tenham sido entregues aqui, ela não os manteve aqui, em casa. Não estamos sentados nas cadeiras dela neste momento! Ela deveria ter declarado tudo como antiguidades à venda, pois ela está vendendo e, ainda por cima, está vendendo abertamente.

— A cavalheiros, a nobres — respondeu a mãe. — Ninguém ali vai pedir para ver o recibo de pagamento de imposto.

Ela o escandalizou.

— Mamãe, a gente sempre paga o imposto sobre circulação de mercadorias. O que a senhora está dizendo?

— Que ela deixou bem claro: é uma forma de fazer negócios que a gente desconhece...

— Juro que desconhecemos mesmo! — interrompeu ele. — Porque é ilegal, é criminoso, mamãe! Se a alfândega investigar, estaremos em flagrante situação irregular; deveríamos ter declarado a mercadoria como importação, e o capitão Shore deveria ter desembarcado tudo no cais oficial, ou passado por um fiscal aqui. Quando fui lá com a senhora e ela nos mostrou as colunas, toda orgulhosa... eu não imaginava! Aquilo é o mesmo que contrabando. Como foi que a senhora deixou que ela fizesse uma coisa dessas?

Ele se interrompeu quando outro pensamento, um pensamento pior, veio-lhe à mente.

— O que foi que o capitão Shore disse a respeito disso?
— O mesmo que você — admitiu ela, falando bem baixo.
— Por que ele não levou os caixotes diretamente até o cais oficial?
— Porque fez uma gentileza para mim — cochichou ela. — Eu falei para ele que era a mobília dela, e ele concordou em desembarcar aqui.
— A senhora mentiu para ele?

Relutantemente, ela fez que sim.

— Mas, de qualquer maneira, Johnnie, a gente não ia poder pagar esse imposto. Você mesmo já constatou que o nosso caixa está quase vazio este mês.

O jovem ficou apavorado.

— A senhora não declarou porque sabia que não poderia pagar?

O silêncio dela revelou que ele estava certo.

— Por que a senhora não pediu a ela que pagasse o frete e o imposto? — perguntou ele, acalmando-se. — As mercadorias não pertencem a ela?
— Como é que uma dama da categoria dela poderia ir até o Paton's e contratar um capitão? — indagou ela. — E, de qualquer maneira, ela só vai ter dinheiro depois da venda.

Ele desceu da banqueta alta e encarou a mãe.

— Essa história está muito enrolada — afirmou ele categoricamente. — Cada vez pior. Se ela não tem recursos para despachar a mercadoria e pagar o imposto devido, não tem condições de fazer o negócio. A senhora mesma me ensinou isso. Ela deveria ter pegado dinheiro emprestado com o ourives, oferecendo as vendas como garantia. Poderia ter feito tudo mediante um contrato legal, com prazo de pagamento estipulado. Mas, em vez disso, ela enfiou a mão no caixa: no nosso caixa.

A mãe de Johnnie estava pálida, torcendo a ponta do avental.

— Johnnie, eu não podia recusar. A esposa de Rob! E o bebê dele na nossa casa?! Eu tinha de contratar e pagar o capitão Shore, tinha de emprestar a ela a nossa carroça, para levar as mercadorias até a Casa Avery.

Os dois ficaram calados. Johnnie fechou o livro-caixa como se não suportasse ver os números. Então, colocou a mão no livro, como uma Bíblia sobre a qual fosse fazer um juramento.

— Mamãe, todos os registros dos livros contábeis da senhora sempre estiveram corretos. A senhora mesma me ensinou que tudo tem de estar certo, todas as contas têm de fechar. Tudo tem de ser contabilizado e nada, *nadinha*, pode passar por baixo dos panos. Sem suborno, sem propina, sem gorjeta, sem truque. Sem pó de pedra na farinha, sem areia no açúcar, sem água no vinho. Sem vinho no conhaque. A gente carrega, armazena e transporta... tudo certinho. A gente paga os impostos... na íntegra. Foi assim que a gente conquistou a reputação de ser o melhor embarcadouro de apoio nesta margem do rio.

Alys não disse nada.

— É assim que a gente mantém o negócio. Somos um embarcadouro pequeno, mas somos honestos. As pessoas confiam em nós. Foi assim que a senhora conseguiu entrar no negócio, mesmo quase sem recursos. Foi assim que a senhora se manteve no negócio todos esses anos, foi assim que a senhora construiu isso do nada.

Alys fez que sim.

— Então, o que foi que mudou, mamãe? — perguntou ele com sua franqueza usual. — Por que a senhora faria algo ilícito por causa dela?

— Porque ela é a viúva de Rob — repetiu a mãe. — E tem nos braços o filho de Rob. Ela precisa vender os seus pertences, seu dote de viúva, para se manter. Rob gostaria que nós a ajudássemos. Não temos escolha. E Johnnie... eu tenho muito carinho por ela.

— Eu não me lembro muito bem do meu tio — comentou Johnnie, pensativo. — Mas ele pediria à senhora que fizesse algo ilícito por ele?

Houve um momento de silêncio. Relutante, Alys disse a verdade ao filho.

— Não, ele não pediria.

— Então, isso é coisa dela, ideia dela.

Alys não disse nada, lembrando-se de que Livia havia confessado ser mentirosa e prometido falar a verdade apenas no quarto das duas, no escuro.

— Ela é verdadeira comigo — disse Alys calmamente. — Ela não mente para mim.

— A senhora confia nela.

Era uma acusação, por isso ele foi surpreendido pela súbita luz do sorriso radiante da mãe.

— Sim, eu confio nela. Eu confio nela.

Alinor estava macerando ervas secas num pequeno pilão em cima da mesa redonda em seu quarto, a janela aberta para o ar gelado. Abaixo da torre a maré começava a vazar. Do outro lado da mesa, Sarah costurava uma medida da mistura em saquinhos de gaze, um chá vendido para curar doenças na famigerada baía de Benin, situada na "costa da febre" da África. Um quarto das tripulações dos navios negreiros morreria da pestilência emanada, cálida, dos charcos do rio Níger. Os chás de Alinor eram um famoso preventivo.

Sarah conversava enquanto trabalhava, falando para a avó sobre a semana na chapelaria, sobre a partida de uma das moças, que havia encontrado um protetor e ia se instalar numa casinha na City de Londres, com seu próprio escravo negro, e nunca mais precisaria varrer o chão.

— Mas não é nunca mais — observou Alinor. — A menos que ela poupe dinheiro e na velhice seja uma dama.

— Eu sei — disse Sarah. — Eu sei. Mas ela tem a mesma idade que eu... Imagine se eu tivesse a minha própria casa e o meu próprio escravo!

— Eu preferiria que não tivesse! — disse Alinor com um sorriso. — Imagine o seu protetor. Seria um velho, gordo e feio?

— Pois é — consentiu Sarah. — Acho que não vale a pena.

— É mau negócio para uma mulher — corroborou Alinor. — Sem falar no pecado... se a mulher tiver um filho ou dois, é um mau começo para eles, coitados dos anjinhos... e nem é culpa deles.

— Não, eu sei. Sou extremamente virtuosa, sabe, vovó?

Alinor riu.

— Vindo de uma casa como esta e tendo uma mãe como a sua, você dificilmente não seria. Não há como você ser falsa.

— Falsa? — repetiu a moça.

— Dissimulada — disse a avó. — Aparentar ser uma coisa, mas ser outra.

— A senhora acha que Livia é falsa? — indagou a jovem incisivamente.

— Pelo contrário! Ela nunca dá um passo em falso, nunca toca uma nota errada. Nunca hesita. É como se tudo fosse... ensaiado... como um espetáculo. E cada passo é em benefício próprio, não importa o que prometa à sua mãe.

— As pessoas fazem coisas estranhas. Vai saber? Se a senhora acha que ela está tramando algo, não deveríamos perguntar diretamente a ela? Confrontá-la com toda a franqueza?

A mulher mais velha fez que não.

— É melhor deixar que ela continue como está... fazendo esta casa de moradia, promovendo o seu negócio e a si mesma, ganhando dinheiro com o embarcadouro da sua mãe, explorando um estranho. Afastando-se daqui, mas voltando toda noite. Usando-nos e parecendo nos amar, prometendo tudo; mas sempre, sempre, sempre levando vantagem, o tempo todo.

Sarah deu um assovio e percebeu que estava de mão fechada, formando o antigo sinal para afastar bruxaria, com o polegar entre o indicador e o dedo médio.

— A senhora faz com que ela pareça má.

— Eu não sei o que ela é.

— Então, como é que vamos descobrir?

A mulher mais velha não respondeu.

— Como, vovó? Como é que a gente vai saber?

Lentamente, Alinor se afastou da janela, virando-se para Sarah, e sua fisionomia já não era de preocupação, mas exibia um sorriso astuto, como se ela ainda fosse uma jovem selvagem, à beira do alagadiço, possuidora de dons que não ousava pôr em prática e com o bolso cheio de moedas sem valor.

— Tenho me perguntado como responder a essas perguntas — admitiu ela, com os olhos cinzentos e inquietos. — E tive uma ideia. Acho que é uma boa ideia. Quer mesmo saber?

— Quero! É claro que quero. Desconfiei desde que botei os olhos nela, e agora... desconfio ainda mais.

— Então, Sarah, por que você não vai a Veneza?

— O quê?

— Vá a Veneza, vá até o depósito de Livia, encontre o mordomo dela, verifique se ele é o idoso confiável que ela descreve, que amava Rob como um filho, que tal? Verifique onde eles moravam, verifique a existência da família que Livia deixou no grande palácio de que ela fala. Converse com os pacientes de Rob, pergunte o que eles achavam do jovem casal.

Os lábios de Sarah se apartaram.

— Ir a Veneza?

— Por que não?

— E descobrir o verdadeiro passado de Livia?

— Você não quer?

— Quero! Quero, sim. Mas não estou livre do meu contrato de aprendiz.

— Eu sei. Vá quando estiver livre!

— Eu não saberia por onde... — Aos poucos, a recusa se transformou em silêncio, enquanto ela pensava na aventura que poderia viver. — É claro! — disse apenas. — Que oportunidade! Que aventura! É claro que eu vou!

O sorriso de Alinor era tão luminoso quanto a alegria da jovem.

— Pela aventura — disse ela. — Porque a vida não se resume a chapéus.

Sarah riu inadvertidamente.

— A vida não se resume a chapéus?

— Você sabe que sim.

— Assim que o meu contrato de aprendiz acabar — prometeu a moça. — No fim deste mês, quando receber meus documentos de aprendiz, eu vou, e daí a gente vai descobrir tudo.

OUTUBRO DE 1670, HADLEY, NOVA INGLATERRA

Ned, com uma cesta de produtos colhidos na floresta, desceu pela estrada de acesso ao vilarejo, anunciando a mercadoria enquanto andava.

— Cogumelos! Amendoim! Frutas vermelhas! Nozes de todo tipo!

Parou em todas as portas onde foi chamado até chegar à casa do pastor, situada no cruzamento com a via central de acesso à mata, onde entrou pelo belo portão e deu a volta pelos fundos.

A porta da cozinha estava entreaberta. Ned bateu.

— Entre! — gritou lá de dentro a Sra. Rose. Ned entrou e sentiu um aroma adocicado na cozinha, encontrou a Sra. Rose transpirando e corada, mexendo uma panela com geleia de amora. — Como o senhor está vendo, não posso abrir a porta.

— Vim falar com a senhora... e com eles também — disse, sem jeito. — Trouxe nozes, castanhas e pecãs.

— Obrigada — disse ela sem interromper o trabalho. — Pode deixar tudo ali, naquele lado.

Ele obedeceu, depois ficou parado diante dela, meio sem graça, enquanto ela pingava um pouco de geleia num prato frio para ver se já estava no ponto.

— Não vou poder vir à cidade com muita frequência, quando a neve chegar — disse ele.

Ela olhou para ele.

— Claro. O senhor vai ficar na Casa da Balsa durante todo o inverno?

— Vou — disse Ned. — Tomei providências para que a casa resista às intempéries e ao inverno.

— Não combina comigo — disse ela sem rodeios. — O senhor vai ficar isolado pela neve?

Ned anuiu.

— Por alguns dias — disse ele. — Vou cavar uma trilha ao redor da casa, para poder alimentar os animais, mas não vou conseguir cavar até a estrada do vilarejo. Vou ter de transpor os montes de neve quando quiser vir ao vilarejo.

Ela devolveu a panela ao fogo.

— Eu não conseguiria viver lá fora — afirmou ela. — O ano inteiro, não. Se o pastor doar para mim um lote no fim do meu contrato, como prometeu, vou dizer que não quero um tão distante. Prefiro estar mais perto do centro do povoado, perto da igreja, para poder orar todo domingo, no inverno e no verão. Eu ia ficar com muito medo de morar no limite do vilarejo, perto da mata, com selvagens passeando pela minha porta como se fossem os donos da casa. Eu vim para cá para viver no meio da minha gente, para construir uma nova Inglaterra; não para viver na mata, feito bicho.

— Entendo — disse Ned. — Mas a gente se acostuma, sabe. Eu nunca tive vizinho. Quem é balseiro vive sempre à beira da água. A casa fica na terra, mas o ganha-pão fica na água. Era assim para mim na Inglaterra também. E, claro, naquela época, durante a guerra, eu estava do lado do povo, dos plebeus, ao passo que todo mundo, na ilha ou na cidade de Chichester, estava do lado do rei. Sinto como se eu sempre estivesse fora de compasso.

— O senhor não pode estar do lado do povo agora! — brincou ela, empregando a palavra que algumas nações usavam para se referir a si mesmas.

Ned não reagiu à piada.

— Já nem sei de que lado estou.

— Do nosso — disse ela como se fosse óbvio. Então, ergueu os olhos, desviando-os do trabalho, com ar grave. — Dos eleitos que constroem aqui um mundo novo; dos que se opõem à tirania do rei; do lado deste vilarejo, onde todos nós precisamos fazer o nosso trabalho para manter o assentamento seguro e fortalecido; e do lado da congregação do Sr. Russell. Do lado da sua esposa, se o senhor conseguir uma esposa; da sua família, se o senhor vier a formar uma família; do lado dos seus próprios interesses.

— É — concordou Ned. — É claro. É, sim.

— O senhor não pode ter dúvida, Sr. Ferryman — disse ela categoricamente. — Não podemos construir um novo país sem a certeza de que somos o povo eleito de Deus. Eu não me casaria com um homem que tivesse dúvida.

— É — repetiu Ned. — É claro. Sim.

OUTUBRO DE 1670, LONDRES

Livia encontrou Sir James no salão com piso de mármore preto e branco na Casa Avery.

— Eu estava de saída — disse ele com o chapéu na mão.

— Acabei de chegar; vim para ver se havia alguma carta para mim — disse ela, voltando-se para o sofisticado espelho de moldura dourada e tirando o chapéu.

Ele não pôde deixar de pensar que o rosto dela haveria de ser o mais belo que o espelho já havia refletido. E parou por um momento para observá-la enquanto ela contemplava o próprio rosto em formato de V com os grandes olhos castanho-escuros, removia o alfinete que prendia o chapéu e o enfiava na touca; então, ela olhou para ele, que desviou o olhar.

— Haverá cartas? — perguntou ele, sem jeito.

— Não sei — disse ela com um sorriso. — Acabo de chegar. Ainda não as procurei.

— Costumam deixá-las naquela mesa para a senhora — disse ele. — Não as trazem para mim.

— Eu sei. — Ela se mantinha tão plácida que mais parecia ser ele o visitante na casa, e não o contrário. Então, moveu-se com fluidez e elegância até a mesinha por ele indicada, pegou as cartas e sentou-se na cadeira ao lado da mesa.

— Se precisar escrever, pode usar o meu gabinete — disse ele. — Há penas e papel.

De imediato, ela se levantou e o seguiu até o gabinete. Ele gesticulou, sugerindo que ela se sentasse diante da grande escrivaninha. Estava arrumada, mas havia um livro fechado, marcado "Casa Avery", outro marcado "Mansão de Northside" e um terceiro marcado "Douai". O olhar rápido de Livia cintilou sobre os três livros, mas, quando ocupou a grande cadeira e ergueu os olhos para ele, parecia absorta.

— Pena — ofereceu ele. — Papel. Se deixar algo que queira que seja postado, posso franquear.

— Franquear?

— Eu assino o envelope e as cartas seguem gratuitamente, sob a minha franquia, pois sou membro da Câmara dos Comuns — explicou ele.

Ela inclinou a cabeça para esconder o sorriso triunfante.

— Obrigada. Se alguém quiser rever as minhas antiguidades, posso formalizar o convite?

— Claro — disse ele. — Posso me fazer presente.

— Eu não tomaria o seu tempo — disse ela com polidez.

— Não seria um transtorno, e... se forem conhecidos meus, seria errado de minha parte, seria indelicado, não estar em casa.

— O senhor está absolutamente certo! — exclamou ela. — As pessoas se perguntariam o que eu estaria fazendo aqui sem o senhor. Eu seria confundida com uma ladra!

Ele não acompanhou a risada dela.

— Então, digamos, pode ser uma semana depois da terça-feira que vem? — prosseguiu ela com desenvoltura.

Ele não imaginava que ela sugeriria uma data tão próxima, mas fez uma reverência.

— Decerto — disse ele. — É claro.

O sorriso dela era cativante.

— E podemos oferecer... sei lá... um chá? Ou algo assim?

— Sim, claro. Vou dizer à cozinheira que tome as providências.

— Ah, por favor, deixe que eu me encarregue — disse ela. — O senhor não deve se preocupar com coisas como chá para damas.

— Eu costumo receber pessoas. — Ele estava irritado. — Isto aqui não é a toca de um solteirão. Não sou um bárbaro.

Ela esboçou um leve gesto de desculpas com as mãos em luvas pretas e as colocou nas bochechas, de modo que, embora contrariado, ele contemplasse sua boca ardente e rosada.

— Jamais pensei algo semelhante — protestou ela. — Só queria poupá-lo de mais trabalho.

Ele aquiesceu.

— É meu desejo ajudá-la. Providenciar um chá não me custa nada.

Ela sorriu e recolheu as três cartas.

— Estou tão contente por podermos colaborar um com o outro — disse ela. — A família do armazém jamais aceitaria a sua ajuda, mas, do jeito como estamos procedendo, elas não sabem o que o senhor está fazendo. Sou a sua porta de entrada para ajudá-las. Fazemos isso juntos. Tenho grandes esperanças de que possamos comprar um armazém melhor para elas rio acima, numa área mais limpa na cidade, e de que elas possam ser felizes.

— A senhora é generosa — afirmou ele, embora algo no tom dela o irritasse. — E saber que o dinheiro vai para elas faz toda a diferença para mim. — Ele olhou pela janela, para o jardim que descia até o rio, e depois se voltou para ela. — Eu gostaria de comprar a escultura do filhote de cervo. Fica muito bem lá fora.

Ela fez que sim, nem um pouco ansiosa.

— Ah, o senhor é a segunda pessoa a admirá-la. Bem, a terceira, para ser sincera. Mas venderei para o senhor. Com o desconto que combinamos.

— Não quero desconto — disse ele um tanto irritado. — Se a senhora pretende comprar uma casa para a Sra. Reekie, quero contribuir. Na verdade, gostaria que a senhora me dissesse se posso ajudar no custeio da casa, ou na contratação da criadagem, ou no pagamento da mudança, ou de qualquer coisa que ela venha a precisar.

— Teria de entregar o dinheiro a mim — especificou ela. — Elas jamais aceitariam dinheiro do senhor.

— Entendo.

— Então, teria de confiar a mim uma grande soma de dinheiro — prosseguiu ela.

— Eu confio na senhora, é claro. Sei que os seus planos para aquelas senhoras são tão somente generosos e benevolentes. Sei que as ama.

— Tanto quanto o senhor — disse ela, serena. — Podemos nos unir em nossa bondade para com elas. Seremos parceiros.

Ele moveu os pés ligeiramente, como se quisesse se afastar daquela conversa de parceria e caridade.

De imediato, ela percebeu a reação dele.

— Marcarei com os meus compradores uma semana após a terça-feira que vem, às três da tarde — disse ela, e ele fez uma reverência e saiu da sala.

Quando ouviu Glib fechar a porta da frente, bem como as passadas preguiçosas do lacaio de volta à escada usada pelos empregados, Livia puxou o livro-caixa assinalado "Douai" e começou a folheá-lo. Parecia uma lista de doações creditadas a uma casa religiosa na França, um seminário para sacerdotes católicos. Ela deduziu que ele estava atuando como tesoureiro de sua antiga escola e se desinteressou. Em seguida, devolveu o livro, precisamente, à sua posição original e abriu o livro-caixa assinalado "Casa Avery". Então, arregalou os olhos diante do custo da administração de uma grande casa em Londres e comprimiu os lábios, irritada ao constatar o elevado gasto de Sir James com velas, enquanto ela precisava raspar xelim por xelim do fundo do seu baú de viagem ou arrancar moedas de Alys.

O livro "Mansão de Northside" escrito era mais volumoso e complicado, contendo registros relativos ao arrendamento de terras, a lucros obtidos com vendas de animais e mercadorias, com o arrendamento do moinho, com a padaria, com a cervejaria, bem como os valores relativos a salários, presentes e aquisições. Livia não entendeu, a princípio, que uma página registrava despesas e outra registrava receitas, e que havia um saldo ao pé de cada página. Jamais tinha visto um livro-caixa como aquele e ficou um tanto confusa, percebendo apenas que havia somas vultosas e que Sir James era, sem dúvida, riquíssimo.

Um som no corredor a fez fechar o livro, empurrá-lo para longe e se curvar sobre as próprias cartas, enquanto Glib batia à porta e perguntava se ela queria que suas mensagens fossem entregues em mãos.

— Vou deixá-las e pedir a Sir James que as franqueie para mim — disse ela.

Glib fez que sim.

— Era isso que milady costumava fazer.

— Eu sei — disse Livia, dispensando-o com um aceno. — É por isso que eu também faço.

Retornando ao armazém, depois de andar pelas ruas abafadas e sujas, Livia se deparou com Alys de saída para o café, para o costumeiro encontro de meio-dia com capitães e comerciantes que porventura quisessem utilizar o embarcadouro de apoio, visto que a espera pelo cais oficial estava cada vez mais longa naqueles dias mais curtos de outono.

— Posso acompanhá-la? — perguntou Livia, tomando-a pelo braço.

Alys quase riu.

— Você está bem vestida demais — disse ela. — Ninguém falaria comigo se eu entrasse com você. As pessoas pensariam que eu subi na vida e não teria mais interesse em descarregar maçãs em troca de lucros mínimos.

— Estou bem vestida demais? — perguntou Livia, surpresa, como se jamais pensasse na própria aparência.

— Bonita demais — disse Alys, dando-lhe um leve empurrão em direção à porta da rua. — Entre e sente-se com mamãe. Ela está planejando um banquete no domingo, para comemorar o fim do contrato de aprendiz de Sarah. Ela será uma chapeleira formada e, em dezembro, Johnnie também vai concluir o aprendizado dele.

— É claro que é um prazer fazer companhia à sua mãe, mas a que horas você volta para casa?

— Só depois que conseguir garantir os negócios do mês que vem — disse Alys. — Não importa quanto tempo leve.

— Vai passar horas falando de maçãs? — brincou Livia. — Mas será que você vai ver o capitão de novo? Aquele que foi para Veneza?

— Sim, ele estará lá. Ele vai para Veneza de novo.

— Ele é confiável? — perguntou Livia.

— Ele é sempre confiável.

— Pergunte se ele tem espaço para mais algumas antiguidades — disse Livia. — Seria o mesmo tipo de carga. Digamos, vinte caixotes. Será que ele mantém o preço e os termos? Entrego as instruções por escrito novamente, e ele pode procurar o meu antigo mordomo e recolher a mercadoria.

Em silêncio, Alys a seguiu de volta ao armazém, onde Livia pegou uma caneta e arrancou uma folha de papel do final do livro-caixa para escrever o endereço do mordomo.

Alys não pegou o papel, e seu rosto enrubesceu de vergonha. Ela colocou as mãos nas costas, embora Livia lhe oferecesse o endereço.

— Sinto muito, minha querida, sinto muito... mas não posso contratar o capitão. Não sei como lhe dizer isso...

— Mas qual é o problema? — perguntou Livia, sorrindo.

— Não tenho dinheiro para pagar o capitão. Não posso contratá-lo enquanto não faturarmos.

Livia arregalou os olhos.

— Mas você só precisa pagar quando ele voltar, não? Você só paga uma parte agora, não é?

— Tenho de pagar metade agora, e nós realmente não...

— Pague agora o que ele pedir e, quando voltar, eu terei o dinheiro da venda para pagar a outra metade. Eu mesma me comprometo a pagar. Não se preocupe.

Alys hesitou.

— Nunca administramos o armazém desse jeito — disse ela. — Sempre mantemos o suficiente em caixa para pagar a conta inteira, antes de fazermos qualquer contratação.

— *Allora!* — exclamou Livia alegremente. — E agora vocês estão vivendo além das suas posses, como devem fazer, como devemos fazer, como eu sempre fiz. Pois sabemos que vamos ganhar mais do que vocês já ganharam até agora na vida! Mas precisamos trazer as mercadorias para cá, para podermos vendê-las! Não é possível ganhar dinheiro sem gastar dinheiro. Precisamos de mais antiguidades para vendê-las e você tem de pagar o capitão para buscá-las. Qual é a dificuldade? Não há nada mesmo em caixa?

— Ele quer libras, não xelins! Tenho cerca de catorze libras. Posso até tentar pagar a primeira metade, mas não tenho o restante.

— Mas isso não importa! — Livia sorriu, envolvendo o rosto aflito de Alys com as mãos e beijando-a na boca. — Despache o capitão com as suas parcas economias; quando ele voltar, eu terei vendido as antiguidades e faço o pagamento. Alegre-se! — exclamou ela.

— É que a gente nunca...

— Vocês nunca tiveram uma negociação tão lucrativa antes.

— É um baita risco!

— Não, não é — determinou Livia. — Você vai confiar em mim, como combinamos. Você tem de confiar em mim.

Alinor, em seu quarto no alto iluminado, estava elaborando uma lista dos pratos prediletos de Sarah para o banquete de domingo. Ela havia preparado um presente para a jovem: um grande saco macio e amorfo estofado com alfazema e alecrim, para repelir traças, e erva-gateira e camomila, para repelir pulgas.

— A gente pressiona o saquinho dentro de uma touca, para ajudar a definir o formato. — Ela mostrou a Livia. — E repele traça. A mãe dela vai comprar uma caixa de chapéu, e vamos contratar um desenhista para pintar o nome dela do lado de fora, em letras floreadas, como se ela fosse uma chapeleira de verdade.

— Mas ela não tem condições de abrir o próprio negócio, não é isso? — indagou Livia. — Ela nunca terá as próprias caixas de chapéu?

— Ah, não, não temos dinheiro para instalar Sarah numa chapelaria. Os aluguéis são inviáveis, e uma chapelaria precisa estar na City. Ela vai ter de assinar contrato como chapeleira formada no local onde está trabalhando agora. Deve ficar lá por um ano, e só depois, talvez, vai procurar outra posição.

— É como escravidão! — exclamou Livia, que havia se casado mais jovem do que Sarah era agora. — O máximo que ela pode esperar é um senhor bondoso. E Johnnie? Ele também vai ser largado na escravidão, o coitadinho, tão bonito?

— Ele completa o período de aprendizado no Natal, e depois vai ficar lá, como funcionário permanente. A grande ambição dele é ser escriturário da Companhia das Índias Orientais... mas não conhecemos ninguém a quem possamos apresentá-lo.

— Os méritos dele não bastam? Depois que ele cumprir o período de aprendizado?

— Não. Não é questão de mérito... a gente tem de conhecer as pessoas certas, e elas fazem a indicação. Até o funcionário mais humilde tem um padrinho. Johnnie jamais vai entrar na Companhia sem um padrinho.

— O que vocês precisam é de um amigo rico e bem-relacionado — observou Livia.

Alinor dirigiu a ela um olhar franco e grave.

— Não temos tal amigo — foi tudo o que ela disse. — Johnnie e Sarah vão ter de trilhar sozinhos seu caminho pelo mundo. Como fez o tio deles, Rob.

— Ah, sim — disse Livia, levando mais uma vez a mão ao coração. — Meu Roberto venceu na vida porque estudou muito e aprendeu muito.

— Ele não teria trocado uma palavra sequer com aquele homem que você chama de amigo — disse Alinor com rigidez. — Eles se afastaram num silêncio que Rob jamais romperia.

— Ele não é meu amigo — disse Livia seriamente. Ela pegou a mão de Alinor. — Eu uso a casa dele, uso o nome dele, só para fazer a nossa fortuna — afirmou ela. — Assim que puder, vou comprar uma casa para exibir as minhas mercadorias e nunca mais vou vê-lo. Vocês nunca mais terão de pensar nele.

Alinor recolheu a mão que Livia segurava.

— Eu não pensaria nele agora se você não fosse à casa dele todo dia — disse ela calmamente.

Livia pegou o cardápio do domingo.

— Mas isso vai ser um banquete! — exclamou ela.

Alinor deixou que ela mudasse de assunto.

— Hoje em dia, fazemos poucas celebrações. Quando eu era menina, havia dias de festa o tempo todo. A colheita, o Natal, o solstício de verão e a Páscoa, bem como os dias que marcavam o início de cada trimestre, e os dias dos santos, o dia de começar a arar a terra, e o dia de conferir os limites da área da paróquia...

— Esses dias não foram todos reinstituídos agora? — perguntou Livia. — Agora que o rei voltou para Londres e todos estão felizes de novo?

— Eram festas do interior. Não têm como acontecer na cidade.

Alinor olhou pela janela, por cima do rio, como se pudesse vislumbrar o extenso horizonte do alagadiço e a procissão que se dirigia à igrejinha, todos de chapéu florido.

— A senhora gostaria de voltar a morar no interior? — indagou Livia.

— Roberto sempre falava da casa dele e da maré invadindo a terra. Era o que ele adorava em Veneza... os banhados fora da cidade e os bancos de areia e os talos de junco. Falava que parecia a região onde havia passado a infância, meio mar e meio água, e nunca a mesma.

— Ele conhecia a lagoa? — perguntou Alinor. — Conhecia bem?

— Ah, sim. Ele era capaz de se orientar na lagoa de olhos vendados. Sempre saía pela lagoa.

OUTUBRO DE 1670, HADLEY, NOVA INGLATERRA

Era uma manhã extremamente fria, e Ned achou improvável que alguém de Hatfield, na margem oposta do rio, se arriscasse a fazer a viagem de balsa naquelas águas geladas, mesmo que fosse para assistir ao culto de domingo na igreja de Hadley. Ele amontoou as brasas da lareira embaixo de uma tampa de barro e, sorrindo da própria insensatez, rabiscou nas cinzas os sinais que sua mãe sempre fazia para impedir que a casa sofresse um incêndio acidental enquanto estivesse ausente. Ela havia ensinado os sinais a ele e Alinor, e Alinor os ensinara a Alys e Rob. Não tinha dúvida de que Sarah e Johnnie também os conheciam, e se perguntou havia quanto tempo tal tradição era mantida na família Ferryman e quantas crianças ainda por nascer aprenderiam que — assim como os pokanoket — podiam ensinar ao fogo quando arder e quando abrandar.

Ned correu os olhos pelo casebre modesto, colocou o casaco grosso de inverno e esfregou agilmente, com a manga, os sapatos surrados. Deixou o cachorro no canil, preso na corrente.

— Não, você não pode vir — disse ele a Ruivo. — Está frio demais para você ficar esperando do lado de fora e acontece que vou visitar a Sra. Rose depois do culto.

As orelhas de Ruivo baixaram, e ele voltou para dentro do canil.

— Volto logo — disse Ned enquanto levantava a gola e afundava o gorro por cima das orelhas; depois, atravessou o portão norte e seguiu pela via comum até a capela. De cada portão e de cada porta saíam homens, mulheres e seus filhos indo para a igreja, cumprimentando-se e contendo as crianças, mais silenciosos e pensativos no dia de adoração.

Ned se viu andando ao lado de um dos outros solteiros de Hadley, Tom Carpenter.

— Bom dia para você — disse Ned. — Que frio!

— Pois é — respondeu ele.

Andaram em silêncio por um momento.

— Você vai deixar a balsa fora de atividade até a primavera? — indagou Tom Carpenter. — Não vai arrumar um tostão assim.

— É mesmo — concordou Ned. — É um negócio só para o tempo bom.

— Você nunca vai enriquecer com aquilo — observou o homem.

— Eu sei — disse Ned. — Mas não preciso enriquecer; só quero o suficiente para viver.

Chegaram à igreja; mães estavam reunindo os filhos. John Russell, o pastor, saiu por seu portão, seguido pela esposa, pelos filhos e pela Sra. Rose, a criada, com três homens escravizados atrás dela.

— Ela nunca vai aceitar você, que nada tem a oferecer, além de meio lote e uma balsa que só opera durante metade do ano — disse Tom Carpenter com o olhar voltado para a Sra. Rose.

Ao passar por eles seguindo seu amo, a Sra. Rose saudou os dois com um aceno de cabeça e enrubesceu ligeiramente, como se soubesse que estavam falando dela.

— Como é que você sabe disso? — perguntou Ned, curioso.

Tom sorriu para ele.

— Ah, este povoado! — exclamou ele. — Todo mundo sabe de tudo. Todo mundo sabe que você a visita, que ela levou a sua carta no verão. E todo mundo sabe que ela quer um lote inteiro e uma vida o mais longe possível do trabalho de criada. Aquela ali quer ter os próprios serviçais. Ela quer ter os próprios escravos!

— Eu sei — disse Ned. — Mas não vejo como mudar o meu jeito de ser.

— Foi exatamente por isso que viemos para cá! — exclamou Tom Carpenter. — Viemos para cá para mudar o nosso jeito de ser. Para estarmos em comunhão, um povo perante Deus. Para construirmos uma vida boa, para não precisarmos nos sacrificar pelo nosso ganha-pão. Para casar e formar família, construir uma cidade e criar um país. Para mim, esta é a maior oportunidade de ter uma nova vida em um novo país, de torná-la melhor que a antiga!

— Que Deus o abençoe — disse Ned, quando eles se viraram e seguiram a família do pastor, adentrando a sombra fria da igreja e deixando a claridade gelada lá fora. — É uma baita ambição.

— Mas você não compartilha dessa ambição? — indagou o vizinho, baixando a voz enquanto os dois ocupavam seus lugares. Na condição de homens solteiros dotados de apenas meio lote, a eles eram reservados assentos nos fundos da igreja, à frente de criados e aprendizes, mas atrás de patrões e plantadores.

— Eu quero uma vida nova — concordou Ned, também baixando a voz. — Quero comunhão, uma cidade e um novo país, tanto quanto você. Pensei que isso aqui seria um paraíso na Terra, um lugar sem pecado. Não esperava precisar trocar cotoveladas com meus vizinhos para ganhar a vida. Não sei do que terei de abrir mão se realmente quiser pertencer a este lugar.

— Do que você teria de abrir mão? — sussurrou Tom Carpenter enquanto John Russell ocupava seu lugar na frente da congregação e abria o Livro de Orações.

Ned deu de ombros.

— De estabelecer as leis que regem a minha própria vida — murmurou ele. — De levar uma vida autônoma. De não prejudicar ninguém.

— Ora, Ned! Você é engraçado — disse Tom e voltou a atenção para o culto quando John Russell começou as orações de abertura.

O culto foi breve, típico do inverno; a igrejinha, mesmo com a pequena fornalha numa das extremidades, ficava demasiado fria para um sermão extenso, e aqueles indivíduos cujas moradas ficavam no limite oposto do vilarejo estavam cientes de que teriam uma caminhada difícil até em casa, contra o vento frio. Tão logo as orações foram concluídas, a congregação chegou a um consenso sobre os nomes dos conselheiros e dos diversos oficiais que seriam nomeados na reunião do Conselho Municipal, e alguém mencionou que havia uma vaca no curral do vilarejo cujo dono precisava ser identificado imediatamente. Um jovem pai anunciou o nascimento do filho, que seria batizado em casa, sem nenhum dos aparatos papistas que foram reintroduzidos na Igreja na Inglaterra.

Enquanto a congregação saía, Ned acompanhou os passos da Sra. Rose.

— Está frio o suficiente para o senhor? — perguntou ela, sorrindo. — Lá naquela margem fria, ao lado daquele rio frio?

— Está — disse ele. — E acho que ainda vai piorar antes de o tempo melhorar.

— O senhor pode ter certeza disso — disse ela. E hesitou. — O senhor aceitaria um copo de quentão de cerveja antes de voltar para casa?

Havia algo premeditado no convite feito por ela, algo na maneira como Tom Carpenter os observava, na maneira como o povoado inteiro pareceu parar no momento em que eles saíam da igreja, o que desanimou Ned.

— Preciso voltar para Quinnehtukqut — surpreendeu-se ele dizendo.

— Connecticut — corrigiu ela com um tom de voz severo. — Lembre-se, nós dizemos Connecticut.

E Ned baixou a cabeça, despedindo-se com uma reverência.

OUTUBRO DE 1670, LONDRES

Johnnie e Sarah seguiram sua mãe, Livia e as duas criadas pela via lamacenta até a Igreja de Santo Olavo.
— Concluído o tempo de serviço! — parabenizou ele. — Chapeleira sênior.
— Algumas moedas a mais por semana — assinalou ela. — Talvez uma cliente particular, se for humilde e pobre. Um assento mais nobre na mesa de jantar, e o direito de ser servida logo depois das mulheres mais velhas, em vez de ser a última. Nada mais. Não é muito.
— Trabalho fixo — contemporizou Johnnie. — Salário pago em dia, uma vez por trimestre, e a sua patroa não vai mais fazer deduções, agora que não precisa morar com ela. O que prefere fazer? Administrar o embarcadouro?
A moça pôs a mão no braço dele.
— Vou lhe contar o que farei, mas é segredo — disse ela.
— O quê? — Ele olhou para a frente na via, e sua mãe, Livia, Carlotta e Tabs já entravam na igreja. — O quê? A gente não pode se atrasar para o culto.
Ela baixou a mão.
— Tudo bem, então. Mas não reclame depois que não lhe contei.
— Você está planejando alguma bobagem — previu ele enquanto caminhavam. — Não pretende sair da chapelaria, não é? Não vai sair sem ter outro emprego por causa de alguma ideia maluca, como costurar saquinhos de chá de ervas com a vovó? Ou as tais esculturas... Meu Deus, Sarah... não as tais esculturas...

Ela se virou para ele, que caiu na gargalhada.

— Sempre sei o que você está pensando. Vai se juntar à tia Livia no comércio de esculturas!

Ela agarrou as mãos dele para silenciá-lo, embora não houvesse ninguém por perto na ruela que levava à igreja.

— Não abra o bico! Não se atreva a abrir o bico, Johnnie!

— Me diga o que você vai fazer.

— É segredo — disse ela.

Ele fez o gesto do carrasco, referente a um juramento feito por eles na infância, que significava que preferiam ser pendurados na gaiola da Doca do Santo Fedor a trair um ao outro. Ela chegou tão perto que a pena do barrete fez cócegas no rosto dele. Johnnie ouviu com atenção até ela terminar.

— Você não pode ir — disse ele categoricamente.

— É a própria vovó que está me mandando.

— Não é seguro.

— Por que não?

— Não é seguro para uma moça — especificou ele.

— Estarei com o capitão Shore — ressaltou ela. — E vou direto procurar o mordomo de Livia. Ela diz que ele gostava do tio Rob como se fosse um neto. Ele fala inglês, e eu falo um pouco de italiano. Ele foi mordomo da família dela. Livia diz que ele tem dez filhos. Ele provavelmente vai me levar para ficar com eles. Por que não?

Johnnie fez cara feia, tirou o chapéu e coçou a cabeça.

— Eu deveria ir com você — disse ele.

— Ora, Johnnie! Você sabe que não pode. Tem de completar o tempo do contrato, e o seu patrão rasgaria o contrato se você resolvesse ir embora.

— Não posso deixá-la ir sozinha.

— Pode, sim. Você sabe que não sou boba. Sei me cuidar. E, se a vovó está de acordo, você não pode se opor.

Ele anuiu.

— Você é capaz de correr mais rápido que qualquer garota que eu conheço. E de brigar que nem uma gata de rua. Mas Veneza! Naquela lonjura?

Ela pegou o braço dele e foram juntos em direção à igreja. Acima da cabeça deles, as janelas do primeiro andar, inclinadas umas para as outras, faziam a rua parecer um túnel. Os passos ecoavam, e Sarah baixou a voz.

— Se algo der errado comigo, acha que você saberia? — perguntou ela. — Sem precisar ser informado.

— Ah, sim — disse ele prontamente. — Mas isso é ser gêmeo, não é?

— A vovó diz que saberia se o filho dela estivesse morto. Acredito nela. Acho que ela saberia mesmo.

Isso fez Johnnie parar.

— A vovó não acredita em Livia, que ele morreu afogado?

Ela confirmou com um aceno de cabeça.

— É uma acusação grave — disse ele lentamente. — Que a tia Livia é uma falsária? Não é a viúva de Rob? Talvez nem mesmo nossa tia?

— Eu sei — disse a jovem. — A coisa é muito séria. É por isso que eu vou.

Durante todo o culto e o longo sermão, Johnnie se perguntou se deveria revelar à mãe o plano de Sarah, mas uma vida inteira de lealdade para com a irmã gêmea, marcada por tantas pequenas aventuras no embarcadouro, silenciou-o. No momento em que saíram da igreja e voltaram para casa, acompanhados do pastor, a decisão de Johnnie estava tomada. Quando o Sr. Forth subiu a escada para orar com Alinor, Johnnie entrou na sala de contagem com a mãe para verificar as contas da semana, totalmente decidido a não falar nada.

Assim que se sentou na banqueta alta, viu o endereço do *signor* Russo escrito na caligrafia grande e extravagante de Livia. Imediatamente, deduziu que se tratava da indicação da residência do mordomo, em Veneza, e, sem dizer uma palavra, apoderou-se do endereço enquanto a mãe entrava na saleta e abria os livros contábeis.

Um olhar confirmou seus temores.

— Estou vendo que ela fez mais uma dívida e ainda não nos pagou nada pela primeira viagem — comentou Johnnie. Não disse quem devia dinheiro ao armazém. Apenas uma dívida havia sido contraída nas duas décadas em que estavam no negócio.

— Ela vai mandar buscar mais antiguidades — disse a mãe com firmeza. — Está tão convencida de que vai vender aquelas que agora quer mais. Vamos absorver os custos novamente. Ela está fazendo isso por nós, por todos nós. Quer comprar um armazém maior, um lugar melhor para a sua avó, e vamos todos morar lá, juntos. Vai ser um lar para você, quando terminar o seu aprendizado, e para Sarah.

— Nós só precisamos de mais quartos porque ela está aqui — frisou ele. — Nunca precisamos de uma casa maior. Esta casa tem nos bastado há vinte anos.

— Ela tem planos para nós...

— Como é que cabe a ela fazer planos para nós?

A mãe enrubesceu.

— Ela é da família, Johnnie. Ela é sua tia. Ela tem direito a...

— Não é como se fosse família, de jeito nenhum — disse ele com ar severo. — Ela não contribui com nada. Ninguém na família é ocioso. Sarah contribuiu com moedas no dia em que começou a trabalhar. A senhora sempre ficou com o meu pagamento. Até a vovó cultiva ervas e faz os seus chás. O tio Ned está do outro lado do mundo e ainda assim nos envia mercadorias. Ninguém tira dinheiro do caixa. Ninguém gasta o dinheiro da família. A gente nunca se arrisca. A gente sempre ganha dinheiro com trabalho, a gente não especula.

— Livia não vai ganhar trocados com saquinhos de alfazema; ela está prestes a fazer fortuna. — Alys parecia ressentida. — E, como viúva de Rob e nossa parente por afinidade, ela merece o nosso apoio. Ela acha que podemos conseguir um armazém maior e vender as antiguidades diretamente de Veneza.

— Ela vai desembolsar o dinheiro para um armazém maior?

— Quando ela for paga...

— Ou será que ela quer que sejamos um banco para ela?

— Estaríamos numa parceria — disse Alys na defensiva. — Seria um negócio da família. Confio nela. Passei a amá-la como uma verdadeira irmã. Acredito na palavra dela. Acredito no conhecimento que ela tem daquelas esculturas. Ela diz que vai enriquecer, diz que vai comprar uma casa e compartilhar com a gente, que vai morar com a gente. Quando penso em morar com ela, pelo resto da vida, sempre ao meu lado... — Alys se interrompeu. — Isso mudaria totalmente a minha vida — disse ela com serenidade.

— A senhora quer um embarcadouro maior?

— Um embarcadouro maior, uma casa melhor, um lugar com jardim para sua avó. E uma companheira, uma amiga para mim. Alguém com quem dividir as preocupações.

Johnnie sentiu certo pesar ao pensar nos longos anos de solidão da mãe.

— Eu deveria fazer mais.

— Não, filho, você faz tudo o que eu peço. Mas ter alguém ao meu lado, como uma irmã, agora que vocês dois saíram de casa. Seria...

— Mas, mamãe, ela é... confiável? — perguntou ele, procurando as palavras certas. — Ela apareceu tão de repente, não? Não trouxe nada além da roupa do corpo, não foi? Não sabemos nada sobre ela, não é? Tudo o que sabemos é o que ela nos contou.

— Sim — disse Alys com firmeza. — Sabemos que ela era esposa de Rob e mãe do filho dele. O que mais precisamos saber? Ela tem um bom coração, sei disso, Johnnie. E conosco encontrou uma família. Não podemos deixá-la desamparada.

O jovem sentiu-se profundamente dividido entre o segredo da irmã e a confiança da mãe.

— Espero que sim — disse ele, incerto.

Alinor desceu para a refeição depois de orar com o Sr. Forth, e Tabs serviu a família na sala, vários pratos diferentes e uma jarra de vinho presenteada pelo Paton's, com seus cumprimentos à Srta. Stoney no dia em que completou seu aprendizado. A cozinha proporcionou ostras assadas e rosbife, e Alinor preparou um doce típico de Sussex servido com manteiga. Depois da refeição, todos brincaram de charada, então Johnnie e Sarah entoaram os cantos rítmicos que os barqueiros cantavam enquanto descarregavam suas embarcações, com as letras alteradas para disfarçar as costumeiras obscenidades. Alinor recitou um poema típico de Sussex que sua mãe lhe ensinara, e Livia cantou uma canção folclórica italiana e apresentou uma dancinha rodopiante no canto da sala, sobre as tábuas velhas do assoalho. Já era tarde quando diminuíram o fogo da lareira, pegaram as velas e subiram a escada, indo dormir.

Johnnie interceptou Sarah tocando em seu braço e enfiou-lhe no bolso o papel com o endereço sem dizer uma palavra. Ninguém notou, e os gêmeos seguiram em total harmonia: Sarah indo para seu quarto, que ela dividia com Carlotta e o bebê, Johnnie subindo a escada estreita até o quarto no sótão.

— Você desenhou as runas? — perguntou Alinor a Alys no momento em que se dirigiam ao quarto.

— Claro, mãe. — A mulher mais jovem ajudou a mãe a se deitar e seguiu para o próprio quarto.

Livia já estava na cama, com a vela apagada.

— É triste quando uma menina deixa de ser criança — disse ela na penumbra do quarto.

— Eu é que não estou triste por ela! Sarah está feliz por ter completado o período de aprendizado.

— Mas agora ela vai ter de se casar, e as decisões da vida dela serão impostas. Filhos e marido, e ela nunca vai poder fazer o que quiser.

— Não na Inglaterra — disse Alys, levantando o lençol e enfiando-se na cama.

Livia se virou para ela e encostou a cabeça na curva morna do pescoço de Alys.

— Ah, que bom!

Alys puxou a mulher mais jovem para perto e acariciou-lhe suavemente a cabeça com cabelo trançado, sentindo o perfume excitante de rosas.

— Sabe, na Inglaterra, a esposa pode ter o próprio negócio, ganhar o próprio dinheiro; pode se declarar independente do marido, uma *femme sole*, e o dinheiro dela pertence a ela, e o negócio pertence a ela também.

— É mesmo? — perguntou Livia, subitamente alerta. — O marido não fica com tudo depois do casamento?

— Eles têm de estar de acordo, é claro; ela não pode fazer nada sem o consentimento dele. A mulher precisa recorrer ao governo, que tem de conceder uma declaração, dizendo que ela é uma *femme sole*. Mas, se ela se autodeclarar e se todos concordarem, ela pode ter a própria casa, ficar com a própria fortuna e administrar o próprio negócio. A mamãe é viúva, e eu sou uma *femme sole*, o nosso negócio nos pertence.

— Mas o filho de um casamento entre uma *femme sole* e um homem endinheirado consegue herdar o patrimônio do pai?

— Herda, sim. E a mãe pode deixar sua fortuna para ele, se ela quiser. É uma prerrogativa dela.

— E eles ainda são considerados casados... ela receberia o dote de viúva, se o marido morresse?

— Isso. Livia... que interesse tem isso para você? O que tem em mente?

— Nada! Nadinha — apressou-se em dizer a mulher mais jovem. — É tão diferente na minha terra. Em Veneza, se você é mulher, a sua vida termina na porta da igreja. Eu era um nada. Nada. Até que Roberto me viu, então voltei à luz.

— A perda dele deve ter sido terrível para você — disse Alys, solidária.

— Foi o fim de tudo; mas ele me mostrou o que eu poderia ser, e agora estou na Inglaterra, com você e com a sua família, e posso voltar a ter esperança.

— Você tem esperança? — perguntou Alys, com uma sensação de algo semelhante a desejo surgindo em seu interior.

Livia chegou-se um pouco mais.

— Tenho mais que esperança — sussurrou ela com os lábios roçando no ombro de Alys. — Encontrei um coração e uma casa.

— Meu amor. — Alys abraçou a mulher mais jovem, e elas se encostaram, dos lábios, descendo pela longa linha dos corpos, aos pés entrelaçados.

— E o marido de uma *femme sole* tem de pagar as dívidas dela? — cochichou Livia.

Alys suspirou e a soltou do abraço.

— Não, ela é responsável por suas próprias dívidas.

— Interessante — comentou Livia, virando-se de lado e já pegando no sono.

OUTUBRO DE 1670, LONDRES

Johnnie acordou cedo na manhã de segunda-feira para não chegar atrasado ao comércio no centro de Londres onde trabalhava como aprendiz e ficou surpreso ao encontrar Sarah na cozinha, aquecendo cerveja e cortando o pão para seu desjejum.

— Cadê Tabs? — perguntou ele.

— Eu falei para ela dormir um pouco mais — disse Sarah. — A mamãe já vai descer. Eu queria falar com você. Antes de sair.

Ele a encarou e fez cara feia, o que ela interpretou, de imediato, como apreensão por causa dela, culpa por não poder acompanhá-la e pesar devido à separação. Sarah se aproximou um passo dele, e os dois trocaram um abraço apertado.

— Cuide-se! — disse ele com ardor. — Não faça nenhuma bobagem. Pelo amor de Deus, volte para casa. Não podemos suportar outra perda. Isso mataria a vovó, principalmente porque foi ela que mandou você ir.

— Deus do céu! Eu não tinha pensado nisso! — exclamou ela. — Vou voltar sã e salva. Não se preocupe!

As passadas da mãe na escada os fizeram se separar, e Sarah se voltou para o fogo.

— Acordou cedo, Sarah — comentou Alys.

Sarah se virou e sorriu.

— Eu sei. Perdi o sono.

Depois que Johnnie saiu e Sarah e sua mãe lavaram a louça, Sarah deu um beijo de despedida na mãe, surpreendendo-a com a intensidade do abraço, e subiu correndo a escada para falar com a avó. A mulher mais velha pressionou um guinéu em sua mão.

— Guarde bem — disse ela. — Use em caso de necessidade.

A jovem hesitou.

— Como foi que a senhora conseguiu isso? — perguntou ela. — Um guinéu inteiro?

— É o dinheiro do meu enterro — disse Alinor. — Guardei durante anos. Para pagar pelo meu enterro no Lodo Catingoso, ao lado da minha mãe, no pequeno cemitério da Igreja de São Vilfrido.

— Não posso aceitar o dinheiro do seu enterro, vovó.

— Pode aceitar, sim. Não vou precisar desse dinheiro. Não vou morrer enquanto não voltar a ver o meu filho — disse Alinor, confiante. — Você já falou com eles, na chapelaria, que vai embora?

A jovem fez que sim.

— Falei para eles que vou me ausentar por um trimestre. Não gostaram, mas vão me aceitar de volta quando eu retornar. A mamãe acha que eu estou indo trabalhar normalmente.

— E você tem dinheiro para a passagem?

Sarah fez que sim.

— Tenho o suficiente. Parece errado não entregar o dinheiro para a mamãe. E Johnnie me deu um dinheirinho.

— Você contou para Johnnie?

— Posso confiar nele. Mas, vovó, talvez seja melhor não contar para a mamãe, porque ela vai contar para Livia.

Alinor anuiu.

— Ela conta tudo para Livia. Direi que você foi passar uma semana no campo, com uma amiga. E, no fim da semana, conto para ela. Isso vai permitir que você se adiante na viagem e Livia não possa enviar uma mensagem de alerta ao pessoal em Veneza.

A jovem franziu a testa.

— A senhora acha que ela tem gente trabalhando para ela? Mas fazendo o quê?

— Não sei. Mas não quero que ela saiba que você foi até lá para investigar.

Pela primeira vez, a jovem se deu conta da enormidade da tarefa.

— Vovó! Se eu encontrar o tio Rob, o que devo fazer?

— Apenas conte a ele o que está acontecendo aqui — aconselhou Alinor. — Conte que Livia está aqui e o que ela está fazendo. Conte que ela já enrolou direitinho a sua mãe e que está nos endividando. Ele vai saber o que deve ser feito. Depois que o encontrar, ele vai decidir o que é melhor fazer.

— Não tenho de trazê-lo de volta para casa?

Alinor riu.

— Uma coisinha de nada como você? Não. Ele é um homem adulto. Ele é que decide o que fazer. Basta falar com ele. Para que eu saiba que ele está vivo. E leve isto... — Ela pegou uma velha bolsinha vermelha de couro que estava em cima da mesa. — Não sei se vai ser útil para você. Mas convém levá-la.

— O que é isto? — perguntou Sarah, imaginando que não fosse mais dinheiro, embora moedas tilintassem dentro do couro vermelho.

— Moedinhas antigas que eu costumava encontrar quando era menina no Lodo Catingoso. Rob vai reconhecê-las imediatamente. Caso Rob duvide que você vem de minha parte, ou duvide de sua palavra, mostre isto para ele.

A moça não disse nada; pensou, com pesar, que as faculdades mentais da avó estivessem falhando por mandá-la para a cidade mais rica do mundo com uma bolsinha de moedas velhas para procurar um filho afogado, como se ela pudesse comprar o retorno dele do submundo.

— E, vovó, se eu não o encontrar? — sugeriu a moça, hesitante. — Se eu descobrir que é verdade, que ele se afogou?

— Ah, se ele estiver morto e tiver sido entregue ao mar, traga de volta algo que ele possuía, se puder — disse Alinor com o rosto repentinamente abatido. — Vou levar tal pertence comigo, no caixão, quando for sepultada, para que algo dele possa ser enterrado em solo cristão, para que a alma dele não fique à deriva pelo mundo em marés sombrias. E, se agi feito uma velha tola que não suporta a verdade e inventa uma história tola, traga tal constatação de volta para mim... por mais dura que seja a verdade, Sarah. Prefiro uma dura verdade a uma mentirinha branda. Se ele se afogou, pegue um barco até o local onde disserem que ele afundou, jogue algumas flores na água e faça uma oração para ele. Pronuncie o nome dele. Diga a ele que o amo.

— Farei isso — sussurrou ela. — Se não for capar de fazer mais nada, farei isso. A senhora pode dizer à mamãe e a Livia que fui honrar o túmulo dele. — Ela parou por um instante. — Que flores? Alguma flor em especial, vovó?

— Não-me-esqueças.

Livia, com Carlotta, a ama de leite, seguindo melancolicamente atrás dela com o bebê nos braços, atravessou toda a Saint Olave's Street até a Ponte de Londres. Ela abriu caminho através da multidão na ponte, estalando os dedos por cima do ombro para que Carlotta acompanhasse seus passos. Carregadores levando bandejas na cabeça ou sacos nas costas esbarravam nas duas mulheres, carroceiros berravam para as pessoas saírem do caminho, lojistas gritavam para elas, anunciando barganhas, e pedintes puxavam suas saias. Várias vezes, a pressão das pessoas era tamanha que elas não conseguiam prosseguir de jeito nenhum e tinham de ficar paradas, esmagadas no meio da multidão, esperando que todos seguissem adiante.

— Isso é insuportável! — exclamou Livia enquanto Matteo se esgoelava de infelicidade nos braços de Carlotta; mas não havia como evitar as filas de pessoas que avançavam devagar.

No meio da ponte, na altura da igreja abandonada, a multidão diminuiu; mas depois a passagem ficou novamente estreita, e as duas mulheres precisaram abrir caminho ao transporem a ponte levadiça e, finalmente, sair na Thames Street.

— Me siga! — ordenou Livia e as guiou ao longo de um quilômetro e meio, pela Thames Street, acotovelando-se para cruzar o portão da cidade, meio arruinado e manchado de fuligem, passando pela Fleet Bridge até a Fleet Street, abrindo caminho pelo Temple Bar, ainda inacabado, para emergir, com um suspiro de alívio, no calçamento da Strand.

Era um longo caminho para se carregar um bebê, pisando na imundície das vias, ignorando os olhares das pessoas elegantes, evitando os pobres impertinentes. Mendigos tinham de ser contornados; ambulantes vendendo de tudo, de enguias a ramalhetes de flores e frutas silvestres, tinham de ser recusados. Carlotta estava nervosa e aborrecida quando enfim chegaram aos degraus da Casa Avery, e Livia puxou com impaciência a enorme sineta de ferro.

— Por que não viemos de barco? — disse Carlotta entre dentes. — O que toda essa gente quer nos vender?

— Não temos dinheiro para pegar um barco — retorquiu Livia com raiva, então virou o rosto sorridente para a porta enquanto Glib abria silenciosamente a porta dupla para as duas. — Sir James está em casa? — perguntou, fria, passando por ele, indo até o espelho, tirando o chapéu e parando brevemente para ver o reflexo de seu rosto perfeito.

— No gabinete. Devo anunciar a senhora?

— Eu entro sozinha — disse Livia. Ela acenou com a cabeça para Carlotta, mandando que se sentasse na cadeira no corredor e embalasse o bebê irritado. — Mantenha-o quieto! — ralhou ela.

Glib não lhe avisou que Sir James tinha visita, mas, quando ele abriu a porta, Livia viu um estranho na sala. Ela hesitou na soleira antes de avançar, exibindo um sorriso encantador.

— Perdoe-me; pensei que o senhor estivesse sozinho. Não queria interromper.

— Não, entre, entre. Sei que este é o horário em que a senhora costuma vir para recolher suas cartas. — Sir James acenou, indicando-lhe que entrasse. — Na verdade, este senhor é alguém que pode nos aconselhar. Já mostrei a ele as esculturas da galeria, meu cunhado, George Pakenham.

Livia estendeu a mão coberta por uma luva preta, fez uma mesura e ergueu para o cavalheiro os olhos sob os cílios escuros.

— Não quero incomodar os senhores. Vou pegar as minhas cartas e deixá-los com suas conversas.

— De jeito nenhum, por favor, sente-se. Estávamos prestes a tomar uma taça de vinho tinto, não é, George?

George, um homem rechonchudo, com cerca de 50 anos, pegou uma cadeira junto à parede da sala e a colocou perto da mesa.

— Por gentileza, a senhora não gostaria de sentar-se, madame?

— Lady Peachey — corrigiu ela serenamente.

— Milady.

— Vou me sentar — disse ela, afundando na cadeira e alisando a saia de seda preta. — Mas não vou atrapalhá-los. Só vim para ter certeza de que estávamos todos prontos. — Ela se virou para George Pakenham, para se explicar. — Serviremos um chá durante a exposição, para quem quiser rever as esculturas. — Ela inclinou a cabeça para o lado. — O senhor gostou delas? Dizem que estão entre as mais belas de Veneza, na Itália.

— Eu as vi — disse George gentilmente. — E devo dizer que as achei notáveis.

Livia juntou as mãos diante do elogio e sorriu para Sir James.

— Algumas são cópias modernas, é claro, e outras são fragmentos originais colados. Mas uma ou duas são autênticas.

Ela ficou petrificada. Ele viu um leve tremor convulsivo no pescoço de Livia enquanto ela engolia em seco. Então, ela se virou para Sir James.

— Não são cópias — foi tudo o que ela disse com a voz instável.

— George é meio que um especialista. Ele é diplomata; já esteve em tudo que é lugar. Esteve em Veneza e Florença e viu esculturas maravilhosas na corte holandesa e na corte alemã, não é, George? Há grandes colecionadores por lá, ele me disse... — soltou Sir James até ficar em silêncio.

— As minhas antiguidades não são cópias — repetiu ela taxativamente. Então, virou-se para George. — Não é possível que o senhor tenha olhado de perto, cavalheiro. Não possuo nada além do que é antigo e belo. Trata-se da coleção do meu finado marido, e ele era conhecido por seu bom gosto. Trata-se do meu dote. O senhor me presta um grande desserviço, se fala contra as minhas peças.

— Antes caluniar a reputação de uma dama a falar contra as suas antiguidades... não que eu já tenha me deparado com uma dama vendendo antiguidades! — Ele ofereceu a ela um sorriso de cumplicidade e quase piscou. — Entendo perfeitamente que é uma questão de valor.

Glib bateu à porta e entrou na sala com uma garrafa suada de licor de amêndoa, uma garrafa empoeirada de vinho tinto e três taças.

— Pode servir. — Sir James, incomodado, gesticulou para que Glib desse continuidade à tarefa. — George... você não falou nada enquanto estávamos olhando...

— Não, porque você não saberia de nada, não é, meu velho? Eu queria falar com a proprietária, é claro, a milady aqui.

Livia não disse nada até que a taça fria de vinho estivesse em sua mão e Glib houvesse saído da sala. Ela tomou um gole.

— Claro que é uma questão de valor para mim — disse ela calmamente. — Como medida do discernimento do conde, meu falecido marido, um conhecido patrono das artes. Tem valor para mim por ser o meu dote. E tem valor para Sir James como um meio de ajudar uma família mais que merecedora, primos pobres da família do meu marido. Viúvas pobres, mas altivas, que aceitarão ajuda de mim, mas de nenhuma outra fonte. Se o senhor desvalorizar as minhas antiguidades, estará prejudicando muitas pessoas. Incluindo, creio eu, seu cunhado, que as abriga.

— Sinto muito, senhora. Tenho de falar quando vejo a casa da minha querida irmã falecida sendo usada como loja para venda de alguns produtos que definitivamente são...

Livia se levantou, armando-se de toda a sua coragem. Não olhou para Sir James, mas sabia que os olhos dele estavam nela.

— Esta é a Casa Avery — lembrou ela a Sir George, friamente. — Não é a Casa Pakenham... se é que existe tal lugar. A casa pertence a Sir James; não ao senhor. Sua falecida irmã já não é a senhora desta casa. Se Sir James admira as esculturas e, na opinião dele, elas parecem adequadas, se ele quer vendê-las com lucro e com uma ambição caridosa, o que o senhor está fazendo aqui, senão perturbando Sir James, diminuindo os lucros destinados a uma causa de caridade e me afligindo?

Ela foi brilhante; James ficou mudo. George baixou a taça num movimento pesado e se levantou para ir embora.

— Vejo você no café — disse ele para trás, dirigindo-se a Sir James. Então, pegou a mão de Livia e se curvou. — A senhora me repreende, madame... — começou ele.

— Lady Peachey — corrigiu ela sem pestanejar.

— A senhora me repreende, milady, e peço desculpas se a ofendi. Não direi mais uma palavra sequer contra as suas antiguidades. Nem aqui nem em qualquer outro lugar. Eu queria apenas saber qual era a sua intenção em trazer esses... esses objetos para vendê-los aqui. Qual é a sua expectativa. E agora acho que tenho uma ideia muito clara!

Foi até as portas duplas, abriu-as ele mesmo, virou-se na soleira, fez uma reverência e saiu.

Livia mal ousava olhar para James. Depressa, ele deu a volta na escrivaninha e se aproximou, e ela não encontrou palavras astutas para remediar a situação. Virou-se para ele, com o rosto pálido, a boca trêmula. Sem dizer uma palavra, ele estendeu a mão e a puxou para um abraço.

— Me perdoe, me perdoe por permitir que ele falasse daquele jeito com a senhora. Eu não fazia ideia da opinião dele.

— Ahhh — suspirou Livia, encostando-se nele com a mente acelerada.

— Eu nunca deveria ter mostrado a ele... nunca deveria ter deixado que ele...

Livia estremeceu um pouco, com lágrimas contidas.

— Suponho que ele esteja de luto pela irmã, a minha falecida esposa. Mas não tem o direito de falar que a senhora não deveria exibir as suas belas esculturas aqui! Ele não manda na minha casa; eu faço o que bem quiser, e nunca, nunca mais ele há de insultar um dos meus convidados. Foi longe demais. Só me cabe pedir desculpa.

— Tão indelicado! — Livia respirou aliviada. — Fiquei escandalizada!

As lágrimas que escorreram por suas faces eram absolutamente reais. Ela sentiu as pernas fraquejarem, pois havia escapado por pouco; ele percebeu que ela sucumbia e a abraçou mais forte para segurá-la; em seguida, secou as lágrimas com beijos, uma e depois outra, então fez cair uma chuva de beijos em seu rosto enquanto apertava o corpo dela com um braço em volta da cintura e uma das mãos pressionando-lhe o seio.

— Nunca mais poderei vir aqui. — Ela estremeceu. — Nunca mais poderei estar a sós com o senhor. Minha honra... ele falou cada coisa a meu respeito...

— Case-se comigo — sussurrou ele. — Esta casa será sua, e você poderá fazer o que bem quiser. Não admitirei uma palavra sequer contra você! Case-se comigo, Livia!

— Sim! — disse ela, ofegante. — Sim, Sir James, eu me caso.

Ele mal se deu conta do que tinha falado ou de que ela havia concordado quando ela imediatamente se afastou, convocou a presença do bebê, que estava no corredor, contou a novidade a Carlotta — a única testemunha que poderia convocar — e propôs um brinde ao noivado com uma taça de licor de amêndoa. Carlotta pegou uma taça e brindou à saúde do novo amo.

— Seremos felizes — prometeu Livia a ele. — Sei disso. Seremos muito felizes.

Sir James sentou-se à escrivaninha, sentindo a cabeça girar.

— Mas e as senhoras do armazém? — Ele notou que havia adotado a forma como Livia se referia à mulher que ele amara.

— Ainda não falarei nada — decidiu Livia. — Elas não gostam de ser perturbadas. Vamos esperar até que as minhas esculturas sejam vendidas e eu possa oferecer os lucros a elas; e vou encomendar outro lote, e elas podem vendê-lo. Farei delas importadoras de belas-artes, em vez de donas de um embarcadouro que lida com trigo e maçã. Compraremos para elas uma casa, um depósito, num bairro melhor... você há de saber onde!... e elas podem vender as minhas antiguidades. Vamos estabelecê-las num comércio melhor, com uma moradia melhor.

— Você não vai contar para elas agora?

— Só depois que elas conseguirem dar conta de tudo sem a minha ajuda. — Ela se lembrou do que planejava para Johnnie. — Mas, por enquanto, podemos colocar o rapaz numa boa posição.

— Podemos?

— Ah, sim, ele quer entrar na Companhia, sabe? Na Companhia das Índias Orientais.

— Sim, claro que sei; sou um dos investidores.

— Então, pode escrever uma carta de apresentação, e ele pode conseguir um cargo?

— Posso escrever a carta. Mas pensei que a mãe dele não aceitasse nada de mim...

— De mim! Vai partir de mim! Farei com que ele jure guardar segredo. E então, quando eu os deixar para me casar com você, teremos provido para todos eles: a menina com sua loja, o menino com seu cargo e as duas senhoras com um trabalho ameno. Não poderá haver qualquer queixa. Você conhece bem Alys! Tão zangada e tristonha! E Alinor, tão debilitada e tão idosa. Me deixe estabelecê-las num pequeno negócio, e então estaremos livres para ser felizes.

— Minha querida, claro. Você sabe como eu...

— Mas podemos nos casar nesse ínterim — interrompeu ela, radiante. — Não estou lhe pedindo que espere! Casados e felizes feito andorinhas voando livremente. E o pequeno Matteo será seu filho e levará o seu sobrenome. E em breve... talvez já no ano que vem... teremos o nosso próprio filho.

— Você quer se casar imediatamente? E Matteo será... meu? — Ele sentiu a cabeça girar e baixou a taça de vinho forte, pensando que já havia bebido o bastante para um início de manhã. — Pensei que quisesse esperar... Casar sem contar para elas? Às escondidas? Mas... por quê?

— Claro — disse ela, cristalina. — Vamos nos casar de uma vez. Você me arrebatou por completo.

NOVEMBRO DE 1670, LONDRES

O segundo carregamento a ser despachado de Veneza foi combinado entre Alys e o capitão Shore na mesa que ele costumava ocupar no Café Paton's.
— Eu tinha o endereço escrito para o senhor... — Alys abriu o livro de registros, mas não conseguiu encontrar o papel no qual Livia tinha escrito o endereço do depósito. — Me desculpe, pensei que tivesse o endereço em mãos...
— É no mesmo local de antes?
— Isso, do mordomo da senhora.
— Então, não preciso de instruções. Conheço o homem. Vou até o mesmo local que fui da outra vez. — Ele hesitou. — Mas sabe, Sra. Stoney... a senhora confia nele? Porque a senhora não é a única cliente dele. O depósito dele não tem só os móveis dela. O comércio dele é intenso.
— Ele era mordomo do finado marido dela — disse Alys com frieza. — Um cargo de grande confiança. Ela confia nele.
— Então, não direi mais nada. Mesmos termos?
— Sim, recolha e despache mais vinte caixotes. Cinco libras por cada tonelada.
Ela retirou da bolsa e contou quinze libras em nota promissória e moedas.
— Raspando o fundo da caixa? — adivinhou o capitão. Ele pegou a nota. — É fidedigna?
— É — disse ela, sucinta. — E o senhor vai entregar mais vinte caixotes?
— Quantos ela tem escondidos lá? — perguntou ele, curioso.
— É o dote dela. Seus bens pessoais.

O capitão fez cara feia.

— E aquele mordomo dela vai conseguir uma licença de exportação para mais vinte caixotes de mercadorias como bens pessoais? Não como exportação de antiguidades, que é o comércio habitual dele e que requer uma licença totalmente diferente, mas como "bens pessoais"? E a senhora quer que eu descarregue os caixotes no seu armazém como bens pessoais? Sem pagar imposto em Londres também?

— Sim — confirmou Alys.

— Era um palácio que ela possuía e está esvaziando?

— Por acaso, era, sim — respondeu Alys.

Ele lhe dirigiu um olhar franco por baixo de sobrancelhas grossas e descoradas pela ação do sal.

— Em todos os negócios que fiz com a senhora, nunca a vi se valer de algo falso para sonegar o imposto de circulação de mercadorias — disse ele. — Todo mundo faz isso, o tempo todo... mas a senhora nunca faz.

— Isso não é falso — protestou Alys.

— É falso feito lágrimas de prostituta — disse ele sem rodeios. — Mas não sou eu que estou arriscando o meu pescoço por dois olhos castanho-escuros e um gênio ruim.

— Não estou... — começou a dizer Alys e ficou surpresa quando ele colocou a mão calejada sobre a dela.

— Não vou fazer perguntas — disse ele gentilmente. — Mas, quando eu voltar da viagem e este negócio estiver concluído, vou falar com a senhora, Sra. Stoney. E vou fazer uma pergunta, e a senhora vai falar a verdade. Mas não antes.

— Sempre falo a ver... — Alys foi interrompida pela pressão da mão morna dele sobre a dela.

— Eu sei — disse ele. — Eu sei que a senhora sempre foi absolutamente correta. Mas a senhora não está agindo como sempre. Mas vou fazer uma pergunta para a senhora. Quando eu voltar da viagem.

NOVEMBRO DE 1670, HADLEY, NOVA INGLATERRA

O inverno sem dúvida estava chegando, e Ned sentiu como se estivesse chegando só para ele, qual um inimigo pessoal. Cada dia ficava mais curto, cada noite, mais fria; ele saía pela mata ao meio-dia e catava todas as nozes que encontrava, arrancava lascas do tronco do sassafrás, colhia os derradeiros brotos do musgo, procurava cogumelos comestíveis, cavava em busca de amendoim silvestre, ciente de que a escuridão estava chegando, ciente de que a neve viria e esconderia tudo. Passou adiante o bezerro a um colono para não ter de alimentar o animal durante o inverno e aceitou em troca queijos e duas peças de presunto defumado. Abrigou a vaca e a ovelha juntas, para que pudessem se manter aquecidas, e, quando as trancou sob um céu escuro, perfurado com estrelas, o ferrolho estava tão gelado que as luvas grudarem nele.

A camada extra de palha no telhado era tudo o que havia entre ele e a arcada bocejante do céu gelado. Ned, que se expusera às intempéries a vida inteira e jamais temera o inverno inglês, concluiu que essa estação deixava um homem à beira do medo.

Temia tanto as noites solitárias do inverno que ficou feliz ao ver a canoa de Wussausmon apontar no píer, o homem desembarcar e subir os degraus até a margem.

— Deus do céu! Como é bom ver você! — disse ele. — Já estou farto da minha própria companhia, e ainda estamos em novembro.

Wussausmon exibiu seu sorriso discreto.

— Por que você não passa o inverno no povoado? Não lhe dariam uma cama na casa do pastor?

Ned deu de ombros.

— Não posso abandonar os meus animais — disse ele. — E a casa do Sr. Russell já está lotada. Estarei acostumado, quando o inverno chegar para valer... Estou começando a me acostumar. Você vai pernoitar aqui?

O homem fez que não.

— Vou descer o rio. Estive em Norwottuck hoje de manhã e Esquilo Manso enviou isto para você. Ela disse que pode ficar com isso em troca de um queijo. — Ele estendeu um pacote que parecia uma peça de cestaria inacabada.

— Seja como for, entre, saia do frio — convidou Ned. — O que você estava fazendo em Norwottuck nesta estação? Pensei que estivesse diante da lareira, em casa, em Natick, não? — Ele conduziu o recém-chegado até dentro de casa e tirou a jaqueta de lã grossa.

— Fazendo visitas — disse Wussausmon com indiferença.

— Negócios dos pokanoket? — perguntou Ned objetivamente.

— Negócios da colônia, na verdade — disse Wussausmon. — O governador e o Conselho de Plymouth pediram que eu levasse mensagens a todas as nações que não são aliadas dos pokanoket.

— Há nações não aliadas? — perguntou Ned. — Os povos sem parentesco juraram lealdade, não?

— Quase nenhuma. Falei isso para eles. Mas o conselho está decidido a jogar contra o massasoit seus próprios amigos e parentes.

Ned hesitou, querendo fazer mais perguntas.

— Veja o que ela mandou para você! — insistiu Wussausmon.

Ned sentou-se numa banqueta enquanto Wussausmon se agachava com toda a facilidade. Ned desembrulhou o presente. A princípio pensou que fosse uma armadilha de pesca; viu algumas varetas flexíveis, dobradas e amarradas com fios de couro, trançados com gravetos partidos. Pareciam dois cestos grandes e rasos. Ele olhou para Wussausmon em busca de explicação.

— Sapatos de neve! — disse o homem. — Esquilo Manso fez para você, para que possa entrar na mata quando nevar. Você já tem isso?

— Não! — exclamou Ned. — Não conheço ninguém que tenha. Só vi um caçador francês usando isso. Sempre tive de cavar uma trilha na neve e avançar com dificuldade. Não é difícil aprender a andar com isso?

— É só andar. — Wussausmon sorriu. — Encasacados sabem andar, não? É só manter as pontas para fora da neve.

— Como é que eu calço isso? — perguntou Ned.

— Essa é a outra parte do presente dela para você — disse Wussausmon. — Você vai ter de abrir mão dos sapatos; vai ter de usar mocassins, como o povo da Terra da Alvorada.

— Ela sempre odiou os meus sapatos — reclamou Ned. — Mas os meus pés vão congelar!

— Não vão, não. Esses mocassins são de inverno; são feitos com pele de alce; os seus pés vão ficar quentinhos. É muito melhor do que as suas botas, e ela lhe enviou perneiras de camurça, para serem enfiadas dentro dos mocassins.

Ned olhou para os mocassins, belíssimamente costurados, mais parecidos com sapatinhos para uma criança inglesa usar no berço do que com calçados para um homem, mas constatou que eram forrados de pele e confeccionados com duas camadas de couro, autênticas botas indígenas.

— Experimente! — sugeriu Wussausmon.

Ned retirou os sapatos pesados e a meia fria e úmida e enfiou um pé descalço dentro do mocassim forrado de pele; o conforto e o calor foram imediatos. Wussausmon riu alto da cara dele.

— Posso dizer a ela que você vai dar um queijo em troca?

— Eles valem dois! — jurou Ned. — E diga que ela é uma boa amiga por pensar em mim nesses dias frios.

NOVEMBRO DE 1670, LONDRES

Alys e Livia acenaram para os mastros do galeão do capitão Shore que passavam enquanto a embarcação descia o rio ao meio-dia, sob um céu carregado.

— Boa sorte — desejou Livia ao barco. — Que Deus os abençoe.

— Espero que não caia uma tempestade — disse Alys.

— Que Deus lhes dê bom tempo — reforçou Livia. — Principalmente na viagem de volta, com os meus bens.

— Amém — disse Alys, quando as duas mulheres entraram pela porta da frente do armazém e a fecharam. — Mas, antes que ele volte, precisamos ganhar algum dinheiro! Não tenho como pagar a viagem de volta e a entrega. Não resta quase nada no caixa depois que paguei o capitão Shore. Estou tendo de pedir a alguns credores que esperem.

A mulher mais jovem passou o braço pela cintura de Alys e encostou a face lisa e os cachos perfumados no ombro dela.

— Faça-os esperar — recomendou ela. — A menos que queira que eu peça emprestado a Sir James?

— Não! Não, claro que não. Não precisamos de nada dele. A gente vai dar um jeito. Tabs pode esperar pelo pagamento do salário. Na pior das hipóteses, posso pedir emprestado no Paton's para pagar quando a próxima carga chegar.

— É claro que Tabs pode esperar — concordou Livia. — Afinal, você já oferece a ela casa e comida! E será que não poderia pedir emprestado o suficiente para conseguir um armazém maior? Não faria sentido arranjar um armazém maior para que eu não precise fazer as vendas na casa de Sir James? Para que eu nunca mais precise ir à casa dele?

Imediatamente, Alys pareceu ficar aflita.

— Eu preferiria que você não fosse... mas nós não podemos levantar tal quantia, seria demais.

— Se vendêssemos este armazém?

— Não podemos vender isto aqui!

— Mas, minha querida, como vamos ganhar mais dinheiro, se não corrermos riscos? Você não quer que eu fique confinada aqui para sempre, quer? Não seria maravilhoso comprar um novo armazém, em algum local mais elegante, em algum local onde pudéssemos expor as antiguidades e você pudesse administrar o armazém e eu pudesse vender as minhas preciosidades numa galeria? — Livia pegou Alys pela cintura e a balançou, como se estivessem dançando juntas. — Seria uma parceria de verdade; seria um negócio nosso.

— Eu... Eu... acho que não, eu não poderia... — Alys hesitou, dividida diante da imagem sedutora de um armazém próspero e um negócio que Livia pudesse dirigir ao seu lado, uma parceria de trabalho e amor. — Parece uma ideia maravilhosa... mas eu não conseguiria levantar tal soma. Eu não poderia arriscar o nosso teto... e Johnnie jamais concordaria.

A bela risada de Livia retiniu.

— Ah, Johnnie! Será que temos de pedir permissão a Matteo também? Meu amor, não vamos deixar que os nossos filhos nos governem! Nós vamos decidir o que fazer. Nós, juntas. E veja! Acabamos de testemunhar a partida do nosso navio; vamos testemunhar a volta dele. Você não sabe, você não faz ideia do lucro que terei. Você não sabe, você não faz ideia dos planos que tenho para nós. Principalmente, você não faz ideia de como seremos felizes.

O escaler que transportava Sarah saudou o galeão do capitão Shore, ancorado, aguardando a mudança da maré. Passageiros muitas vezes embarcavam em Greenwich, e mercadores costumavam enviar uma carga final. O capitão Shore em pessoa ajudou-a a subir a bordo pela amurada do navio.

— Ora! Uma jovenzinha?

— Eu trabalho para o Embarcadouro Reekie — disse ela. — A *nobildonna* me mandou para selecionar as mercadorias dela em Veneza e providenciar o empacotamento.

— Já fui encarregado pela Sra. Stoney — protestou ele.

— Cabe a mim cuidar para que eles façam tudo de acordo — disse ela com calma. — E depois acompanhar as mercadorias na volta para casa.

— Por quê? — perguntou ele diretamente. — Por que não me deixar buscar as mercadorias, como da outra vez?

Sarah deu de ombros.

— O senhor sabe como ela é — disse ela, certa de que ele não sabia. — Ela quer que eu faça a seleção. Não posso recusar. Ela simplesmente ordenou que eu viesse, e aqui estou.

— Ela não me falou nada sobre enviar uma empregada para fazer o meu trabalho. Pensei que ela confiasse em mim; já trabalhei para ela tantas vezes!

Sarah sorriu.

— Ah, não, não! Não é a Sra. Stoney! Ela é sempre justa... É a outra. A italiana. Foi ela quem me enviou.

— Ah — disse ele com tom grave. — Aquela! — Ele conduziu Sarah até uma pequena cabine e guardou debaixo do beliche a caixa de chapéu que ela levava. — Só vamos parar em Lisboa — alertou ele.

— Tudo bem — respondeu Sarah. — Eu nem queria vir. Só estou aqui para buscar os bens dela e encontrar o meu marido.

— O que ele está fazendo em Veneza? — perguntou ele, imediatamente desconfiado.

— Está doente — improvisou Sarah.

— O que é que ele tem? Porque, se foi mandado para o *lazzaretto*, não vamos nem chegar perto dele; e vocês só vão poder ter contato depois que acabar a quarentena, se ele sobreviver.

— Não, nada disso! Ele quebrou a perna — disse ela, loquaz. — Não é nada contagioso. Ele é comerciante... comerciante de seda. Cabe a mim selecionar os bens dela e trazê-lo de volta para casa.

Ele olhou para ela com olhos azuis penetrantes sob as sobrancelhas louro-escuras.

— Espero que você esteja falando a verdade, mocinha!

— Ah, sim — mentiu ela alegremente. — Estou, sim.

NOVEMBRO DE 1670, LONDRES

Na manhã seguinte, Alinor disse a Alys que Sarah havia mandado uma mensagem da chapelaria dizendo que tinha ido ao campo fazer uma visita e estaria de volta dentro de uma semana. As três mulheres estavam costurando saquinhos de ervas no quarto de Alinor. Ao pé da torre, a maré subia, e as ondas traziam uma enxurrada de lixo, espessa com a espuma dos curtumes e tinturarias, ondas que haviam escoado para o mar e agora reapareciam. Gaivotas guinchavam e mergulhavam nas águas revoltas. Alinor observava os biguás submergindo e as gaivotas voando no céu e falou distraidamente:

— Foi Ruth, da chapelaria. Vai se casar no vilarejo dela e queria que Sarah preparasse o desjejum do dia do casamento.

— E isso demora uma semana?

— Ah, minha querida, ela trabalha sem feriado há sete anos! Já cumpriu o período de aprendizado; deixe-a ter um descanso.

— Alys, não seja tão rígida com a sua filha! — interpolou Livia, descansando o trabalho no colo. — Deixe a nossa linda menina bater as asas. As asinhas dela serão cortadas em breve.

Em silêncio, Alinor observou Livia aconselhando Alys quanto ao modo de lidar com a própria filha.

— Nunca ouvi falar dessa tal Ruth — queixou-se Alys.

— Você acha que ela fugiu com algum amante? — desafiou Livia, rindo dela. — Não, você não acha isso! Então, deixe que ela vá. Sarah vai estar de volta em alguns dias, não é?

Alinor sorriu.

— Tenho certeza de que você sabe das coisas — disse com um toque de irritação na voz. — E você vai até a Strand hoje, minha querida?

Livia se envaideceu.

— Para o chá que será servido durante a minha exposição — disse ela, presunçosa. — Para me encontrar com os compradores. E uma venda já foi acertada: vendi as minhas cabeças de césares!

— Por quanto? — perguntou Alys, ansiosa. — Elas são tão valiosas quanto você achava?

— Cem libras — disse Livia, dividindo pela metade a quantia sem hesitar.

— Cem? — repetiu Alys, incrédula. — Cem libras?

— Eu lhe falei! — disse, triunfal, a mulher mais jovem. — E Sir James não vai aceitar nada de mim por usar a casa dele!

Alys olhou de relance para a mãe diante da menção daquele nome. Alinor se manteve impassível, com os olhos fixos no rosto radiante da nora.

— Você vai trazer o dinheiro para casa hoje à noite? — instou Alys. — Você sabe quanto precisamos de dinheiro no armazém.

— Não é para administrar o armazém — determinou Livia. — É para comprar uma bela casa para nós.

— Nós vamos comprar uma casa nova? — perguntou Alinor.

Alys correu os olhos da mãe para Livia.

— É um plano de Livia — explicou ela sucintamente. — E é claro que seria maravilhoso mudar para outra casa, próxima do campo, com jardim. Mas, minha querida, você está devendo pelo armazenamento das mercadorias e por duas viagens, e não podemos arcar com uma dívida tão grande.

Alinor observou as duas jovens enquanto Livia espalmava as mãos diante da amiga, como se fosse uma mágica, uma trambiqueira de esquina, mostrando que não tinha nada na manga.

— Não me chateie por causa de dinheiro. Está vendo? Nada ainda. Mas hoje à noite vou trazer para casa uma fortuna.

Alys sorriu, imediatamente resignada.

— E não vamos comprar uma casinha ordinária, longe da cidade — declarou Livia. — Você sabe o que eu tenho em mente.

— Ela sabe mesmo? — observou Alinor.

NOVEMBRO DE 1670, HADLEY, NOVA INGLATERRA

Ned acordou pela manhã com a luz azulada filtrada pela janela fosca e com a lembrança do sussurro da neve durante a noite. Abriu uma fresta da porta e se deparou com um monte de neve soprada de encontro à soleira, quase na altura do joelho. Tinha nevado a noite toda de novo. Precisaria cavar uma trilha para poder sair. Quando o tempo estava ruim, com vento uivante e nevasca, ele amarrava uma corda na cintura, prendia a ponta na argola da porta de casa e desenrolava a corda enquanto se afastava a fim de alimentar a vaca e a ovelha, aconchegadas para se aquecerem em sua baia compartilhada. Cada vez que retornava, trazia uma braçada de lenha e seguia a corda até o portão da rua. Sem a corda, não conseguiria encontrar o caminho no próprio quintal, tão ofuscante era a neve que se precipitava e tão ensurdecedor era o uivo do vento. Em determinados dias, no meio de uma tempestade, embora estivesse a apenas alguns metros de distância, ele não conseguia enxergar a própria casa. O mundo era um redemoinho de cegueira gelada; quando olhava para baixo, a neve era tão espessa em torno dos joelhos que não conseguia ver os próprios pés nos mocassins novos.

Mas aquele dia estava tão calmo e o céu tão claro que Ned resolveu experimentar os novos sapatos de neve e até mesmo ir ao povoado, para vender alguns itens estocados durante o inverno. Sentou-se na banqueta, calçou os mocassins novos e enfiou os pés nas tiras dos sapatos de neve. Sentindo-se um idiota, andou desajeitadamente até a porta enquanto colocava o pesado casaco de lã e a capa impermeável. Havia confeccionado seu próprio gorro de pele de coelho e o enfiou na cabeça, cobrindo as orelhas. Não fazia ideia de como lidaria com os sapatos de cestaria, que pareciam grandes cascos nos pés, e o primeiro desafio foi subir da soleira para o monte de neve acumulado diante da porta. A neve estava mais macia ali, e ele afundou, tropeçou e caiu de cabeça, mas se levantou novamente. Estava ofegante e transpirando por conta do esforço, mas, depois que conseguiu alcançar uma neve mais densa, descobriu que dava para ficar de pé sem afundar e, com passos lentos e extenuantes, constatou que conseguia avançar. Quando olhou para trás, viu que, embora estivesse andando sobre quase um metro de neve, deixava um rastro de apenas alguns centímetros.

Foi emocionante andar no topo dos montes de neve em vez de precisar cavar uma trilha. Mas era um trabalho árduo, e Ned suava e ofegava por causa do esforço; contudo, constatou que poderia chegar ao portão do vilarejo e até descer a larga via comum, que havia se tornado um campo branco de neve pura. Era um belo dia para aquela aventura com os novos sapatos de neve, o céu de um azul feito ovo de pato e as sombras de um azul-escuro parecendo anil sobre a neve deslumbrante. Ned seguiu cambaleando, com uma cesta em cada mão, até o portão norte, meio afundado nos montes de neve.

Ned passou as cestas para o outro lado e depois escalou o portão. Já dentro da área do vilarejo, sendo o terreno mais plano, verificou que a neve espessa estava mais lisa sob os sapatos de neve e era possível avançar — com as pernas ligeiramente arqueadas e os passos meio desajeitados, mas definitivamente em frente.

Enquanto andava, viu outras casas do povoado cobertas de neve. A maioria das pessoas havia cavado uma trilha de suas portas até as baias ou estábulos; muitas tinham aberto um caminho estreito até a via comum, e Ned ficou no alto de um monte de neve quando eles saíram de casa, embrulhados em peles, para comprar o que precisassem. Ned vendia produtos secos, frutas vermelhas, cogumelos, um pouco de carne-seca de caça e grãos de milho, tudo estocado em sua despensa de inverno.

As pessoas notaram os estranhos sapatos de neve que Ned usava: algumas nunca tinham visto tal coisa. Ned explicou que Esquilo Manso os havia confeccionado e trocado com ele e que, se alguém quisesse um par, ele tinha certeza de que outros escambos poderiam ser feitos. Mas os homens disseram que preferiam cavar trilhas até suas lojas e estábulos a cambalear feito indígenas embriagados e que os dedos de Ned congelariam e ele perderia os pés, e as mulheres disseram que não poderiam usar tais calçados sob saias, de jeito nenhum.

John Russell estava conduzindo um encontro de oração com meia dúzia de pessoas no seu gabinete e na sala, rogando por inspiração divina para eles, peregrinos na terra fria. Ned tirou os sapatos de neve, a capa impermeável, o casaco de pele e o gorro e curvou a cabeça, juntando-se aos demais. Quando o culto acabou, homens e mulheres trocaram notícias antes de abrir a porta para o mundo exterior gelado. Uma das clientes regulares de Ned o viu e se aproximou.

— Você tem peixe fresco, Ned Ferryman?

Ned baixou a cabeça, exprimindo um pedido de desculpa.

— Está frio demais para pescar nos açudes — disse ele. — Mais tarde, ainda na estação, talvez eu aprenda a pescar no gelo.

— Você se atreveria? — perguntou ela.

Ned engoliu em seco, escondendo a apreensão.

— É bastante seguro, eu sei.

Ela anuiu e foi embora, e Ned correu os olhos pela igreja, procurando a Sra. Rose, a criada do pastor. Ela veio até ele.

— Vou levar um pouco de carne-seca de cervo, Sr. Ferryman — disse ela. — E o que é isto aqui?

— Amoras secas, e isto aqui é mirtilo. Eu mesmo colhi. Estão muito bons.

— Uso para rechear tortas — disse ela. — Vou querer duzentos gramas.

— Eu levo até a cozinha — ofereceu ele.

Ela inclinou a cabeça.

— O senhor aceita um quentão de cerveja para esse tempo frio?

— Eu ficaria grato.

Ela o conduziu até a cozinha, localizada nos fundos da casa.

— As noites têm sido longas demais para os nossos hóspedes — comentou ela em voz baixa, referindo-se aos homens escondidos. — Tem feito frio demais para sair; eles ficam lá em cima, lendo. Mal veem o sol.

— Vou fazer uma visita a eles antes de ir embora — disse Ned. — Eles devem se sentir presos.

— Eu no lugar deles voltaria para o Velho Mundo e me entregaria à sorte — opinou ela.

— Eles seriam executados no cais, assim que o navio aportasse — disse ele bem baixinho. — Não há retorno seguro para aqueles que sentenciaram o velho rei à morte. É a morte que os aguarda lá. Lembre-se de que John Barkstead, John Okey e Miles Corbet foram capturados, e os três foram executados... enforcados e esquartejados. E nem estavam na Inglaterra... o novo rei Carlos os perseguiu e prendeu na Holanda, e foram arrastados de volta à Inglaterra para a morte.

— Mas eles podem muito bem encontrar a morte aqui — apontou ela. — Não há certeza de que sobreviveremos ao inverno... com os selvagens, o frio e a fome? Sem médico, se a gente sofrer um acidente; sem boticário, se a gente ficar doente. Não há garantia de nada.

— Então, por que a senhora continua aqui, Sra. Rose? — perguntou Ned. — Com todo esse receio que a senhora tem? Por que não volta para casa quando o seu contrato terminar?

Ela desviou o rosto, ocultando sua expressão sombria pelas abas da touca.

— Pelo mesmo motivo que todo mundo — disse ela com firmeza. — Eu vim, antes de mais nada, porque tinha esperança de uma vida melhor. Deus me chamou e o meu amo ordenou. Eu não sabia que seria assim. Eu esperava algo melhor; ainda espero. E, em todo caso, não tenho dinheiro para pagar a passagem de volta para casa.

NOVEMBRO DE 1670, LONDRES

Livia estava decidida a chegar à Casa Avery com uma aparência impecável e gastou os xelins que Alys lhe dera para os brincos contratando um barqueiro para levá-la até o píer e a escada privativa da Casa Avery. Ofereceu uma gorjeta ao barqueiro para carregá-la pelos degraus verdes e úmidos, de maneira que seus sapatos de seda preta não ficassem molhados.

— Devia usar botas — comentou ele, azedo.

Ela lhe deu uma moeda sem responder, virou-se e atravessou o pomar, passou pelas esculturas do jardim e pelo belo filhote de cervo em mármore e subiu os degraus de pedra até o imponente terraço e as grandes portas envidraçadas nos fundos da casa.

Sir James a estava esperando e fez uma reverência, mas ela caiu em seus braços e ergueu o rosto para um beijo sem sequer remover o barrete. Ele não pôde nem sequer recuar e lhe beijar a mão, pois ela já estava em seus braços. As abas largas do barrete o impediam de lhe beijar a face; não havia nada que ele pudesse fazer senão retribuir o beijo e sentir, com um desejo estarrecedor, aqueles lábios mornos se abrindo, enquanto ele lhe saboreava a boca e a suavidade líquida da língua, que lambia a dele. Criado como celibatário e recém-viúvo, ele sentia a sensualidade descarada de Livia como um impacto físico. Experimentou um ardor súbito que lhe afastou da mente todas as dúvidas. Apertou-a com mais força e lhe sentiu as costas esbeltas contra o braço, como se pudesse possuí-la ali mesmo, no terraço.

Precisou se forçar a soltá-la e dela se afastar, embora estivesse sem fôlego de tanto desejo, mas constatou que os olhos de Livia cintilavam e que ela ria.

— *Allora!* — disse ela, extasiada. — Vejo que precisamos nos casar quanto antes! Vamos escandalizar os criados. É assim que vocês, ingleses, cumprimentam as suas noivas?

— Perdoe-me! — De imediato, ele se envergonhou da própria avidez.

Ela riu e desamarrou as fitas do barrete, e o grande laço de seda se desfez e pendeu, fazendo Sir James se lembrar de uma anágua que se abrisse sobre a nudez. Ele enrubesceu com tal pensamento e torceu para que ela não tivesse percebido.

— Não, não há nada a perdoar! — garantiu ela. Ela removeu o barrete da cabeça e o segurou displicentemente, balançando-o pelas fitas, de modo que a pluma preta roçou o solo. — Estou tão feliz por ser novamente a esposa de um inglês; sabia que dizemos na Itália que o único povo que ama suas esposas é o inglês? Mal posso esperar pelo dia do nosso casamento. — Ela se aproximou um pouco mais para que ele pudesse ouvi-la cochichar. — Mal posso esperar pela nossa noite de núpcias.

O desejo por ela afastou qualquer cautela da mente dele.

— Ah, Livia... eu...

Ela se virou e o precedeu casa adentro, sem convite, abrindo a porta de vidro do gabinete e sentando-se na cadeira dele, de espaldar alto, diante da escrivaninha, como se já fosse sua esposa. Ela pegou e examinou as respostas ao convite para o chá. Ele sentou-se na cadeira de visitantes, bastante aliviado por ter a escrivaninha entre eles.

— Aceita um pouco de cerveja? Vinho e água? Ou chá? — perguntou ele.

— Vamos tomar licor de amêndoa de novo? — Ela sorriu para ele. — Acho que vou apreciar aquele sabor para sempre, pois sempre há de me fazer lembrar da última vez que estive aqui, quando me disse que me amava e me pediu em casamento.

Ele serviu a ambos da garrafa que estava no aparador e falou de costas para ela.

— Meu cunhado, George, escreveu para mim — disse ele. — Pediu desculpas pelo que disse.

— Como deveria — anuiu ela discretamente. — Digo que devemos perdoá-lo, mas nunca haveremos de esquecer a grosseria dele comigo.

Ele precisou se virar para entregar a taça. Estava sério.

— Ele não repetiu o questionamento da autenticidade das esculturas; mas, minha querida, receio que...

O sorriso dela foi terno, mas os olhos faiscaram.

— Receia? — Ela riu. — Não quero um marido receoso!

— Qualquer dúvida sobre a autenticidade das esculturas seria algo por demais embaraçoso — disse ele, escolhendo cautelosamente as palavras. Mal sabia o que dizer. Esperava que ela entendesse de imediato que a ideia de vender bens de procedência duvidosa na casa de sua família para seus próprios amigos era para ele insuportável. — Não tenho como ser mais enfático: se houver a menor dúvida...

— É só uma opinião — disse ela, como se fosse esse o ponto. — E, se ele diz que não vai comentar...

— Se houver a menor dúvida quanto a qualquer uma das antiguidades, todas devem ser retiradas de venda — disse ele com firmeza. — Não posso me ver na posição de estar vendendo, com lucro, para meus amigos, algo que possa ser...

— Possa ser o quê? — desafiou ela.

— Incerto?

— O que está querendo dizer? — indagou ela categoricamente.

Ele engoliu em seco.

— Falso.

A palavra caiu na sala feito uma pedra num poço profundo. Ela arregalou os olhos, mas não falou nada.

— Se for o caso — disse ele, hesitante. — Claro, sem o seu conhecimento... Ninguém está dizendo que você...

— Você mesmo pode ver que são todas peças de suprema beleza — destacou ela.

— Sim. Mas são...?

— Lustrosas — disse ela. — Com o brilho da bela idade.

— São surpreendentemente lustrosas, considerando que são tão antigas...

— Foram escolhidas pelo meu primeiro marido, um célebre patrono das artes, dotado de extremo bom gosto, dentre tudo o que ele podia adquirir com sua vasta fortuna. Cada objeto que você tem aqui foi por ele examinado e avaliado, e ele julgou que era digno de sua coleção.

— Ele poderia ter sido ludibriado?

— Não.

— Alguém poderia ter substituído algo autêntico por algo falso, pela cópia de algum original, talvez, depois que ele morreu? Ou quando os itens ficaram armazenados? Ou quando foram enviados aqui para você?

— Não — afirmou ela taxativamente, embora ambos soubessem que ela não teria como saber.

— É improvável que o meu cunhado esteja enganado — disse ele em voz baixa. — Ele é uma autoridade no assunto. Se ele afirma que algumas das cabeças de césar são cópias, mesmo cópias muito boas, devemos ouvi-lo. Minha querida, é provável que ele esteja certo.

— Não, ele não está certo — contestou ela, resoluta. — Não é possível que as minhas antiguidades não sejam autênticas. E, de qualquer maneira, não temos de ouvi-lo. Eu certamente não vou ouvi-lo. Ele pode convencê-lo, não a mim. Você vai ter de escolher em quem acreditar. No irmão da sua falecida esposa, que se ressente da sua nova felicidade? Ou na sua esposa prometida? Na sua noiva?

Ela percebeu o dilema em que ele se encontrava e aumentou a pressão.

— Você me ofereceu o seu bom nome e a sua fortuna, e eu lhe trago toda a minha. Essas antiguidades agora são suas, você vai solapar a própria honra? Será que elas podem ser falsas, e você pode ser falso, quando passou a vida lutando para ser verdadeiro?

— Uma questão de honra? — Ele mal conseguia entender. — Como assim, uma questão da minha honra?

— São as suas antiguidades! — exclamou ela, impaciente. — Você é meu marido! O que é meu é seu. Você lidaria com qualquer coisa que não fosse autêntica? Será que se tornou uma espécie de charlatão?

— Claro que não! — exclamou ele. — Claro que não!

— Então! Aí está! — disse ela simplesmente, como se a discussão houvesse terminado e ele concordasse.

Terminaram de beber o licor em silêncio, e ele olhou para o rosto dela, a fim de ver se ela reagiria como sua primeira esposa: calada, fria e amuada; mas ela lhe ofereceu um sorriso radiante, como se não houvesse nada de errado, e então lhe pediu que mostrasse a residência. Na condição de futura senhora da casa, ela queria ver tudo, dos quartos do sótão aos porões, e o ânimo dele melhorou enquanto mostrava a ela os estoques de vinho mantidos na adega, cada garrafa cuidadosamente emprateleirada e numerada.

— Tudo colecionado por meu pai e meu avô, e pelo pai do meu avô — disse ele.

Livia tinha visto adegas muito maiores nos vinhedos ao redor de sua casa, onde vinho era produzido havia séculos e só os melhores eram preservados, mas fez que sim, como se estivesse extremamente impressionada.

— E ninguém vai lhe dizer que não são bons! — disse ela, como se fosse uma piadinha particular.

Ele mostrou os cômodos suntuosos no térreo, adjacentes ao grande salão de piso de mármore: a sala de jantar, a sala de estar e a saleta de recepção, com portas duplas que podiam ser abertas para o corredor.

— Mas esta é uma casa perfeita para grandes bailes! — exclamou ela.

— Minha mãe e meu pai receberam o rei aqui — disse ele. — O rei e toda a corte.

— Ah, nós faremos o mesmo — disse ela de pronto.

— Era no tempo do velho rei — advertiu ele. — Do rei Carlos, não do filho dele. Acho que a corte não é lugar adequado para uma dama agora.

Ela olhou para o rosto dele, estendeu a mão e lhe deu um tapinha na bochecha.

— Seremos ilustres — disse ela. — E receberemos o rei. Não haverá nenhuma impropriedade na sua casa, mas ocuparemos o lugar que nos pertence.

Ele sentiu uma pontada de esperança de que ela pudesse conferir à casa dele a condição merecida, que de alguma forma o rei e o reino seriam como deveriam ser, que os velhos tempos seriam verdadeiramente restaurados, que ele não precisaria ter tantas dúvidas sobre aquela réplica rasa e pretensiosa de sua antiga vida. Pegou-a pela mão, com o propósito de conduzi-la escada acima para ver os quartos. Estava tudo coberto com lençóis de linho para impedir a ação de traças e proteger da poeira. Somente no quarto dele, voltado para o jardim e o rio, a cama estava arrumada, e as persianas, abertas para o sol.

— Você dorme aqui? — perguntou ela, encostando-se na cama.

— Durmo.

— E não no quarto principal, que tem a cama de dossel?

— Aquele era o quarto que eu dividia com a minha esposa. É grande demais para um homem sozinho, e não venho muito a Londres.

— Mas nós vamos usar aquele, o quarto principal?

— Vamos — disse ele. — Quando visitarmos Londres. E precisamos marcar a data do nosso casamento. Vamos nos casar na minha casa, na Mansão de Northside, em Yorkshire. Vou para casa, depois mandarei buscá-la, e teremos os proclamas anunciados na minha igreja paroquial.

— Achei que fôssemos nos casar imediatamente! — exclamou ela. — Não concordamos em nos casar imediatamente?

— Concordamos, mas eu não posso — começou a falar.

O olhar dela ficou afiado qual uma faca.

— Você prometeu.

— Tenho de me casar na minha própria paróquia — disse ele gentilmente. — Não posso me casar às escondidas, às pressas, como se tivéssemos algo a esconder. Tenho de me casar na igreja onde toda a minha família foi batizada, casada e sepultada.

— Então, podemos ir para sua casa imediatamente?

— Terei de tomar as devidas providências... — De repente, ele estancou, como se um pensamento lhe houvesse ocorrido. — Você é protestante? Professa a religião reformada?

Ela não tinha pensado nisso.

— Sou católica — admitiu ela. — Mas não tenho objeções...

— Eu não tinha pensado nisso! Antes de podermos nos casar, você terá de ser instruída e crismada na Igreja anglicana — disse ele. — Terei de encontrar um reverendo aqui, em Londres, para se encarregar da sua instrução. Depois que ele a conduzir pelo batismo e pela crisma, você virá para a Mansão de Northside, para mim, e nos casaremos.

— Não há necessidade...

— Minha querida, isso tem de ser feito.

— Posso receber o batismo imediatamente. Com certeza, posso ser batizada amanhã!

— Não sem a devida instrução. Religião é questão de entendimento, não apenas de fé.

Ela não conseguiu esconder a irritação.

— Mas quanto tempo tudo isso vai levar? — indagou ela.

Ele pensou por um momento.

— Seis meses? Não mais do que um ano.

— Não podemos esperar um ano para nos casarmos! — exclamou ela com a voz estridente.

— Por que não? Somos jovens.

— Mas queremos um filho quanto antes!

Ele pegou a mão dela e a beijou.

— Um Avery autêntico, nascido de pai e mãe protestantes e batizado na igreja da paróquia de Northallerton.

— Mas pensei que você fosse católico.

— Fui criado na verdadeira... — Ele interrompeu a frase herética. — Falei para você que fui criado como católico, mas os meus pais e eu tivemos de negar a nossa fé para podermos voltar para casa e recuperar as nossas terras. Foi um ato bastante doloroso para mim, que muito custou ao meu orgulho e à minha alma. Parecia algo errado, e ainda me magoa. Mas não posso permitir qualquer dúvida sobre meu título de proprietário das minhas terras, nem sobre a herança do meu filho. Como católico, eu ficaria impedido de exercer cargos públicos, e nasci para servir e liderar a minha comunidade. É uma questão de honra assumir as minhas obrigações. Portanto, não pode haver qualquer dúvida sobre a minha esposa e o meu herdeiro. Você terá de se converter imediatamente... até o pequeno

Matteo terá de ser batizado na Igreja anglicana. Sob o meu teto, não posso ter dúvida quanto à afiliação de quem quer que seja.

Ela ergueu as mãos.

— Pare! Pare! — disse ela com urgência. — Não seja tão sério, meu querido, tão sério diante de um assunto feliz! Nós vamos nos casar na igreja que quiser, e Matteo pode ser batizado na mesma ocasião. Ele adotará o seu sobrenome e será seu filho. Mas não posso esperar para sempre. Precisamos nos casar este ano, antes do Natal. Não posso sobreviver ao inverno naquele armazenzinho horrível… você não faz ideia de como é desconfortável e apinhado. Tenho certeza de que ficaria doente; aquilo me faria adoecer. Preciso me tornar Lady Avery antes que o inverno chegue.

— Você não pode se mudar? — perguntou ele, incomodado. — Mudar de casa, se o local é tão desagradável? Por que você precisa do meu sobrenome? Por que isso faria alguma diferença? E, com certeza, minha querida, Matteo deve manter o sobrenome do pai. Elas não achariam que estou roubando o menino?

Livia percebeu prontamente que tinha avançado rápido demais e disfarçou a impaciência. Aproximou-se e colocou as mãos no belo veludo das lapelas do paletó dele.

— Quero o seu amor e a sua proteção; quero estar em algum lugar quentinho — sussurrou ela. — É só nisso que estou pensando. Em algum lugar quentinho com você. Você não me quer lá, naquelas noites frias do norte? Quando o vento uiva lá fora e a neve se acumula diante da porta, você não vai querer a minha companhia? Para seu contentamento?

Ela colocou as mãos na nuca dele, que sentiu um arrepio descendo pela espinha, como se ela tivesse tocado o âmago do seu corpo; imediatamente, ele perdeu o tino e toda e qualquer cautela. Livia puxou a cabeça dele, como se fosse beijá-lo, mas, quando ele se curvou para a frente, ela se inclinou para trás, puxando sua boca para o seu pescoço exposto, e se deixou cair na cama; ele, seguindo o movimento, caiu por cima dela. Por instinto, ele quis se levantar, pedir desculpa, mas ela o manteve preso, envolvendo-o com os braços, abrindo a boca e arqueando as costas, pressionando o próprio corpo contra o dele, até que, deixando escapar um suspiro, ele constatou que não conseguia se conter. Faminto por senti-la, desesperado para estar dentro dela, ele remexeu os calções enquanto ela puxava para cima o vestido de seda escura, o vestido de luto, e a anágua de seda, e ele a penetrou com um gemido de prazer. Prontamente, ela se moveu embaixo dele, incitando-o.

— Meu Deus! Perdoe-me! — disse ele no instante em que voltou a si. — Perdoe-me! Eu não deveria ter feito isso! Eu não tive a intenção de...

Por um momento ela ficou bem quieta, e então, languidamente, virou a cabeça para ele. Quando abriu os olhos castanho-escuros, viu seu semblante perturbado e percebeu que deveria tranquilizá-lo. Imediatamente, encontrou as palavras certas.

— Ah, também agi errado — disse ela com remorso. — Pois o beijo partiu de mim. Senti tanto desejo...

Ele se levantou prontamente, arrumando a roupa, bastante envergonhado de si mesmo.

— E logo na minha casa! Você sendo minha convidada! — disse ele quase consigo mesmo. — Sob meus cuidados. Sob minha proteção! Que Deus me perdoe...

— Ora! — disse ela, sentando-se e ajeitando a touca. — Afinal, estamos noivos e vamos nos casar. Não há grande pecado nisso.

Ele não conseguia entender a calma dela diante do ataque à sua honra.

— Não há pecado?! Mas tal violação da... Perdoe-me, Livia. Machuquei você?

Ela notou que ele estava profundamente abalado e que era preciso concordar. Então, pulou da cama, como se sentisse vergonha de se deitar ali. Baixou a cabeça, de modo que ele só pudesse ver a linha encantadora de suas sobrancelhas e os cílios escuros acima das faces.

— É claro, você me machucou um pouco. É de esperar. Um homem como você... — Ela desviou o rosto para esconder o rubor.

— Sou um brutamontes.

Ele caiu de joelhos, e ela se inclinou para a frente e pressionou a cabeça dele entre seus seios fartos, de modo que ele sentiu o perfume de pétalas de rosa e o calor da pele de Livia, e o desejo por ela ressurgiu.

— Mas agora temos de nos casar logo — cochichou ela. — Não pode haver nenhuma demora.

— Sim, sim — concordou ele com os lábios na pele lisa do pescoço dela, enquanto Livia guiava a mão dele até o seio, sob o corpete justo de seda.

— Pense! Talvez já tenhamos concebido um filho! — sussurrou ela com uma voz meio cantada. — Agora, temos de nos casar.

— Meu Deus! Sim — disse ele. — É claro. Livia, confie em mim! Seu nome e sua honra estarão seguros comigo. Acredite! Irei imediatamente a Northallerton e providenciarei os proclamas. Mandarei buscá-la assim que puder. E, enquanto isso, vou localizar um reverendo para instruí-la, aqui em Londres, e direi a ele que você precisa se converter quanto antes. Não preciso explicar o porquê: há muita gente que se converte para evitar as penalidades. E Matteo pode ser batizado, como você diz, quando nos casarmos...

Ela se pôs de pé e sacudiu o vestido preto amarrotado.

— Muito bem — disse ela, sorrindo. — Claro, será exatamente como você deseja, meu amor. Faremos exatamente como você quer. Contanto que seja logo. Antes do Natal.

Ele pegou a mão dela e a cobriu de beijos.

— Você me perdoa?

Com ternura, ela aproximou o rosto das mãos entrelaçadas e lhe beijou os dedos em resposta.

— Você é o meu marido — sussurrou ela. — Sempre vou perdoá-lo, por tudo.

Estava tudo pronto para a chegada dos convidados. Apenas seis cavalheiros apareceram, e não estavam interessados no chá que Livia insistia em servir. Dois deles levavam consigo taças de conhaque enquanto andavam pelo jardim e contemplavam as esculturas, as macieiras inclinadas sobre frutas caídas e passadas e o rio adiante. Os demais bebiam vinho do Reno gelado e conversavam com Livia na galeria.

Ninguém falava em dinheiro, e Livia, olhando para James, percebeu que ele seria totalmente incapaz de abordar o assunto com os amigos, embora estivessem em sua casa para concluir as aquisições.

Ela enfiou a mão no braço de Sir Morris, um homem feioso de meia-idade trajando um casaco extravagante e caro, e sorriu para ele.

— O senhor há de perdoar a minha ousadia — disse ela —, mas essas antiguidades são o meu dote. Preciso vendê-las em benefício do meu filho. Não posso deixar a questão a cargo de qualquer outra pessoa, de ninguém na Inglaterra, senão de raros conhecedores, como o senhor, que entendem de mármore; ninguém fora da Itália entenderia o valor dessas antiguidades. Portanto, devo falar francamente com o senhor.

— Encantado — falou ele com um olhar malicioso. — Não me importo de fazer negócios com uma dama. Embora seja a primeira vez que falo sobre mármore!

— Entendo — disse ela friamente. — É nas cabeças dos césares que o senhor está interessado?

— Pedi ao meu mordomo que medisse a minha sala de jantar. Todas cabem, ele me diz. Se eu decidir ficar com elas. E tenho um homem que adquire arte para mim; ele virá examiná-las antes que eu conclua a compra.

Ela abriu o leque preto com um gesto rápido e olhou para ele por cima do leque.

— *Perdono!* Não sou tão ousada! — protestou ela. — Não consigo lidar com agentes e vendedores. O senhor terá de me desculpar.

Ela o surpreendeu.

— Eu não compraria nem um cavalo por esse preço sem aconselhamento.

— São césares, não cavalos.

— É uma questão de procedência — disse ele.

— Exatamente. As peças vêm do acervo da família Fiori, a família do meu primeiro esposo. A procedência é impecável.

— Sim, suponho. Mas é raro ter um conjunto completo, não é?

— Extremamente raro — disse ela sem pestanejar. — É por isso que são tão caras.

— A senhora acha que são caras?

— O senhor preferiria que fossem baratas?

Ele riu, inadvertidamente, do desprezo dela pela palavra "baratas".

— *Nobildonna*, a senhora me venceu. Vou comprar as peças sem pedir a qualquer pessoa que as examine.

— Mas somente se eu resolver vendê-las para o senhor... — rebateu ela, falando por cima do leque. — Talvez eu não tenha certeza de que o senhor as valorize o suficiente.

— Se a senhora me fizer a gentileza — respondeu ele. — Devo implorar à senhora que me esfole? Falamos de duzentas libras?

— Falamos de duzentos guinéus.

Ele enfiou a mão no bolso do paletó e retirou um pedaço de papel dobrado.

— Uma nota promissória — disse ele. — Dirigida ao meu ourives. Prazo imediato.

Ela pegou o papel sem olhar, como se desdenhasse práticas comerciais corriqueiras.

— A senhora não vai verificar o documento? — perguntou ele.

Ela arregalou os olhos.

— Será preciso? Eu questionaria a palavra de um cavalheiro?

Ele fez uma leve reverência.

— A senhora é esplêndida — disse ele, como se ela fosse uma atriz, atuando num dos novos teatros.

— Devo despachar as antiguidades para o senhor, ou os seus criados virão recolhê-las? — perguntou ela.

— Vou enviar os meus criados — disse ele. — Vou levá-las para a minha casa de campo. É um prazer negociar com a senhora, Lady Peachey.

Ela inclinou a cabeça e se aproximou dele.

— E tenho mais — cochichou ela. — Tenho uma figura feminina reclinada no mais belo mármore, um mármore bege, parecendo pele. Completamente nua, uma Vênus descansando, tendo aos pés um golfinho com a cabeça recostada... — Livia se virou de lado e ergueu o leque no intuito de esconder o rubor. — Sobre as coxas dela. O contraste entre a pele do golfinho e a... a... dela é muito lindo. Os grandes artistas clássicos põem a beleza acima de tudo... — Ela se recompôs. — Nós, modernos, somos obrigados a nos cercear pelo recato. Mas espero que tal limite não nos torne cegos. Trata-se de uma peça privada, para o gabinete de um cavalheiro, ou sua galeria particular.

— Gostaria de vê-la — disse ele, cheio de ansiedade. — Totalmente nua, é isso?

— Eu teria de solicitar que a peça fosse despachada do depósito do meu falecido marido, em Veneza — disse ela. — Posso lhe mostrar um desenho, e o senhor pode fazer a encomenda. Não posso me comprometer a trazê-la até este país sem a garantia de um comprador. Eu teria de entregá-la diretamente ao senhor; não poderia exibi-la na casa de Sir James, a peça é demasiado...

Ele inclinou a cabeça para ouvi-la cochichar.

— *Infiammando* — soprou ela.

— Inflamante? — confirmou ele.

Livia, baixando por recato os olhos amendoados, apenas fez que sim.

— Com certeza, para uma dama; mas para um homem do mundo, como eu?

— É *indecente* para qualquer um — garantiu ela, virando a cabeça, envergonhada a ponto de quase emudecer. — Seria *indecente* até para o rei, e todos sabemos que ele tem bom olho para arte.

— Quanto? — perguntou ele, um tanto ofegante.

— Ah, a minha Vênus, a minha Vênus indecente, custaria quinhentos.

— Guinéus?

Ela se virou para ele e sorriu.

— Precisamente.

James esperou por Livia no gabinete enquanto o último convidado deixava a casa. Ela entrou sorrindo e lhe ofereceu a nota promissória de próprio punho de Sir Morris.

— Pode ficar com isso para mim? — perguntou ela. — Não me atrevo a levar isto para o armazém. Morro de medo de ladrões ou incêndio!

— Liquido a nota amanhã — disse ele. — Devo manter o ouro com o meu ourives para você?

— Sim — respondeu ela. — Acho melhor, obrigada.

Ele olhou para a quantia.

— Você deve estar satisfeita — foi tudo o que disse.

— Estou — concordou ela. — Por conta daquelas pobres damas.

Ele aguardou enquanto ela colocava o barrete e jogava uma capinha por cima dos ombros para se proteger do ar frio da noite; então, ela pegou o braço dele e se deixou conduzir pelo jardim em direção ao rio. Glib foi na frente para chamar um esquife até o píer da Casa Avery.

— Que belo entardecer — suspirou ela. — Que dia maravilhoso nós tivemos.

Livia esperou que ele respondesse e, como ele ficou em silêncio, ela fez uma pausa no último degrau de acesso ao píer.

— Ah! Eu tinha esquecido completamente! Que tolice a minha! Alys está esperando pelo pagamento do frete e da carroça.

— Imediatamente? — perguntou ele, surpreso.

— Meu querido, elas estão mais que desprevenidas; ela está me cobrando há semanas. Você não tem ideia! Tenho me sentido tão constrangida...

— Amanhã mesmo vou sacar o seu dinheiro, junto ao ourives... — sugeriu ele.

— Não, não, eu preciso do dinheiro agora. Ela vai estar esperando para esvaziar o meu bolso. Ela quer receber hoje à noite.

— Ela sem dúvida sabe que você seria paga com uma nota promissória, não?

— Meu querido, elas só negociam com moedas — disse Livia. — Ela guarda tudo o que ganha dentro de uma caixa na sala de contagem. Duvido que já tenham visto uma nota!

— É claro... — Ele hesitou, então enfiou a mão nos bolsos profundos do paletó. — Devo lhe dar algum dinheiro agora?

— Seria uma grande bondade — disse ela. — Eu deveria pagar à *mia suocera* algo pelas despesas domésticas também.

Ele tirou uma bolsinha pesada e sacou cinco guinéus de ouro.

— Isto seria suficiente?

Ela pegou as moedas e respirou.

— Obrigada, você é muito atencioso. Talvez dez? Eu não gostaria de ficar constrangida diante de Alys; ela é um tanto gananciosa.

— Sempre foi — confirmou ele e lhe entregou a bolsinha inteira, que desapareceu na carcela costurada dentro do cós da saia de Livia.

Então, ele se curvou, beijou-lhe a mão e a ajudou a descer os degraus até a popa do esquife que esperava, enquanto Glib ocupava o assento à proa. O barqueiro acenou para Sir James, impulsionou o barco e começou a remar.

Com o sol baixo sobre o rio, o esquife seguiu ao lado da própria sombra refletida na água turva. O vento soprava do mar, e o barco balançava suavemente nas marolas. Livia, uma mulher de Veneza, não percebeu os pássaros voando acima dela, em busca de um poleiro em que pudessem passar a noite, nem a beleza da pequena lua nascendo adiante. Olhou para trás, para os degraus de acesso à Casa Avery, para as copas das árvores no pomar e para o jardim escondido, então pensou apenas no casarão e na fortuna da família Avery, que o havia construído e o mantinha, e nos dez guinéus no bolso.

O barqueiro chegou aos Degraus de Horsleydown, e Glib fez o pagamento com o dinheiro de Sir James; então, desembarcou primeiro, para ajudar Livia na subida dos degraus escorregadios.

— Já pode ir — dispensou-o ela, quando alcançou o topo.

Ele hesitou. As ordens eram para acompanhá-la até o interior do armazém, e ele esperava que ela pagasse por seu retorno de barco.

Ela estalou os dedos na cara dele.

— Não me ouviu? Vá.

Ele fez uma reverência e partiu para a caminhada de volta à Casa Avery, enquanto Livia abria a maldita porta da frente e adentrava o pequeno corredor escuro.

Alys estava esperando por ela.

— Guardei comida — disse ela, ansiosa. — Estava esperando você!

— Estou muito cansada — disse Livia laconicamente. — Não quero nada.

— Ah! Você não quer uma sopa? Ou um copo de...

— Já disse: nada! Acho que vou direto para a cama.

— Como foi? — perguntou Alys. — Correu tudo bem? Você...?

— Suponho que queira dinheiro — disse Livia rispidamente.

— Bem, claro que sim! Mas também queria que o seu dia tivesse sido bom. Estava esperando. Andei pensando em você. Fiquei preocupada quando escureceu e talvez você não...

— Eu não o quê? — retorquiu Livia. — Trouxesse para casa o bolso cheio de xelins, como o seu filho e a sua filha têm de fazer? Claro que não! Deixei os meus ganhos aos cuidados de Sir James, que vai depositá-los junto ao ourives! Você acha que eu enfiaria uma bolsinha dentro do corpete, feito uma ladra?

— Eu esperava que você trouxesse dinheiro para casa hoje à noite — admitiu Alys. — Minha querida, nós precisamos de dinheiro! O armazém pagou pelo frete, e pela carroça, e pelos barqueiros. E nós contratamos uma segunda viagem. Não tenho condições de assumir essa dívida! Não lhe falei? E você disse que poderia...

Livia colocou o sapato preto de seda no degrau mais baixo.

— Ganhei uma fortuna hoje, mais do que vocês poderiam ganhar em um ano, em dez anos! Eu disse a você que pagaria e, claro, pagarei as minhas dívidas, mas não vou tirar do meu dinheiro para sustentar os seus filhos, nem para pagar uma criada que nem atende quando é chamada. — Ela abriu a bolsinha e retirou cinco moedas. — Aqui estão cinco guinéus, e você vai receber o restante mais tarde. Eu teria lhe entregado amanhã, no desjejum, não havia necessidade de ficar acordada e me cobrar na porta.

— Eu só queria ver você em segurança em casa!

— Você queria ver o dinheiro em segurança em casa! Você só se importa com dinheiro. E não fique acordada esperando por mim de novo, a menos que eu peça.

NOVEMBRO DE 1670, LONDRES

Johnnie arrumou sua escrivaninha na sala de contabilidade do comerciante que era seu patrão enquanto o crepúsculo escurecia as janelas altas e sujas. Os outros empregados vestiam as jaquetas, pegavam os chapéus e saíam juntos, mas ele não os acompanhou à padaria ou ao café. Em vez disso, desceu até o rio e parou diante de uma escada. A maré baixa batia nos seus pés sobre os degraus cobertos de musgo, uma correnteza de lixo, trapos, a ponta afundada de um barrete, uma folha de um catálogo, alguns pedaços de madeira, algo fedorento e morto; mas ele olhava para além dos destroços, para o horizonte. O rio, mesmo ao entardecer, era uma floresta de mastros oscilantes, enquanto navios, com velas enroladas, eram rebocados por barcaças vigorosas, ou ficavam fundeados no meio do canal, aguardando a vez de quitar impostos e descarregar nos embarcadouros oficiais.

Tendo crescido no armazém, Johnnie tinha o hábito de contar o número de navios aguardando em fila e procurava identificar aqueles que costumavam se dirigir ao Embarcadouro Reekie; naquela noite, contudo, ele olhava para além dos navios, para o leste, onde espessas nuvens cinzentas fundiam céu e mar no horizonte escuro.

Confiava que Sarah estaria segura a bordo do navio do capitão Shore e que ela saberia lidar com o que quer que encontrasse em Veneza. A irmã tinha apenas 21 anos, mas os dois cresceram nas ruas, nos becos e nos embarcadouros da Saint Olave, e ele sabia que ela não era tola. Na chapelaria, Sarah tinha visto muitos sujeitos devassos comprando bugigangas para amantes, e não seria enganada ou seduzida por nenhuma conversa mole;

tinha visto colegas aprendizes saírem da oficina de carruagem e voltarem descalças. Tendo crescido no comércio de cabotagem, Johnnie não temia por ela no mar; plenamente convicto da sabedoria da avó, não achava que ela havia sido enviada numa missão que não seria capaz de cumprir. Mas se considerava metade de um ser gêmeo e, à medida que ela se distanciava, sentia como se metade de si mesmo estivesse faltando.

Johnnie andou ao longo do embarcadouro, de um lance de escada a outro, sem saber aonde estava indo no crepúsculo, mas ciente de que empreendia uma espécie de vigília, uma espera, e que, enquanto ela não voltasse para casa, a família estaria dispersa, e ele só teria sossego depois que soubesse que ela estava bem. Agora entendia como tinha sido para sua mãe quando o irmão, Rob, fora embora; para sua avó, quando o irmão, Ned, fora para o Novo Mundo. Agora, enquanto tentava olhar através do crepúsculo, como se pudesse enxergar Sarah ao longe no mar, acreditava que sua avó saberia com certeza se seu próprio filho estava vivo ou morto.

NOVEMBRO DE 1670, LONDRES

Sarah estava longe de casa havia quase uma semana quando Alinor desceu a escada estreita indo ao encontro de Alys, na sala de contagem, do outro lado do corredor apertado.

— Alys, preciso falar com você.

Imediatamente, Alys deixou a banqueta posicionada diante da escrivaninha onde trabalhava.

— Mamãe? A senhora está se sentindo mal?

— Não. — Alinor sorriu. — Não, estou bem. Mas tenho algo para lhe dizer.

— Vamos até a sala? — Alys salpicou areia sobre o livro-caixa para secar os números cuidadosamente anotados, colocou um marcador na página na qual trabalhava, fechou o livro e seguiu à frente de Alinor pelo corredor. Então, acomodou a mãe num assento próximo à lareira.

— Quer que eu acenda o fogo?

— Não, já vou voltar lá para cima.

Nenhuma das duas acenderia fogo para aquecer um cômodo vazio. Tratava-se de uma das muitas medidas de austeridade econômica praticadas ao longo da vida.

— Lançando os registros no livro? — perguntou Alinor. — As contas estão equilibradas agora? Com os pagamentos feitos por Livia?

— Estão! Finalmente, estamos pagando as nossas dívidas — disse Alys. — Ela nos pagou no último minuto, foi por pouco. — Alys fechou a porta da sala, como se quisesse afastar a ameaça de fracasso. — Paguei tudo a Tabs e lhe dei um pouco mais, pela paciência, e vou poder pagar ao capitão Shore, quando ele voltar trazendo a carga. Mas não temos nenhuma sobra. Foi na conta... bem na conta — confessou ela.

— E onde Livia está agora? — perguntou Alinor.

— Na casa de... com as esculturas — respondeu Alys. Jamais pronunciava o nome de Sir James diante da mãe.

— De novo? — perguntou Alinor com curiosidade. — Pensei que tivessem sido vendidas, não?

— Agora ela está supervisionando para que as peças sejam embaladas e enviadas para os compradores.

— Ela vai nos pagar uma parte dos lucros? — perguntou Alinor, curiosa. Alys corou ligeiramente.

— Ela pagou o que devia pelo frete da primeira viagem; ainda nos deve pela contratação da segunda — disse Alys. — Não pedi uma parte dos lucros. Afinal, é o dote da viuvez dela, do primeiro casamento; não temos direito. E, de qualquer maneira, ela pretende comprar uma casa para todas nós morarmos, juntas; já está guardando dinheiro. Vamos ser sócias.

— A gente não vai ter de comprar um armazém? — perguntou Alinor. — Um novo armazém para que ela exponha suas preciosidades?

Alinor enrubesceu.

— Como sócias, sim. Sei que ela é ambiciosa, mamãe, mas isso pode nos levar a uma casa melhor e a uma vida melhor do que a dos nossos sonhos.

Uma corrente de ar frio soprou através das janelas abertas. Alinor ajeitou melhor o xale nos ombros.

— A senhora está com frio. Vou acender o fogo. — Alys se levantou com o propósito de ir até a cozinha e pegar algumas brasas.

— Não, não, eu não vou ficar aqui embaixo. Desci só para lhe falar uma coisa.

Alys sentou-se numa banqueta aos pés da mãe e olhou para aquele rosto belo e maduro.

— Sim, mamãe?

— Sarah não foi visitar uma amiga. Eu a enviei numa missão.

— A senhora fez o quê?

— Numa missão e tanto, receio. Eu a enviei a Veneza, minha querida. Para encontrar Rob.

Por um instante, Alys ficou calada, pois não podia crer no que tinha ouvido.

— O quê?

— Eu sabia que você não ia gostar; então, eu disse a ela que guardasse segredo. Ela queria muito ir, e eu a enviei com algum dinheiro... — Alinor interrompeu o que dizia e sorriu. — E com a velha bolsinha vermelha cheia de moedas. Ela partiu com o capitão Shore e vai voltar para casa com ele no Ano-Novo.

Alys se levantou.

— A senhora mandou Sarah para Veneza? Minha filha? Sem me falar nada?

— Ã-hã, sinto muito.

— Mamãe... Não posso acreditar... A senhora mandou Sarah?

— Mandei.

— Mas por quê?

Alinor cruzou as mãos esbeltas sobre o colo.

— Porque acho que Rob não está morto — disse ela com toda a calma. — Não acredito nisso. Então, mandei Sarah para ver o que ela consegue descobrir. E, se não houver nada e ele estiver morto, pedi a ela que me trouxesse algo que pertenceu a ele, para eu levar no caixão quando morrer.

Alys deu dois passos até a janela, então voltou para o lado da mãe.

— Não consigo acreditar que... Mamãe, o que a senhora fez?

— Sarah sente o mesmo que eu... As duas crianças sentem: que Livia não nos contou toda a história. E eu sei... eu sei, no fundo do coração, que Rob não está morto. Eu sei e ponto-final. Ele não é o tipo de rapaz que morre na água porque não sabe nadar até a praia, porque não é capaz de encontrar o caminho de casa por aquelas trilhas desconhecidas. Deus do céu, Alys, pense bem! Ele foi criado no Lodo Catingoso; ele nunca se afogaria em água rasa. Se tivesse saúde suficiente, eu mesma teria ido. Mas Sarah agarrou a oportunidade.

— Como a senhora pôde mandar Sarah para lá? Mandar a minha filha em segredo? Numa viagem além-mar? Mamãe, como a senhora pôde fazer isso?! — Alys olhou pela janela, como se esperasse ver as velas do navio de Sarah trazendo-a de volta para casa. — Minha filha! E a senhora a obrigou a guardar segredo!

— Só não contamos porque sabíamos que você não ia gostar...

— Quanto a isso vocês estavam certas! — irrompeu Alys.

— E porque não confiamos em Livia — disse Alinor firmemente. — Você está na palma da mão dela.

Alys ficou vermelha.

— Mamãe!

— Ela trata você de um jeito que ninguém jamais tratou. Ela fala com você com desprezo, como se você fosse uma criada, e depois lhe dá dinheiro, como se pudesse comprar o seu orgulho.

— Já ouvi gente falar coisa pior com a senhora — respondeu Alys.

— Sim. Muita gente. Mas nunca me disseram que me amavam depois de me humilharem. Eles me oprimiam, e eu me sentia ofendida. Eu não os amava em contrapartida.

— Ela é a viúva de Rob... o que está se passando com a senhora? Por que a senhora não confia nela? Ela pagou a dívida e vai nos dar um lar! É uma verdadeira filha para a senhora. Vai conseguir uma casa nova para nós, com espaço para todo mundo, e um jardim, e ar puro! Ela é a salvadora desta família! Veio para cá quando poderia ter ido a qualquer outro lugar! E ficou aqui, embora seja tudo tão pobre e tão aquém dela! E usou o nosso armazém e o nosso embarcadouro para trazer seu valioso dote e vendeu tudo em benefício nosso! Ela nos ama! Ela me ama!

Alinor não disse nada, mas fitou a filha até que Alys, sem palavras, calou-se enfurecida.

— Mesmo que tudo isso seja verdade, continuo sendo a mãe desprovida do filho — disse Alinor com firmeza. — Mesmo que fosse tudo verdade, eu ainda saberia, no meu coração, no meu âmago, Alys, que o meu filho está vivo. Mesmo que tudo isso fosse verdade, eu não acreditaria que

Rob está morto. Nada disso cheira a verdade para mim; não sinto isso no meu coração, não sinto isso no meu âmago.

— Como é que a senhora poderia saber? — disse Alys, enfurecida. — Como é que a senhora poderia sentir isso no seu coração? No seu âmago? A senhora quase morreu afogada, punida e acusada de ser bruxa... Será que não aprendeu nada? Esses dons são falsos. A senhora não é vidente! Isso não é nada mais que fantasias de uma mulher doente. A senhora já agiu como tola por amor! Vai agora agir como tola por despeito?

Alinor deixou escapar um leve suspiro e levou uma das mãos ao coração, como se quisesse prender a respiração. Por um momento, não conseguiu dizer nada. Então, levantou-se da cadeira e foi até a porta. Com a mão na argola do trinco, virou-se e respirou, trêmula.

— Não é bruxaria nem nunca foi. É o dom da minha mãe. Eu herdei dela e passei para os meus filhos. Rob tinha o dom, e foi isso que o guiou na cura; você tinha, mas renunciou a ele. Agora, Sarah herdou de mim. E eu lhe digo: se o meu filho não estivesse mais neste mundo, eu saberia. E, se Livia fosse uma verdadeira filha para mim, eu também saberia. E, se o filho dela fosse meu neto, eu também saberia.

— Essas coisas são intangíveis — insistiu Alys, assustada diante da certeza pálida da mãe. — Mas o dinheiro, lá com o ourives, é real.

— Não está com o seu ourives — disse Alinor com a precisão de uma mulher pobre.

— Mamãe, sente-se. Me perdoe, falei com raiva... Eu fiquei...

Alys fez Alinor voltar à cadeira, e Alinor ficou sentada até recuperar o fôlego. Alys correu até a cozinha, voltou com uma dose de conhaque numa tacinha e a observou beber até que um pouco de cor voltasse àquela fisionomia cansada.

— Eu não deveria ter falado daquele jeito — sussurrou Alys.

A mulher mais velha exibiu um sorriso irônico.

— Não retire o que disse só porque não estou conseguindo respirar direito. Não vou ser uma daquelas tiranas que desmaiam só para fazer com que as pessoas lhes obedeçam.

Alys deu uma risadinha trêmula.

— A senhora não é uma tirana, e eu não deveria ter sido ríspida. Mas a senhora agiu muito mal comigo, mamãe.

— Não agi, não — disse Alinor, convicta. — Fiz algo que sei que está certo. E não vá você contar para Livia aonde Sarah foi. Nem o que foi fazer.

— Eu teria vergonha de contar para ela! — respondeu Alys em voz baixa. — O que eu poderia dizer? Que a sogra que ela ama não acredita nela? Que mandou a neta para longe, numa longa viagem marítima, para espioná-la? Sem me falar nada?

Um sorrisinho retorceu a boca de Alinor, mas ela não se arrependeu.

— Muito bem. Nós duas não vamos falar nada. Você pode dizer, se ela perguntar, que Sarah vai ficar no interior durante um mês. E, daqui a um mês, arrumamos outra desculpa.

— A senhora quer que eu minta para ela — acusou Alys. — A única pessoa que me amou desde que o meu marido me abandonou?

Alinor anuiu.

— Acha que ela não mente para você?

NOVEMBRO DE 1670, HADLEY, NOVA INGLATERRA

Num dia gelado no fim de novembro, após uma leve batida à porta de Ned, Ruivo ergueu a cabeça e deu um latido breve de boas-vindas. Ned abriu a porta para Wussausmon, que trajava seu casaco de inverno mais pesado e sorria sob seu chapéu de pele de rato-do-mato.

— Venha! — disse ele. — Vou levá-lo para pescar!

— O rio está cheio de gelo — protestou Ned.

— Eu sei; vou levá-lo até um lago. Já pescou no gelo?

— Não — disse Ned sem entusiasmo. — Nunca.

Wussausmon hesitou.

— O que há de errado?

— Nada — mentiu Ned, colocando o casacão e amarrando a capa impermeável por cima.

— Não... pode falar.

— Não, não. — Ned disfarçou seu constrangimento com irritação. — Não é nada. Nada, estou dizendo.

Wussausmon riu do mau humor de Ned.

— Ah, *Nippe Sannup*! — disse ele, colocando o braço nos ombros de Ned. — Diga-me qual é o problema, pois estou vendo que não quer pescar comigo, embora eu achasse que seria uma grande experiência para você. E você poderia levar um peixe para a sua mulher, a Sra. Rose.

— Não fale assim dela — advertiu Ned.

— Nem mais uma palavra! Nem mais uma palavra! — prometeu o amigo, irreprimível. — Mas o que há de errado, *Nippe Sannup*? Ferryman? *Netop*? Amigo?

Ned sentou-se para amarrar as botas de mocassim, curvando-se sobre elas para disfarçar o acanhamento.

— Não sou nativo — confessou ele. — Não sou um de vocês. Não estou acostumado com invernos tão rigorosos em que o gelo fica sólido a ponto de se poder andar sobre ele, cavar um buraco nele. — Ned baixou o tom de voz. — Isso me assusta — admitiu. — Temos festas no gelo em Londres, em alguns invernos, mas lá a gente vê que está tudo congelado e há dezenas de outras pessoas andando no gelo. Não consigo nem pensar em pisar num lago profundo, sozinho, e ouvir o gelo rachar por baixo de mim. Não consigo ficar sozinho no gelo.

Tudo ficou silencioso, e ele ergueu os olhos, esperando mais risadas, mas o semblante animado de Wussausmon estava compassivo.

— É claro — disse ele. — Por que não disse logo?

Ned deu de ombros.

— Não é papel do homem sentir medo — disse ele.

— Ah, é, sim — garantiu Wussausmon. — Ensinamos os nossos meninos e meninas a conhecerem o medo e avançar em direção a ele como se o medo fosse um amigo. A se valerem dele como um aviso. Requer muito mais coragem enfrentar o medo do que fugir. Não foi esse o caminho do Nosso Senhor? No deserto? Enfrentando o medo?

— Não sei — disse ele. — Isso é com o Sr. Russell. Não sei.

— Não se faça de bobo — implorou Wussausmon. — O que mais você teme aqui, nesta terra que não é sua e lhe é tão estranha?

— A mata... o inverno — admitiu Ned. — Deus me ajude, não quero ser covarde, mas fico pensando: e se eu sofrer uma queda? Ou se um galho de árvore cair e me prender, ou mesmo algo mínimo, como se eu pisar em falso, torcer o tornozelo e não conseguir voltar para casa? Poderia ser a coisa mais reles, e neste clima eu morreria antes que qualquer um desse pela minha falta. — Ele respirou fundo. — Só me encontrariam na primavera — disse ele. — Nem saberiam que eu estava fora de casa.

Wussausmon colocou a mão gentilmente no ombro de Ned.

— Ferryman, isso não é covardia; isso é medo real de coisas que realmente podem acontecer. O mesmo se dá comigo, quando sou enviado para percorrer toda essa região por trilhas estranhas. Assim como você, penso: e se eu cometer um erro aqui e entrar numa região que desconheço? E se os meus inimigos estiverem de tocaia? E se alguém, em algum lugar, tiver perdido a paciência com um homem que vive em dois mundos e não pertence nem a um nem a outro?

— O que você faz?

O homem agarrou Ned pela mão, arrastou-o pela soleira, por cima de um monte de neve, e o ajudou a se equilibrar para calçar os sapatos de neve.

— Corro os olhos ao redor — disse ele. — É isso que faço. Corro os olhos ao redor e penso o tempo todo no que estou fazendo, não no que vou fazer mais tarde, ou amanhã, nem no sonho da noite. Fico aqui como um pássaro voando no céu e sempre olhando para baixo, ou como um lobo seguindo silenciosamente pela mata de orelha em pé, com o pelo eriçado, farejando o vento, ou como a própria mata, sempre alerta. Então, não dou nenhum passo em falso, nenhum galho cai em cima de mim, porque observo o tempo todo onde piso, o que o vento está fazendo nas árvores, o que está à minha volta, a cada instante.

— Você fica alerta para evitar acidentes como se fossem inimigos? — perguntou Ned.

— Como se fossem companheiros. Eles me acompanham em todo lugar a que vou; qualquer coisa pode dar errado. Ando num mundo onde num instante estou seguro, mas quem sabe o que vai acontecer a seguir? Fico alerta para nenhum acidente me surpreender... mas sei que eles estão sempre lá. Me certifico de que não me peguem de surpresa, enquanto estou sonhando com alguma outra coisa. — Ele encarou Ned. — Faça o mesmo. Não tenha pressa, como é sempre o caso dos encasacados. Pare, observe, ouça, cheire, prove e use aquele outro sentido, o sentido do lobo, que revela que algo estranho está acontecendo, mesmo a centenas de quilômetros de distância; o sentido do pássaro, que faz com que centenas deles se movam como um só, mudando de direção num instante invisível. Você tem de estar morto para os pensamentos errantes e nunca pensar no que já passou nem no que vai acontecer no ano que vem; tem de esquecer o último passo e o próximo; tem de estar concentrado no aqui e agora.

Ned refletiu.

— No agora? No vento de agora e nas árvores de agora?

— Agora, e agora, e no próximo agora. Em onde estão os seus pés e na neve embaixo deles; no que está acima da sua cabeça; e será que tem alguém atrás de você?

Ned fez que sim, pensando em adquirir consciência do mundo ao seu redor, tornado, de repente, vívido e brilhante.

Wussausmon o pegou pelo braço e olhou para o seu rosto.

— Agora, posso ensiná-lo a pescar?

Ned sorriu.

— Pode, sim. E me ensine a ficar alerta o tempo todo, como você faz.

— Você pode tentar — prometeu o homem. — Mas vocês são um povo cuja mente nunca se concentra numa coisa de cada vez. A menos que seja dinheiro.

— Vou tentar — prometeu Ned.

— Me siga, então — ordenou Wussausmon. — E siga o meu rastro; não saia por aí feito uma criança.

Percebendo a reprimenda, Ned seguiu exatamente as passadas dele pela neve profunda, contornando árvores, atravessando clareiras, cruzando brejos congelados, lisos e embranquecidos, ao pé de montes de neve, até chegarem a uma clareira na mata e a um pequeno lago congelado.

— Este é um bom lago para se pescar — disse Wussausmon.

— Costumo vir aqui no verão — disse Ned, apreensivo, pensando na profundidade e na serenidade das águas, mesmo no calor do verão.

— Então, no inverno, os peixes ainda estão aqui, embaixo do gelo.

Ned fez que sim.

— Suponho que sim. Nunca pensei nisso.

— Claro que estão. Veja: é assim que a gente vai pegar os peixes.

Ned ficou observando enquanto Wussausmon depositava os apetrechos de pesca, que estavam numa bolsa de couro de cervo, sobre o gelo coberto de neve. Ele selecionou uma ferramenta, semelhante a uma enxada de cabo longo, mostrou a Ned a lâmina de osso na ponta e depois raspou e golpeou o gelo. Ned se contraiu nos primeiros golpes, prestando atenção ansiosamente para o caso de ouvir um estalo de advertência sob seus pés, mas o gelo estava espesso e silencioso, e, quando Wussausmon fez o buraco, ele viu, incrédulo, a água escura verter alguns centímetros abaixo. Os lados do buraco eram translúcidos e grossos, e fragmentos de gelo quebravam e se acumulavam no fundo. Ajoelhado sobre a mochila, Wussausmon os removeu com uma concha.

— Me passe a isca — disse ele por cima do ombro, e Ned vasculhou o lado aberto da bolsa até encontrar um pedaço de madeira enrolado com barbante e um peixinho feito de conchas, surpreendentemente articulado, de modo que movia a cauda e as barbatanas. Entregou-o a Wussausmon, que desenrolou o barbante.

— Lança — exigiu.

Ned pegou uma lança de três pontas com uma haste longa e a colocou na mão de Wussausmon.

— Primeiro você olha — instruiu-o Wussausmon, levantando-se e dando um passo para trás, de modo que Ned pudesse ocupar seu lugar, ajoelhando na mochila e contemplando a escuridão molhada do buraco. Ned não conseguiu ver nada; sentiu o sopro da água fria congelando seu cabelo e piscou diante da friagem no rosto. Então, lentamente, à medida que os olhos percebiam sombras na escuridão, pôde ver a silhueta de peixes adormecidos no fundo do lago, o flanco pálido de um, o contorno de outro. Havia algo extraordinariamente belo naquele sono silencioso das criaturas imóveis.

— Tem peixe! — sussurrou ele, erguendo o rosto e olhando para Wussausmon. — Estou conseguindo ver.

— De fato — confirmou o homem com um sorriso. — Agora, vou pescar um, depois é a sua vez.

Ele tomou posição, debruçado sobre o buraco, e soltou a isca na água, mexendo o barbante, para cima e para baixo, fazendo o peixinho se mover na água como se estivesse nadando. Em instantes, os peixes grandes subiram das profundezas; Wussausmon estava com a lança pronta e, em completo silêncio, quase sem respirar, com um impulso firme, mergulhou-a na água, puxou-a de volta e a largou no gelo, aos pés de Ned, com um robalo gordo e de boca grande espetado no meio.

— Dê graças e mate — disse ele brevemente.

Ned, sem conseguir improvisar uma oração, apenas disse:

— Obrigado, peixe; obrigado, lago; obrigado, Wussausmon. — E, sentindo-se um tolo, desferiu uma pancada na cabeça do peixe.

— Pronto — disse Wussausmon, sorrindo. — Eis o seu primeiro peixe do inverno. Agora, você pode pegar o seu. — Então, levantou-se da bolsa, gesticulou para que Ned se ajoelhasse e esperou, imóvel, durante uma hora inteira, enquanto Ned balançava a isca, arpoava na escuridão, praguejava, molhava as mãos e tentava novamente.

NOVEMBRO DE 1670, NO MAR

Sarah receava ficar enjoada e com saudade de casa, mas descobriu que o movimento do navio a embalava para dormir. Assim, a primeira noite passou depressa, e, quando acordou pela manhã, pôde caminhar com facilidade pelo convés oscilante, constatando que o estalo das velas e o rolar constante das ondas sob a quilha a estimulavam. O capitão Shore permitiu que ela se sentasse à proa do navio, desde que não distraísse os marujos do trabalho, e ela passou dias debruçada sobre a amurada, vendo as ondas deslizarem sob o casco.

Comia-se bem a bordo. Sarah foi autorizada a lançar uma linha de pesca. Não havia legumes ou frutas depois dos primeiros dias, mas o navio foi reabastecido em Lisboa. O mar estava agitado no Atlântico, e um vento fustigante impeliu o galeão através da água, tensionando as velas e fazendo as lonas estalarem. Mas, quando viraram para o Mediterrâneo, o mar se acalmou, e, embora fosse inverno na distante Inglaterra, houve dias ensolarados e claros. Sarah pegava emprestado o chapelão tropical do capitão Shore quando se debruçava no costado para ver os golfinhos brincando nas marolas formadas pelo navio. Mal pensava no que estava por vir; evitava pensar nisso. A enormidade da mentira contada à mãe, a viagem secreta e a tarefa à sua frente eram demais para ela imaginar. Sarah se permitiu aproveitar o tempo no mar e não se preocupar com o local de destino.

DEZEMBRO DE 1670, LONDRES

Johnnie, saindo da sala de contagem do estabelecimento de seu patrão com meia dúzia de outros escriturários para a noite de folga semanal, ficou perplexo ao encontrar Livia esperando, escoltada pela sempre sofrida Carlotta, na porta do mercador.

— Tia Livia! — exclamou ele.

— Opa! — gritou um dos funcionários. — Eu é que não tenho uma tia assim!

Johnnie corou até a ponta dos cabelos louros, mas Livia riu da impertinência. Por um instante de pavor, Johnnie pensou que ela talvez gritasse uma resposta.

— Ignore-os! — disse ele rapidamente. — A vovó está mal? Minha mãe? — Ele não via nenhum motivo para que sua contraparente exótica cruzasse Bishopsgate senão para chamá-lo para casa por conta de alguma emergência. — A senhora teve notícias de Sarah? — indagou ele, subitamente temeroso por sua irmã gêmea, tão longe, mar afora.

— Não. — Ela riu feliz. — Será que eu atravessaria toda Londres até uma rua como esta, cheia desses rapazes medonhos, só para trazer notícias da sua irmã? Não, está tudo bem em casa. Não aconteceu nada. Na verdade, acredito que nada acontece naquela casa a não ser o ganho de ninharias. Eu as deixei brincando com Matteo. Vim por sua causa. Tenho uma surpresa para você.

— O quê?

Confiante, ela pegou o braço dele e o conduziu pela rua escura e suja, seguidos por Carlotta, contrariada.

— Aonde estamos indo?

— Só até ali, pois tenho uma boa notícia para você. Mas, primeiro, preciso lhe informar o preço.

A intuição de repente lhe disse que se acautelasse, como se, por mais charmosa que a tia fosse, qualquer preço por ela estabelecido para qualquer coisa seria exorbitante.

— Não tenho dinheiro — disse ele sem rodeios. — No meu bolso tenho o suficiente para uma refeição, mas entrego todo o meu salário à mamãe, para ajudar na manutenção da casa e do armazém. E ela tem andado sem dinheiro recentemente, como acho que a senhora sabe.

— Ela foi paga — disse Livia com ternura. — Ela não tem queixas. E, de qualquer maneira, não quero as suas moedas, querido menino; quero a sua amizade.

— Bem, é claro, a senhora já tem isso — disse ele, cauteloso.

— Me deixe explicar — disse ela. — Você sabe que estive envolvida num negócio, vendendo as minhas antiguidades na casa do velho amigo da nossa família, Sir James Avery?

Ele fez que sim, sem dizer nada, fitando aquele perfil perfeito, enquanto ela prestava atenção aos próprios pés, pisando com cuidado na rua suja.

— Sir James está em dívida comigo — prosseguiu ela. — Abri a casa dele e fiz dela um centro para indivíduos interessados em antiguidades e coisas belas. Ele foi visitado por alguns dos homens mais ilustres da corte. Resgatei a importância do sobrenome dele. — Os três viraram na Leadenhall Street. — Você não fala nada?

Johnnie sentiu que ela era demasiado sedutora e esperta para ele.

— Não sei o que dizer.

— Ah, então, você é sábio em ficar calado. *Allora*... ele me deve um favor, e permiti que pagasse a dívida comigo na forma de uma carta de apresentação.

— A senhora fez isso?

— Fiz. Eu poderia ter pedido qualquer coisa, para mim, para Matteo, mas não pedi. Em troca, pedi isto! — Com um floreio, ela retirou de baixo da capa a carta escrita por Sir James e a enfiou na mão de Johnnie. — Uma carta de apresentação para você, meu querido sobrinho.

— Não quero apresen... — começou a dizer, mas se calou quando ela o virou e o fez vislumbrar a fachada ricamente ornamentada da sede da Companhia das Índias Orientais.

O térreo, voltado para a rua, era um tanto convencional, com uma porta alta à direita, mas, no primeiro andar, janelões maciços davam para uma varanda ornamentada, com balaustradas de madeira entalhada e a grande imagem de um dos célebres navios da Companhia na City. Havia uma imagem de outro navio no segundo andar, entre janelões com vitrais, e toda a fachada do último andar era ocupada pela imensa pintura de um navio com todas as velas enfunadas. Acima daquela grande ostentação, no telhado do edifício, voltada para o oriente, havia a estátua gigantesca de um marinheiro empunhando um bastão, com a outra mão no quadril, como se pretendesse dominar o mundo.

— A Companhia das Índias Orientais — murmurou Johnnie. — Não me diga que a senhora me conseguiu uma carta de apresentação à Companhia das Índias Orientais, foi isso?

Ela deixou a carta na mão dele.

— Para a Companhia das Índias Orientais — confirmou ela. — Um dos funcionários vai recebê-lo. O nome dele está aí na carta. Marquei uma hora para você; é agora. Entre e diga a ele que Sir James Avery é o seu patrono e apoia a sua candidatura a uma vaga. — Ela lhe deu um empurrãozinho. — Vá em frente, fiz tudo isso por você.

Ele deu um passo em direção ao edifício avassalador.

— E o preço? — lembrou-se de perguntar.

Ela riu.

— Não é nada. Só que você seja meu amigo, Johnnie. Não há necessidade de examinar os livros-caixa e preocupar a sua mãe com as minhas dívidas; não há necessidade de perguntar à sua mãe se eu não devo pagar imposto por circulação de mercadorias. Estou compartilhando a sorte da sua família... tomando, mas também dando... Viu o que estou fazendo por você?

Ele enrubesceu ao se lembrar de que sua avó a considerava uma impostora e que Sarah esperava desmascará-la.

— Não vou falar nada contra a senhora...

— Não há o que falar contra mim — retrucou ela. — Minha reputação de viúva honrada tem de ser imaculada, perfeita — disse ela.

— Tenho certeza de que é — disse ele, meio hesitante.

— E tenho um plano que será de grande benefício para toda a família. — Ela parou por um momento. — Vou comprar um armazém, um armazém bem grande, numa boa região da cidade. Sua mãe e sua avó vão morar no andar de cima, que será um novo lar para elas. E sua mãe e, talvez, Sarah vão vender os meus bens, as belas antiguidades que vou trazer do meu depósito em Veneza.

Ele ficou atordoado.

— Não sabemos nada sobre esse tipo de negócio — disse ele. — Operamos um embarcadouro, despachamos pequenas cargas e...

— Eu sei o que vocês fazem. Seria completamente diferente. Vocês trabalhariam para mim.

— Pensei que a senhora fosse comprar uma casa de campo para a vovó.

— Uma casa melhor, com ar puro — corrigiu ela. — Isso vai ser melhor. Sua mãe pode trabalhar no térreo e ficar perto da mãe o dia todo.

A cabeça dele girava.

— Há clientes suficientes para essas coisas?

— Há — disse ela. — Eu poderia ter vendido as minhas cabeças de césares várias vezes. Estou oferecendo uma grande oportunidade para a sua família, Johnnie. Confio em você para aconselhá-las a abraçar a chance.

— O que a senhora quer que eu faça? — perguntou ele singelamente. — Eu poderia continuar trabalhando aqui? — Ele dirigiu um olhar ansioso para o prédio.

— Claro, e Sarah pode ficar na chapelaria, se quiser. A ideia é oferecer a sua mãe um negócio mais fácil e lucrativo, e a sua avó, uma casa mais confortável. Tudo o que eu quero é o seu conselho, quando a sua mãe tocar no assunto com você. Diga a ela que é uma boa ideia.

— Mas...

— Você não acha que é uma boa ideia? Que a sua mãe tenha um negócio mais lucrativo, e a sua avó tenha uma casa melhor? Que elas negociem com bens raros e valiosos, em vez de coisas sujas e baratas?

— Sim, claro.

Ela estendeu a mão na luva de renda preta.

— Então, estamos de acordo. — Ele teve de pegar sua mão, e imediatamente ela o puxou para perto, tão perto que ele pôde sentir o perfume de rosas que exalava daquele barrete, daqueles cachos de cabelo castanho-escuro. — Somos parceiros — disse ela. — Vou conseguir o cargo que você mais deseja em toda a Londres, e você vai me ajudar a vender o embarcadouro e comprar a casa nova. Você precisa me dar a sua palavra.

Ele corou intensamente, ciente de que era um tolo ingrato, um menino, talvez um menino incauto.

— Claro, prometo o meu apoio — disse ele, por demais envergonhado. — A senhora é minha tia... embora não se pareça com uma tia. E farei qualquer coisa ao meu alcance para ajudar a senhora... é claro.

— Então, estamos de acordo — disse ela, e finalmente largou a mão dele. — Não perca a sua hora marcada. Você deve começar a trabalhar na Páscoa. Fui muito boa para você, Johnnie.

— A senhora foi mesmo — disse ele com fervor.

— E tem mais uma coisa.

— Sim?

— Não conte a elas nada disso no armazém. Nada disso. Nada sobre o nosso acordo, nada sobre a sua indicação, até o dia em que você começar a trabalhar, na Páscoa.

— Mas por quê? — Ele ficou confuso. — Elas ficariam tão contentes!

— Tenho os meus motivos — disse ela. — Preciso tomar algumas providências em Veneza; preciso vender o meu segundo carregamento. Não quero que a sua mãe pense que estou indo depressa demais. Ela tem de vender o armazém e pedir dinheiro emprestado. Você sabe como ela é, tão lenta para reconhecer uma boa oportunidade. Você concorda?

Ele não via por que não concordar; tratava-se de um grande benefício para ele, e não havia razão para falar da indicação à mãe até que estivesse prestes a iniciar no trabalho. Mas estava constrangido e ciente de que agora havia segredos no armazém, onde nunca houvera antes. Os livros-caixa manipulados, a ausência de Sarah, o imposto não pago, a amizade de Livia com Sir James, esse plano de vender e pedir emprestado e, para piorar, as suspeitas de sua avó em relação a Livia.

— Não vai prejudicar a minha mãe nem a minha avó, se guardarmos esse segredo? — contemporizou ele, e ela arregalou os olhos escuros para ele, a imagem da inocência.

— Como poderia? Não! E eu seria a última pessoa do mundo a prejudicá-las — disse ela. — É um segredinho, só um adiamento na revelação. Para me poupar de constrangimentos. — Ela fez uma pausa. — Você sabe que elas não gostam de Sir James. Não gostam da minha amizade com ele. Mas isso nos traz riqueza e traz para você essa oportunidade. Não quero que elas briguem comigo quando estou tentando fazer o melhor para elas e principalmente para você.

— Ah, entendi! — disse ele.

— Então, estamos de acordo? Eu lhe faço esse grande favor e você não conta para ninguém, e não se esqueça de que fez uma promessa a mim.

— Não vou me esquecer! — prometeu ele.

— Então, pode ir — disse ela. Ele não viu que ela ergueu o rosto para receber um beijo enquanto atravessava depressa a rua, esquivando-se das carroças, e entrava correndo pela porta da sede da Companhia das Índias Orientais.

DEZEMBRO DE 1670, VENEZA

Ao amanhecer, um amanhecer frio e escuro de dezembro, depois de mais de um mês no mar, Sarah ouviu a ordem para recolher as velas, e o navio diminuiu a velocidade. Jogando um xale nos ombros e descalça, ela subiu correndo a escada para o convés superior a tempo de ver um barco de fundo chato, conduzido qual uma gôndola por um remador de pé, chegar ao largo e um passageiro subir agilmente por uma escada rebaixada. Ele cumprimentou o capitão Shore com um breve aperto de mãos e se dirigiu ao timão. As velas foram novamente içadas, e o navio avançou sob o comando do estranho.

— Quem é ele? — perguntou Sarah ao cozinheiro do navio, enquanto este passava com duas canecas de grogue para o capitão e o timoneiro.

— O prático — disse ele. — Em seu *sandolo*. Ninguém conhece os canais e os baixios como os *pedotti*. Eles têm de morar em Rovigno e guiar os navios até o cais da alfândega.

— Chegamos a Veneza? — perguntou Sarah, decepcionada diante dos bancos de areia rasos e as ilhotas insignificantes. — Pensei que fosse uma grande cidade! Pensei que houvesse casarões, não apenas essas fazendolas! E algumas dessas coisas aí nem são ilhas, são apenas bancos de areia.

O homem riu e foi até o timão.

— Fique olhando — aconselhou ele. — Estamos a horas de distância.

Sarah pôs-se à amurada e ficou olhando através da névoa que se dispersava aos poucos. Surgiu uma sucessão de ilhas, uma após outra, transformando-se lentamente numa massa de terra escura e arroxeada. As ilhas pantanosas e os promontórios foram ficando maiores, mais elevados em relação à superfície da água, murados, com cais e píeres, e então ela começou a ver casas, primeiro construídas isoladamente, em ilhotas, cada qual com um barco atracado no cais em frente, e depois as ilhas passaram a se conectar, umas às outras, por meio de pequenas pontes e cais. As casas ficaram maiores, mais ornamentadas. Ela pôde ver, acima dos muros elevados, o movimento das copas das árvores nos belos jardins; em seguida, o número de jardins diminuiu, e as casas surgiram lado a lado, parecendo um terraço contínuo, com grandes portas voltadas diretamente para a lagoa, que agora se estreitava à frente deles, tornando-se um canal largo e belo, e ela já não estava no mar, mas numa cidade que não parecia ter sido construída sobre a água, mas emergido, e ainda gotejasse.

Sarah ficou embevecida. Nascida em Londres, não se impressionou com as multidões nos cais estreitos que avançavam para o interior nem com o tráfego aquático intenso no canal largo, mas mal pôde crer na completa ausência de cavalos, carruagens e carroças; de fato, não havia ruas, não havia rangido de rodas, nem barulho de cascos, nem cheiro de animais sendo conduzidos ao mercado. Sarah se surpreendeu olhando pelas junções do canal, supondo que houvesse vielas, campos e estábulos escondidos atrás das construções, mas, onde em Londres haveria um beco, ali havia o brilho vítreo de canais ladeados por cais estreitos e escuros e dezenas de pontes baixas, algumas não mais que uma prancha presa por uma corda que poderia ser baixada para um transeunte atravessar e depois suspensa para a passagem de um barco.

Seguiram adiante, com pequenos barcos à frente e atrás deles, *traghetti* cruzando de um lado para o outro, gôndolas lançando-se nas águas do canal principal e depois desviando e adentrando canais misteriosos; barcos carregados com enormes vigas de madeira, algumas com pontas afiadas para serem cravadas no leito da lagoa, servindo de pilares para novos edifícios e novos cais; galeras conduzidas por homens curvados sobre os remos, botes, *sandoli*, balsas, embarcações de todo tipo e porte.

Os pés descalços de Sarah ficaram gelados, mas ela não conseguia se afastar do costado do navio, observando o deslindar daquela cidade extraordinária. Passaram diante de um palácio, branco feito mármore e construído sobre um cais de mármore, alvo e de valor inestimável, com seus enormes portões abertos. Homens, trajando mantos escuros, andavam pelo pátio interno de mármore, e as paredes nevadas que os cercavam pareciam perfuradas com mil janelas que olhavam atentas e das quais nada escapava. Ao lado do palácio havia uma elevada torre de sino feita de tijolos erguida numa grande praça pública, cercada por todos os lados com mais prédios brancos e mais janelas escuras.

O capitão Shore gritou uma ordem para que o estandarte fosse baixado em sinal de respeito ao palácio, enquanto o navio avançava pelo largo canal, entre belos edifícios de cada lado, pousados diretamente sobre a água vitrificada.

Olhando para a frente, Sarah avistou um enorme cais de pedra dividindo o canal em dois. Na ponta angulada do cais havia uma elevada torre de vigia, construída de tijolos, coroada com um telhado de quatro lados e um cata-vento giratório. As paredes dos armazéns, providas de ameias feito um castelo, estendiam-se ao longo dos cais de mármore branco; as portas dos armazéns formavam grandes fileiras em ambos os lados voltadas para a água. Atracados em ambos os lados dos cais havia três ou quatro navios para longos cursos, semelhantes ao deles, com as escotilhas abertas, carregando e descarregando diante das portas altas.

O capitão Shore gritou a ordem para baixar as velas, o *pedotti* conduziu a proa do navio lentamente até o local de atracação, os tripulantes lançaram os cabos para os trabalhadores portuários que ali aguardavam e estes os pegaram e os prenderam. O *pedotti* amarrou o timão e colocou nele seu selo, o que significava que o navio não poderia navegar novamente sem um prático a bordo, dirigiu uma saudação informal ao capitão Shore, embolsou o pagamento e foi o primeiro a descer pela prancha, indo conduzir outro navio pelo Grande Canal em sua viagem de volta. Ele desapareceu entre a multidão de trabalhadores do porto, com carrinhos e carroças para descarga, entre funcionários e oficiais da alfândega.

— É melhor fechar a boca e calçar as botas — aconselhou o capitão Shore, passando por ela. — Eles vão querer falar com a senhora e tudo mais.

Sarah se embrenhou em sua cabine, enfiou os pés nas botas, arrumou os poucos pertences dentro da caixa de chapéu, enfiou o dinheiro na carcela da saia, amarrou em volta do pescoço a bolsinha de couro vermelho cheia de moedas que pertencia à avó e subiu ao convés. O capitão Shore, ocupado com a amarração do navio, acenou para ela esperar.

— A senhora ainda não pode ir; eles têm de verificar se está com alguma doença. — Ele indicou com um aceno de cabeça os funcionários venezianos que, usando a libré do doge, subiam pela prancha de embarque e desembarque. — Você precisa mostrar os seus documentos antes de poder desembarcar.

Sarah recuou assim que os dois homens subiram a bordo e pegaram com o capitão Shore a documentação do navio e a lista de tripulantes.

— Esta passageira? — indagou o primeiro homem num inglês perfeito.

— Sra. Bathsheba Jolly — disse Sarah, repetindo o nome de uma de suas colegas de trabalho, o nome que ela havia informado ao capitão Shore. — Da vila de Kensington, perto de Londres.

— Gozando de boa saúde? — O olhar severo do funcionário a examinou, buscando um rubor febril em suas faces, ou o mais leve tremor. — Nada de inchaços ou feridas?

Ela fez que não.

— A senhora esteve cuidando de doentes?

— Não — disse Sarah. — Não há peste em Londres, graças a Deus.

— A senhora seria mandada para o *lazzaretto*, se houvesse algum risco de peste — disse ele com severidade. — Com toda a tripulação do navio. E deixada lá em quarentena, por mais bonita que seja.

— Não estou com peste — garantiu ela. — E não conheço ninguém que tenha estado doente. Pode ter certeza.

— Propósito da visita?

— Vim recolher alguns móveis pertencentes a minha patroa que estão no depósito dela.

— Endereço?

— Palazzo Russo — respondeu Sarah. — Ca' Garzoni.

— Ocupação?

— Sou chapeleira, a serviço da *nobildonna* da Ricci.

— A segurança da República de Veneza é responsabilidade de todo cidadão e visitante — disse o funcionário, sério. — Se a senhora souber de algo que possa ser prejudicial à República, deve formalizar a denúncia imediatamente. Se não fizer a denúncia, será considerada cúmplice do crime. Do mesmo modo, se alguém achar que a senhora está trabalhando contra a República, a senhora será denunciada e conduzida a interrogatório. Entendido?

Sarah engoliu em seco sua inquietação e fez que sim obedientemente.

— O interrogatório é levado a termo dentro do Palácio do Doge — disse o homem. — Todos respondem devidamente. A punição por transgressão é imediata e bastante onerosa.

— Entendi — murmurou Sarah. — Mas, garanto ao senhor, prometo que não quero causar problema para ninguém. Sou uma chapeleira! — Ela recorreu à sua ocupação como se afirmasse que era tão sem importância quanto um fio de seda num barrete. — Nada mais que uma chapeleira! Em serviço.

— Mesmo assim, a senhora é obrigada a zelar pela segurança da República — reiterou ele. — A senhora será os olhos e os ouvidos do doge enquanto for convidada dele.

Sarah concordou novamente.

— Informe a ela como fazer o relatório — ordenou o funcionário, dirigindo-se ao capitão Shore. — Depois disso, ela pode desembarcar.

Ele pegou um papel com um selo vermelho no canto, rabiscou sua assinatura, entregou o documento a Sarah e se virou para iniciar a inspeção da tripulação e das mercadorias.

Sarah mostrou o papel ao capitão Shore.

— Tenho de fazer um relatório? — perguntou ela.

— Isto aí é o seu documento de desembarque — disse ele. — Chama-se *permesso*. Vão pedir que mostre o seu *permesso*. A senhora tem de mostrar este documento a qualquer funcionário que pedir. Tenha isto em mãos o tempo todo. Eles sabem exatamente quem está aqui na cidade. É o seu passaporte, e a senhora vai devolver isto quando embarcar de volta para casa; vai ter de mostrar isto para eles autorizarem a sua partida. Guarde bem este documento; sem ele, a senhora não sai daqui.

— O que ele quer dizer que eu tenho de denunciar?

— Se vir ou ouvir qualquer coisa que considere um perigo para a República, é obrigada a escrever o nome da pessoa num pedaço de papel, informando o que foi falado ou feito, e enfiar na boca do leão.

— O quê?

Ele deu um sorriso sombrio diante do receio crescente demonstrado por ela.

— Está vendo aquela cabeça de leão, ali no cais? Fixada na parede?

Sarah se virou e viu, como se fosse uma fonte na parede, a cabeça de um leão esculpida em mármore, com a boca escancarada.

— Sim?

— É uma caixa postal. Com a forma de um leão, ou de um homem ensandecido, ou algo parecido. A senhora vai ver isso em todo lugar. A pessoa enfia a denúncia na boca do leão... na *Bocca di Leone*... e um dos funcionários recolhe; recolhem os papéis todo dia, e leem tudo, tudo que as pessoas dizem, e prendem e isolam qualquer pessoa que considerarem suspeita.

— Mas qualquer um pode falar qualquer coisa! — protestou Sarah.

— Ah, sim, e falam mesmo.

— Mas eles devem prender centenas de pessoas!

O capitão Shore sorriu, com ar pesaroso.

— Essa é a ideia.

— Para onde eles levam os prisioneiros? — perguntou Sarah, nervosa.

Ele apontou para o Grande Canal.

— Para o Palácio do Doge. Viu aquele grande palácio pelo qual passamos?

Sarah anuiu.

— Ele vive lá feito um rei, mas não é rei. É um dos poderosos de Veneza, mas se orgulha de servir ao povo. Trabalha com o Conselho dos Dez. Juntos, governam a República, a maior potência da Europa. Centenas, milhares de homens trabalham para ele, como uma corte, mas não é uma corte. Eles não dançam, nem cantam, nem se divertem, nem caçam como a nossa corte. Não são uma corte de tolos. Trabalham o dia todo, a noite toda, sob sigilo absoluto. Firmam tratados comerciais e acordos com todo país do mundo, espionam todo país do mundo, vendem para todo país do mundo, vigiam o próprio povo, noite e dia, e detêm qualquer indivíduo diante do menor sinal de problema. Os habitantes de Veneza têm a cidade mais rica e segura do mundo porque são vigiados, noite e dia, por eles mesmos.

— Uma cidade de espiões?

— Exatamente. A senhora não mencionou o encontro com o seu marido para o oficial?

— Ele me perguntou qual era o propósito da minha visita... então, eu falei sobre o meu trabalho.

— Faça como achar melhor. Mas, se ele me perguntar, não vou mentir por sua causa.

— Não — disse ela. — Não é segredo. Só não mencionei.

Ele deu uma risada breve.

— Não existe tal coisa nesta cidade. — Ele pegou um cabo e amarrou a prancha de embarque com mais força à escora no convés. — Pronto, já tem a sua documentação, está livre para desembarcar; já informei como fazer uma denúncia. Pode ir. Entre na cidade de espiões. — Ele olhou para a jovem. — Aquele mordomo... vai trazer até o cais aqui os itens que a senhora selecionar? E vai preparar a papelada como da última vez? Ele precisa declarar junto à alfândega. Se disser que é mobília particular, é a palavra dele, não a minha.

Sarah fez que sim.

— O senhor pode me dizer como encontrá-lo? — perguntou ela humildemente. — Tenho o endereço dele, pensei que seria fácil encontrar, mas não esperava que fosse tudo água...

Ele deu uma risada curta.

— A senhora tem o endereço da casa dele?

— Pensei que bastasse andar por uma via!

Ele apontou para uma das crianças que por ali perambulavam.

— Peça a uma delas que a leve até lá — disse ele.

— Elas são confiáveis? — perguntou Sarah, incerta, olhando para a multidão de crianças mendicantes.

— Isto aqui é Veneza — disse ele. — Ninguém comete crimes, a menos que esteja escondido pela escuridão total e provavelmente trabalhe para o Estado. Ninguém se atreve. Pague ao menino uma moeda. E pague ao barqueiro o que ele pedir. Eles não trapaceiam.

— Não trapaceiam? — perguntou ela, incrédula.

— Não se atrevem. Seriam denunciados imediatamente. E volte em duas semanas. Vamos zarpar assim que carregarmos; não temos autorização para ficar além do prazo. Eles já emitiram os nossos papéis. Se não estiver aqui, vou partir sem a senhora. E traga as mercadorias para cá quanto antes, sem perder tempo; vão querer inspecionar tudo.

— Farei isso.

— E, se pretende levar o seu marido de volta para casa, a papelada dele vai ter de estar em ordem.

— Sim, sim — disse ela.

— E tome cuidado — advertiu ele. — Todo mundo aqui é espião ou vilão. Ou ambos.

Ela hesitou no topo da prancha.

— O senhor faz parecer um pesadelo.

— É um pesadelo — disse ele com austeridade. — Seu próprio marido vai denunciá-la. Se ainda estiver vivo.

DEZEMBRO DE 1670, LONDRES

Na ausência de Sarah e seus pontos perfeitos, Alys costurava os saquinhos para chá de sassafrás com a mãe. Trabalhavam na mesa redonda, no alpendre envidraçado do quarto de Alinor para aproveitarem a luminosidade do inverno, enquanto uma névoa cinzenta suspirava nas janelas e uma nuvem baixa ondulava no telhado.

— A senhora está enxergando bem para trabalhar? — perguntou Alys. — Quer que eu pegue velas?

— Não podemos nos valer de velas em pleno dia — respondeu Alinor. — Estou enxergando. — Então, pegou uma porção pequena de ervas e a colocou sobre um quadrado de gaze. — Ela já acabou de vender as mercadorias? Todas já foram vendidas?

Alys observou que agora sua mãe jamais mencionava o nome de Livia, assim como jamais mencionava o nome de Sir James.

— Já, foi tudo vendido. Acho que ele vai para a casa do norte para passar o inverno. Quando ele voltar para Londres, suponho que ela vá expor o novo carregamento, à venda, na casa dele novamente.

— Ela lhe deu o dinheiro que ganhou?

— Não, está com o ourives dele, por segurança — disse Alys sem o menor tremor na voz.

— Ele é sócio dela? E você não se opõe? — perguntou a mãe, curiosa.

— Como é que eu posso me opor? Não disponho de um belo armazém onde ela possa exibir suas peças; não tenho conta numa ourivesaria em que ela possa guardar dinheiro. Não posso fazer exigências nem vou rebaixá-la ao nosso...

— Você está enamorada por ela — disse Alinor calmamente e viu um intenso rubor se espalhar pelo rosto da filha.

— Eu a amo como uma irmã — retrucou Alys, severa.

— E ela te ama?

— Ama. Quando não está na casa dele nem correndo atrás dos amigos dele para comprar mercadorias, acho que ela é mais feliz. Quando estamos só nós duas, ela fica em paz. No futuro, se pudermos comprar o nosso próprio armazém e administrar o negócio juntas, seremos totalmente felizes.

— Você vai comprar um armazém para ela?

— Se puder, vou — disse Alys. — É o nosso futuro.

— E se descobrirmos que ela nos enganou? — Alinor expressou seu pior medo.

— Ela não fará isso — disse Alys. — Ela não me enganaria.

DEZEMBRO DE 1670, VENEZA

O cais era delimitado por uma mureta de pedras brancas; até as calçadas de Veneza eram de pedra de valor inestimável. Empurrada por carregadores e gondoleiros, pedestres e vendedores ambulantes, Sarah andava devagar, sentindo-se zonza depois de tanto tempo no mar, como se o solo se agitasse feito ondas. Não se sentia segura para permanecer diante da alfândega, no meio dos funcionários vigilantes, tão ocupados e rigorosos. Um guarda postado num dos portões fechados do armazém a encarou, e ela se afastou, sabendo que ele a observava.

Sarah apoiou a caixa de chapéu na mureta de uma ponte de pedra e olhou para o interior da cidade ao longo de um canal, maravilhada com o fato de as paredes das casas mergulharem diretamente na água, como penhascos pintados em cores vivas. Cada casarão tinha o seu portão voltado para o canal, com uma estaca de amarração vertical e listrada, para uso de uma gôndola preta e particular. Uma ou duas casas tinham deixado os portões abertos para o canal vítreo, e ela conseguia ver o interior sombrio, a água batendo suavemente na escada de mármore, como se a própria lagoa fosse um inquilino.

Sarah procurou no bolso da capa o endereço da casa do antigo mordomo de Livia. Quando Johnnie colocou o papel em sua mão, ela pensou que seria fácil encontrar o local, mas agora, diante de ruas cheias de água e uma teia de becos estreitos, concluiu que com certeza se perderia.

— Ei! — Ela acenou para uma das crianças mendicantes, e dois meninos se aproximaram. Então, mostrou-lhes o pedaço de papel, mas nenhum deles sabia ler. — Ca' Garzoni — disse ela. — *Signor* Russo. Russo!

Um menino se virou para o outro e despejou uma torrente de palavras no italiano de Veneza, incompreensível para Sarah. Ela segurou a caixa de chapéu com mais força; o garotinho fez que sim e partiu, num passo acelerado, olhando para trás e acenando para que ela o seguisse. Ele desceu até o cais, onde um *traghetto* realizava a travessia de passageiros. O barqueiro exibiu a palma da mão aberta, o gesto internacional que significava pagamento, então ela entregou uma moeda inglesa para cobrir sua própria passagem e as dos dois meninos e cautelosamente saltou dos degraus molhados para a embarcação ondulante. O barqueiro conduziu a balsa com uma vara até os degraus do outro lado. Os meninos pularam para fora, e Sarah os seguiu, espremendo-se para passar por mulheres com cestos cheios de compras, vendedoras do mercado com cestos enormes cheios de itens, criadas com cangas nos ombros, carregando baldes de água potável respingando para todo lado.

Sarah seguiu os meninos por uma viela estreita, repleta de casas, algumas servindo de lojinhas, com uma veneziana aberta diante da janela e o parapeito servindo de balcão para mercadorias. Outras eram oficinas, com um alfaiate sentado de pernas cruzadas à janela para aproveitar a luz ou um sapateiro curvado sobre a forma de um calçado. Ela se deteve diante de uma chapelaria, encantada com a delicadeza do trabalho e a riqueza dos tecidos, desejosa de entrar e conhecer as instalações, as moças e os modelos requintados.

Cada rua conduzia à água, cada calçada corria ao longo da superfície serena de um canal ou dava acesso a uma ponte de madeira que ligava uma viela a outra. Os canais estavam apinhados de pequenos barcos de comerciantes que se dirigiam aos mercados da cidade, carregando frutas, flores e peixe, a população local transportando suas mercadorias e fazendo entregas; e, costurando tudo aquilo, elegantes gôndolas pretas, com os gondoleiros de pé, descontraídos e belos, na popa e impulsionando a si mesmos e a seus passageiros, conduzindo a embarcação pelo tráfego do canal, feito agulhas através de retalhos, anunciando a própria presença em cada esquina igual ao grito de uma estranha ave marinha: "Gôndola! Gôndola! Gôndola!"

Cada casa dispunha de uma portinha de serviço que dava para uma ruela estreita, mas a porta maior, a principal, era para visitantes, residentes e convidados, voltada para a água e aberta para as marolas do canal, de modo que um barco pudesse entrar na casa, como se fosse um cavalo entrando num estábulo, e as visitas pudessem desembarcar no cais interno e privado. Sarah, espiando através dos portões abertos para o canal, pôde ver um ou dois gondoleiros aguardando seus patrões, trajando a libré da casa, segurando um chapéu de palha numa das mãos, a outra na proa empinada da embarcação, qual um cavalariço que contém um cavalo. Alguém empurrou Sarah; ela parou de observar e continuou andando.

Os meninos percorreram beco após beco, subiram e desceram pontes, e enfim chegaram a uma grande praça em cujo centro havia um poço de cobertura abobadada no interior de uma pesada grade de ferro, cercado por edifícios altos. Os meninos apontaram para um edifício, com um portal pequeno e escuro, e a palavra RUSSO esculpida na pedra acima do arco da porta.

Os meninos se aproximaram dela com as mãos mais uma vez estendidas; Sarah deu a cada um deles outra moeda e fez um gesto para que fossem embora. Eles não discutiram, ao contrário do que os moleques de Londres teriam feito. Cada um fez uma pequena reverência e ambos desapareceram num instante, seguindo uma viela. Sarah endireitou o barrete, foi até a porta, bateu, recuou e esperou. Apenas silêncio, então bateu novamente, imaginando o que deveria fazer caso Livia tivesse enganado todos eles e aquela fosse a casa de algum estranho, ou estivesse desabitada. Então, ouviu o som de ferrolhos sendo abertos, a porta rangeu e se abriu, e um homem atraente, de trinta e poucos anos, aguardou calado no vão da porta. Sarah, com sua capacidade aguçada de avaliar homens, qualidade que aperfeiçoou durante o período como aprendiz na chapelaria, examinou-o, dos sapatos caros ao terno de veludo com excelente caimento e o belo rosto moreno. Viu o anel com sinete de ouro em seu dedo e sentiu o leve aroma de louro e baunilha. Notou os olhos castanho-escuros e o sorriso indolente, quase relutante, que pareceu se intensificar ao vê-la, como se ele estivesse feliz de encontrá-la em sua porta. Ela constatou que não podia deixar de retribuir o sorriso.

— Bem, *signorina*! — exclamou ele, escancarando a porta, falando inglês. — Sou o *signor* Russo, ao seu dispor. Como posso ajudá-la?

Sarah, fazendo uma leve mesura, deu-se conta de que aquele definitivamente não era o mordomo idoso que amava Rob como um neto.

— Perdoe-me. Estou procurando o *signor* Russo.

Ele se curvou.

— A senhorita o encontrou.

— Estou procurando o *signor* Russo, o idoso.

— Sou o mais velho da minha linhagem. Quem é a senhorita?

— Sou Bathsheba Jolly, de Londres — respondeu ela. — Criada da *nobildonna* da Reekie. Como o senhor sabe que sou inglesa?

Ele deu de ombros.

— Seu chapéu — disse ele. Sarah sentiu que aquilo não era um elogio à moda inglesa. — Sua pele perfeita.

Agora, ela enrubesceu.

— Trago uma mensagem de milady.

Ele hesitou por um instante, como se estivesse pensando depressa, então abriu a porta.

— Perdoe a minha surpresa. A senhorita traz uma mensagem da *nobildonna*? Claro que sim! Então, pode entrar, entre. Perdoe o estado do vestíbulo; os meus convidados costumam vir de gôndola até o portão do canal. Só os ingleses andariam em Veneza. Ninguém mais usa a porta da rua.

— Claro, sou inglesa demais — disse Sarah, falando ao acaso. — Minha patroa ri de mim por isso.

— Ela está bem? — perguntou ele, conduzindo-a pelo vestíbulo, cujo piso era de lajotas vermelhas e brancas, dispostas em diagonal, e que estava vazio exceto por duas esculturas enormes, uma de cada lado do cômodo, encarando-se com olhos que não viam.

Ele a conduziu por uma escada de mármore. Sarah o seguiu, e chegaram a um salão no primeiro andar com janelões que davam para o canal esverdeado.

— Ela está muito, muito bem — disse Sarah, entusiasmada, contemplando o piso marmorizado e a grande mesa de mármore cercada por pesadas cadeiras de mogno forradas de veludo dourado. O recinto estava repleto de esculturas, e, atrás de cada uma delas, presos nas paredes revestidas de seda, lindos espelhos com molduras douradas expunham diversos ângulos das figuras de mármore polido. Sarah piscou diante da opulência e, olhando para cima, viu um teto com uma pintura magnífica e um lustre de vidro refletido no brilho da mesa, o vidro soprado no formato de flores em cores vibrantes.

— Ai! Que salão lindo!

Ele se curvou em agradecimento.

— Posso pegar a sua caixa? Sua capa, Srta. Jolly? — Ele hesitou. — Uma bela caixa de chapéu. "Sarah" é o nome da sua chapeleira?

Ela permitiu que ele retirasse a capa de seus ombros e sentiu o leve toque das mãos dele.

— É, quero dizer, não! — disse ela. — Quero dizer... eu não tenho chapeleira... essa caixa era do local onde eu trabalhava.

— É a sua primeira vez em Veneza? A senhorita deve achar tudo muito estranho.

— Não consigo parar de admirar. Para onde quer que olhe, há algo mais adorável.

— Os ingleses adoram a nossa cidade — concordou ele. — Alguns, pelas casas; outros, pelas pessoas. Mas a senhorita sabe apreciar o belo.

Ela fez um gesto sutil indicando as esculturas alinhadas no salão.

— O senhor tem coisas lindas diante dos olhos o tempo todo.

— Mas nunca olho para elas com indiferença — afirmou ele. — Trata-se de uma arte a ser aprendida... a senhorita não acha? Estar rodeado de beleza e jamais se tornar indiferente. A arte de um bom marido? Jamais se entediar diante de algo precioso?

— Ah, sim — disse Sarah. — Claro, o senhor deve se acostumar com tudo isso, mas, às vezes, algo o surpreende.

— E o que a senhorita mais aprecia? — perguntou ele, como se a resposta importasse. — Tenho um depósito, sabe, com objetos lindos. O que posso lhe mostrar para que algo a surpreenda?

Ela riu e pensou que parecia afetada. Tentava agir com mais sobriedade, mas a atenção intensa que ele lhe dedicava a deixava atordoada.

— Eu trabalhava como chapeleira — confidenciou ela. — Estava cercada de lindos tecidos. Mas o que eu mais apreciava eram as penas.

Ele riu alto.

— A senhorita aprecia penas? — disse ele. — *Allora!* Vou levá-la até o depósito de penas, e verá penas de cada pássaro que existe no mundo!

— Há mercados de penas aqui?

— Em Veneza, pode-se comprar qualquer coisa que existe no mundo, desde que seja caro e belo — disse ele e sorriu diante do brilho no rosto dela. — Vou levá-la ao mercado de penas e ao depósito de veludos. E também aos mercados de seda. Há um mercado de rendas e alguns belos tecidos da Índia para confecção de sáris. Mas estou tomando o seu tempo, me perdoe. A senhorita está aqui a trabalho. A *nobildonna* mandou que me procurasse?

— Isso. — Sarah sentiu a inspeção daqueles olhos castanho-escuros em seu rosto enquanto ela mentia. — Ela precisa de mais esculturas. Venderam tão bem, que ela precisa de mais peças.

Ele ergueu as sobrancelhas escuras.

— Por que ela não mandou o capitão?

— Ela queria que eu escolhesse com o senhor. — Sarah tinha se preparado para essa pergunta. — Vim com o capitão, e ela quer que eu volte para casa com as esculturas, cuidando para que sejam mantidas em segurança e cheguem em segurança.

— Ela não confia nele? Ele a decepcionou da última vez?

— Não! Não! Ela não tem queixas, mas tem receio de acidentes, no caso de o senhor enviar peças mais delicadas.

Ele a examinou por um instante.

— E a senhorita foi a opção dela de portadora? Tem força suficiente para erguer as peças? E ferocidade para defendê-las?

Sarah tentou rir, mas sabia que parecia nervosa.

— Sou a única opção, pois ela não dispõe de dinheiro para pagar qualquer outra pessoa, sabe? Trabalho como criada na casa onde ela mora, a casa da Sra. Reekie. Sou criada da Sra. Reekie. Então, fui emprestada, de graça, e ela disse que devo ajudar o senhor a empacotar as peças e levá-las comigo.

— Ela confia na senhorita comigo? — indagou ele.

— Confia. — Sarah hesitou, sentindo que havia algo por trás da pergunta que ela não conseguia discernir.

— E ela confia em mim com a senhorita?

— Por que não? — disse ela corajosamente, com o coração batendo forte.

— A senhorita tem uma carta de autorização?

Sarah agarrou a caixa de chapéu e pareceu angustiada.

— Estava na minha outra bolsa, com o meu dinheiro — disse ela, pesarosa. — Mas fui roubada a caminho do navio em Londres! Sinto muitíssimo. Era uma carta lacrada, então, nem sei o que ela escreveu para o senhor.

— A senhorita também perdeu o seu dinheiro?

Ela fez que sim.

— Tenho o suficiente para me manter aqui; era o que eu tinha na carcela, mas uma criança perversa agarrou minha bolsa e saiu correndo.

Ele sorriu para ela.

— Pobre Srta. Jolly — disse ele. — Então, se não foi capaz de defender a sua própria bolsa, como vai arrancar os tesouros das mãos dos piratas?

— Tenho certeza de que o capitão defenderá seu navio — disse ela, sentindo que cada comentário sorridente era uma armadilha.

— Com certeza, ele vai. E vejo que é... intrépida. Vou chamá-la de valente Srta. Jolie, pois a senhorita é valente.

— Valente? — perguntou ela.

— E Jolie.

— Bonita? — confirmou ela.

— Muito — disse ele.

Ficaram em silêncio enquanto ela absorvia tais palavras e pensava que nada tinha a dizer em resposta.

— Não me diga que sou o primeiro homem a lhe dizer isso?

O rubor na face dela revelava que ele era o primeiro homem a lhe dizer aquilo.

— *Allora!* Então, sou um homem de sorte! — disse ele. — Agora, o que posso fazer pela senhorita? Aceita comer alguma coisa? Onde está hospedada?

— Vim direto do navio para cá — respondeu ela. — Vou procurar uma estalagem onde pernoitar e amanhã volto, num horário conveniente para o senhor, pode ser? E podemos ir até o seu depósito?

— É aqui mesmo, onde está — disse ele. — Aqui é a minha oficina e o meu palácio. Todos nós, venezianos, trabalhamos; não somos como os lordes ingleses. É na minha sala de jantar que exponho as antiguidades. Tudo o que vê aqui está à venda. — Ele gesticulou, indicando o exterior da janela. — Tudo em Veneza está à venda: de um sussurro a uma montanha de ouro.

Sarah anuiu, tentando não demonstrar espanto.

— A senhorita deve ficar aqui — decidiu o *signor* Russo. — Não aceitarei nenhuma recusa. Vai dormir com a minha irmã caçula, no quarto dela. Minha mãe vai recebê-la e levá-la ao quarto. E, depois, eu e a senhorita vamos sair para comer; é logo ali na esquina, e muito bom. Costumamos fazer a refeição cedo, como o doge. E, depois disso, vou lhe mostrar as peças que tenho aqui, e a senhorita fará a seleção, de acordo com o gosto de *la nobildonna*. Está de acordo?

Sarah sorriu.

— É claro — disse ela. — Obrigada. Mas posso perfeitamente encontrar uma estalagem e voltar aqui.

— Minha mãe jamais me perdoaria — garantiu ele. Abriu a porta e chamou escada acima. — Em Veneza, as cozinhas ficam logo abaixo do teto; é melhor em caso de incêndio, sabe? E aqui está a minha mãe.

Uma mulher corpulenta e sorridente desceu a escada, foi informada do nome adotado por Sarah e a beijou calorosamente em ambas as faces. O filho a instruiu, num italiano acelerado que Sarah não conseguiu entender, e a mulher pegou a caixa de chapéu e levou Sarah até um quarto com vista para o canal, mobiliado com uma cama provida de cortinado, e mesmo ali havia um grande número de figuras de mármore.

— Sim, essas também estão à venda! — disse o *signor* Russo, da porta. — Pode examiná-las, quando estiver descansada. Mas vamos deixá-la à vontade para se sentir em casa, e virei buscá-la daqui a uma hora, mais ou menos. Agora, descanse.

— Posso sair para comer sozinha — protestou Sarah. — Não quero incomodar.

— Não, eu vou com a senhorita. É a melhor cidade do mundo, mas inadequada para uma mulher jovem e bela.

— Há ladrões? — perguntou ela, olhando para a caixa, segura em cima da cama.

— De todos os tipos, legais e libertinos — disse ele. — Jogadores e espiões. Lamento informar que somos decadentes, Srta. Jolie. Somos todos pecadores nesta que é a mais angelical das cidades. A senhorita vai se sentir muito desejada.

Sarah tentou rir despreocupadamente, como se fosse uma mulher vivida, mas se deu conta de que havia deixado escapar um riso nervoso. Ele sorriu para ela, conduziu a mãe para fora do quarto e fechou a porta, e então se fez silêncio.

DEZEMBRO DE 1670, HADLEY, NOVA INGLATERRA

A escuridão ocupava o céu desde a tarde até o meio da manhã seguinte, o gelo ocupava lagos e lagoas, a neve emperrava a porta de Ned, de maneira que toda manhã ele precisava romper o cerco da casa como se fosse um homem sitiado. O caminho até os animais em suas baias tinha de ser escavado quase diariamente, pois caía neve sem cessar; Ned nem sequer tentava limpar o curral, apenas empilhava palha sobre palha, o que fazia os animais ficarem meio afundados em camadas de sujeira.

Os estoques de comida de Ned ficavam cobertos de montes de neve e tinham de ser desenterrados, mas o milho e os potes de frutas vermelhas desidratadas estavam bem conservados. Ele dispunha de quantidades suficientes para realizar trocas quando fazia a caminhada semanal até Hadley em busca de suprimentos extras. Ned se forçava a descer pela área comum de pastagem, agora uma planície branca e nevada, fornecendo produtos secos aos clientes, dando testemunho de sua fé quando comparecia à igreja e demonstrando lealdade aos homens escondidos.

Naquele clima, não era necessário manter guarda na balsa. Nenhum inglês enfrentaria a mata no inverno; nenhum inglês se atreveria a colocar um barco no rio naquelas condições climáticas. Os colonos eram canoístas inseguros nos rios rasos do verão, e nenhum deles se aventuraria na água gelada das cheias do inverno, quando blocos de gelo rolavam nas águas profundas e cair no rio era quase morte certa. No auge do inverno, os rios congelavam, e a correnteza gelada se movia sombria por baixo de uma camada de gelo traiçoeira. Qualquer acidente naquele clima, dentro ou fora de casa, com certeza seria fatal. Ned despertava toda manhã com uma sensação de alívio por seu fogo não ter se apagado e por ele ter sobrevivido mais uma noite. Passava os dias numa ansiedade exaustiva, temendo uma queda como se fosse um velho, temendo o frio como se fosse uma mocinha, temendo o escuro e o uivo dos lobos na margem oposta como se fosse um aldeão supersticioso.

Certa manhã, Ned se surpreendeu ao ouvir o barulho da barra de ferro ao lado do píer, como se alguém o chamasse — um balseiro num rio congelado. Precisou colocar o gorro de pele, o manto e as perneiras de camurça, as luvas grossas, os mocassins e a capa impermeável, antes de abrir a porta, chutar para o lado a neve acumulada, calçar os sapatos de cestaria e subir no monte de neve. Então, foi para o lado da casa, pensando que teria imaginado o chamado, mas lá estava Wussausmon, andando na sua direção no topo do barranco, vindo da mata, com as passadas leves de uma lebre no inverno, calçando sapatos de neve, usando o traje nativo de inverno. Ned olhou por baixo da aba do gorro pesado para o amigo, que parecia seminu.

— Deus do céu, homem! Você não está congelando?

— Estou bem agasalhado — disse Wussausmon com satisfação. — Cuidado para ninguém confundi-lo com um urso e atirar. Onde foi que você arranjou esse gorro?

— Eu mesmo fiz — disse Ned. Tratava-se de um par de peles de coelho curtidas, costuradas canhestramente, cobrindo a cabeça e a nuca. Usava um cachecol de lã enviado por Alinor de Londres enrolado em torno da boca, onde já surgia uma barba de gelo por causa da respiração congelada.

Wussausmon conteve uma risada.

— Trouxe um pouco de carne fresca para você — disse ele. — Estava caçando na mata perto de Norwottuck, e Esquilo Manso disse que você ia ficar contente de receber essa carne.

— E vou mesmo — disse Ned com a boca salivando só de pensar nisso. — Faz semanas que não abato nada.

— Me disseram que faz dias que não sai de casa.

Ned desviou os olhos, sem querer encarar o olhar penetrante de Wussausmon.

— Não gosto de caçar sozinho — disse ele sucintamente.
— Por que não?
Ned hesitou em justificar seu medo.
— Se o tempo fechar...
Wussausmon ficou confuso de verdade.
— Como? — perguntou ele. — O que acontece se o tempo fechar?
Ned baixou a cabeça, constrangido e envergonhado, baixou a voz, embora não houvesse ninguém por perto, exceto as árvores nuas e escuras, com os troncos riscados de neve.
— Eu não seria capaz de encontrar o caminho de casa.
— Não encontraria o caminho de casa? Na sua própria mata? De volta para sua própria casa? Por que não?
Ned fez que não, encabulado.
— A neve me ofusca — disse ele. — Não sei dizer para qual direção estou olhando. Se nevar muito... eu me perco.
— Como é que você pode deixar de saber onde está na sua própria terra? Isso é muito estranho.
Ned não podia contra-argumentar, negando que fosse estranho não saber o caminho até a própria porta. Deu de ombros, envergonhado.
— Pois é, mas não sei.
— Quer ir até Norwottuck comigo? Estamos assando carne de cervo.
Ned hesitou, querendo companhia, uma lareira quente, uma boa refeição e o som de outras vozes. Mas olhou para a camada cinzenta de gelo e para os blocos de gelo acumulados no rio.
— Como é que a gente vai chegar lá?
— Andando.
Ned sentiu o gosto do medo na garganta.
— Pelo rio? Como é que você sabe se é seguro?
Wussausmon estendeu a mão.
— Eu sei, ponto-final. Vamos. Não vou deixar você cair no gelo.
Ned agarrou a mão estendida.
— Tomara que não. — Ele tentou sorrir. — Eu afundaria que nem uma pedra com todos estes casacos.

Wussausmon o conduziu pelo píer coberto de neve, então se sentou na ponta do cais, girou as pernas e desceu para o rio coberto de neve. Deu meia dúzia de passos, até alcançar o meio do rio.

— Viu? — disse ele. — O gelo suporta o meu peso. Vai aguentar o seu.

Ned trincou os dentes para manter o medo sob controle e seguiu o amigo, colocando os pés exatamente nas pegadas de Wussausmon. O gelo estalou, e ele estancou, imaginando, de imediato, uma longa rachadura serpenteante e seu próprio mergulho na água escura e mortal.

— Não é nada — garantiu Wussausmon. — Isso não é nada. É só o gelo cedendo sob o seu peso. O barulho de alerta para risco é quando ele se estilhaça, com muitas rachaduras pequenas de uma só vez.

Ned não conseguiu responder; deslizou o mais suavemente que pôde em direção ao outro homem.

— Vá em frente, vá em frente — disse ele. — Não quero chegar muito perto. Não me atrevo a ficar parado.

Wussausmon se virou e foi mostrando o caminho, passando por cima da corda da balsa de Ned, congelada e dura, com pingentes de gelo, ultrapassando a ponte de desembarque coberta de neve rio acima e chegando a um ponto em que a neve que cobria a margem encontrava a neve acumulada no rio. Não havia como saber onde ficava a margem, até que Wussausmon sorriu para Ned.

— Pronto! — exclamou ele. — Terra firme. Estamos do outro lado.

Ned deu uma risadinha, pensando no próprio medo.

— Graças a Deus! Você vai achar que sou um covarde.

— Não — disse Wussausmon. — Não o culpo por sentir medo.

Então, guiou Ned pela margem e se afastou do rio, com passadas firmes e ritmadas, adentrando a mata, seguindo uma picada invisível para Ned, parando apenas uma vez, quando tiveram de atravessar um sulco estranho, que parecia ter sido deixado pela roda de uma carroça, com uns quinze centímetros de profundidade na neve, delineando uma curva na mata partindo do sul e seguindo para o norte, em direção à aldeia. Ao lado havia uma pequena tora amarrada a uma corda e, enquanto eles passavam, Wussausmon pegou a corda, jogou a tora no sulco e a arrastou, limpando a neve ali acumulada.

— O que é isso? Esse sulco? — perguntou Ned. — O que é isso?

Wussausmon olhou para trás, ainda arrastando a tora, que deslizava com facilidade pela neve compactada.

— É para uma cobra da neve — disse ele.

Ned recuou.

— Cobra da neve? — repetiu ele. — Vocês têm cobras aqui? Na neve?

Wussausmon riu.

— Não. Não, encasacado! Encasacado! Ficou maluco? Todas as cobras estão hibernando; elas morreriam neste frio. Isto aqui é a nossa trilha; fazemos isso quando a neve começa a cair. É assim que enviamos mensagens durante o inverno. Abrimos uma trilha estreita, através do gelo, de uma aldeia a outra, como esta... como esta aqui. E então, se tivermos algum recado urgente, atiramos uma lança com o recado na entrada da trilha. Ela corre, deslizando, e alguém pega a lança e a atira adiante. Como as cartas que vocês enviam uns aos outros.

Ele constatou o espanto de Ned.

— A diferença é que as nossas mensagens podem ser enviadas pelas matas cobertas de neve, e as suas, não.

Ned olhou para o sulco estreito, com o fundo congelado, e imaginou uma lança assobiando por ali.

— Ela passa rápido?

— Dependendo da força do homem no lançamento, no início pode alcançar uma velocidade vertiginosa, e depois a lança chacoalha, contorcendo-se feito uma cobra, enquanto a velocidade diminui. Então, quando alguém vê, pega a lança, lê a mensagem e a atira de novo. De aldeia em aldeia. — Wussausmon riu do semblante atônito de Ned. — Não somos tão selvagens quanto vocês pensam.

— Então, mesmo no inverno, quando nós, colonos, ficamos isolados por causa da neve, vocês conseguem trocar mensagens por toda essa região — disse Ned lentamente.

Wussausmon fez que sim.

— E sinais de fumaça — assinalou ele. — A gente pode enviar mensagens por meio da fumaça. Num dia sem vento, dá para fazer uma fogueira em Montaup e o sinal será visto em Accomack.

— Montaup? Accomack?

— Montaup é o que vocês chamam de Mount Hope. Accomack, vocês chamam de Plymouth.

— E, além disso, vocês conseguem viajar no inverno — continuou Ned. — Enquanto nós não conseguimos chegar ao rio nem entrar nas matas.

— Aqui, no inverno, vocês não se sentem como se estivessem em casa, não é? — frisou Wussausmon. — No inverno, tudo isso aqui volta a ser nosso, como se terra e povos nunca tivessem sido separados, como se vocês nunca tivessem vindo.

Wussausmon se virou e seguiu adiante, e Ned se esforçou para acompanhar o chiado constante das suas passadas na neve. A aldeia surgiu à frente deles, um aglomerado de cabanas compridas e baixas, com paredes feitas de esteiras de junco, tetos formados por tapetes grossos, a neve escavada ao redor, uma área central com uma grande fogueira e um cervo inteiro assando no espeto, com uma armação de madeira ao lado, onde o couro estava sendo limpo, e uma grande tigela de *succotash* fervendo nas brasas. Guerreiros empilhavam lanças e outras armas num canto da aldeia; um homem, descamisado por causa do calor do fogo, colocava pequenos pinos de metal nas brasas incandescentes e depois os retirava e martelava. Ned viu, com uma pontada de pavor, que ele estava fabricando peças de mosquete.

— Está vendo aquilo? — Wussausmon apontou para uma estrutura de madeira inacabada, uma paliçada imensa.

— Vocês estão erguendo um muro em volta da aldeia, estão construindo uma fortaleza aqui — acusou Ned.

— Isso — disse Wussausmon. — Para que ninguém possa invadir a aldeia e nos expulsar daqui tacando fogo em tudo.

— Você quer dizer como os ingleses fizeram em Mystic Fort? Mas isso aconteceu faz anos. Ninguém vai tacar fogo e expulsar vocês daqui.

— Então, por que a milícia de Hadley está em treinamento?
— Eles não estão em treinamento agora — disse Ned.
— Só porque vocês não são capazes de fazer nada no inverno, não significa que as nossas vidas também tenham de parar.
— Então, neste inverno, enquanto nós hibernamos feito ursos, vocês estão se preparando para uma guerra — acusou Ned de novo. — Vocês enviam mensagens de um jeito que não conseguimos entender... e nós nem ficamos sabendo! Vocês estão reunindo as nações contra nós. Estão cercando a aldeia, estocando armas... eu vi o que ele estava fazendo! Vocês estão se preparando para uma guerra.
— Estamos — confirmou Wussausmon. — Foi por isso que o trouxe aqui... para que visse com seus próprios olhos. Estamos nos preparando... aqui e em Montaup, e por toda a região, todas as outras nações estão se preparando também. Eu avisei ao governador várias vezes, mas ele não quer firmar um novo tratado de paz com os pokanoket, ele não quer dar ouvido às nossas queixas. Mas se você, colono, soldado, lhe disser que viu isso, que nos viu armados e de prontidão, ele vai acreditar em você. Não consigo fazer com que ele me escute.

Esquilo Manso saiu de uma das casas e parou ao lado de Wussausmon com os olhos escuros fixos em Ned.

— Venha fazer uma refeição conosco, leve presentes para casa, você é bem-vindo — disse Wussausmon. — E diga a eles, em Plymouth e Boston, que não podem continuar desse jeito. Eles têm de parar nas nossas fronteiras, têm de respeitar as nossas demarcações. Estou mostrando isso para que você conte a eles, Ned.

— Conte a eles, encasacado — disse Esquilo Manso. — Seja um portador da paz. Faça-os entender.

DEZEMBRO DE 1670, LONDRES

Sir James estava de partida para Northallerton, ansioso para voltar para casa antes que o inverno se intensificasse. A Casa Avery ficaria fechada durante toda a estação. Livia tirou Glib do caminho quando ele abriu a porta da casa e marchou pelo corredor na esperança de convencer James a adiar a viagem.

— Sinto muito, já está tudo empacotado — disse James. — Eu não esperava a sua visita hoje. — Ele a encontrou no salão de piso quadriculado preto e branco, enquanto Glib subia devagar a escada e, laboriosamente, descia com as caixas e as carregava porta afora para amarrá-las na parte de trás da carruagem alugada. As últimas esculturas estavam no corredor, ao lado deles, etiquetadas e prontas para serem entregues. Livia pôde ver, através da porta aberta da sala, que os móveis tinham sido cobertos com mantas de algodão.

— Mas tenho uma nova remessa de antiguidades chegando — disse ela, pondo a mão no braço dele. — Como é que eu vou poder exibi-las?

— Minha querida! — Ele parecia sinceramente perturbado. — Por que estão enviando mais? Você sabe que não posso exibi-las novamente. Aquela foi a primeira e última vez! — Ele tentou sorrir, mas a pressão da mão dela em seu braço aumentou.

— São meu dote, os últimos itens! — disse ela. — Pensei que permitiria. Nesta casa, que há de ser a minha casa.

— Não posso vender outra coleção — disse ele com firmeza. — Uma já foi uma temeridade. Aquelas pessoas vindo aqui, Livia, e achando que podiam voltar quantas vezes quisessem até se decidirem; a maneira como você precisava negociar e pechinchar com elas! Aquilo foi intolerável para mim... e para você também, quero crer. A futura Lady Avery não venderá mercadorias como uma ambulante.

— É o meu dote! — sussurrou ela obstinadamente com o lábio inferior trêmulo. — É tudo o que tenho no mundo.

Ele hesitou, então encontrou uma solução.

— Já sei! O que resta de seu dote virá com você. Pode colocar as peças na casa e no jardim, aqui e em Northallerton. Será a fortuna que você me traz, minha querida. Não o seu dote de viúva, mas o seu dote de casamento! O que acha? Fará de mim um colecionador, como o seu primeiro marido! Que tal?

— Generoso! — disse ela, tentando sorrir. — E bem do seu jeito! Obrigada, meu querido. Então, vai me entregar as chaves da casa, para que eu possa trazer as minhas coisinhas e aprontar tudo para o seu retorno?

James balançou a cabeça com a mente já na viagem.

— Guarde tudo no armazém — recomendou ele. — Você não vai querer ficar preocupada por ter as peças aqui.

Ela tentou rir.

— Não me importo!

— Não — disse ele. — A Casa Avery ficará fechada. Vou deixá-la em segurança com as senhoras no armazém, e você vai fazer a mudança delas para a casa nova, com o dinheiro que tão habilmente ganhou para elas, e seu pequeno tesouro ficará guardado em segurança. Irei para o norte e deixarei tudo pronto para sua chegada.

— Não me agrada que você vá para tão longe!

— Voltarei assim que puder.

— Devemos anunciar o nosso noivado agora — pressionou ela. — Antes de você ir. — Livia tinha um medo agourento de que ele, indo embora de Londres sem ela, jamais voltasse.

— Quando eu voltar — prometeu ele. — Mas preciso visitar a minha tia na Mansão de Northside, e informar a ela que a minha situação mudou. Preciso informar ao reverendo que os proclamas devem ser anunciados, e então podemos anunciar o nosso noivado e mandarei buscá-la.

— Mas tudo isso vai demorar muito!

— Há muito a ser feito.

— Sentirei tanto a sua falta! — Ela tentou apertar seu corpo no dele para lhe lembrar do desejo, mas a porta da rua estava aberta, enquanto Glib entrava e saía, e James nem pensava em abraçá-la em público.

— Ai, James, não vá! Escreva e diga a eles que tomem todas as providências! Com certeza, é só você escrever, não?

— Meu amor, eu o faria, se pudesse, mas preciso... eu realmente preciso... informar à minha tia sobre o nosso noivado. Não posso dar essa notícia a ela por escrito; isso a deixaria muito aborrecida. Preciso falar com ela pessoalmente; tenho de me encontrar com ela e explicar. Ela jamais me perdoaria se eu impusesse a sua presença diante dela de supetão. Ela vai querer encomendar cortinas e tapetes novos para a sala de estar da Lady Avery e lençóis novos para a cama. Nos dê tempo para aprontarmos a nova casa para você.

— Mas quero escolher as minhas próprias coisas!

Ele sorriu.

— Vai poder refazer tudo que não ficar do seu agrado — prometeu ele. — Além do mais, você tem o Matteo para cuidar, precisa continuar com a sua instrução na Igreja anglicana e encontrar uma casa nova para aquelas senhoras. Você já tem muito o que fazer!

— Não consigo retirar o meu dinheiro da ourivesaria sem você — destacou ela. — E preciso de dinheiro para dar de entrada por um armazém novo para elas. — Livia pôs a mão na manga da jaqueta dele. — Não posso fazer isso sem você — disse ela carinhosamente.

Ele hesitou, ouvindo o barulho das rodas nas pedras do calçamento enquanto a carruagem vinha até a porta.

— Pelo menos, fique mais um dia e me leve ao ourives — insistiu ela.

— Preciso do meu dinheiro para pagar o meu carregamento de Veneza.

Ele lançou um olhar atormentado para a porta da rua, que estava aberta, com a carruagem do lado de fora.

— De quanto precisa?

— Cinquenta libras pelo frete — mentiu ela rapidamente, imaginando que ele não soubesse. — E uma libra pelo trabalho de Alys.

Glib passava por eles, transportando caixas pequenas, e James o deteve.

— Ponha isso no chão.

Glib baixou o pequeno baú e deu um passo atrás.

— Pode carregar os outros — disse James e, quando o lacaio se virou, ele retirou do bolso do colete uma chavezinha e abriu o baú.

O olhar de Livia percorreu o interior do objeto, abarrotado de notas promissórias e com algumas bolsas de moedas.

— Você não tem medo de ladrões? — perguntou ela.

— Preciso de dinheiro em espécie quando estou em Yorkshire. — Ele pegou uma bolsinha dentro do baú e tirou as moedas, contando-as.

— Cinquenta e uma libras — disse. Ela o observou devolver a bolsa ao mesmo lugar.

— E você vai mandar me buscar?

— Vou — prometeu ele. — É claro. — Ele trancou o baú e gesticulou para Glib, indicando que ele o depositasse na carruagem. — Não posso manter os cavalos esperando.

— James! — sussurrou ela, fremente.

Mas ele estava cego e surdo para ela, pensando na longa jornada de volta ao seu amado lar.

— Glib vai acompanhá-la de volta ao armazém — prometeu ele.

Um beijo rápido na mão, e não na boca; então, ele fez uma reverência, saiu pelo corredor, descendo os três degraus até a rua e entrou na carruagem. A porta foi fechada, os cavalos reagiram às rédeas e, no instante seguinte, ele se foi.

Glib escoltou Livia até a escada à beira do rio, deu um assobio estridente, chamando um barco, e acompanhou-a, enquanto o barqueiro remava até o embarcadouro. A maré estava baixando, e ele segurou o barco com firmeza ao pé dos Degraus de Horsleydown. Ela subiu os degraus sujos, emergindo das águas baixas e fedorentas como se estivesse saindo de um inferno úmido, seguida por Glib. Diante do armazém, ela se virou para ele.

— Venha me procurar assim que o seu amo comunicar à criadagem que está voltando — disse ela.

Um xelim de prata passou da mão enluvada dela para a dele.

Ele pegou a moeda, a primeira que ela lhe dera.

— Não é ele mesmo que vai chamar a senhora? — perguntou ele.

— Estou ordenando que você venha me avisar antes que ele chegue — repetiu ela com a voz afiada. — É claro que ele vai me chamar, mas quero estar pronta. Quero saber em que momento ele pretende voltar a Londres. Faça como eu disse, e lhe dou mais dinheiro.

Glib se curvou e segurou a moeda.

— E me traga qualquer outra notícia — acrescentou ela. — Se ele escrever, dizendo que a casa deve ser aberta. Se ele escrever, dizendo que a casa deve ser fechada. Me mantenha a par dos planos dele.

— Não é ele mesmo quem vai escrever para a senhora? — perguntou Glib com impertinência, mas em seguida murchou sob o olhar sombrio de ojeriza que ela lhe dirigiu.

— Quando eu for Lady Avery, e pode ter certeza de que hei de ser Lady Avery, você vai querer trabalhar na minha casa? Porque hei de ser Lady Avery, e serei eu quem vai contratar os criados da casa. Ou dispensá-los.

Ele baixou a cabeça.

— Sim, milady. Claro que quero manter o meu emprego.

— Então, eu já falei como mantê-lo — disse ela, e se virou para a porta do armazém, abriu o trinco e entrou.

Alys estava na sala de contagem, na escrivaninha do escriturário. Livia entrou retirando a capa e se encostou no ombro da cunhada, em busca de alento. Alys colocou um braço em volta dela, mas manteve a página aberta, terminando seu trabalho. Livia correu os olhos pela coluna de números.

— É só isso?

— É, é só isso.

— Será que vale a pena?

— É o que nos mantém.

— Não pagaria nem os meus sapatos em Veneza!

— Posso imaginar como são belos os seus sapatos — disse Alys, sorrindo. — Nós ganhamos o suficiente para manter a casa, mas o lucro é bem pequeno. Estamos longe demais do embarcadouro oficial para pegarmos os navios que ficam à espera, e não consigo subornar os barqueiros para que eles nos tragam clientes.

— Precisamos comprar um armazém novo. Você tem de pedir o dinheiro emprestado, Alys. Temos de nos mudar para algum local rio acima. Você sabe que vou ajudar.

— Eu sei. — Alys se virou e beijou a cunhada nos lábios. — Você é o bem mais precioso da minha vida, em todos os sentidos.

— Meu segundo lote de antiguidades vai chegar em breve — observou Livia. — Precisamos comprar o armazém agora e expor os itens lá.

— Livia... — Alys respirou fundo, determinada a contar a Livia que Sarah voltaria para casa com as antiguidades. — Livia, tenho de lhe contar uma coisa...

Livia atravessou o cômodo e encostou a face na de Alys.

— *Mia amica del cuore.*

— O que significa? — Alys se inclinou na banqueta do escriturário, cedendo ao abraço de Livia.

— Meu amor — sussurrou Livia. — Meu coração.

DEZEMBRO DE 1670, VENEZA

Sarah e o *signor* Russo comeram num restaurantezinho à beira do canal e depois ele a levou de gôndola para casa, sentando-a na popa e sorrindo diante da satisfação da jovem. Atrás dela, de pé, estava o gondoleiro que os conduzia pelo canal com um charme despretensioso. Quando entraram no Grande Canal, ficou evidente que toda Veneza navegava na noite clara e gelada. Algumas gôndolas tinham pequenas cabines e, quando as portas eram fechadas e as luzes piscavam nas janelas, indicavam que lá dentro amantes ocultos desfrutavam um encontro amoroso. Outras gôndolas transportavam mulheres solteiras, trajando capas, com máscaras cobrindo o rosto, serpenteando pelo canal lotado, para encontrarem amigos e despertarem atenção. Nobres solteiros se reclinavam na proa de suas gôndolas, examinando os barcos em busca de novas beldades, novidades. Rapazes compartilhavam uma garrafa de vinho e alguém cantava, com uma voz límpida de tenor ecoando sobre a água.

— Eles se encontram? Essas pessoas chegam a se conhecer? — perguntou Sarah, tentando disfarçar seu espanto diante da licenciosidade flagrante.

Signor Russo sorriu para ela.

— Eu disse que tudo estava à venda — disse ele. — E todos.

Desceram pelo canal que banhava as grandes portas da casa dos Russo e, sem o menor esforço, o gondoleiro girou a embarcação e os levou até o cais interno. *Signor* Russo ajudou Sarah a sair do barco oscilante e a conduziu escada acima até o vestíbulo. A casa estava perfumada, com um leve cheiro de água limpa e fria.

— E agora que está cansada, gostaria de se deitar? Quer que a *mamma* prepare um chocolate quente para a senhorita dormir melhor? Ou gostaria de ver a coleção da *nobildonna*?

— Eu gostaria de ver a coleção — respondeu Sarah. — Mas não está tarde demais para o senhor?

Ele sorriu.

— Ah, eu sou uma criatura notívaga. Assim como a justiça, nunca durmo. — Ele sorriu para ela. — É o que dizem no Palácio do Doge, sabe? Que a justiça nunca dorme. É para lembrar a todos nós que eles podem prender qualquer um, a qualquer momento.

— Deve ser... — Sarah não conseguiu encontrar a palavra. — Inquietante?

— Eles torturam à noite — comentou ele. — Para não perturbar os empregados que trabalham nos escritórios próximos durante o dia.

— Eles praticam tortura?

— À noite. Nunca esquecemos que estamos sendo vigiados — disse ele. — Nunca esquecemos que estão nos escutando. Ser veneziano é estar continuamente sob suspeita. Mas há certo prazer em saber que seu vizinho, seu amigo, até mesmo seu marido estão sob constante suspeita também. — Ele riu do rosto escandalizado que ela exibiu. — Então! Não confiamos em ninguém.

Ele abriu a jaqueta e retirou uma chave pendurada no pescoço. Seguiu pelo grande salão em direção aos fundos da casa e abriu uma portinha que estava trancada.

— A coleção da *nobildonna* — disse ele. — E o meu humilde depósito.

A sala comprida, de teto abobadado, estava fria e sinistra à luz das velas. Por todo o recinto — no piso, em cima de mesas e montados em suas próprias colunas envoltas com hera — havia corpos e segmentos de belos corpos cujos olhos sem visão olhavam para Sarah como se pertencessem a dançarinos petrificados num salão de baile. Sarah recuou na soleira da porta e correu os olhos pelo cômodo, para os fundos, onde esculturas de torsos cortados estavam armazenadas em prateleiras sobre as quais braços estranhos apontavam para a direita e para a esquerda, com dedos afilados e unhas perfeitas. Na base das prateleiras, havia canelas e pés delicados de ninfas e pés de heróis usando sandálias com solas arqueadas. Na prateleira mais alta, havia cabeças lascadas com tranças de pedra, fitas tremulando eternamente num vento imemorial, bem como o perfil nobre e o sorriso marcante de algum herói.

Pó de pedra tornava o piso branco como a neve, fantasmas enchiam a sala como névoa de pedra.

— Eram pessoas reais? — sussurrou a jovem.

— Não sei — disse ele casualmente, como se isso não importasse. — São lindas. E antigas. Isso é tudo o que nos importa agora.

— Mas esta mulher... — Sarah fez um gesto, apontando para a metade superior de um rosto, cortado por um arado, cujas pálpebras ainda se enrugavam num sorriso. — Não sabemos quem ela era, nem de onde veio? Nem para quem está olhando, que justifique este sorriso?

Signor Russo ficou interessado por um instante.

— Ela está olhando para baixo; então, talvez estivesse sorrindo para um bebê no colo. Vênus com Cupido? Mas não sabemos. Não cabe a nós... você sabe... remover os véus do tempo. O que nos cabe é encontrar o perdido, exibir, admirar. E, claro, vender!

— E quanto disso é... o dote da *nobildonna*?

Ele fez um gesto grandioso.

— Ela pode reivindicar tudo isto! — declarou ele. — O marido era um célebre colecionador de esculturas antigas. Guardo as peças para ela. Possuo a minha própria coleção, é claro, e no andar de baixo tenho a minha oficina, onde esculpo, conserto e lustro, mas nem se compara à coleção dela. A senhorita pode escolher o que quiser de tudo isto aqui.

— Tudo isso pertence a ela? — insistiu Sarah.

Ele deu de ombros.

— Não brigamos sobre quem é dono do quê. Temos um acordo.

— Um acordo?

— Uma parceria. Mas a senhorita sabe o que ela quer que eu despache? Ou a lista foi roubada com a carta de autorização?

Sarah escolheu as palavras com cuidado.

— A lista foi roubada com a carta dela para o senhor. Mas eu sei o que ela quer.

O frio do depósito repleto de mármore gelado e tão próximo ao canal sombrio de águas lentas fez Sarah estremecer.

— As cabeças dos césares venderam bem, e as peças menores, como o filhote de cervo.

O sorriso afetuoso dele nunca vacilava; ela não tinha certeza se ele acreditava.

— Então, deixe-me mostrar algumas coisas, e a senhorita pode escolher.

Ele a levou mais para o fundo do depósito, onde as prateleiras estavam cheias de fragmentos de esculturas, cabeças de bebês, asas de querubins, o pezinho gordo de uma criança que ainda não andava, um pequeno punho cerrado inserido numa boca risonha. Quanto mais avançavam na penumbra, mais Sarah tinha a impressão de que aquelas crianças eram reais, bebês horrivelmente petrificados.

— Nada disso aqui — disse ela com franqueza. — Ela não vai conseguir vender nada disso.

— Isso perturba a senhorita? — perguntou ele incisivamente. — Fileira após fileira de bebês de pedra?

Ela sentiu-se sufocar, como se em consequência da poeira dos ossos deles. E fez que sim.

Ele riu, como se a achasse encantadora.

— Então, deixe-me mostrar uma coisa... — Ele a conduziu pelas prateleiras até outra estante, onde pequenos animais pareciam brincar. — A maioria destes foi retirada de frisos. Achamos que camponeses arrancaram isso das fachadas de antigos palácios e templos. Transformaram essas figuras em pequenos deuses. As pessoas são tão tolas. Mas eles são bonitos, não são?

Era como estar numa terra de maravilhas num bosque inglês. Coelhinhos se erguiam nas patas traseiras, com as orelhas em pé; esquilos abanavam as caudas espessas. Em ninhos, filhotes abriam os bicos e importunavam as mães curvadas para alimentá-los, e uma minhoca contorcida feita de pedra pendia diante dos biquinhos abertos. Havia até um lago de pedra, com ondulações, e um salmão saltitante.

— Ah! É primoroso! — exclamou Sarah, então contemplou os pássaros: melros e pintarroxos, e um tordo pintado, chapins com caudas longas e cabeças pontudas, e o lindo ninho de uma andorinha, com a mãe empoleirada na beira e meia dúzia de filhotes esticando o pescoço para fora.

— Gostou desta? Ela gostaria? É disso que gostam na Inglaterra?

— Adorei! — declarou Sarah. — Precisamos de muitas peças pequenas. Mas ela quer também peças grandes. Imponentes.

— Imponentes?

— O rei está de volta ao trono, e todos querem imagens de césares e homens ilustres — tentou explicar Sarah. — Todos os lordes estão construindo casarões; eles querem se sentir como heróis que retornaram ao lar. Querem crer que descendem de gregos, romanos, que grandes poderes fluem para novas gerações de homens, embora nenhum deles tenha arriscado nada, e nenhum deles tenha lutado numa batalha sequer.

— A senhorita fala como se os desprezasse!

— E desprezo mesmo! — disse ela. Lembrou-se de que estava se passando por uma criada e corrigiu a si mesma. — Não que seja da minha conta, eu sei. Não passo de uma chapeleira.

— E então, quem são os verdadeiros heróis agora na Inglaterra? Na opinião de uma bela chapeleira?

— Gente como a Sra. Reekie — disse ela com sinceridade. — Gente que tem um ideal e o mantém. Não porque pensam que são melhores que todo mundo, mas porque, no íntimo, sabem o que é certo. Gente como a Sra. Stoney, a filha dela, que tem palavra, que raramente sorri, mas que é cheia de um amor que não precisa ser alardeado. Além disso, ela nunca muda. Gente como o Sr. Ferryman, que foi embora da Inglaterra e talvez nunca mais volte, porque se recusa a viver novamente sob a tutela de um rei depois de ter sido livre.

— A senhorita fala como se gostasse muito delas, das suas patroas.

— E gosto! — disse Sarah, então se conteve, dando de ombros. — São boas patroas. E isso é difícil de encontrar.

— Vivemos em tempos mutáveis — observou ele. — A maioria das pessoas prefere não empenhar o coração e acha mais fácil acompanhar a maré.

— Pessoas boas sabem o que é certo — argumentou ela. — E ela... a Sra. Reekie... é como a ponta de uma bússola. Sempre indica uma direção.

Ele ficou em silêncio por um instante.

— Foi ela quem mandou a senhorita vir para cá?

Sarah se recompôs e sorriu para aquele belo rosto.

— Ela permitiu que eu viesse, mas foi Lady Reekie quem me mandou, o interesse é da *nobildonna*, claro.

— Elas gostam dela? Essas boas mulheres nessa grande casa comercial de Londres? Elas a admiram? Ela está feliz? Ela diz quando pretende voltar para cá?

— Elas a adoram — disse Sarah com firmeza. — Todo mundo a adora.

— Ela tem muitos amigos?

— Só mesmo Sir James, que expõe as esculturas dela na casa dele.

— Ah, ela tem um admirador? Ele é jovem?

— Não, ele é bem velho.

— E o que a senhorita acha dela? Qual é a opinião da chapeleira sobre a *nobildonna*, sua patroa italiana?

— Acho que ela é a mulher mais maravilhosa que existe — garantiu Sarah, parecendo totalmente sincera. — Mas não digo que a compreendo.

Ele deu uma risadinha.

— Ah, ela é uma mulher! — disse ele. — Se a senhorita que é criada dela não a compreende, tenho certeza de que não posso nem tentar. Agora, veja isto aqui...

Ele a conduziu a uma segunda sala, adjacente à primeira, abarrotada de preciosidades, cuidadosamente dispostas e empilhadas, algumas embaladas para viagem, outras deixadas no chão. Havia pilares, arrumados uns sobre os outros, como troncos esculpidos. No meio da sala estavam as esculturas maiores, sendo que muitas eram de mulheres sentadas. Algumas foram projetadas para servir de fontes, despejando jarras vazias na escuridão. Por todo lado havia fragmentos aleatórios de pedra, alguns parcialmente esculpidos, outros eram blocos cortados ou arrancados de uma peça maior, qual um quebra-cabeça enorme. E havia cabeças de grandes homens, com cenhos graves e coroas de louros, e escudos com versos inscritos proclamando heroísmo.

— Eu não fazia ideia de que ela possuía tantas peças! — disse Sarah. — Como é que ela vai...

— Vender tudo? — perguntou ele. — É uma coleção construída ao longo de uma vida inteira, para uma vida inteira de fortuna. Ela só pode vender cerca de uma dúzia de peças por vez. Os colecionadores ingleses querem suas esculturas uma a uma, não às centenas. Eu jamais mostraria a um cliente tudo isto de uma só vez. Estou mostrando só para a senhorita. Depois que estabelecermos um nome, ela não vai precisar vender peça por peça. Agentes virão até nós, da Inglaterra, da França e da Alemanha, e teremos um salão onde vamos expor poucas peças, algumas peças grandes, e eles vão encomendar o que precisam e nós vamos despachar. Os compradores gostam de ver apenas algumas peças de cada vez; isso faz com que pareçam raras.

— Elas não são raras?

Ele ergueu uma lamparina para que ela pudesse ver que a sala estava absolutamente abarrotada.

— Foram esculpidas ao longo dos séculos em grande número — disse ele. — Destinadas a túmulos e locais públicos, residências e templos, bibliotecas e escritórios do governo, estradas e mirantes acima de portos. Somos um país que esculpe a pedra desde o início dos tempos. É certo que há mais esculturas do que habitantes em Veneza! Agora que elas são admiradas, agora que são valorizadas, nós as procuramos, fazemos escavações em busca delas e as vendemos.

— E o senhor as conserta e lustra?

— Não! Não diga isso! — falou ele, rindo. — Tudo que fazemos é limpá-las e, às vezes, montamos as peças num pedestal para que possam ser vistas. Mas não as alteramos, de forma nenhuma. Elas têm de ser autênticas.

— O senhor não faz cópias? Nem esculpe as suas próprias peças?

— Essas habilidades foram perdidas — disse ele com firmeza. — É isso que confere valor a essas peças sobreviventes: o fato de serem tão antigas e não poderem mais ser esculpidas. Fazer passar uma obra moderna como se fosse antiga seria fraude. Estas peças valem uma fortuna porque são antiguidades. Uma cópia moderna valeria apenas o custo da pedra e dos honorários do pedreiro. Uma escultura antiga vale dez vezes isso. Tomamos todo o cuidado para que todos os nossos itens sejam autenticamente antigos, autenticamente belos.

— E o senhor e a *nobildonna* dividem tudo?

— Digamos que somos sócios. Éramos parceiros quando ela as viu pela primeira vez no Palazzo Fiori; éramos parceiros quando resgatamos o que cabia a ela, e agora somos parceiros, pois as vendemos.

— O palácio dele deve ter sido belíssimo — arriscou Sarah.

— Era um dos mais requintados.

— E então ela se casou com o filho da Sra. Reekie. Foi sem dúvida uma queda social para ela, não?

— Ah, o médico? O pequeno Roberto? A senhorita o conhecia?

Sarah percebeu que o desdém para com seu tio a irritava.

— Não, não o conheci. Ele partiu para Veneza antes de eu começar a trabalhar para a Sra. Reekie. Sei dele porque elas falam dele com frequência. Elas o amavam, e lamentam... mas não o reconheceria se o visse.

— E, claro, a senhorita nunca vai vê-lo — lembrou ele gentilmente.

— Claro que não. Foi um grande impacto para toda a família quando a *nobildonna* escreveu e nos disse que ele tinha morrido.

— Foi um grande impacto para nós também — disse ele. — Uma tragédia. Então? A senhorita já viu o nosso estoque. Já pode escolher. Quantas peças vai querer?

— Cerca de vinte — disse Sarah. — E o capitão Shore vai embarcá-las para a Inglaterra, como fez antes.

— Vai escolher agora? — Ele entregou o candelabro e se encostou na parede, enquanto ela andava pela sala apinhada, examinando uma peça, dando a volta em algo para inspecionar outro item, e curvando-se para admirar as colunas empilhadas.

— Acho que devo levar colunas — disse Sarah. — Sei que ela quer quatro ou cinco. Alguns animais... as pessoas gostam deles para expor nos jardins. Leões, principalmente. Alguns vasos e, acho... cabeças de césares, mais um conjunto delas. E algumas peças menores, para exibir nas mesas.

— A senhorita gosta desta Quimera? — perguntou ele, mostrando um leão com uma cabeça de bode brotando da espinha, sendo picada pela cauda do leão, que era uma cobra.

Sarah recuou.

— É medonho!

Ele riu.

— Pequena Jolie... nada é medonho. Nada é belo. É uma questão do que as pessoas gostam em certo momento. E esta peça é divertida porque mostra uma fera que ataca a si mesma. Como o ser humano, talvez. Não encanta, mas está na moda. Tudo o que importa é a moda. Tudo o que queremos é dinheiro. A senhorita pode começar a embalar as peças amanhã. Seu gosto é muito bom; é o que eu mesmo teria selecionado.

Ele seguiu à frente, conduzindo-a para fora da sala, e fechou a porta. Velas noturnas ardiam na mesa lateral de mármore, na penumbra do corredor. De súbito, Sarah percebeu que a casa estava silenciosa, que estavam sozinhos, e que aquele olhar escuro se fixava em seu rosto.

— Agora — disse ele calmamente. — A senhorita gostaria de dormir no seu quarto? Ou prefere ir para o meu?

Sarah lançou um olhar apavorado para aquele rosto sorridente.

— Não! — disse ela. — Eu não sou... Eu não sou...

— Não é esse tipo de chapeleira — disse ele, compreensivo, nem um pouco acanhado. — Neste caso, eu lhe darei a sua vela e lhe darei boa-noite, Srta. Jolie.

DEZEMBRO DE 1670, HADLEY, NOVA INGLATERRA

Ned passou pelo processo custoso de encher a cesta com mercadorias, amarrar os sapatos de neve, botar Ruivo para fora e se dirigir ao povoado. Ruivo correu pela neve, afundando e pulando, com as pontas do seu pelo grosso congeladas. Ned não precisou cavar para liberar o portão da horta; os montes de neve estavam tão altos que passavam por cima do portão e seguiam pela vasta planície de neve ininterrupta na qual havia se transformado a via comum do povoado. De ambos os lados, Ned contemplava os telhados e as janelas fechadas do andar superior das casas. Um ou dois colonos tinham escavado a neve acumulada diante da porta da rua, mas a maioria havia rendido a frente de suas casas à neve e apenas aberto uma trilha no quintal para alimentar os animais e ter acesso aos depósitos de mantimentos. Cada casa tinha uma cobertura de neve, cada casa exibia uma serpentina de fumaça na chaminé, como se dissesse que o vilarejo lutava para se manter aquecido, queimando grandes estoques de lenha todo dia na tentativa de superar a provação do inverno.

Ned trocou carne de cervo de Norwottuck pelo caminho, aceitando um pequeno queijo oferecido por uma mulher cuja vaca ainda dava leite e apenas admirando um par de luvas de lã. Embora seus dedos estivessem vermelhos e rachados pelo frio, ele achava que não poderia se dar ao luxo de trocar comida por luvas.

Ele desceu a rua até a casa do pastor, onde os escravos tinham escavado caminhos de acesso à porta da frente e à de trás, e até a igreja. Ned, carregando a cesta, foi até os fundos e bateu à porta da cozinha.

— Tem de empurrar para abrir, a madeira empenou — veio o grito da Sra. Rose lá de dentro.

Ned encostou o ombro à porta e irrompeu na cozinha.

— Desculpe — disse ele, retraindo-se diante do olhar dela quando a neve acumulada em seu gorro despencou no piso limpo. Ele saiu por um instante, retirou os sapatos de neve, sacudiu-se feito um urso e entrou de novo, deixando a capa impermeável, o casaco, o gorro e as luvas nos ganchos ao lado da porta. — Desculpe o mau jeito.

— Não tem importância; pelo menos, agora o senhor está dentro de casa. Está frio lá fora?

— Muito. Deixei o meu cachorro num dos seus estábulos.

— Será que ele vai estar aquecido lá?

— Vai, não vou demorar muito. Trouxe um pouco de carne para a senhora.

Ela olhou para a cesta.

— Obrigada. Estão todos lá em cima — disse ela. — O porão é frio demais com este tempo. E, de qualquer maneira, nenhum estranho aparece aqui durante o inverno.

Ned hesitou, pensando se deveria dizer algo mais pessoal a ela.

— Estou contente em ver a senhora — falou ele. — A senhora me parece bem.

Ela esboçou um leve sorriso.

— E eu estou contente em ver o senhor — disse ela. — Fico pensando no senhor, na beira daquele rio gelado, na última casa do vilarejo.

— Não é tão longe assim — protestou ele, como sempre fazia.

— Olhe só para o senhor! — respondeu ela. — Tendo de se vestir quase feito um urso só para ir até a casa do pastor.

Ele fez que sim.

— John Sassamon veio me visitar um dia desses, e ele estava usando metade das roupas que eu uso, e estava bem aquecido. Preciso trocar alguma coisa pelas peles dele.

Ela virou a cabeça imediatamente.

— Ele bem que gostaria de ter um casaco vermelho ou azul — disse ela. — Todos eles gostariam. Todos querem roupas adequadas, mas não querem trabalhar para obtê-las. O senhor não deve comprar roupas nativas, e ele deveria ficar com a calça e a camisa típicas do povo dele. Por que ele sai por aí trajando camurça, se conta com uma casa tão adequada lá em Natick? Uma esposa. Uma igreja. O que ele está fazendo aqui no norte?

— É sobre isso que tenho de falar com o pastor — disse Ned.

Ela anuiu, comprimindo os lábios, tentando conter as palavras.

— Só pode estar espionando — foi tudo o que ela disse resumidamente. — Percorrendo a mata e nos espionando.

— Ele veio me ver abertamente — protestou Ned. — Aconteceu o oposto. Ele é que me levou para espioná-los.

— Bem, o senhor pode subir — disse ela, silenciando-o. — Estão os três lá em cima juntos.

Ned acenou com a cabeça meio sem graça, saiu da cozinha e subiu a escada. Enquanto subia, gritou:

— É Ned Ferryman! — A porta no topo da escada foi aberta e o pastor apareceu.

— Bom vê-lo! — disse ele. — Tudo bem com você?

— Sim, vim ver se tudo vai bem com os senhores.

— Louvado seja Deus, sim. Entre.

John Russell abriu a porta, e Ned entrou no quarto. Os três homens estavam sentados em cadeiras duras de espaldar alto, e o único leito tinha sido empurrado até a parede para abrir mais espaço. Um fogo fraco ardia na lareira; havia cristais de gelo na face interna da janela. Uma Bíblia jazia sobre a mesa, aberta nos Salmos.

— Ned! — disse William calorosamente. — Meu bom homem!

— É bom vê-lo, Ned Ferryman — disse Edward.

Ned sorriu para eles.

— Tenho certeza de que os senhores não precisam de guarda — disse ele. — O clima mantém todo mundo dentro de casa. Mas quis fazer uma visita e trouxe carne fresca para os senhores, carne de cervo cedida pelos meus vizinhos do outro lado do rio.

— Não me diga que você atravessou o rio?

— John Sassamon me guiou. Não me importo em admitir que senti medo.

— Ele veio tão ao norte de novo? — perguntou John Russell.

— Veio — disse Ned. — De novo. Vim aqui falar com o senhor sobre ele e os pokanoket. Na verdade, ele pediu que eu falasse com o senhor e com estes cavalheiros.

— Qual o problema? — O pastor sentou-se e indicou para Ned uma banqueta próxima à lareira. — O que ele quer?

Ned se agachou na banqueta.

— O negócio é o seguinte — começou ele. — Ele confia no senhor, que é um homem de Deus, um pastor muito acima dele e um homem que se arriscou pelos amigos.

— E com razão — pontuou William.

— E ele confia nos senhores — disse Ned, voltando-se para seus ex-comandantes —, depois que levou os senhores e os trouxe de volta a Hadley, no verão passado. Ele sabe que alguns dos homens importantes do conselho ouvem o senhor; sabe que o senhor conhece o governador e homens ilustres: Josiah Winslow e aquele Sr. Daniel Gookin confiam no senhor; e ele sabe que o senhor tem amigos por toda a região.

— Como é que ele sabe tudo isso? — perguntou o Sr. Russell, surpreso.

William anuiu com um aceno de cabeça, sem desviar o olhar do rosto de Ned.

— Somos abençoados por termos bons amigos — disse ele. — O que tem isso?

— John Sassamon diz que os colonos não estão ficando dentro das fronteiras acordadas — disse Ned com seriedade. — Estão comprando terras, embora o conselho os tenha proibido. Os indígenas estão vendendo terras para eles, embora os sachem os tenham proibido de vender. A região está sendo movida pela compra de terras, e parece que lei nenhuma é capaz de impedir que isso ocorra.

— Amém. É verdade — concordou William, seriamente.

— Amém — disse Edward. — Os indígenas têm razão de reclamar, se não os estivermos conduzindo a Deus, mas a Mamom.

— O massasoit quase perdeu seu reino — comentou Ned. — Dizem que ele avista telhado e chaminé de todo lado do Mount Hope, onde antes não havia nada, só mata. Ele não consegue nem chegar ao mar sem antes ter de atravessar fazendas de colonos. Isso é muito triste para eles... as preces matinais dele precisam ser feitas de frente para o sol nascente, acima do mar.

— Ele mesmo deve ter vendido terras — observou o Sr. Russell.

— Não por livre e espontânea vontade — prosseguiu Ned. — Dizem que nós os endividamos, e então, de repente, fazemos a cobrança.

— Isso é ilegal, o conselho se opõe firmemente a isso. Todas as escrituras têm de ser legais e assinadas de boa-fé. Eles devem formalizar a queixa, e vamos processar os colonos — disse John Russell, firme.

Ned desviou o olhar, constrangido.

— Pois é, mas é o filho do antigo governador — disse ele com pesar. — Ele está processando um indígena por uma dívida de dez libras. E diz que aceita vinte libras de terras como pagamento!

— Quem disse isso? — perguntou William, indignado.

— Eles mesmos — admitiu Ned. — O devedor é sobrinho do massasoit... o rei Philip. O pai dele, que é o sachem da nação indígena, vai entregar quarenta hectares de terras ao credor, como perdão da dívida.

— Josiah Winslow está fazendo isso? — perguntou Edward.

— É pior que isso... o próprio rei Philip tem uma dívida com ele. — Ned olhou de um rosto sério para o outro. — Se eles forçarem o massasoit a vender terras, quando ele jurou que jamais...

— Vai repercutir muito mal — disse John Russell. — Isso faz com que ele quebre a própria palavra. Isso o humilha.

— Eles dizem que, quando eram todo-poderosos e os ingleses recém-chegados estavam morrendo de fome, eles foram bons para nós. Foram generosos. Dizem que agora que temos armas, canhões e uma milícia e somos mais fortes que eles, devemos ser generosos com eles.

— Somos mais fortes que eles? — indagou Edward, o velho comandante. — Caso ocorra uma guerra?

Ned olhou para ele, incapaz de mentir.

— Não sei — disse ele. — Não estive em Mount Hope... Montaup, o lar sagrado dos pokanoket, e nunca presenciei nenhuma reunião deles.

Mas sei que estão realizando grandes reuniões e que outras nações estão participando.

— Para firmar alianças? Para entrar em guerra? — perguntou John Russell.

— Eles dizem que é para dançar. John Sassamon veio só para me avisar; ele pediu a mim que alertasse os senhores. Ele mostrou uma aldeia que está se armando e construindo defesas, uma aldeia em Norwottuck, logo acima no rio, tão perto quanto Hatfield, e eles estão se armando e construindo uma paliçada capaz de suportar balas de canhão. Juro que estão estocando armas, talvez até mosquetes. Ele mostrou para que eu pudesse contar o que vi com os meus próprios olhos. Ele pede aos senhores que passem essa informação aos membros do conselho que são seus conhecidos. Estive com ele diversas vezes no outono e agora no inverno; é evidente que está viajando a serviço do massasoit. Está falando com parentes e nações; parece mesmo que estão reunindo forças. Se os governadores não se reunirem com ele e não firmarem um tratado para deixar as terras indígenas em paz, receio que haverá uma guerra.

Os dois homens mais velhos, que haviam guerreado contra seu próprio povo por toda a Inglaterra e até na Irlanda, mostraram-se taciturnos.

— Uma guerra dos pokanoket e seus aliados contra nós seria mortal — avaliou Edward.

— Isso destruiria todo o nosso trabalho — disse John Russell. — Já falamos isso em Boston; já falamos isso em Plymouth. Mas temos de alertá-los novamente. Temos de fazê-los entender. Eles podem sobreviver a uma guerra contra os pokanoket nas cidades, mas nós, aqui, não!

— E de que lado você ficaria, Ned? — desafiou William. — Você e o seu amigo indígena? Você e ele não estão no mesmo barco? Advertindo ambos os lados, um contra o outro? Você não pode passar a vida atravessando de um lado do rio para o outro. Você vai ter de fazer uma escolha.

DEZEMBRO DE 1670, VENEZA

Sarah despertou após sonhos estranhos e assustadores com sua tia Livia na forma de um monstro de pedra, uma serpente marinha esculpida, uma viúva de mármore branco, uma deusa insepulta, e desceu a escada, pálida e com olheiras, para o desjejum servido no salão por *mamma* Russo, que não foi tão acolhedora como tinha sido na véspera. O salão com piso de mármore estava frio, toda a casa era pedra gelada construída sobre água gelada.

Sarah tentou se livrar de sua inquietação e passou a manhã embalando as esculturas menores com tufos de lã de ovelha e depois costurando-as dentro de um tecido grosso e entregando-as ao criado dos Russo, que as encaixotava, confeccionando pequenas gaiolas de madeira ao redor das formas irregulares. Ela não conseguia evitar a sensação de estar trabalhando num necrotério: de vez em quando, olhava em volta, e os olhos que não viam a observavam. Até mesmo os animaizinhos de pedra pareciam ansiar silenciosamente por um sol que se perdera.

Às quatro da tarde, quando a luz da janela do depósito diminuiu e os canais já brilhavam com lanternas de gôndolas refletidas nas águas paradas, a família se reuniu na sala de jantar do primeiro piso para a refeição: a matriarca, *signora* Russo, o belo filho adulto, o filho caçula e a filha mal-humorada, Chiara. Sarah, na condição de hóspede, ocupou a ponta da mesa, de frente para o *signor* Russo; e, quando os filhos menores se retiraram depois da refeição, a mãe colocou uma garrafa de conhaque diante do primogênito, serviu três taças e sentou-se com ele e Sarah, como se Sarah fosse um cavalheiro convidado, um homem ilustre que precisava ser servido com honra.

— Aproveitou bem o tempo hoje lidando com as antiguidades? — perguntou o jovem a ela.

Ela não disse que o havia procurado o dia inteiro e que tinha desejado que ele entrasse no depósito e flertasse com ela.

— Aproveitei — disse ela. — São peças de tamanha beleza! A cada momento que olhava ao redor, eu me surpreendia.

— Qualquer dia vou levá-la ao mercado de penas e podemos visitar um chapeleiro também. Talvez a senhorita goste de ver como eles trabalham aqui. Além de chapéus, eles fazem máscaras; sua especialidade são máscaras e coroas, além de fantásticos adereços de cabeça e belas criações que cobrem o rosto e o cabelo para damas que desejam permanecer incógnitas.

— O senhor me levaria? — perguntou Sarah e sentiu o rosto quente, enrubescendo, quando ele sorriu para ela.

— Seria um prazer — disse ele.

— Logo que cheguei, vi algumas senhoras usando máscaras, calçando sapatos com plataforma, e elas ficavam tão altas que tinham de ser sustentadas por criadas.

— Aquelas são as nossas cortesãs — disse ele. — As cortesãs de Veneza, com seus *chopines*. Sapatos de plataforma, como a senhorita diz, mas tão altos que parecem palafitas. Muito caros, muito famosos, muito bonitos.

Sarah sentiu-se corar ainda mais.

— Não sabia. Em Londres, é claro, principalmente na corte, há...

Ele tomou um gole da bebida.

— O mundo inteiro conhece a corte de Londres e as damas que se prostituem para o rei. Mas a senhorita não pertence a esse mundo, não é?

— Não — disse ela, retomando a desculpa de sempre. — Não sei nada sobre isso. Não passo de uma chapeleira.

— Creio que a *signora* Nell Gwyn não passava de uma vendedora de laranja. Mas isso não a impediu de fazer fortuna por meio de benesses. A senhorita nunca pensa naquela vida? Tem tanta beleza que decerto faria sucesso.

Sarah sabia que estava enrubescendo intensamente.

— Não — disse ela. — Minha mãe é uma mulher de grande... — ela não conseguia encontrar as palavras — ... de grande...

— Uma puritana, na verdade — ajudou ele.

— Isso. — Ela engasgou. — Muito respeitável. Eu jamais...

— Mas a senhorita gosta de prazeres? Gosta de coisas bonitas?

— Sim, gosto...

— E pretende se casar? Está noiva, talvez?

— Não penso em casamento. — Sarah tentou se recompor. — Acabei de concluir o meu período de aprendizado. Preciso construir o meu próprio caminho no mundo. Não posso me permitir nenhum luxo.

— A senhorita chama um marido de luxo? — Ele riu.

— No meu mundo, amante ou marido é luxo — conseguiu dizer. — Um luxo pelo qual não posso pagar.

— À senhorita! — disse ele, erguendo a taça. — Uma jovem beldade que pensa nos homens como objetos de luxo. Na verdade, a senhorita vem de um país que virou tudo de cabeça para baixo. Os ingleses derrubam seus reis e depois os trazem de volta, criam moças que não podem se dar ao luxo de se casar! Que novidade! Que Deus a abençoe, Bathsheba Jolie!

A mãe sorriu e ergueu a taça para o brinde enunciado em inglês, o qual não conseguia entender. E dirigiu ao filho uma pergunta rápida em italiano.

— Ela me perguntou o que foi que eu disse para fazer a rosa inglesa ficar vermelha — relatou ele.

Sarah sorriu e balançou a cabeça. Mas sabia que essas não foram as palavras. A mulher tinha falado depressa demais, e ela não pôde entender, mas teria reconhecido as palavras "rosa" e "inglesa". Tinha quase certeza de ter ouvido o nome de Livia no fluxo italiano acelerado.

— Se o senhor tivesse sido criado como eu, pensaria o mesmo — disse ela com firmeza.

— Sem pai? — perguntou ele. — Tampouco tive.

— Sem pai, mas com a mãe mais trabalhadora que já abençoou um lar, e uma avó que nunca se queixa, que entende mais deste mundo e do próximo do que qualquer clérigo ordenado. Num lar onde não apenas vivemos juntas, mas nos agarramos umas às outras, enquanto o mundo vira de cabeça para baixo e depois volta à posição normal.

— Um pequeno negócio? — perguntou ele, exprimindo solidariedade.

— Ao qual nos agarramos — disse ela. — Então, o meu irmão e eu tivemos de ganhar o nosso próprio sustento. Ele... Johnnie... está indo bem, tem cabeça boa para números. É aprendiz de um comerciante, e gostam dele, e eu tenho a minha certificação de chapeleira. Quando voltar para casa, vou procurar trabalho como chapeleira e deixar o serviço doméstico.

— E é isso que a senhorita quer? — perguntou o *signor* Russo com os olhos escuros pousados sobre o rosto entusiasmado dela. — Agora que chegou tão longe e conheceu Veneza? Isso é tudo que a senhorita quer... voltar para casa, para uma nova chapelaria, com uma caixa de penas?

Ela hesitou.

— É difícil não almejar mais — admitiu ela. — Agora que estou aqui, embora só tenha visto o porto e as ruas no caminho até a casa do senhor... é difícil não imaginar mais.

Ele se levantou da cadeira, aproximou-se da ponta da mesa e se inclinou sobre a cadeira dela para lhe servir mais uma taça.

— Imagine mais — aconselhou ele, falando suavemente em seu ouvido. — Esta é uma cidade onde a imaginação pode ganhar vida. Marco Polo partiu daqui, por terra, e chegou à corte da China só porque sonhou que era possível. Vivemos aqui sem rei, sem imperador, porque pensamos que isso é viável. Não vamos ficar carentes de grandes líderes e trazer um rei de volta, como os ingleses fizeram. Isto aqui é uma república construída para durar. Cada parede aqui é pintada por um mestre, porque amamos a beleza; olhe para cima quando andar por aí e veja que todo canto é belo. Até as cortesãs ganham uma fortuna, porque sabemos que a beleza é passageira e preciosa. Imagine mais, Bathsheba, e veja aonde os seus sonhos a levam.

Sarah percebeu que estava sorrindo, cheia de emoção.

— Devo estar embriagada. — Ela resistiu ao feitiço que as palavras lançavam. — Não posso ficar imaginando e sonhando. Tenho muito o que fazer. Tenho de empacotar os pertences da minha patroa e voltar para casa.

Ele riu.

— Então vou acender a sua vela para que vá para a cama, sua ébria! — disse ele. — Boa noite, Bathsheba.

— Boa noite, *signor* Russo, boa noite, *signora* — respondeu ela, dirigindo-se também à mãe dele, então se levantou e foi até a bela mesinha lateral com tampo de mármore, onde a vela estava à disposição num castiçal de ouro belissimamente trabalhado.

Ele acendeu a vela, valendo-se de uma das velas fixada no braço do castiçal sobre a mesa de jantar e, quando Sarah a pegou, ele segurou sua mão.

— Pode me chamar de Felipe — disse ele em voz baixa. — Pode dizer: *Buonanotte*, Felipe.

Ela olhou para a mãe dele e viu que sorria, meneando a cabeça, com aqueles olhos escuros e, em seguida, voltou-se para o intenso olhar do filho.

— *Buonanotte*, Felipe — repetiu Sarah e saiu da sala de jantar portando a vela. Sentiu que ele ficou observando-a por todo o caminho até ela chegar ao pé da escada de pedra, e ela andou com os ombros aprumados, a cabeça erguida, orgulhosa como uma pequena rainha, tão bela quanto uma escultura, subindo toda a escada, enquanto a chama da vela oscilava intensamente ao seu lado.

DEZEMBRO DE 1670, LONDRES

Johnnie voltou para casa no domingo anterior ao Natal e encontrou a mãe precariamente de pé na banqueta alta do escriturário, prendendo folhas acima do armário de canto na sala.

— Sabia que, quando eu era jovem, era proibido tirar folga no Natal? — disse ela, esticando-se para dar o último retoque. — Fazer isto aqui é um prazer e tanto.

— Mas por que era proibido? — perguntou ele.

— Oliver Cromwell — disse ela em resumo. — E o pastor dizia que era coisa de pagão. Mas agora está tudo de cabeça para baixo.

— A corte comemora durante duas semanas — disse ele. — Embebedam-se durante uma quinzena. E, depois, começam tudo de novo para comemorar o Dia de Reis.

Alys riu.

— Você e o seu tio Ned são dois puritanos — disse ela, enquanto ele a ajudava a descer. — Nosso pastor, o puritano, da Igreja de São Vilfrido, costumava dizer: onde é que diz na Bíblia que a pessoa deve se embebedar para celebrar a vinda do Senhor? E a velha Ellie, de East Beach, gritava lá de trás: "Ele não transformou água em vinho só para fazer vinagre e temperar o repolho d'Ele, sabe?"

— Ela falava isso?

— Ã-hã, ela costumava ser castigada todo Dia de Reis por um motivo ou outro. Mas eles nem chamavam de Dia de Reis quando eu era mocinha. A gente não tinha Dia de Reis nem Natal.

— Vocês trocavam presentes?

Ela se virou de costas para pendurar frutinhas vermelhas no gancho usado para os casacos, fixado na parte de trás da porta.

— A gente não tinha dinheiro para presente. Mas Rob e eu costumávamos procurar aquelas moedinhas que a sua avó tanto preza. A gente juntava o ano todo e dava para ela no Natal. E ela nos dava prendas, qualquer coisa doce. Deus do céu, a gente adorava tudo que tinha açúcar.

— A senhora e o seu irmão, Rob — confirmou ele.

— Isso, que Deus o abençoe.

— E Sarah viajou e está procurando por ele neste Natal?

Ela dirigiu ao filho um olhar demorado e direto.

— Ah... então você também sabe? Você sabia o tempo todo? E escondeu de mim? Vocês três sabiam: a sua avó, Sarah e você?

Ele fez que sim.

— Desculpe, mamãe.

— Você devia ter me contado, Johnnie. Nos tornamos uma família com segredos.

Ele hesitou.

— Sempre fomos uma família com segredos.

Ela fez que não.

— Por que ela não me contou?

Ele pareceu constrangido.

— Ela achou que a senhora iria contar para Livia.

— E contaria mesmo! — exclamou Alys. — Eu deveria ter contado! Quem melhor que ela poderia dizer à sua avó e à minha filha que estavam iludidas?! O que ela está pensando? Que Livia não é a viúva de Rob? Que ele não está morto?

— Elas têm certeza de que há algo errado — disse Johnnie gentilmente.

— Vovó está convencida.

— Ela meteu na cabeça que Rob está vivo e que Sarah vai, de algum modo, encontrá-lo, e Sarah usou isso como desculpa para embarcar numa aventura. É claro que não há nada de concreto nisso. Deus guarde a minha filha e a traga de volta para casa.

— Amém — disse Johnnie. — Sinto saudade dela.

— Também sinto — confirmou a mãe. — E o que é que a gente vai falar para Livia, quando Sarah desembarcar de um navio chegando de Veneza? Você pode me dizer?!

DEZEMBRO DE 1670, VENEZA

O mercado de penas era situado num dos grandes armazéns nas proximidades da ponte Rialto. Sarah e Felipe Russo andaram pelas vielas estreitas, de uma ponta à outra do mercado, onde cambistas e agiotas montavam suas barracas sob os arcos da praça. Cada homem dispunha de uma balança e um ábaco em sua tenda, pena e papel para anotar as dívidas e um cofre com moedas debaixo da bancada, em segurança, vigiado por um jovem que se posicionava atrás do cambista e não tirava os olhos da caixa.

— É melhor você trocar o seu dinheiro inglês por ouro — disse Felipe a ela. — Tem certeza de que são moedas autênticas?

Ela fez que sim.

— Será que eles vão me pagar pelo peso verdadeiro?

— Eles não se atreveriam a enganar um cristão — disse ele. — São judeus. Emprestam dinheiro, trocam ouro, exercem seu comércio usurário e pecam com a permissão do doge. Se algum deles sonhar em trapacear, será denunciado e executado publicamente no mesmo dia, ao pôr do sol. Provavelmente, são os homens mais honestos de Veneza. Com certeza, são os mais intimidados.

— Só mesmo um homem imprudente seria capaz de infringir a lei nesta cidade — comentou Sarah.

— Só mesmo por um lucro enorme — concordou ele.

— Como é que eu escolho um prestamista? — perguntou Sarah, mantendo distância dos rostos abatidos dos homens que trajavam longos mantos pretos, cada um com uma estrela amarela costurada na frente da jaqueta preta. — Todos parecem igualmente... atormentados.

— Eu negocio com aquele homem ali — apontou Felipe. — Mordecai. — Ele a levou até a barraca. — Guinéu inglês por ouro — disse ele sucintamente.

O homem fez uma reverência e pegou a balança.

— Posso ver a moeda, milady? — perguntou ele a Sarah num inglês perfeito.

— Como o senhor sabe que sou inglesa? — perguntou ela, espantada. Ele manteve a cabeça baixa, mas ela pôde ver o sorriso.

— Seu semblante alvo, milady — disse ele calmamente. — Todos os ingleses têm essa tez clara. — Ele olhou para Felipe e falou em italiano: — Tão parecida com o milorde médico.

— Apenas entregue o dinheiro a ela — ordenou Felipe calmamente em italiano.

Sarah manteve a fisionomia impassível enquanto observava o rapaz que trabalhava para o prestamista abrir o baú embaixo da bancada e pegar moedas de ouro e pedaços de uma corrente de ouro. Ela não deu a entender, nem por um instante, que havia compreendido a breve interlocução. Enfiou a mão na carcela da saia, retirou o guinéu que Alinor lhe dera, hesitou um pouco e o entregou.

Mordecai, o prestamista, colocou a moeda num prato da balança e acrescentou moedas e elos de uma corrente de ouro ao outro, até que se equilibrassem precisamente.

— E mais uma sobrinha para dar sorte — disse Felipe, em inglês, com a voz ligeiramente tensa.

— *Signor*... foi uma medida justa e um preço acordado.

— Você vai vender um bom guinéu inglês com lucro, sabe que vai, seu velho pecador. Dê uma sobrinha à senhora para dar sorte.

— Eu não... — começou a dizer Sarah.

— Como eu disse.

Sem dizer mais nada, Mordecai acrescentou três elos de uma corrente de ouro; a balança oscilou e pendeu a favor de Sarah.

— Segure a sua bolsa para que ele despeje as moedas — instruiu Felipe. Sarah fez o que lhe foi dito.

— Pronto — disse ele, enquanto ela puxava os cordões, fechando a bolsa, e a amarrava cuidadosamente ao cinto.

Felipe a conduziu para longe da barraca, e eles deixaram a praça e subiram a ponte Rialto com seu ângulo íngreme. Em ambos os lados havia barraquinhas vendendo belas peças de vidro e requintados trabalhos em metal: punhais esmaltados e vitrificados, cravejados de pedras preciosas. Vendedores de especiarias exibiam pozinhos coloridos e aromáticos que Sarah jamais tinha visto; havia sabonetes perfumados, sais e óleos numa barraca, enquanto outra vendia metros de sedas e veludos à sombra de um para-sol enorme, pintado e impermeabilizado. Até o ar tinha um odor raro e exótico, fragrâncias de patchouli, limão e rosa os envolviam enquanto andavam. Sarah parou para sentir o aroma marcante e invernal de mirra.

— Faz você sonhar? — perguntou Felipe, baixinho, quando chegaram à porta do armazém.

— Acho que é a cidade dos sonhos — disse ela. — Não consigo entender como Liv... como a minha patroa pode suportar viver em qualquer outro lugar.

— Ah, ela foi embora daqui toda de preto, com seus sonhos afogados — disse ele com pronta solidariedade. — Ela ainda está usando luto em Londres?

— Está.

— É o tipo de mulher que nunca vai deixar o luto. Amava muito o marido. Sofreu por ele, como uma mulher ensandecida pela tristeza.

— E combina com ela — apontou Sarah, o que o fez rir.

— Combina, sim.

— Eles estavam muito apaixonados?

— No começo, eram inseparáveis. Ela andava ao lado dele pelos banhados e o acompanhava nas visitas. Ele fazia questão de atender os pobres... tinha interesse em febre palustre... e ela não tinha o menor receio. Eles iam juntos, com máscaras de médico, feito um casal de garças pretas. Sabe? — Ele sorriu.

— Garças? — repetiu ela.

— Eles usavam batas pretas e grandes máscaras de médico, com o bico comprido cheio de ervas, para se proteger de infecções, e com furos na altura dos olhos. E aquelas batas pretas. Eu costumava rir deles, andando juntos feito um casal de pássaros, com grandes bicos, como se fossem garças nos banhados.

— Ela mostrou as antiguidades para ele?

— Ele as viu logo que a conheceu, na primeira residência dela. Livia ficava entronizada no meio das esculturas, uma beldade entre beldades, em seu *palazzo*. Era uma esposa rica, rica em tudo, menos em felicidade. Quando o primeiro marido morreu e ela concordou em se casar com o médico, trouxe consigo o dote, todas aquelas preciosidades. É claro que ele não fazia ideia do que tínhamos guardado. — Felipe guiou Sarah por alguns degraus até um grande depósito.

— Ele nunca viu o depósito dela? Ele visitava a sua casa?

Felipe girou a maçaneta da porta da rua no grande portal. Imediatamente, ecoou uma onda sonora. Ele sorriu.

— Ouça! Eis o som de gente ganhando dinheiro!

Sarah riu.

— Então, este é o mercado semanal de penas — disse ele. — Os grandes caçadores e coletores percorrem toda a Europa, toda a Ásia e África e entregam penas aos milhões. Os mercadores de penas fazem aquisições do produto em estado bruto, mas também restauram, pintam, limpam e montam as penas e as trazem de volta aqui para vendê-las a chapeleiros e modistas. É aqui que os negociantes de penas vendem sacas de penas a comerciantes que as levam a Londres e Paris e aos seus próprios mercados. Então, você vai ver de tudo aqui, desde uma pelanca suja até uma pena única, inteiramente trabalhada. É possível fazer compras em qualquer quantidade.

Sarah estava passando pela porta quando ele colocou a mão em seu braço.

— Mas não com essa carinha — disse ele.

Ela se virou para ele, surpresa.

— Está suja? — perguntou ela, passando a palma da mão enluvada na face.

Ele sorriu.

— Você está ansiosa — disse ele. — Nunca pareça ansiosa em Veneza. O preço aumenta só pela maneira como uma pessoa entra no mercado. Isto aqui é um mercado de barganhas numa cidade que admira a indiferença. Você vai me mostrar o que for do seu agrado... vai me mostrar discretamente... e eu vou cortar o preço pela metade. Mas não consigo fazer isso se você parecer uma criança na manhã de Natal abrindo presentes.

Ela riu e compôs sua expressão facial. Não sabia, mas estava imitando o ar desdenhoso de Livia.

— Assim? Pareço estar acima de tudo e muito indiferente a tudo? Muito entediada?

— Como uma rainha — disse ele e recuou para deixá-la precedê-lo na entrada no recinto.

Sarah sentiu-se grata por ele ter avisado sobre o que esperar. Um lado do mercado era como o matadouro de um açougueiro, cheio de peles sangrentas, algumas fedendo a esterco de pássaros mortos; outras inadequadamente esfregadas e já apodrecendo, exalando o cheiro forte do vinagre derramado sobre elas durante a quarentena, para evitar a propagação de doenças. Asas brutalmente cortadas de pássaros agonizantes jaziam em pilhas imensas, aves de cristas exóticas tinham sido decapitadas barbaramente para que as cristas permanecessem perfeitas, mas os pescoços eram tocos de sangue coagulado. Corpos com bela plumagem toráxica e longas caudas coloridas jaziam amontoados no chão. Sarah desviou a cabeça.

— Nojento.

— *Allora*, todo comércio tem o seu lado sujo — disse Felipe filosoficamente. — E tudo isto aqui esteve em quarentena na Isola del Lazzaretto Nuovo. Qualquer coisa capaz de trazer uma infecção para Veneza tem de ir para a ilha e ser limpo: arejado, defumado ou embebido em vinagre. Só depois que estiver limpo pode vir para cá.

— Ah, o capitão, o capitão Shore, no meu navio, falou algo a esse respeito.

— Sim, claro. Se houvesse alguma doença contagiosa em Londres, o capitão, a tripulação e até você teriam de ficar confinados por quarenta dias na ilha, antes de terem permissão para entrar em Veneza. Qualquer mercadoria trazida seria limpa, enquanto vocês esperassem para ver se surgia alguma doença. Os mercadores odeiam o atraso, mas isso nos mantém livres de doenças.

— E depois de quarenta dias as pessoas são liberadas?

— É claro — disse ele serenamente. — Então, tudo aqui está limpo. Pode feder, mas não é infeccioso.

— Mas isso é... — Ela não conseguia encontrar a palavra. — Cruel?

— Uma cabeça decepada? De um pássaro? Ouvir isso de alguém cuja nação decapitou um rei? Achei que fosse mais corajosa! Você sabe, alguém sempre sofre quando há lucro. Mas, se você é tão melindrosa, venha ver as penas já finalizadas. Não há pescoços torcidos ali!

Ao longo do salão com uma passagem dupla no meio havia uma centena de barracas feitas de tábuas sobre cavaletes, cada uma delas apinhada de determinado tipo de pena. Sarah viu feixes de penas de caudas de pavão e penas com desenhos exóticos de aves-do-paraíso. Havia pilhas de penas de garças brancas parecendo montes de neve, e penas de suindara, encantadoras, manchadas, parecendo bronze salpicado, ou mármore. Penas de biguá brilhavam num verde-escuro iridescente, e uma pilha de caudas de papagaio exibia um azul vibrante, quase luminoso. Havia sacos de penas minúsculas vendidas a peso, separadas por cor, sendo as penas em tom marrom-avermelhado raspadas das cabeças de marrecos abatidos e as preto-cobalto de patos selvagens.

As penas expostas nas barracas centrais já tinham sido limpas e tingidas. Penas totalmente pretas — a cor mais difícil de ser obtida — formavam montes escuros, saca após saca, classificadas por tamanho. Havia penas habilmente estilizadas e trabalhadas, com bordas picotadas, raspadas para formar uma única pluma ondulante. Algumas tinham sido polvilhadas com ouro, de maneira que brilhavam e cintilavam, outras eram cravejadas de lantejoulas, todas lindamente enfeitadas e alinhadas para que se assentassem numa perfeição lustrosa.

— Ah — disse Sarah, observando as riquezas que a cercavam.

— O rostinho — disse Felipe.

Sarah conteve uma risadinha e se recompôs.

— Mas não tenho mais que a metade do meu guinéu para gastar — cochichou ela, com urgência.

— Você quer quantidade ou qualidade? — perguntou ele.

Ele viu o olhar desejoso que ela dirigia às plumas individuais, perfeitas; então, decidida, ela voltou à saca de penas de martim-pescador.

— Quantas destas eu consigo por meio guinéu? — perguntou ela.

Ele se virou e falou em italiano rápido com a vendedora.

— A cobrança é pelo peso em ouro — disse ele. — Você quer o valor de um guinéu por estas penas?

Sarah engoliu em seco, mas sabia que, em Londres, poderia vendê-las por cinco vezes aquele preço.

— Meio guinéu — disse ela. — Tenho de guardar um pouco, caso surja algum problema.

Ele riu.

— Vou cuidar de você, menina cautelosa! Não surgirá nenhum problema! Mas meio guinéu será.

A mulher atrás da bancada apresentou uma balança grande com um prato para moedas e outro para uma cesta. Então, mostrou que a pesagem era fidedigna, colocando moedas venezianas idênticas em ambos os pratos; em seguida, Sarah depositou um punhado de seu ouro no prato. A mulher despejou uma avalanche de penas turquesa na cesta, até que os pratos tremeram e oscilaram, e então se equilibraram uniformemente.

— E para dar sorte? — lembrou Felipe, e ela jogou mais um punhado.

— Está satisfeita com a compra? — perguntou ele a Sarah.

Deslumbrada com a cor, uma cesta de safiras, ela anuiu; a mulher derramou as penas, qual um feixe de luz, sobre um pedaço de tecido macio, amarrou as pontas para formar um laço, a fim de facilitar o transporte, e enfiou o ouro no bolso do avental.

DEZEMBRO DE 1670, LONDRES

O patrão de Johnnie o chamou ao gabinete na véspera do Natal, e ele parou diante da grande escrivaninha cheia de livros enquanto o Sr. Watson terminava de verificar uma coluna de números, então olhou para ele por cima das lentes miúdas dos óculos.

— Ah, Sr. Stoney — disse ele, com formalidade. — Seu período conosco está concluído.

— Sim, senhor — respondeu Johnnie.

— Você tem em mãos o seu contrato de aprendizagem?

Johnnie desenrolou o pergaminho contendo os selos maciços e vermelhos na parte inferior, bem como a assinatura singela de Alys ao lado dos garranchos do patrão.

— Concluído com exatidão — disse o Sr. Watson. — Você assina aqui.

Johnnie fez uma assinatura de escriturário no pé da página, e o Sr. Watson assinou o próprio nome com um floreio.

— Pretende ficar? — perguntou o Sr. Watson. — Na condição de escriturário sênior, a cinco xelins por semana?

— Gostaria muito — disse Johnnie. — Até a Páscoa, se o senhor me permite.

— Você vai se transferir para outro estabelecimento?

— Dei sorte — disse Johnnie. — Mais sorte do que poderia esperar. Tenho um patrono que fez referência ao meu nome. Visitei a Companhia das Índias Orientais, e eles me ofereceram um cargo. Disseram que posso começar na Páscoa.

— Deus do céu! — O patrão de Johnnie voltou a pousar a cadeira nas quatro pernas. — Você está voando muito alto — disse com uma pitada de ressentimento. — Não tem lugar para mim numa mesa daquela. Quem o colocou lá?

— Minha tia de Veneza conhece um investidor — disse Johnnie. — Ele teve a bondade de me recomendar.

— Você tem uma tia de Veneza?

— Sim, senhor.

— Isso é novidade, não é?

— É, senhor, e foi inesperado. Mas o meu tio faleceu faz pouco tempo, e a viúva dele chegou e está morando com a gente.

— E o que tem de fazer por ela? Para o seu patrono? Pois isso é mais que um favorzinho de parente, não?

Johnnie riu, um tanto encabulado.

— Pelo jeito, tenho de ser um conselheiro para ela e um amigo — disse ele. — Ela mora com a minha mãe e a minha avó no armazém e... pelo jeito, quer o meu apoio num plano que ela tem para o negócio.

O Sr. Watson lançou um olhar severo para o jovem.

— Bem, você pode ir para casa, para sua família, seja amigo da sua tia durante as festas. Se ela quiser investir qualquer soma em cargas, conto com você para trazê-la aqui; lembre-se do que fiz por você, rapaz. Espero vê-la no Ano-Novo.

— Ela só tem o dote — comentou Johnnie. — Não é rica.

— Ela tem amigos ricos — disse o comerciante categoricamente. — Gostaria de conhecê-los também.

— Vou falar com ela — avisou Johnnie, sem jeito. — Mencionarei o nome do senhor, com certeza.

— Ã-hã. Muito bem e muito bom. Agora, vá. Você volta a trabalhar um dia depois do Natal, e que Deus abençoe a todos vocês.

Johnnie hesitou, caso houvesse um presente de Natal — e saiu sem nenhum embrulho.

DEZEMBRO DE 1670, VENEZA

De manhã bem cedo, antes que a casa desse sinal de vida, Sarah acordou e se vestiu em silêncio, à meia-luz da lua refletida no canal manchando o teto com sombras. Enquanto ela se preparava para sair do quarto, Chiara, ainda adormecida, mexeu-se na cama e murmurou algo. Sarah ficou paralisada e, em seguida, foi com cautela até a porta, andando pelo assoalho rangente. Não fez o menor ruído na escada de pedra e, segurando os sapatos, deslizou até a porta da rua, feito um fantasma. A porta estava destrancada; a copeira já tinha entrado e subido a escada até a cozinha para acender o fogo e começar a assar; então, Sarah abriu a porta e saiu para as ruas silenciosas.

Veneza estava desperta — Veneza jamais dormia. Havia varredores de rua empurrando a poeira para o canal, onde o pó flutuava como uma imundície pálida, e havia também lavadores de rua, puxando água do canal e espalhando nas calçadas. Vendedores iam andando para os mercados com suas mercadorias dentro de cestas que se equilibravam e balançavam em cangas apoiadas nos ombros. Havia gôndolas simples, de madeira e *sandoli* subindo e descendo o canal, transportando mercadorias. Catadores de lixo e dejetos esvaziavam as lixeiras da vizinhança em seus barcos. Havia uma ou duas gôndolas pretas e reluzentes, carregadas de bêbados, avançando pela água, voltando para casa depois de uma noitada. Uma gôndola com cabine fechada exibia uma luz bruxuleante de velas onde amantes clandestinos retardavam a chegada do dia.

Sarah refez os passos da véspera até a praça Rialto, onde os prestamistas armavam as bancadas. Ela havia chegado muito antes deles, mas um menino de roupas prestas, com um quipá na cabeça e uma estrela amarela de tecido costurada na camisa que denunciava sua origem, esperava pelo pai junto à fonte. Sarah foi até ele.

— Estou procurando Mordecai, o prestamista.

Ele fez uma reverência profunda, juntando as mãos trêmulas à frente, com tanto medo da mulher cristã que não foi capaz de encontrar a própria voz.

— Mordecai, o prestamista — repetiu ela.

— Ele fica por aqui — respondeu ele relutantemente. — Vai chegar às oito horas.

— Posso ir ao encontro dele?

— Milady pode fazer o que quiser — disse ele com sua voz aguda de menino.

— Você pode me guiar?

O olhar ansioso do menino correndo pela praça revelou que ele não queria andar com ela, mas sabia que não podia recusar qualquer solicitação a uma dama cristã.

— Claro, milady — disse ele.

Ele saiu da praça com passadas ligeiras; Sarah foi ao seu lado.

— Aonde estamos indo?

— Para o gueto, milady.

— O que é isso?

— São as antigas fundições de ferro... onde o povo do Livro tem de viver, todos juntos. É fechado à noite.

Ela ia fazer mais perguntas, quando o menino ergueu os olhos e disse, com alívio evidente:

— Ali está Mordecai.

E ela viu o homem andando na direção deles, o canal profundo de um lado, as paredes escuras do outro, e o jovem aprendiz seguindo seus passos, carregando o baú de dinheiro.

— *Signor* Mordecai?

O menino lançou um olhar que implorava desculpas ao homem mais velho.

— Desculpe, *signor* — disse ele em italiano. — Ela insistiu, e não pude recusar. — E desapareceu nas sombras de um beco.

— Milady — disse Mordecai em inglês, sem demonstrar surpresa.

— O senhor me reconhece como a inglesa de ontem?

Ele se curvou.

— Reconheço.

— O senhor disse que eu me parecia com o milorde médico.

Ele se curvou em concordância.

— A *signora* entendeu quando falei em italiano?

— Entendi; e não me enganei.

— Não fiz aquilo por mal, *signora*.

— Sei que o senhor não fez. Vim procurá-lo porque acho que o senhor é um homem honesto.

— Eu não deveria estar falando com a *signora*.

— Podemos dizer que estou trocando dinheiro. É possível que o senhor se referisse a Roberto Reekie? O médico inglês?

— Eu o conheci — disse ele com relutância. — Mas não sabia nada a respeito dele. E falei isso para eles.

— O senhor falou isso para quem?

— Para os homens que me perguntaram.

— Quem perguntou? — indagou Sarah.

Ele franziu ligeiramente a testa.

— As autoridades — foi tudo o que ele disse.

— *Signor* Mordecai, posso lhe confiar um segredo?

— Não — disse ele com firmeza. — Não é seguro para mim saber segredos. E a *signora* não deve confiar em ninguém.

Ele se virou para ir embora, balançando a cabeça, mas Sarah correu atrás e se colocou na frente dele para barrar o caminho.

— Preciso confiar no senhor — disse ela. — Não tenho mais ninguém a quem perguntar além do senhor. O *signor* Roberto era meu tio. É por isso que me pareço com ele. Como o senhor mesmo disse. O senhor notou imediatamente. Ele era meu tio, e a minha avó sofre por causa dele; ela o quer de volta em casa. Tenho de procurá-lo!

Ele se virou.

— A *signora* está sob a proteção do *signor* Russo. De todos os homens em Veneza, ele é quem está a par de tudo que é segredo. Pergunte a ele.

— Eu não o conheço — disse Sarah falando muito rápido. — E não estou sob a proteção dele. Dei a ele um nome falso e uma razão falsa para estar aqui. Não tenho amigos em Veneza e não sei por onde começar. Minha avó me enviou para encontrar Robert Reekie. Ela é uma mulher sábia... ela sabe de tudo... e diz que sabe, sem sombra de dúvida, que ele ainda está vivo.

O semblante dele ficou marcado por traços de tristeza.

— Então ela é abençoada — disse ele. — Saber que o filho está vivo é uma bênção para qualquer mãe. Muitas mães não têm essa confiança.

— Se o senhor se importa com as mães, importe-se com a minha avó também. Posso dizer a ela que o filho está vivo?

Ele suspirou e fez uma pausa para permitir que ela prosseguisse.

— Quando foi que o senhor o viu pela última vez? — insistiu Sarah.

Ele pensou por um momento.

— Nove meses atrás. Quase um ano.

— Onde o senhor o viu?

— Nos conhecemos na casa de um amigo meu. Ele também é médico. Ele e o seu tio eram amigos, trabalhavam juntos; interessavam-se pela medicina e pela prática. Buscavam um meio de prevenir febres... febre palustre. Trabalhavam com pacientes; achavam que seriam capazes de descobrir uma cura.

— Um herbalista? — tentou adivinhar ela e, quando ele ficou ainda mais sério, prosseguiu: — Pior? Pior que isso? Um alquimista? Um alquimista judeu?

— Não sei o que eles faziam — disse ele taxativamente. — Às vezes, eu vendia metais para o trabalho deles. Sempre tive licença. Jamais desobedeci à lei. Posso ir agora, milady? Preciso montar a minha barraca.

— Espere. — Ela colocou a mão no braço dele, e o homem recuou do toque como se ela representasse um perigo.

— Estou proibido de tocar na *signora* — disse ele. — Não me faça mal, *signora*, eu suplico.

— Mas fui eu que toquei no senhor! O que há de errado nisso?

Ele deu de ombros, como se não esperasse justiça, mas apenas que a lei fosse usada contra ele.

— Estou proibido.

— Por favor! Onde ele está? — perguntou ela simplesmente, aproximando-se dele e encarando-o. — Onde está o milorde inglês? Meu tio.

Ele se compadeceu tanto, que inclinou a cabeça e cochichou.

— Infelizmente, é como se estivesse morto. A mãe dele está certa e errada ao mesmo tempo. Ele não está morto, mas está no poço.

Ela se aproximou mais, pensando ter ouvido mal.

— No poço? O senhor disse que ele está no poço? O que é isso? O que o senhor quer dizer com "no poço"?

— O poço é como chamam as celas que ficam nos porões do Palácio do Doge — respondeu ele. — Onde eles mantêm os prisioneiros. Os que estão aguardando tortura e interrogatório, os que foram acusados, enquanto provas são reunidas. Os que serão executados.

— Eles são mortos? — O impacto deixou Sarah sem ar.

— Eles morrem de frio e por causa da umidade; ficam abaixo do canal, deitados na pedra úmida, sem luz. Morrem de calor no verão, e no inverno, como agora, morrem de frio, de sede e de loucura.

— Sede?

— Eles lambem a água das paredes, morrem de fome.

— Na prisão do doge?

— Uma prisão que é em si uma sentença de morte. O mais provável é que ele já esteja morto.

Ela ficou pálida como um fantasma, mas teve força para apertar a manga do traje dele.

— Então, ele não se afogou? Ele não se afogou num acidente? Não se afogou numa noite de tempestade nas marés sombrias?

— Denunciado — disse ele com o rosto cheio de compaixão. — Muito pior do que afogado. Denunciado.

DEZEMBRO DE 1670, LONDRES

Johnnie encontrou a mesa posta na sala, as paredes enfeitadas com sempre-vivas, o fogo aceso na lareira e sua mãe, sua avó e sua tia Livia esperando por ele.

— Está bonito — disse ele, olhando em volta e contemplando o balde de cobre recém-polido, onde o carvão era guardado, e admirando as chamas que bailavam acima das velas de cera. — Está muito bonito! Vocês devem ter se empenhado a semana toda.

— Foi a sua mãe que fez — disse Alinor. — Ela saiu todo dia para catar sempre-vivas, e Livia prendeu as folhas.

— Eu não fiz nada. — Livia pôs a mão no joelho dele e sorriu. — Só disse a Tabs o que fazer. Sou uma nora muito preguiçosa.

— Ela sabe fazer tudo ficar lindo — defendeu-a Alys.

— Pensei que a senhora fosse pelo menos trazer algumas cabeças de césares para fazerem a refeição conosco — brincou Johnnie.

Ela deu um tapinha na perna dele e o fez corar com seu toque.

— Menino danadinho, querendo me provocar! — disse ela. — Vamos ter de esperar até que a sua mãe tenha uma baita sala de jantar para que eu possa decorar tudo com mármore. Você não acha que devemos vender isto aqui e comprar um lugar maior rio acima?

Ele abriu a boca para responder, mas foi poupado por um chamado vindo do pátio nos fundos da casa. Ouviram Tabs responder, abrir as portas do armazém e gritar:

— Sra. Stoney! Tem um homem da alfândega aqui.

— Um oficial? — disse Alys, subitamente pálida, levantando-se e abrindo a porta.

Johnnie trocou um olhar apavorado com a mãe. Alinor ficou lívida e agarrou os braços da cadeira.

— Não! — disse Tabs com desdém do corredor. — É um carregador que trabalha na sede da alfândega. Ele tem uma caixa para as senhoras.

— Ah, claro, claro. — Alys levou a mão ao coração disparado e riu de alívio.

Cruzaram o corredor estreito que dava acesso ao armazém e encontraram o carregador empurrando o carrinho de mão cheio de barricas e caixas através da meia-porta do armazém. O ar invernal entrou com ele.

— Entrega para Reekie — repetiu ele, descansando o carrinho de mão nos suportes. — E tem imposto a pagar pelas mercadorias. — Alys enfiou a mão no bolso, pegou um xelim e pagou pela entrega.

— Vou até lá e pago o imposto depois do Natal — disse ela.

— Ã-hã, não é um presente! — brincou ele.

Alys conseguiu esboçar um sorriso tenso enquanto Johnnie pegava um pé de cabra pendurado na parede e começava a abrir a tampa da primeira caixa. De imediato, o armazém foi tomado pelo aroma inebriante de ervas exóticas. Alinor se inclinou sobre a barrica e inalou o perfume.

— Sassafrás — disse ela. — Não é de admirar que seja tão saudável.

— Não é de admirar que seja tão caro — exultou Alys. — O tio Ned nos enviou uma fortuna, bem quando estamos precisando. A senhora vai fazer saquinhos de gaze?

Alinor vasculhou uma caixa contendo cascas de árvores e raízes.

— E aqui tem sementes para plantarmos e mais algumas ervas.

Johnnie afrouxou a argola e removeu a tampa de uma barrica.

— Frutas desidratadas — disse ele.

— Que Deus o abençoe — disse Alys. — Não poderia ter chegado em melhor hora.

— Você pode ler a carta dele. — Alinor removeu a poeira da carta e a entregou a Alys, e Johnnie recolocou cuidadosamente as tampas e seguiu a mãe e a avó até a sala aquecida. Livia passou na frente e ocupou um assento ao lado do fogo.

Alys rompeu o lacre, abriu a única folha de papel e leu a carta em que ele relatava os preparativos para o inverno. Alinor ficou olhando para o rio pela janela, ouvindo atentamente a lista de mercadorias, os preparativos para a estação e a bênção enviada pelo irmão. Quando Alys terminou, ela disse apenas:

— Leia de novo. — Após a segunda leitura, ela inspirou devagar, como se estivesse quase prendendo a respiração, e disse: — Eu sempre trabalhava no jardim com ele; é estranho pensar nele trabalhando sozinho.

— Parece que ele está se virando bem — disse Alys alegremente.

— Ã-hã... como é mesmo que ele chama as abobrinhas?

— Curgete. E as frutinhas vermelhas são chamadas de amoras. Mas outras coisas têm o mesmo nome, mamãe, como palha e galinha. Imagine, ele tem abelhas! Como a senhora costumava ter! Tem coisas que parecem iguais ao que temos na Inglaterra. E tem coisas que parecem melhor, não? Ser livre, sem senhores e sem reis.

A mãe concordou.

— Ele deve estar gostando disso — observou ela. — E do que ele diz quanto a simplesmente poder pegar o saco de dormir e o mosquete e ir embora. Ele sempre quis ser livre para ir embora do Lodo Catingoso e agora conseguiu. Devo me sentir feliz por ele estar livre.

— E ele pensa na gente — ressaltou Alys. — Ele pensa na senhora, quando a senhora pensa nele, na lua cheia.

Alinor sorriu.

— Acho que é a mesma lua — disse ela. — A mesma lua brilha sobre o meu irmão e sobre mim. Brilha sobre todos nós, onde quer que estejamos. — Ela pegou a carta e a revirou.

— Eu daria tudo para viajar! — disse Johnnie. — Mas a minha opção seria o oriente, em vez do ocidente.

— Ah, é mesmo? — perguntou Livia candidamente.

— Ele sempre quis ingressar na Honorável Companhia das Índias Orientais — disse Alys. — Mas é preciso ter um patrono para conseguir um cargo na Companhia. É assim que o povo chama, como se mais nada fosse necessário: a Companhia.

— Um patrono? — perguntou Livia, como se isso fosse novidade, e Alinor olhou para ela. — Que tipo de patrono?

Johnnie ficou bastante encabulado, mas não pôde fazer nada além de responder.

— A pessoa só consegue entrar na Companhia se tiver um patrono, tia Livia.

— Alguém como um daqueles nobres que compraram as minhas antiguidades?

— Isso, esse tipo de cavalheiro — concordou ele brevemente, perguntando-se por que ela o forçava a enganar a mãe. — Alguém como um deles, acho.

— Mas conheço gente assim! — exclamou Livia, sorrindo. — Eles compram as minhas mercadorias... não comprariam nada aqui, mas compram as minhas mercadorias na Strand.

— Eu sei — disse ele, desconcertado. — Mas uma coisa é comprar as suas antiguidades, outra é recomendar um jovem que veio do nada. Não há razão para eles me recomendarem, só porque gostaram de uma coluna entrelaçada com hera.

Livia lançou um olhar sombrio para ele, com a expressão furtiva de uma amante.

— Não até agora — disse ela. — E aquilo é madressilva.

— Não conhecemos ninguém cuja ajuda nos interesse — afirmou Alys, correndo os olhos do sorriso meio escondido de Livia para o olhar cinzento de Alinor, fixado, especulativamente, no rosto curvado de Livia.

— Preferimos seguir o nosso próprio caminho a depender do favor de alguém. — Alinor apoiou a filha. — Não concorda, Livia?

— Ah, suponho que sim — concordou Livia, fitando Johnnie quase como se fosse dar uma piscadela.

DEZEMBRO DE 1670, HADLEY, NOVA INGLATERRA

Na véspera do Natal em Hadley, Ned ficou surpreso ao ouvir o sussurro da neve deslocada diante da porta e a batida baixinha de alguém com a mão enluvada.

— Quem está aí? — gritou ele.

Não chegou a pegar o mosquete, tampouco chegou a pensar que fosse a Sra. Rose.

— Não sei! — veio a resposta, rindo, numa voz grave. — Será que sou John Sassamon ou Wussausmon?

— Acho que depende do que estiver vestindo, não? — disse Ned, abrindo a porta e dando boas-vindas ao homem alto usando o traje de inverno dos indígenas.

Ele espanou a neve da cabeça, dos ombros, das franjas congeladas das perneiras de camurça e então entrou.

— Vou acabar formando um lago aqui — disse ele.

— Estou vendo, Sr. Lago — disse Ned. — Mas entre mesmo assim e se aqueça. Veio pernoitar?

— Se puder me acolher. Vou embora assim que amanhecer. Falei que estaria em casa no Natal.

— Deus do céu! Amanhã é Natal? — perguntou Ned.

— Pagão — disse Wussausmon, confortável com Ned. — Não sabia?

— Isso não faz diferença para um reformado. — Ned seguia a antiga decisão de Oliver Cromwell. — Não é uma celebração exigida pela Bíblia; então, é um dia comum de preces, para mim e para todos os verdadeiros cristãos. Com certeza, para todos nós em Hadley. Então, quem é o pagão agora?

Wussausmon riu baixinho, sacudiu a capa e se aproximou do fogo.

— Ah, você deixou o cachorro entrar — disse ele, quando Ruivo veio farejá-lo. — Eu me perguntava se ele passaria o inverno lá fora.

— Ele dorme lá fora — disse Ned, na defensiva. — Não estou fazendo dele um molenga. É um cão de guarda.

O indígena ergueu as mãos.

— Mas o que eu tenho a ver com isso? — perguntou ele. — Vocês, encasacados, são muito estranhos com os animais. Ao mesmo tempo, carinhosos e cruéis. Você põe o cachorro para fora, mas dorme com as galinhas?

Ned riu.

— Durmo — disse ele. — Não conte a ninguém.

— Vai ser o nosso segredo — prometeu Wussausmon. — Queira Deus que não tenhamos nenhum segredo pior do que esse.

— Aceita um copo de sidra? — ofereceu Ned. — Um copinho, e não fique bêbado e me venda as suas terras em Natick, está bem?

— Só um copinho, e depois preciso dormir. Vou ter de sair de madrugada.

Ned serviu pequenas doses, para si e para o convidado, e os dois homens esticaram os pés diante do fogo e bebericaram.

— Você sabe o nome dos tradutores que trabalharam para os encasacados, logo que eles chegaram? — perguntou Wussausmon.

— Não — respondeu Ned. — Não, espere, alguém me falou. Quando os ingleses chegaram, no primeiro navio, no *Mayflower*? Você quer dizer, tradutores como você?

Wussausmon sorriu.

— Talvez fossem como eu. Quisera Deus que não fossem. Um se chamava Squanto e o outro, Hobbamok; eram rivais, e cada um disse aos ingleses que o outro era um Judas, um traidor. Ninguém sabia em quem acreditar. Talvez os dois fossem mentirosos, talvez os dois fossem traidores do seu povo e da sua linhagem.

— Eu falei para John Russell sobre as suas apreensões. — Ned supôs que Wussausmon estivesse se referindo à sensação de estar em dois mundos e não pertencer a nenhum. — Falei que Norwottuck estava se armando; alertei-o como você me pediu.

— Ele vai passar o alerta ao conselho? Será que os generais escondidos vão falar em nosso nome aos seus amigos?

— Acho que vão. Acho que eles vão convencer o conselho a firmar um acordo com os pokanoket na primavera. Eu me empenhei em contar tudo a eles... tanto os males perpetrados contra os indígenas quanto o fato de estarem se armando.

— Eles acreditaram em você? Acreditaram em mim?

— Acreditaram, eles sabem o que está acontecendo. Ficaram decepcionados ao me ouvir apontar Josiah Winslow como um dos comerciantes que estão executando a dívida dos indígenas, mas não negaram o fato.

— Eu passo como um espírito de um mundo a outro e relato o que vejo. Mas, depois, volto e falo sobre os locais onde estive — observou Wussausmon. — E todo dia receio não estar traduzindo, mas apenas agravando o mal-entendido. Estou tentando aproximar esses dois mundos, mas tudo o que eles fazem é se chocar um contra o outro. Um não confia no outro, ninguém quer me escutar, e ambos acreditam que sou mentiroso e espião.

— É como Squanto? E Hobbamok?

Fez-se silêncio, como se Wussausmon não suportasse dizer sim.

— Lembra quando você estava com medo da mata e lhe falei que medisse cada passo? Para tomar conhecimento de onde estava e do que estava à sua volta?

— Lembro.

— Sinto que perdi o meu saber — disse Wussausmon com a voz quase inaudível. — Às vezes, quando ando por aí sozinho, sinto que alguém está me vigiando. Às vezes, à noite, acordo no escuro e penso que alguém está me olhando. Sinto como se alguém estivesse atrás de mim.

— Quem? — perguntou Ned. — Talvez um indígena? Talvez um espião inglês?

— Um fantasma — sussurrou Wussausmon. — Hoje em dia, talvez a própria morte esteja andando ao meu lado, seguindo o meu rastro como se fosse uma amiga.

Ned estremeceu.

— São tempos difíceis, mas você vai superar — disse ele cordialmente. E serviu outra dose de sidra. — São temores típicos do auge do inverno. Muito frio e escuridão!

Wussausmon não discutiu. Tomou um gole da bebida, mantendo os olhos nas brasas vermelhas do fogo.

— Vou lhe contar uma coisa estranha sobre aqueles dois — disse ele.

— Que dois?

— Squanto e Hobbamok. Trata-se de algo que nenhum encasacado sabe... a menos que domine a nossa língua. Squanto foi sequestrado quando era menino, pobre criança. Foi levado para a Espanha, para ser vendido como escravo, e depois para Londres; viveu entre vocês, ingleses, e sabia tudo sobre vocês. Depois, encontrou um navio que estava zarpando para cá e embarcou; ele sabia o que estava fazendo. Estava decidido a voltar para a terra dele. Os ingleses que estavam a bordo o utilizaram como guia, e ele os levou até a aldeia dele, na esperança de voltar para o seu próprio povo. Mas, quando encontrou a aldeia, ela estava vazia, totalmente silenciosa.

— Por quê? — perguntou Ned, apreensivo.

— Foi a doença mortal trazida pelos primeiros encasacados. Todo o povo dele foi extinto; todos os amigos e parentes dele se foram, morreram por causa das doenças dos encasacados, da maldição dos encasacados. Ele guiou o navio adiante, até um local onde encontraram alguns sobreviventes. Ele disse que era filho dos mortos e que seu nome era Squanto.

— E aí? — perguntou Ned, comedido.

— O nome dele não era Squanto.

— Não era?

— Não. Nunca foi. Esse foi o nome que ele usou quando voltou para o seu povo e encontrou todos dizimados, quando levou os encasacados às pastagens onde soltaram seus animais sujos. Ele adotou um novo nome que os encasacados não entendiam, e com esse nome foi até o próprio povo. E falou com sua gente usando um nome que os outros entendiam.

Como um aviso para que soubessem o que ele era e que estava sendo falso com eles.

— Squanto?

— Squanto é o nome de um deus perverso; um demônio, como vocês diriam. Aquele que causa danos e desespero.

Ned sentiu um calafrio apesar do calor do fogo.

— Fomos guiados até aqui por um homem que chamava a si mesmo de demônio? — perguntou ele.

— E Hobbamok.

— E o que esse nome significa?

Wussausmon deu de ombros.

— É quase a mesma coisa. Hobbamok é outro dos nossos deuses, um deus trapaceiro, que gosta de fazer maldade e jogo sujo.

— Os guias que nos trouxeram para cá eram demônios? Vagando pelo mundo para nos colocar uns contra os outros?

Wussausmon fez que sim, e os dois permaneceram calados, como se esperassem que algum fantasma respondesse.

— Isso me faz pensar, Ferryman. O que será que eles sabiam, aqueles homens que transitavam de um mundo a outro, que tentavam viver entre dois mundos? O que eles sabiam que os fez adotar nomes de portadores do sofrimento, do infortúnio, da morte? Será que sabiam mais que você e eu? Acha que eles sabiam que, se alguém transita entre dois mundos, acaba forçado a destruir ambos? Acha que eles consideravam um intermediário um tradutor entre dois infernos?

— Você contou isso a alguém? — perguntou Ned. — Roger Williams tem esses nomes no grande dicionário da língua de vocês?

— Não contei a ninguém além de você — disse Wussausmon calmamente. — Quem entenderia, a não ser outro homem que transita entre dois mundos fazendo o trabalho do diabo?

— Eu não estou fazendo o trabalho do diabo — disse Ned com firmeza.

— Como é que você sabe?

DEZEMBRO DE 1670, VENEZA

Sarah andou depressa até o cais onde o navio do capitão Shore, *Sweet Hope*, estava fundeado diante do portão do armazém, embarcando mercadorias para a viagem de volta, cuja partida deveria ocorrer dentro de dois dias. Conforme ela esperava, o capitão Shore estava no cais, negociando, por meio de vários gestos de mão que visavam facilitar a comunicação com um comerciante que pretendia despachar vidro veneziano para Londres. Sarah aguardou ao longe enquanto os dois homens pechinchavam. Quando enfim trocaram um aperto de mãos e o comerciante entrou na alfândega para declarar seus itens e obter a licença adequada, Sarah deu um passo à frente.

— Ei! — reagiu o capitão Shore. — É a senhorita, Bathsheba? Vai tudo bem? Encontrou as suas antiguidades? — Ele baixou a voz. — Cadê o seu marido?

— Não — disse ela sem jeito. — Não tem marido nenhum. Desculpe-me, mas menti para o senhor, capitão Shore. E o meu nome nem é Bathsheba Jolly.

Ele ficou horrorizado.

— Não se preocupe comigo, menina! A senhorita mentiu para os oficiais do porto? E aqueles papéis que assinou?

— Nunca mencionei marido nenhum. Eles não sabem de nada disso. Mas declarei um nome falso.

Ele deu meia-volta e se aproximou dela.

— Isso é arriscado! É arriscado! — exclamou ele. — Veneza não é cidade para embusteiros amadores! Aqui tem gente que é queimada em público por falsificar moedas, decapitada por forjar cartas... esta é uma cidade mercantil, a palavra de uma pessoa tem de valer. O nome de uma pessoa tem de ser associado a negociações honestas. Se a pessoa mentir, nunca deve ser pega. E agora a minha documentação também está errada. A senhorita é uma tola, mas terei de denunciá-la. Não tenho escolha, mas terei de denunciá-la. Qual é o seu nome verdadeiro?

— Sarah Stoney — afirmou ela e viu que ele levou alguns segundos assimilando o que ela tinha dito.

— Não me diga que é a filha da Sra. Stoney, do Armazém Reekie, da Doca do Santo Fedor?

Ela fez que sim.

— Pelo amor de Deus! Sua mãe sabe que a senhorita está aqui?

— Não. Minha avó sabe. Foi ela que me mandou para cá.

— Bom Deus! A senhorita fugiu de casa? E eu ajudei? Deus me proteja! Eu faria qualquer coisa para não magoar a sua mãe!

— Não, não. Minha avó pediu que eu viesse, e ela já deve ter contado para a minha mãe a essa altura. Ela pediu que eu viesse procurar o meu tio Rob. Dizem que ele se afogou, o senhor sabe, mas a minha avó tem certeza... ela sente que...

Sarah parou.

— Sua avó... a curandeira?

Sarah fez que sim.

— E ela queria que a senhorita encontrasse o filho dela?

Sarah fez que sim de novo.

— O afogado! — exclamou ele.

— Isso, mas ela acha que ele não se afogou.

— Mas por que não mandaram o seu irmão? Ou a própria Sra. Stoney? Eu teria orgulho de transportá-la. Ela teria uma cabine de graça!

Ela não tinha resposta.

— Era a minha avó que queria que eu viesse. Minha avó tinha certeza; no íntimo, ela sabia.

— Ela é vidente? — Ele baixou a voz para fazer essa pergunta. — Os marujos que compram os chás dela para febre dizem que ela tem um dom. A senhorita também tem?

— Não sei — disse Sarah com toda a cautela. — Depende de quem pergunta.

Ele riu inadvertidamente.

— É bem filha da sua mãe — disse ele. — Não é tola. Mas, Deus do céu, a senhorita nos colocou numa baita encrenca aqui. Como pretende encontrá-lo?

— Foi por isso que vim falar com o senhor — disse ela. — Alguém me falou que o meu tio não se afogou, mas está no poço. O senhor sabe o que isso significa?

A fisionomia ansiosa do capitão ficou subitamente tão grave que era como se ela tivesse falado em morte.

— Claro que sei o que isso significa. Eles fazem questão de que todos saibam. Isso significa que ele está perdido, menina. O poço é o porão de pedra do Palácio do Doge, a pior das prisões. Ninguém sai de lá, a não ser para o cadafalso.

— Deve haver pessoas que são libertadas! Pessoas que comprovam a sua inocência, não?

Ele olhou para ela.

— Moça, sinto muito. Isto aqui não é a Inglaterra. As pessoas são denunciadas, detidas, julgadas e depois somem. Quando saem de lá, é para serem enforcadas em praça pública; mas, de modo geral, simplesmente desaparecem, ninguém nunca mais fala sobre elas. Se ficam nos *piombi*, as celas logo abaixo do telhado de chumbo, morrem de calor no verão. No inverno, morrem de frio. Se ficam no poço, adoecem por causa da névoa e da umidade do canal. E, se forem acusadas de heresia ou traição, são presas numa gaiola, penduradas acima do canal e abandonadas até morrerem de fome em público.

— Ele não terá agido como herege — disse Sarah com firmeza. — Nenhum de nós morreria por nossas crenças. Somos uma família que quer sobreviver. Mas o que ele teria feito para que alguém o denunciasse? Ele trabalhava como médico, era um doutor. Cuidava da saúde das pessoas e salvava vidas! Falei com um sujeito que o conhecia: ele estava tentando encontrar a cura para a febre palustre. Quem haveria de denunciar um homem como ele?

O capitão Shore deu de ombros.

— É para isso que servem as *Boccas*. Qualquer pessoa pode tê-lo denunciado por qualquer coisa. Algum paciente insatisfeito? Algum médico rival? Uma mulher? Alguém que pensasse que ele era espião porque era inglês? Provavelmente, jamais vamos saber. Ele tinha inimigos?

— Não sei nada sobre ele, a não ser que se casou com a *nobildonna* depois da morte do primeiro marido dela! — exclamou Sarah.

— A *nobildonna* da Ricci, ou Peachey, ou seja lá como ela se chama hoje? — perguntou ele. — Aquela que tem mais móveis que qualquer mulher nesta terra de Deus?

— O senhor a chama de Peachey? — perguntou Sarah.

Ele deu de ombros.

— Eu a chamo como ela me diz para chamá-la. Esse é o nome que ela colocou na declaração da carga.

Sarah anuiu.

— Estou hospedada na casa do mordomo. Ele não sabe que sou sobrinha dela. Dei a ele o meu nome falso.

— O *signor* Russo? — perguntou ele, olhando por baixo das sobrancelhas louro-escuras. — Bonito feito um demônio e sedutor feito uma cobra?

Sarah pestanejou diante da descrição crítica de seu único amigo em Veneza.

— Ele mesmo — concordou ela, hesitante.

— Não é um bom lugar para a senhorita — disse ele categoricamente.

Ela se aproximou.

— Por que não, capitão Shore?

— Não cabe a mim dizer. — Ele titubeou.

— O senhor não gostaria que eu corresse algum perigo...

— Eu não gosto da sua presença aqui! — disse ele, irritado.

— Minha mãe iria querer que o senhor me protegesse, se pudesse.

— Eu sei! Eu sei! — disse ele, angustiado.

— Quando voltarmos para casa, vou dizer a ela como o senhor foi bondoso comigo.

— Se algum dia voltarmos para casa!

— Me ajude — instou Sarah. — Trata-se do irmão da minha mãe.

— Venha aqui. — Ele a conduziu até a proa do navio, e eles se voltaram para a água, de modo que ninguém no cais pudesse ver seus rostos ou fazer leitura labial do que diziam. — Aquele Russo... ele não é apenas um colecionador de antiguidades.

Ela aguardou.

— Ele foi mordomo da minha tia — disse ela e viu que ele prontamente fez que não.

— Ele é um falsário, um trapaceiro. Tem mais esculturas do que poderiam advir de uma única residência. Já transportei centenas de caixotes para ele, pedras, frisos, figuras, esculturas, uma era tão grande que precisou ser transportada no convés, e tínhamos de transitar por cima dela.

Sarah olhou para o convés do galeão, tentando imaginar uma escultura tão grande quanto a que ele descrevia.

— Ele vende muito?

— É exatamente isso que estou falando; ele é um baita negociante, o maior de todos. E lida com centenas de peças.

— Mas sem dúvida isso não é ilegal, é?

— Não é ilegal se ele as comprar, e não roubar — confirmou ele. — Não é ilegal se ele tiver a papelada para exportá-las. Não é ilegal se não falsificar a papelada, dizendo que está despachando uma coisa, quando na verdade está despachando outra. Não é ilegal se não forjar as peças, copiando e depois lascando-as e escurecendo-as, para parecerem antigas. Não é ilegal se não estiver juntando partes distintas e depois dizendo que se trata de uma peça rara: uma figura completa.

— Tudo isso é crime?

— Os venezianos não querem ver todas as suas esculturas e objetos antigos indo embora para novos domicílios na França, na Alemanha e na Inglaterra — disse ele. — Uma pessoa só tem permissão para enviar determinada quantidade. É preciso obter uma licença, e somente quem é embaixador pode obter tal permissão. Sua mãe não me disse que era tudo mobília daquela senhora, que não eram antiguidades, mas mobiliário?

Sarah fez que sim, receosa.

— Achei que isso fosse para que a *nobildonna* não pagasse impostos na Inglaterra.

— Ela deveria ter pago em ambos os países — disse ele severamente. — Ela está cometendo crime em dois países. E o mesmo vale para qualquer um que transporte e armazene essas mercadorias. Ela está fazendo a sua mãe contrabandear para ela.

— Minha mãe! O senhor não a alertou?

Ele fez cara feia.

— Ela não quis escutar uma palavra sequer contra a viúva.

Sarah estancou ao pensar na confiança que sua mãe depositava em Livia.

— Elas são cunhadas, praticamente irmãs — disse ela.

— Não é muito fraternal envolver a sua mãe num crime capaz de arruiná-la e acabar com o armazém. As multas a levariam à falência.

Sarah ficou lívida.

— Mas nada disso tem a ver com o meu tio. Por que ele foi denunciado?

O capitão Shore deu de ombros.

— Olha, moça, só Deus sabe o que ela e aquele mordomo dela estavam fazendo. Seu tio vivia num covil de ladrões, se é que ele próprio não era um.

— Então, por que ele foi denunciado, mas não os outros dois?! Livia e o *signor* Russo?! Ambos estão livres! Ela em Londres, vivendo como viúva do tio Rob, e ele aqui em Veneza, insuspeito! Por que o meu tio está preso no poço e eles estão livres? Como é que eu posso encontrá-lo? E como é que posso tirá-lo de lá?

Ele balançou a cabeça.

— Isso a senhorita não tem como fazer — disse ele com determinação. — Sinto muito, moça, que tenha vindo de tão longe numa busca inútil. Mas nunca vai conseguir tirá-lo de lá. Não há recurso de uma decisão do doge. Não em Veneza. Depois que um homem entra lá, não sai nunca mais.

Sarah aguardou no salão de piso xadrez vermelho e branco do Palazzo Russo enquanto a mãe de Felipe descia a escada e destrancava a porta do depósito de esculturas sem dizer uma palavra, sem exibir um sorriso, tão sisuda quanto a filha. Sentindo-se culpada, Sarah se perguntou se eles teriam descoberto sua identidade, ou se a teriam visto conversando com Mordecai.

— *Grazie* — disse Sarah, sem graça, parada no salão repleto de esculturas. A mulher anuiu e voltou a subir a escada. Do primeiro andar, a filha olhou para Sarah, e depois seguiu a mãe e sumiu de vista.

Sozinha no depósito, Sarah não começou a trabalhar de imediato, mas examinou com mais atenção prateleiras e mais prateleiras de esculturas, algumas embaladas, algumas polidas e prontas para venda, algumas lascadas e sujas. Olhando com cuidado, pôde constatar que as esculturas tinham estilos diferentes, e que algumas eram mais antigas e estavam mais desgastadas que outras. Então, ficou óbvio que as peças não eram todas da mesma coleção, que deveriam ter vindo de diversas fontes. Irritada com a própria ingenuidade anterior, ela andou ao longo das prateleiras montadas na parede do fundo, vendo que não havia nenhuma tentativa de ordenamento — como haveria se as peças tivessem sido devidamente coletadas e organizadas para uma exposição; os itens estavam amontoados desordenadamente, largados conforme iam chegando. Pareciam ter sido encontrados, desenterrados, despachados aleatoriamente e empilhados, todos aguardando classificação, limpeza e polimento. Havia manchas de tons diferentes de terra, lodo escuro, argila vermelha. Um mercado de figuras, como o mercado de penas: uma bagunça reunida apenas para fazer dinheiro, tudo lascado, sujo, jogado num canto para a conveniência de um comprador que buscasse lucro, não beleza. Tratava-se de um material recém-encontrado, com a lama ainda úmida.

Apenas num dos lados do depósito, onde Sarah havia sido convidada a fazer sua escolha, as esculturas estavam prontas para exame. Ali havia uma seleção de peças que exibiam uma tonalidade semelhante, já limpas e polidas; ali havia uma harmonia de estilo que parecia proveniente da coleção de um célebre especialista.

As prateleiras do depósito percorriam toda a extensão da casa, abaixo dos janelões que davam para o canal. O lado oposto era forrado de estantes, do chão ao teto, com fragmentos de esculturas e algumas peças maiores e inteiras empilhadas. Sarah andou de fora a fora, contemplando as belas pedras antigas, algumas lascadas e sujas, outras arrancadas das bases, mas todas recém-entregues ao depósito, e o piso de pedra empoeirado estava marcado com rastros por onde as peças tinham sido arrastadas em cima de panos, ou transportadas em carrinhos de mão. No fim da fileira, Sarah percebeu que alguns rastros não levavam da porta para o interior da casa, mas até uma cortina de aninhagem nos fundos do depósito. Sarah seguiu a trilha até a cortina e, quando a levantou, viu outra porta dupla fixada numa torre circular de pedra, feito uma escada.

— *Signora?*

Sarah baixou a cortina, levando um susto, virou-se e encontrou a velha *signora* Russo olhando da porta do salão.

— *Sí, sí!* — disse ela, avançando rapidamente e entrando no campo de visão dela. Sarah pensou que estivesse escondida pelas esculturas e que a idosa não saberia que ela estava na porta, do outro lado do depósito. Mas a *signora* certamente teria visto Sarah do lado oposto da sua bancada de trabalho, numa área do depósito onde não deveria estar.

A mulher fez mímica, indicando "comer", apontando para a própria boca e para o teto.

— Está na hora da refeição lá em cima? Já vou!

Sarah fez que sim, foi depressa até a porta do salão e seguiu a *signora* escada acima.

— Preciso lavar — disse ela, mostrando as mãos empoeiradas.

Entrou no quarto, derramou água da jarra na bacia e lavou as mãos, secando-as com um pano de linho velho e fino. Quando entrou na sala de jantar, Felipe não se encontrava lá. A mesa estava posta para uma pessoa, e havia uma taça de vinho ao lado de um prato de sopa.

— Apenas eu? — Ela apontou para si mesma, e a mulher mais velha fez que sim.

Desconcertada, Sarah sentou-se à mesa e tomou a sopa em silêncio. Atrás dela, a idosa saiu da sala e voltou com uma tigela com massa e um prato de frutas recém-lavadas. Ela colocou tudo na mesa e saiu, deixando Sarah comer sozinha. Era evidente que o *signor* Russo não voltaria para casa naquela noite e, na ausência dele, as mulheres comiam na cozinha e não se davam o trabalho de fazer companhia à hóspede. Sarah se perguntou se estaria encrencada por ter saído tão cedo pela manhã, ou se elas suspeitavam de que ela os espionava. Mas nada nos serviços silenciosos prestados pela mãe nem no comportamento carrancudo da jovem respondia às indagações de Sarah. A cordialidade das duas primeiras noites havia desaparecido; Sarah sentia desconforto, como se elas a estivessem vigiando.

Quando a noite caiu, a idosa apareceu com um antigo candelabro dourado com velas de cera, mas Sarah não quis ficar na sala de jantar ecoante, tendo as esculturas como parceiros petrificados ao longo das paredes.

— *Signor* Russo? — Sarah fez um gesto, indagando se ele voltaria para casa.

A idosa fez que não.

— *Domani* — disse ela.

Ela fez um gesto, indicando uma oração.

— Ah — disse Sarah. — Na Igreja. Natal, suponho. Ah, sim. *Demain!* — disse ela, como se só falasse francês. — Amanhã! Ah, sim! Então, boa noite, *signora!* — Ela pegou a vela, acendeu-a valendo-se de uma das velas do glorioso candelabro e subiu com cautela pela escada até o quarto. Chiara, depois de comer com a mãe na cozinha, já estava deitada e dormindo. Sarah se despiu, enfiou-se na cama ao lado dela e esperou que a casa ficasse quieta.

DEZEMBRO DE 1670, LONDRES

Um mensageiro desceu o cais até o armazém Reekie, escolhendo onde pisar pelo caminho, com nojo, como se receasse sujar os sapatos.

— Deve ser para você — disse Alys dirigindo-se a Livia, quando as três mulheres na sala viram o chapéu emplumado passar pela janela.

Alinor ergueu os olhos, desviando-os dos saquinhos de gaze.

— Você pode atender — disse ela em voz baixa, enquanto Livia hesitava, mas logo foi abrir a porta da rua, antes mesmo que o homem batesse.

— *Nobildonna* Reekie? — perguntou o homem.

— Da Ricci — corrigiu ela. — Sim.

— Uma carta — disse ele e a entregou. Estava franqueada por Sir James, cujo nome aparecia assinado no canto, portanto não havia nada a pagar.

— Vou ler na cozinha! — gritou Livia do vão da porta, sem querer confrontá-las na sala, e seguiu pelo corredor até a cozinha, onde Tabs areava panelas. — Fora! — disse ela sucintamente.

— Fora para onde? — respondeu Tabs com rebeldia. — Porque eu não vou sair para o pátio; está congelando.

— Ah, então, fique aí! — disse Livia, irritada. E olhou para Carlotta, que cuidava de Matteo diante da lareira. — Não está na hora de ele ir para a cama?

— Não, milady.

— Leve-o lá para cima — disse ela, zangada. Deu-se conta de que estava tremendo de apreensão. Aquilo devia ser um convite para ir até a casa distante, em Yorkshire. Haveria um guinéu sob o lacre, para custear a viagem. Melhor ainda se avisasse que a carruagem viria buscá-la no dia seguinte. Melhor que tudo seria se ele próprio viesse.

Ela sentou-se na cadeira de Tabs, perto do fogo, pegou uma faca em cima da mesa e abriu a carta.

Minha querida Livia,

Pois assim hei de chamá-la.

Primeiro, notícias! Estou cercado de neve e não posso ir a Londres nem mandar buscá-la até que as estradas estejam livres. Nem sei quanto tempo esta carta vai demorar para chegar às suas mãos. Tivemos um clima atípico, e eu e minha tia estamos presos em casa há dias. Duvidamos se vamos conseguir sair antes do Ano-Novo. Uma aventura e tanto. Não é raro nevar, mas ainda é o começo da estação, e esse acúmulo de neve é raro.

Espero que esteja bem e livre de condições climáticas tão severas. Muitas vezes observei que o sul dos países é mais quente que as regiões do norte e espero que seja o seu caso em Londres.

Livia fez uma pausa na leitura e cerrou os dentes, com raiva do interesse inoportuno que o noivo demonstrava pelo clima.

Assim que a neve baixar, irei ao seu encontro e — boa notícia — minha tia está decidida a fazer a longa jornada para conhecê-la. Assim que chegarmos à Casa Avery, mandarei buscá-la. Sinto muito por essa demora, mas tenho certeza de que está aproveitando a companhia da família, e confio que ficará feliz em saudar

Seu fiel criado,
James Avery

— *Cattive notizie?* — perguntou Carlotta, perambulando em desobediência na porta, segurando o bebê. — Más notícias?

— Não! — mentiu Livia. — De jeito nenhum. Sir James me escreveu, dizendo que está vindo para Londres, assim que as estradas ficarem livres.

— *Un matrimonio?* — perguntou Carlotta, radiante.

Livia olhou para Tabs, que ouvia abertamente.

— Não diga bobagem — disse ela friamente. — Para vender as antiguidades, é claro. As peças vão chegar em breve.

DEZEMBRO DE 1670, VENEZA

Sarah adormeceu e acordou sobressaltada, mas ainda era noite; as venezianas projetavam listras de sombra e luar no piso; o canal lá fora estava silencioso, exceto pelo som das marolas provocadas por um barco que por ali passava ou pelo grito de uma gaivota assustada. Sarah saiu de baixo das cobertas, colocou um xale nos ombros, foi na ponta dos pés até a porta e desceu a escada de acesso ao corredor. A porta do depósito estava trancada, mas ela sabia que a chave ficava guardada embaixo de uma das esculturas, numa prateleira no salão. Percorreu a estante, deslizando os dedos pela base de cada escultura, até tocar numa haste fria. Em silêncio, retirou a chave, dirigiu-se à porta do depósito, enfiou a chave no buraco da fechadura e a girou.

O depósito parecia fantasmagórico ao luar filtrado pelas janelas de vidro esverdeado. Sarah percorreu em silêncio as sequências de prateleiras, passando pelas estátuas pálidas, até chegar à tal porta encoberta por uma cortina, situada na curva da parede ao redor da escada secreta.

Estava trancada, mas era uma porta dupla, pesada, com as dobradiças frouxas, e ela conseguiu abri-la, escorando-se numa e forçando a outra, até que surgiu um vão, a velha tranca se soltou e ela pôde entrar. A tal escada de serviço subia em espiral até a cozinha e descia escuridão adentro. O cheiro frio e úmido do canal se ergueu para saudá-la. Sarah piscou na penumbra, tentando enxergar, mas só conseguia distinguir a palidez da escada de pedra, serpenteando na escuridão, e o único som era da marola sinistra de águas invisíveis batendo nos degraus lá embaixo.

Deslizando um pé descalço por cada degrau para se certificar, pelo tato, da segurança de cada passo, correndo a mão pela pedra áspera da parede curva da escada, Sarah desceu, degrau por degrau, com o som de água cada vez mais forte, quase como se estivesse vindo ao encontro dela, como se uma enchente estivesse ocorrendo. Por fim, chegou ao fundo, e lá havia uma porta; ela estendeu a mão trêmula. Estava destrancada.

Delicadamente, ela empurrou a porta e se viu no térreo de um depósito, igual ao do andar de cima, numa escuridão quase total. O barulho da água batendo no portão de acesso ao canal e a luz esverdeada no lado oposto do recinto a guiaram por um caminho estreito, entre bancadas repletas de mercadorias. A porta de acesso ao portão do canal estava trancada por dentro, mas os ferrolhos, bem lubrificados, cederam silenciosamente. Não emitiram mais que um leve clique, e então ela abriu a porta e se deparou com a luminosidade dançante do luar sobre o canal. Viu-se em um pequeno cais no portão dos Russo. À esquerda, os degraus de mármore subiam até a casa principal; adiante, junto ao cais maior, balançava a gôndola da família Russo, com a proa subindo e descendo feito a cabeça de um cavalo preto sinistro.

Sarah estava no estreito cais do depósito, do lado oposto dos grandes degraus, um local onde eram descarregadas mercadorias domésticas; virou-se e entrou no depósito, deixando a porta aberta para que entrasse luz.

À primeira vista, o local era a imagem espelhada do depósito do andar de cima. Abaixo dos janelões, longe da água, havia uma pilha desorganizada de esculturas, algumas grandes ânforas arredondadas e um amontoado de animaizinhos contorcidos, com os focinhos tocando as patas, que pareciam ter sido congelados e petrificados enquanto dormiam juntos nas prateleiras largas.

Uma grande bancada de trabalho ocupava o meio do recinto, e, em cima dela, sustentado por um cabo numa roldana fixada na viga do teto, havia um enorme bloco de pedra cuja base fora esculpida toscamente, lembrando um penhasco, e mais acima, de braços abertos, como que se preparando para alçar voo da beira do precipício, via-se um anjo, um menino, nu e com um par de asas detalhadamente esculpidas, com plumagem semelhante à de uma águia. Sarah ergueu os olhos para o rosto esculpido de Ícaro e viu uma criatura emplumada qual um arcanjo, tão bela quanto o *Davi* de Michelangelo.

À direita havia um pequeno molde de gesso exibindo a forma da escultura depois de acabada, marcado com pontos para guiar o pedreiro na medição e capacitá-lo a reproduzir em pedra o que ele tinha feito em gesso, a partir de um modelo em argila.

Por um instante, Sarah ficou perplexa diante da beleza e das dimensões da escultura. Tinha pelo menos o dobro do tamanho natural, e fora esculpida para ser vista do chão, sobre um pedestal alto, ou para ficar na parte superior de um edifício, próxima ao telhado. O lindo rosto olhava para ela como se o menino estivesse aferindo a distância até o chão, e algo naqueles olhos arregalados e naqueles lábios delineados fez Sarah querer gritar para que ele não pulasse, não confiasse nas penas fantásticas que brotavam de seus ombros musculosos, embora a figura fosse de pedra. Ao conter tal impulso, ela percebeu o motivo de querer falar com o rosto de pedra: era extremamente real. Sarah constatou que contemplava uma obra de arte cuja beleza e importância eram excepcionais. Mas era um trabalho novo, ainda sendo esculpido, com base no modelo de gesso. Ali funcionava a oficina onde o pedreiro do *signor* Russo esculpia falsificações requintadas.

Atrás dela, junto à parede dos fundos, havia placas de mármore da espessura de tampos de mesa empilhadas. Cada prateleira continha uma pilha dessas placas, algumas quase da extensão da parede, outras menores, algumas expondo cortes recentes em que a brancura do interior da pedra contrastava com a pátina envelhecida da superfície. Essas eram autênticas, velhas, provavelmente antiguidades. Na ponta dos pés, Sarah conseguiu ver o topo de uma das pilhas e entendeu por que as placas eram tão compridas e finas: cada placa formava a lateral de uma caixa de pedra, lisa por dentro e magnificamente esculpida por fora. Enquanto seus passos acompanhavam a prateleira, ela viu outras peças de igual comprimento, e duas peças longas ao lado de duas curtas. Sarah imaginou que as placas formassem um friso magnífico, um cavaleiro seguindo outro, ou grandes cavalos, com crinas e caudas ao vento, num longo friso de mármore. Ela notou que aquilo era antigo, pois o mármore estava manchado de marrom, como se tivesse ficado enterrado em barro, e alguns dos cavalos estavam lascados, danificados e sem arreios. Constatando a sofisticação de um pino e de um fragmento de rédea, ela deduziu que as selas fossem esculpidas nos mínimos detalhes, com os cavalos presos com ouro e arreados com bronze. E, mesmo desmontado, mesmo misturado numa prateleira, aquele friso de pedra era digno de figurar na parede de um palácio.

Sarah ficou tão deslumbrada com a beleza daquilo tudo que adentrou, passo a passo, o depósito, mal sabendo aonde estava indo, até que o último painel de pedra deu lugar a uma coleção do que ela achou que fossem mais esculturas, empacotadas para viagem. Eram figuras que não esboçavam movimento, não tinham braços abertos nem asas de anjo; mantinham os pés juntos, não garbosamente afastados, e estavam envoltas com tecido, ou meio embrulhadas, algumas cobertas de poeira branca e algumas desbotadas. Sarah olhou mais de perto, pegou uma das cabeças para examinar o rosto embrulhado, levantou a ponta do pano que cobria a peça e ficou paralisada. Foi o cheiro que a alertou de que havia algo errado, tremendamente errado. Não era um cheiro de pedra, pedra limpa, mas de terra, de algo em decomposição.

Imobilizada, Sarah devolveu lentamente a cabeça que ela pensou ser de pedra ao devido lugar, no topo de uma fileira de vértebras brancas, e soltou o pano usado para embrulhá-la. Com gestos convulsivos, ela esfregou várias vezes a palma da mão na camisola. Examinando aquilo atentamente, com olhos arregalados de pavor, pôde distinguir as mercadorias espalhadas e empilhadas nas prateleiras abertas. Eram corpos, corpos humanos, alguns mortos havia muito tempo, alguns mais recentemente, todos removidos de seus caixões de pedra e jogados nas prateleiras, como se fossem lixo. Alguns exibiam a rigidez da morte, petrificados na postura do caixão, com braços enfaixados e amarrados sobre o peito, cabelo crescendo grotescamente através das bandagens envoltas em suas cabeças; outros tinham sido lascados ao serem arrancados da terra, alçados do local de seu descanso derradeiro, com braços pendurados e mortalhas rasgadas, expondo dedos dos pés cinzentos e putrefatos e cabeças escurecidas e pendentes. Alguns eram ainda mais antigos, e a carne havia apodrecido e artelhos cinzentos se projetavam de pés carcomidos por vermes.

O suspiro agudo de pavor que Sarah deixou escapar assustou-a, como se os corpos estivessem ofegando, e ela tapou a boca com uma das mãos. Mas ainda ouvia o próprio gemido de medo. Não conseguia desviar os olhos daquele horror, e seria incapaz de passar pelos cadáveres e alcançar a segurança da escada interna.

Ouvia a própria respiração arranhando a garganta, enquanto lutava para não vomitar de nojo por causa do cheiro, da visão dos membros pútridos. Ela sabia que precisava se mexer, mas era como se estivesse congelada, tão imóvel quanto aqueles corpos empilhados, feito vítimas fatais da peste atiradas numa vala comum. Ao pensar na peste, deixou escapar outro leve gemido, pois sua mente febril julgou que o cheiro de podridão fosse a fedentina da infecção e que ela também se tornaria um cadáver abandonado, empilhado ali com os outros.

Não conseguia tirar os olhos dos corpos, pois estava tão apavorada que não era capaz de desviar a cabeça, temendo que, caso se afastasse ou virasse de costas, eles se levantariam e a seguiriam por toda a oficina, e que, caso olhasse para trás, haveria de vê-los aproximando-se com seu andar rígido, fitando-a com os olhos enfaixados, estendendo as mãos ressecadas e os dedos ossudos em sua direção. Em vez de dar meia-volta e correr — ela sabia que suas pernas estavam paralisadas e que seria igual a um pesadelo em câmera lenta —, Sarah deu um passo para trás, em direção ao outro lado da oficina, ao portão do canal, apoiando a mão nas prateleiras que continham os sarcófagos dos mortos empilhados, enquanto seus olhos não se despregavam daquelas mãos pendentes, daqueles horrendos pés ossudos.

O toque macio da cortina de aniagem atrás dela a fez dar um pulo e estremecer, mas, com isso, Sarah se deu conta de que enfim tinha chegado à porta. Abriu a cortina, passou por cima do bueiro, seguiu pelo cais estreito, entrou e bateu a porta do depósito, isolando o necrotério secreto. Assim que a porta foi fechada, ela ouviu o próprio gemido se transformar em um choro assustado, sentiu no rosto lágrimas de terror geladas. Então, olhou para o portão do canal, com claridade crescente, pois a luz do amanhecer refletia nas marolas, e ali, do lado oposto, na grande escadaria de mármore, estava Felipe Russo, trajando um manto de veludo vermelho, segurando uma vela num castiçal de ouro, observando-a.

Sarah não hesitou nem por um instante. Chorando histericamente, correu, contornando o cais estreito na parte de trás do portão do canal; Felipe largou o castiçal nos degraus e a recebeu nos braços.

— Você sabe! Você tem de saber! — disparou ela com os dentes batendo tanto que mal conseguia falar. — Você sabe o que tem lá dentro.

— Calma — disse ele. — Você levou um susto. É, eu sei. Venha.

— Você sabe?! — gritou ela.

— Sei, sim.

Com habilidade, ele a puxou escada acima, degrau por degrau, enquanto os joelhos dela falhavam, até alcançarem o belo salão, onde, tremendo de pavor, Sarah não conseguiu relaxar a pressão convulsiva com que se agarrava àquela manga de veludo. Ela colou o rosto no ombro dele e inspirou o odor que exalava do tecido quente, um odor de baunilha e louro, o cheiro da pele dele, tão morna e viva, tão protetora.

— Meu Deus — cochichou ela. — Você sabe? Mas é claro que sabe!

— Venha — repetiu ele e a conduziu pela escada interna de mármore até a sala de jantar, segurando-a com firmeza sob o cotovelo, para que os joelhos bambos não falhassem de vez. — Entre — insistiu ele gentilmente e a levou até seu gabinete particular, adjacente à sala de jantar.

— Eu... Eu... Eu fui...

— Calma — ordenou ele, virando-se para o aparador e servindo uma generosa taça de um vinho tinto e forte. — Beba isto antes de dizer qualquer coisa. — Ele a fez sentar-se numa cadeira e pegou uma banqueta para sentar-se ao lado dela. No gabinete, observada pelas esculturas de olhos que não enxergavam posicionadas junto às paredes, Sarah deu alguns goles, até que ele viu a cor voltar ao seu rosto lívido.

— Agora, pode falar — disse ele calmamente.

— Não tenho nada para falar! Cabe a você explicar! Você deve saber o que vi! — Ela tremia e a taça de vinho balançava em sua mão. — Você deve saber o que tem lá embaixo!

Ele fez uma reverência.

— Lamento que tenha levado tal choque.

— O que é aquilo? Eles estão mortos, não é? Foram arrancados das covas?

Ele abriu as mãos, como se estivesse se desculpando.

— Infelizmente, quem quer antiguidades precisa procurá-las com os antigos.

Ela largou a taça e torceu as mãos embaixo da mesa para conter um grito. Sentia-se tão longe de casa e tão incapaz de entender o que estava acontecendo.

— O que você quer dizer? O que você quer dizer?

Ele foi até o aparador, serviu uma taça de vinho para si mesmo e serviu mais na taça dela.

— Beba. Você levou um baita susto.

Obedecendo, ela tomou outro gole, mas ainda sentia um terrível espasmo no estômago, como se fosse vomitar.

— Você viu aqueles lindos painéis? — perguntou ele. — Os painéis de pedra?

Ela anuiu.

— Foram esculpidos por artistas, artesãos... você concorda?

Em silêncio, ela fez que sim.

— Eles precisam ser vistos, não acha? Obras de tamanha beleza não podem ficar escondidas, não é?

— Não sei...

— São caixões de pedra, caixões de pagãos, não de cristãos. Não há nenhuma razão para que não sejam escavados e exibidos a pessoas que vão apreciá-los, colecionadores. Conhecedores. *Cognoscenti!*

— Mas os cadáveres! — foi tudo o que ela conseguiu murmurar.

— Claro que há cadáveres! São caixões, e cada um continha um corpo. Mas são todos muito antigos. Não é como se fossem nossos parentes! Não eram cristãos, não saíram de um cemitério consagrado. E cuido para que sejam sepultados novamente, com reverência e respeito.

Ela não tinha voz para argumentar, mas ainda via, por trás das pálpebras fechadas, a pilha de cadáveres, a carne pútrida.

— Ali, largados... — foi tudo o que ela conseguiu balbuciar.

— Demora para se organizar um sepultamento adequado — disse ele. — Às vezes, temos de ficar com os corpos durante algum tempo. Lamento que tenha levado um susto tão grande.

Ela balançou a cabeça, os olhos vidrados.

— O quê?

— Minha querida — disse ele com ternura. — Todo lucro é obtido à custa de alguém. Ganhamos muito dinheiro saqueando túmulos. Sim... pois é disso que se trata. E as pessoas que pagaram por seus belos enterros são vítimas dos saques. Mas elas não sabem de nada. Que mal há nisso?

Mais uma vez, Sarah balançou a cabeça.

— Mas a verdade é que você estava espionando. Eu não tinha convidado você para ir àquela parte do depósito. Você não foi convidada para ir até lá, ninguém além dos meus pedreiros vão lá. Não é de bom-tom... para um convidado... como vocês dizem? Intrometer-se.

— Sinto muito — disse ela austeramente. — Eu queria... — Ela percebeu que não tinha desculpa. — Eu queria ver o dote da *nobildonna*, as belas peças da coleção, as que serão embaladas amanhã, e avancei pelo depósito, e depois passei por aquela porta.

— Pela porta trancada? Aquela que fica escondida atrás de uma cortina? — ressaltou ele.

Ela sentiu-se bastante culpada.

— Eu estava só trabalhando...

— Não estava, não — disse ele com frieza, e ela engoliu um leve suspiro, decorrente de um novo tipo de medo. — Quem sabe você não me conta a verdade? — sugeriu ele. — Já é quase manhã, e a minha mãe me disse que você jantou e foi cedo para a cama. Sei que está mentindo com essa conversa de trabalhar para a *nobildonna*, mas não sei por que está aqui nem o que está fazendo aqui.

Ela voltou a tremer, a mente paralisada pelo novo impacto.

— Não estou mentindo.

— É claro que está. — Havia gelo por trás daquele tom amável. — Você está mentindo na minha cara e me espionando. Antes de mais nada: qual é o seu nome verdadeiro?

Ela sentiu um calafrio; não sabia o que dizer.

— É melhor dizer. — A voz dele era sedosa.

— Meu nome é Sarah — falou ela baixinho. — Sarah Stoney.

— E como é que conhece a *nobildonna*?

Ela olhou para a porta, para as janelas que davam para o canal. Não havia como escapar daquele interrogatório.

— Quero ir para a cama — disse ela parecendo uma criança.

— Só depois que você tiver respondido às minhas perguntas. Lembre-se, você está na minha casa com um nome falso. Eu poderia denunciá-la por espionagem, agora mesmo, e receberia um bônus por prendê-la.

— Não passo de uma chapeleira! — protestou ela.

— Agora, nisso eu acredito — concordou ele. — Você realmente soube apreciar aquelas penas.

— Apreciei mesmo. Apreciei, de verdade.

— Então, você é a chapeleira da *nobildonna*?

— Sou — disse ela, agarrando-se à mentira.

— E por que ela a mandou aqui?

— Para encontrar o marido dela — inventou Sarah prontamente. — Ela está muito triste, inconformada, e acha que ele pode estar vivo. Acha que ele pode estar preso, mas não morto. Então, ela pediu que eu viesse... — A mentira foi interrompida, quando ele se levantou, foi até a janela e olhou para o canal. O rosto não estava visível, mas ela pôde ver que os ombros tremiam. Ela pensou que ele estivesse chorando, talvez de tristeza pela perda de Rob; então, ela também se levantou, sem saber o que fazer. Com toda a cautela, aproximou-se dele e tocou delicadamente a manga de veludo. — Está triste, Felipe? Você o conhecia? — perguntou ela.

Felipe Russo se virou e expôs as lágrimas em seus olhos escuros, mas eram de rir; ele mal conseguia parar de rir para recuperar o fôlego.

— Menina, juro que você ainda vai me matar! Pelo amor de Deus, pare de mentir. Essa é a coisa mais cômica que já ouvi na vida. Você não faz ideia de quanto isso é ridículo! É uma péssima mentira, uma mentira idiota, uma mentira capenga. Ela jamais enviaria uma garota como você para tirar o marido da prisão!

— Mas por que não? — indagou Sarah. — Ela o amava. Ela se preocupa com a segurança dele. É certo que ela gostaria que ele fosse encontrado, não? Por que ela não me enviaria para tirá-lo da prisão?

— Nunca! Nunca!

— Mas por que nunca?

— Porque foi ela quem o denunciou! Sua bobinha! Ela mesma o colocou lá dentro!

DEZEMBRO DE 1670, LONDRES

— Cadê Sarah? — Livia fez a pergunta que Alys receava. As duas mulheres estavam na cama, enroladas em xales por causa do frio, com flores de gelo estampando o interior das janelas no amanhecer invernal de Londres.

— Ainda na casa da amiga dela.

— Ela não vai voltar para casa? Nem para o Natal? E vem para o Dia de Reis? Quando é que ela vai chegar?

Alys saiu do abraço de Livia e se apoiou no cotovelo para então contemplar o belo rosto no travesseiro e a trança escura sobre o ombro cor de bronze.

— Ela vai chegar logo — disse ela.

— Não vai mandar chamá-la de volta para casa?

— Não. Ela vai voltar... talvez no mês que vem.

— Então, me diga a verdade.

Alys sentiu medo nas entranhas.

— A verdade? — repetiu ela. Sabia que não suportaria dizer que Livia era objeto de profunda desconfiança, que sua própria sogra não a amava, não aceitaria dinheiro dela, não reconhecia seu filho como neto.

— Você a mandou embora porque não queria que ela nos visse? — cochichou Livia.

— Nos visse? — repetiu Alys; ela não fazia ideia do que Livia estava dizendo.

— Nos visse juntas?

— Por que ela não poderia nos ver juntas? — indagou a mulher mais velha.

Livia se espreguiçou languidamente, feito uma gata indolente, com os braços acima da cabeça, os pelos escuros das axilas exalando um aroma erótico de almíscar e óleo de rosas.

— Porque ela veria o que a sua mãe não enxerga, mesmo com toda a sabedoria dela: que somos amigas, que somos amantes que jamais serão separadas, que ficaremos juntas para sempre.

Alys sentiu o mundo girando ao seu redor; apoiou a mão na cabeceira da cama, como que para estabilizar o corpo e evitar náusea.

— Nós somos irmãs — foi tudo o que ela conseguiu dizer. — Nós nos amamos como irmãs.

— Ah, minha querida, chame como quiser! Você não me ama e não me quer aqui para sempre? Não espera, durante os longos dias frios, pelo momento em que vamos estar sozinhas, juntas, à noite? Não encontramos, juntas, a verdadeira felicidade? Somos irmãs que se amam e que nunca encontraram um amor como esse em nossas vidas. Nenhum marido me entendeu, nem foi tão carinhoso comigo como você, e você nunca teve, de fato, um marido. Não sou mais querida, para você, do que qualquer pessoa que já conheceu?

— Exceto os meus filhos — contemporizou Alys. — Exceto a minha mãe.

Livia os descartou com um aceno de mão.

— Claro, claro, exceto os nossos filhos. Este não é o primeiro amor verdadeiro que você conheceu?

Alys pensou no jovem que a havia abandonado no dia do casamento, deixando que ela e a mãe enfrentassem sozinhas o fracasso.

— Tudo o que ele me deu foi uma carroça — disse ela com uma amargura antiga. — E eu o adorava; arrisquei tudo por ele.

Livia riu.

— Mas vou lhe dar uma fortuna — prometeu ela. — Nós vamos nos mudar para um embarcadouro maior e melhor, com um belo armazém onde vai poder expor coleções de arte e antiguidades e seremos fiéis no amor e nos negócios. O mundo nos verá como irmãs que se amam, e nós manteremos o nosso desejo escondido. Eu jamais revelarei, e você será minha, de corpo e alma. Mande chamar Sarah; ela pode voltar para casa. Seremos discretas. Vou deixar que todos pensem que estou interessada em Sir James... — Ela ergueu a mão antes que Alys pudesse protestar. — Sei que não gosta dele, mas deixe que todos pensem que estou atrás dele por causa do dinheiro. É isso que a sua mãe acha, não é?

— É — admitiu Alys.

— Então, deixe que ela pense assim. Vou visitá-lo e trabalhar com ele, mas só para fazer fortuna, para podermos ter um negócio, uma casa e uma vida juntas. Tudo o que faço é para termos a nossa casa e um amor verdadeiro.

Alys, pensando que a própria Livia tinha oferecido uma explicação para a ausência de Sarah, inclinou-se e lhe beijou a boca ávida.

— Verdadeiro — repetiu ela.

DEZEMBRO DE 1670, VENEZA

No recinto instaurou-se um silêncio mortal depois que Felipe parou de rir diante da fisionomia estarrecida de Sarah.

— Foi Livia quem o denunciou? — perguntou Sarah. — Denunciou o próprio marido? Robert Reekie?

— Espere — disse ele. — Vou responder às suas perguntas depois que responder às minhas. Agora, vamos falar a verdade um para o outro, não vamos? Primeiro, me diga: quem é você? Pois nunca na vida a *nobildonna* enviaria uma chapeleira para resgatar o marido. Não aquele marido. E, Deus do céu, não esta chapeleira! No momento em que a vi na minha porta, eu sabia que você não tinha sido mandada por ela.

Sarah respirou fundo.

— Sou Sarah Stoney. Minha mãe é Alys Stoney e minha avó é Alinor Reekie.

— Reekie? — indagou ele. — Reekie? Você quer dizer a mãe de Roberto Reekie?

— Isso. Ela é minha avó. Foi ela quem me mandou procurar por ele.

— Ela não acreditou que ele estivesse morto?

Sarah fez que não.

— Nem por um instante.

— Mas por que não? Livia não estava de luto fechado? Não se atirou à misericórdia de vocês? Ela deve ter sido muito convincente.

Sarah deu de ombros.

— Minha avó é uma mulher muito sábia. Ela jamais confiou em Livia. E não gostou quando ela disse que Matteo poderia ocupar o lugar do meu tio Robert.

— Deus do céu! Ela achou que ele não era filho de Rob? — indagou ele.

— Não, não — corrigiu Sarah. — Só que, no entender dela, ele não poderia ocupar o lugar de Rob. Ela afirmava, com certeza absoluta, que Rob ainda estava vivo.

— Ela teve alguma visão? — perguntou ele sarcasticamente. — Ela tem poderes mágicos, a sua avó?

Corajosamente, Sarah fez que sim.

— *Dio!* — disse ele sem expressar nada. — Mandei Livia para um manicômio.

— Por que Livia denunciou o marido? — inquiriu Sarah.

— Para se livrar dele — disse ele simplesmente, como se fosse óbvio.

— Ela colocou uma carta na *Bocca*?

— Isso, eu mesmo o prendi.

Lá fora, o marulhar constante do canal se tornou um pouco mais urgente, feito um coração acelerado, quando um barco passou e a ondulação bateu nas paredes da casa. Sarah olhou para Felipe com olhos sombrios, o semblante inexpressivo.

— Rob viu o depósito? Ela era sua sócia na oficina do térreo, assim como na do andar de cima? Rob viu os corpos?

— Viu — disse ele e serviu-se de uma taça de vinho. — Infelizmente, viu. Ele queria comprar um corpo, você entende? Para os estudos que ele fazia. Ele e o médico judeu precisavam examinar um cadáver para entender o funcionamento dos músculos, como ocorre a respiração. Ele tinha um interesse especial por pulmões... um interesse especial por afogados.

Sarah envolveu o próprio corpo com os braços para não tremer.

— Você não disse que os sepulta com respeito?

— Sim, quando posso. Mas também os vendo para hospitais e para médicos e artistas.

— Isso é legal aqui em Veneza?

— Não — admitiu ele. — Então, mantemos sigilo mutuamente. O médico judeu trouxe Rob para conhecer o homem que poderia fornecer um cadáver, e aí, *ecco!*, lá estava eu no depósito! — Ele mudou o rumo da conversa. — Roberto me conhecia como mordomo do milorde e empregado de confiança de Livia. Ficou bastante surpreso ao me encontrar num *palazzo* tão grandioso, vendendo cadáveres. Estava decidido a entender essa história, então irrompeu na minha sala de trabalho... e ele viu...

— Ele viu o que eu vi? — sussurrou Sarah. — Aqueles mortos medonhos? Insepultos? E as covas. Ele esteve aqui?

Felipe fez uma reverência.

— Ele esteve aqui. E ficou exatamente como você... tão escandalizado quanto você. Saiu correndo, foi direto para casa e acusou a esposa de crimes terríveis: de fraudar o marido morto, de vender bens saqueados de sepulturas, de mentir para ele, traindo-o comigo.

— Acusou-o de ser cúmplice dela? — indagou Sarah.

Felipe fez outra reverência.

— De ser amante dela — disse ele com serenidade. — Ele adivinhou isso também.

— Foi por isso que ela o denunciou? — perguntou Sarah. — Para que ele não pudesse acusá-la, nem acusá-lo, do que vocês fazem aqui?

— Na verdade, ela não teve escolha. Além do mais, a família do marido estava dizendo que ele tinha sido assassinado. É bem óbvio que ela foi obrigada a culpar o médico.

Sarah ficou horrorizada.

— Ela acusou Rob de assassinato? E você o mandou para a morte?

— Na verdade, ele nos deixou sem opção.

Sarah se levantou da cadeira e pressionou as mãos trêmulas no tampo da mesa brilhosa para esconder o tremor.

— E eu, agora? — perguntou ela. — Pois, agora, eu também sei de tudo. O que você é obrigado a fazer comigo?

DEZEMBRO DE 1670, LONDRES

Duas vezes por semana, Livia fazia a jornada longa e fria, da margem direita do rio até a esquerda, até a igreja elegante onde Sir James havia sugerido que ela se encontrasse com o reverendo. Duas vezes por semana, ela sentava-se no gabinete forrado de livros onde o clérigo trabalhava, tendo a criada como acompanhante, cerzindo num canto perto da porta, enquanto ele ministrava os princípios da Igreja protestante, o catecismo e as orações em inglês. O reverendo elogiou Livia pelo domínio do idioma, pela pontualidade e pela diligência, mas constatou que não conseguia se afeiçoar à bela jovem que, de vez em quando, batia com a unha comprida na mesa e murmurava *"Allora!"* ao se ver diante de alguma noção teológica particularmente obscura. Ele receava que ela estivesse se preparando para o batismo e a crisma visando a ganhos mundanos — para poder se casar com Sir James —, e não porque soubesse, no fundo do coração, que a religião de sua família e sua infância havia se rendido à heresia. Quando tentava questioná-la sutilmente sobre seu coração e sua consciência, Livia arregalava os olhos castanhos e dava seu sorriso encantador.

— Padre — dizia ela, embora ele não quisesse que ela o chamasse assim. — Padre, a minha alma é pura.

— O mundo está cheio de tentações... — dizia ele, esperando que ela admitisse que estava tentada pela riqueza e pela posição de Sir James.

— Não para mim — declarava ela calmamente. — Tudo o que eu quero é a graça divina.

Livia não contava a ninguém aonde ia, nem o que estava aprendendo. Dizia que andava por uma questão de saúde e que não podia ficar trancada no pequeno armazém todos os dias da semana, principalmente naquele clima miserável, quando a névoa baixava sobre a maré gelada. Alys não se queixava e jamais questionava Livia sobre suas saídas. De vez em quando, Livia trazia para casa alguns presentinhos: uma fita para Alys, um brinquedo para Matteo, ou ervas especiais para Alinor. Nessas ocasiões, dizia que tinha ido às compras, ou visitado a Royal Exchange; dizia que tinha andado pela City, parando para olhar um mercado na rua. Dizia que não podiam esperar que ela se limitasse a passar dia após dia sem ver nada além da subida e da vazante das águas de um rio sujo no inverno.

Alguns dias, ela passava pela Casa Avery, na Strand, cuidando para atravessar a rua e andar à sombra do imponente muro para não ser vista pela criadagem que limpava ou arrumava a casa vazia. Ela parava na esquina e olhava para trás, para as venezianas fechadas, imaginando os cômodos onde os móveis estavam forrados e até os lustres ensacados e apagados. Não havia sinais de que Sir James fosse esperado, e não havia como ela atravessar a rua e bater à porta para perguntar. Livia não se humilharia perguntando por ele, pois ele a informara de que estava isolado pela neve em sua casa de campo. E, de qualquer maneira, a valiosa aldrava de latão tinha sido retirada da porta.

DEZEMBRO DE 1670, VENEZA

Felipe se levantou e serviu o restante da garrafa na taça de Sarah.

— Claro, você levanta uma questão muito difícil — reclamou ele. — Talvez seja melhor eu apenas estrangular você e atirar o seu corpo diante do portão do canal.

— O capitão Shore sabe onde estou — disse ela em tom desafiador, mas com a voz trêmula.

Ele deu de ombros.

— Será que ele se importa? Ele procuraria por você?

— Posso propor um acordo — disse ela, incerta. — Se me ajudar a resgatar o meu tio, eu não falo sobre... tudo isso. Esqueço tudo sobre a oficina e o que você faz. Nunca mais vamos tocar nesse assunto.

Ele ergueu uma sobrancelha.

— E posso lhe pagar! — disse ela, desesperada.

Ele riu abertamente.

— Meio guinéu? Ou vai acrescentar as penas no valor de meio guinéu?

— Posso enviar dinheiro da Inglaterra. Basta me ajudar.

— Obviamente, vou receber dinheiro da Inglaterra, e muito mais do que você pode conseguir.

— Mas e se isso não acontecer? — desafiou Sarah. — E se não conseguir dinheiro nenhum? E se você estiver seguindo o plano e arriscando tudo, mas ela não?

Ele virou a cabeça e olhou para ela por cima da taça.

— O que está querendo dizer?

— O fato é que ela ainda não mandou dinheiro para você, não é? — especulou Sarah. — E é certo que ela não nos pagou nada. Acho que ela está guardando tudo para si. As antiguidades estavam à venda... eu mesma vi que estava tudo à venda! Mas ela tem um novo sócio agora.

— Quem? Ela pretendia vender tudo no armazém de vocês, não? Enquanto vocês absorviam os custos, não?

— Ela tem outro plano agora! — disse Sarah, mais confiante. — Conseguiu outro sócio. Nós absorvemos os custos, mas ela expôs as peças na casa dele. Trata-se de um lorde inglês; ela correu atrás dele desde que chegou à Inglaterra. Ela dispensou você; ela nos dispensou! Arrumou outro patrono. É uma prostituta, como uma daquelas mulheres em seus *chopines*, e você ficou no passado; ela o deixou para trás.

Ele balançou a cabeça, exibindo um sorriso confiante.

— Ela jamais me trairia.

— Como pode ter tanta certeza?

— Porque estamos noivos e vamos nos casar.

— Ela não vai se casar com você! — afirmou Sarah. — Ela vai se casar com Sir James Avery e vai dar a ele o filho que ele quer. Matteo será um menino inglês. Você nunca mais verá nenhum dos dois. Ela vai se casar com Sir James, um inglês, um sujeito muito mais rico e ilustre do que você jamais será, e nunca mais vai pôr os pés aqui.

DEZEMBRO DE 1670, LONDRES

Livia estremeceu na popa do barquinho que atravessava o rio, enquanto um vento frio soprava do mar e os degraus de acesso à Casa Avery cintilavam por causa da geada, o jardim monocromo de troncos de árvores, brancos de um lado e pretos de umidade do outro, galhos e gravetos delineados, como se um desenhista houvesse passado pelo pomar para fazer de cada galho algo de surpreendente beleza.

— Tome — disse Livia, colocando uma moeda a contragosto na mão do homem.

— De nada, minha linda — provocou ele e deixou o barco balançar quando ela desembarcou para subir a escada, as botas formando rastros escuros na geada branca que encobria os degraus.

— Não vou demorar; você pode esperar — disse ela.

— A senhora vai me pagar para esperar? — perguntou ele, esperançoso.

— Não! Claro que não! Por que eu deveria lhe pagar, se não vai fazer nada? Mas, se esperar, eu já volto e lhe pago para me levar de volta à Doca do Santo Fedor.

— Eu espero, a menos que apareça algum cliente — disse ele, ressentido. — Vou esperar de graça, e então tenho certeza de que será uma honra acompanhar a senhora até em casa. Até a Doca do Santo Fedor, famosa pelo seu aroma. Até o Embarcadouro Reekie, famoso pela sua elegância.

— *Chiudi la bocca* — murmurou ela entre dentes e se virou para andar pelo jardim. À sua frente, um tordo agarrado a um galho oscilante cantou para ela, um som de uma doçura envolvente. Livia não ouviu, não viu a cabeça brilhante e pontuda do pássaro. A escultura do filhote de cervo adormecido jazia ao pé de uma macieira retorcida, com uma camada de neve sobre o mármore branco do dorso do animal. Livia passou pela escultura com os olhos pregados nas janelas opacas da casa.

Glib, o lacaio, havia informado que a criadagem fora instruída a acender lareiras, arejar roupa de cama e abrir persianas, pois o amo retornaria dentro de uma semana, mas Livia não tinha recebido nada de Sir James, nem carta nem convite. Não sabia por que ele não a convidara para sua casa, não voltara a escrever de Northallerton e não enviara nenhum presente. Ela esperava um anel de diamante como presente de Natal, e um noivado. E nada havia recebido. Livia trincou os dentes e subiu pelo belo terraço, cintilando com a geada sob o sol forte e brilhante do inverno.

Não sentiu nenhuma alegria quando viu que as cortinas do gabinete dele estavam abertas. Não teve nenhuma satisfação quando viu a nuca e os ombros dele, sentado diante da escrivaninha. Ela ergueu uma das mãos, envolta numa luva escura, e bateu à janela. Ele se sobressaltou com a batida repentina, virou-se e viu uma figura sinistra, trajando um vestido escuro; ela percebeu o susto estampado no semblante dele, e então ele a reconheceu.

Ele se levantou e abriu a porta de vidro.

— Livia — disse ele com uma voz fraca. — Que surpresa.

Ela marchou gabinete adentro.

DEZEMBRO DE 1670, VENEZA

Sarah acordou tarde, numa casa silenciosa, e desceu apreensiva. O belo vestíbulo era o mesmo de sempre. Teve a estranha sensação de que o ocorrido na noite anterior havia sido um sonho, mas, quando se virou para olhar para a porta da frente, constatou que estava trancada. Ela estava presa na casa sossegada.

A mãe de Felipe, a *signora* Russo, tinha uma bebida quente feita com leite pronta para ela, bem como pão e geleia, servidos na sala de jantar, mas, quando Sarah ocupou seu lugar à mesa, a mulher se manteve de pé, observando-a, como se fosse uma sentinela. Felipe Russo subiu os degraus do portão do canal, vindo diretamente da missa na igreja da vizinhança, ainda com água benta na testa, pronunciou uma palavra em voz baixa, e sua mãe saiu da sala.

Ele sentou-se de frente para ela.

— Você me falou ontem à noite que a *nobildonna* não voltaria para cá — disse ele abruptamente. — Você me falou que ela iria se casar com um inglês.

— Você me disse ontem à noite que poderia muito bem me afogar no portão do canal — comentou ela em tom desafiador.

Ele lhe ofereceu um sorriso breve e afetuoso.

— Você sabe que eu não faria isso. Mas aquilo que você falou sobre Livia... foi uma mentira desesperada para salvar a sua pele? — perguntou ele.

Ela hesitou antes de responder.

— Não. É mais grave que isso. Eu nunca conheci ninguém como Livia na minha vida; então, não sei dizer do que ela é capaz. Não sei que promessas fez a você. Mas, na verdade, quando saí de lá, ela parecia mesmo estar pretendendo se casar com um baronete inglês: ele se chama Sir James Avery. De início, ela disse que tinha ido morar conosco, que queria ter uma família inglesa, que não queria nada além de participar das nossas vidas. Depois, começou a reclamar que a nossa condição financeira não condizia com ela, que o armazém era pequeno, localizado numa área pobre da cidade, muito longe da City de Londres. Disse que o meu tio Rob deu a entender que éramos mais importantes do que somos. — Sarah corou. — Somos gente trabalhadora — disse ela. — Minha avó vende ervas e poções para boticários; a minha mãe administra um pequeno embarcadouro.

— Mas vocês têm um armazém? — indagou ele. — Para onde eu enviei a primeira carga? Embarcadouro Reekie?

— É só um pequeno armazém ao lado do embarcadouro; armazenamos grãos, maçãs e cargas de barcos costeiros por xelins. Não ganhamos muito; mal pudemos pagar o frete da primeira carga. — Ele detectou o ressentimento na voz de Sarah. — Ela convenceu a minha mãe a pagar o frete para ela.

— Combinamos que ela deveria chegar sem um tostão. — Ele deu uma breve risada. — Achamos que seria mais convincente. Pensamos que vocês fossem ricos e que seriam compelidos a ajudá-la se ela chegasse toda chorosa com o bebê nos braços.

Sarah fez cara feia ao se lembrar da aparição trágica de Livia.

— Ah, foi isso que ela fez, foi bem isso. E, de fato, nós a ajudamos. Ela enganou totalmente a minha mãe e colocou todo o nosso negócio em risco, deixando de declarar as mercadorias. Quando se leva mercadorias para a Inglaterra, é preciso pagar imposto, mas a *nobildonna* não fez a declaração.

Ele deu uma risadinha.

— É claro que não!

— O primeiro homem rico que ela conheceu foi Sir James, e imediatamente conseguiu que ele a deixasse vender as antiguidades no casarão dele, na Strand. Eu vi os dois juntinhos, como se fossem amantes. Ela senta-se diante da escrivaninha dele para abrir cartas; age como se fosse a dona da casa.

Sarah revelou todos os segredos da *nobildonna*, sem hesitar.

— Se ela fisgá-lo, é certo que não terá interesse em negociar antiguidades; e nunca mais vai querer vê-lo. Vai querer deixá-lo longe e para trás, e a nós também... não vai voltar para o nosso embarcadouro quando for Lady Avery; será, então, uma lady inglesa, que só pensa em seus filhos e cães.

— Mas ele é idoso? Você falou que ele era idoso?

— É, sim, deve ter uns 40 anos.

— Quarenta anos não é uma idade avançada!

— Parece bastante avançada para mim — respondeu ela. — Ele tem idade suficiente para ser meu pai.

Ele olhou para ela por baixo das sobrancelhas escuras.

— Eu tenho 34 anos. Pareço muito velho para você?

Ela não pôde deixar de rir.

— Não! Você é...

Ela enrubesceu e não foi capaz de descrevê-lo; ele entendeu a hesitação e sorriu para ela.

— Graças a Deus — observou ele. — Ela realmente mandou você buscar uma segunda remessa de antiguidades? Isso é verdade?

— É — disse Sarah, recuperando-se da hesitação traiçoeira. — Ela disse que ganhou uma fortuna com a primeira carga. Ela chegou a enviar algum dinheiro para você? O capitão Shore não poderia ter trazido uma carta? Você não recebeu nenhuma notícia dela?

Ele se levantou da mesa, foi até a janela e contemplou o canal, como se fosse encontrar uma resposta nas águas verdes e ondulantes e nos barcos que se cruzavam.

Sarah se levantou da mesa para ficar ao lado dele e seguir seu olhar.

— Então... agora que sabe tudo isso a respeito dela, você vai me ajudar a libertar Rob? Não há motivo para você deixá-lo na prisão agora. Não agora, que ela o está traindo. Você fez tanta coisa: mentiu por ela e denunciou um homem inocente e contrabandeou para ela, e agora ela se foi com o seu dinheiro e vai se casar com outro homem.

— Você fala como uma criança — disse ele com raiva.

Ele se afastou da janela e se atirou na cadeira requintada que ficava na cabeceira da mesa.

Sarah ficou diante dele.

— Falo de um jeito simplório — admitiu ela. — E vou dizer por quê. Só porque ela é sofisticada, não quer dizer que sou idiota. Não sou tola. Ela me fez de boba, e faz a minha mãe de boba, e faz o Sir James de bobo, e até mesmo, acho eu, fez você de bobo. Mas não enganou a minha avó, que soube a verdade assim que a viu e viu o bebê. Não precisamos, todos, cair na conversa de Livia. Você pode me ajudar a salvar Rob, e isso já vai ser uma coisa contrária à vontade dela. Meu tio é um homem de bem, creio eu, e mamãe o ama. Não há motivo para ajudarmos Livia a mantê-lo preso e talvez morrer na prisão, fazendo a infelicidade da minha avó.

Ele ficou calado, analisando a questão.

— Nunca se deve fazer negócio por rancor — observou ele.

— Mas por que você se dispõe a fazer tanto, e arriscar tanto, para que ela tenha acesso à bela residência de Sir James em Londres? Com a próxima remessa de antiguidades, você vai mentir por ela, vai fornecer a ela peças falsificadas, vai ajudá-la a se casar com outro homem e não vai receber nada por isso!

Ele anuiu, sem pressa.

— Não estou disposto a fazer isso.

— Então, me ajude.

— Talvez eu possa salvar Roberto — admitiu ele. — A menos que ele já esteja morto. Mas não vai ser fácil, e por que eu faria isso?

— Porque acredito que você seja um homem bom — disse ela com seriedade, colocando a mão sobre a dele. — Um homem bom que fez coisas ruins. Mas isso pode ser corrigido. Você pode corrigir a situação; na verdade, você precisa corrigir a situação.

Ele olhou para ela com os olhos castanhos sorridentes.

— Pelo bem da bondade e da justiça? — perguntou ele. — Para me tornar uma pessoa melhor? Você fala como uma protestante!

— Sim. — Ela não vacilou diante do cinismo dele. — Mas há outra razão.

— Estou prestando atenção.

Ela sorriu para ele, subitamente confiante.

— Se libertar Rob e ele voltar para casa comigo, para a Inglaterra, ela não vai poder se casar com ninguém, não é? Ainda estará casada com ele. Os planos dela de romper o noivado com você, furtar os seus bens e se casar com outro homem, e ainda por cima ficar com Matteo, irão por água abaixo. Ela não vai poder se casar com Sir James: ela já é casada.

Silêncio na sala fria. Lá fora, no canal, um barqueiro passou entoando uma canção de amor. Delicadamente, Felipe pegou a mão dela em cima da mesa e a beijou. Ela sentiu nos dedos o calor dos lábios dele.

— Que garota esperta você é — disse ele com ternura. — Por trás desse olhar direto, por trás dessa pele clara, que mente sagaz e ágil! Quase poderia ser italiana. Quase poderia ser a própria *nobildonna*. Ela cometeu um erro grave quando não a enfeitiçou junto com o restante da família!

Sarah sentiu o rosto quente por conta do beijo na mão e das palavras elogiosas.

— Acho que ela nem prestou atenção em mim — disse ela. — Estava muito ocupada, enfeitiçando a minha mãe e o meu irmão, e depois Sir James.

— Tolice — disse o *signor*. — Tolice deixar de enfeitiçar alguém como você. Acho você tão esperta quanto todos eles juntos.

DEZEMBRO DE 1670, LONDRES

James Avery correu para puxar uma cadeira para Livia.

— Por favor, sente-se! — instou ele.

Ela se acomodou na cadeira em frente a ele e lhe ofereceu seu sorriso mais meigo.

— Estou tão feliz que você tenha voltado! — disse ela. — Eu mal podia esperar para vê-lo! Não pude esperar nem mais um instante para que você mandasse me chamar!

Ele enrubesceu, embaralhou alguns papéis, empilhou-os e depois os colocou numa gaveta.

— Eu pretendia enviar a carruagem amanhã — disse ele. — Acabo de chegar. A casa não está pronta para visitas.

— Não sou visita! — Com olhos cálidos ela lhe fitou o rosto e pousou o olhar em sua boca para fazê-lo pensar em beijos. — Sou a senhora da casa. Estou pronta, amado.

— Tive alguns problemas em casa — disse ele, sem jeito.

— Esta é a sua casa.

— Não, não, esta é a minha casa em Londres. A casa da minha família em Londres. Sempre que penso no meu lar, penso em Northallerton. Na Mansão de Northside. E tive alguns problemas. Minha tia...

Ela riu enquanto removia as luvas de couro preto e as largava, como manoplas lançadas em desafio, sobre a escrivaninha. Então, desenrolou do pescoço um xale de renda preta, como se estivesse se despindo diante dele, como se em seguida fosse abrir o corpete.

— Sua tia? — repetiu ela, como se o convidasse a compartilhar uma piada. — A tia inglesa?

— Ela pede... Na verdade, faz questão de conhecê-la antes de os proclamas serem invocados. Então, ela...

Livia arregalou os olhos.

— Sua tia quer me inspecionar? Como se eu fosse uma égua?

— Não! Não! É que ela tem sido como uma verdadeira mãe para mim e quer muito acolhê-la como filha.

— E eu a ela.

— E ela quer prepará-la para viver como a senhora da Mansão de Northside.

— Ela sabe que sou uma *nobildonna* e que tinha um palácio em Veneza?

— Sabe, eu falei para ela — disse ele, frustrado. — Eu falei para ela.

Livia ergueu as sobrancelhas belamente arqueadas e sorriu. Ele sentiu suas próprias apreensões derreterem sob o calor da beleza e da confiança dela.

— Acho que posso cuidar de uma casinha como a sua — garantiu ela.

— Ela faz questão — disse ele com pesar.

— Então, vamos recebê-la — afirmou ela. — Juntos. Quando ela chega?

— Ela já está aqui. Viemos juntos na minha carruagem.

Livia ergueu um dedo alvo para repreendê-lo, mas soube conter a indignação.

— Agora, isso está errado, meu amor, convidá-la aqui sem a minha concordância. Mas... *ecco!*... eu o perdoo. Eu queria ter estado aqui para recebê-la... mas não importa. Os ingleses não têm boas maneiras, e ouso dizer que ela não se sentiu ofendida. Mandarei a cozinheira preparar uma refeição para que ela nos acompanhe. Onde ela está agora?

— Saiu — disse ele sucintamente.

— Saiu para onde, *cara mia*?

— Foi visitar o meu cunhado.

— O irmão da sua ex-esposa? — especificou ela, como se por um momento não soubesse a quem ele se referia.

— Isso.

— O cavalheiro que me acusou de charlatanice e práticas escusas?

— Mas você se lembra de que ele retirou o que disse e pediu desculpas?

Ela lhe lançou um olhar penetrante, então baixou os olhos, com os cílios escuros e compridos roçando as faces.

— Eu me lembro de tudo — sussurrou ela. — Eu me lembro do que você fez. Eu me lembro do que você fez comigo... naquela tarde, no seu quarto. Eu me lembro do que você me prometeu.

— Eu sei — disse ele, soturno. — Agi mal, mas não me esqueço do que fiz.

— Eu jamais me esquecerei daquilo — disse ela. — Foi, para mim, o mais feliz dos incômodos, pois aquilo provou que você me ama... a ponto de não conseguir se controlar. — Ela esperou até que ele assimilasse suas palavras. — Então, vou mandar a cozinheira preparar a refeição para ser servida mais tarde... quando a sua tia voltar. Suponho que ela coma no fim da tarde. Ela vai trazer o seu cunhado?

— Talvez ela o convide. Ela tem todo o direito de convidá-lo a esta casa. É minha convidada de honra e mora comigo há muitos anos. Esta casa é como um lar para ela.

Livia se levantou num farfalhar de seda preta.

— É claro. Teremos uma refeição muito agradável.

DEZEMBRO DE 1670, VENEZA

Felipe Russo acompanhou Sarah até o navio para se encontrarem com o capitão Shore.

— Vou levar esta jovem a um oficial de imigração; podemos confiar nele quanto à alteração dos documentos — disse Felipe, tão logo os dois subiram pela prancha de embarque.

O capitão Shore os cumprimentou no topo da prancha, como se não quisesse que subissem a bordo.

— Prefiro que isso fique entre nós — disse ele, dirigindo a Sarah um olhar horrorizado. — Ela não me disse que tinha outro nome, quando partimos de Londres. Zarpamos amanhã. Não há razão para incomodarmos as autoridades. Ela não fez nada de errado além de dar outro nome. Típico de moças. Não tem importância. Se pudermos entrar e sair de novo sem chamar a atenção das autoridades, eu prefiro.

— Pelo contrário — refutou-o Felipe. — Ela vai corrigir um grande erro. Vai comparecer ao Palácio do Doge e prestar depoimento. Libertará um homem inocente.

— Isso não tem nada a ver comigo — disse o capitão Shore com um tom grave. — Olha, *signor*, nós já trabalhamos juntos. Eu já transportei objetos de valor de sua propriedade e nunca questionei a procedência deles, ou a licença de exportação. Transportei o que o *signor* embarcou, aceitei a descrição que constava na guia e nunca abri uma caixa sequer para verificar. Nenhum de nós foi demasiado exigente em relação à papelada.

— Sempre trabalhamos bem juntos — admitiu Felipe.

— Prefiro não chamar a atenção para minha pessoa.

— Eu também não — concordou Felipe. — Mas não é como se estivéssemos contrabandeando...

— Xiu! Xiu! — O capitão Shore lançou um olhar angustiado para o cais, onde sujeitos ociosos poderiam estar vadiando e ouvindo. — Comigo, não! Nunca a partir deste porto! O mais próximo disso que cheguei foi com o seu negócio! Com o negócio do *signor*! Quando o *signor* manda embarcar caixas enormes e diz que é propriedade privada de um embaixador. Quando o *signor* empacota uma tonelada de esculturas e diz que se trata da mobília particular de uma dama. Mais de uma vez! Ela possui muitos móveis, devo dizer. E tudo dentro de caixotes pesados como pedra! E esta é a segunda vez que transporto o pequeno quinhão dessa pobre viúva até Londres. E o *signor* sabe o que ela faz com isso lá?

Felipe deu de ombros.

— Senta-se nas peças? Serve refeições sobre as peças, já que se trata da mobília dela?

— O *signor* sabe muito bem o que ela faz.

— O senhor não tem nada a temer. Garanto. Sou um agente do Estado. Vou alterar o registro desta dama...

— Não passo de uma chapeleira, na verdade — acrescentou Sarah.

— Vou acompanhá-la ao Palácio do Doge, e ela vai prestar um depoimento.

— Mas por que o *signor* ficou tão certinho e tão justo de repente? — resmungou o capitão Shore.

— Esta dama me convenceu — disse Felipe, sorrindo para Sarah. — Estou convencido.

— É isso mesmo que a senhorita quer? — perguntou o capitão Shore a Sarah com uma franqueza desesperada. — Porque, se isso não passa de lorota, diga logo. — Ele apostava que o italiano charmoso não entenderia o sinônimo da palavra "mentira".

Felipe olhou do capitão para Sarah.

— Falem em particular — disse ele, gesticulando para que se afastassem. — Não precisam falar em sua língua bárbara para me enganar. Falem à vontade.

O capitão Shore deu dois passos com Sarah.

— O que está acontecendo? — perguntou ele.

— Ele é quem diz ser — afirmou ela, ofegante. — Espião do Estado. Ele pôs o meu tio na prisão e pode tirá-lo.

— Deus do céu! — disse o homem mais velho em tom de lástima. — Mas por que ele faria isso?

— Ele está do meu lado, agora — afirmou ela. — Vou alterar o meu nome nos documentos do navio e, com a minha identidade verdadeira, vou ao Palácio do Doge para libertar o meu tio.

— Menina — disse o capitão —, a senhorita não sabe o que está fazendo. Se entrar lá e não sair nunca mais, a sua avó vai chorar por dois mortos e a sua mãe nunca vai me perdoar. A senhorita vai dar o último suspiro no ar gelado embaixo dos *piombi*, como já aconteceu com tantos homens e mulheres honrados.

O capitão Shore percebeu que ela era parecida com a mãe: corajosa e determinada, com aquele maxilar quadrado, semelhante à mãe quando recebia uma conta que não tinha condições de pagar.

— Não, não vou. Pois vou libertar o meu tio e levá-lo para casa.

— Por que ele quer ajudá-la? Um sujeito implacável como ele?

O rosto inteiro de Sarah se iluminou quando ela se inclinou para sussurrar.

— Ele tem uma queda por mim.

— Deus do céu! — gemeu ele. — Não se pode confiar nisso!

— Tenho de arriscar — disse ela com os olhos ainda brilhantes. — Ele é a minha única chance.

— Olha — disse ele —, se entrar lá, com ou sem ele, tendo ele uma queda pela senhorita ou não, não vou conseguir tirá-la. Serei obrigado a partir sem a senhorita. Não conte com a minha ajuda, porque não será possível, não tenho como ajudar. É quase certo que o seu tio já esteja morto, que Deus o tenha. E não posso levar para sua mãe a notícia de que a senhorita também se foi.

Ela trincou os dentes.

— Vou fazer o que tem de ser feito — afirmou ela. — Entrarei lá.

O capitão desistiu do embate, praguejando, e se voltou para o italiano, que esperava no topo da prancha de embarque, observando o cais logo abaixo, onde um carregamento de tapetes era avaliado com uma gritaria e encaixotado para exportação.

— Ouvi dizer que o *signor* é agora um indivíduo reformado — disse o capitão sem rodeios. — Transformado pelo amor. Tem uma queda por ela?

— É isso que você acha? — perguntou Felipe a Sarah com uma risadinha na voz.

Ela enfrentou o olhar dele.

— Ã-hã, é o que acho. Não é verdade?

— Se tenho uma queda? — disse ele. — Você quis dizer que estou apaixonado?

Ela dirigiu a ele um olhar de flerte.

— Ainda não — disse ela com cautela. — Quis dizer que é como se você estivesse disposto a se apaixonar por mim.

Ele anuiu.

— Isso está certo. Estou disposto, Srta. Jolie. E a senhorita? Tem uma queda por mim?

— Se puderem ter essa conversa em outro momento — interrompeu o capitão —, posso continuar carregando o meu navio.

Sarah desviou o olhar fixo em Felipe e deu uma risadinha.

— Me desculpe. É claro. Só vou pegar os meus documentos e vamos alterar o meu passaporte.

— Vou segui-la — prometeu o capitão Shore. — E vou ficar esperando lá fora. Se não sair dentro de uma hora, procurarei o embaixador inglês.

— O que ele pode fazer? — perguntou o *signor* Russo, interessado.

— Nada — disse o capitão Shore com pesar —, como o *signor* sabe muito bem. Mas é o único homem em toda esta cidade capaz de se preocupar com o fato de esta mulher, jovem o suficiente para ser minha filha, entrar naquele círculo do inferno. E levado pelo *signor*. Quem pode saber se o *signor* não a está levando presa, para receber a recompensa por este pescoço inocente?

— Este pescoço inocente com certeza nasceu para ser enforcado — disse Felipe. — E, além do mais, todos concordamos que tenho uma queda por ela. O senhor tem em mãos os documentos falsos?

O capitão Shore abriu o diário de bordo do navio e entregou a documentação de Sarah.

— Primeiro, vamos corrigi-los na alfândega, depois vamos até o palácio.

— Certo — disse o capitão. — E queira Deus que o senhor saia andando de lá. Vou até o portão e lá estarei a postos, até que ela saia, que Deus a proteja. E vou esperar pelo *signor*.

Sarah e Felipe desceram a prancha de embarque, e o capitão, enquanto os seguia, murmurou:

— E não sou o único que gostaria que eles prendessem o *signor* e o atirassem em algum lugar profundo.

Corrigir os documentos foi fácil com a explicação fluente oferecida por Felipe Russo de que Sarah havia escondido o nome até conseguir reivindicar sua ajuda.

— Uma amiga da família — murmurou ele, enquanto os papéis eram carimbados e selados com cera.

Os três pegaram um *traghetto* para o outro lado do canal e depois foram andando, com o capitão Shore na retaguarda, até a entrada do Palácio do Doge. Sarah estremeceu quando a sombra do imponente portão se abateu sobre ela, e Felipe a segurou pelo cotovelo e a guiou palácio adentro.

— Estou aqui para ver Sua Excelência Giordano — disse ele com satisfação. — *Signor* Russo e uma convidada.

O funcionário da portaria anotou seus nomes num registro e carimbou um passe.

— O *signor* sabe aonde ir? — perguntou ele.

— Claro, somos velhos amigos — disse Felipe e conduziu Sarah pelo pátio, pelas portas duplas e subindo uma escadaria de mármore.

— Todos esses cômodos são prisões? — cochichou ela.

Ele riu, a voz ecoando na escadaria silenciosa.

— Ah! Não! São gabinetes. Mil funcionários trabalham aqui, feito larvas num queijo, reportando sobre tudo: comércio, peste, religião, invenções, indivíduos, ouro, otomanos (nós vigiamos os otomanos, pelo bem do resto do mundo), sedas, correntes marítimas, heresias. Tudo o que ocorre na República, nós observamos, registramos e relatamos. O Conselho dos Dez sabe tudo o que há para saber e suas recomendações guiam as decisões do doge, que jamais erra.

— Foi errado prenderem o meu tio — disse Sarah com firmeza, embora estivesse de pernas bambas de medo.

— A recomendação foi errada, nesse caso — concordou o *signor* Russo. — Minha recomendação, na verdade. Mas o doge nunca pode estar errado. Lembre-se disso. É ilegal dizer que ele errou.

Sarah fez uma pausa e olhou para ele, incrédula.

— Lembre-se disso — foi tudo o que ele disse.

— O que eles vão fazer com você? — perguntou Sarah, nervosa, enquanto subiam a escadaria. — Por causa da recomendação errada?

— Ah, eles vão me fazer reescrever o relatório — disse ele, casualmente. — E vão me designar para capturar o verdadeiro assassino.

— Eu não tinha pensado nisso! — Ela parou, de repente. — O marido da *nobildonna* foi realmente assassinado? Então, há um assassino à solta por aí?

— Muito provavelmente — disse ele, indiferente. — Agora, venha. Eles sabem quanto tempo leva para ir do portão ao gabinete; não podemos nos atrasar.

— Estão nos observando neste exato momento?

Com o semblante totalmente sério, ele indicou com um aceno de cabeça as sombrias janelas internas, posicionadas ao longo de todo o corredor.

— Ah, sim. Estão nos observando neste exato momento.

DEZEMBRO DE 1670, HADLEY, NOVA INGLATERRA

Ned partiu de manhã cedo pela estrada coberta de neve até a casa do pastor, levando apenas algumas frutas secas numa caixinha dentro da cesta. Não quis parar no caminho para negociar ou conversar, pois estava assombrado pelo que Wussausmon havia lhe contado, que os ingleses foram guiados para seu Novo Mundo por homens que se autodenominavam demônios. Estava aflito para falar com o pastor, para confirmar que era vontade de Deus que os ingleses viessem para o Novo Mundo, que era o destino deles, o destino dele próprio, conquistar a terra e mostrar ao restante do mundo o que uma nação inspirada pelo divino poderia ser.

Ele planejou a visita de modo a coincidir com a reunião matinal de oração na casa do pastor. Queria ouvir a simplicidade das preces, queria ouvir o longo sermão. Como era inverno e todos tinham trabalho a fazer, John Russell foi direto ao ponto: aqueles eram os dias mais difíceis de um ano difícil, a noite mais escura de tempos incertos, Deus os guiava; jamais deveriam duvidar que Deus estava com eles.

— Amém. — John concluiu as orações e se despediu da congregação, que se retirou, enfrentando o frio.

Ned parou no corredor.

— Pastor, eu tenho dúvidas — disse ele em voz baixa.

— Deus esteja convosco, Ned. Dúvidas vêm do diabo — respondeu John Russell. — Você duvida que é eleito, que é um dos escolhidos por Deus?

— Não — disse Ned, incerto. — Tenho dúvidas quanto à nossa missão aqui, quanto ao meu trabalho no mundo.

O pastor fez que sim.

— Vamos até lá em cima — indicou ele. — Todos nós temos dúvidas quanto à nossa missão, e aqueles de nós que foram derrotados e são obrigados a suportar a calúnia do mundo têm um caminho difícil a trilhar.

Ele conduziu Ned escada acima. A porta do quarto de hóspedes estava aberta para que William e Edward pudessem acompanhar o culto, ouvindo em silêncio. Ned os cumprimentou.

— Os senhores comunicaram o meu alerta ao conselho? — perguntou ele. — Será preciso esperar até a primavera?

— Escrevi e enviei uma carta rio abaixo — disse John. — O rio está navegável mais adiante, e um nativo descia numa canoa, mesmo neste tempo frio; ele disse que levaria a carta até o litoral. Os navios do comércio de cabotagem navegam entre uma tempestade e outra; então, a carta deve chegar a Plymouth e depois a Boston. Vai demorar alguns dias, ou até semanas. Mas ontem recebi uma mensagem por terra, do conselho, trazida pela milícia: estão ansiosos para levar notícias até os vilarejos periféricos. São más notícias. Muito más. Eles confirmam o que você diz, Ned.

Ned olhou para as expressões sérias dos outros três homens.

— Eles receberam relatos de toda a região de que o rei Philip tem promovido festas e danças no acampamento de inverno — disse John Russell, taciturno. — Nem mesmo este frio é capaz de detê-lo.

Ned anuiu em silêncio.

— Eles não sabiam que ele estava enviando batedores. Como é que ainda conseguem mandar mensagens?

— Eles têm meios de fazer isso — disse Ned, pensando na trilha da cobra da neve e nos sinais de fumaça. — Não têm medo da mata; andam no rio congelado. Não ficam presos em suas casas, como nós, por causa do frio.

— O conselho diz que alguém viu o rei Philip estocando armas e os *pnieses*, seus guerreiros, pintados de preto.

— O que isso significa? — perguntou Edward.

— Significa que estão se preparando para a guerra — disse Ned, infeliz. — Se o conselho se dispusesse a falar com ele...

— Assim que a neve e o gelo derreterem, eles vão chamá-lo a Plymouth, e ele terá de responder por seus atos. Eles juram que desta vez vão lhe dar uma lição que ele não esquecerá. Ele não tem permissão para se preparar para guerra... isso é insurreição contra o nosso comando. Vamos acusá-lo de insurreição, e ele enfrentará o castigo mais severo.

William fez que sim.

— Enforcamento — resumiu ele.

Ned, horrorizado, olhou de um rebelde antimonarquista para outro.

— Ele não pode ser enforcado por insurreição. Ele não está sujeito às nossas leis, não está sob o nosso comando. É um líder em suas próprias terras. O tratado...

— O tratado estabelecia que ele deveria ficar nas terras dele, e nós nas nossas — interrompeu John Russell. — Que deveríamos viver em paz. Que os inimigos dele seriam nossos, e os nossos seriam dele.

— E agora eles estão estocando armas — ressaltou William.

— Somos nós que vendemos armas para eles! — disse Ned, desesperado. — Nós vendemos para eles justamente as armas das quais estamos reclamando!

— Vendemos armas para eles caçarem — afirmou Edward. — Não para serem usadas contra nós.

Ned se virou para John Russell.

— Tudo isso poderia ser resolvido pacificamente — disse ele. — Mas, se convocarem o rei Philip e o tratarem como traidor, vão humilhá-lo diante do seu povo; isso vai enfurecê-lo, e as coisas vão piorar. Mas, se fizerem um acordo com ele de alguma forma e oferecerem presentes e o tratarem como o amigo que o pai dele foi; se falarem com ele de igual para igual e prometerem parar de comprar terras e de trapacear seu povo, expulsando-os da terra; se acabarem com a causa da guerra, não haverá guerra. É certo! Isso não é do nosso interesse? Não é esse o melhor resultado para todos nós?

William balançou a cabeça.

— É tarde demais, Ned. Você não se lembra do antigo rei, Carlos, o Sanguinário? Chega um ponto em que não se pode continuar pedindo a alguém que dê sua palavra de honra e mude sua maneira de ser. Chega um ponto em que se é obrigado a capturar, encarcerar e eliminar o indivíduo.

— Vai ser igual com esse rei — concordou Edward. — Ele está se tornando superpoderoso. Temos de detê-lo agora.

— Ele nem se diz rei! — protestou Ned.

Sombrios, os três homens balançaram a cabeça.

— É a vontade de Deus — limitou-se a dizer John Russell. — Quem somos nós para questionar? — Ele pousou a mão pesada no ombro de Ned. — São estas as dúvidas? — perguntou ele gentilmente. — São estas as suas dúvidas, Ned? Você duvida da intenção de Deus quanto a nós?

Ned sabia que não podia discutir com Deus.

— Misericórdia... — disse ele em voz baixa. — Misericórdia para o massasoit...

— Tão logo ocorra o degelo, temos ordens para recrutar e treinar a milícia do vilarejo — disse John Russell. — Você será convocado, Ned, e vamos precisar de você, mais do que ninguém. Você é um dos poucos que participou de ações. Será nomeado capitão.

Edward se inclinou para a frente e deu um tapinha no ombro de Ned.

— Você será o comandante, Ned! E nós daremos as coordenadas. Vamos ficar ocultos, mas vamos ordenar o recrutamento e o adestramento, e vamos planejar a defesa.

Ned se lembrou de quando Wussausmon disse que as cercas não seriam capazes de deter um cervo e que os nativos eram capazes de fazer o fogo seguir para onde desejassem.

— A gente só conta com cercas precárias — disse Ned. — Nada que possa nos defender de um ataque.

— Eles não vão nos atacar diretamente — disse John Russell. — Não se atreveriam. Acho que vão emboscar algumas casas de fazenda que estejam abandonadas. Não vão nos atacar, assim como jamais atacariam Springfield. Sabem que somos mais fortes do que eles.

— Mas você deve vir para o vilarejo, Ned — disse William. — Sua casa fica muito isolada, lá fora, perto do rio; eles podem escalpelá-lo durante a noite e fugir de canoa, e a gente nem saberia. É melhor você vir aqui para o vilarejo, para supervisionar a defesa.

Por um instante, Ned pensou que estivesse com febre, pois sentiu uma onda de mal-estar e cansaço.

— Não posso deixar a balsa — disse ele, pesaroso. — Se o pessoal de Hatfield vier na primavera, principalmente se estiverem em perigo, tenho de estar lá para transportá-los. E não posso abandonar os meus animais no inverno, e não tenho como trazê-los até aqui com essa neve.

— O pessoal de Hatfield vai se entrincheirar na nossa paliçada assim que o deslocamento for possível — determinou Edward. — E as cordas da balsa devem ser cortadas, e a balsa, afundada, para não ser usada pelo inimigo.

Ned balançou a cabeça ao pensar em destruir sua balsa, ao pensar em Esquilo Manso e seu povo sendo chamados de inimigos, ao pensar que o mundo estava ficando fora de controle, afastando-se da devoção e da certeza, aproximando-se do medo e da guerra.

— Você terá de vir para o vilarejo — disse o antigo comandante, e Ned ouviu a ordem. — Seu lugar é aqui, com a sua gente. Agora é guerra.

DEZEMBRO DE 1670, LONDRES

A refeição com a tia e Livia foi ainda pior do que James temia. Desde que foram apresentadas, estabeleceu-se um embate de boas maneiras.
— Quero apresentá-la à *nobildonna* da Ricci... — iniciou James.
— Peachey — corrigiu-o Livia.
— Não sabe o sobrenome dela? — A tia se virou para ele.
— Meu *fidanzato* se equivoca — disse Livia, sorrindo, fazendo uma reverência profunda. — É o meu sotaque! Estou aprendendo a falar inglês, a senhora sabe. Meu sobrenome se pronuncia Peachey.
A tia de James, que havia conhecido Sir William Peachey de Sussex nos tempos anteriores à guerra, dirigiu ao sobrinho um olhar demorado e reflexivo e fez uma leve reverência à viúva.
— Alguma relação com os Peachey de Sussex?
— Muito distante — respondeu Livia, falando a verdade.
— Esta é minha tia, a viúva Lady Eliot — disse James.
Livia retribuiu a reverência.
— Ah! A senhora é viúva, como eu? — Livia inclinou a cabeça para o lado, exprimindo solidariedade, e sorriu com ternura.
— De fato — disse milady, imune tanto à solidariedade quanto ao sorriso.
— E a senhora tem filhos?
— Quatro: Sir Charles, meu filho; minha filha, Lady Bellamy; minha filha, Lady de Vere; e outra filha.
— Solteira? — Livia foi rápida como um cão de caça no rastro da única decepção nessa lista de triunfos sociais.

— Casada, mas não com um nobre; ela é a Sra. Winters.

— Estou surpresa... a senhora não reside com eles?

— Uma taça de vinho? — interveio James. — Antes da refeição?

— Resido na Mansão de Northside. Para fazer companhia a James depois da perda que ele sofreu.

— E, agora, eu poderei confortá-lo — garantiu Livia. — E a senhora pode ser liberada para se dedicar às miladies e à senhorinha Winters.

— Minha expectativa é ficar em Northside — disse milady com firmeza. — Vivi muito feliz lá, com minha querida Agatha.

— Branco ou tinto?

— Agatha? — A risada de Livia tilintou. — Ah, me perdoe; não consigo pronunciar essa palavra. Quem é a querida Athaga? Agáta?

— Lady Agatha Avery, a falecida esposa de James, tão querida quanto uma filha para mim.

A cabeça de Livia voltou a se inclinar de lado.

— E enfim a senhora vai poder voltar para as suas próprias filhas — disse ela. — Como devem ter sentido a sua falta durante todo esse tempo que a senhora ficou na casa do meu querido Sir James!

— Quando estiverem instalados e souberem como as coisas funcionam numa das grandes residências de Yorkshire, talvez eu me mude, mas só para a Casa Dower, que fica bem perto — disse milady com firmeza. — Já combinei com Sir James.

— Meu *fidanzato* jamais se equivoca — declarou Livia, dirigindo um sorrisinho a James. — O julgamento dele é perfeito. Se é isso que ele prefere, tenho certeza de que deve ser providenciado imediatamente. Talvez seja melhor a senhora ir para a Casa Dower agora, não?

— Certamente a refeição será servida em breve! — destacou James.

— Ela está atrasada? — Livia era só preocupação. Sorriu para Lady Eliot. — É assim que a senhora mantém a ordem neste grandioso domicílio em Yorkshire? Vou precisar aprender a ter a sua paciência! Na minha casa, no Palazzo Fiori, eu era muito severa.

DEZEMBRO DE 1670, VENEZA

O Palácio do Doge parecia um labirinto de pedra. Felipe e Sarah seguiram por uma escadinha de pedra ao lado do prédio, e os degraus subiam e subiam, com inúmeros corredores estreitos em ambos os lados. Felipe seguiu o oficial e foi seguido por Sarah, enquanto uma sentinela guardava a retaguarda. O oficial atravessou uma série de cômodos, e, então, o trio avançou por um corredor sinuoso com lambris de madeira, passando por uma sequência de pequenos gabinetes. Estes contavam com bandeiras abertas, de maneira que dentro de cada gabinete era possível ouvir a conversa no corredor; todos tinham janelas instaladas num ângulo que permitisse observar quem passasse, sem que os visitantes vissem o interior dos gabinetes. E todos dispunham de duas portas, para que ninguém que vagasse do lado de fora pudesse ouvir uma conversa em voz baixa ocorrida no interior.

Chegaram a uma porta; Felipe bateu e, com confiança, conduziu Sarah, entrando num vestíbulo minúsculo; e então havia uma segunda porta. Era um recinto pequeno, com espaço apenas para uma lareira e uma escrivaninha. Um escriturário estava sentado diante de uma mesa, com a caneta a postos; ele se levantou quando Felipe entrou e o cumprimentou como amigo. Resumidamente, Felipe explicou que a acusação feita por ele próprio estava incorreta, que Roberto Reekie era inocente e que ali estava a sobrinha dele, suplicando sua libertação. Sarah se desculpou por dar um nome falso ao chegar a Veneza e disse que procurava o tio, que havia sido preso injustamente. O escriturário a fez assinar um documento em três vias, então Felipe Russo abriu a porta e ela aguardou do lado de fora, no crepúsculo, com uma janela em formato de fenda no alto da parede, muito acima de sua cabeça. Sarah não conseguia ouvir nada através das duas portas espessas, mas, no interior do gabinete, Felipe explicou ao escriturário que Roberto Ricci era inocente e deveria ser solto. Ele ficou lá dentro por mais de uma hora, e, quando saiu, seu rosto estava tenso.

— Meu tio? — indagou ela com a mão apoiada no lambri entalhado para manter o equilíbrio. — Ele está... Ele está...

— Não, ele não está morto ainda — disse ele categoricamente. — Mas, sinto muito, não chegamos a tempo de salvá-lo.

— O quê?

— Sinto muito...

— Por favor, me fale — cochichou ela. — Por favor, me fale o que aconteceu.

Ele pegou o braço dela e começou a seguir pelo corredor sinuoso, falando baixinho.

— Eles sabiam que ele era médico, sabiam que ele trabalhava com pacientes acometidos de febre palustre, que ele estudava documentos antigos, com médicos judeus e tradutores de médicos árabes.

— Isso é errado?

— Não, é permitido. É preciso ter uma licença, e ele tinha. Mas, como um especialista acusado de um crime e formalmente denunciado por testemunhas, ele foi enviado para a Isola del Lazzaretto Nuovo... a ilha da quarentena, destinada a pessoas suspeitas de terem contraído a peste ou acometidas de febres. Você deve ter passado pela ilha, quando chegou de navio... Você viu navios com bandeiras amarelas para indicar a presença da peste?

Sarah ainda estava atordoada.

— Vi, sim.

— Os comandantes dos navios temem aquela ilha mais que a própria peste. Se um navio for suspeito de estar infectado, tem de atracar, e a tripulação tem de desembarcar e permanecer lá até ser liberada pelo médico.

— O médico?

— No momento, o médico é o seu tio Roberto.

— Mas quanto tempo a pessoa tem de ficar em quarentena?

— Por quarenta dias... mais de um mês.

— Então, Rob vai poder ir embora?

— Não, é a tripulação estrangeira que pode partir, mas Roberto foi nomeado médico, médico permanente. Vai ter de ficar lá, examinando a comida, detectando a presença de doenças.

— Por quanto tempo? — perguntou ela. — Quanto tempo ele tem de ficar lá?

Ele olhou para Sarah com solidariedade e fez uma pausa antes de responder, como se não soubesse como contar a ela.

— É uma sentença de morte — disse ele com delicadeza. — Embora ele não seja enforcado como assassino, vai ficar lá pelo resto da vida, até contrair a peste e morrer. A esta altura, deve pensar nele como um homem morto. É possível que já esteja mesmo morto.

Ele a observou, curioso. Primeiro, ela assimilou o impacto da notícia e o fato de que aquele risco tremendo — entrar no Palácio do Doge e confessar um delito — tinha sido em vão, de que seu tio morreria numa ilhota à vista da costa. Felipe viu a cor nas faces dela oscilar, então notou que os olhos perderam o foco, e ela parecia sonhar, como se estivesse ouvindo música ao longe, ou refletindo intensamente sobre alguma outra questão. Quando o olhar sombrio de Sarah voltou a fitá-lo, era como se ela tivesse regressado de outro mundo.

— Não — disse ela com uma clareza repentina. — Não, ele não está morto.

Ele a pegou pelo braço e a conduziu escada abaixo, pensando que ela estivesse tão abalada pela notícia que não fazia sentido.

— Você está abalada — disse ele. — Mas essa é a verdade. Eu retirei a queixa, mas eles não vão alterar a sentença. Não há nada que possamos fazer por Rob, agora que ele foi enviado para lá. Ninguém escapa. E, se ele pegar a peste... — Felipe corrigiu a si mesmo. — Quando ele pegar a peste, ou cólera, ou febre palustre, ou seja lá o que os marinheiros tiverem, vão mandá-lo para o Lazzaretto Vecchio, a velha ilha da morte, e ele morrerá lá.

— Não posso acreditar — repetiu ela.

Felipe a guiou na saída pelo portão e dirigiu um meneio de cabeça ao capitão Shore, que os seguiu de volta pelo cais até o navio, andando alguns passos atrás deles, como se fosse indiferente à cara feia do italiano e à expressão vazia da jovem. Os três pararam no cais, sob a proa do navio, abrigando-se do vento gelado que açoitava o Grande Canal.

— A notícia não é boa, presumo — disse o capitão Shore com os olhos na jovem de semblante pálido.

— Ele foi nomeado médico do Lazzaretto Nuovo — disse Felipe em voz baixa.

— Ah, que Deus o abençoe e o guarde entre os Seus — disse o capitão Shore. — Bem, ele está perdido para a senhorita. Sinto muito. Não pode ir lá, e ele não pode fugir.

Sarah anuiu.

— A senhorita está transtornada — disse o capitão baixinho. — Não é para menos. Quer embarcar agora?

— Vou levá-la de volta à minha casa — disse Felipe. — Ela vai voltar aqui amanhã, e vamos embarcar as mercadorias dela com a devida antecedência.

— A mobília da *nobildonna*? — perguntou o capitão Shore. — Isso continua de pé?

— Claro. Negócios são negócios — disse Felipe. — Não tem nada a ver com essa... essa...

— Essa o quê? — perguntou o capitão Shore. — Essa pequena farsa que armou para ela? Por interesse seu? Qual é o seu interesse, exatamente?

— Essa tragédia — corrigiu-o Felipe. — A sobrinha perdeu o tio. A mãe perdeu o filho. É muito triste.

— Mas negócios são negócios — disse o capitão, olhando para o belo italiano por baixo das sobrancelhas louro-escuras.

Felipe fez uma reverência e apoiou a mão de Sarah em seu braço.

— Negócios são negócios — repetiu ele. — Aceita outro passageiro? Eu gostaria de acompanhar as antiguidades da *nobildonna* até Londres. Pode ser?

— Você? — O capitão ficou surpreso. — Acho que isso é café-pequeno para você, não?

— Café-pequeno? — repetiu o italiano.

— Nada comparado com as remessas... as outras remessas que costuma fazer.

— Ah, entendi. Não, é café na medida certa. Gostaria de acompanhar esta jovem, e os bens da *nobildonna* são de minha responsabilidade. Pretendo visitar a *nobildonna* e ver como ela está em Londres. — Ele fez uma pausa. — Como suporta a dor da perda que sofreu — disse ele com um sorriso.

DEZEMBRO DE 1670, LONDRES

Sir James e Lady Eliot se esforçaram para manter uma conversa durante a refeição. A risada de Livia tilintava, mas nada parecia divertir seus comensais. Mais de uma vez, Lady Eliot pareceu intrigada com a vivacidade de Livia, e mais de uma vez James fez uma leve cara feia de constrangimento. As senhoras se retiraram para a sala de visitas depois da refeição e lá ficaram sentadas alguns minutos, antes que Sir James se juntasse a elas. Era como se ele não ousasse deixá-las sozinhas.

— As senhoras do armazém já se mudaram para a nova casa? — perguntou Sir James à noiva.

Ela deu de ombros.

— Ainda não, estou procurando uma casa para elas.

— Ainda estão naquele armazém frio e apertado! Neste clima?

— Eu ainda estou lá — ressaltou ela. — Ninguém se ressente do frio mais do que eu.

— Então a senhora não vai gostar de Yorkshire — disse Lady Eliot, sorrindo.

— E Sarah ainda não voltou? — inquiriu James.

Livia abriu as mãos num gracioso gesto de perplexidade.

— Pelo visto, as moças inglesas podem ir embora de casa com quem quiserem e voltar quando quiserem. Nenhuma moça italiana se atreveria. Isso não é nada respeitável. Já falei para a mãe dela, que apenas afirma confiar em Sarah.

— Onde ela está? — perguntou Sir James.

— Na casa de uma amiga no campo. Ela disse que ficaria alguns dias, mas faz tempo que está por lá. Acho que deve haver algum jovem envolvido na questão. Não acha? Mas a mãe dela se recusa a ordenar que ela volte para casa. Não consigo entender isso.

— As moças têm muito mais liberdade do que quando eu era jovem. — A viúva finalmente encontrou algo em que pudessem concordar. — É bastante acintoso.

— Mas elas são pobretonas — explicou Livia. — Então, não importa tanto. A moça é chapeleira, e as senhoras... eu as chamo assim... não passam de pequenas comerciantes, donas de um armazém precário. Elas são reles trabalhadoras.

James ficou irritado com o teor da conversa.

— Eu deixei dinheiro com você para conseguir uma casa melhor para elas!

— E ainda o tenho — disse Livia calmamente. — Mas a Sra. Reekie só quer se mudar depois que Sarah voltar do campo, e elas insistem num armazém rio acima, onde possam vender e importar mercadorias... Pelo menos, consegui uma coisa: o rapaz, Johnnie, vai ser contratado pela Companhia das Índias Orientais na Páscoa. Sua carta de recomendação bastou.

— É mesmo? — disse James, distraído.

Livia se virou para a viúva com uma risadinha.

— Quero ajudá-las, mas receio que tenham se tornado gananciosas desde que compartilhei meu dote com elas.

A viúva fez que sim.

— É um endereço infeliz para a senhora — disse ela. — Naquela margem do rio, e tão longe da City de Londres. Não posso visitá-la ali.

Livia enrubesceu.

— Exatamente, e não posso me casar enquanto aquele for o meu domicílio, conforme já disse a Sir James. Precisamos convocar os proclamas no norte, em Yorkshire, não é?

— A senhora não pode morar em Northside antes do casamento — decretou a viúva. — Ia parecer demasiado estranho. Como se não tivesse domicílio próprio.

— Também acho — disse Livia suavemente. — Nesse caso, não seria melhor se nos casássemos em Londres? Nesta paróquia?

James desviou o olhar do cenho da tia para o rosto exótico da amada.

— Sim, suponho que sim. Mas a senhora só deve ter se encontrado com o Sr. Rogers... o quê? Uma dúzia de vezes?

— Ah, sim! — disse ela. — Tenho estudado com ele duas vezes por semana, e também frequento a igreja dele duas vezes por semana. Atravessando o rio, com tempo bom ou ruim! Estou perfeitamente preparada; ele concorda que estou perfeitamente pronta.

— A senhora precisa ter pelo menos quatro meses de instrução.

— Sim, sim, posso fazer isso, claro. Posso completar a minha instrução enquanto os proclamas estiverem sendo anunciados.

— E o bebê precisa ser batizado depois de você — disse James. — Você tem de levá-lo à igreja.

Livia levantou as mãos, rindo charmosamente.

— *Allora!* Estou de acordo! Estou de acordo! Não faça parecer que eu estou pressionando para marcar logo a data do meu casamento diante da sua tia; ela há de me achar uma descarada.

Lady Eliot ergueu uma sobrancelha, mas não disse nada, como se isso fosse exatamente o que ela pensava.

— Eu e Matteo podemos ser batizados na sua igreja juntos, assim que eu completar a minha instrução — sugeriu Livia. — Podemos nos casar. Será... — ela contou nos dedos longos, enfiados nas luvas de renda preta — ... no fim de fevereiro. Está bom para você?

Sir James tentou rir daquele desafio tão charmoso.

— Muito bem — disse ele.

— Infelizmente, não — disse Lady Eliot num triunfo discreto. Ela se inclinou para a frente. — A Quaresma. Vocês não podem se casar na Quaresma.

O olhar que Livia lançou para ela estava longe de ser filial.

— Por que não? Vocês nem são da ver... da Igreja católica romana, não é?

— É, mas mesmo assim. A senhora não pode se casar na Quaresma. Pode, James?

— Não — foi forçado a concordar. — Terá de ser depois da Páscoa, minha querida.

Livia tentou sorrir.

— Não, não, posso ter aulas extras na próxima semana, e podemos nos casar antes da Quaresma. No início de fevereiro.

James hesitou.

— Não há motivo para atrasos — disse Livia.

— Certamente — concordou ele. Em seguida, pegou a mão dela, beijou-a e dirigiu um olhar nervoso à tia. — Fevereiro, na Igreja de São Clemente dos Dinamarqueses.

— E a senhora não tem nenhuma família na Inglaterra? — inquiriu Lady Eliot. — Ninguém para ser seu padrinho, quando for batizada? Ninguém para entrar na igreja com a senhora no casamento? Você é tão sozinha quanto... uma órfã?

— Não tenho ninguém. — Livia piscou os olhos, contendo uma lágrima, desafiando Lady Eliot a insistir no assunto. — Não conheço ninguém na Inglaterra, exceto a família do meu falecido marido, mulheres que trabalham no cais num armazém precário. Serei franca! Casei-me com alguém que está aquém do meu nível, quando me envolvi com ele e a família dele. Mas, com o meu querido Sir James, voltarei à minha estirpe... à nobreza.

— Ah, voltará mesmo? — disse Lady Eliot de olho no rosto de Sir James.

Abatido, ele contemplava o fogo da lareira. Não parecia um noivo alegre a apenas seis semanas do casamento.

DEZEMBRO DE 1670, VENEZA

Felipe Russo e Sarah pegaram uma gôndola na saída da alfândega; embrulhada no manto, ela sentou-se no banco do meio, enquanto Felipe ocupou o banco da proa.

— Uma canção? — perguntou o gondoleiro com amabilidade. — Uma canção para jovens apaixonados?

— Não — disse Sarah, irritada, e mal via as belas casas, a igreja de mármore branco, os lindos canais por onde passavam.

— Não estamos apaixonados? — perguntou Felipe, brincando com ela. Distraída, ela balançou a cabeça.

— Você tem um mapa da lagoa?

— Para ver a ilha de Roberto? — perguntou ele com pronta solidariedade. — Tenho, providencio um para você. Mas sabe...

— Sei que não posso enviar um navio para buscá-lo — disse ela.

O gondoleiro manobrou a gôndola para levá-los ao portão do canal, em frente à residência dos Russo, e atracou junto à gôndola da família, de modo que eles precisaram desembarcar no lado do armazém. Sarah se encolheu diante da porta do armazém inferior, sabendo o que havia por trás, e eles contornaram o cais e subiram os largos degraus de mármore.

Sarah hesitou no vestíbulo, diante da porta do armazém superior.

— Pode me mostrar o que era dela, o que veio do palácio dela, somente os itens que realmente pertencem a ela?

— Isso é fácil — disse Felipe. — Venha até a sala de jantar.

Ele a conduziu até a sala, onde uma luz fria e aquosa brincava no teto pintado. Sarah olhou para as paredes, com fileiras de esculturas belas e silenciosas.

— Não são estas — disse ele, fechando a porta às suas costas.

Ela olhou para o candelabro sofisticado.

— Nem isto. Nada. Nada resta. Assim que ela se casou com o velho conde e entrou no Palazzo Fiori, começou a contrabandear peças para os meus artesãos copiarem. Ela vendeu de volta ao marido peças falsificadas por nós. Se ele possuísse uma coluna e pudéssemos encontrar algo para colocar em cima, nós montávamos, políamos a peça e vendíamos a ele como algo novo. Depois que ele caiu de cama, ficamos livres para fazer cópias do acervo, pegando um original, fazendo um molde, devolvendo a cópia e vendendo o original.

— Falsificação — disse Sarah taxativamente. — E furto.

Com delicadeza, ele colocou a mão em concha, na panturrilha branca e fria da escultura de uma ninfa despejando água. Os olhos que não viam da escultura contemplavam o canal, a água esculpida vertia, eternamente, pela boca da ânfora. A ninfa dava um leve sorriso, como fazia havia séculos — ou talvez apenas uma semana.

— Para mim, há verdade na beleza. Realmente não me importo com quem criou a peça, ou como, ou quando. Se as pessoas são tolas a ponto de pagar mais por algo velho e que foi desprezado até que eu encontrasse... então, que paguem.

— Mas não se elas estão pagando a Livia pelo trabalho que você realiza — disse Sarah com astúcia.

Ele fez uma reverência com um sorriso.

— Nesse caso, não — concordou ele amavelmente. — E é por isso que vou à Inglaterra levar as antiguidades. Quero ver com os meus próprios olhos onde ela as expõe e quanto está faturando. Quero ver esse tal Sir James com os meus próprios olhos.

— Muito bem — concordou Sarah.

— E, em troca da minha ajuda agora e no futuro, você não pode me denunciar: nem por roubo de túmulos, nem por exportação sem licença, nem por encobrir um assassinato, nem pela prisão injusta, nem por furto e fraude... — Ele interrompeu o que dizia. — Isso é tudo, não é?

— Isso é tudo que eu sei — disse Sarah com cautela. — Mas não quer dizer que seja tudo que você fez.

Ele deu uma risada.

— Ah, Srta. Jolie... você faz bem em ser cautelosa, mas, na verdade, isso é tudo que diz respeito a você e a mim. Então, seremos parceiros? Agora que sabe a verdade sobre mim? Você é a única mulher que sabe a verdade sobre mim, uma verdade, reconheço, bastante ruim, mas não matei o milorde meu amo; eu não odiava Roberto, não fui eu quem o denunciou; e não vou afogá-la diante do meu portão do canal.

— Você quer ser meu parceiro? — perguntou ela cautelosamente.

Ele levou a mão dela aos lábios.

— Parceiros, e talvez amantes, desde que você diga ao bom capitão que "tenho uma queda por você". — Ele viu o rubor se intensificar nas faces de Sarah; então, beijou-lhe a palma da mão. — Essa é a verdade — disse ele. — Tenho uma forte queda por você, Srta. Bela. Quer saber? Você sempre será Bathsheba Jolie para mim.

Na manhã seguinte, quando Sarah desceu, encontrou a mesa da sala de jantar coberta por um enorme mapa das ilhas de Veneza e com apenas um canto livre, ocupado por um folhado e uma xícara de chocolate para seu desjejum. Felipe estava parado à janela, bebericando uma xicrinha de café; virou-se e sorriu quando ela entrou na sala e puxou uma cadeira da mesa para ela sentar-se.

— Dormiu bem, *cara*?

Sarah fez que sim.

— Este é o mapa da lagoa de Veneza?

— É. — Ele indicou no mapa um ponto com uma ilhota assinalada com tinta verde, indicando que ficava acima do nível da maré alta. — É aqui que Roberto está preso; essa é a Isola del Lazzaretto Nuovo.

Ao redor, havia manchas que demarcavam bancos de areia, bancos de junco, lodaçais, alagadiços e baixios submersos. Era um mundo que jamais ficava parado, um litoral que jamais poderia ser mapeado. Em cada maré alta, a terra virava água. Se houvesse uma tempestade, até mesmo as ilhas que dispunham de cais e paredões de pedra podiam ser inundadas. Mas todos os dias novas casas e ilhotas surgiam sobre estacas cravadas no leito da lagoa e construídas com pedras. Ilhas antigas eram corroídas pelo mar e renasciam como banhados. Os venezianos e o mar mantinham um diálogo contínuo sobre o que era terra e o que era água.

— Mas isso é muito parecido com a terra dele. — Sarah examinou o mapa, constatando que a pequena ilha, coroada com um edifício semelhante a um castelo, estava cercada por charcos, bancos de areia, bancos de junco e canais profundos. — As pessoas que viviam em terra chamavam a região onde Rob vivia de "Porto Vagante", porque nunca se sabia por onde fluía o canal do porto, já que o curso era alterado a cada tempestade. Somente a minha avó e os dois filhos, Rob e a minha mãe, que viviam à beira do alagadiço, conheciam os caminhos, conheciam os lugares secos, as areias movediças e o poço sibilante.

— Ele sempre gostou da lagoa — disse Felipe, incrédulo. — Não entendíamos o motivo. Ele saía sempre armado num barco de fundo raso, ou num bote levando linha de pesca. Quando não estava estudando ou com os pacientes, saía andando pelas margens: no limite entre a água e a terra. Gostava que o solo sobre o qual andava fosse imprevisível. Gostava que o local fosse isolado. Achávamos aquilo estranho... gostamos de um cais de mármore, não de uma *barena*.

— *Barena*?

— Uma área que é terra numa metade do dia e água na outra.

— E agora ele não tem mais liberdade para andar nem para sair de barco. Fica preso nessa ilhota?

— Ele nunca vai sair de lá — disse Felipe com serenidade. — Na condição de médico, ele mora num casebre dentro da área murada e não numa cela, como os demais empregados, mas é vigiado como se fosse prisioneiro. Talvez conte com uma pequena horta no interior dos muros para cultivar ervas. Mas uma muralha isola todo o galpão, e só há uma entrada: um grande portão lacrado de frente para a lagoa, voltado para Veneza, e um cais onde os navios são descarregados. O portão fica trancado à noite e até mesmo durante o dia, a menos que haja algum navio no cais para ser descarregado. Há sentinelas armadas com espadas e lanças, noite e dia, para que ninguém fuja. Nos cantos oeste e sudeste do complexo há um depósito feito de pedra para armazenar pólvora que o Arsenale mantém ali por segurança. É uma fortaleza, bem como uma prisão.

— Qual é o tamanho da ilha? — indagou Sarah, mordiscando o folhado e bebendo o chocolate quente, olhando para os pontinhos de terra e os bancos de areia assinalados no azul do mapa.

— Pouco maior do que a área delimitada pelas muralhas externas — disse ele. — É possível percorrer todo o perímetro em meia hora, embora seja tudo lama e valas de drenagem.

— Eles nunca o deixam sair?

Felipe balançou a cabeça.

— Mesmo que deixassem, para onde ele iria? Aquilo lá é uma ilha. E nenhum navio vai embarcar alguém que saiu de um *lazzaretto*... seria o mesmo que assinar a sua própria sentença de morte; seria impossível saber quais doenças a pessoa transmitiria. Todos na ilha só estão lá porque são suspeitos de terem contraído alguma doença fatal. Quem embarcaria a pessoa, antes que seus pertences ficassem isolados e o próprio indivíduo tivesse sobrevivido quarenta dias? — Ele hesitou. — Queri... Srta. Jolie, não sabemos se ele já foi contaminado. Ele está lá há semanas, há meses, cuidando de gente que vomita sangue, padece de cólera, ou de escarlatina, ou da peste. Ele já pode estar doente. Você precisa se preparar: é provável que ele esteja morto.

Ela balançou a cabeça com uma convicção silenciosa.

— Ah, você acha que é como a sua velha avó... que sabe por magia?

— A gente nunca fala em magia — apressou-se em dizer. — Mas a minha avó teria orado pela alma do filho, se tivesse sentido no coração a morte dele.

Os olhos castanhos dele se encheram de solidariedade.

— *Cara*, talvez você deva dizer a ela que ore.

— Podemos escrever para ele? E ver se ainda está vivo?

— Sim, podemos escrever para ele. Mas qualquer coisa que escrevesse seria lida pelo governador do *lazzaretto*. Provavelmente não permitiriam que ele respondesse... e qualquer resposta seria fumegada ou mergulhada em vinagre, para desinfecção, antes de chegar a você. Levaria dias, semanas. Se é que ele está vivo.

— Mas podemos enviar uma mensagem para ele?

Ele deu de ombros.

— Se quiser. Mas o que há para se dizer a um condenado que acorda todos os dias sabendo que a morte está chegando? O que há para se dizer a ele? A essa altura, ele já deve saber que a esposa o denunciou e foi embora de Veneza.

— Ele não sabe que ela foi para Londres e está roubando a minha mãe! — disse Sarah bruscamente.

Ele olhou para ela cheio de compaixão.

— Por que torturá-lo? — perguntou ele. — Ele não pode fazer nada para ajudar a irmã nem para punir a esposa.

Sarah se virou para a janela e olhou para o canal movimentado lá embaixo. Ele viu os ombros dela murcharem em sinal de derrota.

— Você está certo — disse ela. — Você está certo. Seria torturá-lo. Não vou contar nada disso a ele. Vou escrever apenas para dizer que não nos esquecemos dele, que a mãe o ama e que todos sentimos falta dele. Isso foi tudo o que ela me pediu para fazer: descobrir que ele não está morto. Posso voltar para casa e, pelo menos, dar essa notícia a ela.

— Ninguém poderia pedir mais — garantiu ele. — Ninguém poderia fazer mais. E tem razão em não lutar contra algo irremediável. Basta escrever para dizer adeus.

Ela fez que sim, a fisionomia séria.

— Se eu escrever uma carta de despedida, você me promete que entrega para ele?

— Posso tentar — disse ele. — Não escreva nada que me incrimine. E lembre-se de que a carta será aberta... qualquer pessoa vai poder ler; todos vão ler.

Ele se virou para o aparador, empurrou o mapa para o lado e deu a ela pena e tinteiro.

DEZEMBRO DE 1670, LONDRES

Sir James mandou Livia para casa, ou seja, para o armazém, escoltada por Glib. Calados, os dois pegaram um esquife até os Degraus de Horsleydown e, amuado, ele acompanhou-a até a porta do armazém.

— Quando é que ela vai embora? — indagou Livia.
— Quem? — perguntou ele, fingindo ignorância.
— A velhota. A tia.
Ele balançou a cabeça.
— Ela vai ficar na casa até todos nós irmos para o norte.
— Ele obedece a ela? Ela o aconselha?
Glib hesitou.
— Os criados sabem de tudo — disse Livia rispidamente. — Nem pense em mentir para mim agora.
— Ele obedece — confirmou Glib. — E, Deus do céu, ela é uma tirana! Todos nós fazemos tudo que ela ordena.
— Diga a eles que terão em mim uma senhora mais fácil — disse Livia rapidamente, pressionando uma moeda de prata na palma da mão dele. — Diga que será melhor para todos nós se ela for para a Casa Dower agora... e deixá-lo sozinho em Londres. Prometa a eles que serei uma senhora diferente, generosa com sobras de comida para quem trabalha na cozinha, e com as minhas roupas velhas para quem me servir. Todos vão se beneficiar quando eu chegar à Mansão de Northside e à Casa Avery. Você, principalmente.
— Vou tentar — disse ele, não convencido. — Mas ela é muito querida lá em Yorkshire.

— Ora! — Livia dispensou a objeção. — Ela não é ninguém. Eu sou a nova dona da Mansão de Northside. Diga a eles que é melhor que pensem em mim e me agradem!

— E quando vai ser o casório? — perguntou Glib, quando se despediram, à porta do armazém.

Ela lhe dirigiu um olhar lancinante, como se o considerasse atrevido, como se receasse que a criadagem já soubesse disso também.

— Antes da Quaresma — afirmou ela. — E não se esqueça disso!

DEZEMBRO DE 1670, VENEZA

Querido tio Robert,
 Sou sua sobrinha, Sarah Stoney, e vim a Veneza no navio Sweet Hope, trazendo uma mensagem de sua mãe. Ela envia sua bênção — ela diz que você sempre soube assuntar o caminho de trás para a frente na vazante e na cheia.
 Esta é uma carta de despedida, mas sua mãe, minha avó, é sábia e tem certeza de que nos encontraremos em alguma praia celestial.

Sarah

Ela entregou a carta a Felipe.
— Que palavras estranhas! — disse ele. — Por que você escreveu assim?
— Minha avó é interiorana — disse Sarah casualmente. — Achei que Rob gostaria de ouvir o jeito como ela fala. Pode entregar a ele?
— Eles recebem comida e bebida todo dia — disse Felipe. — Vou levar a carta até o Fondamente Nuove e mando um dos barcos fazer a entrega.
— E envie isto — disse Sarah, retirando da carcela uma bolsinha velha e surrada, que já tinha sido vermelha, mas agora exibia um tom de ferrugem.
— Os portadores vão furtar qualquer dinheiro — alertou ele, erguendo a bolsinha na mão. — Leve — disse imediatamente, embora ouvisse o tilintar das moedas.
— Não é dinheiro. Não tem valor para ninguém, exceto para a minha avó — disse Sarah. — Ela costumava colecionar quinquilharias e pedaços de moedas antigas. Assim que ele vir isso, vai saber que sou quem digo ser. Isso vai lhe trazer algum consolo.

Felipe jogou a bolsinha para o alto e agarrou-a.

— A família de vocês é muito esquisita — disse ele. — Os ingleses são todos assim, malucos?

Ela achou graça.

— Isso não é nada — disse ela. — Você precisa ver a minha avó com um bebê doente; ia pensar que ela sopra vida para dentro dele.

Ele se benzeu.

— Vou enviar isto agora — disse ele. — E precisamos embalar as últimas peças do tesouro da *nobildonna*.

— Vai enviar tudo o que ela pediu? — perguntou Sarah, curiosa. — Vai continuar aceitando ordens dela?

— Claro. Negócios são negócios; ela pode vender as mercadorias e dar o que me cabe — disse ele. — E, além disso, os itens constam da guia de carga. Você esqueceu como nós, venezianos, lidamos com relatórios? O capitão Shore prefere ir a pique no fundo da lagoa a entrar na alfândega e alterar a declaração de carga.

Sarah riu e dobrou o mapa.

— Posso ficar com isto aqui?

— Se quiser.

— Só quero localizar a ilha quando passarmos por ela — disse Sarah.

— Para dizer adeus.

DEZEMBRO DE 1670, HADLEY, NOVA INGLATERRA

Ned saiu pela porta da cozinha com o propósito de entregar as frutas desidratadas à Sra. Rose. Na lareira, ela cozinhava *succotash*, comida nativa, numa caçarola inglesa.

— Trouxe isto para você — disse Ned, colocando a cesta de palha trançada com as frutas sobre a mesa.

— Sou grata — disse ela, então guardou as frutas num frasco e lhe devolveu a cesta. Ele notou que as mãos dela tremiam de medo.

— Você já deve saber das notícias, não? — perguntou ele.

Ela parecia tensa.

— Eu estava presente quando o pastor leu para os convidados a carta que chegou de Plymouth — respondeu ela. — É exatamente o que eu temia. Só que pior. É guerra, não é? Entre nós e os nativos?

— Eles mandaram que eu viesse para o vilarejo — falou ele. — Vou ter de deixar a minha casa, o meu lote e a minha balsa, assim que a neve derreter.

— Não temos a menor chance contra eles aqui, longe da cidade — disse ela, atrapalhando-se na tentativa de arrolhar o frasco com as mãos trêmulas.

Ned pegou a rolha e tampou o frasco.

— Pode não dar em nada — disse ele. — Já passamos alguns sustos antes e não deu em nada. Já saímos em marcha e...

— Fizemos mais que marchar, nós os exterminamos — disse ela impetuosamente. — Várias vezes. Da última vez, contra os pequot, tacamos fogo na aldeia com eles lá. As crianças que não foram assadas vivas enviamos para a escravidão. Mandamos que esquecessem suas famílias e jamais pronunciassem seu nome tribal. Exterminamos todos; acabamos com a linhagem. Mas eles simplesmente somem no meio do mato e depois voltam. Continuam vindo, do oeste, do sul, e, quanto mais a gente os elimina, mais eles brotam. E não aprendem, continuam nos rejeitando, atravessando o nosso caminho.

— Não, não, eles são como nós — protestou Ned. — Só querem preservar as próprias terras e que fiquemos nas nossas; querem viver em paz.

Ela balançou a cabeça.

— Não aguento isso — disse ela categoricamente. — Quando o meu tempo de serviço aqui acabar, vou pedir ao pastor que me arranje um emprego de criada em Boston em vez de um terreno aqui. Quero estar entre os meus. Quero estar numa cidade cercada por uma muralha de pedra. Quero estar num lugar onde os selvagens são convocados a comparecer para responder por seus atos, onde são enforcados na praça, onde são escravizados, não num lugar onde eles podem passear livremente nas ruas, ou montar uma barraca na nossa área comum de pastagem, como se fosse território compartilhado.

— Quer sair daqui?

— Você pode vir também! — disse ela corajosamente. — Poderia conseguir trabalho como criado, lacaio, ou cavalariço, ou algo assim. Ou talvez possa se tornar agente de um comerciante de escravos, não? Enviando homens para a escravidão nas plantações de cana nas ilhas do Caribe e trazendo açúcar e rum na viagem de volta, não? É um bom negócio! Poderia conseguir um emprego com algum comerciante, poderíamos ir embora daqui juntos, não? Poderíamos procurar trabalho juntos, não? — O rubor aumentou enquanto ela tentava convencê-lo, com o semblante tenso de ansiedade. — Seria pesado, mas melhor do que ficar aqui, esperando para ser escalpelado. Não precisa lutar pelos colonos, se não quiser! Não precisa comandar a milícia, se não tiver estômago para isso. Podemos estar a salvo em Boston.

— Não tenho medo de lutar! — Ned sentiu-se ofendido e obrigado a negar. — Não é que eu não queira servir! É que eles não são meus inimigos. Não vou matar homens que não são meus inimigos.

— Não são agora — destacou ela. — Mas serão na primavera. Você não vai abrir a sua porta para amigos. Vai abrir a porta e levar uma flechada na barriga e sentir uma machadinha rachar a sua testa.

DEZEMBRO DE 1670, LONDRES

Alys, de joelhos, estava acendendo o fogo da lareira de Alinor, depositando meticulosamente lascas de carvão sobre os gravetos; depois, sentou-se com satisfação quando a pequena chama lambeu os galhinhos e o fogo pegou.

— Pelo menos, as noites estão ficando mais claras — disse ela. — O ano virou.

— E quem sabe o que o novo ano há de trazer? — disse Alinor.

— Mamãe, a senhora não está pensando que Sarah vai trazer Rob para casa, está? Porque, a senhora sabe, isso é realmente...

— Será mesmo?

— Não será possível, mamãe. A despeito do nosso desejo. A despeito do que a senhora estiver sentindo. Apenas rogo a Deus para que ela volte em segurança.

— O capitão Shore vai protegê-la.

— Sei que vai. Mas por que a senhora a mandou para tão longe?!

— Ela tem a cabeça boa; confio nela.

— A senhora diria o mesmo sobre Rob, e ele nunca mais voltou para casa.

— Acredito que ele esteja voltando agora. Sonhei com ele. Tenho certeza.

— Sei disso. — Alys interrompeu a mãe. — Sei que a senhora tem certeza. Mas estou esperando e esperando por ela, e não tenho a sua certeza, e não tenho os seus sonhos. Sou terrena demais para ter as mesmas visões que a senhora tem. Só quero a minha menina de volta dentro de casa.

Alinor ouviu o tremor na voz da filha.

— Seja corajosa — disse ela com serenidade. — Seja paciente. E confie nela.

O cômodo ficou silencioso.

— Por onde Livia anda hoje? — Alinor mudou de assunto. — Ela continua indo àquela casa, embora não tenha nada para vender?

— Não todo dia — respondeu Alys. — Não há nada para ela fazer lá enquanto as antiguidades não chegarem.

— E então, ela vai fazer mais vendas? Como já fez?

— Vai, e mais uma vez nos reembolsará pela viagem e pelo armazenamento.

— E depois tudo de novo e de novo?

— É, esse é o plano. E vai se mudar para um armazém onde ela possa mostrar as peças aos clientes e vendê-las lá. A senhora já sabe disso, mamãe. Por que está perguntando?

— Ela me intriga agora, como sempre. Larga o filho com a gente: você cuida dele quase toda manhã, e a ama de leite o traz para mim à tarde. O que ela faz o dia todo? Como é que pode ela ser viúva de Rob e ainda viver às nossas custas, fazendo você pagar pelo transporte das mercadorias, mesmo quando ela tem dinheiro guardado com o ourives? Reclama que somos pobres, que Tabs não é boa empregada, que a comida é ruim, mas não vimos nada do dinheiro das vendas dela, não é? Ela diz que quer que a gente tenha outro armazém para receber as mercadorias, mas não diz com quanto vai contribuir? Ela pede a você que pegue dinheiro emprestado. Ela é jovem e pode procurar outro marido, e então me pergunto se é isso que ela faz quando sai de casa todo dia.

Alys corou.

— Ela é ótima mãe. Ela ama Matteo.

— Quando está com ele.

— Ela traz mais dinheiro para esta família do que nos custa! Já nos reembolsou pela primeira remessa e pelo armazenamento e vai reembolsar pela segunda quando a carga chegar. E vai comprar o novo armazém junto com a gente, não é?

— Um presente? Presente dela para nós?

Alys mordeu o lábio.

— E ela vai ficar aqui conosco e não vai se casar de novo?

Alys se virou para a mãe.

— Mamãe, ela é uma boa companhia para mim. É um prazer para mim tê-la aqui, além do pequeno Matteo. É como ter um belo pássaro em casa. Quero que ela saia livremente e volte para nós sem ser questionada. Quero que ela tenha um lar aqui conosco. Eu a amo como uma irmã; não quero que ela pense em se casar de novo e ir embora. Não quero que pense que tenha de pagar aluguel ou prover para nós. Quero que ela viva às nossas custas e conosco. Quero que ela fique para sempre. Estou feliz em prover para ela.

— Minha querida, você realmente acha que ela não vai se casar de novo?

— A senhora nunca mais se casou! Nem eu!

Alinor fez que sim, os olhos faiscando.

— Não acho que Livia seja uma mulher como nós — foi tudo o que ela disse.

DEZEMBRO DE 1670, VENEZA

O *Sweet Hope* zarparia na vazante da noite, iluminado por uma lua enorme e fria, estacionada, reluzente qual um globo aceso no horizonte, tornando o canal preto e vítreo e transformando as cores vivas das casas em tons de cinza. O canal estava repleto de trabalhadores indo para casa no fim do dia e de foliões começando a sair; as gôndolas carregando lanternas oscilantes em suas proas e as luzes refletindo na água, projetadas dos portões do canal, todos abertos nos casarões.

O capitão Shore, no cais diante da alfândega, portando uma tocha, meneou a cabeça bruscamente para Felipe e sorriu para Sarah, enquanto a dupla aguardava que seus documentos fossem conferidos na prancha de embarque; mas o capitão não falou com nenhum dos dois até que fossem liberados pelos funcionários e estivessem prontos para embarcar.

— Tudo certo? — perguntou ele sucintamente. — Pois vamos partir assim que o *pedotti* autorizar; portanto, já estamos nos abastecendo em Sant'Erasmo, e não podemos atrasar.

— Tudo bem — disse Felipe.

Sarah concordou.

— Embarquem os seus pertences — ordenou o capitão. Para Sarah, ele disse: — Pode usar a mesma cabine que já usou, minha cara. — Então, virou-se para Felipe: — Você vai ter de dividir a cabine com o primeiro imediato, a menos que queira pagar um valor extra, para ter uma cabine exclusiva.

Felipe baixou a cabeça.

— Eu pago, capitão — disse ele, tranquilo.

O funcionário da alfândega chegou, trazendo um maço de papéis e selos. O capitão Shore os verificou com atenção, assinou e entregou sua própria documentação, pagou as taxas de atracação e o imposto sobre as mercadorias que estava transportando e, em seguida, subiu pela prancha de embarque. Atrás dele veio o *pedotti*, que desembainhou sua faca. Cortou os selos oficiais fixados no timão do navio e dirigiu ao capitão um meneio de cabeça, querendo dizer que estava tudo pronto para a partida. O capitão Shore gritou o comando de zarpar, a prancha de embarque foi recolhida, o cabo de amarração da proa foi lançado, agarrado e recolhido. A correnteza fez o navio girar, de maneira que ele apontasse para o canal, e Sarah saiu da cabine para ver as pequenas barcaças fixarem seus cabos ao navio e rebocá-lo. O *pedotti* gritou para que o cabo da popa fosse liberado, e as barcaças guiaram o navio até o canal principal, onde a vazante os conduziu suavemente pelo Grande Canal, passando por palácios, pela praça de São Marcos, pelo Palácio do Doge com todas as janelas iluminadas, como prova de que a justiça nunca dorme, e, então, saiu na lagoa. Passaram ao largo da ilha de Vignole, a bombordo, e viram adiante o bruxulear das tochas acesas na ponta do cais de Sant'Erasmo. Enquanto o *pedotti* bradava comandos, as barcaças rebocaram o galeão até o cais, onde os lavradores traziam suas cestas de produtos em direção ao navio.

Felipe foi para o convés e se juntou a Sarah, que fitava a penumbra crescente.

— Está procurando a prisão do seu tio?

Ela fez que sim.

— É aquilo lá? — Ela apontou para o norte, acima das terras planas, um ponto escuro sobre a água escura, em direção ao telhado do grande edifício que brilhava ao luar feito um enorme celeiro, com um único andar e um portão gigantesco, maior até que o da Alfândega de Veneza, empalidecido pelo luar. — A construção que parece um castelo?

— É ela mesma — disse ele. — Mas aquilo são chaminés, e não ameias. Cada cela tem a própria lareira e a própria chaminé, de modo que os que estão em quarentena não fiquem juntos aos demais. Seu tio Rob deve ter morado na casa do médico, sob guarda. Aqueles portões dão acesso a um armazém duplo para estoque de provisões.

— Deve ter morado? — Ela assimilou a frase. — Você acha que ele está morto?

Ele espalmou as mãos.

— *Cara mia*, nenhum de nós sabe, e as pessoas que sabem não se importam. Se não estiver morto, estará em breve. *Ahimè*, infelizmente, se não agora, então mais tarde. Faça uma oração por ele, diga adeus a ele.

Veio a ordem de soltar e içar velas, enquanto as barcaças liberavam o navio, que avançou em direção às águas profundas do canal, ao sul de Sant'Erasmo. Uma a uma, as barcaças recolheram os cabos e regressaram a Veneza. Sarah esperou até as barcaças de reboque partirem e, em seguida, foi até a escada e pediu autorização para subir ao tombadilho.

— Sim, pode subir — disse o capitão Shore; ele estava parado atrás do *pedotti*, que ainda tinha o comando do navio. O capitão olhava para cima, para suas velas se desenrolando, enfunando-se para acolher a brisa. O luar estava tão brilhante que parecia um amanhecer prateado, com a névoa rolando ao longo da água turva.

— Capitão Shore — disse Sarah calmamente.

— Sim? — falou ele com certa impaciência. E gritou uma ordem para um integrante da tripulação que içava uma vela.

— Sei que o senhor tem grande consideração pela minha mãe.

Ela conseguiu captar a atenção dele.

— O mais profundo respeito — confirmou ele, encabulado. — Não que ela saiba. Não que eu tenha dado a ela alguma indicação.

— Sei que o senhor ficaria muito feliz de dizer à minha mãe que me trouxe de volta para casa, desde o Palácio do Doge.

— Ficaria — disse ele com mais cautela.

— Então, se o senhor me perder de vista por causa de algum incidente, peço que espere por mim.

— O quê?

Inesperadamente, ela ficou na ponta dos pés e lhe deu um beijo na bochecha.

— Não me decepcione — disse ela.

— Como? — indagou ele, mas ela se afastou, indo até a parte central do navio, e reapareceu ao lado de Felipe.

— Peço que faça soar o alarme: dois homens ao mar — disse ela a Felipe com urgência.

— Sarah?

— Não posso explicar. Apenas espere um momento e depois grite: homens ao mar... dois homens!

Ele se virou e viu que ela estava desfazendo os laços da capa. Olhou, incrédulo, enquanto ela retirava a capa e a enfiava nas mãos dele. Ela não estava usando nada por baixo, exceto uma camisola de linho que deixava o pescoço e os ombros nus; por baixo, usava calções de menino.

— Sarah? — sussurrou ele. — O que você...?

Antes que pudesse dizer outra palavra, suas mãos ficaram imobilizadas, segurando a pesada capa de viagem, de modo que ele não foi capaz de alcançá-la. Ela apoiou as mãos na balaustrada e saltou, ágil como um menino, pelo costado do navio, e ele ouviu o barulho, lá embaixo, quando ela mergulhou na água gelada.

— Sarah! — gritou ele, debruçando-se.

Avistou a cabeça da jovem ao luar, escura como uma foca, e então ela desapareceu.

— Sarah! — gritou ele de novo.

Então, correu até a escada, pegou uma lamparina e se debruçou sobre a água. Não conseguia enxergar nada, exceto a extensão de água, os bancos de lama, de junco e de areia, um canal, um charco salobro e depois mais água.

— *Dio onnipotente* — gemeu ele. — Sarah!

Ele se virou e correu até a popa do navio.

— Capitão Shore? — chamou ele escada acima.

— Agora, não — afirmou o capitão severamente, e, quando Felipe colocou um pé na escada, ele o fitou com suas sobrancelhas impressionantes e disse: — Ninguém sobe ao meu tombadilho sem ser convidado.

— Eu imploro! É a Sarah! Ela se foi! — explodiu Felipe. — Caiu na água.

— Você a deixou cair?

— Como é que eu poderia saber?

— Você a viu na água?

— Naquela direção! — Felipe apontou para o *lazzaretto*, onde as janelas exibiam alguns lampejos de luz projetados das diversas celas.

— Ela sabe nadar?

— Sei lá eu. Sim! Ela estava nadando se afastando do navio.

O capitão fez cara feia.

— Loucura! Loucura! E ela me disse que... que diabo ela está fazendo?

— Suponho que ela tenha ido ao encontro de Roberto!

— Pelas chagas de Cristo!

— O senhor tem de parar o navio e enviar um bote!

— Não posso! Não posso trazê-la de volta a bordo!

— O senhor não pode deixá-la se afogar!

— Deus todo-poderoso!

— Exatamente.

Os dois homens se encararam.

— Ah! Ela pediu que eu esperasse por ela — disse o capitão Shore por fim. — Foi o que ela falou. Que eu esperasse, pelo bem da mãe dela.

Felipe viu o *pedotti* desviar a cabeça de sua atenta observação do canal e olhar para eles.

— Homem ao mar! — gritou Felipe. E saltou para o tombadilho. — Homem ao mar! Dois homens! Parem o navio! *Uomo in mare! Due uomini!*

— Parem! Alto! — bradou o capitão Shore.

Imediatamente, os marujos baixaram as velas.

— Soltem a âncora!

O capitão se virou para o *pedotti* para uma rápida discussão bilíngue. Felipe ficou ao lado do capitão Shore e explicou ao prático indignado que dois tripulantes tinham caído no mar ao mesmo tempo e que o capitão lançaria um bote para procurá-los.

— Que maldição vai ser se eu tiver de mandar o bote remar até a ilha da quarentena! — praguejou o capitão em voz baixa, dirigindo-se a Felipe.

— O bote não vai precisar ir até lá — disse Felipe. — Mas o senhor tem de lançá-lo, agora que o navio parou. Queira Deus que ela volte logo para nós.

— O que ela foi fazer? Uma mocinha como ela, na água, em plena maré vazante?

Felipe estava apavorado por ela.

— Como é que eu vou saber? Como é que eu ia saber que diabo ela ia fazer? Mande baixar o bote; vou remar à procura dela.

— Não vou esperar mais do que um minuto — decidiu o capitão. — Se ela não aparecer, partiremos sem ela.

— Não podemos abandoná-la!

— Ela nos abandonou — rosnou o capitão.

— Capitão, imploro que o senhor mande baixar um bote. Vou sozinho; não podemos desistir dela!

— Não sabemos onde ela está — ressaltou o capitão, enfurecido. — O que você pretende fazer? Remar em volta dos bancos de junco? Ela pode já ter se afogado.

— Ela não pode ter se afogado! — exclamou Felipe, tomado pelo pavor. — Não é possível que ela tenha se afogado!

— Foi exatamente o que ela falou sobre o tio! — gritou o capitão. — Quando a sua senhora falou para todo mundo que ele tinha sido pego pelas marés sombrias. A coisa não é assim tão engraçada quando se trata de alguém que a gente ama, não é? Não é uma história tão boa quando você mesmo está no mar.

Sarah, enquanto nadava para o norte contra uma forte corrente vazante, sabia que estava encrencada. O navio tinha ficado para trás; ela chegou a ouvir o rangido alto da corrente da âncora, mas a maré a estava puxando de volta para o navio e afastando-a da ilha. Embora nadasse com todas as suas forças, ela constatou que as luzes do Lazzaretto Nuovo ficavam cada vez mais distantes. Os muros de pedra e tijolo, claros ao luar, não estavam se aproximando. Sarah olhou para trás e viu que havia bancos de areia ao seu redor, alguns cobertos com sal-verde e lavanda-do-mar; então, deixou que a correnteza a arrastasse até os bancos e, sentindo lodo e conchas sob os pés, conseguiu sair da água. Tinha alcançado os baixios e os bancos de areia que formavam a ilha de Sant'Erasmo; podia até avistar as luzes do Lazzaretto Nuovo, mas entre o baixio onde se encontrava e a ilha havia um extenso trecho de água, com quase um quilômetro de largura, e o luar dançava nas ondulações da maré que se movia rapidamente. Pensou que talvez conseguisse atravessar a nado aquele trecho quando a maré virasse e as águas estagnassem, mas ainda faltavam algumas horas para isso acontecer e o *pedotti* a bordo do navio do capitão Shore jamais permitiria que ele esperasse tanto tempo. Sarah começou a andar pela margem, tentando chegar o mais perto possível da ilha da quarentena, pisando, com todo o cuidado, de um tufo de vegetação para outro, recuando quando um dos pés afundava. Tinha pavor de areia movediça desde quando era criança e ouviu histórias sobre os caminhos incertos do Lodo Catingoso. Trincou os dentes, que batiam de medo e frio, e deu uma passada de cada vez, na esperança de que um banco de areia se conectasse com o seguinte, de conseguir avançar em direção ao Lazzaretto Nuovo e encontrar um ponto de travessia rasa nas águas céleres e mortais.

Em sua cartinha para Rob, ela insinuou que ele seguisse "de trás para a frente", confiando que ele percebesse que ela queria que ele saísse pela porta da frente do Lazzaretto e virasse à esquerda, "de trás para a frente", expressão antiga no interior, que significava o sentido anti-horário, o caminho das bruxas. Insinuou que ele fosse na vazante, à luz da lua cheia que agora brilhava acima dela. Mencionou o nome do navio que a trouxera, o mesmo que o havia trazido para a Itália dez anos antes. Tinha esperança de que a bolsinha de moedas o instasse a ler o significado oculto da carta e de que ele conseguisse sair da fortaleza. Mas ela sabia que a chance era mínima, não passava de uma vã esperança.

Com cautela, deslizou um pé para a frente e avistou algo que parecia ser uma trilha no banco de areia seguinte. Andou pela água gelada que fluía entre os dois bancos e constatou que a correnteza não passava da altura dos joelhos, e, quando o lodo cedeu sob seus pés, indicando perigo, ela ficou de quatro e engatinhou. O tal banco de areia tinha uma boa trilha. Era estreita — tão estreita que ela precisou caminhar pé ante pé, mas seguia por um terreno firme e dava acesso a um banco de juncos. Tremendo de frio, Sarah avançou um pouco mais depressa pela trilha estreita, envolvendo o corpo com os braços na tentativa de preservar calor, com os pés frios e feridos, cortados por conchas afiadas e arranhados por espinhos; então, estancou ao ouvir um assovio, idêntico ao de uma toutinegra — mas toutinegras não saem do ninho à noite.

Ela semicerrou os olhos no escuro em direção ao Lazzaretto Nuovo e avistou, na sombra do paredão, no canto sudeste — exatamente onde Rob deveria estar esperando por ela —, um único pontinho de luz, que cintilou por um instante, como uma faísca produzida por uma pederneira.

— Rob! — sussurrou ela, a voz projetando-se sobre a água.

Na escuridão, ela só conseguiu distinguir uma pequena embarcação, um barco utilizado para caçar aves selvagens deslizando em sua direção com uma figura que o empurrava ao longo do canal raso. A proa estava voltada para o terreno seco onde ela estava.

— Rob Reekie? — perguntou ela.

— Você é Sarah?

— Sou. Acho que devo fazer uma pergunta... como se fosse uma senha.

— Pergunte qualquer coisa.

— Como é que a gente chama o Porto Vagante?

— Lodo Catingoso — disse ele imediatamente. — Lodo porque a gente fica preso lá para sempre e catingoso porque fede. E só Deus sabe por que a gente sente tanta falta daquele lugar. — Ele estendeu a mão morna, ela pegou, e ele a puxou para bordo. — Você deve estar congelando — disse ele. — Pegue a minha capa.

Ele retirou a capa dos ombros e a envolveu. Sarah se embrulhou nela.

— Eu não poderia deixar de reconhecê-la — disse Rob. — Embora você tenha crescido. Eu não deixaria de reconhecer a pequena Sarah.

Ela olhou para ele, tentando resgatar a lembrança dele naquele rosto magro e pálido de prisioneiro, nas feições de sua mãe, a despeito daquela magreza.

— Para onde vamos? — perguntou Rob. — Pensei que você tivesse um navio.

— Tomara que eu tenha um esperando por mim — disse ela. — Ao largo de Sant'Erasmo.

— O capitão nunca vai me aceitar a bordo se souber que saí daqui.

— Vai, sim — disse ela. — É o capitão Shore. Ele tem uma queda pela minha mãe.

— Por Alys?

Ela fez que sim, ainda tremendo, enquanto ele, com uma vara, empurrou o barco para fora do banco de areia, e então, ajoelhado na popa para ficarem mais próximos da água e menos visíveis ao luar, fez o bote avançar.

— Como foi que o senhor conseguiu o bote?

— É o bote do governador — disse ele. — Ele me empresta para pescar e caçar. Na ilha, a nossa comida não é das melhores; então, ele me deixa pescar em segredo.

— Será que o senhor está infectado? — perguntou ela.

— Acho que não — disse ele. — Só tivemos umas poucas febres desde que fui enviado para lá, e nenhum caso de peste. Graças a Deus, estou são. Não tenho nenhum sintoma.

Sarah não disse mais nada, observando aquele tio que ela jamais conhecera, olhando para aquele rosto quadrado e aquele cabelo castanho, traçando a semelhança com sua mãe, enquanto ele, ajoelhado, conduzia o bote.

— O que vamos fazer se ele não nos deixar embarcar? — perguntou ela, compartilhando seu próprio medo.

— Você vai embarcar — disse ele —, de volta à Inglaterra. E eu vou pedir a ele que me reboque o mais longe possível para fora da lagoa, em direção ao continente. Você me trouxe esperança. Se eu conseguir sair da lagoa e do alcance do governo da República de Veneza, vou arrumar algum jeito de voltar para casa.

Os dois ficaram calados, enquanto ele os conduzia ao canal principal, onde Sarah sentiu a correnteza levá-los rapidamente para longe do *lazzaretto*.

— Lá está ele! — disse Sarah quando viu o vulto escuro do navio na escuridão. — Está esperando por mim.

Rob deixou a pequena embarcação deslizar ao lado do navio fundeado, à espera, e olhou para cima. Uma escada de corda caiu sobre eles, e o capitão Shore olhou sobre o costado. Eles viram o cano de uma pistola projetado diante dele.

— Quem está aí? — disse ele numa voz baixa, rouca e zangada.

— Sou eu — disse Sarah, falando enquanto os dentes batiam. — Capitão Shore! Sou eu! E trouxe o meu tio Rob. Um inglês, o senhor sabe, irmão da minha mãe... Alys Stoney.

— Ele está doente?

— Não estou — disse Rob, de pé no bote ondulante e erguendo o rosto. — O senhor está vendo? Sem marcas, sem sintomas, e não estive com ninguém infectado pela peste. Juro. A única doença que há na ilha são alguns tipos de febres, e não houve nenhum caso desde que fui enviado para lá. Me deixe embarcar, e vou direto para uma cabine e não saio por quarenta dias.

— Ela pode subir a bordo. Você não — respondeu o capitão. Os dois ouviram o clique quando ele armou a pistola e viram o cano preto apontado para a pequena embarcação.

— Não irei sem ele — disse Sarah taxativamente. — Ele sobe primeiro. Depois, eu. E, se o senhor não nos aceitar a bordo, vou direto para a *Bocca di Leone* e denuncio o senhor.

— Por qual delito? — veio o rugido abafado. — Por que diabo, sua piranhazinha?

— Contrabando — disse Sarah categoricamente. — Contrabando de antiguidades. E o senhor tem um falsificador a bordo. Está levando um criminoso para fora do país com mercadorias falsificadas.

— Bathsheba! — repreendeu-a Felipe, debruçado na balaustrada, olhando para o bote.

— As malditas antiguidades são suas! — rugiu o capitão Shore.

Sarah fez que não.

— É tudo dele — disse ela. — Dele e da cúmplice, a *nobildonna*. Falsificadores, perjuros e ladrões de túmulos. E todo mundo sabe que o senhor já trabalhou com eles antes, portou documentos falsos e vendeu para cortes estrangeiras sem licença de exportação, e agora o está ajudando a fugir da justiça!

— A senhora, madame, é uma putinha — xingou o capitão. — E fale baixo.

Sarah, sabendo que tinha vencido, sorriu para o capitão Shore e segurou a escada para o tio.

— Não passo de uma chapeleira — disse ela.

JANEIRO DE 1671, HADLEY, NOVA INGLATERRA

Ned, isolado pela neve que cercava o casebre da balsa, sem saber o que pensar, sem saber o que sentir, sem saber o que era certo, hesitava entre uma conclusão amarga e outra. Estava preso dentro de casa por uma nevasca implacável, que tornava perigoso até o ato de cavar uma trilha para alimentar os animais, aquecidos atrás de um paredão de neve. Ir até o vilarejo para ver seus antigos comandantes ou o pastor era impossível. Ele experimentava um furor de indecisão que parecia ecoar fora do casebre em meio à tempestade selvagem.

Estava amargurado e isolado, mas não solitário. Não sentia falta da companhia dos habitantes do povoado, e achava que não se importaria se nunca mais ouvisse uma daquelas palavras odiosas que eles diziam. Não queria ver a Sra. Rose, com as faces rubras de raiva e a fisionomia tensa. Não queria ver Esquilo Manso nem ouvir seus conselhos constantes. Não conseguia pensar nela sem se perguntar se a cobra da neve lhe levara a mensagem para atacar os residentes de Hadley quando o massasoit fosse intimado a ir a Plymouth e responder por seus atos. Os habitantes de Hadley talvez pensassem que pudessem exigir que o massasoit comparecesse sigilosamente e que nenhuma das várias nações ficaria ciente, mas Ned sabia que o líder indígena jamais obedeceria a homens que não considerasse seus pares, nem seus superiores, e ele estava cercado de amigos e aliados.

A esperança de que outras nações não soubessem era tolice. Ned tinha certeza de que todas as comunidades vizinhas saberiam de imediato. Elas haviam se comunicado durante todo o inverno, e provavelmente tinham combinado algum sinal. No momento em que o massasoit recebesse a convocação ofensiva, os ingleses estariam isolados e em menor número, mesmo nos povoados maiores. Um lugarzinho como Hadley poderia ser destruído numa noite.

Só havia uma pessoa que Ned queria ver; só havia uma pessoa cuja opinião ele queria ouvir; só havia uma pessoa que, como ele, ficava entre os dois mundos: John Sassamon, o nativo cristão, pastor da congregação em Natick, e Wussausmon, o mesmo homem, mas usando traje diferente, conselheiro e tradutor do massasoit, tradutor e conselheiro dos ingleses — o intermediário no coração daquela crise.

Ned ficou tão ansioso nos dias em que só amanhecia no meio da manhã e o céu mantinha-se escuro, tomado por neve e nuvens, que pensou que poderia invocar a presença de Wussausmon apenas por desejá-la, como se fosse o diabo, como seu confrade tradutor. Ou que pudesse convocar John Sassamon por meio de preces — como um discípulo nas histórias da Bíblia. Mas um dia, no curral, enquanto Ned despejava uma jarra de água fervente numa tigela de barro coberta de gelo, ouviu um chamado de onde ficava o portão, agora enterrado sob a neve, e viu Wussausmon em pessoa aguardando cordialmente do lado de fora da horta, onde a cerca deveria estar.

— Entre! Entre! — gritou Ned. — É uma satisfação vê-lo!

— Não posso ficar — disse Wussausmon, deslizando na direção dele em seus sapatos de neve. — Mas eu estava descendo pelo rio e quis vir até aqui para dizer adeus.

Ned despejou, sem querer, um pouco de água sobre a palha, pois sua mão tremeu.

— Adeus? Você não vai entrar para se aquecer?

— Não, já estou aquecido. Mas eu não poderia passar pela sua casa, *Nippe Sannup*, sem cumprimentá-lo.

— Não vá — disse Ned depressa. — Você não pode comer comigo? Tenho um pouco de *succotash* no fogo.

Wussausmon enfiou a mão no bolso da capa e tirou uma lasca de carne-seca.

— Prove isto aqui — sugeriu ele.

Ele estendeu a carne-seca para Ned, que mordiscou a ponta. O sabor marcante e agradável de língua de alce seca encheu sua boca.

— Muito bom — disse ele, pesaroso. — Melhor do que o meu *succotash*! Generosamente, Wussausmon arrancou uma tira.

— Coloque no *succotash* — disse ele. — Vai dar sabor à panela inteira. E não se esqueça de agradecer.

— Mas aonde você vai com tanta pressa? — perguntou Ned. — Ah... Wussausmon, você está indo para Montaup?

— Muitos estão reunidos lá — disse Wussausmon. — Você falou com eles? Avisou à sua gente?

— Avisei. Mas não adiantou nada — disse Ned, desviando o olhar daquele semblante escuro e sincero e fitando os troncos pretos e nus das árvores, com faixas brancas de neve sobre as cascas e linhas delicadas formadas pelo gelo em cada galho. — Sinto muito, eu falei tudo, mas eles estão determinados a exigir que o rei Philip, o massasoit, responda a eles. Já sabem dos recrutamentos, sabem que ele está estocando armas. Falei tudo, mas eles não querem trégua; vão convocá-lo para responder.

— Vou ter de avisá-los — disse Wussausmon. — Eu mesmo irei a Plymouth. Como tradutor do massasoit, mereço ser levado a sério. Direi que os direitos dele devem ser respeitados segundo a própria lei dos colonos. Conheço a lei; posso ler a lei. Tenho de fazer com que me escutem.

— Eles estão com medo; não querem escutar — disse Ned e, logo em seguida, censurou-se por ter revelado a um indígena que os brancos estavam com medo. — Deus do céu! Eu não devia ter lhe falado isso. Wussausmon, nós sempre fomos amigos, não podemos, de repente, nos tornarmos inimigos. A Sra. Rose, criada do pastor, tem falado em ir embora daqui para sempre, em voltar para Boston.

— Você vai com ela?

Ned correu os olhos das árvores congeladas até o grande rio que corria sob o gelo espesso, até a mata na outra margem e a camada de neve sobre o telhado do seu casebre, onde a chaminé lançava um único fio de fumaça no céu translúcido.

— Como eu poderia fazer isso? Como é que eu posso sair daqui? Esta é a minha terra!

Um sorriso sombrio surgiu no semblante de Wussausmon.

— Ah, é isso que sente agora? Que pertence à terra e a terra pertence a você? E, por isso, não pode partir?

— Quase isso — disse Ned timidamente.

— Vou procurar por você aqui, quando eu voltar, se algum dia eu voltar e passar por aqui — disse Wussausmon. — Mas a Sra. Rose tem razão: nenhum de vocês está seguro aqui.

— Eu uso todo dia os mocassins que Esquilo Manso fez para mim — objetou Ned. — Meu telhado é coberto com a palha do junco que ela trocou comigo. Você está dizendo que ela agora me oferece perigo?

— Todos nós que vivemos entre os dois mundos vamos ter de optar — disse Wussausmon. — Você está na fronteira, *Nippe Sannup*, entre a água e a terra, entre terras tribais e um vilarejo inglês, entre um mundo e outro. Você vai ter de optar.

— E você? — perguntou Ned ao amigo. — Entre a aldeia convertida, na companhia da sua esposa e dos seus filhos, e a guerra, em Montaup. Você também vai ter de optar?

Wussausmon se virou para o amigo com a fisionomia impassível, mas com os olhos brilhando de lágrimas.

— Terei de trair alguém — disse ele calmamente. — Sou Squanto.

JANEIRO DE 1671, LONDRES

No ano-novo, Livia tentou criar o hábito de fazer a refeição com o noivo todo domingo, depois do culto na igreja, e dia sim, dia não, ao longo da semana. Mas ele com frequência comia fora, às vezes a negócios, e, mesmo quando ela chegava no horário da refeição e o encontrava em casa, Lady Eliot estava sempre lá. Em certas ocasiões, Livia poderia jurar que a idosa estava prestes a sair, mas, assim que Livia aparecia, ela tirava o manto e resolvia ficar para comer. Em outras ocasiões, pior ainda, Livia tinha certeza de ter visto uma troca de olhares entre Sir James e a tia, precedendo a decisão de que ela ficaria em casa.

— Precisamos ter sempre uma acompanhante conosco para proteger a sua reputação — disse ele um dia no fim de janeiro.

— Não precisamos, não. Vamos nos casar em duas semanas. — Ela chegou um pouco mais perto para que ele pudesse sentir o perfume de rosas em seu cabelo castanho-escuro. — Estou batizada e crismada, os proclamas estão sendo anunciados; por que não podemos estar juntos?

Ele deu um passo para trás e sentiu a borda da escrivaninha na parte posterior das coxas, bloqueando sua retirada, enquanto sua noiva avançava, até escorregar entre seus braços e pressionar o corpo contra o seu.

— Não precisamos de acompanhante — cochichou ela. — Porque somos amigos, amantes e noivos comprometidos, com nosso casamento marcado daqui a poucas semanas, e temos sido tudo um para o outro. Diga a ela que saia e vamos ficar juntos!

— Aquilo não pode acontecer de novo — disse ele, mas ela sentiu sua excitação. — Só depois do casamento.

— Mande-a embora esta noite e me deixe comer com o homem que eu amo. Sozinha — sussurrou ela.

— Não posso — disse James. — Por uma questão de honra, não devo ficar a sós com você, Livia. É pela sua reputação, tanto quanto pela minha.

Ela olhou para ele com olhos convidativos.

— Você me quer tanto assim? Devo ter medo de sua paixão?

A maneira como ela falou com ele e o tremor na voz ao enunciar a palavra "medo" o fizeram esfriar de repente. Havia algo calculista nela, e aquele sotaque cantado soou subitamente falso.

— De jeito nenhum — disse ele, afastando-se e colocando a escrivaninha entre eles. — Eu teria vergonha de amedrontar uma dama. Aquele incidente, quando perdi o controle, é, como sabe, algo que não vai se repetir.

Ela se virou para a janela por um instante para esconder a frustração; em seguida, voltou-se para ele com o mais meigo dos sorrisos.

— Ah, eu sei. E quero que me perdoe. É que anseio pelo momento em que poderemos nos amar, honrada e verdadeiramente. Quando eu puder me entregar a você — sussurrou ela. — Quando pudermos dar o seu sobrenome ilustre a um herdeiro.

O som de uma leve batida o salvou de precisar responder, e Lady Eliot escancarou a porta.

— Vejam quem veio comer conosco! — anunciou Lady Eliot, correndo os olhos pela sala. — Meu querido George. George Pakenham.

Livia deu um passo à frente com a mão estendida para ser beijada por ele.

— Ah! Que satisfação rever o senhor! — disse ela como se estivesse sinceramente encantada. — E nem uma palavra sobre as minhas belas peças, desta vez, pois todas são de propriedade do Sir James. E ele não quer ouvir uma palavra sequer contra elas!

Ela virou um rosto sorridente para James, que se mantinha calado do outro lado da escrivaninha.

— Como assim? — disse Sir George, beijando a mão de Livia.

Houve uma pausa.

— Ah, o senhor não sabia? Vamos nos casar! — anunciou Livia. — Não vamos, *caro marito*?

— Vamos, sim — disse James, contornando a escrivaninha para cumprimentar o cunhado. — Vamos, sim. Milady se dispõe a me fazer feliz.

— É mesmo? — indagou George.

— No mês que vem — disse Livia, triunfal. — Daqui a duas semanas! O senhor tem de vir ao meu casamento.

JANEIRO DE 1671, NO MAR

Felipe estava na proa do navio, ao meio-dia, envolto numa capa grossa, protegendo-se do vento frio e observando a hipnótica e suave divisão das ondas sob a quilha de madeira. Sarah subiu ao convés, como se atraída por Felipe, e ficou ao seu lado. Sem uma palavra, ele abriu a capa e cobriu os ombros dela, qual um abraço. Ficaram ali, lado a lado, envoltos na capa, mas sem se abraçarem. Seus ombros roçavam um no outro em cada balanço do navio.

— Você poderia ter se afogado. — Felipe estava distante e furioso.

— Sei nadar — disse ela calmamente.

— Você poderia ter sido presa. Quase a deixamos para trás. A rigor, o *pedotti* não poderia ter permitido o lançamento do bote, tão perto da ilha da quarentena. Não poderia ter deixado a gente esperar mais do que um momento.

— Mas você o convenceu?

— Tive de contar um bocado de mentiras.

Ela sorriu.

— Deve ter sido uma tortura para um homem honesto como você.

— Não foi divertido para mim — disse ele, zangado. — Pensei que você fosse morrer na água. Eu senti... — Ele interrompeu o que dizia.

— O que foi que você sentiu? — perguntou ela.

— Muito medo — disse ele, como se a verdade tivesse de ser arrancada.

— Pensei que estivesse...

Ela esperou.

— Pensei que estivesse perdida. Pensei que a tivesse perdido.

Ainda envolta na capa, ela se virou e colocou as mãos nas faces dele.

— Me perdoe — disse ela com sinceridade. — Tive de mentir; sabia que você nunca teria me deixado ir, mas prometo nunca mais mentir para você.

Ele colocou as mãos na cintura fina dela, mas não a puxou para perto.

— Você será sincera comigo?

— Serei — disse ela solenemente.

— Você sabe que não posso prometer ser sincero com você? Sou aquilo de que você me chamou: um falsificador, um falsário, uma fraude, um ladrão de túmulos, larápio e mentiroso.

Ela fez que sim, muito seriamente.

— Eu sei. Mas você não poderia mudar?

Ele balançou a cabeça.

— *Cara...* não posso prometer que vou mudar; levei a vida... Toda a minha vida foi desonesta. Meu negócio é falsificação.

O olhar que ela lhe lançou teria convertido qualquer pecador.

— Mas você não poderia mudar? Não poderia se arrepender?

Ele baixou a cabeça.

— Não sou digno de você. Mesmo se estivesse livre.

— Vejo que terei de salvá-lo — disse ela com um sorrisinho esperançoso.

Ele engoliu em seco a resposta, soltando-a, e ela se virou, de modo que ficaram novamente ombro a ombro, observando o mar.

— Os nossos mundos estão separados por oceanos — disse ele. — E logo haverá, de novo, um mar entre nós. Você vai voltar a ser chapeleira?

— Veneza já parece um sonho — disse ela. — Sinto como se fosse acordar em Londres, na chapelaria, e as meninas fossem perguntar onde estive e o que fiz, e jamais vou poder contar a elas.

— O que você diria a elas sobre mim?

Ela balançou a cabeça.

— Jamais vou falar sobre você.

Por um instante, ficaram em silêncio, contemplando as ondas.

— Vai vender aquelas penas com grande lucro? — perguntou ele.

— Vou vender um pouco e guardar um pouco. Pretendo fazer os meus próprios chapéus e adereços de cabeça e vender por minha conta.

— Vou pensar em você, na sua chapelaria, quando eu voltar para casa — disse ele. — Vou pensar em você todo dia.

Ela olhou para ele e, por um instante, Felipe achou que não conseguiria resistir à tentação de puxá-la para perto e apagar, com beijos, a tristeza estampada naquela boca.

— Não faça isso. Porque não vou pensar em você de jeito nenhum — disse Sarah com determinação. — De jeito nenhum.

FEVEREIRO DE 1671, HADLEY, NOVA INGLATERRA

Naquele mesmo dia, de manhã cedo, Ned estava defumando carne na chaminé da casa, longas tiras de carne de cervo que Esquilo Manso havia lhe dado quando ela atravessou o rio para fazer escambo. Disse que queria alguns alfinetes de costura, uma desculpa tão esfarrapada que ele nem sequer contou os alfinetes que despejou na sacola — nem ela.

— Quer notícias? — perguntou ele, pensando que seu domínio da língua era tão precário que jamais poderia transmitir a ansiedade sobre o que estava por vir, principalmente os temores que sentia por ela e pela pequena aldeia, cercada pela nova paliçada.

Ela fez que sim, com os olhos fixos no rosto dele.

— Se você souber de alguma coisa, Ned.

— O massasoit precisa ir até Plymouth, entendeu? Ele precisa dar uma resposta; precisa dizer: me desculpe.

Ela suspirou, e ele julgou que fosse por impaciência diante da infantilidade de sua fala na língua deles.

— Gostaria de dizer a você que sei de tudo isso — disse ela em sua língua, sabendo que ele entenderia uma palavra em dez. — Sei de tudo isso! Todos nós sabíamos que isso ia acontecer. O que eu quero é que você me diga quando os homens em Hadley, inclusive os velhos soldados que ajudamos a esconder, vão atacar o meu povo. Sei que vão. Não estou perguntando se, estou perguntando quando. — Ela pegou as mãos dele e olhou diretamente para seu rosto, como se quisesse captar sua atenção. — Os homens de Hadley? — perguntou ela. — Vão marchar contra nós? Contra os meus filhos?

Ele entendeu imediatamente o que ela quis dizer.

— Não — disse ele, mas, em seguida, conteve-se. Não cabia a ele tranquilizá-la para que confiasse nos vizinhos quando estes estavam se armando, quando estavam falando em dar uma lição naquela idosa sábia e na aldeia dela. — Talvez — disse ele, com o semblante taciturno. — Talvez.

— Eles estão se armando? — perguntou ela. — Estão se preparando para um combate?

Antes que ele pudesse responder, a cabeça de Esquilo Manso se enrijeceu para captar um barulho lá fora, e no mesmo instante Ruivo levantou a cabeça, antes apoiada nas patas, e rosnou.

— Tem alguém aí na porta? — perguntou Ned e se voltou para a indígena, mas ela já não estava ali. Tinha desaparecido no fundo da sala, enfiando-se na gigantesca capa de inverno de Ned, pendurada num gancho, e mantendo-se absolutamente imóvel.

A batida de um punho à porta ecoou pelo casebre, onde os sons eram abafados pela neve, e Ned gritou:

— Quem está aí?

— Um conselheiro! — veio a resposta.

Ned abriu a porta e se embrulhou na jaqueta, protegendo-se do frio, enquanto o homem saltava de um monte de neve compactada para dentro da casa. Ned bateu a porta com força.

— Longo caminho a percorrer com esse tempo — disse ele.

— Achei que não conseguiria vencer a neve. — O homem gesticulou, apontando para si mesmo. Estava coberto de neve, da cabeça aos pés. Tinha andado com neve na altura da cintura por toda a via comum. — Estou visitando toda casa deste lado do vilarejo. Você foi recrutado: milícia municipal. Tem de comparecer no prado no próximo sábado, se o tempo permitir. No sábado seguinte, se nevar durante a semana. No outro sábado, se o tempo ainda estiver ruim. Tem de trazer as próprias armas. Você tem mosquete? — Ele olhou acima da porta, onde a arma de Ned estava pendurada. — Tem de levar esse aí.

— O que nós vamos fazer? — perguntou Ned.

— Exercícios militares — disse ele. — Vamos treinar pontaria e marcha.

— Para defender? — perguntou Ned, sua última esperança.

— Para atacar — disse o homem. — Para marcharmos com outras milícias, sob as ordens de comandantes nomeados pelo conselho. Uma força de toda a Nova Inglaterra, avançando, todos juntos. Você será o capitão.

— Marchar contra quem? — perguntou Ned.

— Contra os selvagens — disse o homem, sem especificar.

— Quais? — perguntou Ned. — Que nação?

O homem fez um aceno senhorial.

— Todas elas — disse ele. — Ali não tem ninguém melhor do que ninguém. Você aceita a convocação?

— Aceito — disse Ned. — É claro.

O homem se virou, abriu a porta e grunhiu enquanto escalava o monte de neve. Afastou-se imediatamente, sem dizer adeus, enfrentando a neve espessa, caindo e reerguendo-se. Ned fechou a porta, isolando o frio, e Esquilo Manso surgiu de dentro da capa.

— O que você vai fazer? — perguntou ela, a fisionomia tão terna quanto a de uma mãe que fala com um filho. — *Nippe Sannup...* o que você vai fazer?

FEVEREIRO DE 1671, NO MAR

Cumprindo com sua palavra, Rob foi diretamente para a cabine que Felipe desocupou, às pressas, e não saiu durante quarenta dias, uma quarentena autodeterminada, que ele não haveria de interromper. A comida e a cerveja eram deixadas diante da porta, e ele devolvia os pratos raspados, jogando pela vigia restos de comida e dejetos recolhidos no penico. Uma tigela de vinagre era mantida do lado de fora, e pratos e copos por ele utilizados eram ali imergidos antes de serem coletados. Um velho marujo, que havia sobrevivido ao letal comércio triangular na costa da África Ocidental com uma bolsinha de imunidade contra a peste preparada pela Sra. Reekie pendurada no pescoço, jurava que jamais seria contagiado e serviu a Rob, deixando suas roupas de molho em água do mar e vinagre, depois aferventando-as e passando-as com um ferro em brasa para matar os piolhos.

— Ele está mais saudável que eu — disse o marujo com satisfação no quadragésimo dia da viagem, quando ficou decidido que era seguro Rob sair da cabine.

— Na verdade, esse não é o maior elogio do mundo — disse Felipe.

Sarah riu e bateu à porta da cabine de Rob.

— O senhor quer sair? — perguntou ela.

— O capitão deu permissão? — perguntou ele lá de dentro.

— Deu, sim.

Eles ouviram o barulho do ferrolho sendo aberto, e então Rob abriu a porta e surgiu diante deles, recém-banhado, recém-barbeado, com roupas limpas e passadas. Era um jovem surpreendentemente bonito, de 34 anos, cabelos e olhos castanhos, com um rosto quadrado e franco e um sorriso fácil que lhe aqueceu o semblante e iluminou os olhos quando ele viu Sarah.

— Meu anjinho — disse ele. — Você era uma criança quando saí de Londres, e veja você agora!

Mas então viu Felipe e o sorriso sumiu de seu rosto e ele recuou.

— Você! O que está fazendo aqui? Sua serpente maldita! Meu Deus! Que truque foi esse que você pregou em mim? — Enfurecido, ele se voltou para Sarah. — O que foi que você fez? Me enganou? Aonde estamos indo? Como é que você pôde fazer uma coisa dessas?

— Eu não fiz nada! — apressou-se em dizer Sarah.

Ele teria voltado correndo para a cabine e batido a porta, mas os dois se adiantaram, e Felipe bloqueou a porta com o ombro.

— Ela não o traiu, seu tolo — disse ele bruscamente. — Está culpando a mulher errada. Você entendeu mal... como sempre. *Dio!* Esqueci como você faz questão de ser idiota!

— Traidora! — Rob acusou Sarah. — Você me enviou as moedas da minha mãe, e eu confiei...

— Eu libertei o senhor — disse Sarah, depressa. — Essa é a verdade. Este navio está indo para Londres, e o capitão é honesto. Eu sou quem digo que sou, sua sobrinha e sua amiga. Tudo é como o senhor pensou. Só Felipe mudou. Ele agora está do nosso lado.

— Meu inimigo!

— Agora, não. Ele está do nosso lado.

— Ele está sempre do lado dele próprio! — acusou Rob.

Felipe fez uma leve reverência irônica.

— Infelizmente, isso já foi verdade até demais. Mas escute e pare de delirar. Ajudei Sarah a libertá-lo; nunca imaginei que ela fosse agir de modo tão... — ele fez uma pausa em busca da palavra — ... dramático. Nunca imaginei que ela fosse pular do navio, quase se afogando, quase morrendo congelada, e ainda trazer de volta um portador da peste. Mas eu disse a ela onde você estava; eu a ajudei a encontrá-lo.

— Não foi muito difícil me encontrar! — exclamou Rob. — Visto que eu estava na prisão para a qual você me enviou.

— É verdade — admitiu Felipe. — Mas, mesmo assim, nós o encontramos.

— Você me deixou lá para morrer.

— Deixei, mas ela o resgatou. Você não tem nada a temer em relação a Sarah. Ela sempre foi leal a você; veio até aqui para encontrá-lo e não parou enquanto não conseguiu.

— Você é mesmo...? — Rob se virou para Sarah, desesperado para acreditar nela. — Você está sendo sincera comigo? É minha sobrinha? Veio atrás de mim?

Sarah fez que sim e levou a mão ao coração.

— Vim procurar o senhor e o resgatei. Prometi à sua mãe que o encontraria, ou colocaria flores no seu túmulo.

Rob anuiu.

— Mas e ele? Você sabe quem é este homem? Este monstro desalmado?

— Sei — disse ela corajosamente —, estou ciente do que há de pior nele, mas ele me ajudou. Eu não teria encontrado o senhor se ele não tivesse me ajudado. E ele está indo a Londres para acusar Livia. Ele se voltou contra ela. Foi ela quem roubou as mercadorias da coleção do marido, e agora ela está usando a nossa família para vender as peças.

— Você não tem nada a temer em relação a mim. Sou seu amigo — disse Felipe alegremente.

— Você nunca será meu amigo — garantiu Rob.

Felipe hesitou diante de tamanha e implacável hostilidade.

— Muito bem, como quiser, mas temos uma inimiga em comum. — Então, olhou para Sarah. — E temos uma amiga em comum, por demais galante.

Rob se afastou dele e pegou as mãos de Sarah.

— Você é realmente a minha sobrinha, Sarah?

— Sou, sim.

— E veio até aqui em Veneza para me procurar?

— Vim. Foi a sua mãe quem pediu que eu viesse.

— Você foi enganada e traída por este homem — advertiu Rob. — Ele não pode ser seu amigo.

— Pode, sim. Ele me contou tudo, eu acho.

— Sarah, foi ele quem me prendeu e me jogou no poço. Ninguém sai do poço. Eles só me libertaram para eu ir ao encontro da morte no Lazzaretto Nuovo.

— Eu poderia ter mandado você para o Lazzaretto Vecchio — ressaltou Felipe em tom de provocação. — Muito pior. Com a morte muito mais certa. E a vida é sempre um risco, aqui ou no poço.

Rob o ignorou.

— Ele planejou a minha morte para poder roubar e trocar antiguidades com a minha esposa — disse ele a Sarah. Rob esperava que ela ficasse escandalizada, mas Sarah exibiu uma fisionomia totalmente serena.

— Sei disso — disse ela. — Ele mesmo me contou. E agora Livia, por sua vez, o traiu. Ela está na Inglaterra, vendendo as antiguidades, ficando com o lucro e pretendendo se casar com um lorde inglês.

— Livia? Na Inglaterra?

— Ela foi até nós — disse Sarah. — Foi até a sua mãe e disse a ela que o senhor estava morto... afogado.

Rob ficou horrorizado.

— Não me diga que ela falou para a minha mãe que me afoguei! Tudo, menos que me afoguei!

— Não foi tão cruel quanto parece — disse Sarah francamente. — Ela não sabia que a sua mãe não seria capaz de suportar tal ideia. Ela não sabia o que estava dizendo para pessoas como nós, gente do Lodo Catingoso.

Ele balançou a cabeça, como se quisesse clarear o pensamento.

— Como foi que a minha mãe recebeu tal notícia? — Ele olhou rapidamente para Sarah. — Isso não a deixou doente?

Sarah sorriu.

— Isso é que foi incrível. Ela saiu ilesa. Não acreditou em Livia nem por um instante!

— Não? Por que não?

— Tem alguma coisa em Livia que a vovó não gosta — disse Sarah com franqueza. — Ela nunca revelou o que é. Mas a vovó nunca acreditou nela, desde o começo. Livia é linda e tão trágica... o senhor sabe... Ela contou uma história de partir o coração. Mas a vovó só olhou para ela e disse: "Ah, sim."

— Ah, sim? — repetiu Rob.

Sarah sentiu vontade de dar uma risadinha ao pensar na personalidade peculiar da avó.

— Tudo começou quando Livia colocou Matteo nos braços dela e disse que ele iria consolá-la e ocuparia o lugar do senhor.

Rob também estava sorrindo agora, imaginando a reação da mãe.

— Ela não gostou de ouvir isso?

— Era para ter sido comovente, mas parece que a sua mãe apenas segurou o menino, olhou no rosto dele e disse: "Acho que não é bem assim que funciona."

— Deus do céu! Parece até que a estou ouvindo falar isso. Parece até que estou vendo a minha mãe!

— Mas por quê? — perguntou Felipe. — Essa mulher é uma rocha!

— Ela não é uma tola que se deixa enganar por uma charlatã — rebateu Rob. — Ela enxerga o íntimo da pessoa.

— Mais tarde, quando pediu a mim que procurasse pelo senhor, ela me disse que saberia se o filho estivesse morto, e eu acreditei — disse Sarah. — Eu sabia o que ela queria dizer. Eu saberia se Johnnie estivesse doente ou morto. Eu saberia, simples assim. A vovó nunca acreditou que o senhor estivesse morto e tinha certeza de que não havia se afogado. A única vez que ela ficou em dúvida foi quando eu estava saindo; então, ela teve medo. Pediu a mim que trouxesse de volta algo que tivesse pertencido ao senhor e que ela pudesse levar no caixão, quando morresse. E pediu que eu jogasse flores na água, no local onde o senhor tinha desaparecido.

— Que flores?

— Por que isso importa? — perguntou Felipe, que vinha acompanhando a conversa rápida.

— Não-me-esqueças.

Rob fez cara feia.

— Ai, meu Deus! Eu jamais ia querer que a minha mãe sofresse! E todo esse tempo, no poço e na ilha, eu pensei que Livia estivesse arrasada, pedindo a todos pela minha liberdade. — Ele olhou para Felipe. — Pensei que você tivesse agido por conta própria e que ela estaria contra você, tentando me libertar. Pensei que ela estivesse presa a você, lutando para se ver livre das suas garras.

Felipe fez que não.

— A *nobildonna* jamais faria isso! Você nunca chegou a conhecê-la de verdade. Ela partiu imediatamente para a Inglaterra, assim que emitiram um mandado para a sua prisão. Ela temia que a intimassem como testemunha da morte do primeiro marido. E embarcou para Londres no dia em que você foi detido. Partiu feito uma princesa, com um lindo enxoval de vestidos pretos, do tempo em que esteve de luto pela morte do conde, e contratou uma criada para cuidar de Matteo.

— E nós a acolhemos — disse Sarah. — E a mamãe acreditou nela. Ela exibiu as suas antiguidades em Londres, vendeu tudo e disse que usaria o dinheiro para comprar um armazém maior, numa área melhor da cidade, com cômodos melhores para nós.

— Antiguidades dela? — perguntou Rob, dirigindo-se a Felipe.

— De fato. — Ele fez uma leve reverência. — Aquelas que ela roubou do marido e aquelas que eu mesmo produzo. E agora ela encomendou mais do meu depósito. As peças já estão a bordo. Estamos transportando tudo para ela.

— Ela não sabe que a mamãe mandou você para Veneza? — perguntou Rob a Sarah.

Sarah confirmou.

— Não. Pelo menos, não sabia quando saí de lá. Não sei que informações ela conseguiu arrancar da minha mãe depois que eu viajei.

— Ela não sabe que você está indo para Londres com as antiguidades dela? — perguntou ele a Felipe.

O italiano sorriu.

— Ela não tem como saber. Nem eu sabia.

— Por que o trouxe? — perguntou Rob a Sarah.

— Talvez ela pretenda me salvar — disse Felipe em tom de provocação.

— Na verdade, isso é uma emboscada — disse Rob.

— Ela bem merece — disse Sarah severamente.

— Ela ainda é minha esposa.

Houve uma pausa.

— Será possível que o senhor ainda a ame? — perguntou Sarah com cuidado. — O senhor vai perdoá-la? Ela quase o matou.

— Penso nela noite e dia há quase dez meses. Não posso, de repente, vê-la como inimiga. Não posso acreditar que ela tenha feito o que você diz. Não posso mudar os meus sentimentos... assim! — Ele estalou os dedos. — De uma hora para outra.

Felipe ergueu as sobrancelhas, então olhou para Sarah.

— Como eu disse — lembrou-a ele. — Ele faz questão de ser idiota.

— Não consigo entender como ela pode ter feito as coisas que você diz, quando penso no jeito como era comigo — disse Rob a Sarah, ignorando Felipe. — É como se você falasse de uma estranha. A ideia de que ela estava tentando me resgatar era tudo o que me mantinha vivo. Eu sabia que ela nunca desistiria de tentar me salvar... e agora você me diz que foi ela quem me colocou lá dentro?

— Mas ela é assim mesmo! — exclamou Felipe. — É isso que amo em Livia... exatamente o que você nunca enxergou! Ela é capaz de se transformar de uma hora para outra! Ela sabe que a única maneira de ganhar dinheiro é trapacear o tempo todo... nada é capaz de detê-la.

Rob balançou a cabeça como se não conseguisse seguir a própria linha de pensamentos.

— Quando a conheci, ela era uma jovem esposa, solitária e maltratada pela família do marido, uma linda viúva, perdida num grande *palazzo*, com uma família que a detestava. Eu a amava. Me apaixonei profundamente por ela. Eu a salvei daquela família. Não consigo imaginar outra Livia.

— Há uma dezena de outras Livias — disse Felipe. — E você não foi o primeiro homem a se apaixonar pela face que ela mostrou.

— E não será o último! — acrescentou Sarah. — Ela está agindo neste momento! — Sarah se virou para Rob. — Lamento que o senhor ainda a ame, tio Rob. Mas receio que ela esteja planejando se casar com um lorde inglês. Aquele que a ajudou a vender as antiguidades para outros cavalheiros.

— Quem é ele? — perguntou Rob.

— Sir James Avery — disse ela.

Ele pensou por um instante e balançou a cabeça.

— Nunca ouvi falar.

— Ele apareceu lá no armazém — disse Sarah. — Alguém dos velhos tempos, da época do Lodo Catingoso, sabe? A mamãe o odeia, mas a vovó disse que iria recebê-lo, só uma vez. Ele não foi seu tutor? Quando o senhor era menino. No Lodo Catingoso.

— Aquele era James Summer! — exclamou ele. — Meu tutor se chamava James Summer. Não Avery. Mas será... Poderia ser o mesmo homem? — Rob parecia perplexo. — Ele voltou a procurar a minha mãe? Mas como Livia o conhece?

— Livia cravou as garras nele já na primeira visita. Ele deixou que ela expusesse as antiguidades em sua casa. Quando saí de Londres, ela já o havia convencido a fazer uma segunda exposição. É para isso que serve esta remessa, agora. Ela contava plenamente com ele, entrava e saía da casa dele, agindo como se fosse a dona. Logo vi que ela pretendia se casar com ele.

Felipe esperou, com os olhos fixos na expressão atordoada de Rob.

— Devagar... — disse ele, dirigindo-se a Sarah em voz baixa. — E sempre.

— Ela não pode se casar com ele; ela está casada comigo! — disse Rob simplesmente.

— *Ecco!* — disse Felipe com ar triunfante. — Finalmente! Exatamente.

FEVEREIRO DE 1671, LONDRES

A fila de navios que aguardavam liberação para atracar nos embarcadouros oficiais descia rio abaixo. O capitão Shore, olhando rio acima, os olhos azuis semicerrados diante da garoa naquela manhã fria, chamou um bote para levá-lo até a alfândega, onde solicitaria autorização para seguir diretamente até o Embarcadouro Reekie e lá ser recebido pelo funcionário da alfândega.

— O senhor não é obrigado a descarregar na sede oficial da alfândega? — perguntou Felipe, interessado, olhando para o tombadilho e para o capitão.

— Só se for uma carga especial, uma carga tributada com imposto real, por exemplo, café ou especiarias, ou carga procedente das Índias Orientais, ou de alto valor. Nosso manifesto registra bens privados, móveis e afins. — O capitão Shore fez cara feia para o belo homem mais jovem. — E algumas barricas de azeite e vinho. Podemos descarregar tudo no Embarcadouro Reekie e pagar os impostos lá. Se *forem* bens privados, móveis e afins, eu não me preocuparia. O senhor garante que são?

— Garanto. E o senhor tem em mãos uma licença de exportação que confirma a minha palavra.

— Então, é claro, fico tranquilo.

— O senhor é obrigado a declarar os passageiros que estão a bordo?

— É claro. E vou declarar — alertou o capitão. — A papelada correta. A reputação da Sra. Reekie é boa, e não vou agir como um canalha no embarcadouro dela. Papelada correta, declaração completa. O funcionário vai receber o senhor no Embarcadouro Reekie, e lá mesmo o senhor pode pagar o imposto e obter o seu passaporte. Me entregue os seus documentos para eu apresentar na alfândega.

Felipe entregou um documento com muitas assinaturas e várias fitas que atestava ser ele Felipe Russo, comerciante de antiguidades, membro da guilda dos pedreiros de Veneza, cidadão livre, autorizado a viajar para onde desejasse.

— E Roberto? — perguntou Felipe.

— Como ele é inglês, não precisa de nada — disse o capitão. — Ele está voltando para casa. É a mesma situação da Srta. Reekie. Mas vão perguntar se algum de nós teve contato com alguma doença.

— Não tivemos — disse Felipe. — Viemos todos de Veneza, que está, *grazie Dio*, livre de doenças.

— É, o senhor tem resposta para tudo — disse o capitão Shore. — Espere a bordo até que eu volte.

— Sim, sim, capitão — disse Felipe, arremedando uma atitude de obediência, e observou o homem mais velho descer a escada junto ao costado do navio e embarcar no bote que o esperava.

— O que fazemos agora? — perguntou Sarah, aproximando-se de Felipe. — Quase consigo avistar a minha casa daqui.

— Temos de esperar — disse ele. — Passou pela sua cabeça mergulhar e nadar até lá?

— Não — disse ela. — Não pretendo fazer aquilo de novo.

— Nesse caso, acho que você vai estar em casa hoje à tarde, assim que o capitão tiver permissão para atracar no embarcadouro de vocês. E então o que vamos fazer?

— Vou levar o tio Rob até a minha avó — disse ela, sorrindo de expectativa —, e, então, vamos encontrar Livia... em casa, se ela estiver lá, e, se não estiver... vamos até a Casa Avery. Você continua decidido?

— Continuo — disse ele. — Totalmente.

— Vai desmascará-la? — indagou ela.

— Vou ver o que a situação dela exige — respondeu ele, ambíguo.

Ela se virou para retornar à cabine, mas ele a segurou pela borda do xale.

— Fique — convidou ele. — Me fale de sua terra. Me aponte os pontos de referência. Nunca estive em Londres; me fale sobre a cidade, pode ser?

Ela dirigiu a ele um olhar bastante direto.

— Você logo vai conhecer a cidade — disse ela sem rodeios. — Tudo o que precisa saber por enquanto é que aqui é a margem direita, o lado pobre da cidade, onde a *nobildonna* mora com a minha família, usa o nosso espaço e nos trata como se estivéssemos ali para servi-la; e do outro lado do rio, na margem esquerda, é aonde ela sempre vai, onde belas construções aguardam uma proprietária culta e bela, onde as pessoas compram os seus produtos falsificados, pensando que são autênticos, onde desfrutam da companhia dela, pensando que se trata de uma mulher digna. É fácil entender esta cidade. Nós moramos aqui, deste lado, o lado pobre, o lado sujo. Somos honestos aqui nesta margem. Mas Livia está decidida a viver do outro lado. Como qualquer um gostaria. Você também, suponho. É lá que você vai "ver o que a situação dela exige". Aquele lado é para a nobreza e para mentirosos, aqueles para quem a aparência vale mais que a verdade. As pessoas gostam dela; gente como você.

Ele pegou a mão de Sarah e a beijou, olhando para o rosto dela.

— Não — foi tudo o que ele disse.

— Não o quê? — disse Sarah, puxando a mão.

— Estou decidido a me tornar um homem honesto; não quero mais ficar do lado dos nobres e dos mentirosos. Você pode estender a mão e me salvar, Srta. Jolie. Srta. Bonita. Permita que eu fique do seu lado.

Ela o olhou como se não confiasse nele totalmente.

— Você está mudado?

Ele sorriu para ela, descaradamente atraente.

— Você vai me salvar?

FEVEREIRO DE 1671, IGREJA DE SÃO CLEMENTE DOS DINAMARQUESES, LONDRES

Livia, trajando um vestido novo de seda azul-marinho e jaqueta combinando, debruada com renda da mesma cor, um chapéu requintado com um véu de renda preso por um alfinete de ouro, andou pela nave da igreja, sozinha, satisfeita com o som dos sapatos novos no piso. Atrás dela vinha Carlotta, com Matteo no colo, como se o menino devesse testemunhar o casamento da mãe e estabelecer seus próprios direitos junto ao padrasto. Matteo estava sonolento e olhou em volta, piscando os grandes olhos escuros, e então acomodou a cabecinha embaixo do queixo de Carlotta. Livia não olhou para trás, para o filho, e seguiu em frente, com firmeza, os olhos baixos, denotando recato. Ninguém a acompanhava.

Esperando por ela, no banco designado à família e posicionados à direita da igreja, estavam Sir James, Lady Eliot ao lado dele e Sir George Pakenham ao lado dela. No banco detrás, estavam os criados mais antigos da Casa Avery, autorizados a comparecer à igreja naquela tarde para testemunhar o casamento do patrão. Enquanto Livia percorria a nave, eles esticavam o pescoço, olhavam espantados e cochichavam.

Livia, fingindo não ouvir nada, carregava um pequeno buquê de prímulas, amarrado com fita azul-escura, e um exemplar do *Livro de oração comum*. Quando os presentes ouviram os saltos dos sapatos batendo no piso de pedra recém-instalado, Sir James, antes de joelhos e orando no banco da família, levantou-se e ocupou seu lugar diante do altar, de modo que, quando ela se aproximasse, ele estivesse a postos, igual a um homem parado no cais.

Ela achou que ele estava um tanto pálido e abatido; ergueu os olhos para ele, numa paródia de recato, desejando que ele parecesse mais um homem no dia de suas bodas e menos um homem encarando uma armadilha que se fechava lentamente. Ela sussurrou uma palavra de saudação, ele respondeu com um meneio melancólico e se virou para o reverendo. Sir George saiu do banco para se posicionar ao lado de Sir James enquanto Lady Eliot se pôs de pé, com relutância, para testemunhar o casamento.

Livia removeu da mão esquerda a luva de renda azul-escura. George colocou a aliança sobre o livro aberto que o reverendo segurava diante dele. Tratava-se da aliança de casamento da primeira esposa de Sir James, a aliança que havia pertencido à irmã de George, um aro de ouro cravejado de diamantes. Livia fez questão de usá-la. Não aceitaria uma aliança nova; queria a antiga. Queria tudo que a primeira Lady Avery tinha possuído, como se a aliança, o bastidor de bordar, os frascos de perfume feitos de vidro lapidado e a maleta de viagem pudessem validar o título. O reverendo respirou fundo, desviou o olhar do rosto abatido de seu paroquiano, Sir James, e o direcionou à beleza requintada da jovem noiva e deu início à cerimônia:

Amigos queridos e amados, estamos aqui reunidos, diante de Deus e diante desta congregação, para unir este homem e esta mulher em sagrado matrimônio...

O reverendo havia ensaiado várias vezes a cerimônia com Livia para que ela pudesse entender o significado de cada palavra, pronunciada numa igreja que não era a de sua família, num idioma que não era o seu. Ele sempre teve a sensação de que ela aprendia as falas como se fosse uma atriz em vez de repeti-las como preces. Mesmo naquele momento, em que ele entoava o introito à cerimônia de casamento, o reverendo achava que havia algo bastante teatral em relação à formosa viúva. Ela ergueu o buquezinho de prímulas e inspirou o aroma; em seguida, elevou os olhos escuros e fitou Sir James sobre as pétalas bege profundamente comovida.

... Que é um estado honroso, instituído por Deus no Paraíso, no tempo da inocência do homem, significando, para nós, a união mística que existe entre Cristo e sua Igreja.

O reverendo não estava enganado: o sorriso dela brilhava para ele, como se o houvesse recrutado para ajudá-la em alguma artimanha, como um vigarista na rua que se valesse de um transeunte para atrair e tirar vantagem de um tolo. O reverendo prosseguiu com as palavras, mas não suportava o olhar exultante de Livia.

... *Que é um estado sagrado que o próprio Cristo adornou e gratificou com sua presença e seu primeiro milagre, em Canaã, na Galileia; e que são Paulo recomenda ser honrado por todos os homens: e, portanto, não pode ser por ninguém praticado, nem manipulado, imprudentemente, levianamente ou arbitrariamente, a fim de satisfazer a lascívia e o apetite carnal dos homens, como bestas que não dispõem de compreensão; mas reverentemente, recatadamente, prudentemente, sobriamente e temente a Deus...*

O reverendo olhou para sua outra paroquiana, Lady Eliot, rígida e demonstrando reprovação no banco da família, visivelmente infeliz diante daquele segundo casamento e ressentindo-se amargamente daquela estrangeira. Ao lado do noivo, George Pakenham fitava o vitral atrás da cabeça do reverendo, como se desejasse estar em outro lugar. O clérigo hesitou — qualquer homem nesta terra de Deus teria hesitado —, correndo o olhar do inglês de rosto lívido para a viúva italiana sorridente. E, quando ele hesitou, Livia ergueu o rosto bonito e disparou:

— Prossiga.

Sir James se encolheu ao ouvir a ordem.

Então, corroborou.

— Sim, Sr. Rogers, por favor, continue.

O reverendo recitou as razões sagradas pelas quais os dois estariam unidos em matrimônio, não convencendo nem a si mesmo. Indagou se havia algum motivo que impedisse o casamento. E afirmou que qualquer pessoa deveria falar agora, ou calar-se para sempre. Em seguida, fez a pausa tradicional, aguardando uma eventual resposta, e o olhar de Livia para Sir James se manteve meigo e confiante.

Lady Eliot prendeu a respiração, olhou para Sir George, abriu a boca como se fosse falar, então se conteve. Não havia nada que ela pudesse dizer para evitar que o casamento acontecesse. Não havia nada que ninguém pudesse dizer.

O reverendo segurou o livro de orações diante de Sir James, com a aliança de casamento sobre a página aberta, e James colocou a aliança da esposa morta no dedo de Livia, recitando o juramento nupcial. *Com esta aliança eu me uno a ti, com meu corpo eu te adoro, e com todos os meus bens mundanos eu te contemplo. Em nome do Pai, do Filho e do Espírito Santo. Amém.*

A aliança era um pouco grande; Livia fechou a mão, formando punho, para impedir que escorregasse.

— Oremos — disse o clérigo e os conduziu pelas preces do matrimônio; então, dirigiu-se ao altar, no intuito de preparar a Santa Comunhão. Livia, agora batizada e crismada na igreja, dirigiu-se com o novo marido até os degraus da capela-mor e recebeu o pão e o vinho. Foi seguida por sua nova tia, Lady Eliot, por Sir George e pela criadagem. Terminada a cerimônia, todos oraram novamente, e o reverendo disse a James:

— Pode beijar a noiva.

Livia, ainda segurando as prímulas junto à face, ergueu o rosto para receber o beijo, de modo que ele beijou os lábios quentes, sentiu as flores na própria face e inalou a doçura delicada do perfume.

— Então, está feito — comentou Lady Eliot amargamente com Sir George. Ela recolheu o livro de orações que estava na prateleira diante do banco e se virou para sair quando a grande porta da igreja se abriu e um redemoinho de ar frio soprou.

Um grupo de estranhos adentrou a nave central, um, dois, três homens trajando capas de viagem, e com eles Sarah e Alys Stoney — pessoas que Livia jamais esperaria ver ali na Strand, pessoas cuja presença ela jamais gostaria de ter em seu casamento.

— Parem a cerimônia — disse Rob Reekie com absoluta serenidade.
— Reverendo, peço ao senhor: pare a cerimônia. Esta mulher não pode se casar com este homem.

James Avery, de cara feia por causa da grosseria da interrupção, receando um escândalo antes mesmo de saber o que estava acontecendo, viu Rob, seu ex-aluno, mas não o reconheceu naquele homem adulto e confiante, com cabelo castanho, que o fitava com tamanha severidade, seguido por dois estranhos, por sua vez seguidos por Alys Stoney e a filha, Sarah.

— Pare a cerimônia — repetiu Rob. — Esta mulher não pode se casar com este homem. Ela é minha esposa.

Em meio ao silêncio de perplexidade, foi Lady Eliot quem assumiu o controle da situação. Ela deu um passo à frente e ergueu a mão para Rob.

— Nem mais uma palavra — disse ela, e, quando ele quis protestar, repetiu: — Já falei. Nem mais uma palavra.

Por um instante, Livia pensou ter encontrado uma defensora improvável. Mas Lady Eliot estava apenas pensando que os criados deveriam ver e ouvir o mínimo possível.

— Podem ir. — Ela se dirigiu ao mordomo da Casa Avery, à cozinheira e seus subordinados. — Pelo visto, há alguma dificuldade, algum equívoco, que haveremos de resolver em particular. Voltem para a Casa Avery agora, e nós vamos mais tarde; então vocês poderão servir a refeição do casamento. E certifiquem-se de que tudo esteja perfeito. Não importa quanto atrase.

Os criados saíram com a maior lentidão possível, e a nobreza e os estranhos ficaram em silêncio, como se petrificados em seus lugares, feito estátuas, até que a porta se fechou atrás da criadagem.

— Será que não devemos...? — Impotente, o Sr. Rogers fez um gesto para a sacristia. — Não querem ficar sozinhos?

— Não — disse Livia categoricamente, desafiando qualquer um a contradizê-la. — Não vou a lugar nenhum. Qualquer coisa que qualquer pessoa queira dizer pode ser dita aqui. Não há nenhum empecilho ao meu casamento com este homem. E, de qualquer modo, estamos casados agora, e quem disser o contrário é mentiroso. — Ela nem sequer olhou para Rob, como se ele não estivesse ali, como se ainda estivesse preso numa ilha de quarentena, como se ele nem sequer existisse.

Um leve gesto de Felipe chamou a atenção de Livia; ela, então, viu-o, percebeu que ele tinha vindo com Rob e que havia uma nova e perigosa aliança contra ela. Mesmo naquele momento, porém, ela não demonstrou medo; não hesitou nem por um instante.

— Este é um casamento legítimo — afirmou ela, desafiadora, dirigindo-se diretamente a Felipe. — É do interesse de todos que não seja contestado. Dirijo-me a vocês, absolutos estranhos, como me dirijo aos meus entes queridos, como me dirijo ao meu novo marido e família. Será melhor para vocês, para *todos* vocês, deixarem este casamento em paz. Estou falando sério. É do interesse de todos nós.

Felipe escondeu o sorriso. Tirou o chapéu para ela e fez uma reverência. James Avery engoliu em seco.

— Quem é você? — perguntou ele, dirigindo-se a Rob, então disse, incerto: — Você é Rob, não é? Rob Reekie? Meu Deus, Rob! Achei que você estivesse morto. Todo mundo achava que você estivesse... — Ele deu meio passo em direção ao homem mais jovem, como se fosse abraçá-lo, mas Rob não esboçou a menor reação, não abriu os braços, não fez nenhum movimento além de uma reverência leve e rígida, e a alegria de James se esvaiu na incerteza. — Mal posso crer! — disse ele, mais controlado. — Que milagre! E a sua mãe?! — Ele se virou para Alys. — A senhora já contou a ela, Sra. Stoney? Ela já o viu? Ela sabe?

— Ã-hã — disse Alys brevemente.

— É este é o seu primeiro pensamento? — perguntou Livia a ele num tom de voz irritado. — Sua primeira pergunta é... se a mãe dele sabe?

Ele não prestou a menor atenção nela.

— E... Sarah? A Srta. Stoney? Também está aqui?

— Viemos direto do navio — disse Sarah. — Acabamos de desembarcar no Embarcadouro Reekie. Fui a Veneza procurá-lo.

— Pensei que a senhorita estivesse passando um tempo na casa de amigos, não?

— Também pensei. — Livia concordou com o marido. — Foi isso que elas disseram. Foi o que todos disseram. — Ela olhou por cima das flores, para Alys. — Foi isso que você disse, Alys. Você mentiu para mim?

— Ã-hã — repetiu Alys com a boca semicerrada formando uma linha rígida.

— Minha avó me mandou para Veneza. Ela nunca acreditou nessa daí... — Com um meneio desdenhoso de cabeça, Sarah indicou Livia, imóvel, com o nariz junto ao buquê de prímulas.

— Mas e o casamento? — interrompeu o reverendo. — Realizamos um casamento aqui. Um solene... Os senhores estão dizendo que esta senhora está comprometida? — E se virou para Livia. — *Nobildonna*, a senhora deveria ter me contado... Isso é verdade? A senhora fez uma declaração solene, sob juramento; a senhora empenhou a sua palavra perante Deus de que estava livre para se casar. A senhora recebeu instrução religiosa durante semanas e jamais...

— Ela é minha esposa — interrompeu Rob e olhou para Matteo, que dormia nos braços de Carlotta. — E esse menino é meu filho. Ele tem o meu sobrenome. Esse cavalheiro — ele indicou Felipe com um gesto — era o mordomo dela. Ele sabe que ela é minha esposa. Ele testemunhou o nosso casamento em Veneza e a minha prisão, bem como a fuga dela de Veneza. Ela está morando com a minha família na condição de minha viúva. Ela mentiu para a minha família. Disse à minha mãe que eu estava morto.

— Isso é muito grave — disse o pastor.

— Agradeço a Deus por você estar vivo — disse Livia com uma dignidade serena, dirigindo-se a Rob. Não se apressou em abraçá-lo, tampouco se aproximou de Sir James. Ficou sozinha, contida, olhando de um homem para outro, como se pensasse no que fazer. Mas nem sequer olhou para Felipe, como se contasse com ele para ficar calado enquanto uma nova fraude era forjada.

— A senhora realmente pensou que ele estivesse morto? — perguntou o clérigo a Livia.

Ela jogou a cabeça para trás, como se ele estivesse interrompendo seus pensamentos.

— Bem, claro que sim. Me disseram que ele estava morto! — exclamou ela. — Me disseram que ele tinha se afogado. Por que eu haveria de duvidar, se ele costumava sair toda noite nas marés sombrias? Fiquei de luto por ele, deixei o meu país na mais profunda dor, vim para a Inglaterra, dei a notícia terrível para a família dele e fiz de tudo para consolá-la. — Ela lançou um olhar sombrio para Alys. — Minha cunhada pode confirmar que tentei confortá-la, que compartilhamos a nossa tristeza. Choramos nos braços uma da outra.

Alys, com o rosto parecendo feito de pedra, não disse nada.

— Então, a senhora é culpada tão somente de um erro involuntário — afirmou o Sr. Rogers. — Se é que foi um erro involuntário.

— O que mais poderia ser? Fui informada sem dúvida de que ele tinha se afogado. Louvado seja Deus por estar vivo. — O olhar dela passou uma vez por Felipe. — Me disseram que ele tinha se afogado. Todos em Veneza diziam. Ninguém poderá me contradizer.

Felipe não a contradisse, embora Sarah o encarasse, esperando que ele falasse. O olhar dele estava fixo no belo rosto de Livia e nas prímulas que tremiam ao lado de sua face.

— Ela me denunciou às autoridades — disse Rob taxativamente. — Fui preso; não me afoguei. Ele é amante e cúmplice dela. — Rob fez um gesto, indicando Felipe. — Foi ele quem me prendeu. Fui acusado de assassinato e condenado à prisão perpétua.

Fez-se um silêncio aterrador. Sir George soltou um leve assobio. Livia inclinou a cabeça sobre as flores para inalar o perfume.

Rob reiterou.

— Ele é parceiro dela... nos negócios e no crime: Felipe Russo.

— O antigo mordomo e amigo da família — complementou Sarah incisivamente, de olho em Livia.

Livia dirigiu os olhos a Sarah e assimilou a recente revelação.

— Um engano — disse ela, dirigindo-se às prímulas, como se quisesse dar a deixa para Felipe se pronunciar. — Rob, você está enganado, talvez a prisão o tenha levado à loucura; a sua palavra não é confiável. Talvez você esteja febril neste momento. Evidentemente, este não é o meu mordomo, não é o meu antigo mordomo; este é o filho do meu antigo mordomo. Não o conheço bem, mas tenho certeza de que ele pode confirmar o que eu disse. — Ela se virou para ele de olhos semicerrados e o encarou com um sorrisinho brincando nos lábios. — Ele vai corroborar; vai confirmar a minha história. Não vai, Felipe? Não vai?

Todos esperaram pela resposta, Sarah observando o semblante dele. Felipe Russo fez uma reverência para Lady Eliot e para os cavalheiros.

— Lamento dizer que a *nobildonna* me ludibriou — disse ele simplesmente. — Ela era minha noiva, e éramos parceiros. Juntos, furtamos antiguidades que pertenciam ao primeiro marido dela, fizemos réplicas e vendemos as falsificações. Ela se casou com Roberto para esconder o nosso crime, e, quando ele descobriu tudo, ela o denunciou.

Sir George pigarreou e se inclinou levemente para perto de James, como se desejasse empurrá-lo para fora da igreja e afastá-lo daquela gente.

— Quem sabe não nos retiramos agora? — sugeriu ele calmamente. — E retomamos essa questão mais tarde?

Mas James se manteve imóvel e calado, com o olhar fixo no rosto belo e impassível de Livia e nas prímulas trêmulas que ela segurava junto à face.

O reverendo balançou a cabeça como se não pudesse sequer começar a entender.

— São alegações muito graves, acusações muito sérias — disse ele. — Precisam ser feitas perante um juiz.

— Eu sou juiz — dispôs-se Sir George prontamente.

— Precisamos de alguém sem nenhuma ligação com qualquer uma das partes — determinou o reverendo.

— Posso providenciar um juiz — ofereceu-se Sir George. Mas o clérigo já havia se voltado para Livia.

— Milady, estas acusações feitas contra a senhora são das mais graves. A senhora precisará de alguém para defendê-la...

— São inverdades — disse ela friamente. — Mas, com certeza, vamos todos até um juiz para que eu possa limpar o meu nome.

— A senhora precisa de um conselheiro, alguém que a represente! A senhora não pode enfrentar isso sozinha.

— Tenho alguém — disse ela com toda a calma. — Meu marido falará por mim. — Livia colocou a mão no braço de James e encostou a cabeça, coroada com o lindo chapéu azul, em seu ombro. — Sir James é toda a família que agora possuo. Meu bom nome é o dele. Eu sou Lady Avery, da Mansão de Northside. Quem falará contra mim?

— Mas... Mas... — O reverendo ficou sem palavras enquanto Lady Eliot e Sir George trocavam olhares de pavor.

Sarah notou que Felipe sorria para Livia, como se estivesse observando uma jogadora excepcionalmente habilidosa durante uma partida de xadrez.

— Eu? — disse James sem rodeios. — Eu devo falar por você?

— É evidente que não. — Lady Eliot saiu do banco reservado à família Avery. — Cavalheiros, os senhores precisam encontrar um juiz imediatamente, e ele deve interrogar esta mulher. Se necessário, encontraremos um advogado para representá-la, embora eu ache que ela é perfeitamente capaz de se defender. Mas não na Casa Avery.

— Na minha casa, sim, se eu quiser — desafiou-a Livia. — Na Mansão de Northside, se eu quiser! Lady Eliot, a senhora tem de aprender que essas casas são minhas agora e que as ocuparei ao meu bel-prazer.

— É melhor irmos para o armazém — disse Sarah.

Lady Eliot engasgou.

— Na margem direita do rio?

Sarah olhou para a mãe, pedindo permissão. Com um lento meneio de cabeça, Alys assentiu.

— Lá, não. Não podemos afligir a Sra. Reekie — disse James com urgência. — Ela não pode ser perturbada.

Livia lançou um olhar desdenhoso para o rosto pálido de James.

— Ela não vai se afligir — garantiu Livia. — Por que ela haveria de se importar se o seu casamento for questionado? Será que ela pretende ser sua esposa?

Ele recuou diante do tom de desprezo na voz dela.

— Não quero abusar do tempo dela — disse ele debilmente.

— O juiz de paz na nossa paróquia é o Sr. Peter Lucas, membro da Corporação Municipal — sugeriu Sarah.

— Mande chamá-lo — disse Lady Eliot, dirigindo-se a Alys Stoney.

Alys ergueu uma sobrancelha ao receber uma ordem de uma estranha.

— Ã-hã — foi tudo o que ela disse.

O único cômodo do armazém com espaço adequado para acomodar o juiz, a família de Alinor, os convidados do casamento, o capitão Shore e Felipe era a sala de contagem, com as portas de acesso ao depósito abertas. Todos podiam ver, no fundo do recinto, as antiguidades recém-descarregadas, todas encaixotadas e todas nitidamente rotuladas "*Nobildonna da Ricci*", na caligrafia de Sarah, como se declarassem, antes mesmo que alguém falasse, que Livia era esposa de Rob, fazendo negócios em nome do marido. Carlotta, segurando Matteo adormecido, manteve-se perto do grupo, sem saber o que estava acontecendo.

Johnnie, convocado de seu local de trabalho, deu um abraço apertado na irmã e cochichou:

— Que bom que você voltou! — Então, correu os olhos pelos presentes, aqueles tantos estranhos no armazém, onde visitantes eram uma raridade e a pequena nobreza jamais estivera. — O que está acontecendo? Acabei de receber uma mensagem da mamãe dizendo que você estava em casa, que trouxe o Rob e que eu deveria vir imediatamente. Achei que a gente estaria comemorando!

Ela apertou o braço dele.

— Você já vai ver. Está tudo bem.

Ela quis dizer que não havia nada ali que pudesse magoar sua mãe nem sua avó, e ele ficou tranquilo.

— E você? Você está bem? — perguntou ele rapidamente e ficou surpreso com o brilho do sorriso repentino por ela exibido. — Espere um minuto! O que aconteceu?

— Conto para você depois — cochichou ela e o empurrou para a banqueta do escriturário, ao lado do juiz, Sr. Lucas, que já estava atrás da bancada de contagem. O corpulento comerciante da cidade empurrou papel e pena para Johnnie.

— Você vai escrever o que for dito quando eu mandar — determinou ele. — Escreva direito para não precisarmos passar tudo a limpo depois.

Alinor desceu a escada para se posicionar junto ao filho e ficou de braço dado com Rob, encostando-se levemente nele, como se quisesse ter certeza de que ele estava ali na realidade, e não em sonho.

— Sempre soube que você estava vivo — disse ela com calma. — E agora você está aqui. Nada importa mais do que isso. Digam eles o que disserem aqui, nada mais importa além de você estar vivo e de volta em casa, de volta a nós.

— Nada mais importa — concordou ele. — Mas, mamãe... ela tem de ser responsabilizada pelo seguinte: por ter abusado da boa vontade de vocês... por ter dito que eu tinha me afogado... e... — Ele baixou a voz. — O que foi que aconteceu com Alys? Ela parece doente, não? Foi Livia? Ela trapaceou Alys?

Alinor fixou o olhar no outro lado do armazém, na expressão sisuda da filha e na linha rígida formada por sua boca.

— Acho que Livia traiu Alys — disse ela.

— Com as antiguidades? Ela fez Alys pagar pelo envio? Ela está endividada?

— Está — disse Alinor, sabendo que havia muito mais.

James surgiu silenciosamente diante deles.

— Posso falar com você? — perguntou ele a Alinor, ignorando Alys, que deu um passo à frente como se fosse proteger a mãe.

— Pode — disse Alinor. Ela não largou o apoio propiciado pelo braço de Rob, e James teve de falar perante os três.

— Queria dizer que sinto muito — afirmou ele com serenidade. — Fui tolo; fui feito de tolo e agora sou exposto como um tolo diante de você, a única mulher no mundo cuja opinião me importa. Eu esperava que ela a ajudasse; dei dinheiro para ela ajudar você; só fiz tudo aquilo... a remessa das antiguidades, a venda na minha casa... para ajudá-la. Queria tornar a sua vida melhor, queria que pudesse comprar medicamentos. Queria que morasse numa casa melhor, numa condição mais saudável; queria que voltasse a ter um jardim... — Ele parou. — Pensei que a estava ajudando por intermédio dela. E então... feito um tolo... me comprometi...

— Não importa. — Alinor se pronunciou com uma indiferença sincera diante da vergonha que ele sentia. — Tudo o que importa para mim é que o meu filho está vivo e voltou para nós.

— Estou feliz por isso — disse Sir James com um rápido olhar para Rob. — Mas, Alinor...

Rob apertou um pouco mais o braço da mãe.

— Acho que o senhor não deve falar — disse ele em voz baixa. — Acho que o senhor não deveria falar com a minha mãe.

— Eu gostaria de oferecer... — Ele estava sem palavras. — Eu gostaria de oferecer alguma compensação.

— Não quero nada de você — disse Alinor com firmeza. — Jamais quisemos.

Sir James baixou a cabeça como um homem que aceita uma sentença de prisão perpétua e recuou em silêncio. Livia, de pé no armazém ao lado das antiguidades encaixotadas, olhava para todos com um interesse vivaz, como se aquilo fosse uma peça de teatro prestes a começar. A única pessoa que ela não observava era Felipe, como se confiasse que ele não diria mais nada.

— Certo — disse o juiz. — Cavalheiros, se os senhores estiverem prontos, vamos iniciar.

Todos se aproximaram, circundando a bancada, a pequena nobreza colocando-se à frente como sempre, sendo as pessoas mais importantes em qualquer recinto. Lady Eliot ficou ao lado de Sir George, com Sir James à direita dele. Livia se adiantou para se colocar junto ao novo marido, uma das mãos enfiada com confiança na manga da jaqueta dele e a outra segurando o buquê de prímulas junto ao rosto. Alys, Alinor, Rob e Sarah se posicionaram de frente para eles, do lado oposto do círculo. O capitão Shore ficou um pouco atrás de Alys, com Felipe ao seu lado, logo atrás de Sarah. O reverendo, que em seu íntimo desejava estar em outro lugar, colocou-se ao lado do juiz e Johnnie, junto à bancada.

— Trata-se aqui de um inquérito preliminar, oficiado por mim, juiz de paz desta paróquia de Santo Olavo, quanto à alegação de bigamia contra *nobildonna* Livia Reekie ou, em seu nome de casada, Lady Avery. — Ele cutucou Johnnie. — Escreva isso.

— Da Ricci — observou Livia. — Ou Peachey, como às vezes é pronunciado.

O juiz anuiu.

— Agora, as evidências...

Rob deu um pequeno passo à frente e explicou que tinha chegado a Veneza na condição de médico recém-formado, que foi designado a cuidar do *signor* Fiori e assim conheceu a *nobildonna*, a bela esposa do idoso. Livia, inalando o aroma das prímulas, aparentemente alheia ao relato de sua própria história, afastou-se de Sir James e voltou para os fundos do armazém, onde as antiguidades estavam encaixotadas, como se as pedras silentes e embaladas fossem mais interessantes do que os dois homens que a desposaram, os três homens que a amaram e a silenciosa Alys. Rob concluiu o depoimento afirmando que, estando ele vivo, Livia era sua esposa e aquele casamento com Sir James era bígamo.

— Isso é verdade? — perguntou o juiz a Livia. — Senhora? A senhora pode responder à acusação? — Ele ergueu os olhos depois de averiguar as anotações feitas por Johnnie e viu que Livia havia se afastado. Então, repetiu, com mais irritação: — Senhora! Estamos aguardando a sua resposta! Essas acusações são gravíssimas.

Confiante, ela se virou e seguiu em direção à bancada, os saltos ressoando no chão como ressoaram na nave central da igreja apenas duas horas antes, com a barra do vestido azul-marinho roçando o assoalho empoeirado. Livia sorriu para o juiz, ciente da própria beleza.

— É quase verdade — disse ela judiciosamente. E se virou para Rob. — Uma coisa preciso dizer e você precisa saber. Eu não o denunciei, meu querido. Foi Felipe. Eu o amava naquela época, como uma esposa ama um marido que lhe proporcionou mais felicidade do que ela poderia imaginar. Eu jamais o magoaria nem o trairia. Seria melhor morrer.

Livia inclinou a cabeça sobre o buquê de prímulas, como se aguardasse para ver se Felipe a contestaria, e, quando ele permaneceu em silêncio, ela ergueu os olhos, como uma bela atriz que cronometra suas falas. Então sorriu carinhosamente para Rob, como se estivessem a sós no recinto.

— Todas as nossas agruras foram causadas por Felipe — disse ela suavemente. — Ele arruinou as nossas vidas. Ele me controlou por completo durante vários anos; me obrigou a trabalhar para ele quando eu estava casada com o conde... Sim, ele arruinou a minha felicidade com o conde também. Eu estava presa a ele por conta de uma centena de segredos, e deveria saber que ele jamais me libertaria. Quando você descobriu a natureza dos negócios dele, Felipe quis se livrar de você. Não fui eu. — Cheia de ternura, ela olhou para Rob. — Eu nunca faria aquilo. Você sabe que eu te amava. Eu jamais, jamais o teria denunciado. Mas, quando ele o prendeu, vi a minha chance de escapar dele e fui embora de Veneza, fugi. Eu estava com medo... — Ela baixou a voz. — Você sabe quanto eu tinha medo dele. Este homem assassinou o meu primeiro marido e mandou o meu segundo para a prisão! Eu morria de medo dele e estava sozinha, sem proteção. Claro que fugi.

— Assassinou o seu primeiro marido! — exclamou o juiz, olhando do rosto sereno de Livia para Felipe.

Livia não se deu ao trabalho de responder; voltou-se para Alys.

— E, é claro, vim procurar vocês. Você sabe como eu estava infeliz logo que cheguei aqui — afirmou ela com meiguice. — Sabe como era profunda a minha dor pela perda de Roberto, seu irmão. Sabe quanto eu o amava. Você se lembra de que eu chorava, à noite, chorava até o nosso travesseiro ficar encharcado de lágrimas. Você sabe como me confortou.

A fisionomia de Alys se manteve pétrea.

— Ã-hã — foi tudo o que ela disse.

— Você sabe como me confortou — repetiu Livia. — Você me amparou, secou as minhas lágrimas, me abraçou.

Alys fez que sim, ainda sem dizer nada.

— Ninguém jamais saberá quanto você foi boa para mim — disse Livia. — Aquela ternura ficará para sempre entre nós, um segredo nosso.

A boca de Alys permaneceu fechada, formando um traço rígido.

— E agora estou comprometida, com todas as honras, com Sir James, e casada com ele. — Livia se dirigiu a Rob. — Meu querido, pensei que estivesse morto. Felipe me garantiu que você estava morto, e não havia a menor possibilidade de eu voltar a vê-lo. Claro que eu disse à sua família que você tinha se afogado! Não tive coragem de dizer que você tinha sido preso e executado pelo assassinato do meu marido! Eu jamais teria difamado o seu nome. Eu estava tentando refazer a vida e me dedicar às pessoas que você amava. Ofereci conforto e sustento à sua família. — Ela olhou novamente para Alys. — Minha querida Alys é testemunha de que tenho sido uma boa filha nesta casa e uma irmã por demais amorosa para ela. Ninguém nunca a amou tanto... amou, minha querida?

Alys não disse nada.

— Mas este casamento não é válido — interrompeu o clérigo com serenidade. — Quaisquer que sejam as suas razões para deixar Veneza, a senhora não pode se casar com Sir James, porque seu ex-marido ainda vive. Considerando que a senhora tem um marido vivo, a cerimônia de casamento que acabei de realizar foi inválida e será anulada.

— Anulada? — perguntou Sir James.

— Como se nunca tivesse acontecido — confirmou o reverendo.

Livia fez um leve gesto com a mão, como se afastasse algo desprezível, como se somente ela dispusesse de poder para decidir. Ela correu o olhar pelo círculo de rostos estarrecidos e não viu ninguém que pudesse lhe fazer oposição.

— Não — disse ela simplesmente. — Não será anulado.

A pena empunhada por Johnnie parou e ele ergueu os olhos para observá-la. Ela lhe dirigiu um olhar demorado e penetrante, como se quisesse lembrar-lhe de que ele também estava em dívida com ela, que ele também tinha segredos com ela. Livia prendeu a atenção de todos, ignorando o reverendo e falando diretamente com o juiz.

— Não será.

Ela deu um passo, aproximando-se da bancada, colocando-se entre as duas partes, no centro do palco, tornando-se o foco da atenção geral. Johnnie sentiu o perfume de rosas que dela exalava. Livia lhe ofereceu um sorriso terno e confiante.

— Foi o meu casamento em Veneza que não teve validade — explicou ela, falando devagar, com a voz baixa e clara, então se dirigiu ao juiz: — Só entendi isso quando este bom homem, o Sr. Rogers — ela gesticulou para o clérigo, que piscou os olhos e engoliu em seco convulsivamente —, cuidou da minha instrução espiritual e me admitiu na Igreja protestante. Então, somente naquela ocasião, percebi o que é necessário para tornar válido um casamento. Meu casamento em Veneza com Rob foi realizado em inglês, que àquela época eu não dominava, uma língua estrangeira para mim. Tal motivo já basta para invalidar o casamento. A cerimônia foi realizada na Igreja protestante em Veneza sem que eu tivesse me convertido. Eu nunca havia estado lá. Eu não tinha um banco na igreja, não tinha confrades paroquianos. Eu era católica, membro praticante da Igreja católica romana. Portanto, não foi válido por esse motivo também. Evidentemente, a minha Igreja não reconhece as suas cerimônias, não reconhece os seus clérigos. Aos olhos da minha Igreja, aquilo nunca foi um matrimônio. E, como eu não falava a língua e não estava convertida, a cerimônia tampouco foi válida na Igreja de vocês. Meu casamento com Roberto Reekie — ela fez uma pausa para dirigir a ele um sorriso carinhoso —, com o meu amado Roberto... foi inválido, do começo ao fim.

Johnnie tinha parado de escrever, e a pena ficou suspensa sobre a página, enquanto uma gota de tinta se formava lentamente na ponta. O reverendo parecia atordoado, o juiz se manteve calado.

Livia se virou para Rob.

— Sinto muito, Roberto. Mas não sabíamos. Éramos jovens e estávamos apaixonados! Como poderíamos saber? O reverendo da sua igreja deveria ter nos advertido e me batizado para que pudéssemos realmente nos casar. Ele deveria ter me preparado e me aceito na congregação da igreja de vocês, conforme este bom homem tão zelosamente fez. Eu teria feito isso por você! Sabe que eu teria feito qualquer coisa por você. Mas ele falhou conosco, e, como eu não era membro da sua igreja, como não entendi os votos que recitei, a cerimônia foi inválida. Nunca fomos casados.

O juiz se virou para Rob.

— Isso é verdade, Dr. Reekie?

— É — respondeu Rob, hesitante. — É verdade que nos casamos na minha igreja... eu não sabia...

— Se o casal não professar a mesma fé, o casamento é inválido — disse o reverendo, confirmando o impasse. — Se ela não estava preparada para a comunhão na nossa fé e não entendeu os votos, então é verdade: vocês não se casaram. Durante todo esse tempo viveram em pecado; que Deus os perdoe. E a criança...

— Bom Deus! — disse Lady Eliot, verdadeiramente escandalizada. — Que declaração ela fez! Ela se presta a tornar o próprio filho um bastardo?

Todos se viraram para olhar para Matteo, que havia acordado e lutava para sair dos braços de Carlotta e engatinhar no chão.

— Ah, o filho é meu — falou Felipe.

Rob se virou para ele.

Sarah observou-o dar de ombros, como se ele não medisse as consequências de tal admissão.

— O menino é meu.

— Valha-nos Deus! — disse Lady Eliot e cambaleou.

Livia lançou um olhar feroz para Felipe.

— A criança foi batizada, e ele é filho e herdeiro de Sir James Avery — declarou ela. — Ninguém mais pode reivindicá-la. — Ela deu um passo em direção a James e o segurou pelo braço. — Ele é nosso filho — disse ela. — Matthew Avery.

— Duvido que Sir James o queira agora — observou Felipe. — Um bastardo italiano como herdeiro de um lorde inglês?

Sir James não respondeu, tampouco reagiu à maneira como Livia o segurou pelo braço, sem pegar a mão dela nem afastá-la. Ficou parado, absolutamente imóvel, como se estivesse congelado, com os olhos fixos no juiz, qual um homem aguardando a sentença.

— Quem testemunhou o seu casamento em Veneza com o Dr. Reekie, senhora? — perguntou o juiz.

— Eu testemunhei — declarou Felipe em tom prosaico. — Eu e um colega, um membro da guilda dos pedreiros.

— Embora a mulher fosse sua amante?

Lady Eliot fechou os olhos como se fosse perder os sentidos, então voltou a abri-los para ver o rosto de Felipe enquanto ele respondia.

— Pois é — concordou Felipe. — Isso tornaria a cerimônia inválida na igreja dos senhores?

— Isso torna a cerimônia escandalosa — disse o juiz com desgosto. — Isso a torna vergonhosa. Mas não inválida. Foi inválida porque ela não abraçava a nossa religião, e ela agora declara que não compreendeu o teor dos votos. Portanto, nunca foi casada com o Dr. Reekie, a despeito do que o senhor tenha testemunhado; não se realizou o sacramento do matrimônio, segundo a Igreja anglicana. Ela era, de fato, viúva quando chegou a

Londres, conforme ela mesma declarou, mas era viúva do primeiro marido: o *signor* Fiori.

— Vestindo as roupas de luto por ela compradas para o enterro dele — confirmou Felipe com satisfação. — Fui testemunha disso também. Foi um casamento válido.

— Então ela estava, de fato, disponível para se casar comigo? — perguntou Sir James friamente. — Nosso casamento é válido aos olhos da lei e da Igreja?

— Estava — decidiu o juiz, e o reverendo anuiu.

— E ela se casou comigo? — indagou Sir James com o olhar gelado.

— Casou — confirmou o juiz.

— Então, a alegação de bigamia está descartada?

— Não há questão pela qual responder — declarou o juiz.

Sir George praguejou em voz baixa, e Lady Eliot deixou escapar um suspiro trêmulo, e ninguém mais esboçou nenhuma reação. O Sr. Lucas deu um tapinha no braço de Johnnie para lembrar-lhe de registrar a decisão.

— O segundo casamento desta senhora em Veneza com o Dr. Robert Reekie foi inválido; o casamento dela aqui foi devidamente realizado. — O juiz baixou os olhos para as anotações feitas por Johnnie. — O senhor é um homem casado, Sir James, queira ou não.

Pálido, com o braço agarrado possessivamente por Livia, James Avery fez uma leve reverência.

— Obrigado — disse ele sem nenhum sinal de gratidão.

— Isto é um acinte! — Lady Eliot se aproximou da bancada, enfurecida. — Depois do que foi dito sobre ela? Esta mulher não passa de uma prostituta de Veneza! Uma criminosa. Falsificadora e fraudadora! Ela não pode se casar com um membro da família Avery!

O juiz estava recolhendo as anotações feitas por Johnnie.

— É melhor não falar mais nada — aconselhou ele com calma. — Ela se casou com um membro da família Avery. Ela é Lady Avery.

— Mas e as alegações de crimes? — perguntou Sir George. — A... é... fraude? A denúncia falsa? As antiguidades furtadas e falsificadas? Toda essa trapaça?

O juiz balançou a cabeça.

— Fora da minha jurisdição. — O tom de voz seco indicava que ele não lamentava tal fato. — Os senhores terão de levar a questão às autoridades venezianas, se assim desejarem. — Ele se virou para Alinor e Alys, que estavam imóveis e mudas, com Sarah e Rob ao lado, igual a uma família que observa a maré subir até sua porta e carregar seu sustento. — Tenham um bom dia — disse ele. — Vou encaminhar estas anotações como meu relatório. Se houver algum imposto a pagar que incida sobre a carga da senhora, convém efetuar o pagamento imediatamente. Qualquer informação falsa acerca das mercadorias será registrada. — Então se virou para James. — Qualquer queixa contra ela, por mercadorias falsificadas ou fraudulentas, recairá sobre o senhor, na condição de marido. Talvez o senhor deva falar com os clientes dela. Talvez convenha indenizá-los para proteger o nome dela, que agora é o seu.

Lady Eliot estremeceu visivelmente.

O capitão Shore olhou para Alys.

— O imposto será pago amanhã, antes do soar do canhão do meio-dia. — Ele se virou para o juiz. — Sou grato ao senhor. Gostaria apenas de ressaltar que a reputação do armazém permanece inalterada. Nada disso foi obra delas. Elas tinham um negócio honesto antes que isso... ocorresse. E haverão de ter um negócio honesto depois. Não haverá fuxico sobre o Embarcadouro Reekie. Elas são inocentes de qualquer delito.

— Sei disso — afirmou o juiz, olhando para Livia, que mantinha um leve sorriso, com o braço entrelaçado no de James. — Podemos quase considerar o ocorrido como um ato de Deus.

— De Deus, não! — exclamou o clérigo, indignado.

— Não há nada divino com essa viúva — concordou o capitão Shore. — Mas o armazém não tem culpa pela conduta dela.

— Desejo aos senhores um bom dia — disse o juiz brevemente, correndo os olhos pelo recinto silencioso. Johnnie guiou o juiz e o reverendo até a porta da rua e voltou para o interior do armazém, deixando a porta do cais aberta, sinalizando que os demais também podiam se retirar.

— É melhor irmos embora — disse Lady Eliot a Sir James com os lábios congelados, quase imóveis. — Mal sei para onde devemos ir. Suponho que ela tenha de vir também, não? Será que ela aceitaria uma mesada e uma casa em algum lugar no campo? A menos que possamos mandá-la de volta para o lugar de onde veio, não?

Livia riu baixinho, mas James parecia surdo. Permaneceu imóvel, olhando para Alinor, e Livia mantinha a mão ainda enfiada com firmeza em seu braço, como se desejasse pregar seus corpos.

— James! — incitou-o Lady Eliot.

Por fim, ele se virou para ela.

— Sou responsável pela minha própria ruína — disse ele com serenidade. — Manchei o meu bom nome e me arruinei.

Delicadamente, ele se apartou de Livia, desprendendo-se de suas mãos e empurrando-a com gentileza. Então, atravessou a sala e se aproximou de Alinor, que ainda estava de pé, lívida e imóvel, cercada pela família. E se apresentou diante dela como se ela tivesse muito mais autoridade que qualquer juiz, como se ela fosse para ele juíza e júri.

— Quando eu era jovem, jovem e tolo, falhei na minha palavra com você — confessou ele, falando bem baixo. — Não me pronunciei em sua defesa. Eu te amava e deixei que quase a afogassem, embora soubesse que estava grávida do meu filho. Naquela época, eu só pensava no meu bom nome e que não suportaria a vergonha. Então, toda a vergonha recaiu sobre você.

Os olhos cinza-escuros de Alinor fitavam o rosto pálido de James, mas ela não falou nada, e ele prosseguiu:

— E agora, como que por uma espécie de justiça, a minha palavra está empenhada, quando não deveria estar, e esta mulher vai me cobrar por isso. Eu me arruinei num grau muito pior do que arrisquei fazê-lo com você. Não a aceitei e não me casei com você quando deveria, só porque pretendia manter a minha posição social no mundo, e agora me atirei na sarjeta e o meu nome virou lama.

Ela ficou em silêncio por tanto tempo que ele pensou que ela se recusaria a falar. Mas, então, Alinor respirou fundo.

— Sinto muito por você. — A voz dela soou repleta de compaixão. — Eu só lhe desejo o bem, James.

— Posso...?

Livia se aproximou dele e enfiou a mão em seu braço.

— Não — disse ela simplesmente, certa de que seria obedecida. — Você não lhe fará visitas nem escreverá. Ela já lhe disse mais de uma vez, e ela tem mais discernimento do que você jamais terá. Sou a sua esposa e o proíbo. Vamos agora mesmo para a Casa Avery. — Livia ensaiou uma risada, uma bela risadinha. — Duvido que a refeição ainda esteja em condições de ser servida, mas a sua tia mandou que tudo estivesse pronto quando retornássemos. Eu é que terei de falar com a cozinheira! — Ela se virou para o corredor e gesticulou, com o buquê de prímulas, sinalizando que Carlotta deveria segui-los.

— Então, você vai mesmo em frente com o casamento com este homem? — perguntou Felipe casualmente, como se estivesse pouco interessado. — E pretende levar Matteo... o meu filho?

— Ele é meu filho — disse ela. — Talvez Rob seja o pai, ou talvez você, mas decidi que ele será Matthew Avery e ponto-final. Com o tempo, ele será Sir Matthew Avery, da Mansão de Northside, e isso vale mais que qualquer coisa que você ou Rob poderiam fazer por ele.

— Jamais — disse Sir James com calma, sem se alterar.

Livia olhou para ele.

— Não acho que você possa me recusar.

— Ele pode ficar aqui. — Alys falou pela primeira vez. — Ele pode ficar aqui conosco.

Livia estancou.

— Por que você haveria de querer ficar com ele? — perguntou ela friamente, como se aquilo fosse mais um estratagema a ser vencido; e então, de repente, ela percebeu que Alys falava por amor. — Você quer ficar com ele? — perguntou num tom de voz bastante diferente. — Você quer criar o meu filho? Quer cuidar dele?

— Não porque seja seu — disse Alys. — Mas ele é feliz aqui. Ele não sabe que somos humildes e pobres. Não nos despreza. Ele gosta daqui e convive bem conosco. Eu o amo, seja quem for o pai... e minha mãe também o ama. Você não tem tempo para ele, nunca tem tempo para ele, e Sir James, mais uma vez, perde um filho por uma questão de orgulho. — Os olhos dela passaram por James com desprezo. — Nem você nem ele sabem amá-lo, nem sabem amar ninguém. Dê ao menino uma chance e deixe ele sob a nossa guarda.

Livia nem sequer olhou para James para saber sua opinião.

— Você vai amá-lo por mim — sussurrou ela para Alys.

— Vou amá-lo por ele mesmo — respondeu ela com firmeza. — E aqui é o único lugar onde ele será amado.

— Deixe Matteo aqui — aconselhou Rob.

— Estou de acordo — disse Felipe.

— Muito bem — decidiu Livia com a voz despreocupada. — Que boa ideia! Ele vai ficar aqui por enquanto. Mandarei buscá-lo quando quiser, e ele irá para a escola que eu escolher. Mas vai ficar aqui por enquanto.

Sir James e Alinor trocaram um longo olhar.

— Outro filho, e não vou tê-lo comigo? — perguntou ele com amargura.

— É melhor deixá-lo aqui — disse Alinor. — Vocês não serão pais afetuosos naquele casarão. Vocês não serão felizes.

Ele baixou a cabeça, como se estivesse penitente.

— Eu sei.

— E eu? — perguntou Felipe a Livia. — Que sou seu noivo. E pai da criança.

Por um momento, ela hesitou, pensando rapidamente no que poderia obter diante do desastre do negócio.

— Claro, você ainda é meu parceiro de negócios... — começou ela. — Ninguém aqui vai tocar no assunto fora destas paredes. Se estiverem dispostos a ignorar tudo o que aconteceu, ainda temos uma fortuna guardada neste armazém, e, já que vocês estão aqui e trouxeram as antiguidades, podem vendê-las e podemos dividir o lucro...

— Bom Deus! Não! — Sir James se assustou, mas foi Sarah quem deu um passo à frente de Felipe e desafiou a tia.

— Não, Livia. Ele não está mais no negócio com você. E esta carga está no nosso armazém, despachada por nós, e nos pertence.

— Não? — perguntou Livia, sorrindo para a sobrinha. — Ele não é mais meu parceiro, depois de sermos unha e carne por tantos anos? Você sabe disso, não? Depois de termos cometido, juntos, todos os pecados que quisemos e todos os crimes lucrativos? Durante anos? E você, depois de duas semanas em Veneza, agora virou autoridade?

— Sim, virei — disse Sarah, ignorando o sarcasmo. — Eu é que vou vender as antiguidades. Não será ele nem você. Ele não é seu parceiro, não era seu noivo; nunca foi.

Pela primeira vez, Livia perdeu a calma sorridente. Impactada, olhou de Felipe para Sarah.

— Que loucura é essa? Esta menina está acometida de alguma febre, achando que pode falar comigo desse jeito? Ela acha que pode reivindicar as minhas antiguidades? Acha que pode reivindicar você?

Felipe nem ouviu as palavras de indignação de Livia. O belo italiano se virou para a jovem inglesa.

— Eu não estou comprometido com ela? Você decidiu isso, Srta. Jolie? Por conta própria?

— Decidi — disse ela sem rodeios. — Ela está casada com outro homem e desistiu do filho. Ela quer comandar tudo como se fosse uma mulher do mundo e soubesse como o mundo gira, mas na verdade não sabe nada. Ela sabe de dinheiro, mas não de valores. Sabe tudo sobre lucro e nada sobre amor. Eu salvei Rob dela. Minha mãe salvou Matteo dela. E agora estou salvando você.

Felipe deu uma boa risada e pegou as mãos de Sarah.

— Ah! Bathsheba! — exclamou ele. — Jolie! Eu sabia que você não me decepcionaria! Você decidiu? Você finalmente se decidiu a meu favor, embora eu seja mais que indigno, e mesmo sabendo que nem o seu tio nem a sua avó vão me aceitar? E que a sua mãe sabe que não sou digno de você... e que ela está certa?

— Sim — disse ela. — Estou salvando você.

FEVEREIRO DE 1671, HADLEY, NOVA INGLATERRA

Ned preparou seu grande trenó para a viagem, amarrando a estrutura de vime com novas tiras de camurça e ajustando os arreios presos à sua capa impermeável; os alimentos essenciais já estavam embalados na parte de trás do trenó, as roupas embarcadas no meio, onde um forro de couro encerado haveria de mantê-las secas, e as ferramentas e a arma estavam alojadas na frente, onde ele pudesse facilmente alcançá-las. Depois de abrir uma trilha na neve, ele tocou a vaca e as ovelhas até a propriedade do vizinho mais próximo; disse à vizinhança que o telhado do estábulo havia desabado sob o peso da neve e lhes pediu que abrigasse os animais. Retirou algumas galinhas que levava embaixo dos braços e pediu aos vizinhos que as mantivessem aquecidas. Não se atrevia a lhes dizer a verdade; sequer tinha certeza de qual seria a verdade.

Pretendia partir antes do degelo, antes que o mundo branco se tornasse marrom e sujo, antes do recrutamento, evitando que seu nome fosse chamado sem resposta. Sentia-se desonrado — um velho camarada que já não guardava o portão norte. Sentia-se infiel — um traidor da sua gente; sentia-se desprovido de amor — um homem incapaz de cortejar uma mulher e levá-la para onde ela queria estar. Mas sabia que não poderia se forçar a servir em outro exército, sobretudo um exército que marcharia portando armas contra indivíduos munidos de arcos e flechas.

Pretendia partir sem se despedir dos amigos, homens que ele havia escondido, protegido e servido durante tanto tempo. Pretendia partir antes que os integrantes do conselho intimassem o rei indígena a comparecer diante deles, em Plymouth, e que os nativos por toda a Terra da Alvorada se insurgissem, em sua ira justa e seu orgulho ferido, para defendê-lo. Pretendia partir sem dizer adeus aos homens que ele guardara havia anos. Não suportaria a ideia de confrontá-los e lhes dizer isso; embora estivesse disposto a dar a vida para protegê-los na ocasião em que eram perseguidos por um tirano, não poderia apoiá-los quando eles próprios se tornaram tiranos.

Pretendia partir antes do degelo, para poder seguir de trenó pela neve e pelos lagos, sobre solo congelado. Seguiria para o norte, para longe dos colonos, avançando pela mata que sempre o assustara, na esperança de encontrar terras devolutas, terras sem dono, onde pudesse viver sem escolher lados, onde pudesse ser ele mesmo: nem senhor nem servo. Ned sentiu que era tão doloroso deixar o vilarejo onde tinha construído um lar e abandonar os homens que prometera proteger quanto tinha sido deixar a Inglaterra. Mas, em certo sentido, eram as mesmas questões — as questões sem resposta que continuavam a assombrá-lo pela vida afora: de que lado ele estava, a quem deveria obedecer, o que haveria de defender?

O trenó estava pronto, ele fechou a porta de casa com um cuidado desnecessário, assobiou para Ruivo, que veio para o seu lado imediatamente, saltando pela neve profunda. Ned se inclinou para a frente, sentiu o peso do trenó, e deu um passo adiante com os sapatos de neve, constatando que o trenó deslizava com facilidade, enquanto os sapatos de neve confeccionados por Esquilo Manso deixavam um leve rastro. Rumou para o leste, seguindo à beira-rio, passando pelo portão situado no fim da via comum de Hadley, ocultado pela neve acumulada; adentrou o pinheiral plano da mata que cercava Hadley e passou pelo marco de pedra dos colonos, que continha as iniciais do amigo que ele nunca mais veria; então ingressou nas matas das novas terras.

Andou por uma hora, seguindo o rio, que fazia uma curva para o norte, com a visão ofuscada pela luz do sol refletida na neve. Havia um lago congelado à sua direita e Ned, erguendo os olhos para o caminho adiante, estancou ao ver uma figura através da névoa formada pela neve, que tornava o mundo inteiro uma visão embaçada.

Era a silhueta de um homem, agachado no gelo, com uma capa por cima da cabeça para facilitar a observação da água gelada abaixo. O braço esquerdo do sujeito se moveu ligeiramente, enquanto ele agitava a pequena isca em formato de peixinho, fazendo-a bailar na água para que os peixes grandes que hibernavam no fundo da água gelada subissem à superfície; com a outra mão, empunhava um arpão, pronto para espetar o peixe escondido nas águas turvas. A figura era tão nítida que Ned reprimiu um grito de saudação e começou a desamarrar os arreios do trenó para se aproximar silenciosamente de Wussausmon. Enquanto seus dedos gelados lutavam com as amarras, Ned sabia que estava profundamente feliz em poder dizer adeus, feliz que eles teriam um momento juntos antes que seus caminhos se apartassem para sempre. Livrou-se do fardo e deu um passo em direção ao lago, pensando que somente Wussausmon entenderia por que ele estava partindo. O único homem naquele novo mundo capaz de entender o dilema de lealdade que o impelia para o norte, para uma região desconhecida, distante do seu próprio povo e do povo estranho que ele passou a amar.

Ned soltou os arreios, pisou na superfície do lago congelado e hesitou. Quando olhou novamente, já não havia ninguém lá. Não havia nada naquela vastidão branca, nenhuma figura volumosa, coberta de peles, curvada sobre um buraco, nenhuma sacola de pesca sobre o gelo, nenhum arpão, nenhum buraco no gelo recém-cavado, cheio de água escura — nada, não havia ninguém ali, exceto o gelo intacto sobre o lago e o turbilhão de brancura causado pela neve que caía.

— Wussausmon? — murmurou Ned. — John?

Não houve resposta. Não havia nenhuma figura curvada sobre nenhum buraco no gelo. A extensa brancura do lago se estendia infinitamente; não havia ninguém ali. Jamais tinha havido.

Um vento gelado, sussurrando pelo vale do rio, lembrou a Ned que ele precisava se afastar de Hadley antes de montar um acampamento para o pernoite e que não havia tempo para permanecer ali, à procura de fantasmas. Imaginou que sua mãe e sua irmã diriam que aquilo tinha sido uma visão e que ele dera um derradeiro adeus a Wussausmon, enquanto o homem espreitava seu peixe, com a lança em riste; decerto ele mesmo, vestido com suas peles, no gelo, caçando conforme seu povo vinha fazendo havia centenas de anos, prestando atenção, como sempre, aos ruídos abafados pelo vento, observando, como sempre, o movimento na água turva e profunda.

Ned amarrou os arreios de volta, olhando para o cachorro.

— Você não o viu, não é, Ruivo? — indagou ele, solicitando uma eventual confirmação.

O cachorro abanou o rabo e se levantou a fim de seguir.

— Adeus, então — disse Ned, incerto, para o vento e deu o primeiro puxão no trenó, que se deslocou na neve, então deslizou atrás dele. Ned avançou devagar e com firmeza, rumando para o norte, acompanhando o curso do rio congelado, com o sol poente projetando a luminosidade fria em sua face esquerda, seguindo uma picada nativa que estaria em algum ponto sob a neve, com buracos-lendários escondidos, e sempre ali, conduzindo-o um passo de cada vez, com uma obstinação sombria, como se a única maneira de ser um homem livre fosse andar um passo de cada vez sem roubar, sem mentir, sem deixar nada além de pegadas que logo se esvaem na neve.

NOTA DA AUTORA

O corpo congelado de John Sassamon/Wussausmon foi encontrado no lago Assawompset, ao lado de um buraco para pesca no gelo, um dia depois de ele ter avisado às autoridades de Plymouth que seu líder, o massasoit Po Metacom, estava se preparando para entrar em guerra contra os colonos. Sem nenhuma prova conclusiva de assassinato, o Conselho de Plymouth julgou, condenou e executou três indígenas pokanoket pelo homicídio. Foi alegado que eram assassinos e que puniram Wussausmon por traição — embora tal castigo não fosse determinado por lei nem por tradição dos pokanoket. Em resposta à execução de seus homens sem seu consentimento, e implementando seu plano de guerra, o massasoit Po Metacom acionou uma defesa de suas terras que custaria a vida de milhares de colonos e nativos e que quase aniquilaria as colônias da Nova Inglaterra. A derrota e a morte do massasoit fizeram parte de uma campanha que visava à extinção do seu povo, até mesmo ao banimento do nome pokanoket. A perseguição a todos os povos originários dos Estados Unidos, a aniquilação de sua história e cultura, bem como o roubo de seus bens e terras prosseguem até hoje.

Os trechos deste romance ambientados na Nova Inglaterra baseiam-se em pesquisa histórica, e, embora Ned seja um personagem fictício, assim como a Sra. Rose, os demais indivíduos nessa trágica história de uma raça colidindo com outra existiram. Os regicidas, Edward Whalley e William Goffe, escaparam da vingança do rei restaurado Carlos II escondendo-se na Nova Inglaterra até a morte. Pela maior parte do tempo, permaneceram em Hadley, na residência do pastor John Russell. Há um relato segundo o qual William Goffe apareceu quando o vilarejo foi atacado por indígenas dos Estados Unidos e recrutou tropas para defesa, ficando conhecido como o Anjo de Hadley.

Sou profundamente grata aos historiadores do museu Historic Deerfield, tão generosos ao me cederem seu tempo: Anne Lanning, Barbara Mathews, Claire Carlson, Phil Zea, James Golden e Ned Lazaro. Suas conversas e anotações foram de valor inestimável. Devo um agradecimento especial ao professor Peter Thomas por seu interesse e orientação e pelo privilégio de uma longa correspondência sobre detalhes dos primórdios da vida em Hadley.

Durante o tempo em que fiquei na Nova Inglaterra, também tive a satisfação de visitar o esplêndido Mashantucket Pequot Museum e sou muito grata a Joe Baker pelo acolhimento e a Kimberly Hatcher-White, Nakai Northup e Matt Pina pelo tempo que me dedicaram e pela experiência acumulada no melhor museu indígena dos Estados Unidos que já visitei.

Tive a honra de receber um convite de Montaup (Mount Hope) para conhecer o atual *sagamore* da nação pokanoket: Po Wauipi Neimpaug, William Homem dos Ventos de Trovão; o *sachem* da nação: Po Pummukaonk Anogqs, Tracey Estrela Marrom Dançante; a primeira pessoa do conselho: Quogqueii Qunnegk, Deborah Veado Correndo Afdasta; e dois dos *pinese* da nação: Po Kehteihtukqut Woweaushin, William Rio Marrom Tortuoso, e Po Popon Quanunon, Ryan Falcão Marrom do Inverno. Fiquei profundamente comovida com seu conhecimento e sua paixão pela história do seu povo, bem como pela boa vontade de compartilhar tais saberes comigo.

Agradeço imensamente a ajuda de Roberta Curiel e Sara Cossiga durante a pesquisa que desenvolvi para os trechos do romance ambientados em Veneza. Com muita paciência, elas me levaram por toda uma Veneza inundada e até mesmo ao extraordinário Lazzaretto Nuovo, onde o curador foi gentil o suficiente para me receber. Também sou muito grata a Silvia Cardini por seu conhecimento sobre Florença e seu entusiasmo, e, principalmente, a Clara Marinelli por me acolher nas fundições e oficinas de mármore de sua família. Ver como o mármore era esculpido no passado e como é trabalhado hoje foi uma experiência inesquecível. Franco Pagliaga teve a gentileza de se encontrar comigo e falar sobre seu trabalho com pinturas falsificadas.

Meus amigos e colegas historiadores, Malcolm Gaskill e Stella Tillyard, tiveram a bondade de ler o manuscrito e oferecer conselhos. Tenho uma dívida de gratidão com eles e com Zahra Glibbery e Victoria Atkins por seu apoio em pesquisas, viagens, redação e busca por precisão.

Escrever este livro foi uma experiência comovente numa época em que nossa vida moderna às vezes parecia tão angustiante e incerta quanto as vidas que aqui descrevo. O presente parece ecoar o passado, para nos dizer que só sobreviveremos se vivermos com tolerância e generosidade uns com os outros, tratando a natureza com respeito e acolhendo estranhos, como fizeram os pokanoket, imaginando um mundo melhor, como fizeram Ned e a geração que veio no *Mayflower*.

Philippa Gregory,
2020

BIBLIOGRAFIA

Nova Inglaterra

BOLTWOOD, Lucius Manlius; JUDD, Sylvester. *History of Hadley, Including the Early History of Hatfield, South Hadley, Amherst and Granby, Massachusetts*. Springfield: H. R. Huntting & Company, 1905.

BROOKS, Lisa. *Our Beloved Kin*: A New History of King Philip's War. New Haven: Yale University Press, 2019.

CAPTIVATING HISTORY. *American Indian Wars*: A Captivating Guide to a Series of Conflicts That Occurred in North America and How They Impacted Native American Tribes, Including Events Such as the Sand Creek Massacre. Sundsvall: Moliva AB, 2019.

DELUCIA, Christine M. *Memory Lands*: King Philip's War and the Place of Violence in the Northeast. New Haven: Yale University Press, 2018.

DUNBAR-ORTIZ, Roxanne; GILIO-WHITAKER, Dina. *"All the Real Indians Died Off" and 20 Other Myths About Native Americans*. Boston: Beacon Press, 2016.

ELLSWORTH, Patricia Laurice. *Hadley West Street Common and Great Meadows*: A Cultural Landscape Study. 2007. Landscape Architecture & Regional Planning Masters Projects. 44. Disponível em: <https://scholarworks.umass.edu/larp_ms_projects/44>. Acesso em: 21 de jan. de 2020.

FRASER, Rebecca. *The Mayflower Generation*: The Winslow Family and the Fight for the New World. Nova York: Vintage, 2018.

GASKILL, Malcolm. *Between Two Worlds*: How the English Became Americans. Oxford: Oxford University Press, 2014.

GOOKIN, Daniel. "History of the Christian Indians: A True and Impartial Narrative of the Doings and Sufferings of the Christian or Praying Indians, in New England, in the Time of the War Between the English and Barbarous Heathen, Which Began the 20th of June, 1675". In: *Archælogia Americana*: Transactions and Collections of the American Antiquarian Society, vol. 2, 1836.

HÄMÄLÄINEN, Pekka. *The Comanche Empire*. New Haven: Yale University Press, 2008.

JENKINSON, Matthew. *Charles I's Killers in America*: The Lives and Afterlives of Edward Whalley and William Goffe. Oxford: Oxford University Press, 2019.

KUPPERMAN, Karen Ordahl. *Indians and English*: Facing Off in Early America. Ithaca: Cornell University Press, 2000.

LEACH, Douglas Edward. *Flintlock & Tomahawk*: New England in King Philip's War. Woodstock: The Countryman Press, 1958.

LEPORE, Jill. *The Name of War*: King Philip's War and the Origins of American Identity. Nova York: Vintage, 1999.

MCGAA, Ed. *Mother Earth Spirituality*: Native American Paths to Healing Ourselves and Our World. Londres: HarperCollins Publishers Ltd., 1990.

MILLER, Marla R. (org.). *Cultivating a Past*: Essays on the History of Hadley, Massachusetts. Amherst: University of Massachusetts Press, 2009.

MOORE, Jay; CHARLES RIVERS EDITORS. *King Philip's War*: The History and Legacy of the 17th Century Conflict Between Puritan New England and the Native Americans. Ann Arbor: Charles Rivers Editors, 2016.

OBERG, Michael Leroy. *Uncas*: First of the Mohegans. Ithaca: Cornell University Press, 2003.

ORR, Charles. *History of the Pequot War*: The Accounts of Mason, Underhill, Vincent and Gardener on the Colonist Wars with Native American Tribes in the 1600s. Pantianos Classics, 1897.

PAGLIUCO, Christopher. *The Great Escape of Edward Whalley and William Goffe*: Smuggled Through Connecticut. Charleston: The History Press, 2012.

PARKER, Bernard. *Indian Wars in Colonial America 1637—1763*: The Parker Family in the Connecticut Militia. Autopublicado, 2018.

PHILBRICK, Nathaniel. *Mayflower*: A Voyage to War. Londres: HarperCollins Publishers Ltd., 2011.

SAVINELLI, Alfred. *Plants of Power*: Native American Ceremony and the Use of Sacred Plants. Summertown: Book Publishing Company, 2002.

SCHULTZ, Eric B.; TOUGIAS, Michael J. *King Philip's War*: The History and Legacy of America's Forgotten Conflict. Woodstock: The Countryman Press, 2017.

SILVERMAN, David J. *Red Brethren*: The Brothertown and Stockbridge Indians and the Problem of Race in Early America. Ithaca: Cornell University Press, 2010.

SILVERMAN, David J. *This Land Is Their Land*: The Wampanoag Indians, Plymouth Colony, and the Troubled History of Thanksgiving. Londres: Bloomsbury Publishing, 2020.

UTLEY, Robert M. *Indian, Soldier, and Settler*: Experiences in the Struggle for the American West. St. Louis: Jefferson National Expansion Historical Association, Inc., 1979.

WACKERBARTH, Doris H. *The Guardians of the New World*: Pioneering in the Connecticut Valley. Winchester: The Country Squire, 1980.

WEATHERFORD, Jack. *Indian Givers*: How the Indians of the Americas Transformed the World. Nova York: Random House, 1988.

WEATHERFORD, Jack. *Native Roots*: How the Indians Enriched America. Nova York: Fawcett Books, 1992.

WILBUR, C. Keith. *The New England Indians*: An Illustrated Sourcebook of Authentic Details of Everyday Indian Life. Guildford: The Globe Pequot Press, 1978.

ZELNER, Kyle F. *A Rabble in Arms*: Massachusetts Towns and Militiamen during King Philip's War. Nova York: New York University, 2009.

Londres

BROTTON, Jerry. *The Sale of the Late King's Goods*: Charles I and His Art Collection. Londres: Pan, 2017.

ENGELS, Friedrich. *The Condition of the Working Class in England*. Oxford: Oxford University Press, 1845.

JORDAN, Don. *The King's City*: London under Charles II: A City That Transformed a Nation and Created Modern Britain. Londres: Little, Brown Book Group, 2017.

KEAY, John. *The Honourable Company*. Londres: HarperCollins Publishers Ltd., 1991.

MORTIMER, Ian. *The Time Traveller's Guide to Restoration Britain*: Life in the Age of Samuel Pepys, Isaac Newton and The Great Fire of London. Londres: The Bodley Head, 2017.

PEPYS, Samuel. *Diary of Samuel Pepys — Complete*. Scotts Valley: CreateSpace Independent Publishing Platform, 1669.

PICARD, Liza. *Restoration London*: Everyday Life in the 1660s. Londres: W&N, 2004.

PORTER, Linda. *Mistresses*: Sex and Scandal at the Court of Charles II. Londres: Picador, 2020.

PRIOR, Mary (org.). *Women in English Society, 1500—1800.* Oxford: Routledge, 1985.

SEARLE, Mark; STEVENSON, Kenneth W. *Documents of the Marriage Liturgy.* Collegeville: Liturgical Press, 1992.

STONE, Peter. *The History of the Port of London*: A Vast Emporium of All Nations. Londres: Pen & Sword History, 2017.

TREVOR-ROPER, Hugh. *The Crisis of the Seventeenth Century*: Religion, the Reformation, and Social Change. Indianapolis: Liberty Fund, Inc., 1967.

UGLOW, Jenny. *A Gambling Man*: Charles II and the Restoration. Londres: Faber and Faber, 2009.

Veneza, furto e falsificação de obras de arte

AMORE, Anthony M. *The Art of the Con*: The Most Notorious Fakes, Frauds, and Forgeries in the Art World. Nova York: St. Martin's Press, 2015.

BROWN, Patricia Fortini. *Private Lives in Renaissance Venice.* New Haven: Yale University Press, 2004.

DAVIS, John. *Venice*: A History. Boston: New Word City, Inc., 2017.

GREENHALGH, Shaun. *A Forger's Tale*: Confessions of the Bolton Forger. Sydney: Allen & Unwin, 2018.

SICCA, Cinzia; YARRINGTON, Alison. *The Lustrous Trade*: Material Culture and the History of Sculpture in England and Italy c. 1700-c. 1860. Londres: Leicester University Press, 2000.

STEVENS CRAWSHAW, Jane L. *Plague Hospitals*: Public Health for the City in Early Modern Venice. Oxford: Taylor & Francis Ltd., 2012.

WATSON, Peter; TODESCHINI, Cecilia. *The Medici Conspiracy*: The Illicit Journey of Looted Antiquities — From Italy's Tomb Raiders to the World's Greatest Museums. Nova York: PublicAffairs, 2007.

Este livro foi composto na tipografia Minion Pro,
em corpo 11,5/16, e impresso em
papel off-white no Sistema Cameron da
Divisão Gráfica da Distribuidora Record.